COLLECTION POPULAIRE

DES

AUTEURS ANCIENS

TRADUITS ET ANNOTÉS D'APRÈS LES TRAVAUX LES PLUS ESTIMÉS

PAR

UNE SOCIÉTÉ DE PROFESSEURS ET D'HOMMES DE LETTRES

SOUS LA DIRECTION DE

M. ALOYSIUS KERN

SALLUSTE

ŒUVRES COMPLÈTES

TRADUITES ET ANNOTÉES D'APRÈS LES ÉDITIONS DE GERLACH ET DE KRITZ

PAR

A.-V. KAYSER ET J. FORTWENGLER

LICENCIÉS ÈS LETTRES, MEMBRES DE L'UNIVERSITÉ

précédées d'une notice

PAR J. VALFREY

LICENCIÉ ÈS LETTRES

PARIS

DEZOBRY, MAGDELEINE ET Cie, LIBRAIRES, RUE DU CLOITRE-SAINT-BENOIT, 10

STRASBOURG

DERIVAUX, LIBRAIRE, RUE DES HALLEBARDES, 24

1857

NOTA. Les fragments des HISTOIRES (une feuille et demie) paraîtront prochainement, suivis d'un *Index* des noms propres.

STRASBOURG, TYPOGRAPHIE DE G. SILBERMANN.

SALLUSTE

ŒUVRES COMPLÈTES

TRADUITES ET ANNOTÉES

D'APRÈS LES ÉDITIONS DE GERLACH ET DE KRITZ

NOTICE

I

VIE DE SALLUSTE.

Caius Sallustius Crispus, ou plutôt *Gaius Salustius Crispus*[1] naquit à Amiternum, ville du pays des Sabins, le 1er octobre de l'an 86 av. J.-C.[2], sous le consulat de Marius et de Cinna. Son père était plébéien. Était-il riche? L'éducation que reçut Salluste et le rôle qu'il joua dans les affaires nous permettent de le croire. C'était sans doute une de ces honnêtes fortunes, comme en avaient beaucoup de plébéiens, mais audessous des besoins et des désirs d'un jeune homme ambitieux et prodigue. On ignore absolument à quelle époque notre futur historien vint à Rome, quels maîtres il suivit, comment, en un mot, il passa son enfance et sa première jeunesse. D'après l'auteur du ***Discours contre Salluste***, cette période de sa vie n'aurait été rien moins qu'irréprochable: « Je vais, dit-il, passer en revue ton adolescence; un pareil examen fera comprendre aisément combien a été immorale l'enfance de celui qui, devenu grand, fut si impudique et si licencieux. Quand le revenu que tu tirais d'un corps si honteusement souillé ne put plus suffire à ton insatiable voracité, que tu eus passé l'âge de ces infâmes prostitutions, on te vit, emporté par la passion la plus effrénée, essayer sur d'autres ce que tu n'avais pas jugé déshonorant pour toi[3]. » Le même lui reproche d'avoir, à la suite de folles dépenses, mis en vente et vendu la maison paternelle, du vivant même de son père; enfin, deux fois traduit devant les tribunaux, de n'avoir dû un double acquittement qu'à la vénalité des juges[4]. En 63 avait lieu la conjuration de Catilina; Salluste y demeura tout-à-fait étranger, en supposant qu'il se trouvât à Rome dès cette époque.

La questure était le premier pas dans le chemin des honneurs publics: on y pouvait arriver à partir de l'âge de vingt-cinq ans. Salluste se fit donc nommer questeur; mais on ne sait la date précise de ce début. Il entra ensuite au sénat. C'est ici que doit se placer un fait attesté par de graves autorités[5]. Notre sénateur entretenait d'intimes relations avec la femme de Milon, la fameuse Fausta, fille de Sylla. Un jour, déguisé en esclave, il fut surpris par le mari lui-même: Milon fit saisir le coupable qui reçut les étrivières et ne fut relâché qu'après avoir payé une forte somme[6]. S'il faut en croire la déclamation déjà citée, Salluste ne craignit pas d'avouer effrontément son adultère en plein sénat[7].

Animé de haine pour la faction aristocratique, peut-être aussi dans l'espoir de se venger de Milon, il sollicita le tribunat et l'obtint; le 10 décembre 53 av. J.-C. il entrait en fonctions; il avait alors trente-trois ans. La république était en ce moment livrée aux plus déplorables désordres. Crassus venait de périr dans son expédition contre les Parthes; César faisait la conquête de la Gaule et surveillait de loin les événements de l'Italie; Pompée, aux portes de la ville avec une armée, attendait que la lassitude jetât le peuple romain dans ses bras. Clodius briguait la préture, Milon le consulat; l'un soutenu par le parti populaire, l'autre par la noblesse. « Une violente inimitié existait entre eux, parce que ce dernier avait puissamment contribué à faire rappeler d'exil Cicéron, dont il était l'ami. Clodius, qui sentait bien que sa préture serait nulle si son ennemi devenait consul, favorisait Hypsæus et Scipion, compétiteurs de Milon. Tous les moyens lui semblaient bons pour appuyer leur candidature, et plusieurs fois Milon et lui, à la tête de leurs partisans, en étaient venus aux mains dans Rome même[8]. » Le meurtre de Clodius sur la voie Appienne vint changer la face des affaires (janvier 52 av. J.-C.). Salluste, avec deux de ses collègues, Q. Pompéius Rufus et T. Munatius Plancus, ainsi

[1] La gutturale douce (*g*) et la gutturale dure (*k*) étaient primitivement représentées par une même lettre C, qui n'est autre que le Γ grec; ainsi dans l'inscription de la *Columna rostrata* (260 av. J.-C.) on lit LECIONES, CARTACIKIENSES, etc.; de là l'habitude conservée jusque dans les derniers temps d'écrire *Caius*, *Cnæus*, au lieu de *Gaius*, *Gnæus*. — L'orthographe *Salustius* est celle des meilleurs manuscrits de notre auteur. Dans ceux des autres écrivains, tant latins que grecs, où ce nom se rencontre, *l* est rarement doublée; et cette écriture est encore confirmée par les médaillons. Les inscriptions varient; mais un très-grand nombre n'ont qu'une *l*. En tout cas, on ne saurait douter que l'une et l'autre écriture n'aient été en usage; seulement la plus ancienne, celle qui est contemporaine de l'historien même, est *Salustius*; d'autant plus que Quintilien (1, 7, 14) dit positivement que très-longtemps on ne doubla point les demi-voyelles (liquides). Gerlach fait dériver le mot de *salus*; l'*a* est donc bref, quoiqu'Horace (*Od.* 2, 2, 3; *Sat.* 1, 2, 48) l'ait allongé. — *Crispus* (adjectif) est un mot de la même famille que *crinis*, *crista*, *cresco*; il signifie « crépu, frisé. » La plupart des surnoms romains étant tirés de la conformation physique, celui de *Crispus* n'a rien qui doive étonner. Seulement a-t-il été donné à notre historien même, ou le tenait-il d'un de ses ancêtres: c'est ce qu'il est impossible de déterminer; toutefois la seconde hypothèse paraît plus probable. Jusque dans ces derniers temps on faisait de *Crispus* le *nomen* et de *Sallustius* le *cognomen*; aujourd'hui tous les critiques sont d'accord pour considérer *Crispus* comme un surnom.

[2] Aux Calendes d'octobre de l'an 668 de Rome.

[3] Pseudo-Cicéron, *In Sallustium*, 5.

[4] Sans doute que dans ces deux acquittements l'auteur comprend celui dont il est parlé plus loin.

[5] Varron, *Pius aut de Pace* (livre aujourd'hui perdu; voy. Aulu-Gelle, 17, 18) et Asconius Pédianus.

[6] Sur les adultères surpris, voy. Horace, *Sat.* 1, 2, 37 sq.

[7] Pseudo-Cicéron, *In Sallustium*, 6.

[8] Dezobry, *Rome au siècle d'Auguste*, II, p. 218.

que Sextus Clodius, ami de la victime, ameute la multitude; le cadavre de Clodius est exposé sur les Rostres; la foule, enflammée par les harangues des tribuns, par leurs invectives furibondes contre Milon, prend le corps et le descend dans la curie Hostilia, où le sénat tenait ses séances. On le brûle « en improvisant un bûcher avec les bancs, les tribunaux, les tables à l'usage du sénat. Ces funérailles impies, où toute la haine de la plèbe se manifestait contre les patriciens, incendièrent la curie; le feu se communiqua à la basilique Porcia, et l'une et l'autre furent consumées[9]. » Milon essaie de se justifier devant le peuple; Cicéron et d'autres prennent sa défense; mais Salluste et les partisans de Clodius ne cessent d'aviver l'effervescence publique, et s'efforcent même de faire remonter jusqu'à Cicéron la responsabilité du crime. Enfin, « les émeutes, qui chaque jour rompaient les comices, prirent un tel caractère de gravité, qu'un sénatus-consulte ordonna à l'interroi Lépidus, aux tribuns du peuple, ainsi qu'à Pompée, qui tenait lieu de consul, *de prendre garde que la république n'éprouvât aucun dommage*[10]. » Pompée, jusqu'alors ami de Milon, affecta de se mettre au-dessus de tous les partis; il fit adopter par le sénat l'institution de deux tribunaux extraordinaires, devant juger, l'un le crime de *violence* (meurtre de Clodius, incendie de la curie Hostilia, etc.), l'autre celui de *brigue*. La suite des faits est connue: Milon fut condamné à l'exil. Mais, d'autre part, on informa également contre les auteurs de l'incendie; un châtiment sévère frappa Pompéius, Munatius et Sextus Clodius; Salluste, peut-être au prix de l'or, échappa à une condamnation.

Bientôt arrive la terrible censure d'Appius Claudius Pulcher et de L. Calpurnius Pison (50 av. J.-C.). Cette charge, supprimée par Sylla, rétablie après la mort du dictateur, restreinte dans ses attributions par la loi *Clodia*[11], venait d'être rendue par Pompée à son ancienne indépendance. Les deux nouveaux censeurs prirent à tâche d'épurer les divers ordres de l'État; ils frappèrent d'exclusion un grand nombre de sénateurs et de chevaliers: Salluste en fut; on le raya de l'*album* en raison de ses mauvaises mœurs. Mais, hâtons-nous de le dire, des deux magistrats, l'un, Pison, était le même épicurien, célèbre par ses concussions et ses débauches, que quelques années auparavant Cicéron avait flétri de ses éloquentes invectives[12]; l'autre, Appius Claudius, était un dévoué pompéien[13], qui visait à la réputation de sévérité, et faisait dire par Cœlius écrivant à Cicéron: « Tu sais qu'Appius fait ici des merveilles; il poursuit énergiquement le luxe et les dettes; il est convaincu que la censure est un bon savon. Je crois qu'il se trompe: il veut laver le linge sale, et il s'ouvre les veines et les entrailles[14]. » Du reste, comme l'observe Dion Cassius, ces mesures de rigueur, qui, pour la plupart, cachaient des vengeances politiques, eurent pour résultat de faire passer une foule de mécontents dans le camp de César, et de hâter l'orage qui menaçait.

La guerre civile éclate (49 av. J.-C.); Salluste accourt aussitôt auprès de César qui le crée questeur et le réintègre dans le sénat. Dans cette seconde questure, il se signala par les plus honteuses déprédations, vendant tout ce qui pouvait trouver un acheteur[15]. Il avait été chargé, à la tête d'une partie de l'armée, d'expulser les Pompéiens de l'Illyricum; il se laissa battre par Octavius et Libon. Néanmoins lorsque César, vainqueur en Grèce, en Égypte et en Asie, fut revenu à Rome, il donna à Salluste la préture et l'envoya en Campanie ramener au devoir les légions mécontentes, qui refusaient de s'embarquer pour une nouvelle guerre. Mais les conditions que le préteur proposait aux soldats furent repoussées; lui-même faillit être tué et dut chercher son salut dans la fuite. César seul parvint à apaiser les rebelles, en les appelant *Quirites* (bourgeois). On part pour l'Afrique; Salluste reçoit pour mission de s'emparer de l'île de Cercina et d'intercepter les vivres que les ennemis y avaient amassés. Il se tire avec bonheur de cette entreprise, et envoie à son général une grande quantité de blé. Peu après Scipion et Juba étaient vaincus à Thapsus, Caton se tuait à Utique, et la Numidie était réduite en province romaine. En récompense de ses importants services, Salluste fut préposé au nouveau gouvernement, avec le titre de proconsul, quoiqu'il ne fît que sortir de préture (46 av. J.-C).

« Il dévasta tellement la province, que nos alliés n'auraient rien eu de pire à supporter en pleine guerre, que ce qu'ils éprouvèrent au sein de la paix. Il épuisa le pays et en tira tout ce qu'il put, tout ce qu'il voulut[16]. » De retour en Italie, il fut accusé de *concussion* par les Numides, et absous par ordre de César. « Pour ne pas être mis en jugement, il composa avec le dictateur et lui donna 1,200,000 sesterces[17]. »

Salluste avait quarante-deux ans; une fortune colossale remplaçait un patrimoine modeste, ruiné d'ailleurs par le luxe et la débauche; l'ancien tribun déposait ses haines, et, par l'entremise de César, se rapprochait même de Cicéron; enfin, l'accès de la plus haute magistrature s'ouvrait devant lui, il touchait au consulat, quand la mort de son tout-puissant protecteur et les troubles qui suivirent vinrent briser son avenir politique (44 av. J.-C). Dès lors il ne songea plus qu'à couler, au sein du faste et des plaisirs, une vie tranquille et heureuse. Il acheta la villa de César à Tibur et plusieurs autres riches domaines; en même temps, il faisait construire sur le mont Quirinal un palais magnifique et ces jardins si fameux sous le nom de *Jardins de Salluste*, les plus beaux de Rome avec ceux de Lucullus. Cette délicieuse demeure était située au nord-est de la ville, entre les portes Salaria et Nomentana. Auguste l'acquit plus tard et y donna les fêtes des *douze dieux* décrites par Suétone; Néron, Vespasien surtout, en firent leur résidence favorite, comme aussi Nerva, Adrien, Aurélien. Elle subsista intacte jusqu'à la prise de Rome par Alaric, où elle devint la proie des flammes[18]. Les jardins étaient ornés de tous les monuments de l'art; c'est là que les fouilles ont fait découvrir d'admirables statues, chefs-d'œuvre du ciseau grec, l'Hermaphrodite, le Faune tenant un enfant dans ses bras, le jeune Papirius trompant sa mère, trop curieuse de savoir les délibérations du sénat, un mirmillon[19] expirant, de plus un bas-relief représentant Niobé et ses enfants, quatre colosses égyptiens en granit de Syène, etc. Vers la même époque, Salluste épousa Térentia, que Cicéron avait répudiée[20]. N'en ayant pas eu d'enfants, il adopta un petit-fils de sa sœur et en fit l'héritier de ses immenses richesses: c'est ce Salluste qui, plus tard, fut l'ami de Mécènes, d'Auguste, et surtout de Livie[21].

9 Id. *ibid.* p. 220.

10 Id. *ibid.* p. 221.

11 Nom commun à dix lois proposées par Clodius, durant son tribunat. Celle *de censoribus* défendait aux censeurs d'exclure un citoyen du sénat, et de lui infliger une peine infamante, à moins de l'avoir accusé et fait condamner publiquement.

12 Le *de provinciis consularibus* et le *in Pisonem*. Il n'avait accepté la censure qu'à regret, et il laissa faire son collègue. C'est donc à Appius qu'il faut rapporter tous les actes qui signalèrent cette censure; aussi sa rigueur était-elle devenue proverbiale (voy. Horace, *Sat.* 1, 6, 20).

13 Il avait deux filles dont l'une était mariée à Pompée, l'autre à Brutus. Il était frère de Clodius; ce dernier, voulant briguer le tribunat, s'était fait plébéien, et, pour plaire à la foule, avait changé l'orthographe de son nom (c'était l'usage dans la basse classe de remplacer *au* par *o*; ainsi *sodes* pour *si audes*, etc.).

14 Cicéron, *Ad familiares*, 8, 14.

15 Pseudo-Cicéron, *In Sallustium*, 6.

16 Id. *ibid.* 7.

17 Id. *ibid.* 7. — 324,000 francs. Le sesterce, monnaie d'argent, valait alors 27 centimes, l'as étant de 6 centimes 3/4.

18 « Alaric entra dans Rome, et les Barbares incendièrent les maisons les plus voisines de la porte; parmi elles se trouvait celle de Salluste l'historien, qui subsiste encore à peu près à demi-brûlée. » Procope, *Vand.* I, 2.

19 Un des combats du cirque consistait à représenter une pêche. Le gladiateur qui simulait le pêcheur portait le nom de *rétiaire*; son antagoniste, celui qui jouait le rôle de poisson, s'appelait *mirmillon*.

20 Ce divorce avait eu lieu après la bataille de Pharsale. Cicéron prétextait les prodigalités et le caractère arrogant de sa femme; mais il paraît que la véritable cause fut le besoin de réparer ses affaires, car il se remaria aussitôt avec la jeune Popilia, belle et riche héritière, dont il était le tuteur. Après la mort de Salluste, Térentia s'unit à Vibius Rufus, et mourut à l'âge de cent trois ans.

21 « Il était né d'une famille équestre .... Bien que l'accès des honneurs lui

Dans les loisirs d'un repas somptueux, entouré d'illustres amis[22], société d'élite par l'esprit ou la fortune, Salluste qui, à l'exemple d'un grand nombre de ses contemporains, eut toujours le culte passionné des arts et des lettres, revint à un projet qu'il avait, dit-il, bien des fois caressé, celui d'écrire l'histoire[23]. Tandis que le second triumvirat s'inaugurait au milieu des proscriptions et du sang, que Cicéron tombait victime de la haine d'Antoine, que le parti républicain perdait à Philippes sa dernière espérance, Salluste travaillait paisiblement à devenir le premier historien de Rome; après avoir fait paraître son premier essai, la *Conjuration de Catilina*, il perfectionnait sa manière dans la *Guerre de Jugurtha*, puis entreprenait son œuvre capitale, les *Histoires*, qui comprenaient cinq livres, et dont nous n'avons plus que quelques courts fragments. La mort vint sans doute le surprendre au milieu de ses travaux : il termina sa carrière le 13 mai de l'an 36 av. J.-C.[24], sous le consulat de L. Gellius Publicola et de M. Coccéius Nerva; il n'avait pas cinquante ans.

On trouve une effigie de Salluste sur un médaillon édité pour la première fois par Fulvio Orsini, et qui porte la légende SALVSTIVS AVTOR. Il paraît qu'il était sans revers; du moins Orsini n'en a pas mentionné. Patin en a publié un autre présentant la même légende; mais il a indiqué à tort la tête comme barbue; le revers est ainsi décrit: trois figures en toge, dont celle du milieu tient un édifice, ou, selon Havercamp, une clepsydre, et autour PETRONI PLACEAS. Le cabinet d'Ennery (nº 2483 du Catalogue) en possédait aussi un, portant à l'avers la légende SALLVSTIVS AVTOR, avec la tête imberbe de Salluste; au revers, trois figures en toge, l'une tenant une flûte, celle du milieu un chalumeau, la troisième dans l'attitude d'une personne qui chante ou déclame, et les mots PETRONI PLACEAS[25].

La vie de Salluste avait été écrite par le grammairien Asconius Pédianus, auteur exact et impartial, le même qui annota les œuvres de Cicéron, et qui florissait, croit-on, vers 40 après J.-C. Cette biographie est citée par deux commentateurs d'Horace, Acron et le scholiaste de Cruquius. D'après Suétone, Pompéius Lénæus, affranchi du grand Pompée, avait publié contre Salluste et sans doute de son vivant, une furieuse diatribe où il poursuivait également ses mœurs et ses écrits D'autre part Asinius Pollion, l'un des personnages les plus marquants de cette période, poëte et historien lui-même, dans une espèce de pamphlet (*Lettre à Plancus*), et même, semble-t-il, dans un livre spécial, attaquait vivement son affectation du vieux style et sa manie des archaïsmes. Salluste eut pour commentateur C. Æmilius Asper; c'est le grammairien Charisius qui nous l'apprend. On croit qu'un extrait de son œuvre, probablement fait par un moine, se trouvait autrefois dans un manuscrit de Paris. A Asper on joint aussi Statilius Maximus; mais comme Charisius ne cite qu'un passage de notre historien traité par lui, on n'en saurait légitimement inférer qu'il ait commenté tous ses ouvrages. Dans les *Silves* (IV, 4), Stace donne à entendre que Junius Maximus avait fait un abrégé des *Histoires*. Enfin, nous savons par Suidas que, sous l'influence d'Adrien, grand amateur de la vieille littérature, le sophiste Zénobios qui avait ouvert une école à Rome, traduisit les œuvres de Salluste en grec. Mais tout cela a été détruit par le temps.

Sources à consulter. — Auteur du *Bellum Africanum*, 8, 14, 34, 97. — Pseudo-Cicéron, *in Sallustium*. — Sénèque le rhéteur, *Suasoriæ*, I, III; *Controversiæ*, IV, 24; IX. — Velléius Paterculus, II, 36. — Valère-Maxime, VIII, 13. — Asconius Pédianus, *in Milonianam*. — Sénèque le philosophe, *Epp.* 114. — Pline, *H. N.* V, 4; VII, 49. — Quintilien, II, 5; III, 8; IV, 1; VIII, 3; IX, 3; X, 1-3. — Martial, XIV, 191. — Tacite, *Ann.* XIII, 47; XXX, 3; *Hist.* III, 82. — Suétone, *Aug.* 86; *de ill. gramm.* 10, 15. — Apulée, *Apologia*. — Aulu-Gelle, I, 15; III, 1; IV, 15; X, 26; XVII, 18; XVIII, 4. — Justin, XXXVIII, 3. — Acron (Hor. *Sat.* I, 2, 48); commentateur de Cruquius (*ibid.*). — Spartien, 16. — Vopiscus, 44. — Lactance, *Inst. div.* II, 12. — Aviénus, 32. — Ausone, *Protrepticum Eidyllium*, IV, 60. — Macrobe, *Saturn.* II, 9; V, 1. — Symmaque, *Epp.* V, 9. — Servius (Virg. *Æn.* VI, 612). — Orose, VI, 15. — Saint-Jérôme, *adv. Jovinianum*, I, 48. — Saint-Augustin, *de civ. Dei*, I, 5; *Epp.* 5 (*ad Marcellinum*). — Sidoine Apollinaire, *Pan. Anthemii Augusti*, 190. — Isidore, *Orig.* XIII, 21. — Appien, *Guerre civile*, II, 92, IV, 53. — Dion Cassius, XL, 63; XLII, 52; XLIII, 9; LVII, 15. — Eusèbe, *Chron.* années 1931 et 1981. — Procope, *Vand.* I, 2.

II

APPRÉCIATION DU CARACTÈRE ET DES OUVRAGES DE SALLUSTE.

§ 1. *État de la société romaine à l'époque de Salluste. — Situation politique de l'écrivain.*

Au septième siècle de Rome, l'organisation civile et militaire de Sylla n'était guère protégée que par le souvenir des massacres qui l'avaient établie. Rendant à l'aristocratie ses insolentes prérogatives, au sénat son antique souveraineté, elle avait déshérité le peuple dans ce partage injuste de la force et des droits. Or, il y a des moments dans la vie des sociétés où l'énergie morale des hommes est dans un état complet de prostration et d'anéantissement. Les vaincus, fatigués d'une lutte inégale dans laquelle ils ont succombé, éprouvent le besoin du repos : la paix, à quelque prix qu'ils l'achètent, semble alors un bienfait pour ceux qui survivent aux batailles et aux proscriptions. La classe plébéienne, naguère triomphante sous les étendards de Marius, aujourd'hui faible et mutilée, respirait à peine, écrasée par la plus dure des tyrannies; et ce repos factice, qu'elle acceptait pour un moment de ses vainqueurs, devait favoriser singulièrement les successeurs de Sylla. Le sénat profita avec habileté de ces circonstances; sa puissance reparut bientôt plus imposante et plus terrible, grâce à ce prestige dont s'environnent les vieilles institutions que rétablit le hasard d'une révolution ou la fortune d'un ambitieux. Après l'abdica-

fût facile, il suivit l'exemple de Mécènes, et, sans avoir la dignité de sénateur, surpassa en influence une foule de triomphateurs et de consulaires. Par ses habitudes d'élégance et de recherche, il était loin des mœurs des anciens . . . . . Sous cet extérieur il cachait une vigueur d'esprit au niveau des plus grandes affaires; elle était d'autant plus ardente qu'il affectait plus de mollesse et d'indolence. Tant que vécut Mécènes, il fut le second, et, après lui, le premier confident des secrets d'Auguste. Il prit part au meurtre de Postumus Agrippa; toutefois il conserva, dans sa vieillesse, auprès de Tibère, plutôt les dehors du crédit qu'une influence réelle. » Tacite, *Ann.* 3, 30. Horace parle de lui dans ses satires (1, 2, 48), où il le raille de son faible pour les courtisanes (il est vrai qu'Acron et le scholiaste de Cruquius prétendent qu'il s'agit de l'historien, assertion que combattent diverses raisons); c'est encore à lui que plus tard il dédia une de ses odes (2, 2).

22 Entre autres Atéius Prætextatus, célèbre grammairien latin. Il fit, à l'usage de Salluste, un abrégé de toute l'histoire romaine, afin que celui-ci pût en tirer les parties qu'il voudrait traiter.

23 Voyez *Conjuration de Catilina*, 4.

24 Le troisième jour avant les Ides de mai de l'an 718 de Rome.

25 Ces divers médaillons appartiennent à la série des contorniates frappés de Constantin à Flavius Valentinien et reproduisant les traits soit d'un empereur, soit des hommes célèbres suivants : Socrate, Anacharsis, Térence, Salluste, Horace, Apulée et Apollonius de Tyane. Le revers offre toujours des scènes empruntées à la mythologie et surtout aux jeux du cirque, comme le prouvent les légendes PETRONI PLACEAS, OLYMPI NICA, VRSE VINCAS. C'est à tort qu'on a cherché sur les contorniates de cette fabrique un rapport entre le revers et l'avers. Ces médaillons servaient-ils de contremarques ou de récompense aux vainqueurs? Étaient-ils frappés par ces derniers? C'est ce que la science n'a encore pu résoudre. Pour ce qui est des médaillons de Salluste, on les a attribués à d'autres personnages de ce nom qu'à l'historien; il y eut, en effet, sous l'empire plusieurs Salluste qui se distinguèrent dans la vie publique ou dans les lettres. Ainsi Patin rapporte le sien à celui qui fut consul avec Léontius en 344 ap. J.-C., sous le règne de Constantin II, Constance et Constant, et qui est appelé *auteur* par Zarabella. Ce qui a déterminé plusieurs numismatistes, c'est la légende ne portant qu'une *l*; mais nous venons de voir (note 1) que les deux orthographes étaient également employées. Du reste le simple rapprochement du nom de Salluste avec ceux des grands hommes cités plus haut suffit pour lever toute espèce de doute à ce sujet.

tion du dictateur, personne à Rome ne parlait plus de liberté. Lépidus avait voulu faire un dernier appel au courage de ses concitoyens : cet appel était prématuré, et une poignée de braves désespérés, commandés par un chef inhabile, se trouvait impuissante contre une armée nombreuse et disciplinée L'heure du réveil n'était pas encore venue.

Mais, au sein de cette torpeur générale, qui concentrait entre les mains de quelques-uns un pouvoir immense, deux hommes perçaient dans l'ombre, rivaux de gloire et d'ambition. Pompée, fort de l'appui du sénat qui s'était mis adroitement sous sa protection, déjà connu par ses nombreux exploits, fier de cette fortune constante qui s'attachait à ses armes, et mêlant aux dehors faciles et polis d'un caractère doux et humain la franche austérité d'un autre temps, Pompée sentait l'horizon s'agrandir, à mesure qu'il parcourait la brillante carrière des honneurs. César, à l'autre extrémité, avec plus de bon sens et de finesse, prévoyait déjà que la place était belle pour lui, en cherchant les suffrages du peuple et en acceptant sa confiance. On l'avait vu, aux obsèques de sa tante Julia, veuve de Marius, exhumer de sa poussière l'image du vainqueur des Cimbres, et la faire porter sur le Forum aux acclamations d'une foule enthousiaste. C'était une bonne fortune pour toutes les familles ruinées par le glaive ou les lois de Sylla, et qui n'attendaient qu'un chef pour se rallier à son nom contre le despotisme oligarchique. Tous les débris de la faction de Cinna et de Marius, les vétérans habitués à l'oisiveté et qui avaient dépensé bien vite dans le luxe les trésors dont Sylla avait payé leurs services, tous ceux, enfin, que la guerre sociale avait brisés et que le parti victorieux n'avait pas réhabilités, ceux-là détestaient la noblesse, maudissaient le sénat et n'avaient d'espoir que dans une catastrophe [1].

Quel était donc ce sénat, objet de tant de jalousies et de haines? Était-ce le sénat du vieux temps que Cinéas avait pris pour une assemblée de rois? Hélas! depuis longues années Rome n'avait plus le spectacle des vertus primitives : sur ces chaises d'honneur où tant de grands hommes avaient pris place, l'avarice et la luxure venaient s'asseoir impudemment. L'immoralité la plus honteuse, l'égoïsme le plus bas, toute la savante corruption des Grecs, avait gagné les citoyens les plus illustres, et la civilisation raffinée de l'Orient s'était acclimatée sur le vieux sol romain, à la faveur des riches oisifs, séduits par l'attrait de voluptés nouvelles et de jouissances inconnues. Le sentiment de la dignité humaine avait disparu dans cette fièvre ardente qui poussait à tous les crimes des hommes oublieux de la gravité de leurs fonctions, et qui ne voyaient dans la possession du pouvoir qu'un moyen plus sûr de satisfaire leurs mauvais instincts. Seul, au milieu d'une démoralisation chaque jour plus profonde, Caton luttait contre le torrent envahisseur : son respect pour les vieilles traditions, doublé des pratiques les plus austères de la philosophie stoïcienne, donnait à sa parole une énergie et une autorité incroyable. A côté de lui, mais déjà ébloui par ses succès de popularité, cherchant à la fois les suffrages des deux classes, Cicéron s'essayait, par toute l'élégante facilité de son éloquence, à fixer sur sa personne l'inconstance de l'opinion. Homme d'activité et de probité, de bon goût et d'érudition, ami des arts et de la philosophie, l'ambitieux orateur pouvait passer à Rome pour un sage de l'école de Platon. Mais, à part ces deux grands noms, le sénat s'était laissé emporter au courant de la corruption générale.

La jeunesse patricienne, occupée de chevaux, de maîtresses et de chiens, s'usait dans de continuelles débauches. On la voyait rivaliser avec les gladiateurs, et s'instruire dans les règles bizarres d'une escrime inutile à la guerre. Génération paresseuse et incapable, criblés de dettes et perdus d'honneur, sans cesse à la poursuite de plaisirs sensuels, et s'affiliant à tout ambitieux qui leur promettait de l'argent, les fils de famille devenaient bien vite les ennemis les plus dangereux de la république. Les femmes aussi avaient oublié la simplicité des premiers siècles. Ce n'était plus le temps où la matrone romaine, chaste et modeste, prenait à cœur les devoirs sacrés de l'éducation et fournissait à la république de bons citoyens [2]. Ce n'était plus la ménagère économe, intelligente de Caton, l'épouse dévouée et active, passant sa journée avec ses esclaves et filant la laine avec elles; mais on voyait la matrone orgueilleuse étaler un luxe effronté, jouer de la lyre et danser avec plus de grâce que de pudeur, avoir aussi peu de soin de sa réputation que de son argent, et user toutes les ressources de son esprit et de sa beauté dans une vie de dissipation scandaleuse [3].

Puis la dépravation était descendue peu à peu des rangs élevés de la société aux classes inférieures, où s'éteignaient ensemble le sentiment du patriotisme et l'amour de la liberté. Là où la débauche n'avait aucune convenance à garder, la tyrannie aristocratique cherchait à étouffer l'inquiète activité d'une populace dangereuse; et l'oisiveté forcée des plébéiens, courant déjà aux spectacles sanglants des jeux du cirque, était un signe de précoce décadence. La religion elle-même s'en allait avec la vieille république, n'exerçant plus d'empire sur les esprits que par de grossières superstitions. S'il est vrai que chez les Romains le culte des divinités nationales se confondait avec l'amour du pays, le dépérissement du second devait entraîner la ruine du premier. Les prêtres de la Grèce avaient introduit en Italie les fêtes de Bacchus, et les pratiques de cette religion bizarre et honteuse, grossier mélange d'ascétisme et de sensualisme, avaient ému la sollicitude du sénat. Une courtisane lui avait dénoncé les orgies monstrueuses des Bacchanales, et le sénat les avait interdites en vain par un sénatus-consulte retrouvé intact il y a deux siècles [4]. La philosophie la plus vulgaire sur Dieu et sur l'âme n'avait jamais pu pénétrer ces intelligences pratiques et grossières; et quand la classe des lettrés se réfugiait dans la morale d'Épicure, ou couvrait ses vices sous le rigorisme hypocrite de la doctrine de Zénon, le peuple, attaché à ses usages, à ses ancêtres, ne soupçonnait rien au delà des cérémonies que le sénat prescrivait pour le culte des divinités. Il vivait en tout comme ses pères, accourant aux sacrifices pour apaiser les dieux irrités, et croyant à l'efficacité de ses prières moins qu'à celles de ses rites. Plus tard, on entendit César, grand pontife, nier, devant le sénat, l'immortalité de l'âme et la vie future [5], et Cicéron ne prêter à ce dogme primitif que l'autorité d'une tradition ancienne et universelle. Pourtant, un siècle auparavant, Polybe avait opposé aux doctrines relâchées de ses compatriotes la foi austère des Romains [6].

C'est au milieu de cette société en pleine dissolution, dans ce siècle où se heurtaient violemment l'ambition de César, la vertu de Caton et les vices de Catilina, que fut élevé et que vécut Salluste. On vit d'abord l'humble plébéien d'Amiternum, nourri dans les idées démocratiques, poursuivre avidement les honneurs que sa modeste origine semblait lui refuser, mener de front les plaisirs et les affaires, agiter et bouleverser le Forum de son éloquence incendiaire, s'asseoir sur les bancs des sénateurs et se faire rayer de l'*Album* pour ses excès politiques et

1 « Ceux qui avaient d'abord été corrompus par leurs richesses, le furent ensuite par leur pauvreté. Avec des biens au-dessus d'une condition privée, il fut difficile d'être un bon citoyen; avec les désirs et les regrets d'une grande fortune ruinée, on fut prêt à tous les attentats. » Montesquieu, *Grandeur et décadence des Romains*, X.

2 La population décroissait considérablement. César, pour y remédier, fit divers règlements : il donna des récompenses à ceux qui avaient beaucoup d'enfants. Il défendit de plus aux femmes qui avaient moins de quarante-cinq ans, et qui n'avaient ni maris ni enfants, de porter des pierreries et de se servir de litières.

3 Salluste, *Conjuration de Catilina*, 25.

4 Voy. *Notice*, III, note 24.

5 Discours de César dans Salluste, *Conjuration de Catilina*, 51 : *De pœna possum*, etc. Voyez ch. 52, la réponse de Caton : *Bene et composite C. Cæsar*, etc.

6 Polybe, VI. 56. Cf. Montesquieu, *Grandeur et décadence des Romains*, X.

ses débordements privés. De ce moment, il s'enrôla sous les drapeaux de César, où la fortune lui fut plus constante et où il put continuer son existence de dissipations, en rançonnant sans pitié les provinciaux qu'il était chargé d'administrer. La mort de César brisa bientôt sa carrière politique; mais les immenses trésors qu'il avait amassés en Afrique, lui permirent d'ambitionner une gloire plus durable : Salluste, négligé ou disgracié par les triumvirs, se fit historien[7]. Il raconta les événements dont il fut contemporain, dont le souvenir était encore vivant de son temps. Il voulut payer ainsi sa dette de haine à la noblesse qui l'avait honni et renié, et effacer autant que possible la mauvaise impression qu'avaient pu causer les scandales de sa vie domestique. Égoïste soigneux de sa réputation autant que de son intérêt, Salluste, pour rester fidèle à son rôle, dut donc être tout à la fois l'ennemi avoué de Sylla et de ses successeurs[8], respecter et justifier la mémoire de César[9], à qui il devait sa réhabilitation et sa fortune, enfin, se poser en censeur violent des vices de son temps, quand ses mœurs étaient compromises dans l'opinion publique[10]. Ce triple caractère, qui ressort à chaque page des œuvres de Salluste, instruit suffisamment le lecteur sur le degré d'impartialité qu'il doit lui accorder. Au surplus, ses opinions politiques sont franchement expliquées; et ses colères pour les classes privilégiées se montrent partout sans scrupule et sans remords. Il ne professe pas non plus pour la patrie un culte d'admiration religieuse comme Tite-Live : un tel sentiment pénètre rarement dans l'âme d'un ambitieux ou d'un égoïste. La gloire des armes romaines, le souvenir des récents malheurs qu'il raconte, le touchent moins que le déshonneur dont on l'a couvert, et il écrit autant pour se disculper et se venger que pour conquérir une renommée littéraire.

Ainsi donc Salluste fut l'homme de son temps, ni pire ni meilleur que la plupart de ses contemporains. A sa honte et à celle de son siècle, il est l'exacte expression du Romain dégradé qui bientôt n'allait plus avoir d'autre refuge que dans le pouvoir d'un seul. Épicurien de caractère, il dut l'être aussi en religion et en philosophie : toujours est-il difficile de dégager de ses écrits quelques-unes des immortelles idées qui font la grandeur de la doctrine de Platon. Il semble que la fatalité soit pour lui le dernier mot des choses humaines. S'il aima la vertu, ce fut dans les livres, au milieu des jouissances de la richesse; et s'il a fait l'éloge de la pauvreté antique, on peut dire de lui, comme de Sénèque, que ce fut sur des tablettes d'or.

§ 2. *De l'histoire chez les anciens. — Salluste considéré comme historien.*

Les anciens ne concevaient l'histoire que comme narrative, et non comme chargée de montrer la chaîne nécessaire du développement humain, comme une science ayant ses généralités et ses lois. Il ne faut donc pas demander aux historiens de l'antiquité l'étude calme et réfléchie des faits. Ce sont des artistes en beau langage, des conteurs, des anecdotiers, des poëtes[11]. Ils s'en tiennent à la surface des choses et ne sortent pas de la vie politique. Hors du Forum, de la curie et du champ de bataille, il n'y a plus rien pour eux. Encore sont-ils assez portés à traiter leur sujet avec cette règle de critique que Tite-Live pose si fièrement lorsqu'il interdit toute discussion sur les origines de Rome, « les peuples vaincus devant accepter ce que le peuple romain dit de lui-même, avec la même résignation qu'ils supportent son empire[12]. »

Au reste, il faut reconnaître que la vie sociale, dans le monde ancien, était bien plus simple qu'elle ne l'est chez nous. On vivait sur son champ ou sur la place publique; et, la forme républicaine étant générale, les citoyens faisaient eux-mêmes leurs affaires. Il n'y avait pas de grands États, lors même qu'il y avait de grandes dominations, car un empire n'était jamais qu'une agrégation de municipalités; et le pouvoir central avait peu d'occupation, même s'il commandait à trente ou quarante millions d'hommes. Ainsi, peu ou point d'administration. C'était là un grand embarras de moins pour le beau style; aussi les historiens en parlent moins encore que l'État. Ils ne s'inquiètent pas davantage de l'industrie laissée aux esclaves, du commerce abandonné aux petites gens. Toutes ces préoccupations économiques qui tiennent une si grande place dans les travaux modernes, leur paraissaient indignes d'attirer l'attention d'un homme sérieux.

Sur ce monde jeune le passé pesait peu. Il nous faut aujourd'hui le bien connaître, même pour les intérêts politiques du présent. Les traités étaient quelques tables d'airain, appendues dans un temple; ils remplissent pour nous d'énormes in-folios, et toute une science en est sortie. Les anciens ne regardaient les lettres, les arts, la philosophie, que comme les délassements de la paix, *pacis oblectamenta*[13]; nous les considérons comme l'expression de la société, et leur histoire est devenue une des branches les plus importantes de l'histoire générale. L'*Essai sur les mœurs* est un titre que nul écrivain de l'antiquité n'eût trouvé; le *Discours sur l'histoire universelle* en est un autre. Nous pensons, en effet, que la vie de l'humanité est une révolution continue; les anciens croyaient la société immuable. Ils l'auraient volontiers comparée au roc du mont Capitolin, et ils se dispensaient en conséquence de ce qui est notre principale occupation, la recherche des causes.

Autrefois, l'histoire était un drame; voilà pour l'antiquité sa grandeur Elle est aujourd'hui une science, voilà sa faiblesse et sa force. Tite-Live, Tacite, ne seront jamais dépassés comme artistes, pas plus qu'on n'efface Sophocle ou Raphaël, parce que l'art est individuel. Mais nos historiens d'aujourd'hui seront éclipsés par ceux de demain, car la science a des exigences et des révélations toujours nouvelles. On peut défricher un coin de l'histoire et y laisser, à force de science et d'art, une empreinte immortelle : mais l'*exegi monumentum* ne peut plus se dire d'aucune histoire générale. En un mot, l'histoire devant être le tableau de la vie d'un peuple, celle des anciens a pu être dessinée d'un trait net et précis, parce qu'elle n'était que l'image d'une seule chose, la vie politique. Celle des modernes, compliquée comme leur existence, n'est plus le miroir à un seul foyer, qui reçoit et renvoie directement la lumière sur un point unique, mais le cristal à mille facettes qui la brise et la disperse : il brille moins, mais il éclaire davantage.

Pendant longtemps, Rome n'eut d'autre histoire que les annales des pontifes. C'était une table de bois blanchie, *album*, sur laquelle le grand pontife inscrivait les noms des magistrats, les guerres, les triomphes, les épidémies, les disettes, les éclipses, etc.[14]. Dans Tite-Live, quelques morceaux d'énumération reproduisent assez bien le tour des *Annales maximi*. Plus tard, il y eut un journal, *Acta diurna*, *Acta publica*[15] : mais ces chroniques, sèches et incolores, écrites sans art et sans méthode, n'avaient pour but que de conserver la mémoire du fait, du lieu, du temps et du personnage. Cicéron, grand

7 Voy. *Catilina*, 4; *Jugurtha*, 3-4, où il se défend en même temps avec une certaine amertume contre ceux qui lui reprochaient ses goûts et ses occupations littéraires.

8 Voy. *Jugurtha*, 5, pourquoi il a surtout composé cet ouvrage. Remarquez aussi qu'il ne fait généralement parler que des ennemis de la noblesse, Memmius, Marius, etc.

9 Ce qu'il a essayé surtout dans le *Catilina*. Ainsi il est avéré que du discours de Caton il a supprimé tout ce qui était injurieux ou compromettant pour son protecteur.

10 Voy. ses préfaces du *Catilina* et du *Jugurtha*, ses allusions si fréquentes aux vices de ses contemporains, ses traits de mordante satire, etc.

11 Excepté Thucydide qui a entrevu quelques-unes des lois historiques, et surtout Polybe, mauvais écrivain, mais véritable homme d'État.

12 Tite-Live, *Proœmium*.

13 Cicéron, *De Officiis*, 3.

14 Ces tableaux étaient suspendus dans la maison du *Pontifex maximus*, pour que le public pût en prendre connaissance.

15 C'étaient les registres publics des délibérations des assemblées du peuple et des différents tribunaux; de plus, des naissances et décès, mariages, divorces, etc., destinés à servir de source authentique pour les historiens futurs. Voy. Victor Le Clerc, *les Journaux chez les Romains*.

amateur d'antiquités, nous a transmis les noms de ces vieux auteurs que le temps n'a pas épargnés : « Caton, Fabius Pictor et Pison, dit-il, ignorent le secret d'embellir le discours... Uniquement jaloux de se faire comprendre, ils ne connaissent d'autre mérite que celui de la brièveté[16]. » Le vieux Caton, par exemple, avait composé une histoire de Rome qui comprenait les origines de la ville éternelle et celles des autres peuples de l'Italie. La sobriété du génie, la rudesse énergique du caractère primitif, se réflétaient naturellement dans ces phrases courtes, semées d'archaïsmes, mais déjà empreintes de cette forte précision, de cette gravité, qui distingue l'idiôme des Romains.

César vint après, et son style vif, net et élégant, fait de son livre un modèle inimitable. C'est la langue d'un contemporain de Cicéron; une histoire aux apparences modestes et humbles; mémoires rapides, écrits sous la tente par un homme qui raconte ce qu'il a fait, ce qu'il a vu, et expose les événements dans leur simple enchaînement chronologique. Du reste, César, si intéressant quand il s'agit de dépeindre une bataille, d'expliquer une manœuvre, est incomplet partout où il faudrait autre chose que des descriptions stratégiques. Esprit positif et pratique, il ne parle que des difficultés d'une conquête; mais il néglige les détails de mœurs pour ne voir dans un pays que sa position géographique, ses ressources militaires, et dans ses habitants plus ou moins de courageux soldats qu'il faudra réduire par la force ou par l'adresse.

Salluste, le premier à Rome, sentit que l'histoire doit être un drame où les passions humaines s'agitent, se heurtent et se combattent. Son modèle fut Thucydide. Comme lui, il comprit que le but de l'histoire est l'utilité, l'enseignement qu'elle doit donner à l'homme politique : *in primis magno usui est memoria rerum gestarum*[17]. C'est aussi de tous les historiens grecs celui dont il chercha le plus à imiter la forme, s'efforçant de lui dérober jusqu'à la concision, à l'énergie de ses tours. Mais Thucydide reste bien au-dessus de Salluste. L'auteur de la *Guerre du Péloponèse* avait ces grandes qualités morales qui font d'un homme un bon citoyen, un magistrat intègre. S'il eut à se plaindre de ses contemporains, du moins supporta-t-il sa disgrâce avec fermeté, oubliant les malheurs de l'exil dans l'étude consciencieuse et approfondie des événements auxquels il avait assisté. Aussi Thucydide, par la valeur et l'importance du monument qu'il nous a laissé, par l'ordonnance si correcte et si méthodique de son œuvre, surtout par l'excellence de sa critique historique, est un des plus beaux génies et une des plus nobles figures de l'antiquité. Salluste, au contraire, n'est qu'un artiste de mots, curieux d'élégance et de précision, grand amateur de traits neufs et frappants, rhéteur dans ses préfaces et quelquefois dans ses discours, sans dignité dans le caractère, sans élévation dans les vues philosophiques : sous ce vernis de politesse et de recherche, partout on sent percer l'âpre rudesse qui est le fond même du génie romain. Il fut, comme nous venons de le dire, le premier en date des historiens latins, et c'est là sans doute ce qui explique pourquoi l'orgueil national s'est plu à en faire le plus grand. Qu'on se rappelle d'ailleurs que nous autres modernes, nous ne connaissons que l'auteur de *Catilina* et de *Jugurtha*, tandis que les anciens, s'ils parlaient de Salluste, songeaient surtout à l'auteur des *Histoires*. Ainsi, la principale pièce du procès nous manque, et dès lors il nous devient impossible d'apprécier complétement le talent et la manière de Salluste.

La *Conjuration de Catilina* fut son coup d'essai. Dans un sujet de cette nature, il pouvait faire parler sans crainte ses ressentiments mal étouffés, écrire quelques lieux communs brillants sur les vices de son temps et emprunter la voix de Caton pour flétrir Catilina en épargnant César[18]. Nous voyons donc, dès l'abord, que Salluste ne concevait pas, comme Tite-Live, l'histoire d'un point de vue général et tout patriotique. A cette intelligence nette et rapide, il fallait un cadre restreint qui lui permît les détails heureux, les narrations descriptives, des discours et des portraits. Il lui fallait un sujet bien défini, bien circonscrit; un lambeau, un épisode, choisi dans cette immense histoire de six siècles; il nous en prévient lui-même : *Statui res gestas populi Romani carptim, ut quæque memoria digna videbantur, perscribere.... Igitur de Catilinæ conjuratione paucis absolvam*[19].

Toutefois, a-t-il pénétré bien avant dans cette singulière physionomie de Catilina? Le vaincu de la vieille aristocratie n'aurait-il été qu'un vulgaire factieux, qu'un révolutionnaire aventurier? Question difficile à juger, car, pour prononcer, nous n'avons que les dépositions des témoins à charge, et l'antiquité s'écriait volontiers comme Brennus : *væ victis!* Pourtant, à examiner de près le plan et la suite de la conjuration, Catilina dut être une de ces riches et puissantes natures qui, selon l'éducation, les circonstances et les passions, tournent au bien ou au mal avec une égale énergie. La révolution qu'il voyait venir, il voulut la faire à son profit. Pour atteindre au but, César prit par en haut, par la gloire; Catilina prit par en bas, par les intrigues et les complots de carrefour. L'un se servit de l'armée, l'autre de tous les gens déclassés de Rome. Il est impossible d'admettre qu'il se soit proposé, comme fin dernière, l'incendie, le meurtre et le pillage; mais on ne saurait nier que son triomphe n'eût été suivi de la proscription de ceux que Cicéron appelle les *gens de bien* et du bouleversement des fortunes. C'eut été une révolution sociale, où l'on eût placé dessus ce qui était dessous, Catilina servant de couronnement au nouvel édifice : mais l'édifice, comme tant d'autres, n'eût probablement guère duré, parce qu'on n'y aurait pas mis comme ciment des principes plus justes, des idées meilleures, parce qu'une œuvre qui ne repose que sur la surprise et la force, porte en soi le germe fatal d'où sortira sa destruction.

Salluste avait pu voir jeune encore cette terrible journée qui faillit compromettre Rome tout entière, et je ne trouve dans son ouvrage que des souvenirs ravivés à force de patience et d'art, que l'effort d'une imagination vivement frappée et cherchant à préciser des émotions d'autrefois. Ne croyez pas, en effet, que l'écrivain ait mis beaucoup de scrupule et de soins dans ses recherches, qu'il ait essayé de sonder tous les mystères d'une tentative sans exemple et recueilli tous les témoignages dont il aurait pu faire son profit. Salluste nous a donc laissé dans une complète ignorance sur les desseins de Catilina, sur le plan des conjurés, sur les progrès et les manœuvres clandestines de cette troupe impure de nobles endettés, de plébéiens avides de vengeance et de liberté. Il a jeté ses personnages un peu au hasard, au milieu d'une civilisation pleinement corrompue, sans nous révéler les causes prochaines de ces mémorables événements. Il a tracé à grands traits un tableau devenu fort obscur, parce qu'on ne saisit pas le lien naturel qui le rattache à l'histoire générale dont il est violemment détaché. L'inaction du sénat et des consuls quand le complot est découvert, et, en dernier lieu, l'histoire du fameux procès des conjurés, sont autant de faits importants où la critique historique n'a encore qu'imparfaitement pénétré et que Salluste n'a ni éclaircis ni expliqués[20].

A ces reproches s'en joignent d'autres qui attaquent plus directement l'impartialité de l'historien. Il s'est trop souvenu de ses anciens démêlés avec le défenseur de Milon. Cicéron, à qui incombe toute la responsabilité du coup d'État du 5 décembre, est à peine mentionné dans ce moment suprême : son rôle a été amoindri au point que certaines particularités en deviennent in-

16 Cicéron, *De Oratore*, 2, 13.

17 *Guerre de Jugurtha*, 4.

18 Salluste a besoin de dire qu'il écrit dans les meilleures conditions possibles d'impartialité. Voy. *Catilina*, 4.

19 *Conjuration de Catilina*, 4.

20 Au fond, l'organisation aristocratique était faible et impuissante, parce qu'elle vivait plus de souvenirs que de réalités : ce qui nous permet de comprendre en partie la pusillanimité des chefs de la noblesse. Voy. P. Mérimée, *Conjuration de Catilina*, § 1.

intelligibles. D'un autre côté, Salluste évite à dessein d'insister sur César dans tout le cours de son récit, craignant d'autoriser les soupçons répandus sur sa complicité avec les conjurés, et laisse ainsi sans solution un problème qui en a eu tant de contradictoires. La reconnaissance arrêta sans doute la plume de l'écrivain; les souvenirs de l'amitié lui firent oublier les devoirs sacrés de l'histoire.

Enfin, est-il besoin de rappeler son mépris pour la chronologie, son indifférence pour l'indication exacte des lieux? C'est un défaut commun à la plupart des historiens de l'antiquité, mais plus sensible ici que partout ailleurs. Et que penser des premières pages, où l'auteur s'évertue à rajeunir quelques généralités philosophiques? C'était l'avis de Quintilien[21], que Salluste avait suivi la méthode des rhéteurs grecs et spécialement de Gorgias, dont tous les discours commençaient par quelque point de morale décousue, sans rapport direct avec la question[22]. Ajoutez à cela cette longue et vague digression du sixième au quatorzième chapitre, qui transporte tout d'un coup le lecteur aux temps d'Énée, et le ramène jusqu'à Catilina à travers un circuit immense de faits mal groupés et de réflexions sans profondeur. Tacite, lui aussi, en commençant ses *Annales*, jette un regard douloureux sur le passé et résume en quelques lignes les variations politiques de Rome. Mais le tableau de Tacite, serré et concis, est un chef-d'œuvre; celui de Salluste, déclamatoire et diffus, est un hors-d'œuvre, parce que l'un rattache tout à une idée générale, parce que l'autre cherche une occasion d'ingénieux développements.

D'où il résulte évidemment que l'ouvrage de Salluste est l'essai d'un homme encore peu rompu au métier difficile de l'historien. Mais la *Conjuration de Catilina* est digne de fixer sous d'autres rapports l'attention de la critique. C'est le premier monument historique d'un peuple; c'est, dans le genre le plus difficile, le premier effort de cette lutte si longue du génie romain cherchant à s'élever au niveau du génie grec. Le livre demeure donc avec ses défauts et ses qualités, avec son style brillant et énergique, parfois pénible et obscur, il demeure pour marquer un pas immense dans les idées et dans la langue latine.

On a beaucoup discuté la date de cet écrit. La plupart des critiques français, sur quelques phrases de Salluste mal interprétées[23], ont cru pouvoir en induire qu'il avait composé la *Conjuration de Catilina* au milieu des agitations de la vie politique, à l'époque où il venait d'être chassé de la curie. Il avoue bien son amour pour les études historiques, son projet, conçu de bonne heure, de traiter quelque point de l'histoire romaine; mais il ajoute aussitôt que les mauvaises préoccupations de l'ambition le détournèrent de cette entreprise. Entre son exclusion du sénat et sa seconde questure, il s'était à peine écoulé deux ans: n'est-il pas naturel de penser que, durant ce court espace de temps, il travailla surtout à suivre le mouvement des affaires, à rétablir sa position ruinée, à se mettre en rapport avec César en vue d'événements préparés de longue main? Un ambitieux comme Salluste, au moment où il voyait la catastrophe chaque jour plus imminente, dut-il être bien disposé à jouir d'un repos qu'on lui imposait, à s'endormir au sein de paisibles spéculations littéraires? Ce n'est qu'après son retour d'Afrique, à la suite de la mort de César, qu'il lui fut possible d'exécuter ses rêves d'autrefois. Exilé des affaires, libre de son temps, il ne voulut pas, c'est lui qui le dit, laisser perdre dans l'inaction des années précieuses. Au lieu de s'occuper de chasse et de culture, il préféra reprendre ses études favorites, et songea à mettre en ordre les nombreux matériaux accumulés antérieurement. Un autre argument est le parallèle de César et de Caton, au chapitre 54: jamais personne, du vivant du dictateur, n'eût parlé avec cette franchise, n'eût prononcé sur lui un jugement aussi libre; Salluste moins que tout autre. Il est vrai que les mêmes critiques répondent que ce portrait a été ajouté après coup: hypothèse gratuite, et qui ne repose sur aucun fait. En conséquence, sans admettre précisément avec certains philologues de l'Allemagne, que Salluste ait prétendu établir une ressemblance secrète entre Antoine et Catilina, nous placerons la publication de la *Conjuration de Catilina* en 43 av. J.-C., l'année de la guerre de Modène[24]. Un an après paraissait le second ouvrage de Salluste, la *Guerre de Jugurtha*.

Bien que la guerre de Jugurtha fût un événement mémorable dans les fastes de la république romaine, et qu'elle méritât de fixer l'attention d'un écrivain sérieux, il est manifeste cependant que Salluste s'y arrêta pour d'autres motifs. Il s'était plus d'une fois demandé comment la république avait pu exécuter tant de grandes choses, et il était resté convaincu que la force des empires dépend toujours de la vertu des citoyens. Tant que Rome eut des mœurs austères, elle prospéra; quand la corruption eut envahi la noblesse, la décadence fut prompte[25]. Or, cette théorie, si profondément vraie, se trouvait confirmée par les nombreux détails qui signalèrent la guerre de Jugurtha. Ici, l'État compromis par l'incapacité notoire des patriciens; là, des magistrats avides, rançonnant les provinces qu'on leur confiait, sans se soucier de la justice qu'ils représentaient; d'autre part, d'humbles plébéiens, comme Marius, s'élevant au dernier degré de la fortune et des honneurs, à force de patience et de persévérance; ailleurs, Métellus, Sylla, méritant par les plus brillantes qualités le haut rang où les avait placés leur naissance. En proposant à l'admiration générale de semblables modèle, pris dans le passé, l'auteur en faisait résulter de beaux enseignements pour le présent. Dans ce sujet, il trouvait encore une nouvelle occasion d'attaquer l'aristocratie, de témoigner de son mépris pour ses contemporains, de sa haine pour la société qui l'avait répudié; il l'avoue assez naïvement quand il dit: *quia tunc primum superbiæ nobilitatis obviam itum est*[26]. En un mot, c'était un cadre qui lui permettait d'être à la fois historien et pamphlétaire.

Disons d'abord que la *Guerre de Jugurtha* est bien supérieure à la *Conjuration de Catilina*. C'est une œuvre de premier ordre, un morceau achevé, qui fait autant d'honneur au talent de l'écrivain qu'à la science de l'historiographe. Au lieu d'une narration décousue, d'une succession peu claire de faits mal ordonnés, on y voit un tout aux proportions régulières, dont les différentes parties, savamment distribuées, laissent la figure principale se développer, s'agrandir, se compléter en face des événements.

Rien de plus frappant que le caractère de Jugurtha, et le soin tout particulier que l'auteur a mis à le bien faire connaître. Comme on suit avec intérêt ce jeune Barbare, aussi distingué par les qualités du corps que par celles de l'esprit, fuyant la corruption romaine pour s'endurcir aux rudes travaux de la guerre, sous ces brillants dehors laissant poindre l'ambitieux, le politique habile, captant les faveurs populaires, et révélant déjà le futur maître de la Numidie! Toute cette histoire de la jeunesse de Jugurtha, la vivacité du style, la simplicité du récit, l'art exquis avec lequel l'historien soutient l'attention du lecteur, et la porte exclusivement sur son héros, donnent aux premières pages de ce livre l'attrait piquant d'un roman, et fixent le souvenir par la variété des impressions.

Voilà un grand et incontestable progrès dans la pensée et dans la manière de Salluste, et rien n'est curieux à observer désormais comme l'artifice de sa composition. L'écrivain a d'abord produit à un haut degré l'intérêt, par le charme de ses tableaux, et il a préparé ainsi le lecteur aux détails scientifiques

21 Quintilien, *De Institutione oratoria*, 3, 8.

22 C'est aussi le procédé d'Isocrate, et je suis frappé d'une sorte de ressemblance entre le début du *Catilina* et l'exorde du *Panégyrique d'Hélène*.

23 *Conjuration de Catilina*, 4.

24 Dans le préambule du livre I du *De Legibus*, composé l'an 47 av. J.-C., Cicéron dit: *abest litteris nostris historia*. Eût-il tenu ce langage si l'ouvrage de Salluste avait déjà paru?

25 *Conjuration de Catilina*, 53.

26 *Guerre de Jugurtha*, 5.

qui complètent la valeur de l'historien. Le rôle de l'érudit vient donc après celui de l'artiste, et l'auteur jette en passant quelques pages sur l'Afrique, sur sa position géographique, sur ses habitants, sur ses antiquités. Salluste pour cela mit à profit les documents qu'il trouva dans la bibliothèque d'Hiempsal[27]. Durant son séjour en Afrique, il avait également recueilli dans la tradition orale une foule de renseignements précieux sur les événements contemporains et sur les temps qui précédèrent la domination romaine. Une autre source, importante à mon avis, et à laquelle Salluste dut puiser largement, ce sont les *Origines* du vieux Caton. Dans cet immense ouvrage, les guerres puniques étaient racontées au long, et comme Caton avait beaucoup voyagé, comme il avait vu tous les lieux dont il parlait, ses descriptions devaient faire autorité aux yeux d'un Romain. Sans doute, Salluste n'a rien écrit d'approfondi sur cette matière; il s'est contenté de suivre, sans les justifier, les traditions les plus accréditées : la critique moderne a depuis longtemps relevé ses erreurs et ses inexactitudes. Mais peut-on lui en faire un reproche, si l'on songe aux données insuffisantes, aux notions limitées que le monde ancien possédait sur les origines des peuples, si l'on se rappelle que la science ethnographique, née d'hier, est encore à l'état d'enfance?

Après cette courte digression, le drame se continue et le caractère de Jugurtha se déroule et se soutient, mis en présence de l'habileté romaine. A travers la complication des campements, des siéges et des batailles, la marche du récit se poursuit merveilleusement claire et entraînante. Mais l'historien n'oublie pas son double but, et, avec une incroyable souplesse, il nous transporte tantôt de l'Afrique à Rome, tantôt du Forum à Cirta. C'est que, pour cette foule de personnages qui se rencontrent et se succèdent sur cette terre hostile de la Numidie, près des champs de Carthage détruite, il y a autre chose qu'une conquête à faire, qu'un ennemi à réduire. Les derniers défenseurs du peuple, les Gracques, ont succombé sous les coups d'une aristocratie enivrée de son triomphe; ils attendent un vengeur, et les luttes des factions ne tarderont pas à déchirer le sein de la république. A côté du noble Métellus, il y a un plébéien, lieutenant vieilli sous les armes, encore humble et soumis, qui bientôt va redresser la tête, Marius; et, au fond du tableau, sur le dernier plan, se dessine vaguement la figure de celui qui un jour sera Sylla. Ici surtout percent les inimitiés de Salluste. La franchise de ses idées démocratiques éclate à chaque page; il emprunte la voix des morts pour parler aux vivants; derrière ces grandes ombres du passé qu'il ranime de sa plume magique, il se sent à l'aise pour railler ses contemporains et pour flétrir ses ennemis.

La date de la *Guerre de Jugurtha* ne saurait faire de doute : c'est l'an 42 avant Jésus-Christ. Et même, en pressant un peu le texte du préambule, on pourrait entrevoir quelques noms propres sous les généralités du lieu commun. Les proscriptions des triumvirs, cette sorte de lassitude morale qui s'empara de tous les esprits au spectacle de tant de cruautés, ont inspiré ces pages tristes et sombres, où Salluste, faisant peut-être allusion à lui-même, semble protester fièrement que jamais il ne sera de ceux qui « sacrifient à la puissance de quelques-uns leur honneur et leur liberté[28]. »

Après avoir publié ces deux livres, dont l'un suffisait à sa renommée, Salluste semble s'être reposé quelque temps[29] pour entreprendre un travail plus compliqué, plus étendu, les *Histoires*[30]. Que contenaient-elles? Quel avait été le but de l'auteur? Un poëte du quatrième siècle, Ausone, a laissé échapper à ce sujet quelques vers, assez embrouillés d'ailleurs, qui ont servi de point de départ à la science moderne dans ce pénible essai de reconstruction.

Jam facinus, Catilina, tuum Lepidique tumultum,
Ab Lepido et Catulo jam res et tempora Romæ
Orsus, bis senos seriem connecto per annos;
Jam lego civili mixtum Mavorte duellum,
Movit quod socii Sertorius exsul Ibero.

Les *Histoires* s'étendaient donc depuis le consulat de Catulus et de Lépidus jusqu'à la promulgation de la loi Manilia et au débarquement de Pompée en Asie; et, embrassant ainsi de l'an 78 à l'an 66 une période de douze années, Salluste racontait le soulèvement de Lépidus, la guerre de Sertorius, celle des esclaves, la troisième guerre de Mithridate et les séditions tribunitiennes. L'ouvrage formait un ensemble de cinq livres et était dédié à Lucullus, le fils du vainqueur de Mithridate. Sans pouvoir l'affirmer, il est à croire que la mort empêcha l'historien d'aller plus loin; car elle le frappa à un âge où il pouvait encore espérer de longues années. Ce qu'on sait mieux, c'est qu'à une époque où la domination de Sylla avait reconstitué la suprématie de la noblesse, le dessein de Salluste était de montrer comment les dissensions intestines et l'activité inquiète des tribuns avaient relevé le peuple abattu et rendu à la classe déshéritée sa puissance et ses droits. Là, comme dans ses premiers écrits, il n'avait pas craint de donner un libre cours à ses passions politiques, en jetant l'anathème sur le tombeau du dictateur implacable, en poursuivant la mémoire de l'orgueilleux patricien qui s'était proposé Sylla pour modèle[31]. Bien des noms se rencontraient dans ce court espace de douze années; bien des intérêts s'agitaient au dedans et au dehors : c'était une ère de confusion et de crise pour la république romaine suspendue entre la tyrannie expirante de Sylla et le crédit naissant de César.

Autant que l'on en peut juger, la manière de l'auteur avait fait de notables progrès. L'admiration constante des anciens nous atteste qu'il avait déployé dans les *Histoires* toutes les ressources de son génie. Ce sont elles qui lui valaient ce pompeux hommage de la part d'un autre historien, son émule : *rerum Romanarum florentissimus auctor*. C'est en songeant à elles que Martial s'écriait :

Hic erit, ut perhibent doctorum corda virorum,
Crispus Romana primus in historia.

Si les éléments nous font défaut pour déterminer le mérite du narrateur, il nous est plus facile de parler de la valeur de l'écrivain. Il semble que le style des *Histoires* ait été plus concis, plus limé encore que celui du *Catilina* et du *Jugurtha*, et que l'artiste, arrivé à la maturité de son talent, ait cherché à se surpasser lui-même. Plus de ce clinquant qui dépare quelquefois ses productions antérieures; mais une simplicité continue, vrai cachet des œuvres immortelles. C'était donc une composition imposante, écrite de main de maître, que Rome pouvait avec orgueil opposer à l'histoire de Thucydide.

De ce magnifique monument, que nous reste-il? Cinq cents et quelques fragments, la plupart dus au hasard des citations, exhumés péniblement un à un par la patiente érudition des commentateurs. Les plus importants sont quatre discours et deux lettres retrouvés au quinzième siècle, par Pomponio Leto, dans un manuscrit de la Vaticane, à la suite du *Catilina* et du *Jugurtha*[32]. Comment expliquer cette perte à jamais regrettable?

27 *Guerre de Jugurtha*, 17.

28 *Guerre de Jugurtha*, 2. Voyez note 6.

29 Il est certain que Salluste ne songeait pas à composer ses *Histoires* quand il écrivait la *Guerre de Jugurtha*, car au chapitre 95 de ce dernier ouvrage il dit : *neque alio loco de Sullæ rebus dicturi sumus*. La simple inspection des fragments fait voir d'une manière évidente qu'il a mis beaucoup de soin aux *Histoires*, et qu'il a dû employer un assez long temps à recueillir les faits, les témoignages, à les contrôler et à les mettre en ordre. Il est donc à présumer qu'il ne s'est guère mis à l'œuvre avant l'an 40.

30 « *Annales*, ouvrage historique, dans lequel les événements de chaque année ne sont traités que chronologiquement, différant de *historia*, qui en suivant l'ordre des faits, les représente particulièrement dans leur enchaînement et leurs causes. » Freund, *Dictionnaire de la langue latine* (traduit par Theil), I, p. 170.

31 C'est-à-dire de Pompée. Salluste a cru pourtant devoir se disculper du reproche de partialité : *Neque me diversa pars in civilibus armis movit a vero*. Fragment du livre I, cité par Arrusianus Messus.

32 Les anciens avaient coutume de faire des extraits des ouvrages considérables que tout le monde ne pouvait pas avoir dans sa bibliothèque : c'étaient

En est-il du livre de Salluste comme de celui de Trogue-Pompée, des traités de Varron, et de tant d'autres œuvres aux vastes proportions, qui, transcrites de moins en moins à cause de leur étendue, finirent par disparaître dans les premiers siècles du moyen âge [33]? Ce qui est certain, c'est qu'il avait traversé heureusement les invasions des Barbares et qu'il était parvenu dans toute son intégrité jusqu'à Isidore de Séville, qui florissait en 600 après Jésus-Christ. Peut-être même Jean de Salisbury, au douzième siècle, citant dans son *Polycration* deux passages des *Histoires* qui ont visiblement rapport à la guerre de Sertorius, aurait-il eu entre les mains une copie originale, bien que le premier de ces fragments soit rapporté par Végèce, et le second par Macrobe. Un lambeau du livre III, découvert à Paris au seizième siècle et qui se conserve encore au Vatican, autoriserait, en effet, à croire que l'ouvrage s'est perdu assez récemment. Quoi qu'il en soit, c'est un malheur que l'histoire et l'art ne sauraient trop déplorer.

Les écrits de Salluste, particulièrement les *Histoires*, exercèrent de bonne heure la critique des littérateurs anciens. D'autre part, sa valeur historique étant très-grande aux yeux des Romains, on invoquait volontiers son témoignage comme une autorité incontestable. De là les fréquentes citations de Salluste disséminées chez les écrivains de l'empire, rhéteurs, grammairiens, scoliastes, et jusque chez des controversistes chrétiens. Aulu-Gelle, Nonius Marcellus, saint Augustin, Servius, Charisius, Donat, Arrusianus Messus, Isidore de Séville, et d'autres, nous ont transmis des passages plus ou moins étendus des cinq livres des *Histoires*. Trop souvent, hélas ! ce n'est qu'un lambeau de phrase, un mot, une bribe inintelligible ou insignifiante. Ajoutez-y le déplorable état dans lequel nous sont arrivés les manuscrits de la plupart des grammairiens : lacunes, leçons en désaccord, passages mutilés ou mal transcrits, quelques-uns désespérés [34]. Parfois aussi l'auteur ayant fondu la citation dans son propre texte, il était difficile de distinguer ce qui revenait à Salluste ; ou bien encore, l'absence de toute indication permettait de douter que telle ligne attribuée à notre historien fût réellement de lui. Quel tact, quelle patience surhumaine n'a-t-il pas fallu pour recueillir et remettre au jour tous ces précieux débris ! Et pourtant l'entreprise a été accomplie ; nous possédons aujourd'hui, réuni en quelques pages, tout ce que l'antiquité nous a légué des *Histoires*. A Paul Manuce, à Carrion, appartient l'honneur d'avoir tenté cette œuvre épineuse et surtout d'avoir réussi dans leur tentative. Ils ont laissé peu à glaner après eux, et le rôle des commentateurs suivants a été moins de compléter leur travail que de le réviser et de l'améliorer : c'est surtout la critique de nos jours qui a fixé d'une manière à peu près définitive le texte des fragments

Restait à les classer, à les rendre à leurs livres respectifs : tâche fort délicate, souvent insurmontable. Après bien des discussions et des tâtonnements, on a pu déterminer avec toute l'exactitude désirable à quel livre appartenait chaque fragment pris isolément [35]. Mais quel ordre leur assigner dans chacun des livres ? C'est là que commençait la difficulté, pour ne pas dire l'impossibilité. Il en est dont la place est presque certaine ; à d'autres, on en peut attribuer une qui semble assez naturelle ; mais pour la plupart, ce travail de distribution ne roule que sur des conjectures. Toutefois, au milieu de tant d'obstacles, la critique est arrivée à un résultat satisfaisant ; si le manque de matériaux ne lui a pas permis d'éclaircir la disposition précise de chaque livre, elle en a au moins rétabli la configuration générale et les parties essentielles.

D'autres ont été plus loin ; ils ont cru pouvoir, avec ces débris informes, relever l'édifice entier et refaire les *Histoires* de Salluste. Ça été l'entreprise du président de Brosses. A une époque où la philologie n'était guère que de l'érudition, il osa aborder une œuvre que la science actuelle a déclarée impossible. De ses immenses recherches, il est sorti un livre estimable, utile à consulter, mais auquel, il faut le reconnaître, Salluste a peu gagné. A l'aide des documents de tout genre qui nous sont parvenus, il a retracé le tableau des événements qui remplissent le septième siècle de la république romaine, en y faisant entrer le *Catilina* et le *Jugurtha*, en y recousant parfois avec plus d'esprit que de jugement, les lambeaux des *Histoires*. Aussi beaucoup de ses arrêts ont été cassés ; plus d'une de ses assertions a été mise en doute; et un grand nombre de passages ont été expliquées autrement et arrangés d'une manière toute nouvelle. De Brosses croyait naïvement restituer Salluste ; il n'a fait qu'une docte compilation, qui nous donne la mesure de ses forces et de celles de la science historique à une époque où elle était encore au berceau.

Tant que les *Histoires* ne nous seront connues que par fragments, admirons silencieusement ces restes épars ; tâchons d'y retrouver l'empreinte du génie, mais ne devançons pas la marche du temps. Herculanum et Pompéi ont trompé bien des espérances, sans avoir toutefois dit leur dernier mot ; les couvents de l'Orient recèlent encore d'innombrables trésors : qui sait si un miracle du hasard ne ressuscitera pas un jour quelques-uns de ces antiques chefs-d'œuvre qui semblaient perdus à jamais ?

§ 3. *Salluste considéré comme écrivain.*

Il est curieux de voir comment, après Salluste, Tite-Live et Tacite, un Grec qui ne les connaissait pas, ou qui, s'il les connaissait, dédaignait d'en parler, caractérisait le style historique et les règles du genre suivant l'exemple des grands historiens et les préceptes des grands critiques de la Grèce. « Quant au style, à la force de l'expression, on n'y doit trouver ni véhémence, ni rudesse, ni continuité de périodes, ni série captieuse d'arguments, ni aucun de ces artifices de rhétorique dont la séduction ne convient pas à l'histoire ; il faut l'écrire d'un style rassis et paisible. Le sens doit être serré, plein de choses ; la diction nette, appropriée aux affaires, éclairant parfaitement les faits. Car, ainsi que nous avons établi que les qualités d'esprit de l'historien sont la franchise et la véracité, de même le premier, le seul but de son style, doit être d'exposer clairement les faits, de les présenter sous leur jour le plus lumineux, sans réticences, sans mots hors d'usage, sans aucune de ces expressions qui sentent la place publique et la taverne, mais en termes qui soient compris du vulgaire et loués par les habiles. Je permets l'ornement des figures, mais sans enflure ni recherche; autrement son style ressemblerait à des mets trop relevés d'assaisonnements. Que la pensée de l'historien participe quelquefois de la poésie, qu'elle se rapproche de ce que celle-ci a de magnifique et d'élevé, surtout lorsqu'il se trouve engagé dans les descriptions d'armées rangées en bataille, de combats sur terre ou sur mer. Il faut alors qu'un souffle poétique enfle les voiles de son navire, et le fasse glisser à la surface des flots : seulement, son style ne doit pas quitter la terre ; il peut s'élever à la beauté et à la grandeur du sujet, et l'égaler autant qu'il est permis, mais sans sortir de son caractère, sans se jeter dans un enthousiasme hors de saison.... Il faut encore, dans l'arrangement des mots, user de tempérament et garder un juste milieu : ils ne doivent être ni trop éloignés, ni trop séparés les uns des autres ; cela est rude, et cependant il ne les faut pas lier ensemble sans harmonie, comme fait le vulgaire : l'un est un défaut, l'autre est désagréable à l'auditoire.... La brièveté est utile partout, et notam-

des morceaux brillants destinés à servir d'étude de style. Des écrits historiques, on détachait ordinairement les discours, comme présentant l'utilité la plus directe. C'est à cette habitude que nous devons la conservation des six fragments dont il est ici question.

33 Le *Catilina* et le *Jugurtha*, au contraire, opuscules de peu de dimension, étaient sans cesse recopiés, ce que prouve la quantité de mss. que nous en possédons encore aujourd'hui.

34 On remarquera également que les grammairiens citent presque toujours de mémoire, nouvelle source de contradiction dans les variantes.

35 Un certain nombre pourtant, dont le sens ne présentait rien de caractérisque, ont dû être rangés à part sous le titre de *Fragmenta incertorum librorum*. Ce sont de courtes citations d'un mot, d'une ligne, et, en général, de peu d'importance.

ment quand on a beaucoup à dire; mais elle doit moins consister dans les mots et dans les expressions que dans les faits... Si quelquefois on est obligé de faire parler des personnages, il faut qu'ils tiennent des discours appropriés à leur caractère et aux événements, et que d'ailleurs ils s'expriment avec la plus grande clarté; du reste, il vous est permis, en ce cas, de montrer votre talent dans l'art de bien dire et de déployer votre éloquence.... Voilà comment il faut écrire l'histoire[36]. »

Ne sont-ce pas là les qualités distinctives du style de Salluste? Et si nous voulons pénétrer plus avant, écoutons un jeune critique de notre temps, M. Taine, qui, dans un tableau vif et rapide, tout imprégné du sentiment de Salluste, a résumé ainsi la manière du grand écrivain : « Pour la narration, elle est d'une vivacité extrême; toute composée de petites phrases, elle va aussi vite que les événements; ses idées courent devant les yeux, détachées les unes des autres, non plus en solides bataillons, comme dans Tite-Live ou César, mais une à une. A chaque instant le spectacle est nouveau; l'esprit est lancé comme sur une pente, sans pouvoir se retenir ni réfléchir, tout entier à l'action et au mouvement qui lui est communiqué. Mais on sent que Salluste n'écrit ainsi que par système : car sa tactique est toujours la même; dès qu'il rencontre un siége, une bataille, une expédition, une action quelconque, il décoche une grêle de petites phrases concises, toutes construites de la même manière. On finit par se lasser de ces éternels infinitifs de narration; on prévoit, dès qu'on arrive à un fait nouveau, qu'on va voir rouler dans l'ordre habituel toutes les parties d'une énumération, verbe sur verbe, adjectif sur adjectif. On regrette de voir un grand écrivain asservir à une règle uniforme les mouvements inégaux de faits si divers, s'étudier pour frapper notre esprit, perdre à dessein le naturel qui est la perfection... Pour le style, il est incomparable; il marche avec une certaine négligence fière, d'artiste et de grand seigneur. Il est aussi serré que celui de Tacite et moins pénible, aussi riche que celui de Tite-Live et plus sobre. En arrivant au bout d'une phrase, on est parfois frappé comme d'un coup subit : ce sont deux mots simples qui, par un rapprochement nouveau, ont pris un sens accablant. Des métaphores audacieuses, cachées dans un verbe, illuminent toute une idée. Ce sont de ces coups de génie, comme il en éclate dans les *Pensées* de Pascal, un discours entier, une longue et furieuse passion enfermée dans l'enceinte d'un mot, un mélange de familiarité, de poésie, d'éloquence, par-dessus tout le don de créer, et ces brusques et puissants élans d'invention originale qui plaisent plus que la perfection unie[37]. » Le jugement est en quelques points rigide, et nous l'atténuerons en disant avec M. Mérimée : « Dans un ouvrage de longue haleine, son style fatiguerait peut-être par une concision qui n'est pas assez exempte de manière; appliqué à de courtes narrations, il produit l'impression la plus profonde en unissant l'énergie de la pensée à la sobriété des ornements[38]. »

Qu'on ne l'oublie pas, en créant dans la littérature romaine un genre nouveau, Salluste dut en même temps se créer une langue nouvelle. Il ne suivit pas l'impulsion donnée par Hortensius, par Cicéron, par César même; il répudia la période abondante et sonore des orateurs et des écrivains de son temps; trouvant qu'elle n'avait ni le nerf ni la précision qu'exige la rapidité du récit, il remonta plus haut et reprit la langue du siècle précédent. Il le fit par nécessité et par goût. Peut-être aussi, ennemi de Cicéron en politique, voulut-il captiver et surprendre l'admiration des lettrés, trop habitués aux formes majestueuses du grand orateur, par l'emploi savant de phrases courtes et sentencieuses[39]. Il rajeunit donc des locutions et des termes tombés en désuétude; il fit remonter les mots à leur source primitive; il affecta de donner à son style cette allure simple et vigoureuse de la langue d'Ennius et de Caton; en un mot, il fut archaïste. Joignez à cela une imitation habile de Thucydide, une hardiesse incroyable de tour et de construction, un éclat et une vivacité d'expression sans pareils, le tout pour aboutir à cette gravité, à cette *immortelle rapidité* dont parle Quintilien, et qui forme le caractère du style de Salluste. Telle a été l'originalité de l'auteur des ***Histoires***. De tous les prosateurs latins, nul n'a mieux pénétré les finesses, nul n'a mis plus à profit les ressources d'un idiôme incomparable. De lui surtout on peut dire qu'il a eu, dans le travail de la phrase, cette noble patience qui, d'un homme de génie, fait un grand écrivain.

Faut-il s'étonner qu'un style si individuel ait soulevé tant d'orages?

Et verba antiqui multum furate Catonis,
Crispe, Jugurthinæ conditor historiæ.

dit une épigramme anonyme[40], et qui ne faisait que reproduire le sentiment de Pollion et l'opinion d'Auguste. Tite-Live, si sage et si modéré, fut un des plus ardents détracteurs de la manière de Salluste. Il le mit quelque part en parallèle avec Thucydide et s'ingénia, par toutes sortes de subtilités, à montrer la supériorité de l'écrivain grec sur l'écrivain latin. Procédé adroit, mais blâmable, dit Sénèque : Tite-Live n'aimait pas autant Thucydide qu'il était jaloux de Salluste, et il prévoyait qu'en donnant l'avantage au premier, il l'emporterait plus facilement sur le second[41]. Mais à côté des critiques jaloux ou malveillants, il y a les admirateurs éclairés, parfois même passionnés. C'est Velléius Paterculus, imitateur fidèle de Salluste, épris dans un siècle de décadence des formes pures d'un autre âge; c'est Tacite, c'est Martial, Quintilien, Aulu-Gelle, et tous ces grammairiens qui ont sauvé du naufrage ce que nous admirons encore des ***Histoires***; ce sont des empereurs comme Septime Sévère, des pères de l'Église comme saint Augustin.

Pourtant, hâtons-nous de le dire, le langage de Salluste n'est pas sans défauts. Cette force, cette énergie même se trouve parfois moins dans les idées que dans les mots : nous l'admirons chez le maître; chez les imitateurs, elle deviendra recherche et affectation. Et puis, s'il éblouit l'esprit, s'il le charme par sa netteté, il émeut rarement le cœur. C'est que, pour y arriver, il faut plus que de l'imagination et de l'art : il faut cet enthousiasme généreux, ardent, des grandes convictions et des nobles passions, qui fait à Athènes un Thucydide et à Rome un Tacite.

§ 4. *Ouvrages attribués à Salluste.*

Il était réservé à la mémoire de Salluste d'occuper les loisirs des critiques et de partager l'opinion des savants. Les anciens, craignant sans doute que sa gloire ne fût pas complète, se sont chargés de grossir la liste de ses œuvres. Ils nous ont donc transmis sans façon des lettres et des déclamations, et ont témoigné par cet artifice innocent de leur vive admiration pour l'écrivain et l'historien. Telles sont, en premier lieu, les *Lettres à César* sur le gouvernement.

On peut affirmer, en toute assurance, que ces deux opuscules ne sont pas de Salluste. Les grammairiens, les commentateurs n'en disent mot. Le manuscrit du Vatican, où elles se trouvent conservées à la suite des discours et lettres tirés des ***Histoires***, ne donne lui-même sur l'auteur aucun renseignement[42]. Toutefois, le style de ces deux lettres rappelle assez

36 Lucien, *Comment il faut écrire l'histoire*, 43-46, 56, 58, 63. Traduction de M. Eugène Talbot.

37 H. Taine, *Essai sur Tite-Live*, Conclusion, § 2, IV.

38 P. Mérimée, *Conjuration de Catilina*, Introduction.

39 C'est du moins une observation déjà faite par les anciens, et non sans raison. Voyez en effet ce que dit Macrobe, *Saturnalia convivia*, 5, 1.

40 Citée par Quintilien, *Inst. orat.* 8, 3.

41 Sénèque le rhéteur, *Controversiæ*, 3, 24.

42 Aussi Pomponio Leto les publia-t-il sans les mettre sous le nom de Salluste. Douza, de Brosses, et en dernier lieu Burnouf, ne doutent pas de leur authenticité. Carrion, Juste Lipse, Corte, la contestent ou la nient, et leur jugement a été confirmé par la critique contemporaine.

bien le genre de Salluste. Ce sont deux mosaïques composées par une main aussi habile que délicate : les mille secrets, les nuances les plus fines du langage sallustien, y ont été rapportées avec un soin et une précision parfaite. On doit donc croire que l'auteur, jaloux de cette diction si pure d'un grand maître, connaissant d'ailleurs les sentiments de Salluste contre la noblesse et son dévouement à César, a voulu enchâsser dans deux lettres, ou plutôt dans deux exercices d'école, tous les artifices d'un style savant, sans trop se soucier de la vraisemblance des détails et de l'exactitude des faits.

Dans la première lettre, il a mis la plus grande attention à multiplier ces petites sentences courtes, concises, tant aimées de Salluste; mais, en réalité, il ne donne à César aucun conseil. En effet, après l'avoir loué de ne devoir qu'à ses vertus sa haute position, après lui avoir recommandé de faire de tous ses sujets de bons citoyens, il s'échappe en invectives amères contre l'ambition de Pompée, et explique avec une grande liberté comment le parti de César s'est grossi de tous les hommes perdus de débauches et de dettes. Puis, jetant l'anathème sur les cruautés de Sylla, il invite le vainqueur à la clémence et accuse une seconde fois les mœurs corrompues de son parti. Pour affermir la paix, le nouveau gouvernement doit réprimer avec vigueur le luxe et les rapines. Quelles que soient du reste les difficultés d'une pareille mesure, le génie de César les aplanira : sa vertu est toujours à la hauteur des plus grands dangers, elle s'accroît même avec eux. Que le peuple s'occupe de ses propres affaires, que la jeunesse devienne active et laborieuse, et que tous laissent de côté les préoccupations inutiles qu'engendrent l'oisiveté et l'opulence. L'auteur termine en s'emportant de nouveau contre cette avarice et cette âpreté au gain, particulières à son temps, engageant le dictateur à pourvoir à la sécurité de l'Italie et des provinces, à faire en sorte que le service militaire pèse sur chacun d'une manière égale, enfin, à répartir le blé, par municipes et par colonies, aux soldats rentrés chez eux après avoir fait leur temps.

Le ton de la seconde lettre est différent; la discussion semble plus élevée et mieux suivie. Exaltant de même le mérite de César, et cette rare supériorité d'esprit qui, au milieu des difficultés de la guerre, songe encore à Rome et à ses souffrances, l'auteur l'encourage à briser la puissance des nobles, à assurer au peuple sa liberté. Il flétrit Caton et Domitius, ces dignes successeurs de Sylla, ces ennemis acharnés de César et de la république. A tous ces maux, quels remèdes opposer? Tant de misères accablent cette populace dégénérée, qu'il faut, comme à un corps usé, lui infuser un sang plus jeune et ranimer à tout prix ses membres défaillants. Créer de nouveaux citoyens, les mêler aux anciens et en former des colonies, corriger ainsi les vices des vieux citoyens par les vertus des nouveaux, c'est là un grand coup que César doit frapper au mépris d'une aristocratie exclusive et jalouse de ses priviléges. Il faut alors que la paix et la concorde unissent tous les esprits et que la probité antique, les bonnes mœurs, rallient les membres épars de cette société bouleversée. Puis l'auteur renouvelle sur la puissance de l'argent quelque lieu commun de rhétorique : cette puissance diminuera, si les juges sont choisis par les citoyens dans la première classe, et en plus grand nombre; si, dans l'élection des magistrats, les centuries, suivant une loi de C. Gracchus, sont recrutées par le sort dans les cinq classes confondues. Revenant ensuite à Domitius et à Caton, et leur adjoignant quelques autres nobles, il les signale à César comme des adversaires plus ou moins dangereux. C'est donc pour lui une nécessité d'accueillir les bons conseils de ses amis. Le sénat a trop d'autorité, la noblesse trop d'orgueil : la vieille république s'en va. Le nombre des sénateurs doit donc être augmenté; il faut établir le vote par tablettes, c'est-à-dire le scrutin secret. L'orateur s'explique en terminant sur la pureté de ses intentions, sur son ardent amour pour la liberté et le pays, conjurant César de remédier aux malheurs présents par la sagesse de son administration. A la fin, par une prosopopée renouvelée de Cicéron, la patrie elle-même s'humilie devant le nouveau souverain, pour lui demander appui et force.

Tel est le thème développé dans ces deux lettres, tels sont les conseils que Salluste est censé donner à César sur la constitution de la république. Ceux qui les attribuent à notre historien, prétendent qu'elles ont été écrites quelques mois avant l'assassinat du dictateur et qu'elles appartiennent à cette époque de tranquillité apparente derrière laquelle s'abritaient tant de haines et de dissensions secrètes. Mais plusieurs passages isolés, choisis dans ces lettres, empêchent de leur donner une date certaine. En effet, l'auteur faisant quelque part mention d'un consul ennemi, où les interprètes ont cru reconnaître à juste titre Lentulus, il semble que nous soyons transportés au temps de la guerre civile. Mais un peu plus bas, on nous dit que Caton et Domitius sont morts. Alors il ne peut plus être question de Pompée : cependant l'auteur le ressuscite, de même qu'il ressuscitera Domitius et Caton. Dans ce pêle-mêle obscur de vivants et de morts, à travers cet assemblage d'événements intervertis, il est si malaisé d'entrevoir la vérité historique, que des commentateurs trop indulgents ont proposé de supprimer, comme interpolé, le paragraphe où il est question de la mort de Domitius et de Caton, dernier expédient d'une critique aux abois.

Outre la question de temps, d'autres difficultés viennent encore jeter le trouble dans l'esprit du lecteur attentif. La personne et le caractère de César, l'état de la république romaine à cette époque, excluent de pareilles lettres et compromettent leur authenticité. Ce n'est pas tout. Les avis qu'on adresse à César laissent percer seulement des rancunes et des ressentiments personnels sans proposer de véritables remèdes à des abus anciens. L'auteur répète quelquefois les mêmes choses dans les mêmes termes. Il se contredit ailleurs : ici, il loue Sylla de sa clémence; là, il se plaint de sa cruauté. Il trahit souvent un pénible soin d'imitation, et certains passages isolés ne sont que des calques ridicules : c'est le procédé du déclamateur qui s'exagère la beauté du modèle et le reproduit sans discrétion. Notons encore, en finissant, l'importance de ces conseils. L'auteur accuse le parti des nobles, comme si le vainqueur de Pompée ne l'avait pas déjà anéanti; il demande de nouveaux citoyens, comme si les villes et les municipes n'étaient déjà pas renouvelés. Il s'emporte contre la puissance de l'argent, ce qui veut dire : César, changez la nature humaine. Il propose une augmentation de sénateurs, quand César en a fait un troupeau d'esclaves; il réclame le scrutin par tablettes, quand ce mode de votation laisse champ libre à la méchanceté et à l'insolence des partis. Enfin, pour comble d'invraisemblance, il propose à César de rétablir la liberté renversée. En présence de ce tissu d'erreurs et de contradictions, peut-on raisonnablement imputer à Salluste, politique habile, historien sérieux, deux opuscules où éclate une telle ignorance des hommes et des choses? N'est-ce pas méconnaître les règles de la critique la plus vulgaire? N'est-ce pas faire outrage à l'immortel auteur des *Histoires?*

Mais, à qui faut-il attribuer les *Lettres à César?* D'abord, il est évident qu'elles ne sont pas d'un seul auteur. La première est inférieure à la seconde et trahit une main différente; d'autre part, rien n'y indique que la même personne ait traité deux fois le même sujet. Ce qui confirme encore cette hypothèse, c'est le nombre de pensées identiques affectant des formes analogues. En conséquence, Gerlach est porté à y voir l'œuvre de deux déclamateurs de l'ère de Fronton. En effet, à cette époque, il y eut comme un mouvement de réaction en faveur des vieux écrivains, et Salluste, leur imitateur, occupa à lui seul toute une génération de philologues et d'érudits. Or, dans ces cercles d'artistes épris du beau langage, deux jeunes lettrés, admirateurs enthousiastes du même modèle sous la direction d'un même maître, se rencontrèrent sans doute dans l'expression des mêmes idées en développant un thème commun. Les deux lettres seraient ainsi le résultat d'une de ces joûtes littéraires, si fréquentes alors dans les écoles des rhéteurs. Et pour tromper plus aisément les lecteurs vulgaires, pour donner à un exercice oratoire une valeur scientifique, ils empruntèrent jusqu'aux formes surannées de l'écriture primitive, au point de dépasser par la rudesse et la vétusté de leur orthographe les plus antiques monuments de la langue latine. C'est donc avec raison que Kritz s'écrie que celui qui les croirait encore de Salluste, *is ad omnia, etiam ineptissima, amplectenda pronus videatur* [43].

Deux autres écrits, intitulés ***Discours de Salluste contre Cicéron*** et ***Réponse de Cicéron à Salluste***, ont été assignés chacun à l'auteur dont il porte le nom. D'une nature tout aussi apocryphe que les *Lettres à César*, ces deux déclamations sont une preuve manifeste de la haine qui divisa longtemps Salluste et Cicéron. Au point de vue historique et par divers traits qu'elles laissent échapper sur la vie politique et privée des deux rivaux, elles ont une certaine valeur. Elles nous donnent comme un écho lointain de ces luttes incessantes du Forum, où les partis dissidents s'attaquaient et se défendaient avec une violence d'expressions que nous pouvons à peine comprendre, tant elle est loin de nos mœurs et de notre civilisation [44].

Les savants modernes ont examiné à fond ces deux discours : un, entre autres, Sébastien Conrad [45], a traité la question avec beaucoup de netteté et a fait toucher au doigt les invraisemblances qu'ils renferment. La première, c'est que l'auteur place la scène dans la curie : or, de tels scandales ne retentissaient jamais devant le sénat; les débats de cette nature s'agitaient ailleurs, à moins que le salut de la république n'y fût engagé. En second lieu, il semblerait que ces harangues aient dû être prononcées après le meurtre de Clodius, au moment où les démêlés entre Cicéron et Salluste étaient si vifs : il n'en est rien, car, dans la réponse de Cicéron, il est dit que Salluste possède la villa de César; bien plus, l'orateur laisse entrevoir que les ***Histoires*** sont déjà composées. Veut-on en reculer la date et les placer après la guerre civile : mais on sait qu'alors César avait étouffé toute mésintelligence entre les deux ennemis, pour les attacher l'un et l'autre à sa cause.

Malgré des dissonances si frappantes, elles ont trompé la sagacité de Quintilien, qui cite deux passages de l'invective de Salluste [46]. Qu'on ne s'étonne pas trop d'une semblable mystification : c'était le temps où le monde lettré de Rome était inondé de compositions qui circulaient sous le nom des plus grands écrivains [47]; les érudits de la haute classe goûtaient et admiraient ces morceaux où se réfléchissaient artistement toutes les finesses de la langue d'autrefois. Il n'y a donc rien d'extraordinaire à ce que Quintilien ait pu se laisser induire en erreur, soit par l'opinion générale, soit par son propre jugement. Et de fait, cet essai d'imitateur ne manque d'habileté : la plaisanterie est quelquefois très-mordante, surtout à l'égard de Cicéron. Forme et pensées, tout indique que c'est l'œuvre d'une plume exercée. D'autre part, les deux pièces se répondent si bien, elles ont un caractère d'analogie si marqué, qu'on peut hardiment les mettre sur le compte d'un seul et même auteur.

De tous ces détails, il résulte que ces deux opuscules ne sont pas contemporains de Salluste et de Cicéron. Ils furent probablement composés au temps d'Auguste, une trentaine d'années après leur mort. L'opinion publique alors était fort partagée au sujet du prince des orateurs romains, et on mettait à l'accuser et à le défendre la plus grande activité. Les querelles fameuses de Salluste et de Cicéron fournissaient ainsi un argument naturel de déclamations aux jeunes gens qui fréquentaient les bancs des rhéteurs.

Tels sont les écrits qu'on a attribués à Salluste. En supposant qu'ils fussent de lui, on voit qu'ils ajouteraient peu à ses titres littéraires. Nous croyons avoir convaincu le lecteur impartial du véritable caractère de ces pièces : Salluste reste donc pour nous l'auteur du *Catilina*, du *Jugurtha* et des *Histoires*; c'est assez pour sa gloire et pour l'honneur des lettres latines.

III

LANGUE ET ORTHOGRAPHE DE SALLUSTE.

§ 1. *De sa langue.*

On vient de voir combien Salluste fut un écrivain soucieux de la forme. Choix et position des mots, tournures, constructions, tout a été pour lui l'objet d'une étude minutieuse, approfondie. Nous allons donner un aperçu de ce côté extérieur et pour ainsi dire matériel de la langue de Salluste, en signalant les procédés qui lui sont propres et qui distinguent sa manière. Il est entendu que nos assertions ne reposent que sur le *Catilina* et le *Jugurtha* : nous avons trop peu de chose des *Histoires* pour qu'elles puissent servir de base à une étude d'ensemble.

Salluste est avant tout *archaïste* : il prend autant que possible les mots dans leur acception propre, primitive; il recherche les termes, les tours surannés, les dictions vieillies; il affecte une certaine rudesse, quelquefois même de la négligence; il semble faire bon marché de la forme et s'attacher uniquement à la pensée [1] : on croirait tel de ses discours écrit du temps de Caton. Mais il est également *novateur* : il a des locutions à lui, des constructions que personne n'avait encore hasardées [2]; il ne recule pas devant l'emploi de tournures qui jusqu'alors étaient restées dans le domaine de la poésie. En un mot, sa langue est un archaïsme adouci, et le secret de son système peut se formuler ainsi : hardiesse discrète, simplicité savante [3].

Passons maintenant en revue les faits principaux et caractéristiques de la langue de Salluste, c'est-à-dire ses procédés généraux, les constructions qu'il préfère, les mots, les locutions, les sens, qui lui sont les plus familiers.

Il aime à l'excès l'*infinitif historique* ou de narration; il s'y est tellement accoutumé qu'il le traite comme un mode personnel, le remplaçant tout à coup par un imparfait ou un autre temps, le faisant dépendre d'une conjonction, etc. — Il termine presque partout la troisième personne du pluriel du parfait actif en *ere*, forme archaïque au lieu de *erunt* [4]. — Il recherche la *variété de construction*, particulièrement dans les propositions à deux membres. Il varie de même les temps en subordonnant un passé à un présent ou un présent à un passé. — Il remplace le verbe simple par les *fréquentatifs*, qui ont plus de gravité; ainsi : *agitare* pour *agere*, *portare* pour *ferre*, etc. [5] — Il affectionne l'*asyndète* [6], ce qui lui donne

43 Voyez Kritz, *OEuvres de Salluste*, préface, p. XVIII. Pour toute cette discussion, ainsi que pour la suivante, voyez Gerlach, *OEuvres de Salluste*, 2e édition, pp. 558-569.

44 Mais elle était naturelle à l'antiquité; il suffit, pour s'en convaincre, de parcourir les invectives de Démosthènes contre Eschine, dans le *Discours pour la Couronne*, les harangues de Cicéron contre Pison, Antoine, ou d'autres, ainsi que les libres railleries des comiques grecs ou des satiriques latins.

45 Dans son livre intitulé *Egnatius*. Bâle, 1556.

46 Quintilien, *Inst. orat.* 4, 1; 9, 3. Sans l'autorité de son témoignage, personne n'eût jamais songé à soutenir l'authenticité de ces deux déclamations.

47 Ainsi des discours de César, de Cicéron, et d'une foule d'autres orateurs. Voy. Suétone, *Cæs.* 55, et Wolf au *pro Marcello*, p. 28.

1 Ainsi il répète les mêmes termes; il se soucie peu de ranger les mots d'après les règles de l'élégance; il est surtout préoccupé de l'effet à produire; de là son énergie, et ce style si fortement coloré.

2 Des hellénismes, par exemple; toutefois plus rares qu'on n'a l'habitude de le croire.

3 Nous ne disons rien de sa brièveté, qui, en général, consiste bien plus dans le développement que dans la phrase proprement dite. Parfois même sa phrase a une abondance et une richesse presque oratoire.

4 Il est possible que, dans les rares passages où se trouve la forme *erunt*, elle soit due à la correction des grammairiens ou à la négligence des copistes.

5 Dans le vieux style, le fréquentatif a généralement la même valeur que le simple; il n'en est plus de même dans la langue de Cicéron, où il exprime continuité ou fréquence.

6 Ἀσύνδετον, figure qui consiste à supprimer les particules copulatives. Il a sa place : 1o dans l'énumération; *Cat.* 51 : *rapi virgines . . . , compleri*; 2o quand un mot sert à expliquer ou à compléter l'idée du mot précédent; *Jug.* 41 : *sibi*

des phrases coupées, et, par conséquent un style vif et rapide. — Il a des formules de transition qui reviennent jusqu'à la monotonie : *ea tempestate*, *fuere qui*, et autres. Les deux termes qui lui servent le plus de transition, sont *sed* et *ceterum*. Le premier marque, d'une façon générale, séparation, disjonction; il s'emploie donc pour distinguer une affirmation d'une négation qui précède, pour unir à une proposition une autre qui la restreint[7], pour faire passer le discours à une idée nouvelle[8] (d'où l'habitude de le placer dans les cas où, après une digression, on revient à son sujet). Le second ajoute à une idée une autre qui en fait partie, et qui, par conséquent, complète la première; de là, comme les deux parties d'un même objet, quoique égales, sont pourtant différentes, sa double valeur de joindre et en même temps d'opposer ce qu'il joint[9]. Mentionnons encore *at*, quand le récit passe à ce qu'a fait un autre, ou à ce qui a été fait par d'autres dans un autre lieu, ou bien quand il y a opposition; et *igitur*, que les vieux écrivains mettent toujours en tête de la proposition, tandis que Cicéron et les écrivains postérieurs le placent de préférence après un mot. — Il rapporte le neutre, adjectif et pronom, à des substantifs d'un autre genre, de manière à généraliser l'idée. — Il prend comme substantif le neutre de l'adjectif, singulier et pluriel, procédé très-favorable à la concision[10]. — Il se plaît à briser la construction. *Cat.* 11 : *huic quia bonæ artes desunt*, *dolis contendit*, pour *hic*, *quia ei b. a. desunt*, etc.; 13 : *quippe quas habere licebat*, *abuti properabant*, pour *quippe quas habere licebat*, *iis abuti properabant*. — Après certains verbes actifs, il remplace l'accusatif par *de* avec l'ablatif. *Cat.* 3 : *ubi de virtute memores*. — Il omet le complément direct des verbes actifs, quand ce complément se sous-entend facilement. *Cat.* 5 : *res hortari videtur*[11]. — A la suite des verbes exprimant dessein, il met l'infinitif, à l'imitation des Grecs, au lieu de *ut* ou *qui* et le subjonctif, ou *ad* et le gérondif. *Cat.* 52 : *conjuravere patriam incendere*. — Souvent après un nom, il substitue l'infinitif au gérondif. On doit alors considérer l'infinitif, soit comme l'attribut de la proposition, soit comme une apposition au substantif. *Cat.* 4 : *non fuit consilium conterere*; *Jug.* 4 : *quem lubido tenet gratificari*. — Dans la double interrogation; il dit *ne... an*, ou bien retranche la particule interrogative du premier membre. Jamais il ne se sert de *num... an*, ni de *utrum... an*[12]. — Après les termes qui expriment une affection de l'âme, les poëtes emploient *in* et l'ablatif, au lieu de l'accusatif. Cette tournure est-elle familière à Salluste ? Il est impossible de l'affirmer, car les manuscrits ne sont pas d'accord. Un seul passage est hors de doute : *misericordes in furibus ærarii* (*Cat.* 51). Partout ailleurs, Gerlach, s'appuyant sur l'autorité des meilleurs manuscrits, a rétabli l'accusatif.

Ambitio est toujours pris par Salluste dans le sens défavorable : désir des dignités ou de la faveur, mais désir d'y arriver à tout prix. — *Casus*, chose qui arrive par hasard; ordinairement chez lui : malheur qui arrive à quelqu'un. — *Loca*, accusatif pluriel, lui est bien plus habituel que *locos*. — *Mora*. Il l'emploie d'une manière absolue : *sine mora*; avec le génitif subjectif : *inter moras senatus* (*Jug.* 30); avec le génitif objectif : *comitiorum mora* (*Jug.* 44). — *Mortales* se dit pour *homines* quand on distingue le genre humain des êtres dont la nature n'est pas mortelle. Salluste s'en sert d'une manière générale pour donner plus de pompe à son style, exemple suivi par Tite-Live et par Tacite. — *Necessitudo*, lien d'amitié, *necessitas*, force pressante; mais les anciens auteurs ne connaissent pas cette distinction de l'époque classique; aussi donne-t-il le choix à la première forme qui a plus de gravité[13]. — *Servitia* désigne chez lui le genre entier des esclaves opposé aux autres genres d'hommes. Nulle part il n'a employé le singulier dans cette signification concrète. — *Tempestas*. Il le prend continuellement dans l'acception antique : moment ou espace de temps. — *Verbum*. Le singulier de ce nom, dans le sens de *sententia*, lui est commun avec les anciens comiques. — *Vires*, toujours dans le sens de : forces physiques. — *Vulgus*. Il semble préférer le masculin au neutre.

Asper, surtout au figuré, est très-fréquent chez lui. — *Ceterus*, ἕτερος ou *ce* - ἕτερος, ce qui existe encore de la même espèce en sus d'un objet déjà nommé[14]. Employé huit fois au singulier. — *Paratus* est construit quatre fois avec l'infinitif, une fois avec *ut* le subjonctif, une autre avec *ad* et le gérondif. — *Pars... alii* ou *alii... pars*, pour *alii... alii*. De même *partim*, accusatif de *pars* employé adverbialement. — *Plerusque*, la plus grande partie, en sorte qu'au pluriel son contraire est *pauci*. Le singulier, notamment avec les noms collectifs, n'est pas rare dans Salluste.

Aio, dire oui, opposé à *nego*, dire non, affirme d'une façon très-forte. Il ne l'emploie qu'avec le discours indirect. — *Animum advertere*, dont le siècle classique a fait *animadvertere*. La construction archaïque *animum advertere aliquid* lui est commune avec César. — *Arrigo*, dans Salluste; *erigo*, dans Cicéron[15]. — *Cresco*, au figuré, lui est fort habituel. — *Curo*. A l'exemple des vieux écrivains, il le construit avec le datif, et, dans ce cas, ce verbe équivaut à *curam dare*; de là absolument dans le sens de : veiller à, avoir l'œil à, combattre. — *Diffido* est toujours construit avec le datif. — *Ducto*, « huc illuc ducto. » L'usage de ce fréquentatif lui est commun avec les vieux comiques. Tacite est le seul qui l'ait encore employé. — *Habeo* De tous les auteurs latins, c'est lui qui en a fait le plus grand usage, surtout dans deux cas : 1° Lorsque ce verbe est suivi d'un accusatif, et que, tout en lui laissant sa valeur propre, on indique la qualité de ce qui est possédé : *multos mortales advorsos habeo* (*Cat.* 52)[16] ; 2° lorsqu'il est uni à des adverbes ou d'autres termes exprimant manière ou moyen, en sorte qu'à l'idée de possession se joint celle de la manière dont on a accompli ou traité quelque chose : *exercitum luxuriose habuerat* (*Cat.* 11). — *Insum* est toujours construit avec le datif; tandis que Cicéron préfère *in* et l'ablatif. — *Nihil* (*non quidquam*) *pensi habeo*[17], ainsi que les autres locutions analogues, se voit assez fréquemment chez lui. — *Opus est*. Il le construit toujours avec l'ablatif du participe passé passif. — *Sum*. Il en place ordinairement les temps à la fin de la phrase et les fait précéder du terme attributif, au point de ne pas reculer devant une fin dactylique : *adversa fuere*, *perniciosior esset*[18]. Par concision, il l'omet plus souvent que tout autre écrivain, mais

quisque ducere. trahere, rapere; 3° dans l'opposition de deux idées; *Cat.* 39 : *plebis opes imminutæ, paucorum potentia crevit*; *Jug.* 97 : *equites, pedites permixti*; d'où les locutions *hinc illinc*, et autres semblables. C'est surtout dans ses discours que Salluste fait usage de cette figure.

[7] Parfois même la restriction se rapporte à une idée intermédiaire, qu'il est facile de suppléer.

[8] C'est sa signification la plus usitée dans Salluste.

[9] Aussi cet adverbe prend-il diverses acceptions : en outre, laissant de côté ces choses, pour ne rien omettre, toutefois, en conséquence, cependant, d'autre part, mais, etc. Il se rencontre trois fois dans le *Catilina*, cinquante fois dans le *Jugurtha*.

[10] De là vient qu'il dit *æstatis extremum*, *summum montis*, etc., contrairement à la coutume de son époque, qui emploie ces termes adjectivement : *æstas extrema, summus mons*, etc.

[11] Ce qui l'amène à employer aussi d'une façon absolue des verbes comme *invadere*, *incedere*.

[12] Cette dernière tournure se trouve deux fois dans les discours et lettres tirés des *Histoires*.

[13] De même *claritudo* au lieu de *claritas*. Cicéron, au contraire, préfère la seconde forme.

[14] Freund, *Grand dictionnaire de la langue latine* (traduit par N. Theil), T. I, p. 470.

[15] « *Erigo* magis est : in altum tollere; *arrigo*, ad certum locum tollere sive ad aliquid dirigere. » Dietsch, *Jug.* 23.

[16] De même *occultum habeo*, *compertum habeo*, et la tournure par le passif : *virtus clara æternaque habetur* (*Cat.* 1).

[17] Paraît appartenir à la vieille langue; ne se rencontre pas dans Cicéron, César, Cornélius Népos. Plus tard on employa *pensi* seul, sans le faire dépendre d'un neutre, en le regardant à tort comme un génitif de prix.

[18] Quand il ne suit pas cette loi, c'est qu'il veut mettre en relief soit un autre terme, soit *esse* lui-même, ou bien éviter une amphibologie.

seulement lorsque ce verbe est copulatif, ainsi que dans les temps composés du passif et du déponent.

Amplius. Après ce terme, il omet généralement *quam*, sans changer le cas du substantif. *Cat.* 59 : *amplius annos triginta in exercitu fuerat*[19]. — *Cum.* Il ne le place jamais entre l'adjectif et le substantif, élégance contraire à son amour de la simplicité. – *Item*, qui veut dire qu'une chose s'unit à d'autres de la même manière; *præterea*, qui indique qu'à d'autres choses s'en ajoute une que l'on doit en distinguer; *simul*, qui à une idée importante en attache une qui ne l'est pas moins : trois termes qui lui servent continuellement de liaison. Joignez-y la locution *ad hoc*[20], « præterea, insuper. » — *Juxta*, du primitif *jug*, d'où *jungo*. Il s'en sert pour marquer l'égalité, et le construit avec *atque*, *ac*, *et*, *que*, *cum*[21]. — *Neque* à une pensée négative en joint fort souvent une autre, avec la valeur de *etiam non;* ainsi : *non agitur de vectigalibus neque de*, etc. (*Cat.* 52). — *Met*, particule enclitique qu'on place fréquemment après les pronoms personnels (excepté le nominatif *tu*). Salluste l'unit aux adjectifs ou pronoms possessifs ; elle en augmente la force et répond à notre *propre;* mais cet emploi est rare chez les bons auteurs. — *Postquam.* Il le fait suivre volontiers du présent, et, en général, le construit avec les verbes exprimant perception morale ou physique. — *Postremo* lui sert d'ordinaire à annoncer une idée qui embrasse tout ce qui précède. — *Prius quam.* Il le préfère à *ante quam* dont il n'a usé qu'une fois[22]. — *Quia*, *quoniam.* Il les emploie sans cesse où d'autres mettraient *cum* et le subjonctif, ce qu'explique d'ailleurs la nature du genre historique[23]. — *Simul et*, « simul etiam, » et *simul... et* (rarement *atque*) ou *et.... simul*, « et... et, » sont deux locutions qu'il répète assez souvent.

Telles sont les particularités fondamentales de la diction de Salluste. Que le lecteur, par un travail comparatif, développe et complète ces données nécessairement succinctes : le commentaire suivi de cette édition lui permettra d'arriver à d'importants résultats. Mais c'est surtout en rapprochant Salluste des autres écrivains de son temps, Cicéron principalement, qu'on pourra se faire une idée de son amour pour le vieux style et de la hardiesse de sa prose.

§ 2. *De son orthographe.*

La prononciation et l'écriture d'une langue se modifient avec chaque âge. Nous ne pouvons juger qu'imparfaitement de la prononciation du latin : sur cette matière, comme sur tant d'autres, les documents sont trop rares. Il n'en est pas de même de son écriture : les monuments épigraphiques, tous les jours plus abondants, nous permettent de saisir les transformations générales de l'orthographe latine de siècle en siècle, depuis le deuxième avant Jésus-Christ, époque où Rome naquit à la vie littéraire, jusqu'aux derniers temps de l'Empire[24]. Les grammairiens et les critiques nous ont laissé également de précieux renseignements. Néanmoins, il serait difficile de composer un traité précis à ce sujet : les manuscrits contemporains seuls eussent pu former la base d'une étude raisonnée et complète ; aujourd'hui rien ne saurait suppléer à une perte irréparable[25].

Le premier siècle avant Jésus-Christ a donc eu son orthographe à lui. Et encore a-t-elle varié durant cet espace de temps : Virgile ne suit plus le même système que Cicéron[26]. Qu'arriva-t-il aux écrivains de cette époque, qui est l'âge d'or de la littérature romaine? Précisément ce qui s'est fait chez nous pour ceux du dix-septième siècle : l'art d'écrire s'étant fixé d'une manière définitive, on soumit le texte de leurs ouvrages aux lois uniformes d'une orthographe plus moderne. Mais les auteurs de la vieille langue échappèrent à ce remaniement : modifier leur caractère extérieur, c'eût été les dénaturer, les dépouiller de leur physionomie archaïque. De même avons-nous maintenu les formes originales des poètes et des prosateurs de notre période anté-classique.

La latinité *classique*, qui dure depuis Cicéron jusqu'à Tacite et Pline le jeune, est subdivisée par les critiques en trois périodes : *cicéronienne*, d'*Auguste* et *postérieure à Auguste.* C'est à la première qu'appartient Salluste, et c'est de l'orthographe en usage à cette époque qu'il s'est servi dans ses écrits. Peut-être bien, pour certains mots et dans certaines locutions, a-t-il affecté des formes de l'âge antérieur : mais, en général, il a tout simplement suivi les habitudes de son siècle, d'autant que ce n'est pas l'emploi de quelques singularités orthographiques, mais bien le style et la diction, qui constitue un écrivain archaïste. Mais, dans la recension des œuvres des classiques, on fit une exception pour lui : l'imitateur des anciens fut traité comme les anciens mêmes; on respecta son écriture. Seulement les grammairiens ne partirent pas tous de principes identiques; dans plus d'un cas, ils accommodèrent son texte à leurs théories personnelles. Ajoutez-y le caprice, parfois la paresse ou l'ignorance des copistes, et l'on s'expliquera sans peine les variétés formelles que présentent les manuscrits de Salluste. Cela étant, la critique moderne possède-t-elle des données suffisantes pour rétablir l'orthographe authentique de notre historien? Nous en doutons; et aurait-on tous les éléments indispensables, une pareille restitution n'offrirait jamais qu'un intérêt secondaire.

Le tableau suivant donnera une idée des particularités d'écriture propres à la période *cicéronienne:*

O au lieu de *e* dans *verto*, ses dérivés et ses composés; — au lieu de *u* après la lettre *v : volnus*, *volt.*

U au lieu de *e* dans les participes futurs passifs et les gérondifs des verbes de la troisième conjugaison, principalement ceux en *io* et *ro*, ainsi que ceux en *bo*, *co*, *do*, *go*, *mo*, *to* : *capiundus*, *petundi*, et dans certaines formules techniques ; — au lieu de *i :* 1° dans *imus*, terminaison du superlatif: *pulcherrumus*[27] ; 2° dans la désinence *timo* et *timus : æstumo*,

19 Tandis qu'il ne l'a jamais fait pour *minus* ou *plus.*

20 Fréquente dans les autres historiens, surtout dans Tite-Live.

21 *Juxta cum* est tout-à-fait archaïque, ou tiré du langage familier, car on n'en trouve d'exemples que dans Plaute.

22 Ces conjonctions sont suivies de l'indicatif, si l'on raconte une chose réellement arrivée ; du subjonctif, si l'on rapporte la pensée d'un autre, ou si de deux choses l'une n'a pu se faire parce que l'autre a eu lieu auparavant. Cf. la note suivante.

23 Par la même raison il construit toujours *quippe* avec l'indicatif : l'historien présente la cause comme un fait, une réalité, et non comme se trouvant dans sa pensée. C'est pour cela encore qu'il emploie souvent l'indicatif dans les propositions indirectes, tandis que d'autres prosateurs écriraient le subjonctif.

24 Voici quelques extraits de diverses inscriptions. — *Si ques essent, quei arvorsum ead fecisent quam suprad scriptum est, eeis rem caputalem faciendam censuere, atque utei hoce in tabolam ahenam inceideretis, ita senatus aiquom censuit, uteique eam figier joubeatis ubei facilumed gnoscier potisit*, etc. Sénatus-consulte *de Bacchanalibus*, de l'an 186 av. J.-C., retrouvé dans l'ancien pays des Bruttiens. Endlicher, *Catal. codd. philologicorum Bibliothecæ Palatinæ Vindobonensis.* — *Cornelius Lucius Scipio Barbatus, Gnaivod patre prognatus, fortis vir sapiensque, quojus forma virtutei parisuma; fuit consol, censor, aidilis, quei fuit apud vos; Taurasia, Cisauna Samnio cepit; subigit omne Loucana opsidesque abdoucit.* Inscriptions des tombeaux des Scipions, découverts à Rome, devant la porte Capène. Piranesi, *Monumenti degli Scipioni* — *Fuit Atistia uxor mihei; femina opituma veixit.* Inscription du temps d'Auguste. Borghesi, *Bollet dell' Istit.* 1838. p. 165. — *In luco deae diae Alfenius Avitianus promagister ad aram immolavit porcilias piaculares II, luci coinquendi et operis faciundi, ibi vaccam honorariam immolavit et inde in tetrastylo reversus subsellis consedit . . . Deinde reversi in aedem in mensa sacrum fecerunt ollis*, etc. Actes des Frères Arvales, de l'an 218 après J.-C., retrouvés à Rome. Marini, *Gli Atti e Monumenti de Fratelli Arvali*, etc.

25 Les plus vieux mss. ne remontent guère au delà de la chute de l'Empire d'occident.

26 Bien des points aussi étaient abandonnés au caprice individuel. Auguste n'allait-il pas jusqu'à écrire comme on prononçait?

27 Ce fut César qui employa le premier la forme *imus ;* voy. Quintilien, 1, 7, 23. Elle n'était donc pas d'un usage général à l'époque de Salluste. A-t-il, dans son amour du vieux langage, préféré la forme *umus ;* ou bien s'est-il décidé à partager la théorie littéraire de son protecteur politique? Nous pencherions plutôt pour la seconde hypothèse, car l'antique fragment du troisième livre des *Histoires* trouvé au XVIe siècle dans la bibliothèque du Roi, à Paris, écrit *facillime*, *optimum.*

legitumus ; 3° dans *libet* et ses dérivés ; — au lieu de *o* dans *adolescens* et ses dérivés.

S au lieu de *r* dans certains substantifs en *or* : *labos*, *honos*[28].

Plebes et *pleps* pour *plebs*. — *Uti* pour *ut*.

Inobservation du changement de voyelle dans quelques composés : *neglego* (*negligo*), *detracto* (*detrecto*).

Habitude de ne pas redoubler les demi-voyelles (liquides et sifflante) et certaines consonnes : *belua*, *milia*, *vilicus*, *numus*, *causa*, *operior*, *oportunus*, etc.

Déclinaisons. — IIe. Génitif en *i* au lieu de *ii* dans les noms en *ius* et *ium* : *Mari*, *Pompei*, *ingeni*[29]. — IIIe. Accusatif pluriel en *is* au lieu de *es* dans les noms qui ont le génitif en *ium* : *civis*, *omnis*, *sumentis*[30]. — IVe. Génitif en *i* au lieu de *us* dans certains noms : *senati*[31]. — Datif en *u* au lieu de *ui* : *luxu*[32]. — Ve. Génitif et datif en *e* au lieu de *ei* : *fide*.

Toutes ces formes ne se retrouveront pas dans la présente édition : sur un terrain si glissant, en présence de règles si mobiles, quelquefois même contradictoires, on a cru sage de s'en tenir au système d'orthographe consacré par l'usage, et, en général, de se conformer aux principes suivis par Gerlach dans sa savante édition[33].

IV

MANUSCRITS.

Les manuscrits de Salluste sont fort nombreux : il n'y a pas de bibliothèque importante en Europe qui n'en possède quelques-uns. Ainsi, Gerlach a pu en collationner pour son édition plus de cent cinquante ; l'Italie seule lui en a fourni près de quatre-vingts. Beaucoup ne sont que la reproduction du même original ou la copie l'un de l'autre ; mais cette filiation ne sera bien établie que du jour où l'on aura fait le classement de ces manuscrits par familles, mode ingénieux de contrôle qui a produit de si heureux résultats pour d'autres auteurs. Aucun des manuscrits de Salluste ne semble remonter au delà du dixième siècle.

Il s'en faut que tous aient la même valeur. Le nombre de ceux qui jouissent d'une estime réelle auprès des philologues, ne s'élève guère à plus de quinze, sur lesquels trois sont considérés comme supérieurs aux autres[1]. Chose singulière ! Les meilleurs offrent dans bien des passages des divergences si profondes, qu'il est impossible de dire lequel est la représentation authentique de l'exemplaire primitif. Dans certains cas, ces altérations sont de simples fautes de copistes ; mais la plupart ne peuvent s'expliquer que par le travail de recension auquel les anciens grammairiens soumirent tous les classiques, particulièrement Salluste ; et il est clair que leur critique a négligé souvent l'autorité des manuscrits pour sacrifier à des principes préconçus, à des théories *à priori* sur la langue de cet écrivain[2]. Aussi plusieurs passages n'ont-ils encore pu être déterminés d'une manière satisfaisante par les éditeurs modernes.

Manuscrits d'Italie.

Rome. La bibliothèque du Vatican possède douze manuscrits de Salluste, dont six sont plus ou moins remarquables : le meilleur est le *Vaticanus* A, contenant les Discours et Lettres des *Histoires* et les *Lettres à César*. Son écriture, tout-à-fait archaïque, dénote qu'il a été copié sur un exemplaire fort ancien. On y trouve deux autres manuscrits qui, à la suite de divers auteurs, donnent les Discours et Lettres des *Histoires* et les *Lettres à César* ; l'un, le *Vaticanus primus* du dixième siècle, fort bon d'ailleurs, se distingue par un archaïsme d'orthographe presque affecté. — On sait qu'à la Vaticane fut réunie, au dix-septième siècle, la bibliothèque Palatine[3]. Elle comptait quatorze manuscrits que Gruter, directeur de cette bibliothèque, collationna avec soin pour son édition. Les deux principaux sont le *Commelianus*, venant de Jérôme Commelin[4], et qui est rongé de vétusté ; le *Nazarianus*, très-ancien également, et qui s'arrête au chap. 90 du *Jugurtha*. Tous deux sont d'une grande valeur. Gruter a désigné les autres par des numéros d'ordre qui en indiquent la valeur relative : le plus récent, le *Palatinus duodecimus*, est de 1359. — Dans la bibliothèque Barberini, on en trouve cinq ; dans la bibliothèque publique, quatre ; tous d'un mérite secondaire.

Florence. Les manuscrits de la bibliothèque Laurentienne[5] se distinguent plutôt par la beauté de leur exécution et la richesse de leurs peintures que par leur fidélité. Ils sont au nombre de trente-deux, parmi lesquels les quatorze *Medicei* : ils ne sont pas tous complets. Le dix-septième et le vingt et unième, l'un du quinzième siècle, l'autre du quatorzième, l'emportent de beaucoup sur les autres. Le deuxième, du treizième siècle, a été révisé en 1789 par Biscioni qui l'adressa au président de Brosses.

Milan. La bibliothèque Ambroisienne conserve douze manuscrits dont Gerlach a tiré plusieurs variantes nouvelles. Aucun ne date d'avant le onzième siècle. Le *Mediolanensis primus*, sur parchemin, du douzième siècle, contient d'excellentes leçons et sert beaucoup à deviner les causes de l'altération d'une foule de passages. Le *Mediolanensis septimus*, sur vélin, a été copié sur un bon original ; mais il ne comprend que le *Jugurtha*. Deux encore sont assez corrects ; le reste rentre dans la dernière classe.

Venise. Des sept manuscrits de la bibliothèque de Saint-Marc, le *Venetus primus*, sur parchemin, de la fin du onzième siècle, est sans contredit le meilleur, bien qu'il présente des omissions et un certain nombre de fautes d'écriture. Le *Venetus tertius*, du quatorzième siècle, est fort soigné ; il est orné de deux jolies vignettes et d'une carte géographique exécutée avec une grande élégance[6].

Il existe encore divers manuscrits de Salluste à Padoue, à Bologne, à Naples, à Crotone, etc. ; ils sont peu importants.

Manuscrits de Suisse, d'Allemagne et de Hollande.

Bâle. On en compte quatre dans la bibliothèque publique. Le *Basileensis primus*, de forme oblongue, est écrit en lettres lombardes et remonte au commencement du dixième siècle. Il présente d'assez nombreuses traces de vieille orthographe,

28 *Sallustius pæne ubique* labos *posuit, quem nulla necessitas* (*scilicet metri, ut Virgilium*) *coegit.* Servius ad Virg. *Æn.* 1, 253. *Labor* étant rare dans le *Catilina* et le *Jugurtha*, il est probable que ce grammairien avait en vue les *Histoires*.

29 Varron le premier recommanda la désinence *ii*, comme l'a démontré L. Spengel (Varron, *de Lingua Latina*, pp. 8-11). On remarquera également l'emploi de l'*i* simple dans *di* pour *dii*, *idem* pour *iisdem*, etc.

30 L'écriture primitive était *eis*, qui devint *is* ; de là *quis* pour *queis* (équivalent de *quibus*). Mais, déjà au temps de Cicéron, plusieurs noms prennent *es* ; et bientôt le choix entre les deux terminaisons ne fut plus qu'une affaire d'euphonie. Enfin l'accusatif en *es* finit par prévaloir, et quelques mots seulement affectèrent la forme *is*. Voyez l'intéressante dissertation de Wagner (Virgile, T. V, *Orthographia Vergiliana*, pp. 382-405).

31 Les comiques forment généralement le génitif en *i*. Sans doute Salluste ne l'a employé que dans des locutions anciennes et consacrées, comme *senati decretum*, *senati verbis*, *tumulti causa*. Cf. Quintilien, 1, 6, 27.

32 César, dans son livre *de Analogia*, trouvait que la désinence contracte *u* était seule légitime. Voy. Aulu-Gelle, 4, 16.

33 Si l'on voulait aveuglément s'astreindre à l'orthographe contemporaine de Salluste, et ne pas adopter certains rajeunissements convenus, on en serait réduit à écrire *cotidie*, *quojus*, *quom*, etc., comme cela se lit encore dans certains manuscrits.

1 *Basileensis primus*, *Guelferbitanus quintus*, *Vaticanus* A.

2 Le fait est si frappant que plus d'un grammairien cite telle ou telle phrase du *Catilina* ou du *Jugurtha* avec une variante que nous ne retrouvons plus dans aucun des mss. qui nous restent de Salluste.

3 Ou bibliothèque des comtes palatins du Rhin. Cette adjonction eut lieu après la prise de Heidelberg par Tilli, en 1620.

4 Imprimeur à Heidelberg et directeur de la bibliothèque Palatine à la fin du XVIe siècle. Il était né à Douai.

5 Fondée par les Médicis dans le monastère de Saint-Laurent, à Florence.

6 Beaucoup de mss. sont accompagnés d'une carte représentant l'Asie, l'Afrique et l'Europe d'après les données de la science du temps.

mais, sous ce rapport, n'est pas à comparer au *Vat.* A. Souvent, l'écriture archaïque a été rétablie par la main d'un ancien correcteur. Les commentaires placés entre les lignes et en marge trahissent un rhéteur d'un siècle postérieur ; quelquefois aussi les gloses, comme dans beaucoup de manuscrits, sont intercalées entre les mots mêmes du texte. A la fin de *Jugurtha*, il y a une lacune de huit chapitres. Gerlach regarde ce manuscrit comme le premier de tous ceux que nous possédons. Le *Basileensis secundus*, du treizième siècle, ne renferme que le *Catilina*. Il se rapproche du précédent. Les deux derniers sont fort inférieurs.

Berne. Des quatre qui se trouvent dans la bibliothèque de Berne, le troisième, sur vélin, est tout-à-fait bon. On en ignore la date. Quoique le copiste ait laissé échapper de nombreuses fautes d'orthographe, on ne saurait douter qu'il n'ait suivi un excellent original. Ce manuscrit conserve peu de vestiges d'écriture archaïque. Le quatrième, sur parchemin, in-4°, doit être rangé parmi les plus anciens ; mais il est loin de valoir le précédent. Il appartenait autrefois à J. Bongars ; aussi l'appelle-t-on généralement *Bongarsii liber*. Les deux autres présentent quelques bonnes leçons.

Zurich (*Turicum*). Le *Turicensis primus*, de la bibliothèque Caroline, sur parchemin, est de première classe. On y distingue trois mains différentes : celle du copiste, celle d'un correcteur qui a rétabli l'orthographe ancienne, celle d'un glossateur qui a ajouté des notes interlinéaires et marginales. Les vingt premiers chapitres du *Catilina* sont séparés des derniers par le *Jugurtha*. Ce manuscrit a beaucoup d'analogie avec le *Fabricianus primus* et le *Tegernseensis*. Le *Turicensis secundus*, sur vélin, de la fin du quinzième siècle, renferme seulement le *Catilina*. Il semble avoir été écrit par un élève dans les écoles publiques ; beaucoup de fautes proviennent de ce que le copiste a mal écrit ce qu'on lui dictait, et c'est là une cause fréquente d'incorrection dans une foule de manuscrits.

Einsiedeln. La bibliothèque des Bénédictins d'Einsiedeln possède aussi quelques manuscrits de Salluste, dont un jouit d'une assez grande autorité.

Erlangen. Le manuscrit *Erlangensis*, du douzième siècle, écrit avec beaucoup d'élégance, semble être la reproduction d'un exemplaire ancien et de bon aloi. Beaucoup de scholies interlinéaires et marginales rappellent les commentaires des grammairiens du temps de l'empire.

Tegernsee. L'excellent manuscrit *Tegernseensis*, sur parchemin, in-8°, du commencement du onzième siècle, était conservé autrefois dans l'abbaye des Bénédictins, sise près du lac Tegern (Bavière). Il fut transporté plus tard à Monaco. L'écriture en est très-belle ; les abréviations y sont rares et faciles à comprendre, ce qui prouve assez l'antiquité de ce livre.

Weimar. Cette ville en compte deux. Le second, du quinzième siècle, très-bien écrit, est de premier ordre.

Leipzig. La bibliothèque du sénat en possède deux fort estimés. Le *Senatorius primus*, sur parchemin, in-fol., du treizième siècle, est écrit sur deux colonnes avec le plus grand soin ; généralement il s'accorde avec le *Basileensis I*. Le *Senatorius secundus*, sur vélin, confirme les leçons du *Commelianus*. Quant à l'*Academicus*, de la bibliothèque du Paulinum, il n'a de prix que parce qu'il permet de reconnaître l'origine des altérations du texte.

Meissen (*Misna*). Le *Bergerianus*, de la bibliothèque de cette ville, du quatorzième siècle, offre quelques bonnes leçons.

Berlin. Il y en a deux à la bibliothèque royale : le premier, sur parchemin, est du quatorzième siècle ; le second, sur papier, date de 1470. Ils confirment parfois les bonnes leçons.

Breslau (*Vratislavia*). Le *Vratislaviensis primus*, sur parchemin, in-4°, de 1457, est écrit avec beaucoup de soin. Ainsi que les deux autres qui appartiennent à cette ville, il ne sert qu'à corroborer l'autorité des bons manuscrits.

Merseburg. Le manuscrit *Merseburgensis*, collationné par Rivius, est classé parmi ceux de premier ordre.

Wolfenbüttel (*Guelferbitum*). La bibliothèque de cette ville en conserve douze ; ils avaient appartenu autrefois à Gude. Plusieurs sont incomplets ; ainsi, le huitième s'arrête au premier chapitre du *Jugurtha*. Corte en a fait la recension exacte, et donne la palme sur tous ceux qui nous restent au *Guelferbitanus quintus*, sur parchemin, peut-être du dixième siècle ; les feuilles n'en sont point assemblées en corps ; il y manque les quinze premiers chapitres du *Jugurtha*. Le troisième, sur parchemin, in-8°, copié sur un original très-ancien, a beaucoup servi à Corte, principalement pour le *Jugurtha*. Le onzième, sur parchemin, du commencement du quinzième siècle, est curieux par sa richesse calligraphique.

Leyde. Wasse et Havercamp ont fait la recension des treize manuscrits que renferme la bibliothèque de Leyde. Ils sont cotés par ordre alphabétique, depuis A jusqu'à N. Le *Leidensis* L ou *Vossianus*, parce qu'il avait appartenu d'abord à Vossius, sur parchemin, est un des manuscrits les plus autorisés. Ceux qui portent les lettres I et K ne sont pas dénués de mérite.

Manuscrits de France et de Belgique.

Paris. La bibliothèque impériale en possède huit de valeur diverse. On les distingue par les lettres suivantes : A, B, C, D, E, X, Y, Z. Le *Parisinus* X est de première classe ; généralement il s'accorde avec le *Basileensis I*. Burnouf n'en a compulsé que cinq ; il les désigne ainsi : n° 5748, du dixième siècle ; n° 5752, de la même époque ; n° 6085, du dixième siècle ; n° 6086, de la même époque ; n° 6088, du treizième siècle. « Les autres, dit-il, sont plus récents, et, par conséquent, ont moins d'autorité[7]. »

Rheims. Il en existait deux à la bibliothèque de la Cathédrale, l'un de 1168, l'autre, plus soigné, du dixième siècle. Gude en consigna les variantes sur un exemplaire de Salluste, lequel ayant passé entre les mains de J. A. Fabricius, fut adressé par ce dernier à Corte.

Lyon. La bibliothèque de cette ville en conserve un, venant de Putsche, qui le collationna pour son édition.

Louvain. Le collége des trois langues, fondé par Busleyden, dont il porte le nom, a fourni un excellent manuscrit à Carrion.

Gembloux. Le *Gemblacensis*, de l'abbaye des Bénédictins, collationné également par Carrion, est un manuscrit de prix.

Manuscrits d'Angleterre.

Londres. Le *Regius*, de la bibliothèque royale, a été communiqué par Bentley à Wasse. L'*Arondelianus*, de la bibliothèque du comte d'Arundel, et qui avait fait partie des livres de Bilibald Pirckheimer, a été examiné par le même éditeur. Il les classe tous deux parmi les meilleurs.

Cambridge. Le collége de la cour de Pembroke lui en a fourni un qui renferme de bonnes leçons. Un autre lui venait de la bibliothèque publique ; il est récent et contient des interpolations.

Oxford. Wasse en a consulté six d'Oxford, mais il ne les a pas décrits fort au long. Parmi eux se trouvent ceux de la bibliothèque Bodléienne et du collége de Balliol.

Manuscrits tirant leurs noms de leurs possesseurs.

Le manuscrit *Fabricianus*, adressé par G. Fabricius à Rivius, est l'un des plus précieux. Ceux de Nic. *Faber* et du cardinal *Briçonnet*, examinés par Carrion, comprennent les Discours et Lettres. Wasse a eu entre les mains deux bons manuscrits venant d'Adrien de *Marck* et cotés T et A. Le *Fabricianus*

7 Erreur grave : car un ms., comparativement moderne, peut procéder d'un archétype excellent qui s'est perdu dans la suite.

primus, du dixième siècle, renferme peu de gloses, mais a été gâté çà et là par un correcteur; le *Fabricianus secundus*, plus moderne, est fort inférieur au précédent : tous deux sont sur parchemin et ont passé de la bibliothèque de Gude dans celle de J. A. Fabricius, qui les a prêtés à Corte. Ce dernier éditeur a également collationné les manuscrits suivants : *Eccardianus* (envoyé par Eccard, directeur de la bibliothèque de Hanovre), mal copié sur un bon original; *Francianus* (venant de P. Fransz), assez récent et fort corrompu; *Heusianus* (de Heusius, bailli à Memmingen), copié sur un exemplaire fort ancien, et se rapprochant du *Senatorius II*; *Struvianus* (de Struve, ayant appartenu originairement à *Rittershuys*), moderne et maltraité par les correcteurs.

Il y a encore d'autres manuscrits portant, soit des noms de lieux, soit des noms de personnages, et dont la recension a été faite par divers éditeurs, tels qu'Alde Manuce, Glareanus, C. van Popmen, Ciacconius, J. M. Palmerius, etc. Quelques-uns sont assez précieux, mais, en général, ils servent surtout à confirmer l'autorité des bons manuscrits cités dans la nomenclature qui précède[8].

V

ÉDITIONS.

XVe siècle. — L'édition *princeps* est de 1470 : *Venise*, chez Vindelinus de Spira, grand in-4°, de 71 feuillets non chiffrés. Tirée à 400 exemplaires, elle est devenue très-rare. Réimprimée l'année suivante. — On peut encore qualifier de *princeps* deux autres éditions, l'une de 1470, qu'on croit de Milan, l'autre, sans lieu ni date, qu'on croit de Paris[1]. — Laurent **Valla**. Rome 1490. — Pomponius **Lætus** (Pomponio Leto). *Brescia*, 1490. Contient les Discours et Lettres tirés des *Histoires* et les *Lettres à César*. On reproche à Pomponio Leto d'avoir considérablement altéré le texte de Salluste, en ne respectant pas l'autorité des manuscrits[2].

XVIe siècle. — Josse **Badius** Ascensius. Paris, 1504. — Éditions **Aldines**. *Venise*. Des presses aldines sortirent dix éditions de 1509 à 1588, auxquelles travaillèrent Alde Manuce l'Ancien, André Assulanus, Paul Manuce et Alde Manuce le Jeune. L'édition de 1557 est la première où se trouvent des fragments des *Histoires*. — **Mélanchthon**. *Cologne*, 1536. — H. Loritius **Glareanus** (H. Loriti, né dans le canton de Glaris). *Bâle*, 1538. — J. **Rivius**. *Leipzig*, 1539. — Robert **Étienne**. Paris, 1544. — Édition *variorum* renfermant les commentaires de Valla, Badius, Glareanus, Rivius, etc. *Bâle*, 1564. — **Riccoboni**. *Venise*, 1568. Ne contient que les Fragments. — Cyprien van **Popmen**. *Louvain*, 1572. — Louis **Carrion**. *Anvers*, 1570. La même année, Carrion publia les Fragments avec le plus grand soin. — Petrus **Victorius** (Pietro Vettori). *Florence*, 1576. — Édition *variorum* avec notes de Janus **Dousa** (Jean van der Does). *Anvers*, 1580. — P. **Ciacconius** (P. Chacon). *Leyde*, 1594. — Fulvius **Ursinus** (Fulvio Orsini). *Anvers*, 1595. Avec les Fragments recueillis et corrigés par Ant. Augustin et Orsini. — Christophe **Coler**. *Nuremberg*, 1599.

XVIIe siècle. — **Putsche**. *Leyde*, 1602. — Édition *variorum* avec notes de **Gruter**. *Francfort*, 1607. — Ph. **Pareus** (Ph. Wængler). *Francfort*, 1617. — Ausone van **Popmen**. *Francfort*, 1619. L'éditeur y a joint les Fragments de l'historien Sisenna. — **Elzévir**. *Leyde*, 1634. Suivi des Fragments des anciens historiens latins, recueillis par Aus. van Popmen. — **Min-Ell**. *Rotterdam*, 1653. — Édition *variorum* commencée par **Thysius**, continuée par J. Fréd. **Gronov**. *Leyde*, 1665. — Daniel **Crespin**. *Paris*, 1674. Édition *in usum Delphini*. — Édition *variorum*, avec notes, grammaticales surtout, de Janus Mellerus **Palmerius**. *Amsterdam*, 1690.

XVIIIe siècle. — **Wasse**. *Cambridge*, 1710. Revue sur plusieurs manuscrits et sur d'anciennes éditions; accompagnée des notes des meilleurs commentateurs; précédée de la vie de Salluste, par Jean Le Clerc, ouvrage recommandable. — Gaetano **Volpi**. *Padoue*, 1720. Renferme les Fragments des anciens historiens latins. — **Corte**. *Leipzig*, 1724. La plus remarquable édition qu'on eût encore publiée jusqu'alors. Toutefois, Corte a été funeste au texte de Salluste : partant de ce principe que l'historien a recherché la concision, il omit tout ce qu'il put omettre sur les causes les plus légères, et supprima avec une grande hardiesse une foule d'expressions et même de phrases[3]. Ce fâcheux système, suivi par beaucoup d'éditeurs qui exagérèrent encore la donnée du maître, corrompit insensiblement le texte de Salluste, et finit par le rendre méconnaissable. Corte joignit aussi les Fragments à son édition; mais le travail de Carrion l'emporte sur le sien. — **Havercamp**. *Amsterdam*, 1742. Sorte d'édition *variorum*, formant une compilation assez indigeste; elle se rapproche de l'édition de Wasse, à laquelle du reste elle est inférieure. — **Harles**. *Nuremberg*, 1778. C'est l'édition de Corte, avec corrections et additions. — Édition de **Deux-Ponts**, 1779; revue et corrigée (1780); avec nouvelles améliorations (*Strasbourg*, 1807). Elle se rapproche du système de Corte, et souvent dénature le texte par des conjectures fort aventurées. Du reste, on sait que ce sont les éditeurs de Deux-Ponts qui ont le plus corrompu Salluste et Tacite. La troisième édition est précédée d'un bon *index* des éditions antérieures. — **Teller**. *Berlin*, 1790. Édition exécutée d'après les principes de Corte, mais peu correcte.

XIXe siècle. — **Dahl**. *Brunswick*, 1800. Ne comprend que le *Catilina*. — **Kreyssig**. *Schneeberg*, 1811. — **Kunhardt**. *Leipzig*, 1812. L'éditeur avait d'abord publié le *Catilina* (*Lübeck*, 1799); il est de l'école de Corte et pousse le principe de la suppression jusqu'au dernier excès. — **Lange**. *Halle*, 1815. Reproduit en 1833. — Firmin **Didot**. *Paris*, 1819. Magnifique édition exécutée pour l'exposition des produits de l'industrie; tirée seulement à 100 exemplaires. — **Valpy**. *Londres*, 1820. Texte de Corte, avec notes *variorum*; fait partie de la collection du Régent. — **Burnouf**. *Paris*, 1821. Appartient à la collection Lemaire. L'éditeur n'a guère tiré parti des excellents manuscrits qu'il avait entre les mains; il se conforme très-souvent au mauvais texte de Deux-Ponts. Il a peu approfondi la manière de Salluste : son commentaire superficiel et en général incomplet, est loin de tenir les promesses de la préface. Aussi ce travail n'a-t-il presque rien ajouté à la critique de Salluste. — O. M. **Müller**. *Züllichau*, 1821. — **Pothier**. *Paris*, 1823. Forme le tome II d'une collection intitulée *Auctorum Latinorum Collectio*. — **Gerlach**. *Bâle*, 1823 à 1831. Édition d'une haute valeur; c'est le premier signal de la réaction contre les sectateurs de Corte : revenant aux sources, c'est-à-dire aux manuscrits, l'éditeur a reconstitué le texte de Salluste déplorablement mutilé par leur zèle indiscret. Son livre, qui offre un certain nombre de variantes publiées pour la première fois, est désormais la base nécessaire de tout travail sur Salluste. Les Fragments ont également été traités d'une manière remarquable. Une deuxième édition a paru en 1853; elle suit peut-être trop fidèlement le seul manuscrit *Basileensis primus*; du reste, elle est inachevée, car elle ne contient ni le commentaire ni les *index* annoncés dans la préface, mais une simple

8 N'oublions pas de dire que, parmi tous les mss. que nous venons d'énumérer, un assez grand nombre contiennent les deux discours attribués à Salluste et à Cicéron.

1 Généralement les éditions *princeps* de Salluste n'ont pas une grande valeur critique : faites d'après le premier ms. venu, elles fourmillent de fautes et d'interpolations. On était loin alors de donner à la publication des textes anciens les soins qu'y apportent les éditeurs modernes.

2 On compte cinquante éditions de 1470 à 1500. Plusieurs renferment les deux déclamations attribuées à Salluste et à Cicéron. Au point de vue bibliographique, les seules qui soient recherchées sont les éditions antérieures à 1480.

3 Il lui suffit de voir un ou plusieurs mots manquer dans l'un ou l'autre de ses mss. pour les déclarer aussitôt apocryphes et les rejeter de son texte. C'est surtout à l'égard de *est* (écrit dans les mss. *st*, et qui par conséquent a pu souvent se perdre) qu'il s'est montré impitoyable, même si ce terme est indispensable au sens ou s'il se trouve dans presque tous les mss.

critique du texte. On y a joint les Fragments des anciens historiens romains, recueillis par L. Roth. — **Frotscher.** *Leipzig*, 1825. Reproduction de l'édition de Corte, mais beaucoup améliorée d'après les publications les plus récentes. — **Lünemann.** *Leipzig*, 1825. — **Herzog.** *Leipzig*, 1828 à 1840. Édition destinée aux jeunes gens, mais qui dépasse, par l'étendue des annotations, les limites d'un livre classique. Ce développement même du commentaire, traitant parfois des questions assez étrangères au sujet ou s'appesantissant sur des détails de peu d'importance, nuit à l'ensemble de l'ouvrage, d'un mérite d'ailleurs incontestable. – **Kritz.** *Leipzig*, 1828 à 1853. Tient le milieu entre l'édition savante de Gerlach et l'édition classique de Herzog. Par la discussion profonde du texte, par la sagacité de l'interprétation, elle doit être regardée comme une œuvre critique du premier ordre. Le seul défaut de l'auteur est de donner trop peu de place à l'exégèse historique; quelquefois, dans certains passages controversés, de recourir à des conjectures peut-être inutiles. Les Fragments forment le tome III paru en 1853. — **Jaumann.** *Munich*, 1831. — **Weiss.** *Leipzig*, 1831. — **Fabri.** *Nuremberg*, 1832. Édition faite avec beaucoup de science et qu'il faut ranger parmi les meilleures. Reproduite avec corrections et augmentations (1845). — J. C. **Orelli.** *Zurich*, 1840. Résume les travaux de Gerlach et de Kritz. Orelli avait déjà publié antérieurement les Discours et Lettres des *Histoires* (1831) et les Fragments (1833). — **Dietsch.** *Leipzig*, 1841 à 1846. L'éditeur a habilement profité des travaux de ses devanciers et a éclairci par des notes fort ingénieuses la manière et le style de Salluste; d'autre part, il a développé avec soin la la partie historique. Toutefois, on peut lui faire le même reproche qu'à Herzog.

La présente édition a pour base celles de Gerlach et de Kritz, les deux critiques qui ont le plus contribué à restituer à Salluste sa physionomie altérée par Corte et ses disciples. Généralement on a suivi le texte de Gerlach; pour l'explication philologique, on s'est plus attaché à Kritz. L'ouvrage de Dietsch a été aussi mis à contribution : par un choix heureux et un résumé exact des interprétations antérieures, il se trouve être d'une haute utilité.

VI

TRADUCTIONS.

XVe siècle. — Lucan, Suétone et Salluste, en françois. *Paris*, 1490. Sans nom d'auteur. C'est moins une traduction qu'une histoire extraite de ces trois écrivains.

XVIe siècle. — Jean-Louis **Meigret**[1]. *Paris*, 1547. Réimprimé à *Lyon*, 1566. L'auteur y a joint la première *Catilinaire* de Cicéron et l'*Invective contre Catilina*, de Porcius Latro. — Fr. de **Belleforest.** *Paris*, 1588. N'est qu'un simple recueil de discours tirés des historiens latins.

XVIIe siècle. — **Baudoin.** *Paris*, 1616. — Mlle de **Gournay**[2]. *Paris*, 1619. Ne contient que des extraits de Salluste. — **Du Teil.** *Paris*, 1670. On y a joint les Fragments. — L'abbé de **Cassagne**, de l'Académie française. *Paris*, 1675. Souvent réimprimé jusqu'au milieu du dernier siècle.

XVIIIe siècle. — L'abbé **Le Masson.** *Paris*, 1716. — L'abbé **Thyvon.** *Paris*, 1730. L'auteur croyait avoir le premier traduit les Fragments. Cette édition est précédée de la traduction de la *Vie de Salluste*, de Le Clerc. — Le père **Dotteville**, de l'Oratoire *Paris*, 1749. La dernière réimpression date de 1807. La seconde édition (1763) est précédée de la *Liste chronologique* de Lottin, augmentée en 1768. — **Beauzée.** *Paris*, 1769. Est parvenu à sa neuvième édition (1823). — L'abbé **Prodon.** *Lyon*, 1789. — **Billecocq.** *Paris*, 1796. Ces deux dernières traductions ne comprennent que le *Catilina*.

XIXe siècle. — Dureau de **La Malle.** *Paris*, 1808. — **Lebrun**, juge en la Cour d'appel de Paris. *Paris*, 1809. — **Mollevaut.** *Paris*, 1809. La troisième édition est accompagnée d'une carte et d'un dictionnaire géographique, par Barbié du Bocage (1818). — De **Gerlache**, avocat à la Cour de cassation. *Paris*, 1812. — F. **Charles.** *Paris*, 1813. Ces deux dernières traductions ne renferment que le *Catilina*. — **Léopold**, comte de Bohm. *Paris* et *Strasbourg*, 1826. — Ch. **Durozoir.** *Paris*, 1829 à 1833. Fait partie de la collection Panckoucke. Récemment réimprimé, avec une *Étude sur Salluste*, par J. P. Charpentier. *Paris*, 1856. — **Damas-Hinard.** *Paris*, 1847. Fait partie de la collection Nisard. — P. **Croiset**, professeur au lycée Saint-Louis. *Paris*, 1850. — H. **Gomont.** *Paris*, 1853. Renferme seulement le *Catilina* et les *Lettres à César*. — **Moncourt**, professeur près la Faculté des lettres de Clermont-Ferrand. *Paris*, 1855.

Le grand défaut de nos derniers traducteurs, de mérites divers, est de n'avoir tenu aucun compte des magnifiques travaux de la philologie contemporaine en Allemagne, et d'avoir regardé l'œuvre fort contestable de M. Burnouf comme le dernier mot de la critique sur un écrivain tel que Salluste.

VII

OUVRAGES A CONSULTER.

Christophe **Coler**, Dissertation sur Salluste (en latin). *Nuremberg*, 1598. — **Saint-Evremont**, Observations sur Salluste et sur Tacite. — Daniel **Moller**, Discours sur Salluste (en latin). *Altdorf*, 1684. — **Gordon**, Discours politiques sur Salluste (en anglais). *Londres*, 1744. Traduit en français par Silhouette. *Paris*, 1759. — De **Brosses**, Histoire de la république romaine dans le cours du septième siècle, par Salluste; en partie traduite du latin sur l'original, en partie rétablie et composée sur les Fragments qui sont restés de ses livres perdus, remis en ordre dans leur place véritable ou la plus vraisemblable. *Dijon* et *Paris*, 1777. — J. F. H. **Nast**, Des qualités de l'histoire de Salluste (en latin). *Stuttgard*, 1785. — O. M. **Müller**, Recherche historico-critique des notices biographiques, des jugements et explications relatifs à Salluste et à ses écrits (en allemand). *Züllichau*, 1817. — **Lœbell**, Matériaux pour servir à l'appréciation de Salluste (en allemand) *Breslau*, 1818. — **Gœttling**, Histoire des révolutions romaines (en allemand). — **Frotscher**, Observations sur Salluste (en latin). — **Drumann**, Histoire de Rome durant la période où elle passa de la forme républicaine à la forme monarchique (en allemand). — **Ahrens**, Les trois tribuns du peuple (en allemand). — V. **Duruy**, Histoire des Romains. *Paris*, 1842. — **Dietsch**, Observations critiques sur le Jugurtha de Salluste. *Grima*, 1845. — A. **Pierron**, Histoire de la littérature romaine. *Paris*, 1850. — P. **Mérimée**, Études sur l'histoire romaine. Paris, 1853. — **Mommsen**, Histoire romaine (en allemand). Deuxième édition, *Berlin*, 1857.

Pour la partie bibliographique, on consultera avec fruit : J. A. **Fabricius**, Bibliothèque latine; **Lottin**, Liste chronologique des éditions, commentaires et traductions de Salluste; **Panzer**, Annales typographiques; **Quérard**, La France littéraire; **Brunet**, Manuel du libraire.

FIN DE LA NOTICE.

[1] Le même qui voulut réformer notre orthographe en asservissant l'écriture à la prononciation.

[2] La fille adoptive de Montaigne.

CONJURATIO CATILINÆ

[1]. Omnis homines, qui sese student præstare[1] ceteris animalibus, summa ope niti decet, ne vitam silentio[2] transeant, veluti pecora, quæ natura prona atque ventri obedientia finxit. Sed[3] nostra omnis vis in animo et corpore sita est; animi imperio, corporis servitio magis utimur[4]; alterum nobis cum diis, alterum cum beluis commune est. Quo[5] mihi rectius videtur ingenii quam virium opibus gloriam quærere et, quoniam vita ipsa, qua fruimur, brevis est, memoriam nostri quam maxume longam efficere[6]. Nam divitiarum et formæ gloria fluxa atque fragilis, virtus clara æternaque habetur[7]. Sed diu magnum inter mortales certamen fuit, vine corporis an virtute animi res militaris magis procederet. Nam et priusquam incipias consulto, et ubi consulueris mature facto opus est. Ita utrumque per se indigens, alterum alterius auxilio eget[8].

2. Igitur initio reges (nam in terris nomen imperii id primum fuit) divorsi, pars ingenium, alii corpus exercebant: etiam tum vita hominum sine cupiditate agitabatur; sua cuique satis placebant. Postea vero quam in Asia Cyrus[1], in Græcia Lacedæmonii et Athenienses cœpere urbes, nationes subigere, lubidinem dominandi causam belli habere, maxumam gloriam in maxumo imperio putare, tum demum[2] periculo atque negotiis compertum est in bello plurimum ingenium posse. Quodsi regum atque imperatorum[3] animi virtus in pace ita ut in bello valeret, æquabilius atque constantius sese res humanæ haberent, neque aliud alio ferri, neque mutari ac misceri omnia cerneres[4]. Nam imperium facile his artibus retinetur, quibus initio partum est. Verum ubi pro labore desidia, pro continentia et æquitate lubido atque superbia invasere, fortuna simul cum moribus immutatur. Ita imperium semper ad optumum quemque a minus bono transfertur. Quæ homines arant, navigant, ædificant, virtuti omnia parent[5]. Sed multi mortales dediti ventri atque somno, indocti incultique vitam sicuti peregrinantes transegere; quibus profecto contra naturam corpus voluptati, anima

CONJURATION DE CATILINA

1. Tout homme jaloux de s'élever au-dessus des autres êtres, doit faire les plus grands efforts pour ne point traverser la vie en silence, comme les bêtes que la nature a courbées vers la terre et asservies à leur ventre. Pour nous, notre force entière réside dans un esprit et un corps; l'esprit commande, le corps au contraire est esclave; l'un nous est commun avec les dieux, l'autre avec les animaux. Il me paraît d'autant plus digne de chercher la gloire par les ressources plutôt de l'intelligence que des forces physiques, et, puisque la vie même dont nous jouissons est courte, de rendre le plus possible notre souvenir durable. Les richesses en effet et la beauté n'ont qu'une gloire passagère et fragile; la vertu est une possession magnifique et éternelle. Toutefois on a longtemps parmi les mortels agité la question de savoir si c'est de la vigueur du corps ou de la force de l'esprit que le succès militaire relève le plus. En effet, avant d'entreprendre, il faut délibérer, et, quand on a délibéré, exécuter promptement. Ainsi chacune est insuffisante en soi; l'une a besoin du secours de l'autre.

2. Aussi, dans l'origine, les rois (car ce fut sur la terre le premier titre donné au pouvoir), partant de principes opposés, exerçaient les uns l'intelligence, les autres le corps: la cupidité ne troublait pas encore la vie des hommes; chacun était content de ce qu'il avait. Mais depuis qu'en Asie Cyrus, en Grèce les Lacédémoniens et les Athéniens, eurent commencé à soumettre des villes, des nations, à prendre pour cause de guerre le désir de dominer, à placer la plus grande gloire dans la plus grande puissance; alors seulement les dangers et les épreuves firent reconnaître que dans la guerre l'intelligence peut beaucoup. Que si chez les rois et les autres gouvernants la force de l'esprit se soutenait dans la paix comme dans la guerre, les choses humaines auraient une marche plus égale et plus constante, et l'on ne verrait ni les empires se déplacer, ni tout soumis aux révolutions et aux bouleversements. Le pouvoir en effet se maintient aisément par les moyens qui l'ont procuré d'abord. Mais dès qu'à l'activité a succédé la mollesse, à la modération et à la justice la passion et l'orgueil, la fortune change en même temps que les mœurs. Ainsi le pouvoir toujours

1. Les grammairiens ne sont pas d'accord sur le titre de l'ouvrage; Quintilien (3, 8, 9) l'appelle *Bellum Catilinarium*; Priscien le cite toujours par les mots *in Catilinario*; Nonius par *in Catilinæ Bello* ou *in Catilina*; Aulu-Gelle également, excepté une fois (4, 15) où il le nomme *Catilinæ Historia*. Même variété dans les manuscrits: *Bellum Catilinarium*, *De Conjuratione Catilinæ*, *Catilinarius Liber*, etc. Suidas (au mot *Zénobios*) nous apprend que le titre *Bellum Catilinarium et Jugurthinum* était fort usité. Du reste tout le monde sait que la plupart des titres des ouvrages anciens ont été fabriqués par les grammairiens. Pour nous, nous avons cru que le meilleur parti était de s'en référer à Salluste qui (chap. 4) dit: *de Catilinæ Conjuratione....... paucis absolvam.* = [1] Les verbes qui expriment un désir ou un penchant (*cupere*, *velle*, *studere*, etc.), se construisent d'ordinaire directement avec l'infinitif, quand le sujet des deux verbes est le même; mais on trouve fréquemment le sujet répété à l'aide du pronom réfléchi, ce qui donne plus de force à la pensée. Cic. *de Off.* 2, 22: *Qui vero populares se esse volunt.* = [2] Est pris dans le sens passif: «le silence dont ils sont l'objet.» = [3] «Les animaux ne sont que matière; nous au contraire sommes composés d'esprit et de matière.» = [4] «Animus magis imperator, corpus servus nobis est.» Dietsch; c'est l'abstrait pour le concret. *Utimur* ne convient proprement qu'à *imperio*; mais ce verbe étant souvent employé d'une manière générale dans le sens de *avoir*, Salluste a pu l'unir également à *servitio*. — *alterum*. Sur l'emploi du neutre représentant un substantif d'un autre genre, voy. *Notice*, III. Ici, l'auteur se reporte en même temps aux deux caractères qu'il vient d'assigner aux termes *animus* et *corpus*. = [5] Corte le traduit à tort par *propterea*. En effet, partout où *quo* ou *eo* précèdent un comparatif, ils aident à la comparaison et indiquent de combien une chose l'emporte sur l'autre; parfois cette dernière est sous-entendue, comme dans ce passage où l'idée complète est: «or autant (*quanto*) les dieux l'emportent sur les animaux, autant (*tanto*) il me paraît plus raisonnable, etc.» — *Rectus* exprime d'une manière générale ce qui est conforme aux lois de la *raison* ou de la *morale*, souvent les deux à la fois. = [6] A *vita brevis* est opposé *memoria longa*; par conséquent *quam maxume* doit être uni à *efficere*. = [7] Ne veut pas dire ici *creditur*, mais *est*, sans perdre toutefois sa signification fondamentale de *possession*. — *Sed* est opposé à l'idée *mihi rectius videtur*, etc. = [8] Palmer l'a par conjecture remplacé par *veget*, qu'ont adopté beaucoup d'éditeurs. C'est que généralement cette pensée n'a pas été bien comprise: on ne doit pas unir *indigens* et *eget*; *alterum alterius* est opposé à *utrumque per se* et sert à l'expliquer.

2. — [1] Aux yeux de Salluste, l'histoire du monde ne commence qu'avec les conquêtes de Cyrus; il était difficile, dans l'antiquité, qu'il en fût autrement pour un écrivain sérieux. = [2] De *demere*; exprime donc une idée d'exclusion; son sens fondamental est *précisément*. — *Periculo*, que Gronove traduit par *experiendo*, *experimentis*, a ici son acception ordinaire; *negotiis* sont les affaires qui ne nous permettent pas de repos (*otium*), par conséquent, importantes et embrouillées. Corte a voulu voir dans ces deux mots une hendyadis pour *periculosis negotiis*. = [3] Les chefs *élus* opposés aux monarques *héréditaires*. = [4] La suite des idées est: «Les gouvernants ont compris qu'à la guerre l'intelligence peut beaucoup, mais ils ne paraissent pas convaincus qu'elle est aussi nécessaire dans la paix; si cela était, il n'y aurait pas dans les États tant de révolutions qui toutes proviennent des luttes qu'engendre la dispute du pouvoir.» — *Artes* a souvent le sens de *penchants*, et dès lors correspond tantôt à *virtutes*, tantôt à *vitia*. = [5] «Sive homines arant, sive navigant, sive

oneri fuit[6]. Eorum ego vitam mortemque juxta æstumo[7], quoniam de utraque siletur. Verum enimvero[8] is demum mihi vivere atque frui anima videtur, qui aliquo negotio[9] intentus præclari facinoris aut artis bonæ famam quærit[10]. Sed in magna copia rerum aliud alii natura iter ostendit.

passe du moins capable au meilleur. Labourage, navigation, architecture, tout obéit au mérite. Toutefois une foule de gens, voués à leur ventre et au sommeil, passent leur vie, sans instruction ni éducation, comme des étrangers; et pour eux, contre le vœu certain de la nature, le corps n'est qu'un instrument de plaisir, l'âme qu'un fardeau. Leur vie et leur mort ont pour moi la même valeur, puisque sur l'une et sur l'autre se fait un égal silence. Mais celui-là seul me paraît vivre et jouir de l'existence, qui, appliquant son âme, cherche dans quelque entreprise la gloire d'une brillante action ou d'un beau talent. Mais, au milieu de tant d'objets, la nature montre à chacun une route différente.

3. Pulchrum est bene facere reipublicæ, etiam bene dicere haud absurdum est[1]; vel pace vel bello clarum fieri licet; et qui fecere, et qui facta aliorum scripsere, multi laudantur. Ac mihi quidem, tametsi haudquaquam par gloria sequitur scriptorem et actorem[2] rerum, tamen in primis arduum videtur res gestas scribere; primum quod facta dictis exæquanda sunt[3], dehinc quia plerique, quæ delicta reprehenderis, malivolentia et invidia dicta putant; ubi de magna virtute et gloria bonorum memores, quæ sibi quisque facilia factu putat, æquo animo accipit; supra ea[4], veluti ficta, pro falsis ducit. Sed ego adulescentulus[5] initio, sicuti plerique, studio ad rempublicam latus sum, ibique mihi multa advorsa fuere. Nam pro pudore, pro abstinentia, pro virtute, audacia, largitio, avaritia vigebant[6]. Quæ tametsi animus aspernabatur insolens malarum artium, tamen inter tanta vitia imbecilla ætas ambitione corrupta tenebatur; ac me, cum ab reliquorum malis moribus dissentirem, nihilo minus honoris cupido eadem qua ceteros fama atque invidia vexabat[7].

3. Il est beau de servir l'État par ses actions; bien dire n'est pas non plus sans mérite; on peut s'illustrer par la paix ou par la guerre; et parmi ceux qui ont agi, comme parmi ceux qui ont écrit les actions des autres, il en est beaucoup qu'on vante. Aussi, bien qu'une même gloire ne s'attache pas à l'écrivain et au héros, je regarde pourtant, quant à moi, comme une chose des plus pénibles la tâche d'écrire l'histoire; d'abord, parce que le récit doit se conformer aux actions, ensuite, puisque la plupart, si l'on blâme quelque faute, attribuent vos paroles à la malveillance et à l'envie; quand on rappelle le haut mérite et la gloire des grands hommes, chacun accueille volontiers ce qu'il croit facile à faire; ce qui lui paraît au-dessus, il le tient, comme chose imaginée, pour un mensonge. Pour moi, dans ma jeunesse, mon penchant m'entraîna d'abord, comme la plupart, vers les affaires publiques, et j'y rencontrai une foule de déboires. Car à la place de la pudeur, du désintéressement, de la vertu, régnaient l'audace, la corruption, la cupidité. Bien que mon âme, étrangère au mal, réprouvât ces vices, cependant, au sein d'une telle perversité, ma faible jeunesse, qu'avait séduite l'ambition, restait comme enchaînée; et ainsi, tout éloigné que je fusse de la dépravation générale, le désir des honneurs ne m'en exposait pas moins, comme tous les autres, aux attaques de la calomnie et de la haine.

4. Igitur ubi animus ex[1] multis miseriis atque periculis requievit, et mihi reliquam ætatem a republica procul habendam decrevi[2], non fuit consilium socordia atque desidia bonum otium conterere, neque vero agrum colendo aut venando, servilibus officiis[3], intentum ætatem agere; sed a quo incepto studioque[4] me ambitio mala detinuerat, eodem regressus, statui res gestas populi Romani carptim, ut quæque memoria digna videbantur, perscribere; eo magis, quod mihi a spe, metu, partibus

4. Aussi dès que mon âme, après une foule de peines et d'épreuves, se fut reposée, et que j'eus déterminé de passer le reste de ma vie loin des affaires publiques, mon dessein ne fut pas de perdre d'heureux loisirs dans l'indolence et l'inaction, ni de consacrer mon temps à l'agriculture ou à la chasse, occupations serviles; mais revenant à l'entreprise et aux goûts qu'une funeste ambition m'avait fait abandonner, je résolus d'écrire l'histoire du peuple romain par morceaux détachés, selon que les faits

ædificant, nihil horum sine virtute fieri potest.» Kritz. = [6]«L'intelligence et le talent peuvent beaucoup dans les affaires publiques; dans les affaires privées également ils ont une grande influence: ils sont donc bien condamnables les hommes qui, négligeant les qualités morales et intellectuelles, se livrent entièrement aux plaisirs et à l'inaction.» – *transegere*. Les mss. sont partagés; les uns donnent *transegere*, les autres *transiere* qu'on trouve aussi dans Servius (Virg. *Géorg.* 1, 3). Mais la leçon *transegere* prévaut, à cause de *peregrinantes*. En effet ce mot a deux sens: *voyageur* (idée d'*action*), et alors la notion de lieu est indispensable; *étranger* (idée d'*état*), qu'explique fort bien Cicéron (*pro Rab.* 10). Or c'est dans cette dernière acception que le prend Salluste: «de même que des *étrangers* sont inutiles aux citoyens du pays qu'ils habitent, puisqu'ils en ignorent les institutions; ainsi ceux qui négligent la culture intellectuelle sont inutiles et nuisibles à la société;» idée d'*état* à laquelle convient *transigere*, διάγειν, et non *transire*. = [7]«*Æstimare*, alicujus rei pretium constituere; *existimare*, de aliqua re ex pretii æstimatione judicare.» Dietsch. = [8]*Verum* joint et oppose une idée qui suit à une autre qui précède; *enimvero* affirme la vérité de ce qu'on va dire. Salluste oppose cette pensée à *multi...... transegere*. = [9]Rapportez *aliquo negotio* (abl. de moyen) à *quærere*; *intentus* est employé d'une manière absolue, ce qui n'est pas rare. On a voulu unir *a. negotio* à ce dernier; mais il n'y a pas un seul exemple de *intentus* avec l'ablatif. D'autres ont vu dans *aliquo* un vieux datif, ce dont il n'y a pas d'exemple non plus. = [10]«*Facinus*, ea virtus quæ rebus gravibus strenue *agendis* constat; *ars*, quæ rerum præstantium *scientia* continetur.» Corte.

3. — [1]*b. f. reipublicæ*, bien mériter de l'État par des actions, faire des choses qui lui soient utiles; *b. dicere*, être éloquent, «eloquentiæ laude florere», dit Kritz. Remarquez que *facere* se rapporte à *facinoris*, et dicere à *artis*, du chap. précédent. — *Absurdus* désigne les sons désagréables aux oreilles, par conséquent, indignes d'être entendus; de là, qui ne convient pas à quelqu'un, indigne de quelqu'un. = [2]Des mss. ont *auctorem*; mais les meilleurs *actorem*, leçon qu'atteste Charisius, p. 192 — *arduum*. «Non tantum significat studii difficultatem gravitatemque laboris, sed omnia quæ rerum gestarum scriptorem possunt offendere.» Kunhardt. Aulu-Gelle(4, 15) a bien défendu l'emploi de ce mot. = [3]C'est-à-dire que les paroles doivent suivre la vérité des faits, les présenter dans leur vérité historique, tels qu'ils se sont passés. = [4]Dépend de *putat*: «quæ quisque putat supra ea.» D'autres expliquent: «quæ supra ea sunt, his superiora;» comme le grec τὰ ὑπὲρ ταῦτα ὄντα; mais un pareil emploi d'une préposition est aussi contraire à l'usage des Latins qu'à la nature de ce genre de vocables. = [5]*Adolescens* (qui grandit) se dit propr. de la période qui s'étend entre quinze ou dix-sept ans jusqu'à trente ans; mais il est souvent employé d'une manière générale pour désigner une personne à la force de l'âge. Le diminutif a le même sens, avec l'idée accessoire de l'ardeur du jeune homme opposée à la prudence du vieillard. = [6]*Pudor*, la pudeur, opposée à *audacia*, l'effronterie. *Largitio*, la recherche des places et du pouvoir, au moyen de la corruption. = [7]Construisez: *me honoris cupido vexabat eâdem famâ atque invidiâ, quâ (vexabat) ceteros*. Des mss. ont *eadem quæ*, quelques-uns *eademque*, d'où la conjecture de Corte *eademque quæ*, adoptée par Kritz. — *Fama* (de *fari*), ce qui se dit (de quelqu'un), soit en bien, soit en mal.

4. — [1]*Ex* passant du lieu au temps, devient synonyme de *post*; il indique qu'une chose a cessé d'être et qu'une autre lui a succédé. = [2]Les verbes exprimant dessein, intention, sont presque toujours suivis de l'infinitif; avec le participe futur passif, la force de l'intention est un peu plus marquée. Entre *ætatem* (ou *vitam*) *habere* et *ætatem agere* la différence est très-légère; le premier insiste peut-être davantage sur l'idée d'*établissement solide*. = [3]Forme apposition aux gérondifs qui précèdent, car on sait que le gérondif a la valeur du substantif: c'est l'infinitif décliné. Construisez donc: *agrum colendo aut venando intentum*. = [4]*Que* unit souvent deux mots ou deux phrases, dont la seconde explique la première; il équivaut alors à *id est*. Ainsi *incepto* (la chose entreprise) est un terme général,

reipublicæ animus liber erat. Igitur de Catilinæ conjuratione quam verissume potero paucis absolvam; nam id facinus in primis ego memorabile existumo sceleris atque periculi novitate[5]. De cujus hominis moribus pauca prius explananda sunt, quam initium narrandi faciam.

me semblaient dignes de mémoire; d'autant plus que ni espérance, ni crainte, ni esprit de parti n'enchaînaient mon âme. Je vais donc raconter la conjuration de Catilina, que je traiterai brièvement, avec toute l'exactitude possible; car cet événement me paraît des plus mémorables par la nouveauté du crime ainsi que du péril. Mais il faut donner quelques détails sur le caractère de cet homme, avant d'aborder le récit.

5. Lucius Catilina, nobili[1] genere natus, fuit magna vi et animi et corporis, sed ingenio malo pravoque[2]. Huic ab adulescentia bella intestina, cædes, rapinæ, discordia civilis grata fuere, ibique juventutem suam exercuit[3]. Corpus patiens inediæ, algoris, vigiliæ, supra quam cuiquam credibile est. Animus[4] audax, subdolus, varius, cujuslibet rei simulator ac dissimulator, alieni appetens, sui profusus, ardens in cupiditatibus; satis eloquentiæ, sapientiæ parum[5]. Vastus animus immoderata, incredibilia, nimis alta semper cupiebat. Hunc post dominationem[6] L. Sullæ lubido maxuma invaserat reipublicæ capiundæ, neque id quibus modis assequeretur, dum sibi regnum pararet, quidquam pensi habebat. Agitabatur magis magisque in dies animus ferox inopia rei familiaris et conscientia scelerum; quæ utraque his artibus auxerat, quas supra memoravi. Incitabant præterea corrupti civitatis mores, quos pessuma ac divorsa inter se mala, luxuria atque avaritia, vexabant. Res ipsa hortari videtur, quoniam de moribus civitatis tempus admonuit, supra repetere ac paucis instituta majorum domi militiæque, quomodo rempublicam habuerint quantamque reliquerint, ut paulatim immutata ex pulcherruma pessuma ac flagitiosissuma facta sit, disserere[7].

5. Lucius Catilina, issu d'une famille noble, avait une grande force d'esprit et de corps, mais un naturel méchant et dépravé. De bonne heure il aima les guerres intestines, les meurtres, le pillage, les discordes civiles, et ce furent les occupations de sa jeunesse. Un corps capable d'endurer la faim, le froid, les veilles, au delà de toute croyance. Un esprit audacieux, rusé, souple, sachant tout feindre et tout dissimuler, avide du bien d'autrui, prodigue du sien, ardent dans ses désirs; assez d'éloquence, de sagesse peu. Son âme insatiable ne cessait de former des désirs effrénés, chimériques, impossibles. Depuis la domination de L. Sylla, il éprouvait un violent désir de gouverner l'État, et, pourvu qu'il obtînt le pouvoir, il s'inquiétait peu des moyens qui le mèneraient à ce but. La détresse de sa fortune et la conscience de ses crimes redoublaient chaque jour les agitations de son âme farouche; et cette double plaie s'était aggravée chez lui par les défauts dont j'ai parlé plus haut. Il trouvait encore un aiguillon dans les mœurs corrompues de la société, que ruinaient deux vices détestables et opposés entre eux, le luxe et la cupidité. Le sujet même semble m'engager, puisque l'occasion m'a fait parler des mœurs publiques, à reprendre les faits de plus haut et à exposer rapidement les principes de nos ancêtres dans la paix et dans la guerre, de quelle manière ils ont géré l'État et dans quelle grandeur ils l'ont laissé, comment, par une transformation insensible, il a passé de la plus haute splendeur au dernier degré de perversité et de dissolution.

6. Urbem Romam, sicuti ego accepi, condidere atque habuere initio Trojani, qui Ænea duce profugi sedibus incertis vagabantur, cumque his Aborigines, genus hominum agreste, sine legibus, sine imperio, liberum atque solutum[1]. Hi postquam in una mœnia convenere, dispari genere, dissimili lingua, alius alio more viventes, incredibile memoratu est quam facile coaluerint. Sed postquam res eorum civibus, moribus, agris aucta, satis prospera satisque pollens videbatur, sicuti pleraque mortalium habentur, invidia ex opulentia orta est. Igitur reges populique[2] finitumi bello tentare, pauci ex amicis auxilio esse; nam ceteri metu perculsi a periculis aberant. At Romani domi militiæque intenti festinare, parare, alius alium hortari, hostibus obviam ire, libertatem, patriam parentesque armis tegere. Post, ubi pericula virtute propulerant, sociis atque amicis auxilia portabant, magisque dandis quam accipiundis beneficiis amicitias parabant. Imperium legitumum, nomen imperii regium habebant; delecti, quibus corpus annis infirmum, ingenium sapientia validum erat, reipublicæ consultabant; hi vel ætate, vel curæ similitudine patres appellabantur[3]. Post, ubi re-

6. La ville de Rome, à ce que dit la tradition, eut pour fondateurs et pour premiers possesseurs des Troyens qui, sous la conduite d'Énée, erraient fugitifs sans demeures fixes, et avec eux les aborigènes, race sauvage, sans lois, sans gouvernement, libre et indépendante. Une fois réunis dans les mêmes murs, malgré la séparation de race, la différence de langage, la diversité du genre de vie, on ne saurait croire avec quelle facilité ils se confondirent en un seul corps. Mais quand leur État, grâce à l'accroissement des habitants, de la civilisation, du territoire, parut avoir assez de prospérité et de puissance, suivant le cours ordinaire des choses humaines, le bonheur fit naître l'envie. Aussi rois et peuples voisins de leur faire la guerre; peu de leurs amis leur viennent en aide; car les autres, frappés de crainte, se tenaient loin des dangers. Chez les Romains, aussi actifs au dedans qu'au dehors, on se presse, on prend des mesures, on s'encourage les uns les autres, on marche contre l'ennemi; liberté, patrie, parents sont sous la sauvegarde des armes. Puis, le danger une fois écarté par le courage, ils portaient secours aux alliés et aux amis, et c'était en

auquel l'auteur joint aussitôt comme explication *studioque* (le goût tant des lettres que de l'histoire), pour bien faire comprendre de quelle nature est cette entreprise. = [5] Dans lequel ce crime jeta la république. *Novus*, peu ordinaire, c'est-à-dire inouï, monstrueux.

5. — [1] *Nobilis* se disait de toute famille dont quelque membre avait occupé une des trois grandes charges (édilité curule, préture, consulat). = [2] *Malus* (opposé à *bonus*) se rapporte à l'ordre moral: il aimait les meurtres, la guerre civile, etc.; *pravus* (opposé à *rectus*), se rapporte à l'ordre intellectuel: il n'avait que des désirs immodérés, etc. = [3] Il ne faut pas distinguer ici *adolescentia* de *juventus*; l'un désigne l'époque de sa vie à partir de laquelle il a trouvé ces choses agréables, l'autre l'âge durant lequel il les a pratiquées. Cf. 3, n. 5; 7, n. 2. = [4] Le terme *animus* étant très-général, on lui applique souvent ce qui convient à la personne même, surtout comme être sensible et volontaire; de là, *animus appetens*, etc. = [5] Leçon de la plupart des mss., qu'on trouve aussi dans Priscien, 15, 5. Aulu-Gelle (1, 15) raconte que le grammairien Valérius Probus (voy. Suét. *de ill. gramm.* 24) préférait lire *loquentiæ*, comme étant plus en rapport avec la hardiesse de Salluste; de là cette fausse leçon. L'historien veut dire que Catilina avait le don de remuer les passions par la parole (*satis eloquentiæ*), mais qu'il ne s'en servait que pour le mal (*sapientiæ parum*). L'opposition de ces deux mots est fréquente chez les anciens; cf. Cic. *de Invent.* 1, 1 et 3. Du reste *loquentia* est un mot très-peu usité av. J.-C. — Sur le caractère de Catilina, voy. Cic. *pro Cœlio*, 5 et 6. = [6] Indique presque toujours un pouvoir inconstitutionnel, comme le τυραννίς des Grecs. = [7] Les verbes exprimant conseil, avis, exhortation, se construisent d'ordinaire en grec avec l'infinitif; de même quelquefois en latin; de là *hortari... repetere... disserere*.

6. — [1] La tradition vulgaire était qu'Énée et ses compagnons bâtirent Lavinium, dans le Latium (12e siècle av. J.-C.); que son fils Ascagne, ou un autre de ses descendants, fonda Albe-la-Longue, mère-patrie de Rome. — *profugi*. Dans beaucoup de composés, *pro* a la valeur de *in longinquum*. — *s. incertis*, abl. absolu. — *l. atque solutum* sont fréquemment réunis. En général les Latins, pour marquer l'idée avec plus de netteté, aiment à joindre ainsi deux mots de signification à peu près identique. = [2] *Populi*, surtout avec *reges*, signifie presque toujours *États libres*. = [3] Le nombre des sénateurs était primitivement de 100; il augmenta à l'époque même des rois et, au commencement de la république, fut porté à 300. Ce chiffre se maintint jusqu'à Sylla et César, qui grossirent le sénat de leurs

gium imperium, quod initio conservandæ libertatis atque augendæ reipublicæ fuerat[4], in superbiam dominationemque se convortit, immutato more, annua imperia binosque imperatores[5] sibi fecere; eo modo minume posse putabant per licentiam[6] insolescere animum humanum.

rendant plus qu'en recevant des services qu'ils acquéraient des amitiés. Leur gouvernement était limité par des lois, il portait le nom de royauté; des hommes choisis, chez qui les années avaient affaibli le corps, la sagesse fortifié l'esprit, s'occupaient des intérêts de l'État; l'âge ou l'analogie de fonctions les faisait appeler pères. Puis, une fois que la royauté, qui dans le principe avait servi au maintien de la liberté et à l'agrandissement de la république, eut tourné en arbitraire et en despotisme, on changea la constitution; le pouvoir fut annuel et confié à deux chefs; c'était, pensait-on, le meilleur système pour soustraire le cœur humain à l'enivrement qu'inspire une autorité absolue.

7. Sed ea tempestate[1] cœpere se quisque magis extollere magisque ingenium in promptu habere. Nam regibus boni quam mali suspectiores sunt, semperque his aliena virtus formidolosa est. Sed civitas incredibile memoratu est adepta libertate quantum brevi creverit: tanta cupido gloriæ incesserat. Jam primum juventus[2], simul ac belli patiens erat, in castris per laborem usu[3] militiam discebat, magisque in decoris armis et militaribus equis quam in scortis atque conviviis lubidinem habebant. Igitur talibus viris non labor insolitus, non locus ullus asper aut arduus erat, non armatus hostis formidolosus; virtus omnia domuerat. Sed gloriæ maxumum certamen inter ipsos erat: sic se quisque hostem ferire, murum adscendere, conspici, dum tale facinus faceret, properabat[4]; eas divitias, eam bonam famam magnamque nobilitatem putabant; laudis avidi, pecuniæ liberales erant; gloriam ingentem, divitias honestas volebant[5]. Memorare possem, quibus in locis maxumas hostium copias populus Romanus parva manu fuderit, quas urbes natura munitas pugnando ceperit, ni ea res longius nos ab incepto traheret.

7. C'est à cette époque qu'on commença à prendre des sentiments plus élevés et à déployer davantage son génie. Aux rois en effet les hommes de talent sont plus suspects que les gens sans mérite, et la vertu d'autrui leur fait peur en tout temps. Aussi la république, après la conquête de la liberté, fit rapidement d'incroyables progrès: tant le désir de la gloire avait pris d'extension. D'abord la jeunesse, dès qu'elle pouvait supporter les combats, allait aux camps où les fatigues et la pratique lui apprenaient le métier de la guerre; et c'était aux belles armes et aux chevaux de bataille, non aux courtisanes et aux repas, qu'elle prenait son plaisir. De là pour de tels hommes, point de fatigue extraordinaire, point de lieu rude ou escarpé, point d'ennemi sous les armes qui fît peur; le courage avait tout aplani. Mais la gloire excitait entre eux-mêmes la lutte la plus vive: aussi était-ce à qui frapperait un ennemi, escaladerait un mur, se ferait remarquer dans ces sortes d'exploits; voilà ce qu'ils appelaient richesses, ce qui passait chez eux pour beau renom et haute noblesse; ils étaient avides de louange, généreux d'argent; ils voulaient que leur gloire fût sans bornes, que les richesses leur fissent honneur. Je pourrais citer les lieux où le peuple romain, avec une poignée d'hommes, dispersa de puissantes armées ennemies, les villes naturellement fortifiées qu'il prit d'assaut, si ce récit ne nous écartait trop du sujet.

8. Sed profecto fortuna in omni re dominatur; ea res cunctas ex lubidine magis quam ex vero celebrat obscuratque. Atheniensium res gestæ, sicuti ego æstumo, satis amplæ magnificæque fuere, verum aliquanto[1] minores tamen quam fama feruntur. Sed quia provenere ibi scriptorum magna ingenia, per terrarum orbem Atheniensium facta pro maxumis celebrantur. Ita eorum qui ea fecere virtus tanta habetur, quantum ea verbis potuere extollere præclara ingenia. At populo Romano nunquam ea copia fuit[2], quia prudentissumus quisque maxume negotiosus[3] erat; ingenium nemo sine corpore exercebat; optumus quisque facere quam dicere, sua ab aliis benefacta laudari quam ipse aliorum narrare malebat.

8. Mais sans nul doute la fortune règne sur chaque chose en souveraine; c'est elle qui à toutes choses, moins d'après la réalité que suivant son caprice, dispense l'éclat comme l'obscurité. L'histoire des Athéniens, au prix que j'en fais, n'a pas été sans gloire ni grandeur, quoique bien au-dessous pourtant de ce qu'en publie la renommée. Mais parce que cette ville a produit des écrivains d'un grand talent, les actions des Athéniens sont vantées dans le monde à l'égal de prodiges. Voilà comme le mérite de ceux qui les ont faites se trouve mis à la hauteur où les écrits d'illustres talents ont su les élever. Le peuple romain au contraire n'a jamais eu cet avantage, parce que les plus capables étaient les plus affairés; qu'on n'occupait pas l'intelligence à l'exclusion du corps; que tout homme de mérite aimait mieux agir que parler, laisser aux autres le soin de louer ses belles actions que de raconter lui-même celles des autres.

partisans. Auguste le réduisit à 600. Le nom de *pères conscrits* leur vint de ce que Brutus, à la chute de la royauté, inscrivit sur la liste sénatoriale (*conscribere*) un certain nombre de chevaliers: on disait d'abord *patres et conscripti*, puis l'usage fit supprimer *et*. = [4] «La liberté devant être conservée avait été la cause, la raison de l'existence de la royauté, par conséquent, l'existence de la royauté avait eu pour but de, etc.» On a eu tort de sous-entendre *causa* ou un substantif analogue; c'est méconnaître la valeur causale inhérente au génit. et qui est manifeste surtout dans la langue grecque. = [5] Le consulat et deux consuls. = [6] *Per* suivi d'un accusatif a souvent la valeur d'un adverbe et désigne la manière; ainsi *per licentiam*, «licentia utentes.»

7. — [1] C'est-à-dire après l'établissement de la royauté. — *magis* quam cum sub regibus essent. = [2] L'âge où l'homme est dans sa force, c'est-à-dire jusqu'à quarante-cinq ans, quelquefois cinquante et même au delà. Comme collectif: la réunion des citoyens à la force de l'âge et capables de porter les armes. Remarquez *jam primum*, «ut rem ab initio repetam.» Kritz. = [3] *in castris*, le lieu; *per laborem*, la manière (voy. 6, n. 6); *usu*, l'espèce d'instruction: trois idées de même valeur se rapportant à un même verbe et formant un asyndète très-remarquable. Du reste, c'est un des passages où les mss. sont le plus en désaccord; le nombre des variantes a laissé libre cours aux conjectures: *s. laboris ac belli.... per usum* (Corte); idem, avec *usu* au lieu de *usum* (Deux-Ponts); *simulac... per laboris usum* (Kritz). — Remarquez *habebant*, amené par le collectif *juventus*. = [4] *se... properabat*, seul exemple d'une pareille tournure: on peut considérer *properare* comme renfermant la notion de *studere*, *cupere;* voy. 1, n. 1. = [5] Cette phrase est le commentaire de la précédente: *laudis avidi erant*, et c'est pour cela que *gloriam sibi ingentem cupiebant;* d'autre part, *pecuniæ liberales erant*, car *divitias honori sibi esse volebant*.

8. — Ce chapitre forme une sorte de parenthèse: «La vertu ne suffit pas à un peuple pour qu'il arrive à la gloire; il lui faut des écrivains de talent, dont les écrits puissent faire valoir ses exploits; mais il est peu de nations à qui la fortune accorde cette double faveur.» = [1] Terme à signification moyenne, tantôt *un peu*, tantôt *beaucoup*. = [2] *Copia ejus rei*, à savoir *præclarorum scriptorum*. Au propre, *copia* signifie «abondance de choses dont on peut se servir»; par métaphore, «situation qui permet qu'une chose puisse se faire; faculté, pouvoir, occasion.» = [3] *Otium*, c'est *vacatio rerum publicarum*. Pour un Romain, le temps non consacré aux affaires (politiques et civiles) ou à la guerre, était *otium* (repos, inoccupation).

9. Igitur domi militiæque boni mores colebantur; concordia maxuma, minuma avaritia erat; jus bonumque apud eos non legibus magis quam natura valebat. Jurgia, discordias, simultates cum hostibus exercebant; cives cum civibus de virtute certabant; in suppliciis[1] deorum magnifici, domi parci, in amicos fideles erant. Duabus his artibus, audacia in bello, ubi pax evenerat, æquitate, seque remque publicam curabant. Quarum rerum ego maxuma documenta hæc habeo, quod in bello sæpius vindicatum est in eos qui contra imperium in hostem pugnaverant, quique tardius revocati prœlio excesserant[2], quam qui signa relinquere aut pulsi loco cedere ausi erant; in pace vero, quod beneficiis quam[3] metu imperium agitabant, et accepta injuria ignoscere quam persequi[4] malebant.

9. Ainsi donc en paix comme en guerre on pratiquait les bonnes règles; beaucoup d'union, point d'avidité; la justice et la morale régnaient moins par l'effet des lois que par celui de la nature. Querelles, discordes, haines s'entretenaient contre les ennemis; les citoyens luttaient avec les citoyens de vertu; ils étaient somptueux dans le culte des dieux, économes chez eux, fidèles envers les amis. Deux qualités, l'audace dans la guerre, la modération au retour de la paix, garantissaient leurs intérêts et ceux de l'État. Et en voici, selon moi, des preuves éclatantes: à la guerre, on a plus souvent puni ceux qui avaient combattu l'ennemi malgré l'ordre du général, ou qui après le rappel s'étaient retirés trop tard du combat, que ceux qui n'avaient pas craint de déserter les enseignes, ou de se laisser chasser d'un poste; dans la paix, c'était par les bienfaits autant que par la crainte qu'ils exerçaient l'autorité, et, après avoir reçu une offense, ils aimaient mieux la pardonner que la venger.

10. Sed ubi labore atque justitia respublica crevit[1], reges magni bello domiti, nationes feræ et populi ingentes vi subacti, Carthago, æmula imperii Romani, ab stirpe interiit, cuncta maria terræque patebant[2], sævire fortuna ac miscere omnia cœpit. Qui labores, pericula, dubias atque asperas res facile toleraverant, his otium divitiæque, optandæ aliis[3], oneri miseriæque fuere. Igitur primo pecuniæ, deinde imperii cupido crevit; ea quasi materies omnium malorum fuere. Namque avaritia fidem, probitatem ceterasque artes bonas subvortit; pro his superbiam, crudelitatem, deos neglegere, omnia venalia habere edocuit[4]. Ambitio multos mortales falsos fieri subegit; aliud clausum in pectore, aliud in lingua promptum habere; amicitias inimicitiasque non ex re[5], sed ex commodo æstumare, magisque vultum quam ingenium bonum habere. Hæc primo paulatim crescere, interdum vindicari; post, ubi contagio quasi pestilentia invasit, civitas immutata, imperium ex justissumo atque optumo crudele intolerandumque factum.

10. Mais dès que l'activité et la justice eurent fait croître la république, qu'on eut dompté par la guerre de grands rois, soumis par la force des nations belliqueuses et des peuples considérables, que Carthage, rivale de la puissance romaine, eut péri de fond en comble, que mers et terres nous furent partout ouvertes; alors la fortune commença à sévir et à tout bouleverser. Ceux qui avaient sans peine résisté aux fatigues, aux dangers, aux situations critiques et difficiles, ne trouvèrent dans le repos et les richesses, vœu des autres hommes, que fardeau et misère. On vit donc grandir d'abord la soif de l'argent, puis celle du pouvoir; ce fut comme l'aliment de tous les maux. En effet la cupidité renverse la bonne foi, la probité et les autres vertus; à leur place elle enseigne l'orgueil, la cruauté, le mépris des dieux, la vénalité de toutes choses. L'ambition oblige une foule d'hommes à devenir trompeurs; à cacher une pensée dans le cœur, à en produire une autre sur les lèvres; à apprécier les amitiés et les inimitiés, non d'après leur valeur, mais d'après leur profit, et à avoir l'air plutôt que l'âme honnête. Ces vices se développèrent d'abord insensiblement, parfois on les réprimait; puis, dès que la contagion se fut propagée comme une peste, la société changea, l'autorité de juste et d'honnête devint cruelle et intolérable.

11. Sed primo magis ambitio quam avaritia animos hominum exercebat; quod tamen vitium propius virtutem erat. Nam gloriam, honorem, imperium bonus et ignavus æque sibi exoptant; sed ille vera via nititur, huic quia bonæ artes desunt, dolis atque fallaciis contendit. Avaritia pecuniæ studium habet[1], quam nemo sapiens concupivit; ea, quasi venenis malis imbuta, corpus animumque virilem effeminat, semper infinita, insatiabilis est, neque copia neque inopia minuitur[2]. Sed postquam L. Sulla, armis recepta[3] republica, bonis initiis malos eventus habuit, rapere omnes, trahere, domum alius, alius agros cupere, neque modum neque modestiam victores habere, fœda crudeliaque in civis facinora facere. Huc accedebat quod L. Sulla exercitum, quem in Asia ductaverat, quo sibi fidum faceret, contra morem majorum luxuriose ni-

11. Mais d'abord c'était l'ambition plus que la cupidité qui travaillait les esprits; et ce vice encore était presque une vertu. En effet, gloire, honneurs, pouvoir séduisent également le mérite et l'incapacité; mais l'un y tend par le vrai chemin, l'autre, à défaut de talents, tâche d'arriver par l'adresse et la ruse. À la cupidité appartient l'amour de l'argent, que jamais homme de sens n'a convoité; imprégnée en quelque sorte de sucs malfaisants, cette passion énerve la virilité du corps et de l'âme; jamais elle n'a de bornes, de satiété; ni richesses, ni pauvreté ne peuvent l'affaiblir. Mais après que L. Sylla, ayant à son tour saisi le gouvernement par la force des armes, eut donné à de bons commencements des suites déplorables, ce ne fut partout que rapine, pillage; l'un désire une maison, l'autre des terres; le vainqueur ne connaît ni

9. — L'auteur revient à son sujet, ce qu'il annonce par *igitur*. = [1] « *Supplicia* veteres quædam sacrificia a *supplicando* vocabant. » Festus, p. 308. Le mot ordinaire est *supplicatio*. « Ce sont des prières publiques, suivies de sacrifices, qu'on va faire solennellement aux dieux, soit pour se les rendre propices, soit pour les remercier de quelque bonheur arrivé à la république, ou pour apaiser ou détourner leur colère. » Dezobry, *Rome au siècle d'Auguste*, II, p. 127. = [2] Allusion à Aulus Postumius et à Manlius Torquatus, qui firent mourir leurs propres fils; à Papirius Cursor qui condamna à mort le général de cavalerie Q. Fabius et ne le gracia que sur les instances du peuple. = [3] *Quam* est quelquefois employé seul après un verbe exprimant choix, volonté, etc. (*statuo*, *probo*, *volo*, etc.); ainsi Tac. *An.* 1, 58: *bellum quam pacem probabam*. Cette tournure est fréquente en grec. Mais quand il n'y a point de pareil verbe, il faut sous-entendre *tam*; Plaute, *Mén.* 5, 6, 4: *Servus, absente hero, rem heri diligenter tuetur quam si ipse adsit*. = [4] S.-ent. *eam*, parce que *persequi* par lui-même ne peut signifier *ulcisci*.

10. — [1] Cf. 6: *At.... parabant*, et 9: *Duabus.... curabant*. = [2] *Patere* se dit des choses où quelqu'un a accès, qui, par conséquent, sont en son pouvoir; le terme opposé est *claudi*. = [3] Le participe futur passif exprime la *nécessité*; quelquefois cette nécessité dépend, non de la chose même dont il s'agit, mais de notre propre nature: *res optandæ* sont celles « que tout le monde désire, qu'il est dans la nature humaine de souhaiter. » *Aliis*, les peuples qui *non tolerant labores*, etc.; ceux-là, plus les fatigues leur ont été pénibles, plus ils aiment et supportent aisément le repos et les richesses; chez les Romains c'était tout le contraire: de là, une fois les dangers et les fatigues disparus, la décomposition rapide de la société romaine. = [4] *edocuit*, *subegit*, parfaits d'habitude, comme souvent l'aoriste des Grecs. = [5] *ex re*, « non tanti, quanti per se spectatæ æstimandæ sint. » Dietsch.

11. — [1] *Habere* se dit souvent des choses qui forment les parties constitutives d'une autre, qui dépendent d'elle ou y sont unies. — *Venenum* était primitivement un terme moyen: *breuvage*, *drogue* (comme φάρμακον); d'où Gaius, *Dig.* 50, 16, 265: *Qui venenum dicit, adjicere debet, utrum malum an bonum*. Mais de bonne heure il perdit dans le langage ordinaire cette acception générale pour ne plus être pris qu'en mauvaise part. = [2] *Copia*, parce qu'on veut être plus riche encore; *inopia*, parce qu'on veut devenir riche. = [3] *Re*, en arrière, en revenant sur ses pas; de là, exprime en général l'idée de rétrogradation, d'opposition, de réciprocité ou revanche. Ainsi *r. republica*, ayant pris le pouvoir à son tour et pour établir un autre gouvernement (par opposition à Marius et au parti popu-

misque liberaliter habuerat; loca amœna, voluptaria facile in otio feroces militum animos molliverant. Ibi primum insuevit exercitus populi Romani amare, potare, signa, tabulas pictas, vasa cælata mirari, ea privatim ac publice[4] rapere, delubra spoliare, sacra profanaque omnia polluere. Igitur hi milites, postquam victoriam adepti sunt, nihil reliqui victis fecere. Quippe secundæ res sapientium animos fatigant; ne illi corruptis moribus victoriæ temperarent[5].

bornes, ni pudeur; les citoyens sont victimes d'attentats aussi horribles que cruels. Joignez-y que L. Sylla, pour s'attirer le dévouement de l'armée qu'il avait commandée en Asie, l'avait, contre la coutume des ancêtres, laissée vivre dans le luxe et la licence; qu'un pays charmant, délicieux avait aisément amolli au sein du repos la rudesse des soldats. Là, pour la première fois, une armée du peuple romain prit l'habitude de se livrer à l'amour, à la boisson, de se passionner pour des statues, des tableaux, des vases ciselés, de les enlever à son compte et à celui de l'État, de dépouiller les temples, de souiller toutes choses sacrées et profanes. Aussi de tels soldats, après avoir remporté la victoire, ne laissèrent absolument rien aux vaincus. Le cœur même du sage faiblit dans la prospérité; à plus forte raison ces hommes corrompus ne pouvaient-ils être modérés dans la victoire.

12. Postquam divitiæ honori esse cœpere et eas gloria, imperium, potentia sequebatur, hebescere virtus, paupertas[1] probro haberi, innocentia pro malivolentia duci cœpit. Igitur ex divitiis juventutem luxuria atque avaritia cum superbia invasere; rapere, consumere, sua parvi pendere, aliena capere, pudorem, pudicitiam, divina atque humana promiscua, nihil pensi neque moderati habere[2]. Operæ pretium est, cum domos atque villas[3] cognoveris in urbium modum exædificatas, visere templa deorum, quæ nostri majores, religiosissumi mortales, fecere. Verum illi delubra deorum pietate, domos suas gloria decorabant, neque victis quidquam præter injuriæ licentiam eripiebant. At hi contra, ignavissumi homines, per summum scelus omnia ea sociis[4] adimere, quæ fortissumi viri victores reliquerant: proinde quasi injuriam facere, id demum esset imperio uti.

12. Après que les richesses eurent commencé à être un honneur, et que gloire, puissance, crédit s'y trouvèrent attachés, la vertu commença à s'émousser, la pauvreté à être un opprobre, le désintéressement à passer pour malveillance. Aussi à la suite des richesses, le luxe, la cupidité et l'orgueil se répandirent dans la jeunesse; pillage, dissipation, mépris de ses biens, désir de ceux d'autrui, pudeur, chasteté, confusion des choses divines et humaines, elle compta tout pour rien et ne connut aucune mesure. Il vaut la peine, quand on a parcouru des maisons et des villas aussi immenses qu'une cité, d'aller voir les temples des dieux qu'ont élevés nos ancêtres, les plus religieux des mortels. Mais aux sanctuaires des dieux ils donnaient pour ornement la piété, à leurs maisons la gloire, et ils n'ôtaient aux vaincus que la liberté de nuire. Tandis que les gens d'à présent, êtres sans cœur, par le dernier des crimes, prennent à des alliés tout ce que de si vaillants hommes leur avaient laissé dans la victoire: comme si c'était dans l'injustice seule que consistât l'usage du pouvoir.

13. Nam quid ea memorem quæ, nisi his qui videre, nemini credibilia sunt, a privatis compluribus subversos montes, maria constructa esse[1]. Quibus mihi videntur ludibrio fuisse divitiæ; quippe quas honeste habere licebat, abuti per turpitudinem properabant. Sed lubido stupri, ganeæ ceterique cultus non minor incesserat; viri muliebria pati, mulieres pudicitiam in propatulo habere; vescendi causa terra marique omnia exquirere[2], dormire priusquam somni cupido esset, non famem aut sitim neque frigus neque lassitudinem opperiri, sed ea omnia luxu antecapere[3]. Hæc juventutem, ubi familiares opes defecerant, ad facinora incendebant. Animus imbutus malis artibus haud facile lubidinibus carebat[4]; eo profusius omnibus modis quæstui atque sumptui deditus erat.

13. En effet, à quoi bon rappeler ce qu'il faut avoir vu pour le croire, quelques particuliers renversant des montagnes, couvrant la mer de constructions? Ils se faisaient, je crois, un jeu des richesses; car, au lieu d'en user honorablement, ils se pressaient de les consumer en indignes dépenses. Cependant le goût de la débauche, des orgies et des autres raffinements n'avait pas fait de moindres progrès; les hommes se prostituaient comme des femmes; les femmes tenaient marché de leur honneur; pour se nourrir, on allait chercher toutes les productions de la terre et de la mer; on dormait avant de sentir le besoin du sommeil; on n'attendait pas la faim ou la soif, ni le froid, ni la fatigue, mais en tout la sensualité prévenait la nature. Voilà ce qui excitait les jeunes gens au crime, une fois qu'ils avaient épuisé leur patrimoine. Leur âme, souillée de vices, était difficilement libre de passions; la fureur d'acquérir et de dépenser par tous moyens n'en était que plus effrénée.

14. In tanta tamque corrupta civitate Catilina, id quod factu facillumum erat, omnium flagitiorum atque facinorum[1] circum se tanquam stipatorum catervas habebat. Nam quicunque impudicus, adulter, ganeo manu, ventre, pene[2], bona patria laceraverat, quique alienum æs grande

14. Dans une ville si grande et si corrompue, il était très-facile à Catilina d'avoir à ses côtés, comme des satellites, tout un cortége d'infamies et de crimes. En effet, tous les impudiques, les adultères, les libertins qui par le jeu, la table, la débauche, avaient dévoré leur patri-

laire). — *b. initiis*, abl. absolu. = [4]« Pro se quisque et universi pro republica. » Dietsch. = [5] *ne*, pour *nedum*. — *c. moribus*, abl. de qualité, forme opposition avec *sapientium*.

12. — [1] *Pauper* désigne celui qui a un revenu modeste, qui n'est pas riche; notre *pauvre*, c'est *inops*, *egens*. — *pro m. duci*, « malevolum animum prodere, sive ad invidiam divitibus conflandam valere, putabatur. » Kritz. = [2] *nihil*, etc., forme une locution verbale dont dépendent les infinitifs et substantifs qui précèdent : « in rapiendo, etc., nihil prorsus sibi curandum et moderandum putabant. » Dietsch. = [3] On désignait primitivement par *villas* les fonds de terre dont on tirait un revenu, soit en les cultivant, soit en y élevant différentes espèces d'animaux. Mais une fois que le luxe eut envahi Rome, les villas ne devinrent autre chose que des maisons de campagne, des demeures de plaisance, immenses palais d'été, où s'étalaient toutes les recherches de la magnificence et de la volupté. = [4] On donnait particulièrement ce nom aux peuples soumis à l'autorité romaine, qui étaient forcés de payer des impôts et de fournir dans les guerres des soldats, des vaisseaux, du blé.

13. — [1] Les riches, pour avoir la mer à leur portée, faisaient faire d'immenses travaux d'endiguement, qu'ils couvraient ensuite de quelque somptueuse villa, avec ses dépendances (surtout les bains et les piscines). Cf. Hor. *Od.* 2, 18, 20; 3, 1, 33 et 24, 3. Des mss. ont *constrata* (jonchés), mot qui nécessiterait un complément; cf. d'ailleurs, chap. 20, *in exstruendo mari*. = [2] Horace a vivement poursuivi (surtout *Sat.* 2, 2) ce vice, qui prit à Rome les plus effrayantes proportions. = [3] *Antecapere* se dit des choses qu'on saisit, qu'on fait avant quelque autre; c'est donc ne pas attendre que la faim, etc., viennent de soi-même, mais se les donner par des moyens factices : *famem*, *sitim*, à l'aide d'excitants, en se faisant vomir, en se baignant; *frigus*, sous des portiques ou dans des grottes; *lassitudinem*, par des exercices violents. Cf. Hor. *Od.* 1, 5, 3; 2, 15, 15; *Sat.* 2, 8, 8; *Epp.* 1, 6, 61. = [4]« Vacabat, liber erat a, etc. » Herzog. Sur *eo*, voy. 1, n. 5. — *sumptui*, en faisant des dettes.

14. — [1] L'abstrait pour le concret, ce que n'ont sans doute pas compris les copistes qui, dans un assez grand nombre de mss., ont écrit *flagitiosorum atque facinorosorum*. = [2] *Caudam antiqui penem vocabant.* Cic. *Fam.* 9, 22. Tous deux par métaphore sont souvent

conflaverat, quo flagitium aut facinus redimeret[3]; præterea omnes undique parricidæ, sacrilegi, convicti judiciis aut pro factis judicium timentes; ad hoc quos manus atque lingua perjurio aut sanguine civili alebat[4]; postremo omnes quos flagitium, egestas, conscius animus exagitabat, hi Catilinæ proxumi familiaresque erant. Quodsi quis etiam a culpa vacuus in amicitiam ejus inciderat[5], quotidiano usu atque illecebris facile par similisque ceteris efficiebatur[6]. Sed maxume adulescentium familiaritates appetebat; eorum animi molles et ætate fluxi dolis haud difficulter capiebantur. Nam uti cujusque studium ex ætate flagrabat, aliis scorta præbere, aliis canes atque equos mercari, postremo neque sumptui neque modestiæ suæ parcere, dum illos obnoxios fidosque sibi faceret. Scio fuisse nonnullos qui ita existumarent, juventutem, quæ domum Catilinæ frequentâbat, parum honeste pudicitiam habuisse[7]; sed ex aliis rebus magis, quam quod cuiquam id compertum foret, hæc fama valebat.

moine; ceux qui avaient contracté des dettes énormes pour payer la rançon d'une infamie ou d'un crime; de plus, tout ce qu'il y avait dans la république de parricides, de sacriléges, de gens flétris par des jugements ou craignant d'être jugés pour leurs actes; ajoutez ceux qu'entretenaient leur langue par le parjure, leur bras par le sang des citoyens; en un mot, tous ceux qui étaient en proie à la corruption, à la misère, au remords : tous ceux-là étaient les amis et les familiers de Catilina. Que si quelqu'un, encore étranger au vice, devenait par malheur son ami, les relations et les séductions de chaque jour le rendaient bientôt égal ou semblable à tous les autres. Mais ce qu'il recherchait surtout, c'était l'intimité des jeunes gens; l'esprit encore flexible et mobile à cet âge se laissait facilement séduire par ses artifices. En effet, suivant les passions que l'âge allumait en chacun d'eux, aux uns il procurait des courtisanes, aux autres il achetait des chiens et des chevaux; en un mot, il ne ménageait ni la dépense, ni son honneur, pourvu qu'il les eût à sa merci, et s'assurât leur dévouement. Quelques-uns, je le sais, soupçonnaient la jeunesse qui fréquentait la maison de Catilina de faire bon marché de la pudeur; mais c'était d'après leurs autres actions, plutôt que sur des preuves certaines, que ce bruit s'était accrédité.

15. Jam primum[1] adulescens Catilina multa nefanda stupra fecerat, cum virgine nobili, cum sacerdote Vestæ, alia hujuscemodi contra jus fasque. Postremo[2] captus amore Aureliæ Orestillæ, cujus præter formam nihil unquam bonus laudavit, quod ea nubere illi dubitabat, timens privignum adulta ætate[3], pro certo creditur necato filio vacuam domum scelestis nuptiis fecisse. Quæ quidem res mihi in primis videtur causa fuisse facinoris maturandi. Namque animus impurus, diis hominibusque infestus, neque vigiliis neque quietibus sedari poterat; ita conscienta mentem excitam vastabat. Igitur colos ei exsanguis, fœdi oculi, citus modo, modo tardus incessus; prorsus in facie[4] vultuque vecordia inerat.

15. D'abord, dans sa jeunesse, Catilina avait eu un grand nombre d'intrigues coupables, avec une jeune fille noble, avec une prêtresse de Vesta, et commis d'autres attentats du même genre au mépris des lois les plus sacrées. En dernier lieu il s'éprit d'amour pour Aurélia Orestilla, dont les honnêtes gens n'ont jamais loué que la beauté : comme elle hésitait à l'épouser, par crainte d'un fils déjà grand, qu'il avait eu d'un premier lit, on tient pour certain qu'il tua ce fils, et ouvrit ainsi sa maison à cet horrible hymen. Ce crime me paraît avoir été pour lui une des principales causes de hâter son complot. Car son âme impure, en horreur aux hommes et aux dieux, ne pouvait trouver de calme ni dans les veilles, ni dans le sommeil; tant le remords faisait de ravages dans sa conscience bourrelée. Aussi avait-il le teint blême, le regard sinistre, la démarche tantôt lente, tantôt précipitée; en un mot, son extérieur et son visage trahissaient le délire.

16. Sed juventutem quam, ut supra diximus, illexerat, multis modis mala facinora edocebat. Ex illis testes signatoresque[1] falsos commodare; fidem, fortunas, pericula vilia habere[2], post, ubi eorum famam atque pudorem attriverat, majora alia imperabat. Si causa peccandi in præsens minus suppetebat, nihilo minus insontes sicuti sontes circumvenire, jugulare; scilicet, ne per otium torpescerent manus aut animus, gratuito potius malus atque crudelis erat. His amicis sociisque confisus Catilina, simul quod æs alienum per omnis terras ingens erat[3], et quod plerique Sullani milites[4], largius suo usi, rapinarum et victoriæ veteris memores, civile bellum exoptabant, opprimundæ reipublicæ consilium cepit. In Italia nullus exercitus; Cn. Pompeius in extremis terris bellum gerebat; ipsi consulatum petenti[5] magna spes; senatus nihil

16. Quant aux jeunes gens qu'il avait su gagner, comme nous l'avons dit plus haut, il avait mille manières de les former au crime. Il les prêtait pour servir de faux témoins et de faussaires; ils devaient compter pour rien bonne foi, fortune, périls; puis, dès qu'il avait ruiné leur réputation et leur honneur, il leur commandait des actions plus hardies. S'il ne se présentait pas dans le moment même de prétexte pour faire le mal, qu'il eût ou non un grief contre quelqu'un, il ne laissait pas de lui tendre un piége, de le faire égorger, aimant mieux être méchant et cruel sans motif, pour empêcher la main ou le cœur de ses affidés de s'engourdir dans l'inaction. Comptant sur de tels amis et de tels associés, voyant aussi que dans le monde entier les dettes étaient énormes, et que la plupart des soldats de Sylla, ayant dévoré tout

pris dans un sens obscène. = [3] C'est-à-dire pour corrompre les juges ou les accusateurs. — *Parricida*, qui a tué un homme libre; *parricidium*, meurtre; de là, tout crime abominable. = [4] D'une part, les faux témoins; de l'autre, les sicaires de profession et les gens qui faisaient tuer ceux dont ils devaient hériter. = [5] Est pris dans un sens défavorable; il indique que l'amitié de Catilina était pour les jeunes gens un véritable fléau. = [6] Ceux qui ne leur devenaient pas *pares* (aussi criminels qu'eux), du moins leur devenaient *similes* (ne leur cédaient pas beaucoup en perversité). Les deux termes ne diffèrent que par le degré. = [7] « Impudicos fuisse seu pathicos, id est, masculæ veneri deditos. » Kritz.

15. — [1] Voy. 7, n. 2. Pour *nobili*, voy. 5, n. 1. = [2] Vers les derniers temps avant la conjuration. = [3] La plupart des mss. ont *adultum*, leçon qui rendrait *ætate* presque absurde; car appeler quelqu'un *adulte*, c'est évidemment parler de son *âge*. — *creditur* n'a pas pour sujet Catilina, car on ne peut pas dire *pro certo credor*; il est employé absolument par anacoluthe. = [4] *Facies* (de *facio*, comme *species*, de *specio*, etc.), la forme, l'aspect extérieur d'un objet, partic. du corps humain; cf. *habitus*.

16. — [1] On appelait *signator* celui qui, en qualité de témoin, signait un testament. = [2] Complément de *imperabat;* c'est n'avoir égard ni à la suite des idées, ni à la construction de la phrase, que d'en faire un inf. de narration. = [3] Grâce aux exactions des gouverneurs romains, à l'usure des publicains, etc. Cf. *40*, n. 1. = [4] Sylla avait partagé entre les vétérans les biens des proscrits (voy. 28, n. 2); mais leurs profusions les eurent bientôt ruinés, et la plupart étaient criblés de dettes. = [5] Celui qui aspirait au consulat devait déclarer officiellement sa candidature, c'est-à-dire se présenter au consul chargé de présider les *comitia* (assemblée du peuple où l'on élisait les magistrats), prouver qu'il remplissait toutes les conditions exigées par la loi, et se faire inscrire par lui sur la liste des candidats, dont le nombre ne dépassait guère quatre ou cinq. « Si le consul ne lui croit pas de titres suffisants, il fait quelquefois juger ses prétentions par le sénat; s'il lui paraît indigne, il le refuse sans consulter personne, et lui défend même de se mettre sur les rangs. » Dezobry, *Rome*, etc. II, p. 3. C'est ce qu'on appelait *profiteri*. L'inscription obtenue, il avait le droit de solliciter publiquement la charge (*petere*), il devenait *candidatus* (parce qu'on devait en ce cas porter une toge blanche, *toga candida*). Cette brigue légale consistait en allées et venues (partic. sur le Forum; cf. Hor. *Epp.* 1, 6, 49–55) auprès de chaque citoyen, afin d'obtenir sa voix; de là, son nom de *ambitio* (*ambire*, aller autour). L'ensemble de ces formalités devait se remplir dans un *trinum nundinum* ou espace de temps embrassant trois *nundinæ* (marchés ou foires qui revenaient périodiquement tous les neuf jours), c'est-à-dire *dix-sept jours* avant les comices (*legitimi dies*). L'élection, dont l'époque était fixée par un édit des consuls, se faisait d'ordinaire en été (fin de juillet ou com-

sane intentus; tutæ tranquillæque res omnes: sed ea prorsus opportuna Catilinæ.

leur avoir, au souvenir de leurs brigandages et de leur ancienne victoire, ne désiraient que la guerre civile, Catilina forma le projet d'opprimer la république. En Italie point d'armée; Cn. Pompée faisait la guerre aux extrémités du monde; lui-même, en briguant le consulat, avait bon espoir; le sénat sans nulle défiance de rien; partout le calme et la tranquillité : autant de circonstances favorables à Catilina.

17. Igitur circiter Kalendas Junias, L. Cæsare et C. Figulo[1] consulibus, primo singulos appellare, hortari alios, alios tentare, opes suas, imparatam rempublicam, magna præmia conjurationis docere. Ubi satis explorata sunt quæ voluit[2], in unum omnis convocat, quibus maxuma necessitudo[3] et plurimum audaciæ inerat. Eo convenere senatorii ordinis P. Lentulus Sura, P. Autronius, L. Cassius Longinus, C. Cethegus, P. et Servius Sullæ, Servii filii, L. Vargunteius, Q. Annius, M. Porcius Læca, L. Bestia, Q. Curius; præterea ex equestri ordine M. Fulvius Nobilior, L. Statilius, P. Gabinius Capito, C. Cornelius; ad hoc multi ex coloniis et municipiis[4], domi nobiles. Erant præterea complures paulo occultius consilii hujusce participes nobiles, quos magis dominationis spes hortabatur, quam inopia aut aliqua necessitudo. Ceterum juventus pleraque, sed maxume nobilium, Catilinæ inceptis favebat, quibus in otio vel magnifice vel molliter vivere copia erat, incerta pro certis, bellum quam pacem malebant. Fuere item ea tempestate, qui crederent M. Licinium Crassum non ignarum ejus consilii fuisse; quia Cn. Pompeius invisus ipsi[5] magnum exercitum ductabat, cujusvis opes voluisse contra illius potentiam crescere; simul confisum, si conjuratio valuisset, facile apud illos principem se fore.

17. Aussi, vers les Calendes de juin, sous le consulat de L. César et de C. Figulus, il commence par prendre en particulier chacun des siens, encourage les uns, sonde les autres, leur fait voir ses propres ressources, la république sans défense, et les grands avantages de la conjuration. Dès qu'il se fut bien assuré de ce qu'il voulait savoir, il convoque dans une assemblée tous ceux qui étaient dans la plus grande détresse et qui avaient le plus d'audace. Là se réunirent, de l'ordre des sénateurs, P. Lentulus Sura, P. Autronius, L. Cassius Longinus, C. Céthégus, P. et Servius Sylla, fils de Servius, L. Varguntéius, Q. Annius, M. Porcius Læca, L. Bestia, Q. Curius; de plus, de l'ordre équestre, M. Fulvius Nobilior, L. Statilius, P. Gabinius Capito, C. Cornélius; enfin un grand nombre de citoyens des colonies et des municipes, hommes importants chez eux. Il y avait encore quelques complices plus secrets de cette entreprise : c'étaient des nobles, poussés par l'espoir de dominer, plutôt que par la misère ou quelque embarras. Au reste la plus grande partie de la jeunesse, surtout parmi les nobles, favorisait les desseins de Catilina; pouvant vivre tranquillement dans le faste ou les délices, ils préféraient l'incertain au certain, la guerre à la paix. Il y eut même à cette époque des gens qui pensaient que M. Licinius Crassus n'ignorait pas le complot; que, détestant Cn. Pompée, qui commandait une grande armée, il désirait voir s'élever contre sa puissance celle d'un autre, quel qu'il fût; persuadé d'ailleurs que si la conjuration réussissait, il en deviendrait facilement le chef.

18. Sed antea item conjuravere pauci contra rempublicam, in quibus Catilina fuit; de qua[1] quam verissume potero dicam. L. Tullo et M. Lepido consulibus, P. Autronius et P. Sulla, designati consules, legibus ambitus interrogati pœnas dederant[2]. Post paulo Catilina, pecuniarum repetundarum reus, prohibitus erat consulatum petere, quod intra legitumos dies profiteri nequiverit[3].

18. Mais auparavant déjà quelques-uns, et parmi eux Catilina, avaient conjuré contre la république; je vais en parler avec toute la vérité possible. Sous le consulat de L. Tullus et de M. Lépidus, P. Autronius et P. Sylla, consuls désignés, poursuivis en vertu des lois contre la brigue, avaient été punis. Peu de temps après, Catilina, accusé de concussion, avait été empêché de solliciter le

mencement d'août); mais le sénat, ainsi que les tribuns du peuple, avait le droit de la retarder, ce qui eut lieu souvent dans les troubles politiques, quand l'un ou l'autre parti voulait faire échouer une candidature ennemie. Les consuls n'entraient en fonctions que le 1er janvier suivant, afin de pouvoir s'instruire des affaires; pendant cet intervalle ils étaient *consules designati*, et jouissaient naturellement d'une grande influence. — La plupart des mss. portent *petundi*, leçon évidemment fausse : Catilina en effet n'avait pas l'espoir de solliciter le consulat, mais bien de l'obtenir quand il le solliciterait (ce qu'il allait faire sous peu) ; aussi, dit-il, chap. 20 : *hæc ipsa, ut spero, vobiscum simul consul agam.*

17. — [1] Avant l'époque d'Auguste, jamais on n'unit le *nomen gentile* (nom de race) et le *cognomen* (surnom), mais l'un ou l'autre avec le *prænomen* (prénom); ainsi le vainqueur de Pharsale était appelé *Caius Julius* ou *Caius Cæsar*, mais non *Julius Cæsar*. = [2] Le parfait est souvent employé pour l'imparfait ou le plusqueparfait quand on veut simplement exprimer l'idée de passé, sans égard à la liaison des temps; de même l'aor. grec. — *unum* est pris substantivement : *in unum convenire*, *in unum conducere*, et autres. = [3] C'est-à-dire *urgens calamitas*, le poids des dettes, les crimes à faire oublier, etc. *Inerat* s'applique à *necessitas* par attraction. = [4] « Lorsque Rome travaillait à conquérir l'Italie, elle était dans l'usage de s'approprier une partie du territoire des vaincus pour y bâtir une ville, ou bien elle établissait dans les villes déjà existantes des colonies de citoyens romains.... Les *colonies romaines* furent comme autant de petites images, de copies de Rome leur métropole. Elles observèrent les mêmes lois, la même jurisprudence, la même religion, les mêmes fêtes; elles eurent aussi deux consuls et un sénat de cent membres, les consuls appelés *duumvirs*, de leur nombre, et les sénateurs, *décurions*.... Les colons jouissaient de tous les priviléges de la cité romaine, excepté du droit de *suffrage* et du droit d'*honneurs* à Rome; établies pour surveiller et contenir des peuples conquis, ces colonies auraient manqué au but de leur institution si l'on avait donné à leurs citoyens ces deux droits, qu'ils ne pouvaient exercer qu'en abandonnant leur poste. » Dezobry, *Rome*, etc. I, p. 417; III, p. 308. Les *municipes* (de *munus*, présent) étaient les villes étrangères à qui l'on avait accordé le droit de cité, avec ou sans le droit de suffrage et celui d'honneurs, et qui en même temps pouvaient conserver leur gouvernement indigène; il est vrai que la plupart d'entre elles calquèrent leur constitution sur celle du vainqueur. Les municipes qui adoptaient également la législation romaine, s'appelaient *populi fundi*. On sait qu'après la conquête du Latium, Rome ne voulut pas admettre les Latins au droit de cité; elle se contenta de leur accorder un certain nombre de priviléges, dont l'ensemble prit le nom de *droit de Latium*, qui fut concédé aux villes conquises, comme l'était celui de cité romaine : les villes qui l'avaient obtenu étaient désignées sous le nom de *villes latines*; quelquefois aussi on le conférait à de nouvelles colonies (*colonies latines*). Par *villes fédérées* on entendait celles qui n'étaient liées avec Rome que par un traité d'alliance (*fœdus*). Toutes ces diverses sortes de villes contribuaient au service militaire et à l'entretien des armées. Si une ville municipale ou fédérée avait manqué de fidélité au peuple romain, elle perdait ses droits; un *præfectus* (préposé) nommé à Rome venait y rendre la justice, d'où le nom de *préfectures*. A la suite de la *guerre sociale*, tous les habitants de l'Italie avaient été admis au droit de *civitas Romana*. = [5] Crassus en voulait à Pompée qui lui avait enlevé la gloire de terminer la *guerre servile*; il se sentait d'ailleurs effacé par cette nouvelle illustration. « Quelle taille a-t-il donc ? » s'écriait-il quand il lui entendait donner le nom de grand. — *conjuratio*, c'est-à-dire, *homines conjurati*, l'abstrait pour le concret, ce qu'indique l'anacoluthe *illos* qui suit.

18. — [1] Leçon attestée par les meilleurs mss. et par le grammairien Diomède (p. 440, édit. Putsch), et qu'on a sans raison remplacée par *quo*. Expliquez *de qua* (*conjuratione*); synèse remarquable dont il n'y a pas d'autre exemple. = [2] Voy. 16, n. 5. *Ambitio* exprimait la brigue légale; *ambitus*, la brigue illégale, qui se servait de moyens illicites, comme corruption, menaces, etc. Plusieurs lois avaient été portées contre la *brigue*, et particulièrement la loi *Calpurnia* (67 av. J.-C.) qui condamnait le coupable à l'exclusion du sénat, à la perte du droit d'honneurs et à une amende; si c'était après l'élection, celle-ci était annulée de fait et l'on procédait à de nouveaux comices. Le crime de *brigue* rentrait dans les *judicia publica*, sur lesquels prononçaient des tribunaux spéciaux et permanents appelés *quæstiones perpetuæ*, uniquement composés de patriciens et présidés par un *quæsitor*. — *Interrogare*, signifiant *in jus vocare*, *accusare*, est toujours suivi de l'abl. *lege* ou *legibus*. Mais Tacite l'emploie absolument. = [3] Le crime de *concussion* (mot à mot : de sommes

Erat eodem tempore Cn. Piso, adulescens nobilis, summæ audaciæ, egens, factiosus, quem ad perturbandam rempublicam inopia atque mali mores stimulabant. Cum hoc Catilina et Autronius circiter Nonas Decembris[4] consilio communicato, parabant in Capitolio Kalendis Januariis[5] L. Cottam et L. Torquatum consules interficere; ipsi, fascibus correptis, Pisonem cum exercitu ad obtinendas duas Hispanias mittere. Ea re cognita, rursus in Nonas Februarias consilium cædis transtulerant. Jam tum non consulibus modo, sed plerisque senatoribus perniciem machinabantur. Quod ni Catilina maturasset pro curia[6] signum sociis dare, eo die post conditam urbem Romam pessumum facinus patratum foret. Quia nondum frequentes armati convenerant, ea res consilium diremit.

consulat, parce qu'il n'avait pu se mettre sur les rangs pendant les jours fixés par la loi. Il y avait alors un jeune homme de bonne famille, plein d'audace, pauvre, intrigant, Cn. Pison, que sa misère et ses mœurs dépravées poussaient à bouleverser la république. Catilina et Autronius, après s'être concertés avec lui, vers les Nones de décembre, se disposaient à assassiner dans le Capitole, aux Calendes de janvier, les consuls L. Cotta et L. Torquatus; eux-mêmes devaient s'emparer des faisceaux et envoyer Pison avec une armée occuper les deux Espagnes. La chose ayant transpiré, ils avaient remis aux Nones de février leur projet d'assassinat. Cette fois ce n'était plus seulement le massacre des consuls, mais celui de la plupart des sénateurs, qu'ils méditaient. Si Catilina ne s'était pas trop hâté de donner le signal à ses complices devant la curie, il eût été commis en ce jour le forfait le plus atroce depuis la fondation de Rome. Mais les conjurés armés ne s'étaient pas encore réunis en assez grand nombre, ce qui fit échouer l'entreprise.

19. Postea Piso in citeriorem Hispaniam quæstor pro prætore[1] missus est, annitente Crasso, quod eum infestum inimicum Cn. Pompeio cognoverat. Neque tamen senatus provinciam invitus dederat; quippe fœdum hominem a republica procul esse[2] volebat; simul quia boni[3] complures præsidium in eo putabant; et jam tum potentia Pompeii formidolosa erat[4]. Sed is Piso in provincia ab equitibus Hispanis, quos in exercitu ductabat, iter faciens occisus est. Sunt qui ita dicunt, imperia ejus injusta, superba, crudelia barbaros[5] nequivisse pati; alii autem equites illos, Cn. Pompeii veteres fidosque clientes[6], voluntate ejus Pisonem aggressos; nunquam Hispanos præterea tale facinus fecisse, sed imperia sæva multa[7] antea perpessos. Nos eam rem in medio relinquemus. De superiore conjuratione satis dictum.

19. Quelque temps après, Pison, simple questeur, fut envoyé comme propréteur dans l'Espagne citérieure: il était appuyé par Crassus, qui le savait ardent ennemi de Cn. Pompée. Le sénat, du reste, n'avait fait aucune difficulté pour lui accorder cette province, car il tenait à éloigner des affaires un homme dangereux; en outre, plusieurs personnages considérables voyaient en lui un appui contre la puissance de Pompée, qui déjà commençait à être alarmante. Mais ce Pison fut tué dans la province, pendant une marche, par des cavaliers espagnols qu'il avait dans son armée. Il en est qui prétendent que les barbares ne purent souffrir son autorité injuste, hautaine et cruelle; selon d'autres, ces cavaliers, anciens et dévoués clients de Cn. Pompée, remplirent ses intentions en attaquant Pison; d'ailleurs, les Espagnols n'avaient jamais commis pareil attentat, quoiqu'ils eussent eu déjà à supporter bien des durs gouvernements. Pour moi, je laisserai cette question indécise. En voilà assez sur cette première conjuration.

20. Catilina, ubi eos, quos paulo ante memoravi, convenisse videt, tametsi cum singulis multa sæpe egerat, tamen in rem fore credens universos appellare et cohortari, in abditam partem ædium secessit atque ibi, omnibus arbitris[1] procul amotis, orationem hujuscemodi habuit. « Ni virtus fidesque vestra spectata mihi forent, nequidquam opportuna res cecidisset; spes magna, do-

20. Catilina, voyant réunis ceux que j'ai nommés un peu plus haut, bien qu'il eût déjà maintes fois conféré longuement avec chacun d'eux, crut pourtant qu'il serait utile de les haranguer et de les exhorter tous à la fois; il se retira donc dans la partie la plus écartée de la maison, et là, loin de toute espèce de témoin, il tint à peu près ce discours. « Si votre courage et votre dévouement ne

devant être redemandées), qui faisait également partie des *jugements publics*, était frappé de l'interdiction du feu et de l'eau, c'est-à-dire de l'exil; en outre le coupable devait indemniser ceux qu'il avait dépouillés durant son administration. Étaient réputés crimes de *concussion*, les extorsions exercées contre les sujets ou citoyens romains, par toute personne revêtue de l'autorité publique. — *nequiverit*, au parfait, comme étant la raison alléguée par Catilina même. = [4] Est adjectif: *Decembris, bre.* Les mois étaient divisés en trois parties: les *Calendes*, ou premier jour de chaque mois; les *Nones*, qui revenaient le cinquième ou le septième, neuf jours avant les *Ides*; les *Ides* qui partageaient le mois en deux et variaient du treizième au quinzième jour (en mars, mai, juillet et octobre, le 15; dans les autres mois, le 13). = [5] Le 1er janvier, les nouveaux consuls, après un sacrifice solennel au Capitole, entraient en fonctions. — Les *faisceaux* étaient des verges de bouleau liées avec des lanières de cuir rouge, que portaient les licteurs; à la moitié ou aux deux tiers de leur hauteur on attachait une hache, mais seulement hors de Rome. On sait que chaque magistrat avait un certain nombre de licteurs (les consuls douze), qui marchaient devant lui sur une file en long quand il était dans l'exercice de sa charge. = [6] Romulus avait réparti le peuple romain en trois tribus (plus tard il y en eut quatre) et trente *curies* (qui se rattache par l'étymologie à *Quirites*); chacune se réunissait à certains jours dans des édifices spéciaux où l'on célébrait en commun un sacrifice et un repas, et qui, de là, prirent également le nom de *curies*. Comme le sénat s'assemblait d'ordinaire dans la *curia Hostilia* (plus tard *Julia*), sur le Forum, le mot de *curie* finit par désigner le lieu, n'importe lequel, où se tenait la séance du sénat, puis le sénat lui-même. Cf. 50, n. 4.

19. — [1] Les préteurs étaient des magistrats annuels, chargés de rendre la justice. Primitivement il n'y en eut qu'un; à partir de l'an 244 av. J.-C. on en créa deux, le *prætor urbanus* et le *prætor peregrinus*. Après la conquête de la Sicile et de la Sardaigne, leur nombre fut porté à quatre, dont deux allaient gouverner ces provinces; puis à six, après celle de l'Espagne et du midi de la Gaule. Le nombre des provinces ayant encore augmenté, en même temps à cause de la multitude toujours croissante des affaires, on imagina un autre système: les six préteurs devaient passer à Rome l'année de leur magistrature à rendre la justice; en sortant de charge, ils allaient administrer le pays que le sort leur avait assigné; mais alors ils n'étaient plus préteurs, mais tenant lieu de préteur (*pro prætore*, termes où la préposition s'unit si intimement au substantif qu'ils ne formèrent pour ainsi dire qu'un seul mot; on disait également *proprætor*); de plus, quand cela était nécessaire, on prolongeait leur pouvoir dans la province où ils se trouvaient. Les propréteurs ne gouvernaient que les provinces pacifiées; celles qui ne l'étaient pas, et où, par conséquent, il y avait une armée, étaient remises aux proconsuls (*pro consule*) ou consuls sortant de charge. Le tirage au sort des provinces se faisait au moment où l'on entrait en fonctions. — Remarquez l'illégalité commise en faveur de Pison: on lui confère ce gouvernement *extra ordinem* (Suét. *Cæs.* 9), c'est-à-dire qu'on donne à un simple questeur ce qui ne revenait qu'aux préteurs, ceux-ci seuls pouvant devenir propréteurs. = [2] Les affaires publiques ne se traitant qu'à Rome, le citoyen qui n'y était pas, ne prenait plus part aux *actiones publicæ;* il était donc loin de la *république*. = [3] *Boni*, c'est-à-dire *optimates*, les hommes élevés par la naissance et les richesses, l'aristocratie (ἄριστοι). = [4] La puissance de Pompée commençait à alarmer la faction aristocratique ou du moins quelques-uns de ses membres. Pendant sa guerre contre Sertorius, ce général s'était fait, parmi les gens les plus riches et les plus influents de l'Espagne, une foule d'amis et de clients dévoués (cf. 41, n. 3); on pensa que Pison, par la douceur ou la violence, saurait lui enlever tous ces partisans. = [5] Le *Barbare*, c'était l'étranger, par opposition au *Grec;* et plus tard, en latin, par opposition au *Romain*. = [6] *Cn.... clientes*, vers hexamètre. D'autres prosateurs nous présentent le même hasard, où quelques-uns ont eu tort de voir une intention de l'auteur. — *voluntate* (c'est-à-dire *illo volente*), indique simplement que cette action fit plaisir à Pompée: comment, en effet, des régions lointaines où il guerroyait, aurait-il pu faire connaître en si peu de temps sa volonté? = [7] « Multos qui sæve imperium gessissent. » Dietsch. *Imperium* veut dire ici « imperium in provincia gestum; » tandis que plus haut il est pris dans son acception ordinaire.

20. — [1] *Arbiter* (de *arbeto*, *ad-beto*, vieux mot encore employé par Varron, synonyme de *adeo*), celui qui s'approche de quelque chose

minatio in manibus frustra fuissent[2]. Neque ego per ignaviam aut vana ingenia incerta pro certis captarem. Sed quia multis et magnis tempestatibus vos cognovi fortes fidosque mihi, eo animus ausus est maxumum atque pulcherrumum facinus incipere, simul quia vobis eadem quæ mihi bona malaque esse intellexi; nam idem velle atque idem nolle, ea demum firma amicitia est[3]. Sed ego quæ mente agitavi, omnes jam antea divorsi audistis. Ceterum[4] mihi in dies magis animus accenditur, cum considero, quæ conditio vitæ futura sit, nisi nosmet ipsi vindicamus in libertatem. Nam postquam respublica in paucorum potentium[5] jus atque ditionem concessit, semper illis reges, tetrarchæ vectigales esse, populi, nationes stipendia pendere, ceteri omnes, strenui, boni, nobiles atque ignobiles, vulgus fuimus, sine gratia, sine auctoritate, his obnoxii, quibus, si respublica valeret, formidini essemus. Itaque omnis gratia, potentia, honos, divitiæ apud illos sunt, aut ubi illi volunt; nobis reliquere pericula, repulsas, judicia, egestatem[6]. Quæ quousque tandem patiemini, fortissumi viri? Nonne emori per virtutem præstat, quam vitam miseram atque inhonestam, ubi alienæ superbiæ ludibrio fueris, per dedecus amittere[7]? Verum enimvero, pro deum atque hominum fidem! victoria in manu nobis est; viget ætas, animus valet; contra illis annis atque divitiis omnia consenuerunt. Tantummodo incepto opus est; cetera res expediet. Etenim[8] quis mortalium, cui virile ingenium, tolerare potest, illis divitias superare, quas profundant in exstruendo mari et montibus coæquandis, nobis rem familiarem etiam ad necessaria deesse? illos binas aut amplius domos continuare, nobis larem familiarem nusquam ullum esse[9]? Cum tabulas, signa, toreumata[10] emunt, nova diruunt, alia ædificant, postremo omnibus modis pecuniam trahunt, vexant; tamen summa lubidine divitias suas vincere nequeunt[11]. At nobis est domi inopia, foris æs alienum, mala res, spes multo asperior; denique, quid reliqui habemus præter miseram animam? Quin igitur expergiscimini? En illa, illa, quam sæpe optastis, libertas, præterea divitiæ, decus, gloria in oculis sita sunt! fortuna omnia ea victoribus præmia posuit. Res, tempus, pericula, egestas, belli spolia magnifica magis quam oratio mea vos hortentur. Vel imperatore vel milite me utimini, neque animus neque corpus a vobis aberit. Hæc ipsa, ut spero, vobiscum una consul agam, nisi forte me animus fallit, et vos servire magis quam imperare parati estis. »

m'étaient bien connus, en vain une occasion favorable se serait présentée; de grandes espérances, le pouvoir même, eussent été inutilement dans nos mains. Je n'irais pas non plus, sur la foi de la lâcheté ou de caractères inconstants, renoncer au certain pour courir après l'incertain. Mais parce que dans une foule de graves circonstances j'ai vu que vous étiez courageux et à moi dévoués, sur cette assurance mon âme a osé aborder une grande et magnifique entreprise, et aussi parce que j'ai reconnu que biens et maux étaient les mêmes pour vous que pour moi; en effet, avoir les mêmes désirs et les mêmes aversions, voilà seulement ce qui fait la solide amitié. Les projets que j'ai formés, vous les avez déjà précédemment entendus chacun de votre côté. D'ailleurs chaque jour mon âme s'enflamme davantage, lorsque je considère la situation qui nous attend, si nous ne conquérons par nous-mêmes notre liberté. En effet, depuis que la république a passé sous l'autorité et la dépendance de quelques hommes puissants, c'est pour eux seuls que rois, tétrarques sont tributaires, que peuples, nations paient des impôts; nous autres tous, hommes de cœur, de mérite, nobles ou non, nous n'avons été qu'une vile multitude, sans faveur, sans influence, à la merci de ces gens dont nous serions la terreur si la république allait bien. Aussi faveur, puissance, considération, richesses sont chez eux ou chez qui il leur plaît; à nous ils ont laissé périls, refus, jugements, pauvreté. Ces maux, jusques à quand les souffrirez-vous, hommes courageux? Ne vaut-il pas mieux mourir vaillamment, que de mener une vie malheureuse et sans honneur, et, après avoir servi de jouet à l'orgueil d'autrui, s'éteindre dans l'ignominie? Mais que dis-je? J'en atteste les dieux et les hommes! la victoire est dans nos mains; nous sommes à la fleur de l'âge, dans la force de l'esprit; chez eux, au contraire, les années et les richesses ont tout vieilli. Il ne faut que commencer; le reste, la force des choses l'achèvera. En effet, quel homme ayant une âme virile, peut se résigner à les voir, eux, regorger de richesses, qu'ils épuisent à bâtir sur la mer et à aplanir des montagnes; nous, manquer de quoi suffire même au nécessaire? eux, joindre deux maisons ou plus; nous, n'avoir nulle part de foyer domestique? Ils ont beau acheter tableaux, statues, vases ciselés, abattre des constructions nouvelles, en élever d'autres, en un mot, de toute manière piller, saccager l'argent; encore, après tant de folies, ne peuvent-ils triompher de leurs richesses. Mais à nous, misère à la maison, dettes au dehors; réalité déplorable, espérance plus affreuse encore; enfin, que nous reste-t-il, qu'une misérable existence? Que ne sortez-vous donc de votre sommeil? Voici, voici cette liberté que plus d'une fois vous avez invoquée, elle est sous vos yeux, et avec elle richesse, honneur, gloire! La fortune offre tout cela en récompense aux vainqueurs. Entreprise, circonstance, périls, pauvreté, dépouilles magnifiques de la guerre, plus que mon discours, doivent vous exhorter. Prenez-

pour le voir ou l'entendre, témoin. = [2] La plupart des éditions portent *satis spectata;* mais *satis* ne se trouve pas dans les bons mss. — *Spes magna* embrasse tout ce que Catilina et ses amis se flattent d'obtenir, tables nouvelles, proscriptions, etc.; *dominatio*, le pouvoir de gouverner l'État à leur fantaisie (voy. 5, n. 6). — *Neque*, etc., « neque ego, si ignavi perfidique essetis, tanti tamque periculosi facinoris socios vos mihi vellem adjungere. » Dietsch. *Per.... ingenia* veut donc dire *per ignavos aut vanos homines;* il est opposé à *virtus fidesque* qui précède et *fortes fidosque* qui suit. Remarquez la valeur de *aut:* « si ignavi aut si non ignavi, tamen vani essetis. » = [3] « J'ai vu que nous avions, vous et moi, les mêmes intérêts (ce qui doit nécessairement rendre notre alliance inébranlable); *en effet*, puisque nous avons les mêmes intérêts et que, par conséquent, nous formons les mêmes aspirations, aucun dissentiment ne peut se glisser entre nous et briser notre union. » — *ea.... est*, comme s'il y avait *id.... est*, procédé inconnu aux langues anciennes. = [4] « Mes plans, vous les savez : inutile de les exposer de nouveau; quant à ma résolution, loin de faiblir, elle se fortifie au contraire, etc. » = [5] *p. potentium*, la faction aristocratique qui s'efforçait de maintenir l'œuvre de Sylla. — *tetrarchæ* (τέσσαρες, quatre; ἀρχή, gouvernement), nom donné aux rois de la Galatie et de la Judée partagées en *quatre* États; plus tard, d'une manière générale, à ceux qui, ayant la puissance royale, ne pouvaient toutefois en porter le titre et n'étaient pas regardés comme rois par le peuple romain. — *vectigalia* (*veho*), impôts à produits plus ou moins casuels, tels que les *decumæ* (c'est-à-dire les dîmes, acquittées par les possesseurs des terres arables du domaine public), les *scripturæ* (par les possesseurs des pâturages et des bois du même domaine), le *portorium* (droit sur les marchandises importées ou exportées, montant au 40e de la valeur des objets), etc.; *stipendia* (*stips*, *pendo*) ou *tributa* comprenaient la contribution personnelle et mobilière. — *n. atque ignobiles*, que nous soyons nobles ou que nous ne le soyons pas; apposition aux termes qui précèdent. Voy. 5, n. 1. = [6] Celui qui n'est pas en *faveur*, court sans cesse des *dangers* : partout on lui fait obstacle, on lui tend des embûches. Celui qui, dans les élections, n'essuie que des *échecs*, n'a point de *pouvoir;* le pouvoir consistant dans les magistratures soumises au suffrage populaire. Un *accusé*, même quand il ne l'est que sur un soupçon (et dans la pensée de Catilina, *judicia* équivaut à *condemnationes*), voit toujours sa *considération* atteinte. = [7] *p. virtutem*, *p. dedecus;* voy. 6, n. 6. *Inhonestam*, « non honestatam honore. » Kritz. = [8] Il faut sous-entendre une idée de ce genre : « Or, combien sont nombreux et importants les motifs qui nous engagent à nous mettre à l'œuvre! En effet, etc. » Sur *exstruendo*, etc., voy. 13, n. 1. = [9] *continuare*, « conjungere, nullo spatio interjecto continuas domos ædificare sive contiguas habere. » Dietsch. Cf. Hor. *Od.* 3, 16, 41. — *nobis*, etc. Ils n'ont plus la maison qu'ils avaient reçue en héritage de leurs aïeux; ils ont été expropriés. *Lar*, dieu du foyer; de là, le foyer, puis la maison même. = [10] Τόρευμα (τορεύω), orner de figures en creux ou en relief, ordinairement exécutées au ciseau, quelquefois à l'aide d'un moule), s'applique surtout aux vases. = [11] L'argent est comme un ennemi qu'ils ne peuvent parvenir à détruire.

moi pour général ou pour soldat : ni mon esprit ni ma personne ne vous feront défaut. Cette affaire, comme je m'en flatte, je l'exécuterai avec vous en qualité de consul, à moins que par hasard mon esprit ne m'abuse, et que vous ne soyez disposés à servir plutôt qu'à commander.»

21. Postquam accepere ea homines, quibus mala abunde omnia erant, sed neque res neque spes bona ulla, tametsi illis quieta movere magna merces videbatur, tamen postulavere plerique uti proponeret, quæ conditio belli foret, quæ præmia armis peterent, quid ubique opis aut spei haberent[1]. Tum Catilina polliceri tabulas novas[2], proscriptionem locupletium, magistratus, sacerdotia, rapinas, alia omnia, quæ bellum atque lubido victorum fert. Præterea esse in Hispania citeriore Pisonem, in Mauretania cum exercitu P. Sittium Nucerinum, consilii sui participes; petere consulatum C. Antonium, quem sibi collegam fore speraret, hominem et familiarem et omnibus necessitudinibus circumventum: cum eo se consulem initium agendi facturum. Ad hoc maledictis increpabat omnis bonos; suorum unumquemque nominans laudare; admonebat alium egestatis, alium cupiditatis suæ, compluris periculi aut ignominiæ[3], multos victoriæ Sullanæ, quibus ea prædæ fuerat. Postquam omnium animos alacris videt, cohortatus ut petitionem suam curæ haberent, conventum dimisit.

21. Après avoir entendu ce discours, ces hommes riches de toutes les misères, mais sans ressources et sans espoir aucun, bien que ce leur parût être une belle récompense que de troubler la paix publique, n'en demandèrent pas moins, presque tous, que Catilina leur exposât quelles seraient les conditions de la guerre, quels avantages ils retireraient d'une prise d'armes, quelles étaient, où se trouvaient leurs forces ou leurs espérances. Alors Catilina de promettre tables nouvelles, proscription des riches, magistratures, sacerdoces, pillage, tout ce qu'entraînent la guerre et la licence du vainqueur. Il ajoute que dans l'Espagne citérieure se trouve Pison, dans la Mauritanie avec une armée P. Sittius Nucérinus, tous deux confidents de ses projets; que C. Antonius brigue le consulat; qu'il compte l'avoir pour collègue; c'est un de ses amis; le besoin l'assiége de toutes parts : une fois consul, il commencera à agir de concert avec lui. Puis il se répand en invectives contre tous les gens de bien; il nomme chacun des siens et en fait l'éloge; rappelle à l'un son dénuement, à l'autre ses désirs, à plusieurs leur péril et leur honte, à beaucoup la victoire de Sylla qui les avait comblés de butin. Lorsqu'il leur vit à tous l'esprit bien disposé, il leur recommande de s'occuper de sa candidature et congédie l'assemblée.

22. Fuere ea tempestate qui dicerent Catilinam, oratione habita, cum ad jusjurandum populares sceleris sui adigeret, humani corporis sanguinem vino permixtum in pateris[1] circumtulisse; inde[2] cum post exsecrationem[3] omnes degustavissent, sicuti in solemnibus sacris[4] fieri consuevit, aperuisse consilium suum, atque eo dictitare[5] fecisse, quo inter se magis fidi forent, alius alii tanti facinoris conscii. Nonnulli ficta et hæc et multa præterea existumabant ab his, qui Ciceronis invidiam, quæ postea orta est, leniri credebant atrocitate sceleris eorum, qui pœnas dederant. Nobis ea res pro magnitudine parum comperta est.

22. Il y en eut à cette époque qui racontaient que Catilina, après son discours, voulant lier par un serment les complices de son crime, fit circuler dans des patères du sang humain mêlé avec du vin; qu'après avoir fait des imprécations, tous en avaient goûté, comme cela a lieu dans les sacrifices solennels, qu'alors il leur dévoila son projet; et il l'avait fait, disait-on, afin d'augmenter leur discrétion mutuelle, se sachant les uns les autres complices d'une si horrible action. Bien des personnes pensaient que ce fait et beaucoup d'autres avaient été inventés par les gens qui croyaient que la haine, qui s'éleva plus tard contre Cicéron, se calmerait devant l'atrocité du crime de ceux qui avaient été punis. Pour nous cette affaire, vu son énormité, n'est pas suffisamment prouvée.

23. Sed[1] in ea conjuratione fuit Q. Curius, natus haud obscuro loco, flagitiis atque facinoribus coopertus, quem censores senatu probri gratia moverant. Huic homini non minor vanitas inerat quam audacia; neque reticere, quæ audierat, neque suamet ipse scelera occultare, prorsus neque dicere neque facere quidquam pensi habebat[2]. Erat ei cum Fulvia, muliere nobili, stupri vetus consuetudo; cui cum minus gratus esset, quia inopia minus largiri poterat, repente glorians maria montesque polliceri[3] cœpit et minari interdum ferro, ni sibi obnoxia foret, postremo agitare ferocius quam solitus erat. At Fulvia, insolentiæ Curii causa cognita, tale periculum reipublicæ haud occultum habuit[4], sed sublato[5] auctore de Catilinæ conjuratione quæ quoque[6] modo audierat, compluribus narra-

23. Parmi les conjurés se trouvait Q. Curius, d'une assez bonne famille, mais couvert d'infamies et de crimes et que les censeurs avaient exclu du sénat pour cause d'indignité. Cet homme n'avait pas moins de légèreté que d'audace; il se souciait peu de taire ce qu'il avait entendu, ou de cacher ses propres forfaits; en un mot, il ne veillait ni sur ses paroles ni sur ses actions. Depuis longtemps il entretenait avec Fulvia, femme noble, un commerce criminel; comme il était moins en faveur auprès d'elle, parce que la misère l'empêchait d'être aussi libéral, prenant tout à coup des airs de triomphe, il se met à lui promettre mers et montagnes, parfois aussi à la menacer de mort, si elle ne se donnait à lui, bref, à se conduire avec une hauteur qui ne lui était pas habituelle. Fulvia, ayant connu

21. — [1] «*Quid* opis aut spei (id est, quam opem aut spem) et *ubi* id haberent.» Kritz; double interrogation fondue en une seule. = [2] Celui qui voulait emprunter, écrivait sur le livre de comptes du prêteur le montant de la somme, ainsi que l'engagement de la rembourser à telle époque avec les intérêts, et apposait sa signature (*nomen*) à ce reçu; il y avait des témoins qui signaient avec lui. « Les créanciers font en outre authentiquer leur dette. Cela eut lieu de tout temps, et se fait par la transcription du prêt sur les *tables* publiques conservées par l'État. Aussi, toutes les fois que le peuple réclama l'abolition des dettes, il le fit, en demandant l'établissement de *nouvelles tables*, c'est-à-dire la suppression des anciennes.» Dezobry, *Rome*, etc., IV, p. 32. = [3] *periculi* concerne ceux qui pouvaient être accusés pour leurs crimes; *ignominiæ*, ceux qui avaient déjà été condamnés.

22. — [1] La *patera* était une coupe évasée et sans anse, qui servait aux libations dans les sacrifices. = [2] « Ex ea potione. » = [3] Sous-entendu *sui*, après s'être dévoués par des imprécations aux dieux infernaux, s'ils agissaient contre la conjuration ou s'ils la trahissaient. = [4] On appelait ainsi les sacrifices fixes ou périodiques. Salluste veut parler du repas qui suivait le sacrifice et en faisait partie intégrante. = [5] Les mss. varient entre *dictam rem*, *dictante*, *dictare*, *dictavere*; dans deux le mot a été effacé. Ces diverses leçons prouvent que de bonne heure le passage a été corrompu; car elles sont évidemment dues à l'imagination des copistes, qui ont essayé de le rétablir. Corte et Kritz donnent pour sujet à *dictitare* les auteurs de ces bruits : Salluste commence par dire *fuere qui dicerent*, et, brisant la construction, continue par *atque eo dictitare*. D'autres regardent comme sujet Catilina : *atque eo Catilinam dictitare*; mais il faudrait alors *dictitasse*. Ce qui choque surtout, c'est *fecisse* que rien ne détermine; il semble qu'un complément soit indispensable : *fecisse id*, *hanc rem*; aussi Dietsch hasarde-t-il dans ses notes la conjecture *diram illam rem*. — Remarquez que Cicéron ne dit pas un mot de cette histoire, ce qui en démontre l'absurdité.

23. — [1] La digression qui précède a interrompu le sujet; *sed* marque que l'auteur y revient. = [2] Voy. 12, n. 2. = [3] Proverbe qui répond à *promettre monts et merveilles*. La métaphore est tirée de la masse de terre que forme une montagne, de la quantité d'eau que contient une mer. = [4] «Retinuit occultans;» *habere* conserve ici sa valeur possessive. En général *habere* suivi du participe passé passif, indique que l'action exprimée par le participe est entièrement achevée, mais que le résultat en dure toujours par rapport au sujet. = [5] *Tollere*, «auferre, removere;» or on *fait disparaître*, pour ainsi dire, une chose qu'on ne fait pas voir; *sublato* revient donc à *non nominato*. = [6] Pour *et quo*; cf. 21, n. 1. Sans nommer Curius ni parler de ses relations avec lui, elle pouvait d'une manière générale,

vit. Ea res in primis studia hominum accendit ad consulatum mandandum M. Tullio Ciceroni[7]. Namque antea pleraque nobilitas invidia æstuabat, et quasi pollui consulatum credebant, si eum quamvis egregius homo novus adeptus foret. Sed ubi periculum advenit, invidia atque superbia post[8] fuere.

la raison de l'arrogance de Curius, ne tint pas secret le péril qui menaçait l'État, mais, sans dire de qui elle le tenait, elle raconta à plusieurs personnes ce qu'elle savait de la conjuration de Catilina, et comment elle le savait. Voilà ce qui poussa principalement les esprits à déférer le consulat à M. Tullius Cicéron. Car jusque-là la plupart des nobles, dévorés de jalousie, croyaient le consulat pour ainsi dire profané, si un homme nouveau, même distingué, l'eût obtenu. Mais l'approche du danger fit taire l'envie et l'orgueil.

24. Igitur comitiis habitis consules declarantur[1] M. Tullius et C. Antonius, quod factum primo populares conjurationis concusserat. Neque tamen Catilinæ furor minuebatur, sed in dies plura agitare, arma per Italiam locis opportunis parare, pecuniam sua aut amicorum fide sumptam mutuam Fæsulas ad Manlium[2] quemdam portare, qui postea princeps[3] fuit belli faciundi. Ea tempestate plurimos cujusque generis homines adscivisse sibi dicitur, mulieres etiam aliquot, quæ primo ingentes sumptus stupro corporis toleraverant, post ubi ætas tantummodo quæstui neque luxuriæ modum fecerat, æs alienum grande conflaverant. Per eas se Catilina credebat posse servitia urbana sollicitare, urbem incendere, viros earum vel adjungere sibi vel interficere[4].

24. Les comices ayant donc eu lieu, on proclame consuls M. Tullius et C. Antonius, et ce choix avait tout d'abord ébranlé les partisans de la conjuration. La fureur de Catilina pourtant ne diminuait pas; chaque jour, au contraire, il formait de nouveaux projets; il réunissait des armes par toute l'Italie dans des postes favorables, empruntait de l'argent sur son crédit ou sur celui de ses amis et l'envoyait à Fésules, à un nommé Manlius, le même qui plus tard donna le signal de la guerre. Ce fut alors, dit-on, qu'il s'associa beaucoup de gens de toute espèce, et même quelques femmes qui avaient d'abord pu suffire à des dépenses excessives par la prostitution, mais qui, depuis que l'âge avait mis des bornes à leur gain sans en mettre à leur luxe, avaient contracté des dettes énormes. Par elles Catilina se promettait de soulever les esclaves de la ville, d'incendier Rome et de s'attacher ou de faire périr leurs maris.

25. Sed in his erat Sempronia, quæ multa sæpe virilis audaciæ facinora commiserat. Hæc mulier genere atque forma, præterea viro atque liberis satis fortunata fuit; litteris græcis et latinis docta[1], psallere et saltare elegantius quam necesse est probæ, multa alia, quæ instrumenta luxuriæ sunt. Sed ei cariora semper omnia quam decus atque pudicitia fuit[2]; pecuniæ an famæ minus parceret, haud facile discerneres; lubidine sic accensa, ut sæpius peteret viros quam peteretur. Sed ea sæpe antehac fidem prodiderat, creditum abjuraverat, cædis conscia fuerat, luxuria atque inopia præceps abierat. Verum ingenium ejus haud absurdum[3]; posse versus facere, jocum movere[4], sermone uti vel modesto vel molli vel procaci; prorsus multæ facetiæ multusque lepos inerat.

25. De ce nombre était Sempronia, qui avait déjà commis bien des crimes d'une audace toute virile. Cette femme avait été bien partagée sous le rapport de la naissance et de la beauté, comme aussi du côté de son mari et de ses enfants; elle était versée dans les lettres grecques et latines, jouait de la lyre et dansait avec plus d'art qu'il ne sied à une honnête femme, et possédait une foule d'autres talents, instruments de la volupté. De tout temps l'honneur et la chasteté furent son dernier souci; était-ce son argent ou sa réputation qu'elle ménageait le moins: il ne serait pas aisé de le décider; telle était l'ardeur de sa passion, qu'elle recherchait les hommes plus souvent qu'elle n'en était recherchée. Plus d'une fois déjà elle avait trahi sa foi, nié des dépôts, trempé dans des meurtres; le luxe et la misère l'avaient précipitée à sa perte. D'ailleurs son esprit n'était pas sans mérite; elle savait faire des vers, provoquer le rire, soutenir une conversation ou modeste, ou délicate, ou libre; en un mot, elle était pleine de grâce et d'enjouement.

26. His rebus comparatis[1], Catilina nihilo minus in proxumum annum consulatum petebat, sperans, si designatus foret[2], facile se ex voluntate Antonio usurum. Neque interea quietus erat, sed omnibus modis insidias parabat Ciceroni. Neque illi tamen ad cavendum dolus aut astutiæ[3] deerant. Namque a principio consulatus sui multa pollicendo per Fulviam effecerat, ut Q. Curius, de quo paulo ante memoravi, consilia Catilinæ sibi proderet. Ad hoc collegam suum Antonium pactione provinciæ[4] perpulerat, ne contra rempublicam sentiret; circum se præsidia amicorum atque clientium occulte habebat. Postquam

26. Ces préparatifs faits, Catilina n'en briguait pas moins le consulat pour l'année suivante, se flattant que, s'il était désigné, il n'aurait pas de peine à disposer à son gré d'Antonius. En attendant il ne restait pas inactif, mais dressait toutes sortes de piéges à Cicéron. Celui-ci, de son côté, ne manquait ni d'adresse ni d'expédients pour les déjouer. En effet, dès le début de son consulat, il avait, par l'entremise de Fulvia, décidé à force de promesses Q. Curius, dont je viens de parler, à lui découvrir les projets de Catilina. De plus, par la cession de sa province, il avait déterminé son collègue Antonius à ne pas

en termes vagues, indiquer comment elle avait appris ces faits. = [7] Depuis la victoire de Sylla, le consulat n'était pas sorti des mains de la noblesse; aussi le parti aristocratique avait-il peine à soutenir la candidature d'un *homme nouveau* (nom qu'on donnait à celui dont aucun ancêtre n'avait rempli de charge curule et qui, le premier de sa famille, arrivait aux grandes magistratures; cf. 5, n. 1); mais le besoin de ses talents força les nobles à se résigner. Dès lors Cicéron fut regardé par les partis ennemis comme l'instrument des *optimates*. = [8] Est adverbe et doit donc être séparé de *fuere*, de même qu'on dit *esse ante*.

24. — [1] Voy. 16, n. 5. C'était un héraut (*præco*) qui proclamait les noms des élus. = [2] Chez les Grecs, quand v rencontrait une des autres liquides (λ, μ, ρ), il y avait assimilation: *Manlius* se prononçait et s'écrivait Μάλλιος. De là, le *Mallius* de quelques mss. = [3] Se rapporte, non au rang, mais au temps. = [4] Suivant Appien, plusieurs de ces femmes n'avaient pris part au complot que dans l'espoir d'être bientôt délivrées de leurs maris.

25. — [1] *Docta* a trois compléments différents: un ablatif (*litteris*, etc.); un infinitif (*psallere*, etc.); un accusatif (*multa*, etc.). L'accusatif est la tournure régulière; l'ablatif est plus rare, mais était nécessaire ici (*d. litteras* eût signifié *sachant lire et écrire*); l'infinitif ne se trouve qu'en poésie. — *Psallere*, chanter en s'accompagnant de la lyre. Tous ces arts étaient l'apanage des courtisanes (cf. Hor. *Od.* 3, 6, 38); toutefois, il paraît que les *matrones* commençaient aussi à s'y livrer, mais chez elles et avec la retenue qui convenait à leur dignité. = [2] Dans ces sortes de propositions le verbe est indifféremment exprimé, soit dans le premier membre (*cariora omnia fuere quam*, etc.), soit dans le second (comme ici); souvent même il est tout à fait omis. — Remarquez *fuit* au sigulier; cette construction, qui consiste à ne rapporter grammaticalement le verbe qu'à un seul des sujets, est continuelle en grec et en latin. = [3] Voy. 3, n. 1. = [4] Voy. Hor. *Epp.* 1, 19, 19: *mihi sæpe Bilem, sæpe jocum vestri movere tumultus.*

26. — [1] C'est-à-dire les armes, l'argent, les alliés. = [2] Voy. 16, n. 5. = [3] Deux termes qui, primitivement, s'entendaient aussi bien en bonne qu'en mauvaise part; mais à l'époque de Salluste, ils n'étaient plus guère pris que dans une acception défavorable. = [4] Le sénat fixait, avant les élections, les provinces que les consuls désignés gouverneraient après l'expiration de leur magistrature; puis ceux-ci se les partageaient, soit par une convention, soit en les tirant au sort. Dans ce tirage la Gaule Cisalpine échut à Antonius, la

dies comitiorum venit, et Catilinæ neque petitio neque insidiæ, quas consuli[5] in campo fecerat, prospere cessere, constituit bellum facere et extrema omnia experiri, quoniam quæ occulte tentaverat aspera fœdaque evenerant.

27. Igitur C. Manlium[1] Fæsulas atque in eam partem Etruriæ, Septimium quemdam Camertem in agrum Picenum, C. Julium in Apuliam dimisit; præterea alium alio, quem ubique[2] opportunum sibi fore credebat. Interea Romæ multa simul moliri, consuli insidias tendere, parare incendia, opportuna loca armatis hominibus obsidere, ipse cum telo esse[3], item alios jubere, hortari uti semper intenti paratique essent, dies noctesque festinare, vigilare, neque insomniis neque labore fatigari. Postremo ubi multa agitanti nihil procedit, rursus intempesta nocte[4] conjurationis principes convocat per M. Porcium Læcam, ibique[5] multa de ignavia eorum questus[6], docet se Manlium præmisisse ad eam multitudinem, quam ad capiunda arma paraverat, item alios in alia loca opportuna, qui initium belli facerent, seque ad exercitum proficisci cupere, si prius Ciceronem oppressisset; eum suis consiliis multum officere.

28. Igitur perterritis ac dubitantibus ceteris, C. Cornelius, eques Romanus, operam suam pollicitus, et cum eo L. Varguntcius senator, constituere ea nocte paulo post cum armatis hominibus sicuti salutatum[1] introire ad Ciceronem ac de improviso domi suæ imparatum confodere. Curius ubi intellegit, quantum periculum consuli impendeat, propere per Fulviam Ciceroni dolum, qui parabatur, enuntiat. Ita illi janua prohibiti tantum facinus frustra susceperant. Interea Manlius in Etruria plebem sollicitare, egestate simul ac dolore injuriæ novarum rerum cupidam, quod Sullæ dominatione agros bonaque omnia amiserat[2], præterea latrones cujusque generis, quorum in ea regione magna copia erat, nonnullos ex Sullanis colonis, quibus lubido atque luxuria ex magnis rapinis nihil reliqui fecerant.

29. Ea cum Ciceroni nuntiarentur, ancipiti[1] malo permotus, quod neque urbem ab insidiis privato[2] consilio longius tueri poterat, neque exercitus Manlii quantus aut quo consilio foret satis compertum habebat, rem ad senatum refert, jam antea vulgi rumoribus exagitatam. Itaque, quod plerumque in atroci negotio solet, senatus decrevit[3], darent operam consules, ne quid respublica detrimenti caperet[4]. Ea potestas per senatum more Romano magistratui maxuma permittitur, exercitum parare, bellum gerere, coercere omnibus modis socios atque cives, domi militiæque imperium atque judicium summum

prendre parti contre la république; autour de lui veillait secrètement une garde d'amis et de clients. Quand le jour des comices fut venu, Catilina, ayant vu échouer et sa candidature et les embûches qu'il avait dressées au consul dans le champ de Mars, résolut de faire la guerre et d'essayer jusqu'aux derniers moyens, puisque ses tentatives secrètes n'avaient eu qu'une triste et malheureuse issue.

27. En conséquence, il envoie C. Manlius à Fésules et dans cette partie de l'Étrurie, un certain Septimius de Camérinum dans le territoire picentin, C. Julius en Apulie, et d'autres conjurés de divers côtés, chacun dans le pays où il pensait qu'il lui serait utile. En même temps, à Rome, il multiplie ses intrigues, tend des piéges au consul, dispose tout pour l'incendie, fait occuper par des hommes armés les postes favorables; lui-même ne sort qu'en armes, ordonne aux autres d'en faire autant, les exhorte à être toujours alertes et prêts; jour et nuit en mouvement, sans cesse debout, ni veilles ni fatigues ne l'épuisent. Enfin, toutes ses menées étant sans succès, une seconde fois, au milieu de la nuit, il fait convoquer par M. Porcius Læca les chefs de la conjuration; et alors, après s'être plaint longuement de leur inaction, il leur apprend qu'il a déjà envoyé Manlius vers cette multitude disposée par lui à prendre les armes, et d'autres sur différents points favorables, pour donner le signal de la guerre; que lui-même est impatient de partir pour l'armée, mais qu'il faut d'abord se défaire de Cicéron; c'est là le grand obstacle à ses desseins.

28. Pendant que les autres étaient dans l'effroi et l'irrésolution, C. Cornélius, chevalier romain, ayant offert ses services, et avec lui L. Varguntéius, sénateur, convinrent de s'introduire cette nuit même, à quelques instants de là, avec des hommes armés dans la maison de Cicéron comme pour le saluer, de le surprendre chez lui sans défense et de l'assassiner. Curius, voyant le danger qui menace le consul, fait en toute hâte prévenir Cicéron par Fulvia de la trahison qui se préparait. De cette façon les conjurés trouvèrent la porte fermée, et ce fut sans fruit qu'ils entreprirent un pareil forfait. Cependant Manlius, en Étrurie, agitait le peuple, à qui la misère, ainsi que le ressentiment d'une injustice, faisait souhaiter une révolution, car la domination de Sylla lui avait enlevé ses terres et tous ses biens; il excitait aussi les brigands de toute espèce dont ce pays était infesté, et quelques-uns des colons de Sylla auxquels la débauche et le luxe n'avaient rien laissé de leurs immenses rapines.

29. A la nouvelle de ces faits, Cicéron vit avec effroi le double danger qui se présentait; il ne pouvait de son autorité privée garantir plus longtemps la ville contre les complots, il ne connaissait pas non plus au juste la force et les intentions de l'armée de Manlius; il soumet donc au sénat cette affaire qui occupait déjà vivement la rumeur publique. Aussi le sénat, comme cela se fait d'ordinaire dans les grands dangers, décréta que les consuls fissent en sorte que la république ne souffrît aucun dommage. C'est le pouvoir le plus grand que le sénat, d'après la constitution romaine, confie à un magistrat; il permet

Macédoine à Cicéron. Cette dernière étant bien plus lucrative, Cicéron la céda à son collègue, à condition qu'il ne s'opposerait pas à ses mesures contre les conjurés. = [5] A Cicéron qui présidait les comices au champ de Mars (*campus Martius*).

27. — [1] Il était venu à Rome pour soutenir la *pétition* de Catilina. — *in eam partem* in qua Fæsulæ sitæ erant. = [2] « Dimisit alium alio, in quemque locum cum quem ibi opportunum, etc. » Dietsch. = [3] La loi des douze Tables, ainsi que la loi *Cornélia*, défendait d'être armé en ville; *cum telo esse* était la formule usitée. — *Telum* désigne toute arme offensive. Dig. 17, 2, 56: *Teli appellatione et fustis et lapis et denique omne, quod nocendi causa habetur, significatur.* = [4] L'heure de la nuit où il n'est plus temps de s'occuper d'affaires. Voy. Macr. *Sat.* 1, 3. = [5] « Et in eo conventu; » et non « apud Læcam. » = [6] Catilina, sans cesse déjoué par Cicéron, devait se douter qu'il y avait quelque traître; mais il n'avait point de certitude. Faire l'aveu de ses soupçons eût été effrayer et décourager tout le monde; et du reste le meurtre du consul coupait court à toute trahison. Il attribue donc à leur mollesse l'insuccès de ses projets. Ce fut cette nuit qu'on prit les dernières mesures et qu'on partagea les rôles entre les conjurés. Cf. Cic. *Cat.* 1, 4, 9.

28. — [1] Chaque matin, à la pointe du jour ou même avant, les clients faisaient visite à leur patron; c'est ce qu'on nommait *salutatio*, qui durait pendant les deux premières heures après le lever du soleil. La foule attendait dans l'*atrium* (grande cour carrée entourée de portiques) de la maison. C'était également une politesse qu'on faisait aux personnages considérables, sans être d'ailleurs de leur clientèle. Rien donc d'extraordinaire que deux hommes importants, dont l'un même (C. Cornélius) était assez connu de Cicéron, eussent été immédiatement reçus chez lui. = [2] Après sa victoire, Sylla se vengea cruellement des municipes qui avaient été du parti de Marius: il fit voter par les comices centuriates une loi qui non-seulement leur enlevait le droit de cité, mais encore dépouillait les habitants de leurs propriétés (terres et maisons). Le butin fut distribué entre ses soldats (environ 120,000), qui expulsèrent les malheureux possesseurs avec la dernière violence. Cette mesure, qui atteignit un grand nombre de villes d'Italie, ruina particulièrement l'Étrurie, le Samnium et la Lucanie. Cf. 16, n. 4.

29. — [1] Au dedans, les conspirateurs; au dehors, l'armée de Manlius. *Anceps* (*an*, abréviation de *ambi*, et *caput*) se dit des objets dont la propriété s'exerce dans deux directions. = [2] Formé par Cicéron sans l'autorité du sénat ni l'ordre du peuple. = [3] Après les verbes exprimant ordre, volonté, prière, on sous-entend continuellement *ut*; ou plutôt, il faut considérer le subjonctif comme ne dépendant d'aucune particule finale, et exprimant par sa propre force l'objet de la demande, de la prière, etc. = [4] Formule qui investis-

habere[5]; aliter sine populi jussu nulli[6] earum rerum consuli jus est.

de lever une armée, de faire la guerre, de contenir par tous les moyens les alliés et les citoyens, de commander et de juger souverainement à Rome et dans les camps; autrement, sans l'ordre du peuple, le consul n'a aucun de ces droits.

30. Post paucos dies L. Sænius senator in senatu litteras recitavit, quas Fæsulis allatas sibi dicebat, in quibus scriptum erat, C. Manlium arma cepisse cum magna multitudine ante diem sextum Kalendas Novembris[1]. Simul, id quod in tali re solet, alii portenta atque prodigia nuntiabant[2], alii conventus fieri, arma portari[3], Capuæ atque in Apulia servile bellum moveri. Igitur senatus decreto Q. Marcius Rex Fæsulas, Q. Metellus Creticus in Apuliam circumque ea loca[4] missi; utrique ad urbem imperatores erant[5], impediti ne triumpharent calumnia paucorum, quibus omnia honesta atque inhonesta vendere mos erat[6]. Sed prætores Q. Pompeius Rufus Capuam, Q. Metellus Celer in agrum Picenum, hisque permissum, uti pro tempore atque periculo exercitum compararent. Ad hoc, si quis indicavisset de conjuratione, quæ contra rempublicam facta erat, præmium servo libertatem et sestertia centum[7], libero impunitatem ejus rei et sestertia ducenta; itemque decrevere, uti gladiatoriæ familiæ[8] Capuam et in cetera municipia distribuerentur pro cujusque opibus, Romæ per totam urbem vigiliæ haberentur iisque minores magistratus[9] præessent.

30. Peu de jours après, le sénateur L. Sænius lut au sénat une lettre qu'il disait avoir reçue de Fésules, et dans laquelle on lui mandait que C. Manlius avait pris les armes à la tête d'une grande multitude, le sixième jour avant les Calendes de novembre. De plus, comme il arrive toujours en pareil cas, les uns annonçaient des présages et des prodiges, d'autres parlaient de rassemblements, de prises d'armes, de soulèvements d'esclaves à Capoue et dans l'Apulie. En conséquence, un décret du sénat envoie Q. Marcius Rex à Fésules, Q. Métellus Créticus en Apulie, ainsi que dans les lieux environnants; ils se trouvaient tous deux aux portes de la ville avec le titre d'impérator, ne pouvant obtenir le triomphe par les cabales de quelques hommes accoutumés à vendre en toute occasion le juste comme l'injuste. D'autre part, on envoya les préteurs Q. Pompéius Rufus et Q. Métellus Céler, l'un à Capoue, l'autre dans le Picénum, en les autorisant à lever une armée en rapport avec les circonstances et le danger. De plus, quiconque ferait des révélations sur le complot formé contre l'État, obtiendrait, l'esclave la liberté et cent mille sesterces, l'homme libre l'impunité et deux cent mille sesterces; en outre, on décréta que les troupes de gladiateurs seraient réparties entre Capoue et les autres municipes selon les ressources de chacun, qu'à Rome on établirait par toute la ville des postes sous les ordres des magistrats inférieurs.

31. Quibus rebus permota civitas atque immutata urbis facies erat; ex summa lætitia atque lascivia, quæ diuturna quies pepererat, repente omnis tristitia invasit; festinare, trepidare, neque loco neque homini cuiquam satis credere, neque bellum gerere neque pacem habere, suo quisque metu pericula metiri. Ad hoc mulieres, quibus reipublicæ magnitudine[1] belli timor insolitus incesserat, afflictare sese, manus supplices ad cœlum tendere, miserari parvos liberos, rogitare, omnia pavere, superbia atque deliciis omissis sibi patriæque diffidere. At Catilinæ crudelis animus eadem illa[2] movebat, tametsi præsidia parabantur et ipse lege Plautia[3] interrogatus erat ab L. Paulo. Postremo dissimulandi causa aut sui expurgandi[4], sicut jurgio lacessitus foret, in senatum venit. Tum M. Tullius consul, sive præsentiam ejus timens[5] sive ira commotus, orationem habuit luculentam atque utilem reipublicæ, quam postea scriptam edidit[6]. Sed ubi ille asse-

31. Ces événements mirent les citoyens en émoi et changèrent la face de la ville; à l'ivresse de la joie, au relâchement excessif qu'un long repos avait fait naître, succéda tout à coup une tristesse générale; on s'agite, on s'inquiète; il n'est plus un lieu, plus un homme dont on ne se défie; ce n'est ni la guerre ni la paix; chacun mesure le danger à sa propre peur. De plus, les femmes, gagnées par la crainte de la guerre, que la grandeur de la république leur avait rendue étrangère, se lamentent, lèvent au ciel leurs mains suppliantes, pleurent sur leurs petits enfants, questionnent chacun, s'épouvantent de tout, et oubliant la vanité et les plaisirs, désespèrent d'elles-mêmes et de la patrie. Mais l'âme impitoyable de Catilina poursuivait ses projets, bien qu'on préparât des moyens de défense et que lui-même eût été cité par L. Paulus en vertu de la loi Plautia. Enfin, pour dissimuler ou pour se justifier, comme s'il avait été victime d'une

sait les consuls d'une autorité presque dictatoriale; c'était notre *mise en état de siége*. = [3] Les infinitifs *parare*, etc., sont unis à *potestas* comme apposition; ils expliquent le *maxuma*, et l'on peut sous-entendre *nempe* ou un autre terme de ce genre. — *domi... habere*. « Hæc habere is dicebatur, contra cujus *imperia* et *judicia* nec tribunos appellare liceret, nec ad populi judicium provocare. » Dietsch. *Summum* se rapporte aux deux substantifs. = [6] Les mss. varient entre *nulli* et *nullius*; mais Priscien (p. 243, éd. Krehl) nous apprend que les adjectifs et pronoms en *us*, dont le génitif est *ius* et le datif *i*, se déclinaient chez les vieux auteurs comme les autres adjectifs en *us*; par conséquent la leçon *nulli* prévaut. Quant au neutre *nullum* employé substantivement à ses cas indirects, comme équivalent de *nihil*, on le trouve dans d'autres écrivains (cf. Hor. *A. P.* 324); le génitif *earum rerum* n'a donc rien d'insolite.

30. — [1] « Primitivement *ante* se rapportait à *Kalendas*, et l'on disait ou bien *ante die sexto Kalendas* (c'est-à-dire *die sexto ante Kalendas*), ou *ante diem sextum Kalendas*; cette dernière façon de parler devint la dominante, et *ante* se réunit si intimement à *diem* qu'on put y joindre, comme à un seul mot, les prépositions *in* et *ex*. » Freund, *Dictionnaire de la langue latine* (traduit par Theil), I, p. 175. = [2] Ciel rouge en pleine nuit, éclairs, tremblements de terre, etc. Cicéron les décrivit dans son poëme sur son consulat; voy. *de Divin.* 1, 11, où cette description est citée. = [3] « Homines cum armis esse. » Cf. 27, n. 3. = [4] Dépend de *circum* et désigne *Fæsulas* et *Apuliam*. = [5] Les généraux vainqueurs qui demandaient le triomphe devaient rester avec leur armée sous les murs de la ville et y attendre le décret du sénat. — *imperatores*, apposition à *utrique*. Le nom de *imperator* était un titre dont les soldats saluaient par acclamation leur général en chef, à la suite de quelque victoire signalée: il le conservait jusqu'au jour du triomphe. = [6] « Qui, pour de l'argent ou dans le but de plaire, étaient prêts à faire toutes choses, bonnes et mauvaises. » C'était Pompée qui menait ces intrigues; il prétendait que, par suite des lois *Gabinia* et *Manilia*, les deux généraux avaient combattu sous ses auspices et n'avaient dès lors droit ni au titre d'*imperator* ni au triomphe. = [7] Environ 20,000 fr. Le *sestertius*, monnaie d'argent, valait un peu moins de 20 cent.; le mot *sestertium* était synonyme de *mille sestertii*. = [8] Terme propre pour désigner les troupes de gladiateurs que possédaient, soit les *lanistæ* (maîtres de gladiateurs, qui en faisaient trafic ou s'en servaient pour donner des spectacles), soit les personnages riches. Ils eussent pu profiter du mouvement, car leur nombre était fort considérable. = [9] On appelait *majores magistratus* les consuls, préteurs et censeurs; *minores magistratus*, les édiles (curules et plébéiens), tribuns du peuple, questeurs, etc.

31. — [1] Depuis la défaite des Cimbres à Vérone (101 av. J.-C.), il n'y avait plus eu d'ennemi étranger en Italie; depuis la guerre de Spartacus (73-71), il n'y avait plus eu d'ennemi intérieur. — *magnitudine*, c'est-à-dire *magnis opibus* (la puissance), et non *ingenti ambitu* (l'étendue territoriale); l'ablatif dépend de *insolitus* et a la valeur causale de *propter magnitudinem*. = [2] « Ea quæ antea ab eo incepta esse exposui. » Exemple remarquable de concision. = [3] Loi de *vi publica* (on désignait par ce mot les attentats contre la république), punissant le coupable de l'interdiction de l'eau et du feu (l'exil); elle avait été portée par le tribun M. Plautius Silvanus (89 av. J.-C.). Cf. 18, n. 2. — L. Paulus, encore jeune alors, n'accusa Catilina que pour se faire un nom et s'ouvrir l'accès des honneurs. C'était la coutume à Rome, où il n'y avait point d'accusateur public, de débuter ainsi dans les affaires. = [4] *aut*, ou, s'il n'y avait pas possibilité de dissimuler, pour se justifier. — *sui expurgandi (causa)*. Ce sont les deux locutions *sui causa* (remplacé dans l'usage par *sua causa*) et *expurgandi causa* resserrées en une seule: le gérondif est considéré comme ne formant avec *causa* (ou tout autre terme de ce genre) qu'une seule et même notion. Cette tournure est assez fréquente. Ter. *Heaut.* Prol. 29: *Novarum (comœdiarum) qui spectandi copiam faciunt*. = [5] Il craignait que Catilina ne parvînt à entraîner de son côté les sénateurs, quelques-uns faisant partie de la conjuration, d'autres la favorisant. = [6] La première Catilinaire. *Luculentus* (de *lux*) signifie au propre « éclairé, » de là « ce qui est beau

dit, Catilina, ut erat paratus ad dissimulanda omnia[7], demisso vultu, voce supplici postulare, patres conscripti ne quid de se temere crederent; ea familia ortum, ita se ab adulescentia vitam instituisse, ut omnia bona in spe haberet; ne æstumarent, sibi patricio homini, cujus ipsius atque majorum plurima beneficia in plebem Romanam essent, perdita republica opus esse, cum eam servaret M. Tullius, inquilinus[8] civis urbis Romæ. Ad hoc maledicta alia cum adderet, obstrepere omnes, hostem atque parricidam[9] vocare. Tum ille furibundus : « Quoniam quidem circumventus, inquit, ab inimicis præceps agor, incendium meum ruina exstinguam[10]. »

mauvaise querelle, il vint au sénat. Alors le consul M. Tullius, soit qu'il craignît sa présence, soit qu'il fût animé par la colère, prononça un discours aussi excellent qu'utile à la république, qu'il écrivit et publia dans la suite. Mais à peine est-il assis, que Catilina, toujours prêt à dissimuler, prie les pères conscrits d'un air humble, d'une voix suppliante, de ne rien croire légèrement sur son compte; sa naissance, la conduite qu'il avait tenue dès sa jeunesse lui permettaient d'avoir toutes les espérances; ils ne devaient pas penser que lui, un patricien, après tant de services rendus au peuple romain par ses ancêtres et par lui-même, eût intérêt à perdre la république, quand la défendait M. Tullius, un intrus dans la cité romaine. Comme il ajoutait encore d'autres propos injurieux, on murmure de tous côtés, on l'appelle ennemi et parricide. Alors plein de fureur : « Puisque je suis environné d'ennemis, dit-il, et que l'on me pousse dans l'abîme, j'étoufferai sous des ruines l'incendie qui me menace. »

32. Deinde se ex curia domum proripuit; ibi multa ipse secum volvens, quod neque insidiæ consuli[1] procedebant, et ab incendio intellegebat urbem vigiliis munitam, optumum factu credens exercitum augere, ac priusquam legiones scriberentur[2], multa antecapere[3] quæ bello usui forent, nocte intempesta cum paucis in Manliana castra profectus est. Sed Cethego atque Lentulo ceterisque, quorum cognoverat promptam audaciam, mandat[4], quibus rebus possent[5], opes factionis confirment, insidias consuli maturent, cædem, incendia aliaque belli facinora parent; sese propediem cum magno exercitu ad urbem accessurum. Dum hæc Romæ geruntur, C. Manlius ex suo numero legatos ad Marcium Regem mittit, cum mandatis hujuscemodi.

32. Puis, se jetant hors de la curie, il courut chez lui; là, roulant dans son esprit mille pensées, parce que ses trames contre le consul ne réussissaient pas, et qu'il voyait que des postes mettaient la ville à l'abri de l'incendie, convaincu que ce qu'il y avait de mieux à faire, c'était de renforcer son armée, et de prendre, avant qu'on levât les légions, toutes les mesures nécessaires à la guerre, il partit au milieu de la nuit avec peu de monde pour le camp de Manlius. En même temps il mande à Céthégus, à Lentulus et à tous ceux dont il connaissait l'audace déterminée, d'augmenter par tous les moyens possibles les ressources de leur parti, de hâter la perte du consul, de tout disposer pour le massacre, l'incendie et les autres horreurs de la guerre; lui-même, au premier jour, marchera sur la ville avec une armée nombreuse. Tandis que cela se passe à Rome, C. Manlius députe quelques-uns des siens vers Marcius Rex, avec un message ainsi conçu.

33. « Deos hominesque testamur, imperator, nos arma neque contra patriam cepisse, neque quo periculum aliis faceremus, sed uti corpora nostra ab injuria tuta forent, qui miseri, egentes, violentia atque crudelitate feneratorum[1] plerique patriæ, sed omnes fama atque fortunis expertes sumus[2]; neque cuiquam nostrum licuit more majorum lege uti[3], neque amisso patrimonio liberum corpus habere : tanta sævitia feneratorum atque prætoris fuit. Sæpe majores vestrum, miseriti plebis Romanæ, decretis suis inopiæ ejus opitulati sunt; ac novissume memoria nostra propter magnitudinem æris alieni, volentibus omnibus bonis[4], argentum ære solutum est[5]. Sæpe ipsa plebs, aut dominandi studio permota aut superbia magistratuum, armata a patribus secessit[6]. At nos non imperium neque

33. « Nous attestons les dieux et les hommes, général, que nous n'avons pas pris les armes contre la patrie ni contre le sûreté de nos concitoyens, mais pour mettre nos personnes à l'abri de l'oppression, nous qui, malheureux, pauvres, avons perdu par la violence et la cruauté des fénérateurs, pour la plupart notre patrie, tous notre honneur et notre fortune; pas un seul d'entre nous n'a pu, selon la coutume de nos pères, jouir du bénéfice de la loi, ni, après la perte de son patrimoine, garder sa liberté personnelle : telle a été la barbarie des fénérateurs et du préteur! Plus d'une fois vos ancêtres, touchés de pitié pour la plèbe romaine, ont soulagé sa misère par leurs décrets; tout récemment encore, de nos jours, vu l'énormité des dettes, du consentement

extérieurement », et d'une manière générale « tout ce qui est excellent dans son genre. » = [7] « *Pro dissimulatione sua, ad quam semper erat paratus.* » Kritz. = [8] « Qui habite une maison dont il n'est que locataire. » Terme très-mordant à l'égard de Cicéron, qui était né à Arpinum. = [9] Voy. 14, n. 3; 36, n. 4. = [10] Métaphore tirée des incendies où, pour arrêter et étouffer le feu, on abat l'édifice tout entier. Elle était assez familière aux Romains, à cause de la fréquence des incendies. — *ruina*, par l'écroulement (de toute la république).

32. — [1] Datif employé d'une manière absolue, dans sa valeur propre : ce cas exprimant en général le terme où aboutit une action ou un fait, il est inutile de sous-entendre *structæ* ou *paratæ*. Il en est de même plus bas de *i. c. maturent*. = [2] Le service militaire était obligatoire pour tous les citoyens, depuis l'âge de 17 ans jusqu'à l'âge de 45, 50 et même parfois 60 ans; mais la durée même du service n'était que de 16 ans dans l'infanterie, de 10 dans la cavalerie. Jusqu'à Marius le recrutement ne se faisait que parmi les citoyens portés au cens; à partir de lui il atteignit également les *proletarii* et les *capitecensi*. L'enrôlement avait lieu chaque année, sur l'ordre du sénat. « Tous les citoyens, sujets par leur âge au recrutement, sont convoqués à l'avance pour un jour non férié. Le général qui doit commander les troupes préside l'assemblée sur un tribunal, et fait citer nominativement chaque citoyen en âge d'être enrôlé. La levée est un choix (*delectus*) : ainsi des tribuns militaires, placés au pied du tribunal, examinent les hommes à mesure qu'ils se présentent, choisissent tour à tour ceux qui leur paraissent propres à telle ou telle arme, et les assortissent pour l'âge et pour la taille. On les inscrit (*milites scribere*), ou pour mieux dire, on pointe leur nom sur la liste qui sert à les appeler. Ceux qui ont ou qui dénoncent quelque infirmité corporelle, ceux dont la taille n'atteint pas cinq pieds dix onces (1 mètre 73 cent.), sont rebutés. » Dezobry, *Rome*, etc. IV, p. 151. Dans les circonstances critiques, au moment d'un danger subit (*tumultus*), tous les citoyens étaient convoqués sous les drapeaux; tous quittaient la *toga* pour le *sagum* (habit militaire). Ajoutons qu'à partir du deuxième siècle av. J.-C., vers l'époque des Gracques, s'introduisit insensiblement l'usage de ne faire les levées que dans les provinces : les habitants de Rome et de l'Italie ne se souciaient plus beaucoup des rudes travaux de la guerre. Sous Auguste cette innovation fut officiellement consacrée. = [3] « Antea parare. » Cf. 13, n. 3. = [4] Voy. 29, n. 3 = [5] « His rebus quibus possent, » attraction fréquente.

33. — [1] *Fenus* (de *feo*, vieux mot pour *gigno*), revenu, intérêt, particulièrement de l'argent; *fenerator*, celui qui prête à intérêt, capitaliste. On ne prêtait en général qu'au mois; la rentrée se faisait aux Calendes ou aux Ides (voy. 18, n. 4). Le taux légal, qui du reste varia, était à cette époque de 1 % par mois (12 % par an); c'est ce qu'on appelait *centesimæ* (s. ent. *usuræ*). Mais les *fénérateurs* observaient rarement la loi, et l'usure n'avait guère d'autres bornes que la cupidité des riches. La condition du débiteur était donc doublement malheureuse, d'abord à cause du taux excessif de l'argent, ensuite parce que, s'il ne pouvait payer, il était entièrement à la discrétion du créancier. = [2] Le premier complément est au génitif, les deux autres à l'ablatif. Cf. 25, n. 1. = [3] D'après la loi des douze Tables, la personne du débiteur répondait de sa dette, et le créancier avait droit de le vendre comme esclave. La loi *Papiria* (326 av. J.-C.) décida que le créancier n'aurait plus droit que sur les biens du débiteur; c'est à cette loi, continuellement violée, et sans doute grâce à la connivence des préteurs (*sævitia prætoris*, *iniquitas prætoris*), que Manlius veut faire allusion. = [4] Voy. 19, n. 3. = [5] L'an 86 av. J.-C., le consul L. Valérius Flaccus fit porter une loi qui réduisait les dettes des trois cinquièmes, en autorisant les débiteurs à payer, au lieu d'un *sesterce* (monnaie d'*argent*, environ 20 cent.), un *as* (monnaie de *cuivre*, entre 7 et 8 cent.). = [6] En 495,

divitias petimus, quarum rerum causa bella atque certamina omnia inter mortales sunt, sed libertatem, quam nemo bonus nisi cum anima simul amittit. Te atque senatum obtestamur[7], consulatis miseris civibus, legis præsidium, quod iniquitas prætoris eripuit, restituatis, neve nobis eam necessitudinem imponatis, ut quæramus, quonam modo maxume ulti sanguinem nostrum pereamus. »

de tous les gens de bien, le cuivre a acquitté l'argent. Plus d'une fois la plèbe elle-même, excitée soit par l'amour de la domination, soit par l'orgueil des magistrats, se sépara en armes des patriciens. Pour nous, nous ne voulons ni le pouvoir ni les richesses, sources de toutes les guerres et de toutes les luttes entre les humains, mais la liberté, qu'un homme d'honneur ne perd qu'avec la vie. Nous t'en conjurons, toi et le sénat, intéressez-vous à des citoyens malheureux; rendez-leur la protection de la loi, que l'iniquité du préteur leur a enlevée; ne nous imposez pas la nécessité de chercher comment nous périrons en vendant le plus chèrement possible notre sang.»

34. Ad hæc Q. Marcius respondit, si quid ab senatu petere vellent, ab armis discedant, Romam supplices proficiscantur[1]; ea mansuetudine atque misericordia senatum populumque Romanum semper fuisse, ut nemo unquam ab eo frustra auxilium petiverit. At Catilina ex itinere plerisque consularibus, præterea optumo cuique litteras mittit[2], se falsis criminibus circumventum, quoniam factioni inimicorum resistere nequiverit, fortunæ cedere, Massiliam in exsilium proficisci: non quo[3] sibi tanti sceleris conscius esset, sed uti respublica quieta foret, neve ex sua contentione seditio oriretur. Ab his longe diversas litteras Q. Catulus in senatu recitavit, quas sibi nomine Catilinæ redditas dicebat; earum exemplum infra scriptum est.

34. A cela Q. Marcius répondit que, s'ils voulaient demander quelque chose au sénat, ils devaient mettre bas les armes et aller à Rome en suppliants; telle a toujours été l'humanité et la clémence du sénat et du peuple romain, que jamais personne n'a en vain imploré leur assistance. De son côté, Catilina, pendant sa route, écrit à la plupart des consulaires et aux citoyens les plus distingués, qu'assiégé d'accusations calomnieuses, et n'ayant pu résister à la cabale de ses ennemis, il cédait à la fortune et s'exilait à Marseille : non qu'il se sentît coupable d'un pareil attentat, mais afin que la république fût tranquille et que sa querelle ne fît point naître une sédition. Mais Q. Catulus lut au sénat une lettre bien différente, qu'il disait lui avoir été remise au nom de Catilina; j'en donne ici la copie.

35. « L. Catilina Q. Catulo[1]. Egregia tua fides re cognita[2], grata mihi, magnis in meis periculis fiduciam commendationi meæ tribuit. Quamobrem defensionem in novo consilio[3] non statui parare, satisfactionem ex nulla conscientia de culpa[4] proponere decrevi, quam, me dius fidius, veram licet cognoscas. Injuriis contumeliisque concitatus, quod fructu laboris industriæque meæ privatus statum dignitatis non obtinebam[5], publicam miserorum causam pro mea consuetudine suscepi; non quin æs alienum meis nominibus[6] ex possessionibus solvere possem, cum et alienis nominibus liberalitas Orestillæ suis filiæque copiis persolveret, sed quod non dignos homines honore honestatos videbam, meque falsa suspicione alienatum esse sentiebam. Hoc nomine satis honestas pro meo casu spes reliquæ dignitatis conservandæ sum secutus. Plura cum scribere vellem, nuntiatum est vim mihi parari. Nunc Orestillam commendo tuæque fidei trado; eam ab injuria defendas per liberos tuos rogatus. Haveto[7].»

35. « L. Catilina à Q. Catulus. Le rare dévouement dont tu m'as donné des preuves, et dont je te suis reconnaissant, inspire au milieu de mes périls de la confiance à ma prière. Je ne viens donc pas justifier ma nouvelle résolution; j'ai voulu, puisque ma conscience ne me reproche rien, donner une explication, et, par Jupiter gardien de la bonne foi, tu pourras en reconnaître la sincérité. Poussé à bout par les injustices et les outrages, voyant que privé du fruit de mes peines et de mes talents, je n'occupais pas le rang qui m'est dû, j'ai, selon mon habitude, pris en main la cause commune des malheureux; non que je ne pusse payer mes dettes à l'aide de mes biens, puisque la générosité d'Orestilla acquittait avec ses ressources et celles de sa fille même les dettes d'autrui, mais c'est parce que je voyais des gens indignes comblés d'honneurs, et que je me sentais repoussé par une injuste prévention. A ce titre j'ai obéi à un espoir encore assez honorable dans mon malheur, celui de sauver ce qui me reste de considération. Je voulais t'en écrire davantage, mais j'apprends qu'on se dispose à m'attaquer. Enfin je te recommande Orestilla et la mets sous ta sauvegarde; protége-la contre toute insulte, je t'en conjure au nom de tes enfants. Porte-toi bien. »

36. Sed ipse paucos dies commoratus apud C. Flaminium[1] in Agro Arretino[2], dum vicinitatem antea sollicitatam armis exornat, cum fascibus atque aliis imperii insignibus[3] in castra ad Manlium contendit. Hæc ubi Romæ comperta sunt, senatus Catilinam et Manlium hostes[4]

36. Après s'être arrêté quelques jours chez C. Flaminius, dans le pays d'Arrétium, occupé à armer les environs qu'on avait déjà gagnés, Catilina se dirige vers le camp de Manlius avec les faisceaux et les autres insignes du commandement. Dès qu'on en fut instruit à Rome, le

retraite du mont Sacré (causée par les dettes); en 449, du mont Aventin (par la tyrannie des décemvirs); en 286, du mont Janicule (par les dettes). = [7] Voy. 29, n. 3; ici, c'est un verbe de prière, plus bas, de commandement.

34. — [1] Voy. 29, n. 3. Remarquez le présent du subjonctif après le passé *respondit*. Les Latins, quand ils expriment les paroles d'un autre à l'aide du style indirect, aiment assez se servir du temps qu'ils emploieraient si le discours était direct. = [2] Les locutions *litteras mittere*, *nuntios mittere*, etc., sont souvent suivies du discours indirect, sans que le verbe *dicere*, ou un autre analogue, soit exprimé. = [3] Correspond à *non quod*. On a dit d'abord *non eo... quod*, et par attraction *non eo... quo*; puis l'antécédent *eo* a disparu.

35. — [1] On trouve dans des mss. *S.* (*salutem*). = [2] Dans l'affaire de la Vestale Fabia. — Corte a imaginé la conjecture *gratam*, supposant que *grata mihi* est né de *grata min*. Dietsch réunit *grata... periculis*. En jetant ces quelques lignes sur ses tablettes, Catilina avait bien autre chose à songer qu'élégance et correction du style; il écrit donc comme on parlait; et l'on sait combien la langue parlée diffère toujours de la langue littéraire. C'est ce qui a échappé à la plupart des commentateurs; ils ont oublié que si nous sommes à même de bien juger le latin littéraire, nous n'avons au contraire que peu de monuments du latin de la conversation et des affaires. = [3] Allusion à son départ dans le camp de Manlius, et par conséquent au dessein d'attaquer la république à main armée. Remarquez le vague calculé de toutes ces expressions. = [4] Au lieu *conscientia culpæ*; le génitif est remplacé par une préposition, à l'instar des idiomes modernes. — *me dius fidius* (ou *mediusfidius* en un mot) doit être écrit en minuscules, comme toutes les formules de serment en latin. *Me*, particule démonstrative; *Dius*, vieux nom de Jupiter (*sub Dio* pour *sub Jove*); *fidius*, qui préside à la bonne foi; c'est le Ζεὺς πίστιος des Grecs. = [5] Allusion à ses échecs électoraux. = [6] *Nomen*, le nom de l'emprunteur porté sur le registre (*tabulæ*) du préteur; de là trois sens : la somme qui est inscrite, *dette* ou *créance*; le *débiteur* lui-même; l'*inscription de la créance* sur les livres de comptes. Cf. 21, 2. *Meis nominibus* est un ablatif d'instrument uni à *æs alienum*, et l'on peut sous-entendre *contractum* ou *perscriptum*; joignez également *æs alienum* à *a. nominibus*. = [7] Plus ordinairement *aveto*; mais l'aspiration se trouve dans tous les mss. D'après Freund, il faut distinguer *avere* de ἄω, et *avere* se rattachant au même primitif que *augeo*; l'un est *soupirer après*, *désirer*, l'autre, employé seulement à l'impératif et à l'infinitif, signifie *se bien porter*.

36. — [1] Un seul ms. (Naz.) ajoute *Flammam*. = [2] La plupart des mss. ont *Reatino*. Catilina allait à Fésules, au fond de l'Étrurie; comment donc admettre qu'il ait séjourné à Réate, ville du Sabinum, tout à fait hors de sa route, tandis qu'Arrétium se trouvait dans le voisinage de Fésules ? = [3] Les insignes des magistrats investis du pouvoir militaire (*imperium*) étaient les faisceaux (voy. 18, n. 5), la toge prétexte, la chaise curule, etc. = [4] Déclarer un citoyen *hostis* (ennemi extérieur), c'était le dépouiller de ses droits de

judicat; ceteræ multitudini diem statuit, ante quam sine fraude[5] liceret ab armis discedere, præter[6] rerum capitalium condemnatis. Præterea decernit, uti consules delectum habeant, Antonius cum exercitu Catilinam persequi maturet, Cicero urbi præsidio sit. Ea tempestate mihi imperium populi Romani multo maxume miserabile visum est, cui cum ad occasum ab ortu solis omnia domita armis parerent, domi otium atque divitiæ, quæ prima mortales putant, affluerent, fuere tamen cives, qui seque remque publicam obstinatis animis perditum irent. Namque duobus senatus decretis[7] ex tanta multitudine neque præmio[8] inductus conjurationem patefecerat, neque ex castris Catilinæ quisquam omnium discesserat; tanta vis morbi, uti tabes, plerosque civium animos invaserat.

sénat déclare ennemis Catilina et Manlius; à la foule des rebelles il fixe un jour avant lequel ils pourront déposer les armes sans danger, à l'exception des condamnés pour crime capital. De plus, il ordonne aux consuls de faire des levées, à Antonius de poursuivre en toute hâte Catilina avec son armée, à Cicéron de veiller à la sûreté de la ville. Jamais l'empire du peuple romain ne m'a paru plus déplorable qu'à cette époque : tandis que de l'orient à l'occident les armes avaient tout soumis à son obéissance, qu'au dedans il avait en abondance repos et richesses, les premiers des biens aux yeux des mortels, il se rencontra pourtant des citoyens qui travaillaient avec acharnement à se perdre eux et la république. En effet, après les deux décrets du sénat, d'un si grand nombre d'hommes pas un, séduit par la récompense, n'avait dénoncé la conjuration, pas un n'avait déserté le camp de Catilina; telle était la puissance du mal qui, pareil à une contagion, avait infecté le cœur de presque tous les citoyens.

37. Neque solum illis aliena mens erat, qui conscii conjurationis fuerant[1]; sed omnino cuncta plebes novarum rerum studio Catilinæ incepta probabat. Id adeo[2] more suo videbatur facere. Nam semper in civitate, quibus opes nullæ sunt, bonis invident, malos extollunt, vetera odere, nova exoptant, odio suarum rerum mutari omnia student, turba atque seditionibus sine cura aluntur, quoniam egestas facile habetur sine damno[3]. Sed urbana plebs[4], ea vero præceps erat[5] de multis causis. Primum omnium[6] qui ubique probro atque petulantia maxume præstabant, item alii per dedecora patrimoniis amissis, postremo omnes quos flagitium aut facinus domo expulerat, hi Romam sicut in sentinam confluxerant. Deinde multi memores Sullanæ victoriæ, quod ex gregariis militibus alios senatores[7] videbant, alios ita divites, ut regio victu atque cultu ætatem agerent, sibi quisque, si in armis foret, ex victoria talia sperabat. Præterea juventus, quæ in agris manuum mercede inopiam toleraverat, privatis atque publicis largitionibus[8] excita, urbanum otium ingrato labori prætulerat; eos atque alios omnis malum publicum alebat. Quo[9] minus mirandum est, homines egentes, malis moribus, maxuma spe, reipublicæ juxta ac sibi consuluisse. Præterea quorum victoria Sullæ parentes proscripti, bona erepta, jus libertatis imminutum erat[10], haud sane alio animo belli eventum exspectabant. Ad hoc, quicunque aliarum atque senatus partium erant, conturbari rempublicam quam minus valere ipsi malebant. Id adeo malum[11] multos post annos in civitatem revorterat.

37. Ce n'était pas seulement les complices de la conjuration que possédait ce délire; mais en général toute la plèbe, par amour de la nouveauté, applaudissait à l'entreprise de Catilina. Et en cela elle semblait être fidèle à son caractère. Car toujours dans un État ceux qui n'ont rien portent envie aux honnêtes gens, exaltent les méchants, détestent l'ancien état de choses, en souhaitent un nouveau; dégoûtés de leur sort, ils voudraient que tout fût changé; ils vivent en sécurité des troubles et des séditions : c'est que la misère est sûre de ne rien perdre. Mais la plèbe de la ville, c'est elle surtout que poussaient une foule de causes. D'abord ceux qui de toutes parts l'emportaient en corruption et en impudence, de même ceux qui avaient honteusement dissipé leur patrimoine, enfin tous les gens qu'une infamie ou un crime avait chassés de chez eux, avaient afflué à Rome comme dans un égout. Ensuite beaucoup d'autres, se souvenant de la victoire de Sylla, et voyant de simples soldats devenus les uns sénateurs, les autres assez riches pour vivre dans une abondance et un faste royal, se promettaient chacun, en prenant les armes, les mêmes avantages après la victoire. De plus, la jeunesse qui dans les campagnes avait soutenu sa misère par le travail de ses mains, attirée par les largesses particulières et publiques, avait préféré à un labeur ingrat l'oisiveté de la ville; ceux-ci, ainsi que tous les autres, vivaient des malheurs de l'État. Il faut d'autant moins s'étonner que des hommes sans ressources, sans mœurs, ayant tout à espérer, n'aient pas mieux ménagé la république qu'eux-mêmes. De plus, ceux dont le triomphe de Sylla avait proscrit les parents, ravi les biens, restreint les droits politiques, attendaient dans des sentiments tout à fait semblables l'issue de la guerre. Enfin, tous ceux qui étaient du parti contraire au sénat, aimaient mieux voir l'État bouleversé que leur autorité amoindrie. C'était là surtout le mal qui après plusieurs années avait reparu dans la république.

38. Nam postquam Cn. Pompeio et M. Crasso consulibus tribunicia potestas restituta est, homines adulescen-

38. En effet, quand sous le consulat de Cn. Pompée et de M. Crassus, la puissance tribunitienne eut été rétablie,

cité, en faire un *étranger* contre lequel on décrétait la guerre; l'expression ancienne était *perduellis*. Chez nous : «traître à la patrie» = [5] Formule consacrée. *Fraus* veut dire aussi bien *fourberie* (sens actif) que *préjudice* (sens passif). = [6] Pour *præterquam*, est adverbe. Le datif *condemnatis* dépend de *liceret*. = [7] Ablatif absolu; cf. ch. 11 : *bonis initiis*. = [8] Voy. ch. 30.

37. — [1] Salluste se sert du plusqueparfait parce que ce n'est plus par la *conspiration* (clandestinement), mais par la *guerre* (ouvertement) que Catilina attaque la république. = [2] *Adeo* sert souvent à mettre en relief une chose ou sa qualité comme prépondérante, et dans ce cas se met comme enclitique après le mot; c'est surtout après les pronoms, les adverbes et les conjonctions qu'il est employé ainsi. = [3] Ne dépend d'aucun des mots qui précèdent, mais équivaut à une proposition entière : «nullo ex ea re damno oriente.» — *facile* a, comme notre *sans difficulté*, le double sens de *facilement* et *incontestablement*. = [4] Le peuple romain (*populus Romanus*) se divisait en trois ordres : les *patriciens*, les *chevaliers* et les *plébéiens*. Le mot *plebs*, désignant la grande majorité de la nation, est pris souvent dans le sens de *multitude*, *populace*. = [5] Quelques mss. donnent *ierat*. Mais il ne s'agit pas ici de la corruption des mœurs, comme ch. 25 (*luxuria præceps abierat*); l'auteur en effet présente les causes sous l'influence desquelles la *plèbe* de Rome, non-seulement favorisait les projets de Catilina, mais encore était toute disposée à les exécuter : c'est ce qu'a bien compris le ms. de Bâle 1, quand à *præceps* il ajoute la glose «admodum prona.» = [6] *P. omnium*, *deinde*, etc., se correspondent; on ne doit donc pas rapporter *item* et *postremo* à *p. omnium*. = [7] Sylla, pour compléter le sénat décimé par la guerre civile, y fit entrer 300 chevaliers; peut-être dans le nombre y eut-il de simples soldats. = [8] Les riches ambitieux faisaient souvent des distributions de blé (*frumentationes*) ou d'argent. Les distributions de blé faites par l'État avaient été réglées par diverses lois : tantôt les livraisons étaient à bas prix et audessous du cours, tantôt elles étaient gratuites. Sur *juventus*, voy. 7, n. 2. = [9] Voy. 1, n. 5. = [10] Sylla avait fait porter par les comices centuriates une loi décrétant que les biens des proscrits seraient vendus, leurs descendants exclus de l'héritage et privés du droit d'*honneurs* (droit de prétendre aux charges publiques). On venait précisément de proposer une loi destinée à abroger cette mesure; mais Cicéron s'y était vivement opposé, par crainte du bouleversement qu'elle eût jeté dans la république. = [11] La lutte entre l'aristocratie et le peuple. Elle avait éclaté avec violence sous les Gracques (133 av. J.-C.) et duré jusqu'à Sylla (81 av. J.-C.), qui brisa l'élément populaire en annulant le pouvoir des tribuns. Mais bientôt (70 av. J.-C.) on rétablit cette magistrature; la démocratie, appuyée par quelques hommes puissants (Crassus, Pompée, César, etc.), releva la tête, et la lutte recommença.

tes[1] summam potestatem nacti, quibus ætas animusque ferox erat, cœpere senatum criminando plebem exagitare, dein largiundo atque pollicitando magis incendere; ita ipsi clari potentesque fieri. Contra eos summa ope nitebatur pleraque nobilitas[2], senatus specie pro sua magnitudine. Namque uti paucis verum absolvam, post illa tempora quicunque rempublicam agitavere, honestis nominibus, alii sicuti populi jura defenderent, pars quo[3] senatus auctoritas maxuma foret, bonum publicum simulantes, pro sua quisque potentia certabant; neque illis modestia, neque modus contentionis erat; utrique victoriam crudeliter exercebant.

des hommes jeunes encore, parvenus à une si haute puissance et emportés par la fougue de l'âge et du caractère, se mirent à agiter la plèbe en incriminant le sénat, puis à l'enflammer davantage par des libéralités et des promesses, et ainsi ils se procuraient la célébrité et le pouvoir. Contre eux luttaient de toutes leurs forces la plupart des nobles, en apparence pour le sénat, en réalité pour leur propre grandeur. Car, pour dire en quelques mots la vérité, tous ceux qui depuis cette époque agitèrent la république sous des prétextes honorables, les uns comme pour défendre les droits du peuple, les autres pour assurer au sénat la plus grande autorité, en affichant le bien public, ne travaillaient qu'à leur propre élévation; sans mesure et sans ménagement dans la lutte, les deux partis usaient cruellement de la victoire.

39. Sed postquam Cn. Pompeius ad bellum maritumum atque Mithridaticum missus est, plebis opes imminutæ, paucorum potentia crevit[1]. Hi magistratus, provincias, aliaque omnia tenere; ipsi inoxii, florentes, sine metu ætatem agere, ceterosque judiciis terrere, quo plebem in magistratu placidius tractarent[2]. Sed ubi primum dubiis rebus[3] novandi spes oblata est, vetus certamen animos eorum arrexit. Quodsi primo prœlio Catilina superior aut æqua manu discessisset[4], profecto magna clades atque calamitas rempublicam oppressisset; neque illis, qui victoriam adepti forent, diutius ea uti licuisset, quin defessis et exsanguibus qui plus posset imperium atque libertatem extorqueret. Fuere tamen[5] extra conjurationem complures, qui ad Catilinam initio profecti sunt; in his erat Fulvius, senatoris filius, quem retractum ex itinere parens necari jussit[6]. Iisdem temporibus Romæ Lentulus, sicuti Catilina præceperat, quoscunque moribus aut fortuna novis rebus idoneos credebat, aut per se aut per alios sollicitabat, neque solum cives, sed cujusque modi genus hominum, quod modo bello usui foret.

39. Mais quand Cn. Pompée eut été chargé de la guerre maritime et de la guerre de Mithridate, les forces de la plèbe s'affaiblirent et la puissance de quelques-uns s'accrut. Magistratures, provinces, tout était dans leurs mains; ils vivaient à l'abri de toute atteinte, au sein du bien-être, dans la sécurité, et épouvantaient les autres par des procès, pour les forcer à mener, pendant leur magistrature, la plèbe avec plus de calme. Mais dès que des circonstances critiques eurent fait espérer un changement, l'ancienne lutte réveilla les passions populaires. Que si, à la première bataille, Catilina fût sorti vainqueur ou sans échec, il est certain qu'un désastre et un malheur immense eussent accablé la république; et eussent-ils remporté la victoire, ils n'en auraient pas joui longtemps, sans que, fatigués et épuisés, ils vissent un plus fort leur arracher le pouvoir et la liberté. Il y en eut cependant plusieurs qui, sans être de la conjuration, allèrent dans le commencement rejoindre Catilina; parmi eux se trouvait Fulvius, fils d'un sénateur, que son père fit arrêter en route et mettre à mort. En même temps à Rome Lentulus, suivant les ordres de Catilina, cherchait par lui-même ou par d'autres à séduire tous ceux que leur caractère ou leur fortune lui semblaient rendre propres à une révolution, non-seulement des citoyens, mais toute espèce d'hommes, dès qu'ils pouvaient être de quelque utilité à la guerre.

40. Igitur P. Umbreno cuidam negotium dat, uti legatos Allobrogum requirat eosque, si possit, impellat ad societatem belli, existumans publice privatimque ære alieno oppressos, præterea quod natura gens Gallica bellicosa esset, facile eos ad tale consilium adduci posse. Umbrenus, quod in Gallia negotiatus erat[1], plerisque principibus civitatium[2] notus erat atque eos noverat; itaque sine mora, ubi primum legatos in foro conspexit, percontatus pauca de statu civitatis et quasi dolens ejus casum requirere cœpit, quem exitum tantis malis sperarent. Postquam illos videt[3] queri de avaritia magistratuum, accusare senatum, quod in eo auxilii nihil esset, miseriis suis remedium mortem exspectare: « At ego, inquit, vobis, si modo viri esse voltis, rationem os-

40. Il charge donc un certain P. Umbrénus de tâcher de trouver les députés des Allobroges et de les pousser, s'il le pouvait, à prendre part à la guerre, pensant que par suite des dettes qui écrasaient l'État et les particuliers, vu d'ailleurs le caractère belliqueux du peuple gaulois, ils se laisseraient aisément amener à une pareille détermination. Umbrénus, qui avait fait le commerce d'argent en Gaule, connaissait presque tous les chefs des divers peuples, et en était connu; aussi, sans perdre de temps, la première fois qu'il aperçut les députés dans le forum, il leur fit quelques questions sur l'état de leur pays, et, feignant de compâtir à leur sort, se mit à leur demander quelle issue ils espéraient à de si grands maux. Les voyant se plaindre de la cupidité des magistrats,

38. — [1] Pour pouvoir briguer le tribunat, il fallait avoir trente ans. Voy. 3, 5, = [2] Cf. 5, n. 1. = [3] Pour *ut eo*, *ut ea re*, doit être rapporté aux mots précédents *r. agitavere*.

39. — [1] Pompée avait d'abord été partisan de Sylla; quand il sentit que les grands s'opposaient à son élévation, il se tourna du côté du peuple et fit passer plusieurs lois en sa faveur: la faction populaire redevint forte et les *optimates* durent être plus mesurés. Mais Pompée absent, les ennemis de l'aristocratie n'eurent plus de soutien avoué (César n'avait encore que peu d'influence), et la puissance de la noblesse, sans contrepoids, devint un instant écrasante. = [2] Passage fort difficile et diversement interprété: en effet, qui est-ce que désigne *ceteros?* le sujet de *tractarent* est-il *ipsi* ou *ceteri?* Voici comme nous l'entendons: *ceteros*, tous ceux qui n'étaient pas du côté des grands, les adversaires du parti aristocratique; *judiciis terrere*, intenter des procès politiques, susciter des embarras, ce qui était facile à des hommes tout-puissants; *quo* (pour *ut* à cause du comparatif), etc., a pour sujet *ceteri*, car on n'intimide un autre que pour le contraindre soit à faire, soit à ne pas faire une chose; *in magistratu*, arrivés à une charge publique, et ici particulièrement le tribunat; *placidius tractare* (cf. ch. 11, *exercitum luxuriose habuerat*), diriger le peuple d'une manière plus calme, c'est-à-dire ne pas l'exciter contre la noblesse. = [3] L'entreprise de Catilina. Abl. absolu. — *novandi*, conjecture de Gruter (au lieu du *novandis* des mss.), adoptée par tous les éditeurs actuels; car *novare res dubias* n'aurait aucun sens. = [4] Expression consacrée en parlant d'un *combat* ou d'une *lutte*. = [5] La suite des idées est: « Catilina et les siens n'auraient pas joui longtemps du pouvoir: d'autres, plus puissants, les en eussent bientôt dépouillés; et *cependant*, sur des espérances aussi peu certaines, il y en eut qui, sans appartenir à la conjuration, se rendirent au camp rebelle. » = [6] Le droit *paternel* était à peu près sans limites: un père pouvait mettre ses enfants en prison, les battre de verges, les charger de fers, les faire travailler à la campagne comme des esclaves, enfin leur ôter la vie.

40. — [1] Les Romains avaient peu d'estime pour tout ce qui était spéculation industrielle; le commerce d'argent et l'exploitation du sol étaient seuls exceptés de ce souverain mépris. Mais tout le monde ne pouvait pas être *propriétaire foncier* en Italie, ou se faire *fénérateur* (voy. 33, n. 1) à Rome, ou entrer dans les sociétés de *publicains* (nom des compagnies, appartenant à l'ordre équestre, qui prenaient à ferme la perception des revenus publics). Beaucoup de chevaliers et de plébéiens allaient donc faire valoir leurs fonds dans les provinces: ils y achetaient des terres ou des pâturages, ou bien spéculaient sur l'argent. Or, exercer le commerce d'argent dans une province s'appelait alors *negotiari*; le métier était très-lucratif, car on y prêtait impunément à 2 % et jusqu'à 4 % par mois, à moins que le préteur ne reprimât la cupidité et les abus des *negotiatores*. = [2] Leçon des meilleurs mss., quoique *civitatum* soit plus ordinaire. La Gaule était partagée en une foule de peuplades, qui à leur tour se subdivisaient en tribus ou clans; le mot *civitas* (réunion de citoyens formant une communauté) désigne aussi bien une tribu qu'un peuple entier. = [3] *Videre* se dit par métaphore de

tendam, qua tanta ista mala effugiatis.» Hæc ubi dixit, Allobroges in maxumam spem adducti Umbrenum orare, ut sui misereretur; nihil tam asperum neque tam difficile esse, quod non cupidissume facturi essent, dum ea res[4] civitatem ære alieno liberaret. Ille eos in domum D. Bruti perducit, quod foro propinqua erat neque aliena consilii propter Semproniam[5]; nam tum Brutus ab Roma aberat. Præterea Gabinium accersit[6], quo major auctoritas sermoni inesset. Eo præsente conjurationem aperit, nominat socios, præterea multos cujusque generis innoxios, quo legatis animus amplior esset; deinde eos pollicitos operam suam domum dimittit.

accuser le sénat qui ne vient point à leur aide, n'attendre que de la mort un remède à leurs misères: «Eh bien! moi, dit-il, si vous voulez être des hommes, je vous indiquerai un moyen d'échapper à tous ces maux.» A ces paroles, les Allobroges, concevant les plus belles espérances, supplient Umbrénus d'avoir pitié d'eux; il n'est rien de si pénible, de si difficile, qu'ils ne soient prêts à faire de grand cœur, pourvu que par là ils délivrent leur pays de ses dettes. Il les conduit dans la maison de D. Brutus, voisine du Forum, et que la connivence de Sempronia rendait favorable à la conférence; car en ce moment Brutus n'était pas à Rome. Il fait aussi appeler Gabinius, pour donner plus de poids à ses discours. En sa présence il leur dévoile la conjuration, en nomme les complices, y ajoute une foule de personnes de toutes classes, qui n'en sont pas, afin d'inspirer plus de confiance aux députés; puis, ayant reçu la promesse de leur concours, il les congédie.

41. Sed Allobroges diu in incerto habuere, quidnam consilii caperent: in altera parte erat æs alienum, studium belli, magna merces in spe victoriæ; at in altera majores opes, tuta consilia[1], pro incerta spe certa præmia. Hæc illis volventibus, tandem vicit fortuna reipublicæ[2]. Itaque Q. Fabio Sangæ, cujus patrocinio civitas plurimum utebatur[3], rem omnem, uti cognoverant, aperiunt. Cicero, per Sangam consilio[4] cognito, legatis præcepit, ut studium conjurationis vehementer simulent, ceteros adeant, bene polliceantur, dentque operam uti eos quam maxume manifestos habeant[5].

41. Mais les Allobroges furent longtemps indécis sur la détermination qu'ils prendraient: d'une part leurs dettes, leur amour pour la guerre, les immenses avantages que promettait la victoire; de l'autre, plus d'influence, un parti sûr, au lieu d'un espoir douteux une récompense certaine. A la suite de leurs réflexions, la fortune de la république finit par l'emporter. Ils s'adressent donc à Q. Fabius Sanga, qui était le patron ordinaire de leur pays, et lui découvrent toute l'affaire, telle qu'ils la connaissaient. Cicéron, instruit par Sanga de cette tentative, recommanda aux députés de feindre le plus grand zèle pour la conjuration, de voir les autres complices, de leur faire de belles promesses et de tâcher d'avoir contre eux les preuves les plus convaincantes.

42. Iisdem fere temporibus in Gallia citeriore atque ulteriore, item in agro Piceno, Bruttio[1], Apulia motus erat. Namque illi, quos ante Catilina dimiserat, inconsulte ac veluti per dementiam cuncta simul agebant; nocturnis consiliis, armorum atque telorum portationibus[2], festinando, agitando omnia plus timoris quam periculi effecerant. Ex eo numero complures Q. Metellus Celer prætor, ex senatus consulto[3] causa cognita, in vincula conjecerat; item in citeriore[4] Gallia C. Murena, qui ei provinciæ legatus[5] præerat.

42. Vers la même époque, on se remuait dans la Gaule citérieure et ultérieure, ainsi que dans le Picénum, le Bruttium, l'Apulie. Car ceux que Catilina avait précédemment envoyés de côté et d'autre, faisaient tout à la fois sans réflexion, comme des insensés; leurs conférences nocturnes, leurs prises d'armes et de traits, leur précipitation, leur agitation en tous sens, avaient causé plus d'effroi que de danger. De ce nombre plusieurs avaient été saisis par le préteur Q. Métellus Céler, qui, en vertu du sénatus-consulte, après avoir instruit l'affaire, les avait jetés en prison; C. Muréna en avait fait autant dans la Gaule citérieure, province qu'il gouvernait en qualité de lieutenant.

43. At Romæ Lentulus cum ceteris, qui principes conjurationis erant, paratis, ut videbatur, magnis copiis, constituerat uti, cum Catilina in agrum Fæsulanum cum exercitu venisset, L. Bestia tribunus plebis[1] concione habita quereretur de actionibus[2] Ciceronis, bellique gravissumi invidiam optumo consuli imponeret[3]; eo signo, proxuma nocte cetera multitudo conjurationis[4] suum quisque negotium exsequeretur. Sed ea divisa hoc modo dicebantur, Statilius et Gabinius uti cum magna manu duodecim simul opportuna loca urbis incenderent, quo[5]

43. A Rome, Lentulus, d'accord avec les autres chefs de la conjuration, ayant préparé, à ce qu'il croyait, des forces suffisantes, avait décidé que, dès l'arrivée de Catilina et de son armée sur le territoire de Fésules, L. Bestia, tribun du peuple, tiendrait une assemblée pour se plaindre des actes de Cicéron et rejeter sur l'excellent consul tout l'odieux d'une guerre si funeste; à ce signal, le reste des conjurés devaient, la nuit suivante, accomplir chacun ce dont il était chargé. Voici, dit-on, comme étaient partagés les rôles: Statilius et Gabinius, avec une

tout ce qu'on perçoit par l'esprit. = [4] Équivaut à *id*. = [5] «Gabinius ea domo commode ad consilia aperienda uti poterat, Sempronia facile concedente propter conjurationis conscientiam.» Kritz. *Alienus* avec le gén. est peu ordinaire. = [6] Cinq mss. ont *arcessit*. On dit *arcesso* et *accerso*; tous deux ne sont qu'une altération de *accesso* (causatif de *accedo*, comme *incesso* de *incedo*): dans l'un *ar* est la forme vieillie de *ad*; dans l'autre un des *s* s'est changé en *r*, ce qui n'est pas rare.

41. — [1] *m. opes*, plus de ressources et d'influence pour eux-mêmes et pour leur nation; *t. consilia*, point de danger à courir, tandis que le parti opposé les livrait à tous les hasards et périls de la guerre. = [2] La *Providence* des modernes. Tite-Live surtout attribue toujours à la *fortune de la république* les heureux accidents qui, dans un moment de crise solennelle, sauvaient l'État et la société. = [3] Les peuples soumis à la domination romaine avaient dans la capitale un patron chargé de s'occuper de leurs affaires et d'appuyer leurs réclamations auprès du sénat et du peuple. C'était ordinairement à leur vainqueur et à ses descendants qu'ils conféraient ce patronage, service fort lucratif pour celui qui le rendait. = [4] Le dessein des conjurés de faire entrer les Allobroges dans leur parti. = [5] C'est-à-dire *manifesto teneant*, car *manifestus* (de *manus* et *fendo*, comme *infestus* de *infendo*) veut dire «pris en flagrant délit.»

42. — [1] Les Latins disaient, non pas *Bruttium*, qui est d'invention moderne, mais *ager Bruttius*. Un écrivain soucieux de l'élégance eût répété *in* devant *Apulia*. = [2] Cf. 30, n. 3. = [3] Dont il a été parlé au ch. 36. = [4] Leçon de tous les mss. sans exception. Mais sur le témoignage de Cicéron (*Cat.* 2, 3 et 12; *p. Mur.* 41) qui assigne positivement à Muréna la Gaule Transalpine et à Métellus la Cisalpine, Corte n'a pas hésité à écrire *ulteriore*, conjecture admise par beaucoup d'éditeurs. En présence de l'unanimité des mss., est-il rationnel de croire que l'erreur provienne des copistes? n'émane-t-elle pas plutôt de Salluste lui-même, dont avant tout il est juste de respecter le texte? = [5] Les *légats* étaient adjoints aux gouverneurs de province pour les aider dans l'administration du pays, et les suppléer en leur absence. Souvent aussi le sénat envoyait un *légat* seul dans une province, dont il était alors le véritable gouverneur.

43. — [1] Il n'était encore que *tribun désigné*. Ces magistrats entraient en fonctions le 10 décembre. Cf. 16, n. 5. = [2] Terme officiel pour désigner les actes accomplis par un fonctionnaire public dans l'exercice de sa charge. = [3] «Consuli invidiam imponeret hac criminatione, bellum civile gravissimum ab eo commotum esse, injuste e civitate ejecto Catilina.» Dietsch. — *optumo*, qui défendait avec énergie les intérêts de l'État contre les projets révolutionnaires des conjurés, et par cela même était l'objet de leur haine et de leur terreur. Dans son *éloge de Caton*, Brutus, parlant de la conjuration de Catilina, s'était borné à appeler Cicéron *optimus consul;* celui-ci (*ad Att.* 12, 21) s'en plaignit vivement: *quid enim jejunius dixit inimicus?* En effet *optimus*, comme terme laudatif, était devenu par l'usage une simple formule de politesse, dans le genre de notre *honorable*. Ici, il ne s'agit point d'éloges, mais de faits; l'historien exprime, non sa propre pensée, mais les sentiments des acteurs de son récit. = [4] Voy. 17, n. 5. = [5] Pour *ut* à cause du comparatif qui suit; n'expliquez donc pas, en faisant accorder avec le substantif: «ut eo tumultu.»

tumultu facilior aditus ad consulem ceterosque, quibus insidiæ parabantur, fieret; Cethegus Ciceronis januam obsideret eumque vi aggrederetur, alius autem alium; sed filii familiarum, quorum ex nobilitate maxuma pars erat, parentes interficerent; simul cæde et incendio perculsis omnibus ad Catilinam erumperent. Inter hæc parata atque decreta Cethegus semper querebatur de ignavia sociorum: illos dubitando et dies prolatando magnas opportunitates corrumpere; facto non consulto in tali periculo opus esse, seque, si pauci adjuvarent, languentibus aliis, impetum in curiam facturum. Natura ferox, vehemens, manu promptus erat, maxumum bonum in celeritate putabat.

troupe nombreuse, mettraient au même instant le feu à la ville en douze endroits favorables, afin que, au milieu du tumulte, il fût plus aisé d'arriver jusqu'au consul et à tous les autres dont on voulait la mort; Céthégus assiégerait la porte de Cicéron et l'attaquerait à main armée; chacun avait sa victime; d'autre part, les fils de famille, presque tous appartenant à la noblesse, tueraient leurs parents, et, tandis que le carnage et l'incendie auraient épouvanté tout le monde, on se ferait jour jusqu'à Catilina. Au milieu de ces préparatifs et de ces résolutions, Céthégus se plaignait sans cesse de l'inertie de ses complices : leurs hésitations et leurs perpétuels ajournements faisaient manquer des occasions superbes; dans un pareil danger il fallait agir et non délibérer; pour lui, que quelques-uns le secondent, et, malgré la lâcheté générale, il se charge d'attaquer le sénat. D'un naturel fougueux, violent, il était prompt à agir; le premier mérite, à ses yeux, était dans la célérité.

44. Sed Allobroges ex præcepto Ciceronis per Gabinium ceteros conveniunt; ab Lentulo, Cethego, Statilio, item Cassio postulant jusjurandum, quod signatum ad civis perferant; aliter haud facile eos ad tantum negotium impelli posse. Ceteri nihil suspicantes dant; Cassius semet eo[1] brevi venturum pollicetur ac paulo ante legatos ex urbe proficiscitur. Lentulus cum his T. Volturcium quemdam Crotoniensem mittit, ut Allobroges priusquam domum pergerent, cum Catilina data atque accepta fide societatem confirmarent. Ipse Volturcio litteras ad Catilinam dat, quarum exemplum infra scriptum est : « Qui[2] sim, ex eo, quem ad te misi, cognosces[3]. Fac cogites, in quanta calamitate sis, et memineris te virum esse; consideres, quid tuæ rationes postulent; auxilium petas ab omnibus, etiam ab infimis[4].» Ad hoc mandata verbis dat[5] : Cum ab senatu hostis judicatus sit, quo consilio servitia repudiet[6]? in urbe parata esse, quæ jusserit; ne cunctetur ipse propius accedere.

44. Cependant les Allobroges, suivant les instructions de Cicéron, se ménagent par Gabinius une entrevue avec les autres conjurés; ils demandent à Lentulus, à Céthégus, à Statilius, ainsi qu'à Cassius, un engagement revêtu de leur sceau, qu'ils puissent remettre à leurs concitoyens; sinon, il serait difficile de les déterminer à une si grande entreprise. Tous le donnent sans défiance; Cassius leur promet seulement qu'il ira bientôt lui-même dans leur pays, et quitte la ville peu de temps avant les députés. Lentulus envoie avec eux un certain T. Volturcius de Crotone, afin que les Allobroges, avant de rentrer chez eux, puissent confirmer, par un échange de serments, leur alliance avec Catilina. Il remet à Volturcius pour Catilina une lettre dont je donne ici la copie : « Tu sauras qui je suis par celui que je t'envoie. Songe bien à l'extrémité où tu es réduit, et souviens-toi que tu es homme; vois ce qu'exigent tes intérêts; cherche du secours partout, même dans les derniers rangs.» Il y ajoute des instructions verbales: Le sénat l'ayant déclaré ennemi, pourquoi repousser les esclaves ? Dans la ville, tout a été disposé selon ses ordres; qu'il n'hésite donc pas à marcher en avant.

45. His rebus ita actis, constituta nocte qua proficiscerentur, Cicero per legatos cuncta edoctus L. Valerio Flacco et C. Pomptinio prætoribus imperat, ut in ponte Mulvio per insidias Allobrogum comitatus deprehendant; rem omnem aperit, cujus gratia mittebantur; cetera, uti facto opus sit, ita agant, permittit[1]. Illi, homines militares, sine tumultu præsidiis collocatis, sicuti præceptum erat, occulte pontem obsidunt[2]. Postquam ad id loci legati cum Volturcio venerunt, et simul[3] utrinque clamor exortus est, Galli cito cognito consilio sine mora prætoribus se tradunt[4]. Volturcius primo cohortatus ceteros gladio se a multitudine defendit; deinde ubi a legatis desertus est, multa prius de salute sua Pomptinium obtestatus, quod ei notus erat, postremo timidus ac vitæ diffidens velut hostibus sese prætoribus dedit.

45. Ces mesures prises et la nuit du départ fixée, Cicéron, instruit de tout par les députés, ordonne aux préteurs L. Valérius Flaccus et C. Pomptinius de s'embusquer au pont Mulvius et d'arrêter l'escorte des Allobroges; il leur explique les motifs de leur mission; pour le reste, il les autorise à agir suivant le besoin des circonstances. Ceux-ci, militaires expérimentés, établissent leurs postes sans bruit, et, comme on leur en avait donné l'ordre, s'assurent secrètement du pont. Dès que les députés furent arrivés en cet endroit avec Volturcius, un cri s'élève des deux côtés à la fois; et les Gaulois, mis bientôt au courant de l'affaire, se livrent sur-le-champ aux préteurs. Volturcius, exhortant ses compagnons, se défend d'abord, l'épée à la main, contre les assaillants; puis, se voyant abandonné par les députés, il prie instamment Pomptinius, dont il était connu, de le sauver; enfin, effrayé et craignant pour sa vie, il se rend aux préteurs, comme à des ennemis.

46. Quibus rebus confectis, omnia propere per nuntios consuli declarantur. At illum ingens cura atque lætitia simul occupavere; nam lætabatur intelligens conjuratione patefacta civitatem periculis ereptam esse; porro autem anxius erat dubitans, in maxumo scelere tantis civibus deprehensis, quid facto opus esset[1]; pœnam illorum sibi oneri, impunitatem perdundæ reipublicæ[2] fore credebat.

46. Cela exécuté, des messagers vont aussitôt en informer le consul. Il en éprouva une inquiétude et une joie également vives; en effet, il était heureux de voir que la découverte de la conjuration eût mis l'État hors de danger; d'autre part, ce qui le troublait, c'était de ne savoir comment agir contre des citoyens d'un si haut rang convaincus du plus grand attentat; leur châtiment, pen-

44. — [1] Doit être rapporté à *civis* qui précède, et indique que Cassius partait pour la Gaule. = [2] Deux mss. (Eins. et Zur. 1) ont *quis*. = [3] Lentulus avait omis la formule usitée; voy. 47, n. 6. = [4] Cf. Cic. *Cat.* 3, 5. Sa copie diffère quelque peu de celle de Salluste; c'est que Cicéron citait de mémoire, ce qu'il prouve en employant le plusqueparfait *erant autem scriptæ sine nomine*. = [5] Voyez 34, n. 2. = [6] Cf. 56: *Interea*, etc.

45. — [1] Construisez : *permittit (ut) ita agant cetera, uti f. o. sit.*; cf. 29, n. 3. Les mss. varient entre *illi* et *illis*; d'où les versions des éditeurs: *agant permittit illis. Homines*, etc.; *agant. Permittit illis homines*, etc.; *agant permittit. Illi*, etc. Dans la première, *illis* n'ajoute rien à la pensée, et *h. militares* employé seul répugne aux habitudes du latin. La seconde est inadmissible. Carrion a trouvé plus commode de supprimer l'obstacle et a écrit *agant. Homines*. = [2] *Obsido* a le sens inchoatif (*occupare*); *obsideo* exprime une action pleinement commencée (*obsessum tenere*). = [3] Pour *simul atque*. — *utrinque*, «et a fronte et a tergo.» Un glossateur interprète: «ex utraque parte pontis.» = [4] Les Gaulois ignoraient le piége, ainsi que l'atteste Cicéron (*Cat.* 3, 2); on expliquera donc: «Galli postquam per prætores cito, quid ageretur, cognoverunt, iis se tradunt.» Dietsch.

46. — [1] Double construction (*quid facere opus esset* et *facto opus est*) confondue en une seule. = [2] Cf. 6, n. 4. Ici le génitif exprime

Igitur confirmato animo vocari ad sese jubet Lentulum, Cethegum, Statilium, Gabinium, itemque Cæparium quemdam Terracinensem, qui in Apuliam ad concitanda servitia proficisci parabat. Ceteri sine mora veniunt; Cæparius, paulo ante domo egressus, cognito indicio ex urbe profugerat. Consul Lentulum, quod prætor erat, ipse manu tenens [in senatum][3] perducit, reliquos cum custodibus in ædem Concordiæ venire jubet. Eo senatum advocat magnaque frequentia[4] ejus ordinis Volturcium cum legatis introducit[5]; Flaccum prætorem scrinium[6] cum litteris, quas a legatis acceperat, eodem afferre jubet.

47. Volturcius interrogatus de itinere, de litteris, postremo quid aut qua de causa consilii habuisset[1], primo fingere alia, dissimulare de conjuratione; post, ubi fide publica[2] dicere jussus est, omnia uti gesta erant aperit docetque se paucis ante diebus a Gabinio et Cæpario socium adscitum, nihil amplius scire quam legatos; tantummodo audire solitum ex Gabinio, P. Autronium, Servium Sullam, L. Vargunteium, multos præterea in ea conjuratione esse. Eadem Galli fatentur[3] ac Lentulum dissimulantem coarguunt, præter litteras, sermonibus, quos ille habere solitus erat: ex libris Sibyllinis[4] regnum Romæ tribus Corneliis portendi; Cinnam atque Sullam antea, se tertium esse, cui fatum foret urbis potiri; præterea ab incenso Capitolio[5] illum esse vicesimum annum, quem sæpe ex prodigiis haruspices respondissent bello civili cruentum fore. Igitur perlectis litteris, cum prius omnes signa[6] sua cognovissent, senatus decernit, uti abdicato magistratu[7] Lentulus itemque ceteri in liberis custodiis[8] habeantur. Itaque Lentulus P. Lentulo Spintheri, qui tum ædilis erat, Cethegus Q. Cornificio, Statilius C. Cæsari, Gabinius M. Crasso, Cæparius (nam is paulo ante ex fuga retractus erat) Cn. Terentio senatori traduntur.

48. Interea plebs, conjuratione patefacta, quæ primo cupida rerum novarum nimis bello favebat, mutata mente Catilinæ consilia exsecrari, Ciceronem ad cœlum tollere; veluti ex servitute erepta gaudium atque lætitiam agita-

sait-il, retomberait sur lui, leur impunité serait la perte de la république. Aussi, ayant repris courage, il fait appeler auprès de lui Lentulus, Céthégus, Statilius, Gabinius et un certain Cæparius de Terracine, qui se préparait à se rendre en Apulie pour y soulever les esclaves. Tous arrivent sur-le-champ; Cæparius seul, qui venait de sortir de chez lui, ayant su que tout était découvert, s'était enfui de Rome. Le consul prend Lentulus par la main, parce qu'il était préteur, et l'emmène lui-même [au sénat]; pour les autres, il les fait venir, escortés par des gardes, au temple de la Concorde. Il y convoque le sénat, et, au milieu d'une assemblée nombreuse, il introduit Volturcius et les députés; au préteur Flaccus, il donne l'ordre d'apporter le coffret avec les lettres que les députés lui avaient remises.

47. Volturcius, interrogé sur ce voyage, sur les lettres, enfin sur son dessein et les motifs qui l'ont poussé, commence par feindre, par dissimuler au sujet de la conjuration; puis, quand on lui eut dit de parler sous la garantie de la foi publique, il révèle tout ce qui s'est passé, et apprend que, associé au complot depuis quelques jours à peine par Gabinius et Cæparius, il n'en sait pas plus long que les députés; que seulement il avait plus d'une fois entendu dire à Gabinius que P. Autronius, Servius Sylla, L. Varguntéius et bien d'autres étaient de la conjuration. Les Gaulois font les mêmes déclarations; et comme Lentulus niait tout, ils le confondent non-seulement par sa lettre, mais encore par les propos qu'il tenait habituellement : que les livres Sibyllins promettaient l'empire de Rome à trois Cornélius; que Cinna et Sylla avaient été les premiers, qu'il était le troisième dont la destinée était de gouverner la ville; qu'en outre, depuis l'incendie du Capitole, on en était à cette vingtième année, que plus d'une fois, d'après des prodiges, les aruspices avaient déclarée devoir être ensanglantée par la guerre civile. Enfin, les lettres ayant été lues, et tous les accusés ayant d'abord reconnu leurs sceaux, le sénat décrète que Lentulus, après avoir abdiqué sa magistrature, sera, ainsi que les autres, tenu en prison libre. En conséquence, Lentulus est confié à P. Lentulus Spinther, alors édile, Céthégus à Q. Cornificius, Statilius à C. César, Gabinius à M. Crassus, Cæparius (ce dernier venait d'être arrêté dans sa fuite) à Cn. Térentius, sénateur.

48. Cependant, quand la conjuration eut été découverte, la plèbe qui, par amour pour la nouveauté, n'était d'abord que trop favorable à la guerre, change de sentiment, maudit les projets de Catilina, élève aux nues Ci-

l'idée d'appartenance. = [3] «In senatum perducere» ne peut signifier que «perducere in eum locum, in quem senatus convenit,» et non «in quem senatus conventurus est.» Or le sénat non-seulement n'était pas réuni, mais il n'avait même pas encore été convoqué; est-il donc possible qu'un bon écrivain comme Salluste ait pu dire en pareil cas que Lentulus fut conduit au sénat? De plus, *in senatum* semble faire opposition à *in ædem Concordiæ*: on croirait que Lentulus est mené dans un lieu, et le reste des conjurés dans un autre. Il est probable que des copistes, ne voyant pas que *in ædem C.* devait se sous-entendre dans le premier membre, ont ajouté la glose explicative *in senatum*, qui a ensuite glissé dans le texte. Voy. 50, n. 4. = [4] «Ablativus exprimit quod fuit, cum res fieret.» Dietsch. Suet. *Aug.* 97: *Cum lustrum magna populi frequentia conderet* (*Augustus*). = [5] D'après Cicéron (*Cat.* 3, 4), les deux interrogatoires furent séparés; Salluste semble également le faire entendre dans le chapitre suivant. = [6] Boîte ou coffret cylindrique, muni d'un couvercle et, de plus, entouré d'une lanière qui servait à le porter. Ces sortes de boîtes, appelées aussi *capsæ*, avaient plusieurs destinations, particulièrement celle du moderne *portefeuille*.

47. — [1] Double interrogation fondue en une seule: *quid consilii aut qua de causa id consilii habuisset*, c'est-à-dire *quid muneris et quibus rebus obstrictus suscepisset*. = [2] Garantie donnée au nom de l'État, par laquelle on assurait quelqu'un de l'impunité et on lui promettait qu'aucune poursuite ne serait intentée contre lui. C'est un ablatif de manière, déterminant *dicere*. = [3] «Racontent également tout ce qu'ils savent,» et non «déclarent les mêmes choses.» = [4] On connaît l'histoire de cette femme mystérieuse qui vendit à Tarquin-le-Superbe trois volumes de prophéties contenant les destins de Rome. C'était, disait-on, la *sibylle* (prêtresse qui rendait des oracles) de Cumes; de là le nom de *livres sibyllins* donné à ce recueil. Ils furent renfermés dans un coffre de pierre, qu'on déposa au fond d'un caveau du temple de Jupiter, et commis à la garde de deux personnes (*duumviri*), plus tard de dix (*decemviri*), et enfin, sous Auguste, de quinze (*quindecimviri*). Brûlés dans l'incendie du Capitole de l'an 83 av. J.-C., ils furent remplacés par une nouvelle collection tirée de l'île d'Erythrée et de plusieurs villes d'Italie. On les consultait chaque fois qu'il se manifestait quelque prodige où l'État paraissait intéressé. Il existait d'ailleurs une foule de recueils qui, sous le nom de livres sibyllins, couraient à Rome et dans le reste de l'empire. Cf. Hor. *Od. Sec.* = [5] L'incendie de l'an 83, dont il vient d'être parlé; il avait eu lieu par accident. = [6] On écrivait les lettres sur des tablettes (ces *tabulæ* étaient formées de deux ou plusieurs planchettes de bois ou de métal rectangulaires, assemblées à charnières dans le sens de la longueur; les faces intérieures de cette sorte de boîte étaient enduites de cire, sur laquelle on écrivait avec le *stylus*, poinçon en métal, dont la partie supérieure était plate et servait à effacer). La missive achevée, on repliait les tablettes; puis on les liait ensemble en roulant autour un fil de lin, dont le bout s'attachait avec de la cire; sur cette cire on apposait son sceau (*signum*, empreinte gravée sur le châton de l'anneau, et représentant soit le portrait du possesseur ou d'un de ses ancêtres, soit une figure de fantaisie). On débutait toujours par la formule «un tel à un tel salut,» comprenant à la fois le nom de l'auteur et celui du destinataire. Quant à l'adresse, elle se mettait sur un morceau de parchemin qu'on attachait aux tablettes; une peinture de Pompéi nous a conservé le modèle d'une de ces adresses; elle porte ces mots: *M. LVCRETIO FLAM. MARTIS DECVRIONI POMPEI.* Quand la lettre était longue et devait faire un long voyage, on l'écrivait sur du papyrus ou du parchemin, dont on faisait un rouleau (*volumen*) et qu'on scellait de la même manière que les tablettes. = [7] La personne des magistrats étant inviolable, ils ne pouvaient subir aucune peine tant qu'ils étaient dans leurs fonctions; voilà pourquoi Lentulus est obligé de résigner sa préture. = [8] A Rome, les accusés étaient ou incarcérés dans une prison de l'État ou détenus militairement, c'est-à-dire confiés à la garde d'un soldat, avec une chaîne de fer au bras droit. S'il s'agissait d'un citoyen de distinction, sa surveillance était remise à un magistrat, ou un sénateur, ou même un simple particulier, qui répondait de sa personne; c'est ce qu'on appelait *libera custodia*, ἄδεσμος φυλακή (D. Cassius, 58).

bat[1]. Namque alia belli facinora prædæ magis quam detrimento fore; incendium vero crudele, immoderatum[2] ac sibi maxume calamitosum putabat, quippe cui omnes copiæ in usu quotidiano et cultu corporis erant[3]. Post eum diem[4] quidam L. Tarquinius ad senatum adductus erat, quem ad Catilinam proficiscentem ex itinere retractum aiebant. Is cum se diceret indicaturum de conjuratione, si fides publica data esset, jussus a consule quæ sciret edicere, eadem fere, quæ Volturcius, de paratis incendiis, de cæde bonorum, de itinere hostium senatum docet; præterea se missum a M. Crasso, qui[5] Catilinæ nuntiaret, ne eum Lentulus et Cethegus aliique ex conjuratione deprehensi terrerent, eoque[6] magis properaret ad urbem accedere, quo et ceterorum animos reficeret, et illi facilius e periculo eriperentur. Sed ubi Tarquinius Crassum nominavit, hominem nobilem, maxumis divitiis, summa potentia, alii rem incredibilem rati, pars tametsi verum existumabant, tamen quia in tali tempore tanta vis hominis[7] magis leniunda quam exagitanda videbatur, plerique Crasso ex negotiis privatis obnoxii[8], conclamant indicem falsum esse, deque ea re postulant uti referatur. Itaque consulente[9] Cicerone frequens senatus decernit, Tarquinii indicium[10] falsum videri, eumque in vinculis retinendum, neque amplius potestatem faciundam, nisi de eo indicaret, cujus consilio tantam rem esset mentitus. Erant eo tempore qui existumarent illud indicium a P. Autronio machinatum, quo facilius appellato[11] Crasso per societatem periculi reliquos illius potentia tegeret. Alii Tarquinium a Cicerone immissum aiebant, ne Crassus, more suo suscepto malorum patrocinio[12], rempublicam conturbaret. Ipsum Crassum ego postea prædicantem audivi, tantam illam contumeliam sibi a Cicerone impositam.

céron; elle fait éclater sa joie et son allégresse comme si elle venait d'échapper à la servitude. Elle sentait en effet que, dans les autres désordres de la guerre, il y a plus à piller qu'à perdre; l'incendie, au contraire, était sans pitié, sans bornes, et désastreux surtout pour elle, qui n'avait pour toute fortune que ce qui est nécessaire à la vie de chaque jour et à l'entretien du corps. Le lendemain on amena au sénat un certain L. Tarquinius, qui, disait-on, avait été arrêté en route, en allant rejoindre Catilina. Celui-ci, ayant dit qu'il ferait des révélations sur le complot, si on lui accordait la garantie de la foi publique, est sommé par le consul de déclarer ce qu'il savait, et donne au sénat les mêmes renseignements que Volturcius, sur les projets d'incendie, sur le massacre des gens de bien, sur la marche des ennemis; il ajoute qu'il avait été envoyé par M. Crassus pour dire à Catilina de ne pas s'effrayer de l'arrestation de Lentulus, de Céthégus et des autres conjurés, de n'en hâter que plus sa marche vers la ville, afin de relever le courage des autres et de faciliter la délivrance des prisonniers. Mais dès que Tarquinius eut nommé Crassus, personnage noble, d'une immense fortune, d'un puissant crédit, les uns jugeant la chose incroyable, d'autres, tout en y ajoutant foi, convaincus néanmoins que dans de telles circonstances il valait mieux ménager un homme si considérable que de l'irriter, la plupart, enfin, dépendant de Crassus pour des services personnels, crient de toutes parts que le témoin est un imposteur, et demandent que l'affaire soit mise en discussion. En conséquence, Cicéron dirigeant la délibération, le sénat en nombre décrète que la dénonciation de Tarquinius paraît fausse, qu'il sera retenu en prison, et qu'on ne l'autorisera plus à parler, s'il ne déclare qui l'a poussé à un si odieux mensonge. Il y en eut à cette époque qui crurent que cette dénonciation était une manœuvre de P. Autronius, afin que, en désignant Crassus et en l'associant ainsi au danger, son crédit mît sans peine les autres à couvert. Selon d'autres, Tarquinius n'était que l'émissaire de Cicéron, qui voulait empêcher Crassus de prendre, comme toujours, la défense des méchants et de troubler la république. Quant à Crassus, je l'ai dans la suite entendu lui-même déclarer hautement que c'était Cicéron qui lui avait fait subir un si cruel affront.

49. Sed iisdem temporibus Q. Catulus et C. Piso neque precibus, neque gratia, neque pretio Ciceronem impellere potuerunt, uti per Allobroges aut per alium indicem C. Cæsar falso nominaretur. Nam uterque cum illo graves inimicitias exercebat: Piso oppugnatus in judicio pecuniarum repetundarum propter cujusdam Transpadani supplicium injustum[1]; Catulus ex petitione pontificatus[2] odio incensus, quod extrema ætate, maxumis honoribus usus, ab adulescentulo Cæsare victus discesserat[3]. Res autem opportuna videbatur, quod is privatim egregia liberalitate, publice maxumis muneribus grandem pecuniam debebat[4]. Sed ubi consulem ad tantum facinus impellere nequeunt, ipsi singulatim circumeundo atque ementiundo ea, quæ se ex Volturcio aut Allobrogibus audisse dicerent, magnam

49. Cependant, à la même époque, Q. Catulus et C. Pison ne purent, ni par prières, ni par crédit, ni par argent, déterminer Cicéron à se servir des Allobroges ou d'un autre délateur pour dénoncer faussement C. César. Tous deux, en effet, nourrissaient contre lui une profonde inimitié : Pison, poursuivi pour concussion, avait été attaqué par César à propos du supplice injuste d'un habitant de la Transpadane; Catulus, depuis sa candidature au pontificat, était enflammé de haine, de ce que, dans un âge avancé, après avoir joui des plus hautes dignités, il s'était vu supplanté par un jeune homme tel que César. Le moment, du reste, leur semblait favorable, car son excessive libéralité, comme particulier, les jeux magnifiques qu'il avait donnés comme magistrat, l'avaient fort

48. — [1] *Gaudium* (joie, comme sentiment intérieur) exprime un acte; *lætitia* (joie, comme se manifestant au dehors) marque un état. = [2] Qui ne connaît ni mesure ni limite, c'est-à-dire que les flammes ne devaient pas plus épargner les maisons des pauvres que les palais des riches. = [3] *u. quotidiano*, les choses indispensables dont on se sert chaque jour, les aliments; *c. corporis*, celles qui servent à l'entretien du corps, les habits et le mobilier. Ces deux termes sont pris dans le sens concret. = [4] « Die qui post eum secutus est. » = [5] Se rapporte à *se*. = [6] Cette seconde partie de la phrase ne se rattache qu'implicitement à *nuntiaret*, le subjonctif doit s'expliquer comme s'il y avait sous-entendu un verbe exprimant prière, demande, etc. Voy. 29, n. 3. Sur *eo*, voy. 1, n. 5. = [7] Gén. de la personne ou de la chose dépendant d'un nom abstrait qui en exprime la qualité ou la nature. Cette locution est assez fréquente en poésie; voy. Hor. *Sat.* 1, 2, 32. = [8] Qui est dans la dépendance d'un autre, et ici particulièrement cette dépendance qui résulte des dettes. = [9] Voy. 50, n. 4. = [10] *Indicium*, *indicare*, termes habituels en parlant des révélations ou dénonciations faites à un magistrat. = [11] *Appellare* (forme accessoire de *appellere*), passer vers quelqu'un, dans le dessein de lui parler, par conséquent aborder, *aliquem voce compellere*; de là adresser une dénomination à quelqu'un, le déclarer tel ou tel, le nommer comme se trouvant dans telle ou telle situation, tandis que *nominare* ne fait que le désigner par son nom sans autre attribut. = [12] Le reproche est placé dans la bouche de ses ennemis: il y avait donné prise en se chargeant de causes que les autres orateurs (Cicéron, César, etc.) avaient refusées comme trop indignes, et, bien que dictée par un esprit de gain, cette conduite l'avait rendu fort populaire.

49. — [1] Il y avait eu deux accusations successives, l'une intentée par le peuple allobroge, l'autre par César. On doit donc expliquer: « Piso, cum repetundarum (voy. 18, n. 3) accusatus esset (ab Allobrogibus), oppugnatus fuerat (a Cæsare, Transpadanorum patrono) propter, etc. » = [2] Sous-entendu *maximi*. Le *pontifex maximus* était le chef du *collège des pontifes*, composé de seize membres, dont huit patriciens (*pontifices majores*) et huit plébéiens (*pontifices minores*); cette compagnie était chargée de la surveillance du culte. La dignité de grand pontife était d'abord conférée par les prêtres de ce collège; à partir de 105 av. J.-C. elle fut soumise à l'élection populaire (cf. 16, n. 5). Elle était inamovible et donnait droit d'entrée au sénat. = [3] Voy. 3, n. 5; 39, n. 4. = [4] *Privatim* et *publice* ne doivent pas être unis à *debebat*; ils se rapportent à la notion verbale renfermée dans les substantifs *liberalitate* (exercée par l'homme privé à l'égard d'hommes privés) et *muneribus* (accordés par l'homme public, l'édile, au peuple tout entier). Avant d'avoir obtenu la questure,

illi invidiam conflaverant, usque adeo, ut nonnulli equites Romani, qui præsidii causa cum telis erant[5] circum ædem Concordiæ, seu periculi magnitudine seu animi mobilitate[6] impulsi, quo studium suum in rempublicam clarius esset, egredienti ex senatu Cæsari gladio minitarentur.

endetté. Mais quand ils ne peuvent décider le consul à un pareil acte, eux-mêmes vont chacun de côté et d'autre, avançant des faits qu'ils disaient tenir de Volturcius ou des Allobroges, et soulèvent contre César une haine violente, à tel point que plusieurs chevaliers romains qui par mesure de sûreté étaient en armes près du temple de la Concorde, poussés soit par la grandeur du danger, soit par leur caractère irréfléchi, afin de signaler leur zèle pour la république, le menacèrent de leur épée à sa sortie du sénat.

50. Dum hæc in senatu aguntur[1] et dum legatis Allobrogum et Tito Volturcio, comprobato eorum indicio, præmia decernuntur, liberti[2] et pauci ex clientibus Lentuli divorsis itineribus opifices atque servitia in vicis ad eum eripiendum sollicitabant, partim exquirebant duces multitudinum, qui pretio rempublicam vexare soliti erant. Cethegus autem per nuntios familiam atque libertos suos, lectos et exercitatos in[3] audaciam, orabat, ut grege facto cum telis ad sese irrumperent. Consul ubi ea parari cognovit, dispositis præsidiis, ut res atque tempus monebat, convocato senatu[4] refert, quid de his fieri placeat, qui in custodiam traditi erant. Sed eos paulo ante frequens senatus judicaverat contra rempublicam fecisse[5]. Tum D. Junius Silanus, primus sententiam rogatus, quod eo tempore consul designatus erat, de his, qui in custodiis tenebantur, præterea de L. Cassio, P. Furio, P. Umbreno, Q. Annio, si deprehensi forent, supplicium sumendum decreverat[6]; isque postea permotus oratione C. Cæsaris pedibus in sententiam Tiberii Neronis iturum se dixerat, quod de ea re præsidiis additis referendum censuerat. Sed Cæsar, ubi ad eum ventum est, rogatus sententiam a consule, hujuscemodi verba locutus est.

50. Tandis que ces événements se passent au sénat, et que l'on décerne des récompenses aux députés des Allobroges et à Titus Volturcius, dont la déposition avait été reconnue vraie, des affranchis de Lentulus et quelques-uns de ses clients, répandus de divers côtés, excitaient dans les rues les ouvriers et les esclaves à le délivrer; d'autres étaient à la recherche de ces meneurs de la foule, habitués à troubler l'État pour de l'argent. De son côté, Céthégus faisait prier par des émissaires ses esclaves et ses affranchis, hommes choisis et exercés à l'audace, de se réunir et, les armes à la main, de se faire jour jusqu'à lui. Le consul, informé de ces manœuvres, dispose les troupes suivant ce qu'exigeaient le temps et la circonstance, convoque le sénat et lui propose de se prononcer sur le sort de ceux qui sont arrêtés. Or le sénat en nombre avait précédemment déclaré qu'ils avaient agi contre la république. Alors D. Junius Silanus, interrogé le premier sur son avis, parce qu'il était à cette époque consul désigné, avait décidé qu'on punit du dernier supplice ceux qui étaient détenus, ainsi que L. Cassius, P. Furius, P. Umbrénus, Q. Annius, si l'on venait à s'en emparer; mais ensuite ébranlé par le discours de C. César, il avait déclaré qu'il se rangerait à l'avis de Tibérius Néro, dont l'opinion avait été qu'on fortifiât les postes et qu'on fît un rapport sur cette affaire. Pour César, quand son tour fut venu et que le consul lui eut demandé son avis, il parla en ces termes.

par où l'on débutait dans la carrière politique, César devait déjà 1300 talents (6,788,600 fr.). = [5] Voy. 27, n. 3. = [6] Quelques bons mss. ont *nobilitate*. Mais Dietsch fait observer avec raison que jamais Salluste n'a employé *nobilitas* dans le sens de *élévation de sentiments*, mais toujours dans ceux de *haute naissance, gloire* et *corps des nobles;* de même pour *nobilis*. — *quo ... esset* dépend du membre qui suit.

50. — [1] Se rapporte à ce qui a été dit ch. 48. = [2] *Libertus*, affranchi eu égard à son ancien maître; *libertinus*, affranchi en général, soit par lui-même, soit par son père ou sa famille. = [3] *In* exprime ici à la fois l'intention et le résultat: «ita ut audaces essent.» = [4] Le sénat ne pouvait délibérer sur aucune affaire ni rien décider que réuni en assemblée légalement convoquée. Le droit de le *convoquer* appartenait aux consuls (ou aux magistrats qui les suppléaient en leur absence) et aux tribuns du peuple; et celui qui l'appelait en était le président et proposait les affaires, *referre ad senatum* (ce qui se disait également des propositions de chaque membre). Les travaux du sénat duraient dix mois; en avril et en septembre il prenait vacance. Pour en faire partie, il fallait avoir occupé une charge curule; on était inscrit sur la liste par les censeurs, qui dans leur choix se réglaient sur le mérite; et ceux qui, tout en étant sénateurs, n'étaient pas encore inscrits, n'avaient que le droit de voter (d'où leur nom de *pedarii*). Comme ce corps n'avait point de local spécialement affecté à ses séances, le magistrat qui le convoquait fixait en même temps l'endroit de la réunion; c'était toujours une curie (voy. 18, n. 6) ou un temple (on se plaçait dans la partie antérieure de la *cella*, dans la nef) le plus fréquemment la *curia Hostilia* (plus tard *Julia*) sur le Forum. L'ameublement du lieu de la séance était fort simple: des bancs, garnis sur le devant de petits marche-pieds, pour les sénateurs; au fond, un *tribunal* sur lequel étaient posés deux chaises curules pour les consuls; au bas de ce tribunal, d'un côté une chaise curule pour le préteur urbain (voy. 19, n. 1), et de l'autre un banc pour les tribuns du peuple. Avant d'ouvrir la séance, le magistrat qui avait réuni l'assemblée faisait un sacrifice; s'il était favorable, la délibération pouvait commencer. Voici comme elle se passait: après la lecture d'une proposition, le président la mettait en discussion et demandait à chacun son avis (*sententiam rogare*), en employant la formule: «Parle (*dic*), ou, dis ton avis (*dic quid censes*), un tel.» Personne ne pouvait prendre la parole avant d'avoir été *interrogé*. L'honneur d'être interpellé le premier revenait aux *consuls désignés* (voy. 16, n. 5) ou au *prince du sénat* (titre honorifique donné au sénateur porté le premier sur le rôle sénatorial, et toujours accordé au plus digne, ordinairement à un ancien censeur); puis le président passait aux *consulaires* (voy. 53, n. 1), et ensuite aux magistrats. On parlait debout et de sa place; l'orateur avait le droit de garder la parole aussi longtemps qu'il lui plaisait, et de sortir à son gré de la question pour discourir sur un autre sujet ou faire une proposition nouvelle. Souvent les discours se lisaient. On finissait d'ordinaire par ces mots: «Tel est là-dessus mon avis, *de ea re ita censeo;*» ou: «J'adhère à l'avis de tel, *quibus de rebus refers, P. Servilio assentior;*» ou encore: «J'adhère à l'avis de tel, et de plus je pense qu'il faut décréter telle chose, *P. Servilio assentior et hoc amplius censeo.*» Quand un sénateur interrogé partageait une opinion déjà exprimée et ne désirait pas motiver son adhésion, il se contentait de dire qu'il adhérait à l'opinion de tel ou tel (*voce assentiri*), ou quelquefois allait s'asseoir du côté du préopinant dont il approuvait la proposition (*discessione assentiri*); s'il était de l'avis d'un membre qui venait de parler immédiatement avant lui, il marquait son assentiment en gardant le silence. Après s'être adressé à chaque membre, le président de la séance annonçait qu'on allait voter; il posait la question, puis ajoutait: «Vous qui êtes de tel avis, passez ici, *qui hæc sentitis, in hanc partem*,» en désignant l'orateur qui avait spécialement soutenu la proposition, et: «Vous qui êtes d'un autre avis, rangez-vous du côté opposé, *qui alia omnia, in illam partem ite qua sentitis*,» en indiquant le banc où siégeait l'adversaire principal de la motion. Cette manière de voter s'appelait *in sententiam pedibus ire, in alicujus sententiam discedere*, se ranger à l'avis de quelqu'un. Le président déclarait alors où était la majorité; et, conformément à l'habitude romaine quand il s'agissait de *vote* ou de *jugement*, il employait la formule dubitative: «Ce côté-ci me paraît être plus nombreux, *hæc pars major esse videtur*. Quelquefois on recourait au scrutin secret: chaque sénateur déposait un petit caillou dans une urne. Le magistrat qui avait convoqué le sénat n'avait le droit ni de donner son avis, ni de voter; mais il lui était permis de prendre part à la discussion, soit pour préciser la question, soit pour circonscrire le débat, etc. Proposer les affaires et demander les avis, en un mot, diriger la délibération, se disait *consulere* (qui équivaut donc à peu près à notre *présider*). Après le vote, venait la rédaction du *senatus consultum* ou *decretum*, en tête duquel on mettait la date du jour, la désignation du lieu où la séance avait été tenue, les noms des proposants et des votants, avec le nom de leur tribu. Pour qu'une décision fût valide, la présence des deux tiers des membres était nécessaire (voy. 6, n. 3); l'assemblée alors était en nombre (*senatus frequens*), circonstance souvent mentionnée par les historiens. Le président congédiait le sénat (*mittere senatum*) en disant: «Nous ne vous retenons plus, pères conscrits, *nihil vos moramur, patres conscripti.*» Pour plus de détails, voy. Dezobry, *Rome*, etc. II, pp. 258-273. = [5] Formule officielle pour exprimer en termes adoucis le crime de *perduellio* (voy. 36, n. 4). = [6] Brachylogie pour *ut a senatu decerneretur proposuerat;* car, lorsqu'une proposition était adoptée, on s'en tenait d'ordinaire à la formule sous laquelle l'avait présentée son auteur. L'historien emploie le plusqueparfait (*decreverat, dixerat, censuerat*), parce que dans sa pensée il rapporte les actions exprimées par ces verbes (c'est-à-dire les avis proposés dans la délibération) à celle qui a été faite en dernier lieu (c'est-à-dire le sénatus-consulte); or ces actions *avaient été* accomplies avant le moment que l'auteur envisage, qu'il a présent à l'esprit. — On observera que Salluste, écrivant pour des Romains, sous-entend que beaucoup de sénateurs avaient adhéré à la proposition de Silanus; il se borne à nommer l'*auctor sententiæ*, ce qui suffisait pour être compris.

51. Omnis homines, patres conscripti, qui de rebus dubiis consultant, ab odio, amicitia, ira atque misericordia vacuos esse decet[1]. Haud[2] facile animus verum providet, ubi illa officiunt, neque quisquam omnium lubidini simul et usui paruit. Ubi[3] intenderis ingenium[4], valet; si lubido possidet, ea dominatur, animus nihil valet. Magna mihi copia[5] est memorandi, patres conscripti, qui reges atque populi[6], ira aut misericordia impulsi, male consuluerint; sed ea malo dicere, quæ majores nostri contra lubidinem animi sui recte atque ordine[7] fecere. Bello Macedonico, quod cum rege Perse gessimus, Rhodiorum civitas, magna atque magnifica, quæ populi Romani opibus creverat, infida et advorsa nobis fuit; sed postquam bello confecto de Rhodiis consultum est, majores nostri, ne quis divitiarum magis quam injuriæ causa bellum inceptum diceret, impunitos eos dimisere[8]. Item bellis Punicis omnibus, cum sæpe Carthaginienses et in pace et per inducias multa nefaria facinora fecissent, nunquam ipsi per occasionem talia fecere; magis, quid se dignum foret, quam quid in illos jure fieri posset, quærebant. Hoc item vobis providendum est, patres conscripti, ne plus apud vos valeat P. Lentuli et ceterorum scelus quam vestra dignitas, neu magis iræ vestræ quam famæ consulatis. Nam si digna pœna pro factis[9] eorum reperitur, novum consilium[10] approbo; sin magnitudo sceleris omnium ingenia exsuperat, his utendum censeo, quæ legibus comparata sunt. Plerique eorum, qui ante me sententias[11] dixerunt, composite atque magnifice casum reipublicæ miserati sunt; quæ belli sævitia esset[12], quæ victis acciderent, enumeravere; rapi virgines, pueros; divelli liberos a parentum complexu; matres familiarum pati, quæ victoribus collibuissent; fana atque domos spoliari; cædem, incendia fieri; postremo armis, cadaveribus, cruore atque luctu omnia compleri[13]. Sed, per deos immortales, quo illa oratio pertinuit? an uti vos infestos conjurationi faceret? scilicet quem res tanta et tam atrox non permovit[14], eum oratio accendet. Non ita est[15], neque cuiquam mortalium injuriæ suæ parvæ videntur; multi eas gravius æquo habuere. Sed alia aliis licentia est, patres conscripti. Qui demissi in obscuro vitam habent, si quid iracundia deliquere, pauci sciunt, fama atque fortuna eorum pares sunt; qui magno imperio præditi in excelso ætatem agunt, eorum facta cuncti mortales novere. Ita in maxuma fortuna minume licentia est; neque studere neque odisse, sed minume irasci decet[16]. Quæ apud alios iracundia dicitur, ea in imperio superbia atque crudelitas appellatur. Equidem[17] ego sic æstumo, patres conscripti, omnes cruciatus minores quam facinora illorum esse; sed plerique mortales postrema meminere, et in hominibus impiis sceleris eorum obliti de pœna disserunt, si ea paulo sævior fuit. D. Silanum,

51. Tout homme, pères conscrits, qui délibère sur une affaire critique, doit être exempt de haine, d'amitié, de colère et de pitié. L'esprit a de la peine à distinguer le meilleur parti quand ces sentiments l'assiégent, et nul au monde ne sert à la fois la passion et l'intérêt. Appliquez votre intelligence, elle peut tout; si la passion vous occupe, c'est elle qui commande, l'esprit ne peut rien. Il me serait facile de citer, pères conscrits, les rois et les peuples qui, sous l'empire de la colère ou de la pitié, ont pris de funestes décisions; mais j'aime mieux dire les actions que nos ancêtres, faisant taire leur passion, ont accomplies avec sagesse et prudence. Dans la guerre de Macédoine, que nous avons faite contre le roi Persée, la république de Rhodes, forte et glorieuse, qui s'était accrue par la protection du peuple romain, nous fut infidèle et hostile; mais lorsque, la guerre achevée, on délibéra sur les Rhodiens, nos ancêtres, pour qu'il ne fût pas dit que c'étaient non leurs torts, mais leurs richesses qui nous faisaient entreprendre la guerre, les renvoyèrent impunis. De même dans toutes les guerres puniques, bien que les Carthaginois eussent commis, et en temps de paix et pendant les trèves, une foule d'attentats, jamais nos aïeux ne profitèrent de l'occasion pour agir ainsi; ils cherchaient ce qui était digne d'eux, et non ce qu'on pouvait avec justice faire à de tels ennemis. Vous devez de même prendre garde, pères conscrits, que le crime de P. Lentulus et des autres n'ait plus de poids auprès de vous que votre dignité, et que vous n'écoutiez plutôt la colère que l'intérêt de votre réputation. En effet, si l'on trouve un châtiment qui soit à la hauteur de leurs actes, j'approuve la mesure nouvelle; mais si la grandeur du crime dépasse toute imagination, je suis d'avis qu'on doit s'en tenir à ce qui a été établi par les lois. La plupart de ceux qui ont donné leur opinion avant moi ont, en un langage plein d'art et de pompe, déploré le malheur de la république; ils ont dit la fureur de la guerre, les traitements réservés aux vaincus; jeunes filles et jeunes gens enlevés; enfants arrachés des bras de leurs parents; mères de famille subissant le bon plaisir du vainqueur; temples et maisons livrés au pillage; massacre, incendies; bref, tout couvert d'armes, de cadavres, de sang et de deuil. Mais, par les dieux immortels, dans quel but un pareil discours? afin de vous remplir d'horreur pour la conjuration? Sans doute l'homme que ne touche pas un si grand et si horrible attentat, un discours va l'enflammer. Loin de là, et il n'est aucun mortel qui trouve légers les torts qu'il a reçus; beaucoup les ressentent trop vivement. Mais chacun n'a pas la même liberté, pères conscrits. Ceux dont l'humble existence se passe dans l'obscurité, viennent-ils à faillir par emportement, peu de gens le savent : le retentissement est égal à leur condi-

51. — [1] Démosthènes, dans une de ses Philippiques (*de Chersoneso*), commence par la même pensée. = [2] Explique l'idée précédente; sous-entendez *nam*. — *v. providet*, « id videt, quod in tali re optimum factu et honestissimum sit. » Dietsch. Rapportez *omnium* à *quisquam*. = [3] Fait opposition à ce qui précède; sous-entendez *sed*. = [4] Celui qui obéit à la passion est comme aveuglé; ce qui est utile, ce qui est honnête, il n'y songe même pas; donc il n'*applique* pas son intelligence, il ne réfléchit pas. = [5] Voy. 8, n. 2. = [6] *r. a. populi*, voy. 6, n. 2. = [7] Abl. de cause. *Aliquid ordine facere*, c'est agir de manière que l'ordre ne soit pas violé, c'est-à-dire conformément à ce qu'exigent les circonstances et la situation. = [8] Locution habituelle en parlant d'une réponse à des gens qui ont demandé quelque chose. Cf. 39, n. 4. — Depuis l'époque d'Alexandre, Rhodes était devenue très-puissante par son commerce, ce qui lui avait attiré la jalousie des rois voisins. Aussi s'était-elle attachée à l'alliance des Romains, qu'elle avait vivement soutenus contre Philippe et Antiochus. En récompense, elle reçut la Lycie et la Carie, évacuées par les rois syriens (*quæ populi R. opibus creverat*), mais à des conditions si équivoques que ces deux pays se regardaient plutôt comme des alliés que comme des sujets. De là un conflit (174 av. J.-C.). Rome, suspectant la fidélité des Rhodiens, pour quelques bons offices rendus à Persée, et surtout convoitant leurs richesses, appuya les prétentions des Lyciens. En même temps éclatait la guerre avec la Macédoine (171-168). Sur l'avis des nobles, Rhodes décida qu'on n'adresserait point de secours aux Romains, mais que des ambassadeurs envoyés aux deux puissances s'efforceraient de rétablir la paix. A Rome on ne consentit à les admettre qu'après la chute de Persée, et on les congédia avec des menaces. En effet, bientôt arrivèrent des délégués du sénat : le peuple de Rhodes fut contraint de décréter la peine de mort contre tous ceux qui auraient parlé ou agi contre les Romains. Cette mesure, rigoureusement exécutée, décima la noblesse de cette ville. Néanmoins les députés qui partirent pour Rome en 167, ne trouvèrent pas les esprits apaisés : partout on demandait la guerre contre la république rhodienne. L'éloquence de Caton l'Ancien empêcha cette injustice (il inséra son discours dans le livre V de ses *Origines*; un fragment en a été conservé par Aulu-Gelle, 7, 3). Il fut répondu aux Rhodiens qu'ils n'étaient pas ennemis (*hostes*), mais qu'ils n'étaient plus alliés (*socii*), et on leur enleva la Lycie et la Carie. Rhodes, heureuse d'en échapper à ces conditions, offrit aux Romains une couronne de 20,000 *aureus* (4,076,000 fr.). = [9] « Gravitate sua tantis sceleribus par ideoque iis digna; » *pro* sert donc à la comparaison. = [10] Est dit avec malveillance; de même *genus pœnæ novum*. L'orateur fait comprendre plus loin (*Sed, per deos immortales*, etc.) pourquoi il qualifie l'avis de Silanus de *nouveau*. = [11] Les préopinants avaient tous adhéré à la proposition de Silanus; chacun a donc donné son avis : voilà pourquoi l'auteur emploie le pluriel. = [12] Se rapporte logiquement à l'idée de *dicere*, ou autre analogue, implicitement contenue dans celle de *enumerare*. = [13] La faction aristocratique était épouvantée, et ses orateurs avaient trahi ce sentiment par des lieux communs hyperboliques. César attaque finement l'exagération de leur terreur en se raillant de l'emphase de leurs discours. Peut-être aussi fait-il allusion aux Catilinaires, et au caractère parfois déclamatoire de l'éloquence de Cicéron. = [14] Parfait d'habitude. = [15] *Non est ita* affirme simplement qu'il n'en est pas ainsi, et l'idée retombe sur *ita*; dans *non ita est* on soutient que c'est le contraire (*contra est*), et l'idée retombe sur *est*. = [16] « Et studere et odisse dedecet; sed multo minus decet irasci, quia iracundia, etc » Kritz. Construisez donc : *sed minume decet irasci*. = [17] *Equi-*

virum fortem atque strenuum[18], certe scio, quæ dixerit, studio reipublicæ dixisse, neque illum in tanta re gratiam aut inimicitias exercere; eos[19] mores eamque modestiam viri cognovi. Verum sententia ejus mihi non crudelis (quid enim in tales homines crudele fieri potest?), sed aliena a republica nostra videtur. Nam[20] profecto aut metus aut injuria te, Silane, subegit, consulem designatum, genus pœnæ novum decernere. De timore supervacaneum est disserere, cum præsertim diligentia clarissumi viri consulis tanta præsidia sint in armis. De pœna possum equidem dicere, id quod res habet, in luctu atque miseriis mortem ærumnarum requiem, non cruciatum esse, eam cuncta mortalium mala dissolvere, ultra neque curæ neque gaudio locum esse. Sed, per deos immortales, quamobrem in sententiam non addidisti, uti prius verberibus in eos animadvorteretur? An quia lex Porcia[21] vetat? at aliæ leges item condemnatis civibus non animam eripi, sed exsilium permitti jubent. An quia gravius est verberari quam necari? quid autem acerbum aut nimis grave est in homines tanti facinoris convictos? Sin quia levius est, qui convenit in minore negotio legem timere, cum eam in majore neglexeris[22]? At enim[23] quis reprehendet, quod in parricidas[24] reipublicæ decretum erit? tempus, dies, fortuna, cujus lubido gentibus moderatur[25]. Illis merito accidet, quidquid evenerit; ceterum vos, patres conscripti, quid in alios statuatis, considerate. Omnia mala exempla ex rebus bonis orta sunt; sed ubi imperium ad ignoros cives aut minus bonos pervenit, novum illud exemplum ab dignis et idoneis ad indignos et non idoneos transfertur[26]. Lacedæmonii devictis Atheniensibus triginta viros imposuere, qui rempublicam eorum tractarent[27]. Hi primo cœpere pessumum quemque et omnibus invisum indemnatum necare; ea populus lætari et merito dicere fieri. Post ubi paulatim licentia crevit, juxta bonos et malos lubidinose interficere, ceteros metu terrere. Ita civitas, servitute oppressa, stultæ lætitiæ graves pœnas dedit. Nostra memoria victor Sulla, cum Damasippum et alios hujusmodi, qui malo reipublicæ creverant, jugulari jussit, quis non factum ejus laudabat? homines scelestos et factiosos, qui seditionibus rempublicam exagitaverant, merito necatos aiebant. Sed ea res magnæ initium cladis fuit. Nam uti quisque domum aut villas[28], postremo vas aut vestimentum alicujus concupiverat, dabat operam, ut is in proscriptorum numero esset. Ita illi, quibus Damasippi mors lætitiæ fuerat, paulo post ipsi trahebantur[29]; neque prius finis jugulandi fuit, quam Sulla omnes suos divitiis explevit. Atque ego hæc non in M. Tullio neque his temporibus vereor; sed in magna civitate multa et varia ingenia sunt. Potest alio tempore, alio consule, cui item exercitus in manu sit, falsum aliquid pro vero credi; ubi hoc exemplo per senatus decretum consul gladium eduxerit, quis illi finem statuet, aut quis moderabitur? Majores nostri[30], patres conscripti, neque consilii

tion; ceux qui, revêtus d'un grand pouvoir, vivent dans l'élévation, ne font rien qui ne soit connu du monde entier. Ainsi dans la plus haute fortune se trouve le moins de liberté; il faut n'avoir ni amour, ni haine, mais surtout point de colère. Ce qui chez les autres s'appelle emportement, prend au pouvoir le nom de tyrannie et de cruauté. Pour moi, pères conscrits, mon sentiment est que tous les tourments sont au-dessous de leurs forfaits; mais la plupart des hommes ne gardent que les dernières impressions, et au sujet d'un scélérat, oublient son crime pour discuter le châtiment, s'il a été un peu trop rigoureux. D. Silanus, homme ferme et énergique, dans ce qu'il a dit, n'a obéi, j'en suis sûr, qu'à son zèle pour la république, et n'a sacrifié, dans une question aussi grave, ni à l'amitié, ni à la haine; je connais trop son caractère et sa modération. Cependant son avis me semble, non pas cruel (car que peut-on faire de cruel envers de pareils hommes?), mais contraire à l'esprit de notre république. Ce ne peut être, en effet, que la crainte ou l'énormité du fait qui t'a décidé, Silanus, toi, un consul désigné, à proposer un nouveau genre de supplice. La crainte, il est inutile d'en parler, quand surtout la vigilance de notre illustre consul a mis tant de troupes sous les armes. Pour ce qui est du châtiment, je puis bien dire, ce qui est la réalité, que, dans l'affliction et le malheur, la mort n'est pas un tourment, mais la cessation des souffrances; qu'elle met un terme à tous les maux des mortels; qu'après elle, il n'y a plus ni souci ni joie. Mais, par les dieux immortels, pourquoi n'as-tu pas fait entrer dans ton avis que d'abord ils seraient frappés de verges? Parce que la loi Porcia le défend? Mais d'autres lois défendent également d'arracher la vie aux citoyens condamnés et leur laissent le recours de l'exil. Parce que c'est une peine plus forte d'être battu de verges que d'être mis à mort? Mais qu'y a-t-il de cruel ou de trop fort pour des hommes convaincus d'un tel forfait? Si, au contraire, c'est parce qu'elle est plus faible, est-ce être conséquent de respecter la loi dans un objet secondaire quand on l'a violée dans un point capital? Mais, direz-vous, qui pourra condamner la décision prononcée contre des parricides de la république? Le temps, la circonstance, la fortune, dont le caprice gouverne les peuples. Ceux-ci, quoi qu'il arrive, n'auront que ce qu'ils méritent; mais vous, pères conscrits, à ce que vous arrêtez contre d'autres, prenez bien garde. Tous les mauvais exemples sont sortis de bons précédents; mais dès que le pouvoir passe à des citoyens ignorants ou moins capables, le nouveau châtiment de gens qui le méritaient et qu'il frappait avec raison, est appliqué à des hommes qui ne le méritent pas et qu'il frappe injustement. Les Lacédémoniens, après avoir vaincu les Athéniens, leur imposèrent trente chefs pour diriger leurs affaires. Ceux-ci commencèrent par mettre à mort sans condamnation tous les misérables chargés de

dem est composé du préfixe démonstratif *e* et de *quidem*, comme *enim* (*e-nam*). = [18] Formule d'éloge consacrée. Cf. Hor. *Epp.* 1, 7, 46. = [19] Le déterminatif doit s'expliquer par ce qui précède. Cf. 8, n. 2; 27, n. 1. = [20] Voici le dilemne de César: «Ou bien c'est l'idée du danger (*metus*), ou le fait en lui-même, c'est-à-dire l'attentat commis par les conjurés et par conséquent la gravité du crime (*injuria*), qui t'a déterminé à ouvrir cet avis; est-ce la crainte: mais il n'y a pas lieu de tant s'effrayer (*De timore*, etc.), et alors le châtiment que tu proposes est trop fort; est-ce l'énormité du fait: mais pour des crimes atroces il faut des supplices atroces (*De pœna*, etc.), et alors le châtiment que tu proposes n'est pas assez fort; donc ton avis n'est pas de nature à être approuvé.» — *injuria* facta a conjuratis, sive sceleris gravitas. = [21] Une inscription (Eckhel, *Doctr. Num.* 5, 286) nous fait connaître que l'auteur de cette loi, qui défendait de battre de verges et de mettre à mort un citoyen, s'appelait Porcius Læca, le même sans doute qui fut tribun du peuple en 199 av. J.-C. Quant à *aliæ leges*, on ignore de quelles lois César veut parler. Dans les temps primitifs, tout citoyen pouvait se soustraire à une condamnation par l'exil; plus tard on put même s'exiler après la condamnation; mais il est probable que cette licence ne fut pas étendue à toute espèce de crimes, par exemple, celui de *perduellio* (voy. 50, n. 5); aussi était-il entré dans l'usage de substituer le *crime de majesté* à ce dernier. Du reste les guerres civiles avaient introduit une grande confusion dans les lois et institutions de la vieille Rome, et les erreurs étaient faciles. Le langage de Cic. (*Cat.* 4, 5, 10), qui a fait croire qu'il s'agissait de la loi *Sempronia*, n'autorise en rien cette conclusion. = [22] «Sin quia levius est, nihil igitur referre videbatur ut pœnæ per se gravi levior adderetur, eo magis debebas legem timere, ne contra eam in illos graviorem pœnam decerneres.» Dietsch. *Qui* est un ancien ablatif du relatif *qui*. = [23] *At* s'emploie fréquemment pour introduire une objection que l'on se fait à soi-même ou qu'on suppose présente dans l'esprit d'un autre, par conséquent pour prévenir son adversaire; souvent il est renforcé par *enim* qui amène la preuve de l'objection. «At, — nam sic jure aliquis quærere potest, — quis reprehendet, etc.?» = [24] Cf. 14, n 3; 36, n. 4. = [25] «L'*avenir* condamnera ce qu'on aura décrété contre eux.» *Tempus*, le cours des choses, la durée du temps; *dies*, un certain espace de temps circonscrit par des limites; *fortuna*, le hasard des événements. = [26] «Toute vindicte arbitraire, tout abus dans un châtiment (*exemplum* a ici la valeur de *pœna irrogata vel inflicta*) a sa source dans quelque mesure bonne en elle-même; en effet, si le pouvoir est occupé par des gens capables et honnêtes, la peine nouvelle n'a rien de fâcheux, parce qu'elle frappe justement des coupables; mais que le gouvernement tombe entre des mains inintelligentes ou malhonnêtes, elle atteint injustement des innocents.» — «*Dignis* pœna et *idoneis* qui ea afficerentur.» Kritz. Ce sens passif de *idoneus* est rare. — *rebus bonis*, leçon des meilleurs mss. La variante *ex bonis* a été adoptée par Corte et Kritz, qui sous-entendent *exemplis*; mais peut-on dire *exempla ex exemplis oriuntur*? = [27] Après la prise d'Athènes par Lysandre (404 av. J.-C.), les Lacédémoniens imposèrent à cette ville le gouvernement oligarchique. Sous la pression du vainqueur, le peuple élut trente chefs, chargés de promulguer une constitution nouvelle; ils sont connus dans l'histoire sous le nom des *trente tyrans*, dont les deux plus célèbres furent Critias et Théramènes. Au bout de neuf mois signalés par toutes sortes de violences, ils furent renversés par Thrasybule, qui rétablit la forme démocratique. — *d. Atheniensibus*, datif. = [28] Voy. 12, n. 3. = [29] Se dit souvent de ceux qu'on menait au supplice. = [30] César veut démontrer qu'on ne doit pas s'écar-

neque audaciæ unquam eguere, neque illis superbia obstabat, quominus aliena instituta, si modo proba erant, imitarentur. Arma atque tela militaria ab Samnitibus[31], insignia magistratuum ab Tuscis[32] pleraque[33] sumpserunt; postremo quod ubique apud socios aut hostes idoneum videbatur, cum summo studio domi exsequebantur; imitari quam invidere bonis malebant[34]. Sed eodem illo tempore[35], Græciæ morem imitati, verberibus animadvortebant in cives, de condemnatis summum supplicium sumebant. Postquam respublica adolevit et multitudine civium factiones valuere, circumvenire innocentes, alia hujuscemodi fieri cœpere[36]; tum lex Porcia aliæque leges paratæ sunt, quibus legibus exsilium damnatis permissum est[37]. Ego hanc causam, patres conscripti, quominus novum consilium capiamus, in primis magnam puto. Profecto virtus atque sapientia major in illis fuit, qui ex parvis opibus tantum imperium fecere, quam in nobis, qui ea bene parta vix retinemus. Placet igitur eos dimitti et augeri exercitum Catilinæ? minume; sed ita censeo : publicandas eorum pecunias[38], ipsos in vinculis habendos per municipia[39], quæ maxume opibus valent; neu quis de his postea ad senatum referat neve cum populo agat[40]: qui aliter fecerit, senatum existumare[41] eum contra rempublicam et salutem omnium facturum[42].»

52. Postquam Cæsar dicendi finem fecit, ceteri verbo[1] alius alii varie assentiebantur; at M. Porcius Cato, rogatus sententiam, hujuscemodi orationem habuit. « Longe[2] mihi alia mens est, patres conscripti, cum res atque pericula

la haine publique; le peuple de s'en réjouir et de dire que c'était justice. Puis, quand la licence a grandi peu à peu, ils font périr arbitrairement bons et méchants sans distinction, et jettent l'effroi chez tous les autres. Ainsi la république, accablée sous la servitude, expia cruellement une joie insensée. De nos jours, quand Sylla, vainqueur, fit égorger Damasippus et ses pareils, qui s'étaient élevés par les malheurs de l'État, qui n'applaudissait à cette action? des scélérats, disait-on, des factieux, dont les séditions avaient bouleversé la république, et dont la mort n'était que justice. Mais ce fut le signal d'un immense malheur. En effet, avait-on convoité la maison ou la villa, puis seulement un vase ou un habit d'un autre, on tâchait de le faire mettre au nombre des proscrits. Ainsi ceux qui s'étaient réjouis de la mort de Damasippus, bientôt après furent eux-mêmes traînés au supplice; et l'on ne cessa d'égorger que lorsque Sylla eut rassasié tous les siens de richesses. Sans doute, je ne crains pas cela de M. Tullius, ni de notre temps; mais dans un grand État, les esprits sont aussi divers que nombreux. Il se peut qu'à une autre époque, sous un autre consul, qui aura aussi une armée entre les mains, une erreur soit prise pour une vérité; une fois que sur cet exemple un décret du sénat aura fait tirer l'épée au consul, qui l'arrêtera, ou plutôt qui le contiendra? Nos ancêtres, pères conscrits, ne manquèrent jamais ni de prudence, ni de décision, et l'orgueil ne les empêchait pas d'imiter les institutions étrangères, si elles étaient bonnes. Aux Samnites ils empruntèrent la plupart des armes offensives et défensives, aux Étrusques presque tous les insignes des magistratures; en un mot, tout ce qu'ils voyaient d'utile chez des alliés ou des ennemis, ils s'empressaient de l'exécuter chez eux; ils aimaient mieux imiter ce qui était bien, que d'en être jaloux. Ce fut alors aussi que, à l'imitation d'un usage grec, on se mit à frapper de verges les citoyens, à livrer les condamnés au dernier supplice. Quand la république se fut développée, et que le grand nombre de citoyens eut donné de l'importance aux factions, on commença à opprimer l'innocence, à commettre d'autres excès de ce genre; alors furent portées la loi Porcia et d'autres lois, ces lois qui laissèrent aux condamnés le recours de l'exil. C'est là, selon moi, pères conscrits, la raison décisive pour ne pas adopter une mesure nouvelle. Certes, il y eut plus de vertu et de sagesse chez ces hommes, qui, avec de faibles ressources, créèrent un si puissant empire, que chez nous, qui avons de la peine à conserver leurs glorieuses conquêtes. Ma pensée est-elle donc qu'il faille relâcher les coupables et augmenter l'armée de Catilina? nullement; mais voici mon avis : leurs biens seront confisqués, eux-mêmes retenus prisonniers dans les municipes les mieux armés; personne, à l'avenir, ne pourra soumettre cette affaire au sénat, ni la porter devant le peuple : quiconque agira autrement, le sénat déclare qu'il agit contre la république et le salut de tous.»

52. Quand César eut fini de parler, les autres sénateurs adhérèrent oralement, chacun d'après ses sentiments, à l'une ou l'autre des propositions; mais M. Porcius Caton, interrogé sur son avis, tint le discours suivant.

ter des institutions des ancêtres; il raisonne ainsi : «Nos ancêtres ont emprunté une foule d'usages aux peuples étrangers, entre autres celui de frapper de verges et de faire mourir les citoyens condamnés; mais plus tard, éclairés par l'expérience, ils l'abolirent. Nous devons donc nous en tenir à ce qu'ils ont fait, et, malgré notre infériorité, tâcher d'imiter leur sagesse.» = [31] Au quatrième siècle av. J.-C., les armes des Samnites étaient les mêmes que celles des Grecs; elles étaient excellentes et très-belles, dit Tite-Live (9, 38). Toutefois aucun historien ne fait mention de l'emprunt dont parle César; Athénée (6, p. 273) seulement raconte que les Romains apprirent des Samnites l'usage du bouclier long (*scutum*). = [32] Rome était primitivement composée de trois éléments: les Latins (*Ramnenses*), les Sabins (*Tities*), et les Etrusques (*Luceres*); ce dernier élément finit par dominer avec Tarquin l'Ancien, et imposa en grande partie à la cité sa forme gouvernementale et religieuse. = [33] Détermine également *arma*, etc. et *insignia*. = [34] Construisez : *malebant imitari* bona *quam invidere bonis*. Comme *invidere* est rare avec le datif de la chose, quelques-uns en ont cru pouvoir conclure que *bonis* était un masculin. = [35] César désigne par là cette époque indéterminée où Rome, n'ayant pas encore d'institutions complètes, en empruntait à d'autres peuples. Quant à la coutume de sévir ainsi contre des citoyens, il y a tout lieu de croire qu'elle n'exista jamais chez les Grecs : tous les monuments que nous possédons infirment cette assertion. Il est constant, au contraire, que la peine de mort précédée du supplice des verges datait à Rome d'une haute antiquité; lisez en effet dans Tite-Live (1, 26) le jugement du jeune Horace. Voy. 52, n. 34. = [36] « Insidiæ innocentium, alia hujusmodi cœpere fieri ; » l'infinitif *circumvenire* est pris substantivement. La leçon plus généralement adoptée est *circumveniri*, qu'on explique *innocentes cœpere circumveniri*, ce qui a quelque chose de dur et d'incorrect. = [37] *Postquam... cœpere*, protase; *tum... p. est*, apodose. = [38] Confisqués et vendus au profit du Trésor (*ærarium*). *Pecuniæ*, au lieu de *bona*, est fréquent. = [39] Voy. 17, n. 4. = [40] Se dit d'un magistrat qui adresse un discours au peuple pour l'engager à adopter ou à rejeter quelque chose. = [41] «Judicare, decernere.» = [42] Voy. 50, n. 5. Toutes ces expressions appartiennent au langage officiel.

52. — [1] C'est-à-dire *voce*; voy. 50, n. 4. — *a. alii*, l'un à la proposition de Silanus, l'autre à celle de César, un autre à celle de Tib. Néro; *varie* se rapporte à *a. alii*, et désigne les différentes causes d'adhésion, suivant le caractère et l'opinion de chacun. = [2] Cf. Dé-

nostra considero et cum sententias nonnullorum ipse mecum reputo. Illi mihi disseruisse videntur de pœna eorum, qui patriæ, parentibus, aris atque focis suis bellum paravere; res autem monet cavere ab illis magis quam quid in illos statuamus consultare[3]. Nam cetera maleficia tum persequare, ubi facta sunt; hoc[4], nisi provideris ne accidat, ubi evenit, frustra judicia implores; capta urbe nihil fit reliqui victis. Sed, per deos immortales, ego vos appello[5], qui semper domos, villas, signa, tabulas vestras pluris quam rempublicam fecistis, si ista, cujuscunque modi sunt[6], quæ amplexamini, retinere, si voluptatibus vestris otium præbere voltis, expergiscimini aliquando[7] et capessite rempublicam. Non agitur de vectigalibus[8] neque de sociorum injuriis, libertas et anima nostra in dubio est. Sæpenumero, patres conscripti, multa verba in hoc ordine feci, sæpe de luxuria atque avaritia nostrorum civium questus sum, multosque mortalis ea causa advorsos habeo; qui mihi atque animo[9] meo nullius unquam delicti gratiam fecissem, haud facile alterius lubidini malefacta condonabam. Sed ea tametsi vos parvi pendebatis, tamen respublica firma erat; opulentia neglegentiam tolerabat. Nunc vero non id agitur, bonisne an malis moribus vivamus, neque quantum aut quam magnificum imperium populi Romani sit; sed hæc[10] cujuscunque modi videntur, nostra an nobiscum una hostium[11] futura sint. Hic[12] mihi quisquam mansuetudinem et misericordiam nominat. Jampridem equidem nos vera vocabula rerum amisimus; quia bona aliena largiri liberalitas, malarum rerum audacia fortitudo vocatur, eo respublica in extremo sita est. Sint sane, quoniam ita se mores habent, liberales ex sociorum fortunis[13], sint misericordes in furibus ærarii[14], ne illi sanguinem nostrum largiantur et, dum paucis sceleratis parcunt, bonos omnes perditum eant. Bene et composite C. Cæsar paulo ante in hoc ordine de vita et morte disseruit, credo, falsa existumans ea, quæ de inferis memorantur, divorso itinere malos a bonis[15] loca tetra, inculta, fœda atque formidolosa habere. Itaque censuit pecunias eorum publicandas, ipsos per municipia in custodiis habendos, videlicet timens ne, si Romæ sint, aut a popularibus conjurationis aut a multitudine conducta per vim eripiantur. Quasi vero mali atque scelesti tantummodo in urbe et non per totam Italiam sint, aut non ibi plus possit audacia, ubi ad defendendum opes minores. Quare vanum equidem hoc consilium est, si periculum ex illis metuit; si in tanto omnium metu solus non timet[16], eo magis refert me mihi atque vobis timere. Quare cum de P. Lentulo ceterisque statuetis[17], pro certo habetote, vos simul de exercitu Catilinæ et de omnibus conjuratis decernere. Quanto vos attentius ea agetis, tanto illis animus infirmior erit; si paululum modo vos languere viderint, jam omnes feroces aderunt. Nolite existumare, majores nostros armis rempublicam ex parva magnam fecisse. Si ita res esset, multo pulcherrumam eam nos haberemus, quippe sociorum atque civium, præterea armorum atque equorum major copia nobis quam illis est. Sed alia fuere, quæ illos magnos fecere, quæ nobis nulla sunt: domi industria, foris justum imperium, animus in consulendo liber, neque delicto neque lubidini obnoxius. Pro his nos habemus luxuriam atque avaritiam, publice egestatem, privatim opulentiam; laudamus divitias, sequimur inertiam; inter bonos et malos discrimen nullum est; omnia virtutis præmia ambitio possidet[18].

« Mes pensées sont bien différentes, pères conscrits, selon que j'envisage les circonstances et le péril où nous sommes, ou que j'examine en moi-même les avis que plusieurs ont exprimés. Ils ont discouru, ce me semble, sur le châtiment dû à des hommes qui ont préparé la guerre contre leur patrie, leurs parents, leurs autels et leurs foyers; tandis que la circonstance nous commande de nous prémunir contre eux, et non de délibérer sur la mesure à prendre à leur égard. En effet, les autres crimes on peut ne les poursuivre que quand ils sont accomplis, mais un crime comme celui-ci, si l'on n'en prévient l'exécution, une fois qu'il a eu lieu, on a beau invoquer la justice; la ville prise, il ne reste rien aux vaincus. Oui, par les dieux immortels, c'est à vous que je m'adresse, à vous, qui toujours avez trouvé vos maisons, vos villas, vos statues, vos tableaux, plus précieux que la république; si vous voulez conserver ces biens, quels qu'ils soient, objets de votre tendresse, si vous voulez assurer la tranquillité à vos plaisirs, réveillez-vous enfin, et embrassez les intérêts de l'État. Il ne s'agit pas de revenus publics ni d'outrages faits à des alliés : notre liberté, notre existence est en danger. Bien des fois, pères conscrits, j'ai parlé longuement dans cette assemblée; maintes fois je me suis plaint du luxe et de la cupidité de nos concitoyens, et je me suis attiré par là une foule d'ennemis; quand jamais je ne m'étais fait grâce à moi et à ma volonté d'aucune faiblesse, je ne savais guère pardonner des méfaits à la passion d'un autre. Bien que vous ne tinssiez nul compte de mes paroles, la république n'en était pas moins solide; sa prospérité résistait à votre indifférence. Mais aujourd'hui il ne s'agit plus de savoir si nos mœurs sont bonnes ou mauvaises, ni quelle est la grandeur et l'éclat de l'empire du peuple romain, mais si nos biens, quelle qu'en soit la valeur, doivent nous rester ou tomber avec nous entre les mains de l'ennemi. Et c'est maintenant qu'on vient me parler d'humanité et de clémence! Il y a longtemps, en vérité, que nous ne donnons plus aux choses leur véritable nom; prodiguer le bien d'autrui se nomme libéralité, l'audace du crime s'appelle courage, et c'est là ce qui a mis la république au bord de l'abîme. Qu'on soit donc, puisque c'est l'état de nos mœurs, généreux du bien des alliés, qu'on soit compatissant pour les voleurs du Trésor; mais que du moins ces hommes ne prodiguent pas notre sang, et, pour épargner quelques scélérats, qu'ils n'aillent pas perdre tous les gens de bien. Tout à l'heure, C. César a, dans cette assemblée, discouru avec beaucoup de talent et d'art sur la vie et la mort, estimant faux, je crois, ce qui se raconte des enfers, que les méchants, par une route opposée à celle des bons, vont habiter des lieux horribles, incultes, hideux et épouvantables. Aussi a-t-il proposé que leurs biens fussent confisqués, eux-mêmes retenus prisonniers dans des municipes, sans doute craignant que, s'ils restent à Rome, les complices de la conjuration ou une foule soudoyée ne les délivrent de vive force. Comme si vraiment il n'y avait de méchants et de criminels que dans la ville et non par toute l'Italie, ou comme si l'audace n'était pas plus puissante là où les moyens de défense sont plus faibles! Cette mesure est donc illusoire, s'il redoute un danger de leur part; si, au milieu de la terreur générale, seul il ne craint pas, je n'en ai que plus de raison de craindre pour moi et pour

mosthènes, *Olynth.* 3. = [3] *Illi... consultare.* Ce n'est pas comme *châtiment*, c'est comme *mesure de salut public*, que la peine de mort doit être appliquée aux conjurés, donc il ne s'agit plus que de juger d'une chose, si oui ou non le salut public est menacé. — *ara*, foyer public, puisqu'on y brûlait des victimes, *focus*, foyer privé. — *monere* est suivi de *ut* ou *ne* quand il a le sens de *cohortari*, de l'infinitif quand il signifie *memoriam revocare*. = [4] « Un crime, un forfait de cette espèce; » car toute cette pensée est générale. = [5] Voy. 48, n. 11. = [6] La leçon *sint* admise par une foule d'éditeurs est un solécisme : les Latins, dans les propositions de ce genre, envisagent toujours la chose comme certaine; quelle qu'elle soit, elle *est* pourtant. = [7] Désigne une époque indéterminée dans le présent, le passé ou l'avenir, par opposition au moment précis, *un jour;* avec l'idée accessoire de retour, ou par opposition soit à ce qui n'arrive jamais ou rarement, soit à ce qui arrive toujours ou souvent, *parfois;* et de là, comme ici, quand il s'agit d'une chose qui a lieu après de longs retards, une longue attente (employé alors souvent avec *tandem*). = [8] On n'a pas soustrait les impôts qui devaient être versés dans l'*ærarium*. Voy. 20, n. 5. = [9] Voy. 5, n. 4. = [10] « Refertur ad omnia ea, quæ tum præsentia erant, quæ tum civitas obtinebat. » Dietsch. = [11] Voy. 36, n. 4. = [12] « In tali rerum conditione; quæ cum ita sint; » fréquent dans les mouvements d'indignation. L'allusion à César est transparente. = [13] Il appelle ainsi plaisamment ceux qui exploitaient de toutes façons les provinces, et se servaient du fruit de leurs rapines pour corrompre le peuple ou les juges. Cf. 18, n. 3. = [14] Ceux qui ont commis le crime de *péculat*, c'est-à-dire volé le butin fait dans une guerre, ou détourné des fonds que leur avait confiés l'État, ou altéré les monnaies (voy. Hor. *A. P.* 59). = [15] Construisez *itinere divorso a bonis*, c'est-à-dire *ab itinere bonorum*. = [16] Sous forme hypothétique, il jette sur César le soupçon de complicité. = [17] « Quand vous prononcerez leur arrêt; » et cet arrêt, dans la pensée de Caton, c'est la peine de mort. = [18] Voici comme les pensées se rattachent dans cette proposi-

Neque mirum est, ubi vos separatim sibi quisque consilium capitis, ubi domi voluptatibus, hic pecuniæ aut gratiæ servitis; eo fit, ut impetus fiat in vacuam rempublicam[19]. Sed ego hæc ommitto. Conjuravere nobilissumi cives patriam incendere; Gallorum gentem infestissumam nomini Romano[20] ad bellum accersunt[21]; dux hostium cum exercitu supra caput est: vos cunctamini etiam nunc et dubitatis, quid intra mœnia hostibus deprehensis faciatis? Misereamini censeo[22], deliquere homines adulescentuli per ambitionem, atque etiam armatos dimittatis. Ne ista vobis mansuetudo et misericordia, si illi arma ceperint, in miseriam convortatur[23]. Scilicet res ipsa aspera est, sed vos non timetis eam[24]. Imo vero maxume, sed inertia et mollitia animi alius alium exspectantes cunctamini, videlicet diis immortalibus confisi, qui hanc rempublicam sæpe in maxumis periculis servavere. Non votis neque suppliciis[25] muliebribus auxilia deorum parantur; vigilando, agendo, bene consulendo prospera omnia cedunt; ubi socordiæ te atque ignaviæ tradideris, nequidquam deos implores; irati infestique sunt. Apud majores nostros A. Manlius Torquatus[26] bello Gallico filium suum, quod is contra imperium in hostem pugnaverat, necari jussit, atque ille egregius adulescens immoderatæ fortitudinis morte pœnas dedit. Vos de crudelissumis parricidis quid statuatis cunctamini? Videlicet cetera vita eorum huic sceleri obstat[27]. Verum parcite dignitati Lentuli, si ipse pudicitiæ, si famæ suæ, si diis atque hominibus unquam ullis pepercit; ignoscite Cethegi adulescentiæ, nisi iterum patriæ bellum fecit. Nam[28] quid ego de Gabinio, Statilio, Cæpario loquar? quibus si quidquam unquam pensi fuisset, non ea[29] consilia de republica habuissent. Postremo[30], patres conscripti, si mehercule peccato[31] locus esset, facile paterer, vos ipsa re corrigi, quoniam verba contemnitis; sed undique circumventi sumus. Catilina cum exercitu faucibus urget[32]; alii intra mœnia atque in sinu urbis sunt hostes; neque parari neque consuli quidquam potest occulte; quo magis properandum est. Quare ita ego censeo: cum nefario consilio sceleratorum civium respublica in maxuma pericula venerit, hique indicio T. Volturcii et legatorum Allobrogum convicti confessique sint, cædem, incendia, aliaque se fœda atque crudelia facinora in cives patriamque paravisse, de confessis, sicuti de manifestis[33] rerum capitalium, more majorum supplicium sumendum[34].»

vous. Ainsi, quand vous statuerez sur P. Lentulus et les autres, tenez pour certain qu'en même temps vous prononcerez sur l'armée de Catilina et sur tous les conjurés. Plus vous agirez avec énergie, plus leur courage faiblira; pour peu qu'ils vous voient mollir, bientôt ils apparaîtront tous menaçants. Ne croyez pas que ce soit par les armes que nos ancêtres, de faible, ont rendu la république puissante. S'il en était ainsi, elle serait de nos jours au plus haut point d'éclat, car nous avons en alliés et en citoyens, en armes et en chevaux des ressources qu'ils n'avaient pas. Mais ce sont d'autres moyens qui ont fait leur grandeur, et nous ne les avons plus: au-dedans l'activité, au-dehors un gouvernement juste, dans les délibérations un esprit indépendant, dégagé et de la faiblesse et de la passion. Au lieu de ces vertus nous avons le luxe et la cupidité, la misère publique, l'opulence des particuliers; nous vantons les richesses, nous nous attachons à l'oisiveté; entre les bons et les méchants point de distinction; toutes les récompenses du mérite appartiennent à l'intrigue. Quoi d'étonnant, quand chacun de vous s'isole et ne songe qu'à soi, quand chez vous vous êtes esclaves des plaisirs, ici de l'argent ou de la faveur; de là vient l'assaut donné à la république sans défense. Mais laissons ce sujet. Des citoyens de haute noblesse ont conspiré l'incendie de leur patrie; la nation gauloise, la plus acharnée contre le nom romain, est appelée par eux à la guerre; le chef des ennemis, avec une armée, est sur nos têtes: et vous balancez encore, vous hésitez sur ce que vous devez faire à des ennemis arrêtés dans nos murs? Ayez pitié d'eux, je vous y engage, c'est une erreur de jeunes gens séduits par l'ambition, et laissez-les partir même armés. Puissent cette humanité et cette clémence, une fois qu'ils auront pris les armes, ne pas se tourner en malheur pour vous! Il est vrai, la situation par elle-même est grave, mais elle ne vous effraie pas. Bien au contraire, elle vous fait trembler; mais, par indolence et par faiblesse, vous vous reposez les uns sur les autres et attendez, vous fiant sans doute aux dieux immortels, qui plus d'une fois, dans d'immenses dangers, ont sauvé notre république. Non, ce ne sont pas des vœux ni des supplications de femmes qui nous gagnent l'assistance des dieux; vigilance, activité, bonnes mesures, voilà ce qui fait le succès; se livre-t-on à l'inaction et à la lâcheté, en vain l'on implore les dieux; ils sont irrités et hostiles. Chez nos ancêtres, A. Manlius Torquatus, dans la guerre contre les Gaulois, fit mettre à mort son fils, pour avoir combattu malgré ses ordres, et ce noble jeune homme paya de sa vie le crime d'avoir eu trop de courage. Et vous, quand il s'agit de prononcer sur les plus cruels parricides, vous hésitez? Sans doute leur vie passée balance ce forfait. Oui, ménagez la dignité de Lentulus, si jamais lui-même a ménagé son honneur, sa réputation, s'il a ménagé les dieux et les hommes; pardonnez à la jeunesse de Céthégus, si ce n'est pas la seconde fois qu'il fait la guerre à sa patrie. Que dire de Gabinius, Statilius, Cæparius? Si jamais il y avait eu rien de sacré pour eux, ils auraient formé d'autres projets à

tion: «Chez nous règnent le luxe et la cupidité, d'où résulte que l'Etat est pauvre (car chacun songe à enrichir, non le trésor public, mais lui-même, et bien souvent aux dépens de ce trésor) et que les particuliers nagent dans l'opulence. Et, pour acquérir ces fortunes, ce n'est pas aux moyens honnêtes, au travail et à l'activité, qu'on a recours; corrompus par la mollesse, nous préférons y arriver sans rien faire, par la fraude et le vol. Dans un pareil état de choses, les dignités ne sont plus le seul partage des hommes de mérite et de talent; on voit au contraire les gens les plus misérables rechercher avec passion les honneurs, et ravir ce qui ne revient qu'à la vertu.» = [19] La république est comme une ville assiégée qui n'a plus de défenseurs. = [20] Cette réputation venait aux Gaulois de l'incendie de Rome (390 av. J.-C.); elle s'était accrue par la guerre cimbrique (113-101), car on croyait que les Cimbres et les Teutons appartenaient à la race celtique. Cf. *Jug.* 114. = [21] Voy. 40, n. 6. = [22] *Censeo* ut *misereamini*. Cf. 29, n. 3. Rem. plus bas que *etiam* retombe sur *armatos* = [23] Les mss. flottent entre *convortatur*, *vortatur*, *convortat*, *vortat*; un seul porte *vortet*. D'après Corte, c'est cette variante qui est la leçon authentique; il prétend que *ne* est la particule affirmative (écrite aussi *næ*), que par ignorance les copistes l'ont prise pour la conjonction et ont remplacé de leur propre autorité le futur par le subjonctif. La plupart des éditeurs ont suivi cet errement. = [24] «Res per se quidem spectata aspera est, ita ut alios terreat; sed vos, quippe fortiores, non timetis eam.» Kritz. = [25] Les prières qu'adressent aux dieux des *suppliants* (ceux qui se mettent à genoux). Cf. 9, n. 1. = [26] Tous les autres écrivains l'appellent *Titus*, et non *Aulus*. De plus, c'est dans une guerre latine que ce fait eut lieu; l'erreur de Salluste provient sans doute de ce que ce même Manlius s'était signalé dans un combat contre les Gaulois, où un exploit fameux lui valut le surnom de *Torquatus*. = [27] «Opposant leurs antécédents au crime actuel, vous croyez que le passé doit leur faire pardonner le présent.» = [28] Répond à l'idée sous-entendue: «Satis est hæc commemorasse.» = [29] «Alia, longe diversa.» = [30] Equivaut à toute une proposition: «Je ne veux rien ajouter de plus; seulement je présenterai une dernière considération, dont la gravité l'emporte sur tout ce que j'ai dit ou que je pourrais dire.» = [31] «Que vous commettriez en ne votant pas la peine de mort contre les coupables.» = [32] Il oppose le danger *extérieur* et le danger *intérieur*. — *faucibus* (ablatif de la partie) *urget*, va nous étrangler. Plaute, *Cas.* 5, 3, 4: *manifesto faucibus teneor*. — *s. urbis*, le sénat. *Atque* ou *ac* (*ad-que*) lie d'une manière intime des mots isolés ou des propositions entières, et sa valeur propre est *et aussi* ou *et ainsi*; tandis que *et* ne fait que rattacher extérieurement les objets l'un à l'autre. = [33] Voy. 41, n. 5. = [34] On liait le condamné à un poteau ou on lui fixait le cou dans une fourche; puis, après qu'il avait été frappé de verges, un licteur lui tranchait la tête avec sa hache. Voy. 18, n. 5; 51, n. 35.

l'égard de la république. Enfin, pères conscrits, si, par Hercule, la situation permettait une faute, je laisserais volontiers à l'événement le soin de vous corriger, puisque vous ne tenez pas compte des paroles; mais nous sommes enveloppés de toutes parts. Catilina avec une armée nous tient à la gorge; d'autres ennemis sont dans nos murs, au sein même de la ville; préparatifs, délibérations, rien ne peut se faire à leur insu; il faut d'autant plus se hâter. En conséquence, voici mon avis: attendu que par l'abominable complot de citoyens criminels, la république a été mise dans le plus grand péril, que, par les dépositions de T. Volturcius et des députés allobroges, et par leur propre aveu, ils sont convaincus d'avoir préparé le massacre, l'incendie et d'autres attentats odieux et cruels contre leurs concitoyens et leur patrie, leur aveu les déclarant notoirement atteints de crime capital, ils doivent être punis suivant la coutume des ancêtres. »

53. Postquam Cato assedit, consulares[1] omnes itemque senatus magna pars sententiam ejus laudant, virtutem animi ad cœlum ferunt, alii alios increpantes timidos vocant; Cato clarus atque magnus habetur; senatus decretum fit, sicuti ille censuerat. Sed mihi multa legenti, multa audienti, quæ populus Romanus domi militiæque, mari atque terra præclara facinora fecit, forte lubuit attendere, quæ res maxume tanta negotia sustinuisset. Sciebam sæpenumero parva manu cum magnis legionibus hostium contendisse; cognoveram parvis copiis bella gesta cum opulentis regibus; ad hoc sæpe fortunæ violentiam toleravisse; facundia[2] Græcos, gloria belli Gallos ante Romanos fuisse. Ac[3] mihi multa agitanti constabat, paucorum civium egregiam virtutem cuncta patravisse eoque[4] factum, uti divitias paupertas, multitudinem paucitas superaret. Sed postquam luxu atque desidia civitas corrupta est, rursus respublica magnitudine sua imperatorum atque magistratuum vitia sustentabat; ac, sicuti effeta parentum[5], multis tempestatibus haud sane quisquam Romæ virtute magnus fuit. Sed memoria mea ingenti virtute, divorsis moribus fuere viri duo, M. Cato et C. Cæsar; quos quoniam res obtulerat, silentio præterire non fuit[6] consilium, quin utriusque naturam et mores, quantum ingenio possem, aperirem.

53. Lorsque Caton se fut assis, tous les consulaires et avec eux une grande partie du sénat approuvent son avis, élèvent jusqu'aux nues sa fermeté, se font de mutuels reproches sur leur pusillanimité; Caton est un grand, un illustre citoyen; le sénat rend un décret conforme à sa proposition. Pour moi, en lisant, en apprenant les innombrables exploits qu'en paix et en guerre, sur terre et sur mer, a accomplis le peuple romain, l'idée m'est venue de rechercher quel principe avait surtout permis l'exécution de si grandes choses. Je savais que bien des fois, avec une poignée d'hommes, il avait lutté contre d'immenses légions ennemies; je n'ignorais pas qu'avec de faibles ressources il avait fait la guerre à des rois opulents; qu'en outre il avait souvent résisté aux rigueurs de la fortune; que les Grecs par la parole, les Gaulois par la gloire militaire, avaient été au-dessus des Romains. Et, après de longues réflexions, il était évident pour moi que le rare mérite de quelques citoyens avait tout fait, et que c'était par là que la pauvreté avait triomphé de la richesse, le petit nombre de la multitude. Mais quand le luxe et l'oisiveté eurent corrompu l'État, la république encore n'eut plus que sa grandeur pour résister aux vices des généraux et des magistrats, et, semblable à une mère épuisée, fut bien longtemps sans avoir un citoyen grand par sa vertu. Mais de nos jours il s'est rencontré deux hommes d'un immense mérite, de mœurs opposées; M. Caton et C. César; et, puisque l'occasion s'en est présenté, je n'ai pas voulu les passer sous silence, ni manquer d'exposer aussi bien que je le puis, le caractère et les mœurs de chacun d'eux.

54. Igitur[1] his genus, ætas, eloquentia prope æqualia fuere; magnitudo animi par, item gloria, sed alia alii[2]. Cæsar beneficiis ac munificentia magnus habebatur, integritate vitæ Cato. Ille mansuetudine et misericordia clarus factus, huic severitas dignitatem addiderat. Cæsar dando, sublevando, ignoscendo, Cato nihil largiundo[3] gloriam adeptus est. In altero miseris perfugium erat, in altero malis pernicies; illius facilitas, hujus constantia laudabatur[4]. Postremo Cæsar in animum induxerat laborare, vigilare; negotiis amicorum intentus sua neglegere[5], nihil denegare, quod dono dignum esset[6]; sibi magnum imperium, exercitum, bellum novum[7] exoptabat, ubi virtus enitescere posset. At Catoni studium modestiæ, decoris[8], sed maxume severitatis erat. Non divitiis cum divite,

54. Ils étaient à peu près égaux en naissance, en âge et en éloquence; c'était même grandeur d'âme, même gloire, mais dans un genre différent. César était grand par ses bienfaits et sa munificence; Caton par l'intégrité de sa vie. L'un s'était illustré par son humanité et sa clémence; l'autre avait gagné la considération par sa sévérité. César donnait, soulageait, pardonnait; Caton n'accordait jamais rien: c'est ainsi que chacun était arrivé à la gloire. Le premier était le refuge des malheureux, le second le fléau des méchants; on vantait la facilité de l'un, la constance de l'autre. Enfin, César avait le parti pris d'être actif, vigilant; attentif aux intérêts de ses amis, il négligeait les siens; il ne refusait rien qui fût digne d'être donné; pour lui-même il ne souhai-

53. — [1] On appelait ainsi ceux qui avaient rempli les fonctions de consul; ils faisaient partie du sénat de droit. Aussi *itemque* équivaut-il à *et præter eos*. = [2] Particulièrement appliquée aux affaires politiques, à la diplomatie. = [3] Sur la valeur de *ac*, voy. 52, n. 32. = [4] « Et per eam virtutem. » = [5] Passage obscur et probablement altéré; en effet, à quel cas est *effeta*, au nominatif ou à l'ablatif? quel est le sens de *parentum?* quel est le sujet de la proposition? Les interprétations sont nombreuses, mais peu satisfaisantes; nous nous sommes arrêté à celle de Gerlach: « Qualis effeta parentum, talis Roma inter urbes fuit, quod non habuit quemquam virtute magnum; » *parentum* pour *inter parentes* (*matres*), et si à l'autre membre de la comparaison Rome n'est pas le sujet, c'est que la force de la pensée a entraîné l'auteur à donner la première place à *q. v. magnus*. Signalons encore l'explication de Burnouf (*Variæ lectiones*): « Veluti effeta parentum (respublica), multis tempestatibus haud sane quemquam virtute magnum tulit; » *parentum* pour *virorum* (hommes capables d'engendrer une race généreuse). Un ms. (Guelf. 7) porte *effeta parente*, admis par plusieurs éditeurs. = [6] Cet emploi du *parfait* au lieu du *présent* est fréquent dans le style épistolaire; et le parfait *fuit* amène le plusqueparfait *obtulerat*.

54. — [1] « En conséquence, pour faire ce que je viens d'annoncer. » = [2] Il faudrait *alteri*, puisqu'il ne s'agit que de deux; mais *alia* a entraîné *alii*. = [3] Répond aux trois participes qui précèdent et a le sens fort étendu de *aliis gratificari*. = [4] *Facilité* de César à former des amitiés, à déposer des inimitiés (il était *accueillant* et *oublieux*); *constance* de Caton dans les unes et les autres. = [5] Infinitif de narration; par conséquent ne dépend pas de *in animum induxerat*, ce qu'indique le nominatif *intentus*. = [6] « Quod tale esset ut dono dari posset. » Cette tournure a quelque chose d'insolite, car elle devrait plutôt signifier: « propter quod donum dandum esset. » = [7] *Novus* indique ce qui n'a pas encore existé auparavant; *n. bellum*, une guerre faite à des peuples contre lesquels on n'a pas encore combattu, ou d'une autre espèce que toutes celles qui ont précédé. = [8] Il ne faisait rien qui pût compromettre sa dignité; tandis que César ne crai-

neque factione cum factioso, sed cum strenuo virtute, cum modesto pudore, cum innocente abstinentia certabat; esse quam videri bonus malebat; ita, quo minus gloriam petebat, eo magis illam assequebatur[9].

tait qu'un grand commandement, une armée, une guerre nouvelle, où il pût faire éclater ses talents. Caton, au contraire, avait l'amour de la modestie, de l'honneur, et surtout de l'austérité. Il ne rivalisait ni de richesses avec les riches, ni d'intrigues avec les factieux, mais de courage avec les plus braves, de retenue avec les plus modestes, de désintéressement avec les plus intègres; il aimait mieux être homme de bien que de le paraître; aussi moins il cherchait le gloire, plus il y atteignait.

55. Postquam, ut dixi, senatus in Catonis sententiam discessit, consul optumum factu ratus noctem, quæ instabat, antecapere[1], ne quid eo spatio novaretur, triumviros quæ supplicium postulabat parare jubet; ipse præsidiis dispositis Lentulum in carcerem deducit; idem fit ceteris per prætores. Est in carcere locus[2], quod Tullianum appellatur, ubi paululum adscenderis ad lævam, circiter duodecim pedes[3] humi depressus. Eum muniunt undique parietes atque insuper camera lapideis fornicibus juncta[4], sed inculta, tenebris, odore fœda atque terribilis ejus facies est. In eum locum postquam demissus est Lentulus, vindices rerum capitalium[5], quibus præceptum erat, laqueo gulam fregere[6]. Ita ille patricius, ex gente clarissuma Corneliorum, qui consulare imperium Romæ habuerat, dignum moribus factisque suis exitium vitæ invenit. De Cethego, Statilio, Gabinio, Cæpario eodem modo supplicium sumptum.

55. Après que le sénat, comme je l'ai dit, se fut rangé à l'avis de Caton, le consul, pensant que ce que l'on avait de mieux à faire c'était de mettre à profit la nuit qui approchait, de crainte qu'on ne fît dans cet intervalle quelque tentative, ordonne aux triumvirs de tout préparer pour le supplice; lui-même, après avoir établi des postes, conduit Lentulus en prison; les préteurs en font autant des autres. Il y a dans la prison, en montant un peu vers la gauche, un endroit appelé Tullianum, enfoncé sous terre d'environ douze pieds. Revêtu tout autour de murs, il est recouvert d'une voûte formée par des cintres en pierre; la malpropreté, l'obscurité et la puanteur en rendent l'aspect hideux et effrayant. Quand Lentulus eut été descendu dans ce lieu, les exécuteurs des condamnations capitales, qui en avaient reçu l'ordre, l'étranglèrent avec un lacet. C'est ainsi que ce patricien, de la famille illustre des Cornélius, après avoir exercé à Rome le pouvoir consulaire, trouva une fin digne de ses mœurs et de sa conduite. Céthégus, Statilius, Gabinius et Cæparius subirent le même supplice.

56. Dum ea Romæ geruntur, Catilina ex omni copia, quam et ipse adduxerat et Manlius habuerat, duas legiones instituit, cohortes pro numero militum complet[1]; deinde, ut quisque voluntarius aut ex sociis in castra venerat, æqualiter distribuerat, ac brevi spatio legiones numero hominum expleverat[2], cum initio non amplius duobus millibus habuisset. Sed ex omni copia circiter pars quarta erat militaribus armis[3] instructa; ceteri, ut quemque casus armaverat, sparos[4] aut lanceas, alii præacutas sudes portabant. Sed postquam Antonius cum exercitu adventabat, Catilina per montes iter facere, modo ad urbem, modo in Galliam versus castra movere, hostibus occasionem pugnandi non dare; sperabat propediem magnas copias sese habiturum, si Romæ socii incepta patravissent. Interea servitia repudiabat, cujus[5] initio ad eum magnæ copiæ concurrebant, opibus conjurationis fretus, simul alienum suis rationibus existumans, videri causam civium cum servis fugitivis communicavisse.

56. Pendant que ces choses se passent à Rome, Catilina forme deux légions des troupes qu'il avait amenées lui-même et de celles qu'avait eues Manlius; il donne aux cohortes une force proportionnée au nombre de ses soldats; puis, à mesure qu'il lui vient au camp des volontaires ou des complices, il les distribue par parts égales, et en peu de temps l'effectif des légions fut complété, tandis qu'il n'avait eu d'abord que deux mille hommes. Mais, de tout ce monde il n'y avait que le quart environ qui fût armé militairement; les autres, armés à tout hasard, avaient, ceux-ci des dards ou des lances, ceux-là des pieux aigus. Cependant, comme Antonius approchait avec son armée, Catilina fait route à travers les montagnes, portant son camp tantôt du côté de la ville, tantôt du côté de la Gaule, et ne donnant à l'ennemi aucune occasion de combattre; il espérait avoir sous peu une puissante armée, dès qu'à Rome ses complices auraient exécuté leurs plans. En attendant, il refusait les esclaves qui d'abord accouraient à lui en grande foule; il avait confiance dans les forces de la conjuration et jugeait en même temps contraire à ses intérêts de paraître confondre la cause des citoyens avec celle d'esclaves fugitifs.

57. Sed postquam in castra nuntius pervenit, Romæ conjurationem patefactam, de Lentulo et Cethego ceteris-

57. Mais lorsqu'arriva au camp la nouvelle qu'à Rome la conjuration était découverte, que Lentulus, Céthégus

gnait pas de l'engager pour servir ses amis. = [9] Leçon des meilleurs mss. St Augustin (*de Civ. Dei*, 5, 12) citant ce passage, dit : *eo illum magis sequebatur*. — *Assequi* renferme l'idée d'un effort actif, d'une lutte pour atteindre un but.

55. — [1] « Celeriter uti ea nocte, ne quis prius uteretur. » Dietsch. Cf. 32, n. 3. — *triumviros* (*capitales*), magistrats annuels élus dans les comices par tribus et chargés de la surveillance des prisonniers pour crime, de l'exécution des sentences capitales et de la vente des biens des condamnés. = [2] Le *carcer* était au bas du mont Capitolin, à l'extrémité du Forum, et longeait la rue du Forum de Mars sur une étendue de 15 à 16 mètres. Il se divisait en deux parties : l'une au niveau du sol extérieur, recevant le jour par un grillage au-dessus de la porte d'entrée, et appelée *carcer Mamertinus* d'Ancus Marcius (*Mamers* en osque ou vieux latin) qui la construisit; l'autre, qui avait dû être primitivement un puits, placée au-dessous de la première, mais beaucoup plus petite (7 mètres de long sur 4 de haut), et établie par Servius Tullius, d'où son nom de *Tullianum*. Le terrain de la prison supérieure présentait sans doute vers sa gauche une pente ascendante, où s'ouvrait le trou circulaire et fort étroit par lequel on communiquait avec le cachot inférieur. = [3] Le pied valait un peu plus de 29 centim. et demi. = [4] Beaucoup de mss. ont *vincta ;* mais *vincire* ne peut se dire de la construction d'une voûte. D'ordinaire on disait *præcingere* ou *alligare*. = [5] Les bourreaux, esclaves publics; ils étaient de si bas étage et si méprisés qu'il leur était défendu d'habiter dans la ville. = [6] Ce genre d'exécution avait toujours lieu en prison, sans doute depuis l'époque où l'on avait commencé à regarder la mort d'un citoyen comme indigne de la majesté du peuple romain. Les cadavres étaient tirés nus avec des crocs sur les degrés de la prison (*Gemoniæ scalæ*), où ils restaient exposés quelque temps à la vue de tout le Forum, puis étaient jetés dans le Tibre. Mais ici la sépulture des conjurés fut confiée à leurs amis.

56. — [1] La *légion* était formée de dix *cohortes*, la cohorte de trois *manipules*, et le manipule de deux *centuries*. Dans l'origine la légion comptait 4000 hommes; Marius, le grand réformateur de la milice romaine, la porta à 6000. A la légion était attaché un corps de cavalerie appelé *ala*, d'un effectif de 600 chevaux; l'aile se divisait en dix *turmes*, et la turme en trois *décuries*. Catilina n'ayant que 2000 hommes, constitua simplement des cadres de cohortes, qu'il remplit à mesure qu'arrivèrent de nouveaux partisans. = [2] Cf. 50, n. 6. Les actions exprimées par ces verbes *avaient été* accomplies avant l'arrivée d'Antonius. — « *Complere*, plenum aliquid facere; *explere*, ita aliquid plenum facere ut modus ac ratio rei postulat. » Herzog. = [3] Depuis Marius, les armes du légionnaire (*arma legionaria* ou *justa*, ce que Salluste désigne par *militaria*) étaient le bouclier long (*scutum*), le casque et la cuirasse en airain, le javelot (*pilum*, décrit avec détail par Polybe, 6, 23), et l'épée espagnole à double tranchant longue de 24 onces (399 millim.) = [4] Le *sparus* était un petit dard recourbé en usage chez les paysans. = [5] Passage cité par Priscien (17, 20) qui le commente ainsi : « *Cujus* singulari ad rem retulit, id est cujus rei servitiorum. » Le pluriel *servitia* exprimant une idée collective et pouvant facilement être remplacé par son singulier, on comprend que l'auteur ait pu être entraîné à une pareille syllepse. De plus on observera que le pronom relatif a souvent la valeur d'un substantif, surtout quand il commence une pensée nouvelle qu'il doit relier à la précédente.

que, quos supra memoravi, supplicium sumptum, plerique, quos ad bellum spes rapinarum aut novarum rerum studium illexerat, dilabuntur; reliquos Catilina per montes asperos magnis itineribus in agrum Pistoriensem abducit eo consilio, uti per tramites occulte perfugeret in Galliam Transalpinam[1]. At Q. Metellus Celer cum tribus legionibus in agro Piceno præsidebat[2], ex difficultate rerum eadem illa existumans, quæ supra diximus, Catilinam agitare. Igitur ubi iter ejus ex perfugis cognovit, castra propere movit ac sub ipsis radicibus montium consedit, qua illi descensus erat in Galliam properanti. Neque tamen Antonius procul aberat, utpote qui magno exercitu locis æquioribus expeditos[3] in fuga sequeretur. Sed Catilina, postquam videt montibus atque copiis hostium sese clausum, in urbe res adversas, neque fugæ neque præsidii ullam spem, optumum factu ratus in tali re fortunam belli tentare, statuit cum Antonio quam primum confligere. Itaque concione advocata hujuscemodi orationem habuit[4].

et les autres dont j'ai parlé plus haut, avaient subi le dernier supplice, la plupart, n'ayant été attirés à la guerre que par l'espoir du pillage ou par le désir d'une révolution, se dispersent; Catilina emmène le reste à travers des montagnes escarpées et à marches forcées sur le territoire de Pistorium, dans le but de se réfugier, par des sentiers détournés, dans la Gaule Transalpine. Mais Q. Métellus Céler était en observation dans le Picénum avec trois légions, devinant, d'après la difficulté de sa position, que Catilina méditait le plan dont nous venons de parler. Aussi, dès qu'il eut appris sa marche par des transfuges, il leva son camp en toute hâte et alla se poster au pied même des montagnes par où il devait descendre pour fuir dans la Gaule. Antonius n'était pas loin non plus, poursuivant, à la tête d'une grande armée, par un terrain uni, des gens que rien n'embarrassait dans leur fuite. Alors Catilina, voyant qu'il était cerné par les montagnes et les armées ennemies, qu'à Rome ses affaires avaient mal tourné, qu'il n'y avait plus aucun espoir ni de fuir ni d'être secouru, pensa que le mieux à faire dans une pareille situation, était de tenter le sort des armes, et résolut de livrer bataille le plus tôt possible à Antonius. Il assembla donc ses troupes et leur tint le discours suivant.

58. « Compertum ego habeo, milites, verba virtutem non addere, neque ex ignavo strenuum, neque fortem ex timido exercitum oratione imperatoris fieri[1]. Quanta cujusque animo audacia natura aut moribus inest, tanta in bello patere[2] solet; quem neque gloria neque pericula excitant, nequidquam hortere, timor animi auribus officit. Sed[3] ego vos, quo pauca monerem, advocavi; simul uti causam mei consilii aperirem. Scitis equidem[4] milites, socordia atque ignavia Lentuli quantam ipsi nobisque cladem attulerit, quoque modo, dum ex urbe præsidia opperior, in Galliam proficisci nequiverim. Nunc vero quo loco res nostræ sint, juxta mecum omnes intellegitis. Exercitus hostium duo, unus ab urbe, alter a Gallia obstant; diutius in his locis esse, si maxume animus ferat, frumenti atque aliarum rerum egestas prohibet. Quocunque ire placet, ferro iter aperiundum est. Quapropter vos moneo, uti forti atque parato animo sitis et, cum prœlium inibitis, memineritis, vos divitias, decus, gloriam, præterea libertatem atque patriam in dextris vestris portare. Si vincimus, omnia nobis tuta erunt, commeatus abunde[5], municipia atque coloniæ[6] patebunt; si[7] metu cesserimus, eadem illa adversa fient : neque locus neque amicus quisquam teget, quem arma non texerint. Præterea, milites, non eadem nobis et illis necessitudo impendet[8]. Nos pro patria, pro libertate, pro vita certamus; illis supervacaneum est pro potentia paucorum pugnare[9]. Quo[10] audacius aggrediamini, memores pristinæ virtutis. Licuit nobis cum summa turpitudine in exsilio ætatem agere; potuistis nonnulli Romæ amissis bonis alienas opes exspectare. Quia illa fœda atque intoleranda viris videbantur, hæc sequi decrevistis. Si hæc relinquere voltis[11], audacia opus est; nemo nisi victor pace bellum mutavit. Nam in fuga[12] sperare salutem, cum arma, quibus corpus tegitur, ab hostibus averteris, ea vero dementia est. Semper in prœlio[13] maxumum est periculum, qui maxume

58. « Je suis convaincu, soldats, que les paroles ne donnent pas la valeur, que le discours d'un général n'a pas le pouvoir de rendre énergique des lâches ni courageux des poltrons. Autant la nature ou l'éducation a mis d'audace dans l'âme de chacun, autant à la guerre un chef en trouve à son service; celui que n'enflamment ni gloire ni dangers, en vain on l'exhorte, la peur lui bouche les oreilles. Je ne vous ai donc convoqués que pour vous donner quelques avis, et aussi pour vous exposer les motifs de ma résolution. Vous savez, soldats, quel désastre a attiré sur lui comme sur nous, la faiblesse et la lâcheté de Lentulus, et comment, tandis que j'attendais des secours de la ville, je n'ai pu partir pour la Gaule. En quel état sont maintenant nos affaires, vous le comprenez tous aussi bien que moi. Deux armées ennemies, l'une du côté de la ville, l'autre du côté de la Gaule, nous ferment le passage; rester plus longtemps dans ces lieux, en eussions-nous la plus ferme intention, le manque de blé et des autres ressources nous en empêche. De quelque côté que nous voulions aller, c'est par le fer qu'il faut nous ouvrir un chemin. Aussi je vous recommande d'être courageux et résolus, et quand vous engagerez la bataille, de vous souvenir que richesses, honneur, gloire, de plus liberté et patrie, sont placés entre vos mains. Si nous sommes vainqueurs, tout est sauvé, les vivres abondent, municipes et colonies nous sont ouverts; si la crainte nous fait reculer, tout cela se tourne contre nous, point d'abri, point d'ami pour protéger celui que n'auront pas protégé les armes. De plus, soldats, ils ne sont pas soumis à la même nécessité que nous. Nous combattons pour la patrie, pour la liberté, pour la vie; eux, ils se battent sans intérêt pour la puissance de quelques hommes. N'en mettez que plus d'audace à attaquer, vous souvenant de votre ancienne valeur. Nous étions libres de mener dans l'exil une existence à

57. — [1] Deux mss. ont *Cisalpinam*; un seul rien du tout. L'unanimité de tous les autres nous fait une loi de maintenir *Transalpinam*, quoique le contexte même de la phrase, et surtout l'expression *per tramites*, semblent indiquer qu'il s'agit plutôt de la Cisalpine, dont Catilina était séparé par la chaîne de l'Apennin. = [2] « Præsidia agebat. » *Præsidere*, « præ aliqua re sedere, » de là « ita sedere ut ab omnibus conspiciaris. » = [3] Leçon confirmée par Priscien (18, 25). Deux mss. ont *expeditus*, adopté par beaucoup d'éditeurs, qui n'ont pas vu que *utpote... sequeretur* est destiné, non à expliquer la proximité d'Antonius, mais à circonstancier la position de Catilina; la phrase suivante le fait parfaitement comprendre. = [4] C'était l'habitude des généraux romains, au moment d'une bataille, d'encourager les soldats par une allocution; or Catilina se considère comme un général commandant une armée romaine (cf. 36) et soutient son rôle jusqu'au bout. — Sur *concio*, voyez *Jugurtha*, 8, n. 4.

58. — [1] *neque... fieri*, second membre de la proposition infinitive destiné à expliquer le premier *verba... addere*; il y a asyndète; par conséquent *neque... neque* se répondent, et le premier ne relie pas entre eux les deux membres, comme le veut Kritz. = [2] « Imperator exercitum tanta audacia habebit, quanta, etc. » Dietsch. *Patere* est dans le sens de *præsto esse*, et l'on doit sous-entendre *imperatori*. = [3] « Je vous ai convoqués, non pour vous inspirer du courage, — car je sais que les paroles ne changent pas les caractères, — *mais* pour, etc. » Ce n'est d'ailleurs qu'une tournure oratoire, un *exorde par insinuation*, car tout le discours n'a d'autre but que de ranimer la valeur des soldats. = [4] Voy. 51, n. 17. = [5] Sous-entendu *erit*. Au singulier *commeatus* désigne d'une manière générale tout ce qui est nécessaire pour l'approvisionnement d'une armée; au pluriel il a un sens plus restreint. = [6] Voy. 17, n. 4. = [7] Le premier *si* marque une *supposition*, le second une *condition*; en effet, la victoire ne dépend pas seulement du courage, mais encore de la fortune, tandis qu'il dépend de la volonté des soldats d'être braves et de ne pas lâcher pied. Dans le premier cas l'auteur met le présent, dans le second, le futur passé. = [8] Les soldats opposés à Catilina obéissent aussi à une *nécessité*, celle de l'obéissance. = [9] C'est chose *superflue* pour eux que de défendre la puissance de quelques grands; or quel intérêt a-t-on à faire ce qui est superflu? = [10] Voy. 1, n. 5. = [11] « Quia illæ vitæ rationes vobis turpes videbantur, has suscepistis; si ab his rationibus vitæ, quas secuti estis, discedere vultis, etc. » Dietsch. = [12] C'est-à-dire *cum fugis*. = [13] Beaucoup de mss. ajoutent *iis*, *his* ou *illis*; mais cette variété même prouve que le pronom, qui du reste

timent; audacia pro muro habetur[14]. Cum vos considero, milites, et cum facta vestra æstumo, magna me spes victoriæ tenet. Animus, ætas[15], virtus vestra me hortantur, præterea necessitudo, quæ etiam timidos fortes facit. Nam multitudo hostium ne circumvenire queat, prohibent angustiæ loci. Quod si virtuti vestræ fortuna inviderit, cavete[16] inulti animam amittatis, neu capti potius sicuti pecora trucidemini, quam virorum more pugnantes cruentam atque luctuosam victoriam hostibus relinquatis. »

jamais flétrie; quelques-uns d'entre vous pouvaient, après la perte de leurs biens, attendre à Rome le secours d'autrui. Un tel sort vous a paru honteux et intolérable pour des gens de cœur; vous avez préféré la position où nous sommes. Voulez-vous en sortir, il faut de l'audace; il n'y a que la victoire qui change la guerre en paix. Attendre son salut de la fuite, après avoir détourné de l'ennemi les armes dont on protége sa personne, c'est vraiment de la folie. Toujours dans la bataille le péril le plus grand est pour ceux qui craignent le plus; l'audace tient lieu de rempart. Quand je vous regarde, soldats, et que j'examine votre passé, je me sens un grand espoir de vaincre. Vos sentiments, votre âge, votre valeur, tout m'enflamme, de plus la nécessité, qui donne du courage même aux poltrons. Car, malgré leur nombre, les ennemis ne peuvent nous envelopper: ces défilés les en empêchent. Que si la fortune est jalouse de votre valeur, gardez-vous de mourir sans vengeance, et, prisonniers, d'être égorgés comme des animaux, plutôt que de combattre en gens de cœur et de laisser à l'ennemi une victoire aussi sanglante que douloureuse. »

59. Hæc ubi dixit, paululum commoratus, signa canere[1] jubet atque instructos ordines in locum æquum deducit. Dein, remotis omnium equis, quo militibus exæquato periculo animus amplior esset, ipse pedes exercitum pro loco atque copiis instruit. Nam uti[2] planities erat inter sinistros montes et ab dextra rupe aspera, octo cohortes[3] in fronte constituit, reliquarum signa in subsidio artius collocat. Ab his centuriones omnes, lectos et evocatos[4], præterea ex gregariis militibus optumum quemque armatum[5] in primam aciem subducit. C. Manlium in dextra, Fæsulanum quemdam[6] in sinistra parte curare jubet; ipse cum libertis[7] et colonis[8] propter aquilam assistit, quam bello Cimbrico C. Marius in exercitu habuisse dicebatur. At ex altera parte C. Antonius, pedibus æger, quod prælio adesse nequibat, M. Petreio legato exercitum permittit. Ille cohortes veteranas, quas tumultus[9] causa conscripserat[10], in fronte, post eas ceterum exercitum in subsidiis locat. Ipse equo circumiens, unumquemque nominans appellat, hortatur, rogat, ut meminerint se contra latrones inermes pro patria, pro liberis, pro aris atque focis suis certare. Homo militaris, quod amplius annos triginta tribunus aut præfectus aut legatus aut prætor[11] cum magna gloria in exercitu fuerat, plerosque ipsos factaque eorum fortia noverat; ea commemorando militum animos accendebat.

59. Ayant ainsi parlé, il attend quelques instants, fait sonner les trompettes et conduit ses troupes en ordre sur un terrain uni. Là, il renvoie tous les chevaux, pour inspirer par l'égalité du péril plus de courage aux soldats, et, lui-même, à pied, dispose son armée selon la nature du lieu et celle de ses troupes. Comme la plaine s'étendait entre des montagnes à gauche et des rochers escarpés à droite, il range huit cohortes en front; les autres, en colonnes plus serrées, forment la réserve. Il en tire tous les centurions, hommes d'élite et vétérans, ainsi que les meilleurs et les mieux armés des simples soldats, et les fait passer à la première ligne. Il charge C. Manlius du commandement de l'aile droite, et un certain Fésulan de celui de l'aile gauche; lui-même, avec ses affranchis et les colons, il se place auprès de l'aigle, que durant la guerre cimbrique C. Marius avait eue, disait-on, dans son armée. De l'autre côté, C. Antonius, souffrant de la goutte et ne pouvant assister au combat, confie l'armée à M. Pétréius, son lieutenant. Celui-ci place en tête les cohortes des vétérans qu'il avait levées à l'occasion du tumulte, et derrière elles, en réserve, le reste de l'armée. Lui-même, à cheval, parcourt les rangs, s'adresse à chacun en l'appelant par son nom, les exhorte, les conjure de se rappeler qu'ils combattent contre des brigands sans armes, pour leur patrie, pour leurs enfants, pour leurs autels et leurs foyers. Militaire expérimenté, qui pendant plus de trente ans avait glorieusement servi dans l'armée comme tribun, préfet, lieutenant ou préteur, il connaissait la plupart des soldats et leurs actions d'éclat; en les leur rappelant, il enflammait leurs courages.

60. Sed ubi, rebus omnibus exploratis, Petreius tuba signum dat, cohortes paulatim incedere jubet, idem facit hostium exercitus[1]. Postquam eo ventum, unde a feren-

60. Dès qu'il se fut assuré de tout, Pétréius fait sonner la charge, ordonne aux cohortes de s'avancer lentement, et l'armée ennemie fait de même. Quand on en vint au

manque dans les meilleurs mss., est une interpolation des copistes. = [14] Voy. 1, n. 7. = [15] Indique que l'armée de Catilina était principalement composée de jeunes gens. — *hortantur* ut omnia bona sperem. = [16] Sous-entendu *ne*, suppression qui fait ressortir la chose dont nous voulons qu'on se garde; on ne la trouve qu'à l'impératif.

59. — [1] A le sens neutre; de même qu'on dit *tuba canit*, on dit aussi *signum canit*. T.-Live, 1, 1: *priusquam signa canerent*. Quelquefois les Latins se servent de la tournure opposée; ainsi *Jug.* 99: *Marius jubet tubicines signa canere*. = [2] « Prout planitiei natura patiebatur, quæ erat, etc. » Kritz. Cf. 31, n. 7. — *inter... aspera*, « a sinistra montibus inclusa et a dextra rupe asperà. » Gerlach. Mais, avec sa hardiesse ordinaire, Salluste a exprimé l'idée par une double tournure: dans le premier membre une préposition (*p. erat* inter *montes*), dans le second un adjectif (*p. erat* aspera *rupe*); la réunion des deux membres forme l'attribut déterminant *planities*. = [3] En assignant à chaque cohorte le plus bas chiffre qu'elle pût atteindre, 300 hommes, l'armée de Catilina, avec le corps de réserve, devait former un total d'environ 4000 hommes. Dion Cassius (37, 40) le fixe à 3000 seulement. — *signa* pour *cohortes*. L'enseigne (*signum*) de la légion était l'*aigle* en argent fixée à l'extrémité d'un bois de lance; de la cohorte, le *vexillum*, petite bannière portant le nom de la légion et le numéro de la cohorte; de la centurie, le *signum* proprement dit, c'est-à-dire un bois de lance orné de couronnes et surmonté d'une pique ou d'une main droite. Le manipule n'avait pas de guide distinctif. = [4] « Omnes centuriones, qui lecti et evocati erant, etc. » Gerlach. *Evocatus* était celui qui avait repris du service après avoir fait son temps; *lectus* (qui jamais n'a désigné un ordre de soldats) a le sens bien fréquent que nous lui avons vu ch. 50. = [5] Voy. 56: *Sed*, etc. = [6] On croit que c'est le P. Furius dont il est question au ch. 50. = [7] Voy. 50, n. 2. = [8] Sous-entendu *Sullanis*. Cf. 28, n. 2. = [9] Voy. 32, n. 2. = [10] En parlant des levées de vétérans, on disait plutôt *cogere*. C'est par négligence que Salluste attribue à Pétréius ce que le général en chef avait seul droit de faire. = [11] Il y avait par légion six *tribuns*, mais deux seulement étaient en fonctions à la fois et commandaient la légion entière pendant deux mois; sur le champ de bataille chacun n'en commandait que le sixième; ils étaient nommés moitié par le peuple, moitié par le général. Le *préfet* était le chef de la cavalerie; il était choisi par le général; son grade était au-dessus de celui de tribun. Le *lieutenant* était le premier assesseur du général, le commandant en second; les lieutenants étaient nommés par le sénat ou par le général avec l'agrément du sénat, qui déterminait leur nombre selon la force de l'armée et l'importance de la guerre. Quant au mot de *préteur* (voy. 19, n. 1), il avait dans la langue militaire son acception primitive de commandant (*præeo*), et désignait le général en chef (*dux*, *imperator*).

60. — [1] *Sed... jubet*, protase; *idem... exercitus*, apodose; par conséquent *dat* et *jubet* dépendent également de *ubi* et indiquent simul-

tariis[2] prœlium committi posset, maxumo clamore cum infestis[3] signis concurrunt; pila omittunt, gladiis res geritur[4]. Veterani, pristinæ virtutis memores, cominus acriter instare; illi haud timidi resistunt; maxuma vi certatur. Interea Catilina cum expeditis in prima acie versari, laborantibus succurrere, integros pro sauciis accersere[5], omnia providere, multum pugnare ipse, sæpe hostem ferire; strenui militis et boni imperatoris officia simul exsequebatur. Petreius ubi videt Catilinam, contra ac ratus erat, magna vi tendere, cohortem prætoriam[6] in medios hostes inducit, eosque perturbatos atque alios alibi resistentes interficit; deinde utrinque ex lateribus ceteros aggreditur. Manlius et Fæsulanus in primis[7] pugnantes cadunt. Postquam Catilina fusas copias seque cum paucis relictum[8] videt, memor generis atque pristinæ suæ[9] dignitatis, in confertissumos hostes incurrit ibique pugnans confoditur.

point où les férentaires purent engager l'action, on se heurte avec fureur en poussant de grands cris; on laisse les javelots et l'on attaque avec l'épée. Les vétérans, animés par le souvenir de leur ancienne bravoure, serrent les ennemis de près; ceux-ci résistent intrépidement; le combat est des plus acharnés. Cependant Catilina, avec ses troupes légères, se tient au premier rang, vole au secours de ceux qui plient, fait avancer des troupes fraîches à la place des blessés, pourvoit à tout, combat lui-même avec ardeur, renverse plus d'un ennemi; il remplit tout à la fois les devoirs d'un vaillant soldat et d'un bon général. Pétréius, voyant que Catilina, contre son attente, luttait avec beaucoup de vigueur, fait marcher la cohorte prétorienne contre le centre de l'ennemi, qui, mis en désordre et résistant çà et là, est massacré; puis il attaque le reste à droite et à gauche par les flancs. Manlius et le Fésulan tombent en combattant au premier rang. Voyant que son armée est en déroute et qu'il reste seul avec quelques hommes, Catilina se rappelle sa naissance et son ancienne dignité, s'élance au plus épais de l'ennemi et y est percé de coups en combattant.

61. Sed confecto prœlio, tum vero cerneres, quanta audacia, quanta animi vis fuisset in exercitu Catilinæ. Nam fere quem quisque vivus pugnando locum ceperat, eum anima amissa corpore tegebat. Pauci autem, quos medios[1] cohors prætoria disjecerat, paulo divorsius, sed[2] omnes tamen advorsis vulneribus conciderant. Catilina vero longe a suis inter hostium cadavera repertus est, paululum etiam spirans ferociamque animi, quam habuerat vivus, in vultu retinens. Postremo ex omni copia neque in prœlio neque in fuga quisquam civis ingenuus[3] captus est. Ita cuncti suæ hostiumque vitæ juxta pepercerant. Neque tamen exercitus populi Romani lætam aut incruentam victoriam adeptus erat; nam strenuissumus quisque aut occiderat in prœlio, aut graviter vulneratus discesserat[4]. Multi autem, qui e castris visundi aut spoliandi gratia processerant, volventes hostilia cadavera, amicum alii, pars hospitem aut cognatum reperiebant; fuere item, qui inimicos suos cognoscerent. Ita varie per omnem exercitum lætitia, mœror, luctus atque gaudia[5] agitabantur.

61. Mais, la bataille terminée, ce fut alors qu'on put voir quelle audace, quelle énergie avait animé l'armée de Catilina. En effet, le poste que presque tous les soldats avaient, vivants, occupé dans le combat, après avoir perdu la vie, ils le couvraient de leur corps. Un petit nombre seulement, ceux du centre, que la cohorte prétorienne avait enfoncés, étaient tombés un peu plus épars, mais tous frappés par devant. Pour Catilina, il fut trouvé loin des siens au milieu des cadavres des ennemis, respirant encore et conservant sur son visage la violence de caractère qu'il avait eue pendant sa vie. En un mot, de toute cette multitude, ni dans la bataille ni dans la déroute, on ne fit prisonnier aucun citoyen libre. Ainsi tous avaient aussi peu ménagé leur propre vie que celle des ennemis. Elle n'était pourtant exempte ni de larmes ni de sang, la victoire que venait de remporter l'armée du peuple romain; car les plus braves ou avaient succombé dans la bataille, ou s'étaient retirés grièvement blessés. Et plusieurs, qui étaient sortis du camp par curiosité ou pour ramasser les dépouilles, retrouvaient, en retournant les cadavres ennemis, les uns un ami, les autres un hôte ou un parent; il y en eut également qui reconnurent des ennemis personnels. Ainsi les sentiments les plus contraires, l'allégresse et la douleur, le deuil et la joie, éclataient dans toute l'armée.

tanéité d'action. = [2] « Les *auxiliaires* se composent des troupes fournies par les alliés ou les villes fédérées.... Les auxiliaires sont organisés à la manière de leur pays. Ils forment les troupes légères de la légion et se distinguent en *sagittaires*, *frondeurs* et *férentaires*. Les sagittaires tirent de l'arc; les frondeurs lancent des pierres.... Les férentaires sont des cavaliers qui n'ont que des armes de trait. » Dezobry, *Rome*, etc. IV, pp. 158, 173. = [3] « Avec des enseignes ennemies. » *Infesta signa* est une expression fréquente chez les historiens pour exprimer l'idée d'attaque. = [4] On commençait d'abord par lancer de loin des javelots, puis on engageait la mêlée avec l'épée. Mais ici, telle est l'animosité des combattants qu'on s'attaque tout de suite de près. = [5] Voy. 40, n. 6. = [6] Cohorte d'élite servant de garde au général (*prætor*) et composée par lui. Dans les batailles elle faisait partie de la réserve. = [7] Quelques-uns le rapportent à *cadunt*, « tombent des premiers; » mais alors à quoi bon *pugnantes?* Salluste n'a pas besoin de dire qu'ils combattaient; il ne pouvait en être autrement. = [8] N'est pas mis pour *desertum* (abandonné); Salluste veut simplement dire que Catilina est resté à son poste, quand tous ses soldats étaient déjà en déroute. = [9] Des éditeurs ont retranché *suæ*, parce qu'il manque dans quelques manuscrits. Mais *pristinæ dignitatis* équivaudrait à *gloriæ majorum*, tandis que *suæ* signifie « et la gloire de ses ancêtres et la position qu'il avait eue lui-même. » — *Dignitas*, par sa généralité, est un des mots les plus difficiles de la langue latine; les Romains l'employaient sans cesse dans les acceptions les plus variées que légitimait le vague même de l'expression.

61. — [1] Ne veut pas dire « in media acie » ou « in medio collocatos, » mais uni à *disjecerat* équivaut à « quos *medios perruperat* disjeceratque, quos *media acie perrupta* disjecerat. » Kritz. = [2] *Sed*, quanquam divorsius singuli, *omnes tamen*, etc. = [3] Libre et né de parents libres. = [4] Voy. 39, n. 4. = [5] *Mœror* diffère de *luctus* comme *gaudium* de *lætitia* (voy. 48, n. 1). A cause du pluriel *gaudia*, *luctus* doit être considéré comme étant au même nombre. — *agitabatur* (pour *agebatur*) s'applique parfaitement à *luctus* et à *gaudia*, mais non aux deux autres termes, qui ne s'y rattachent qu'implicitement; c'est ce que les grammairiens appellent *zeugma*, mot grec qui veut dire « liaison. »

VIE DE CATILINA

Lucius Sergius Catilina[1] naquit à Rome, en 107 avant J.-C. L'illustration de sa famille était ancienne[2]; elle comptait plusieurs préteurs et un consul. Mais il paraît que le père de notre héros, Q. Sergius, ne sut pas maintenir l'honneur des ancêtres; en tout cas, nous savons qu'il était ruiné quand ce dernier vint au monde.

Catilina avait vingt-six ans lorsque Sylla revint à Rome et y établit, dans l'horreur des proscriptions, le gouvernement aristocratique. Mis à la tête de ces cavaliers gaulois qui furent les principaux exécuteurs des cruautés du dictateur, il se montra digne d'un pareil poste. Il tua de ses propres mains Q. Cæcilius, chevalier et mari de sa sœur[3], homme âgé et étranger à tous les partis; il promena par la ville, en le frappant de verges, M. Marius Gratidianus, neveu du vainqueur des Cimbres, le traîna au bûcher où il lui infligea les plus horribles tortures, et, quand il lui eut tranché la tête, la porta à Sylla depuis le Janicule jusqu'au temple d'Apollon, près de la porte Carmentale; après quoi, il alla tranquillement laver ses mains sanglantes dans l'eau lustrale qui était à la porte de cet édifice. Avant la guerre civile, il avait égorgé son frère; pour légitimer ce meurtre, il obtint du dictateur que la victime fût inscrite au nombre des proscrits.

Ce fut l'année même de la mort de Sylla (78 av. J.-C.) qu'il remplit la première charge publique, la questure. Trois ans après, nous le voyons lieutenant de C. Scribonius Curion, proconsul de Macédoine, sous les ordres duquel il se signale dans la guerre contre les Thraces.

Cependant à Rome l'œuvre de Sylla était entamée de toutes parts; le consulat de Pompée et de Crassus (70 av. J.-C.) lui porta un coup décisif: plusieurs réformes dans le sens populaire furent décrétées, et le tribunat relevé de son abaissement. Mais l'année suivante la loi *Gabinia* donna à Pompée le commandement de la guerre des pirates; puis vint la loi *Manilia* qui le faisait chef suprême de la guerre de Mithridate, avec des pouvoirs immenses: l'absence d'un homme si influent ralentit les progrès de la faction démocratique. A la même époque (68 av. J.-C.), Catilina exerçait la préture, où il avait pour collègue Cicéron.

Il était alors âgé de trente-neuf ans, et, s'il faut en croire les récits qui nous sont parvenus, c'était bien l'un des personnages les plus mal famés de Rome. Sa vie privée était aussi honorable que sa vie publique. Il avait commencé par violer une jeune fille de haute naissance; puis il avait entretenu un commerce criminel avec la vestale Fabia, sœur de Térentia, la femme de Cicéron, et traduit en justice pour cet inceste, il avait dû son acquittement au crédit de Catulus (73 av. J.-C.). Plus tard, marié, il s'éprend d'Aurélia Orestilla, qu'un ancien adultère, disait-on, faisait sa propre fille; pour l'épouser, il empoisonne sa femme et son fils[4]. Telles étaient, avec beaucoup d'autres, les accusations qui pesaient sur sa personne.

A l'expiration de ses fonctions, il alla gouverner en qualité de propréteur la province d'Afrique, c'est-à-dire le pays de Carthage. Ses crimes et ses débauches l'avaient accablé de dettes; ses concussions lui refirent une fortune. En même temps approchaient les élections consulaires de l'an 66; Catilina, quoique absent, s'annonça comme l'un des candidats. Mais les députés de l'Afrique s'étant plaints vivement de ses exactions, le consul L. Volcatius Tullus, dans une séance du sénat, demanda s'il devait agréer sa candidature; sans répondre d'une manière positive à cette question, l'assemblée stigmatisa presque unanimement la conduite de Catilina. Aussi, voyant les mauvaises dispositions de ses collègues, il n'osa maintenir sa *pétition*, et, à son retour, il prétexta, pour colorer son désistement, qu'il n'avait pu se faire inscrire dans le temps légal. Ce fut sans doute vers le mois d'août que les comices eurent lieu: on désigna P. Autronius et P. Sylla. Mais accusés de brigue par leurs compétiteurs L. Aurélius Cotta et L. Manlius Torquatus, ils furent condamnés et remplacés par ces derniers. Sur ces entrefaites Catilina revenait à Rome (novembre).

De concert avec Autronius et quelques autres, une première conspiration est ourdie: elle devait éclater le 1er janvier (65 av. J.-C.); on débuterait par le massacre des consuls. D'après Suétone, Crassus et César faisaient partie du complot: le premier devait être dictateur, et le second maître de cavalerie. Mais Cotta et Torquatus furent informés de ces desseins; et, le jour de leur installation, ils se rendirent au Capitole, entourés d'une bonne escorte. La tentative fut remise au 5 février; les consuls et un grand nombre de sénateurs devaient être frappés en pleine curie; Catilina donna trop tôt le signal et l'entreprise échoua une seconde fois. S'il faut en croire Suétone, c'est Crassus qui fut cause de l'insuccès: il n'osa pas se trouver au rendez-vous, et, pour cette raison, César ne donna pas le signal, comme il devait le faire d'après le plan convenu.

A la même époque, Catilina fut poursuivi au sujet de ses concussions; son accusateur était Clodius, qui plus tard souleva tant de troubles dans l'État. Parmi ses défenseurs, comme *advocatus*, on remarquait le consul Torquatus; Cicéron même eut la velléité de plaider la cause de l'accusé, dans l'espoir de faire appuyer par lui sa future *pétition* du consulat. Grâce à son or, en gagnant ses juges, et même, dit-on, son adversaire, l'ex-propréteur d'Afrique fut absous; mais sa fortune presque entière y passa. Cependant le peuple, réuni en comices, élisait de nouveaux consuls: c'étaient L. Julius César et C. Marcius Figulus. Catilina ne se mit pas sur les rangs: un accusé ne pouvait briguer aucune magistrature.

L'année suivante (64 av. J.-C.) il forme une nouvelle conjuration et se présente au consulat; ses compétiteurs étaient Cicéron, C. Antonius Hybrida, P. Sulpicius Galba, Q. Cornificius, etc. C'est alors surtout qu'il agite et appelle à lui cette partie de la noblesse mécontente, ruinée ou avide d'honneurs, et cherche à s'en faire le chef avoué[5]; il faut qu'à tout prix Antonius et lui sortent du scrutin; démarches, brigues, corruptions, rien n'est épargné, si bien que Cicéron réclama dans le sénat et voulut profiter de ces intrigues pour ruiner leur candidature[6]. Le jour des élections, Cicéron fut nommé le premier par acclamation; Antonius l'emporta sur Catilina de quelques centuries et se refroidit aussitôt à l'égard des conjurés. Quelques mois après, Catilina fut accusé d'assassinat (*inter sicarios*) par Luccéius: la poursuite était fondée sur les meurtres qu'il avait commis à l'époque de Sylla; il échappa encore à une condamnation.

En attendant (63 avant J.-C.), il employait tous les moyens pour assurer son élection aux nouveaux comices; il faisait travailler l'Étrurie par Manlius, et tâchait surtout de s'attacher les anciens colons de Sylla. Mais le parti aristocratique, animé par Cicéron, luttait avec vigueur contre ses menées; la pénalité de la loi *Calpurnia* contre la brigue était augmentée de dix années d'exil. De plus, le sénat reculait autant que possible le jour des comices, qui étaient définitivement fixés au 21 octobre. Nous allons indiquer succinctement les faits par ordre chronologique.

Octobre. — Dans une des séances du sénat qui précédèrent celle du 20, Caton menaçant Catilina de le traduire en justice, celui-ci lui répondit que si l'on mettait le feu à sa fortune, ce ne serait pas avec de l'eau, mais dans les ruines qu'il éteindrait l'incendie. — 20. Des bruits alarmants couraient de tous côtés; Cicéron tenait en main les fils de la conjuration; il fait un rapport au sénat, qui décrète que les comices sont suspendus et renvoyés au 22, afin qu'on puisse délibérer sur cette question. On voulait à toute force faire échouer la candidature de Catilina. — 21. Délibération sur le complot. Catilina, interpellé par Cicéron, jette le masque: «La république, dit-il, a deux corps, l'un faible avec une tête faible, l'autre fort, mais sans tête; et moi, je dois trop à ce dernier pour ne pas lui en servir, tant que je vivrai.» On rend le décret *caveant consules*[7]. — 22. Comices consulaires. Les concurrents sont Catilina, L. Licinius Muréna, D. Junius Silanus, et Servius Sulpicius. Muréna et Silanus sont désignés. — Le lendemain Catilina est accusé de *violence* par L. Paulus; il veut payer d'audace en se constituant prisonnier; il s'adresse successivement à M. Lépidus, à Cicéron, à Q. Métellus Céler, qui le refusent tous trois; M. Marcellus, son ami, consent à le recevoir sous sa garde. Puis, voyant que tout lui échappe, il se résout à prendre les armes; il envoie des partisans dans les diverses régions de l'Italie, pour se mettre à la tête du soulèvement, et, le 27, Manlius donne le signal en Étrurie. En même temps, le 28, un grand coup devait être frappé à Rome: un massacre général des grands est ordonné; la vigilance de Cicéron, qui ne cesse d'agiter le sénat de l'affaire de la conjuration, prévient les plans de Catilina.

Novembre. — Le 1er, une attaque nocturne dirigée contre Préneste, centre militaire important, échoue, grâce aux dispositions prises par le consul. — Réunion des conjurés chez P. Læca dans la nuit du 6 au 7: Catilina ira se mettre à la tête de l'armée en Étrurie, tandis que ses complices agiront à Rome. Tentative d'assassinat contre Cicéron, qui est prévenu par Fulvie; de plus, Crassus, M. Marcellus et M. Scipion, ayant reçu des lettres anonymes qui leur annonçaient qu'on devait égorger la plupart des nobles, s'étaient hâtés de les lui apporter la nuit même. — 7. Séance du sénat dans le temple de Jupiter-Stator[8]; Catilina se rend à l'assemblée. Première Catilinaire: Cicéron, tout en connaissant le secret et le plan de la conjuration, n'en a pas les preuves positives;

[1] On n'est pas d'accord sur le sens de ce surnom; de Brosses croit qu'il veut dire *pillard* et qu'il fut donné à L. Sergius à cause de ses rapines en Afrique; il s'appuie sur Festus: «*Catillatio* grave opprobrium hominibus generosis objiciebatur, si qui provincias populi Romani exspoliassent.» D'autres le rattachent au vieux mot sabin *catus* (synonyme de *acutus*), d'où vient *Cato*.

[2] Elle faisait remonter son origine jusqu'au temps d'Énée: *Sergestusque, tenet domus a quo Sergia nomen* (Virg. Æn. 5, 121).

[3] Elle était l'aînée de Catilina et fut fameuse par ses débordements.

[4] Ces derniers faits sont dénués de tout caractère historique. Quant à son mariage avec Orestilla, il dut avoir lieu vers l'époque de sa préture, au plus tard à son retour d'Afrique.

[5] C'est ici qu'il faut placer la réunion où Salluste lui fait tenir son discours aux conjurés (vers le 1er juin 64).

[6] Elle était soutenue par Crassus et César, tandis que la faction aristocratique appuyait Cicéron et Sulpicius.

[7] C'est en vertu du pouvoir conféré par ce décret que Cicéron fit exécuter les conjurés sans consulter le peuple.

[8] Quelques-uns la placent le 8 novembre, d'après le passage de Cicéron (*Cat.* 1, 4): *At nos vicesimum jam diem*, etc. Mais est-il croyable que, dans de si graves complications, ce dernier ait perdu une journée entière?

il ne cherche qu'une chose, c'est de décider l'*infâme gladiateur* à quitter Rome. En présence de l'attitude du sénat, Catilina, qui avait déjà envoyé une troupe armée à Forum Aurélium pour l'y attendre, part précipitamment pendant la nuit, accompagné de 300 hommes. Ses partisans sèment aussitôt le bruit qu'il se retire à Marseille. — 8. Cicéron convoque le peuple au Forum, et justifie sa conduite (deuxième Catilinaire). — En quelques jours, Catilina, qui a pris le titre et les insignes de consul, est arrivé au camp de Manlius, pour marcher de là sur Rome. A cette nouvelle, le sénat déclare Catilina et Manlius ennemis publics, et décrète toutes les mesures ordinaires en cas de guerre; on quitte la *toge* pour le *sagum*. Cependant Lentulus dirige le mouvement à Rome; il s'abouche avec les députés des Allobroges, qui, après plusieurs entrevues, s'engagent à provoquer une guerre dans la Transalpine et à envoyer de la cavalerie en Italie; puis, par un revirement soudain, ils vont révéler le complot à Fabius Sanga, qui se hâte d'instruire le consul de tout ce qui se passe[9]. Tant de préoccupations n'empêchent pas Cicéron de plaider, à la même époque, pour Pison accusé par César, et pour Muréna, le consul désigné, accusé de brigue par Caton et Servius Sulpicius.

Décembre. — Les conjurés avaient fixé l'exécution du complot au 10: le tribun Bestia devait accuser Cicéron et, la nuit suivante, eût éclaté le mouvement; mais Catilina n'approchant pas, l'explosion est remise au 17, jour des Saturnales: on devait, d'après Plutarque, mettre le feu en cent endroits différents de la ville, boucher les conduits des fontaines publiques, et tuer tous ceux qui entreprendraient d'éteindre l'incendie. — Nuit du 2 au 3: arrestation des Allobroges et de Volturcius, qui, à la pointe du jour, sont amenés à Cicéron; celui-ci mande chez lui chacun des principaux conjurés, et, sur son ordre, le préteur C. Sulpicius fait une perquisition dans la maison de Céthégus, où l'on trouve une grande quantité d'armes. Maintenant le consul peut agir: des preuves certaines, accablantes, ne permettent plus le doute à personne. — 3. Séance du sénat dans le temple de la Concorde; dépositions des députés et de Volturcius; le sénat ordonne l'arrestation des coupables, vote des remercîments aux deux consuls, ainsi qu'aux préteurs Flaccus et Pomptinius, et décrète des *supplications* dans tous les temples[10]. Un procès-verbal de la séance est rédigé par quatre sénateurs, sur l'ordre du consul, et des copies en sont répandues dans Rome et dans les autres villes de l'Italie. Au sortir de la curie, à la chute du jour, Cicéron prononce devant le peuple, qui attendait avec inquiétude sur le Forum, la troisième Catilinaire, qui n'est autre chose que le compte rendu des événements de la dernière nuit et de la séance du sénat. Ce discours contribue à changer les dispositions de la multitude, d'abord favorable à une révolution. «En quittant le Forum, Cicéron fut suivi d'une foule immense qui le conduisit à la maison d'un de ses amis, parce qu'il avait laissé la sienne aux dames romaines pour y célébrer, avec les Vestales et sa femme Térentia, les mystères de la Bonne-Déesse. Là, entouré d'un petit nombre de personnes, il réfléchit sur la conduite qu'il devait tenir à l'égard des conjurés..... Pendant qu'il flottait dans cette incertitude, les femmes qui faisaient le sacrifice dans sa maison virent le feu de l'autel, qui paraissait presque éteint, jeter tout à coup une flamme brillante. Ce prodige les effraya; mais les Vierges sacrées ordonnèrent à Térentia d'aller sur le champ trouver son mari, et de le presser d'exécuter sans retard les résolutions qu'il voulait prendre pour le salut de la patrie, en lui assurant que la Déesse avait fait éclater cette lumière si vive comme un présage de sûreté et de gloire pour lui-même[11].» — 4. Séance du sénat; déposition de Tarquinius contre Crassus; on vote des récompenses aux Allobroges et à Volturcius. — 5. Séance du sénat dans le temple de la Concorde; l'assemblée est gardée par des postes nombreux établis dans le Capitole, dans le Forum et autour du temple, et composés de chevaliers, avec les tribuns du Trésor et les scribes; en outre, le peuple entier a été lié par le serment militaire. Le sort des conjurés est mis en délibération: Silanus demande le dernier supplice; un assez grand nombre de sénateurs adhèrent successivement à sa proposition; César, préteur désigné, opine pour la confiscation des biens et la détention perpétuelle; sa parole habile et éloquente ébranle l'assemblée, et plusieurs reviennent sur leur premier avis; Cicéron, sous prétexte de résumer le débat et de demander qu'on accélère la discussion, s'efforce de détruire l'impression produite par César; Catulus combat directement l'opinion de César; Tibérius Néro propose de remettre la discussion jusqu'à la défaite de Catilina et à l'entière instruction de l'affaire; beaucoup de membres, et Silanus en tête, sous l'influence des paroles de César, se rallient à cet avis intermédiaire; Caton, tribun désigné, combat César et, par sa véhémence, entraîne le sénat[12]; César persiste dans sa proposition, repousse le soupçon de complicité, et demande que, d'après les lois, on en appelle au peuple au sujet des prisonniers[13]; la question est mise aux voix et la majorité se prononce pour Caton et la peine de mort. Au sortir de la séance[14], César est menacé par les chevaliers qui étaient de garde; Curion et d'autres le protégent de leur toge, et Cicéron, par crainte du peuple, fait signe aux assaillants de se désister. Pendant la délibération, un mouvement avait été tenté pour délivrer les prisonniers; mais Cicéron avait en toute hâte quitté le sénat et couru avec des troupes réprimer la tentative. «Cicéron alla d'abord au mont Palatin prendre Lentulus qu'il conduisit par la voie Sacrée et à travers le Forum; il était escorté des principaux de la ville qui lui servaient de gardes, et d'une foule immense de peuple qui le suivait en frissonnant d'horreur de l'exécution qu'on allait faire.... Lorsqu'il eut traversé le Forum et qu'il fut arrivé à la prison, il livra Lentulus à l'exécuteur, et lui ordonna de le mettre à mort; il y amena ensuite Céthégus et les autres conjurés, qui subirent tous le dernier supplice. Cicéron, en repassant sur le Forum, vit plusieurs complices de la conjuration qui s'y étaient rassemblés et qui, ignorant la punition des conjurés, attendaient la nuit pour enlever les prisonniers qu'ils croyaient encore en vie. Il leur cria à haute voix: «Ils ont vécu[15].» Il fut reconduit jusqu'à sa maison par les sénateurs et les chevaliers, auxquels se joignit la multitude qui applaudissait; partout les maisons étaient illuminées; et quelque temps après, Caton, devant le peuple, et Catulus, dans le sénat, lui décernèrent le nom de *père de la patrie*. — La conjuration était étouffée; mais aussitôt quelques-uns des tribuns, qui venaient d'entrer en charge, commencent à s'agiter, et une nouvelle crise paraît imminente; Cicéron fait venir le questeur P. Sestius[16] avec ses troupes, et cette manifestation intimide les mécontents. Enfin, le 31, Cicéron résigne sa magistrature et *jure qu'il a sauvé la république*.

Année 62. *Janvier*. Consulat de Silanus et de Muréna. Bataille de Pistoie; défaite et mort de Catilina.

D'après certains chronologistes (cf. Ideler, *Handbuch der Chronologie*, II, p. 115), il faudrait déplacer ces diverses dates. Le calendrier romain se trouvait à cette époque dans une grande confusion; ainsi le mois de janvier de l'an 62 coïncidait avec le mois de mars de la même année julienne, et les nouveaux consuls, paraît-il, étaient en réalité entrés en fonctions le 4 mars. Dès lors le départ de Catilina aurait eu lieu au milieu de janvier 62, l'expédition d'Antonius aurait été entreprise au commencement de février et terminée dans la première partie du mois de mars.

Sources à consulter. — Cicéron, *in Catilinam; pro Sulla; pro Murena; in toga candida* (Asconius Pedianus); *Corneliana* (Asc. Péd.); *pro Sestio*, 5, 28, 33; *pro Cœlio*, 5, 6; *in Pisonem*, 2, 3; *pro Rabirio*, 1; *pro Flacco*, 40; *de haruspicum responso*, 20; *de legibus*, II, 17; *Brutus*, 64; *ad Atticum*, I, 2, 14, 16; II, 24; III, 2, 7; IV, 16; XII, 21. — Q. Cicéron, *de petitione consulatus*. — Porcius Latro, *declamatio contra Catilinam*. — Velléius Paterculus, II, 35. — Valère-Maxime, II, 8; V, 8; IX, 1. — Sénèque, *de ira*, 3. — Suétone, *Cæsar*, 9, 14, 17. — Florus, III, 21; IV, 1. — Orose, VI, 3. — Plutarque, *Cicéron; Caton*, 19, 23, 28; *Sylla*, 32, 41; *César*, 8; *Crassus*, 7. — Appien, *Guerre civile*, II. — Dion Cassius, XXXVII.

[9] La conduite des conjurés, qui n'exigent pas le moindre gage des députés, est vraiment inconcevable.

[10] Ce ne peut être que dans cette séance que le sénat déclara les conjurés ennemis publics.

[11] Plutarque, *Vie de Cicéron*, traduction de Ricard. Il est clair que la supercherie ne fut pas étrangère à ce présage. Du reste, Térentia, femme très-énergique, fut en quelque sorte l'âme de Cicéron, pendant son consulat.

[12] Suivant Plutarque, il s'attacha surtout à rendre César suspect et s'étendit longuement sur l'éloge du consul. C'était, ajoute le même auteur, le seul de ses discours qui eût été conservé, Cicéron ayant fait disposer dans la salle des tachygraphes chargés de recueillir les harangues des préopinants. Ce dernier fait est nié par la critique.

[13] Le peuple seul, réuni dans les comices centuriates, avait le droit de prononcer la peine capitale contre un citoyen. De plus, la constitution de la république ne donnait au sénat qu'un pouvoir politique; le pouvoir judiciaire était, pour le moment, partagé entre les trois ordres.

[14] Suétone dit que ce fut dans la curie même.

[15] Plutarque, *Vie de Cicéron*.

[16] Il avait été chargé de mettre en sûreté Capoue et la Campanie; il alla ensuite rejoindre Antonius.

FIN DE LA CONJURATION DE CATILINA.

BELLUM JUGURTHINUM

1. Falso queritur de natura sua genus[1] humanum, quod imbecilla atque ævi[2] brevis forte[3] potius quam virtute[4] regatur. Nam contra reputando neque majus aliud neque præstabilius invenias, magisque naturæ industriam hominum quam vim aut tempus deesse. Sed[5] dux atque imperator vitæ mortalium animus est, qui ubi ad gloriam virtutis via grassatur, abunde pollens potensque[6] et clarus est, neque fortuna eget, quippe probitatem, industriam aliasque artes bonas neque dare neque eripere cuiquam potest. Sin captus pravis cupidinibus ad inertiam et voluptates corporis pessumdatus est, perniciosa lubidine paulisper usus, ubi per socordiam vires, tempus, ingenium diffluxere, naturæ infirmitas accusatur[7]; suam quisque culpam auctores ad negotia transferunt. Quodsi hominibus bonarum rerum[8] tanta cura esset, quanto studio aliena ac nihil profutura multaque[9] etiam periculosa petunt, neque regerentur magis quam regerent casus, et eo magnitudinis procederent, ubi pro mortalibus gloria æterni fierent[10].

2. Nam uti genus hominum compositum ex corpore et anima est, ita res cunctæ studiaque omnia nostra corporis alia, alia animi naturam sequuntur. Igitur præclara facies, magnæ divitiæ, ad hoc vis corporis et alia omnia hujuscemodi brevi dilabuntur; at ingenii egregia facinora sicuti anima immortalia sunt. Postremo corporis et fortunæ bonorum ut initium, sic finis est, omniaque orta occidunt, et aucta senescunt; animus incorruptus, æternus, rector humani generis, agit atque habet cuncta[1], neque ipse habetur. Quo[2] magis pravitas eorum admiranda est, qui dediti corporis gaudiis[3] per luxum atque ignaviam[4] ætatem agunt, ceterum ingenium, quo neque melius neque amplius aliud in natura mortalium est, incultu atque socordia torpescere sinunt, cum præsertim tam multæ variæque sint artes animi, quibus summa claritudo paratur.

3. Verum ex his magistratus et imperia[1]; postremo omnis cura rerum publicarum, minume mihi hac tempestate cupiunda videntur, quoniam neque virtuti honos da-

GUERRE DE JUGURTHA

1. C'est à tort que l'espèce humaine se plaint que sa nature, faible et de courte durée, soit gouvernée par le hasard plutôt que par la vertu. Car, en réfléchissant d'autre part, on reconnaîtra qu'il n'y a rien de plus grand ni de plus élevé, et qu'à la nature manque plutôt l'activité de l'homme, que la puissance ou la durée. Mais le guide et le maître de la vie des mortels est l'esprit: s'il tend à la gloire par le chemin de la vertu, il a en abondance force, pouvoir, éclat, et se passe de la fortune, qui ne saurait ni donner ni ôter à personne la probité, l'activité, ni aucune autre qualité. Mais que, subjugué par de mauvaises passions, il se soit perdu dans la mollesse et les plaisirs du corps, après avoir goûté quelque temps une funeste jouissance, dès qu'ont été dissipées dans l'inertie forces, années, intelligence, c'est l'infirmité de la nature qu'on accuse; les coupables rejettent tous la faute sur les circonstances. Que si les hommes avaient autant de souci du bien qu'ils mettent d'ardeur à poursuivre les choses étrangères, inutiles et souvent même dangereuses, ils seraient moins gouvernés par les événements qu'ils ne les gouverneraient eux-mêmes, et ils s'élèveraient à ce degré où, de mortels, ils deviendraient éternels par la gloire.

2. En effet, de même que l'homme est composé d'un corps et d'une âme, de même tous les objets et tous nos penchants tiennent les uns de la nature du corps, les autres de celle de l'intelligence. Aussi, beauté du visage, grandes richesses, ainsi que force corporelle et autres avantages de ce genre, passent vite; mais les œuvres éclatantes de l'esprit sont, comme l'âme, immortelles. En un mot, les biens du corps et de la fortune, ayant un commencement, ont aussi une fin; tout ce qui naît, périt, tout ce qui s'élève, décline; l'esprit est incorruptible, éternel, il est l'arbitre du genre humain, il mène et possède tout, sans être lui-même possédé. On doit d'autant plus s'étonner de la perversité de ceux qui, livrés aux joies du corps, passent leur vie dans la mollesse et l'inaction, et laissent leur esprit, la plus belle et la plus noble portion de la nature humaine, s'engourdir dans l'ignorance et la paresse, quand surtout il est pour l'âme tant de moyens divers pour atteindre à la plus haute illustration.

3. Mais, parmi ces moyens, les magistratures et les commandements, en un mot toutes les charges politiques, ne me paraissent nullement à souhaiter de nos jours; car

1. — [1] Quintilien (9, 4, 77) accuse ces mots de former un vers; il ne peut y avoir vu qu'un iambique trimètre: *falso queritur | de natura | sua genus;* mais au quatrième pied l'accent du mot est en opposition avec le frappé (*ictus*), ce qui détruit toute mesure. On peut juger par là combien les bonnes traditions rhythmiques étaient tombées à l'époque de ce rhéteur. Diomède (Liv. II, p. 464, éd. Putschen) a défendu Salluste, mais par un autre argument. = [2] C'est l'ablatif qui exprime d'ordinaire la qualité; le génitif est rare. Cf. Horace, *Sat.* 2, 6, 97. = [3] Ablatif de *fors;* il a presque toujours la valeur d'un adverbe. = [4] L'homme qui suit la vertu gouverne lui-même toutes ses affaires, il est son chef; *virtus* est donc ici «la manière de vivre et d'agir qu'on s'est prescrite soi-même.» = [5] «L'homme par sa nature est supérieur à tous les autres êtres animés, *mais* dans l'homme même la prééminence appartient à l'intelligence.» = [6] *pollens*, la puissance envisagée en elle-même; *potens*, la puissance s'exerçant sur les objets extérieurs. = [7] *Sin... usus* (protase), *ubi... accusatur* (apodose). Le premier membre doit être ainsi décomposé: *Sin p. c. captus est* (protase), *p. l. p. usus*, *pessumdatur* (apodose), phrase opposée à *qui... clarus est;* mais l'auteur ayant voulu y joindre immédiatement l'idée «que l'homme accuse à tort la nature,» il a donné comme protase à cette pensée l'apodose de la première proposition, et la protase de celle-ci, il l'a exprimée par le participe. Kritz, au contraire, rattache *p. l. p. usus* à ce qui suit, et explique *post perniciosæ lubidinis brevem usum.* — *vires.* Cf. *Cat.* 1, n. 5. = [8] »*Bonæ res*, quæ ad bene vivendum pertinent, quæ summam afferunt tranquillitatem et beatitudinem; *aliena*, quæ ad bene vivendum non pertinent.» Dietsch. = [9] La variante *multum* a été adoptée par beaucoup d'éditeurs. = [10] *neque... casus*, notre nature n'est donc pas «imbecilla;» *et... fierent*, elle n'est pas «ævi brevis.»

2. — [1] «Il est maître de toutes choses.» Sur la valeur de *atque*, voy. *Cat.* 52, n. 31. = [2] Cf. *Cat.* 1, n. 5. = [3] «Les choses qui donnent du plaisir au corps,» et non «les plaisirs du corps.» = [4] Voy. *Cat.* 6, n. 6.

3. — [1] Chez les Romains, *magistratus* (de *magister*, celui qui enseigne ce qu'il y a à faire) avait la double signification de «pouvoir d'administrer les affaires publiques» et de «celui que le peuple a revêtu de ce pouvoir,» ce qu'il faisait dans les *comices centuriates.* Un fonctionnaire élu dans ces comices n'était donc que *magistrat*, c'est-à-dire revêtu de la puissance civile; pour qu'il eût le pouvoir militaire (*imperium*), c'est-à-dire le pouvoir de faire la guerre sous ses auspices, uni au droit absolu de juger et de punir, il fallait une décision des *comices par curies*, une *loi curiate.* Lorsque les deux termes *magistratus* et *imperia* sont unis ensemble, l'un désigne les

tur, neque illi, quibus per fraudem jus[2] fuit, [utique][3] tuti aut eo magis honesti sunt. Nam[4] vi quidem regere patriam aut parentes[5], quanquam et possis et delicta corrigas, tamen importunum est, cum præsertim omnes rerum mutationes cædem, fugam aliaque hostilia portendant; frustra autem niti neque aliud se fatigando nisi odium quærere, extremæ dementiæ est; nisi forte quem inhonesta et perniciosa lubido tenet, potentiæ paucorum decus atque libertatem suam gratificari[6].

les honneurs ne sont pas donnés au mérite, et ceux qui ont acquis le pouvoir par l'intrigue n'y trouvent [généralement] pas de sûreté ni plus de considération. En effet, gouverner par la force la patrie et les peuples soumis, lors même qu'on le pourrait et qu'on corrigerait des abus, est toujours chose dangereuse, quand surtout toutes les révolutions présagent le meurtre, l'exil et d'autres violences; mais faire de vains efforts et s'épuiser pour ne recueillir que des haines, c'est le comble de la folie; à moins par hasard qu'on ne soit possédé de l'indigne et funeste passion de sacrifier à la puissance de quelques-uns son honneur et sa liberté.

4. Ceterum ex aliis[1] negotiis, quæ ingenio exercentur, in primis magno usui est memoria rerum gestarum, cujus de virtute quia multi dixere, prætereundum puto[2], simul ne per insolentiam[3] quis existumet memet studium meum laudando extollere. Atque ego credo fore, qui, quia decrevi procul a republica ætatem agere, tanto tamque utili labori meo nomen inertiæ imponant, certe quibus maxuma industria videtur salutare plebem[4] et conviviis gratiam quærere[5]. Qui si reputaverint, et quibus ego temporibus[6] magistratus adeptus sim, et quales[7] viri idem assequi nequiverint, et postea quæ genera hominum[8] in senatum pervenerint, profecto existumabunt me magis merito quam ignavia judicium animi mei mutavisse, majusque commodum ex otio meo quam ex aliorum[9] negotiis reipublicæ venturum. Nam sæpe ego audivi Q. Maxumum[10], P. Scipionem[11] præterea civitatis nostræ præclaros viros solitos ita dicere, cum majorum imagines[12] intuerentur, vehementissume sibi animum ad virtutem accendi. Scilicet[13] non ceram illam neque figuram tantam vim in sese habere, sed memoria rerum gestarum eam[14] flammam egregiis viris in pectore crescere, neque prius sedari, quam virtus eorum famam atque gloriam adæquaverit. At contra quis est omnium his moribus[15], quin[16] divitiis et sumptibus, non probitate neque industria cum majoribus suis contendat? Etiam homines novi[17], qui antea per virtutem soliti erant nobilitatem antevenire, furtim et per latrocinia potius quam bonis artibus ad imperia et honores nituntur, proinde quasi prætura et consulatus atque alia omnia hujuscemodi per se ipsa clara et magni-

4. Quant aux autres choses qui s'accomplissent par l'intelligence, il n'en est pas de plus utile que la connaissance de l'histoire: tant de gens en ont vanté le mérite, que je pense devoir me taire sur ce point; d'ailleurs on pourrait trouver que, en louant mes goûts, je m'élève présomptueusement moi-même. Mais plusieurs, je le crois, me voyant décidé à passer ma vie loin des affaires publiques, traiteront de paresse une occupation si belle et si utile, à coup sûr ceux, pour qui le premier talent est de saluer le peuple et de chercher la faveur par des festins. Mais s'ils réfléchissent dans quelles circonstances je suis arrivé aux magistratures, quels hommes ne purent y parvenir comme moi, et depuis quelle sorte de gens sont entrés au sénat, ils trouveront sans doute que c'est avec raison, et non par faiblesse, que j'ai changé de principes, et qu'il reviendra à la république plus de profit de mes loisirs que des travaux des autres. En effet, j'ai souvent entendu raconter que Q. Maximus, P. Scipion, et d'autres hommes illustres de notre cité, avaient coutume de dire que, à la vue des images de leurs ancêtres, leur âme s'enflammait d'un ardent amour pour la vertu. Certes, ce n'était pas cette cire, ces portraits, qui avaient sur eux tant de pouvoir; mais c'était au souvenir des belles actions que s'allumait cette flamme dans le cœur d'hommes distingués, et elle ne s'éteignait que quand leur vertu avait égalé la gloire et la renommée des ancêtres. Au contraire, en est-il un seul, dans l'état actuel des mœurs, qui ne rivalise avec ses ancêtres, non en probité et en talent, mais en richesses et en profusions? Même les

charges civiles, l'autre les charges militaires. Cf. *Cat.* 16, n. 5; 18, n. 6; 36, n. 3. = [2] Les mss. portent *is*, *vis* et *jus*; la variante *is* a été admise par Kritz, qui rapporte ce mot à *honos*; quant à la leçon *vis*, elle n'a guère de sens. On a objecté que *jus* ne peut s'employer pour *potestas* à moins d'être accompagné d'un terme explicatif (*jus consulare, jus prætoris*); mais il y a des exemples du contraire. = [3] Parmi les bons mss., les uns donnent ce mot; dans d'autres il est absent; quelques-uns ont *uti*. En tout cas, on ne le trouve dans aucun autre passage de Salluste. — *aut*, si tuti sint, propterea tamen non magis, etc. = [4] Il explique pourquoi il a dit que les hommes en possession du pouvoir ne sont ni *tuti* ni *honesti*. « Comment parvenir à être en sûreté et honoré, dans une époque où les lois sont sans force, où rien n'est respecté? On emploiera la violence. Admettons qu'on le puisse (qu'on soit *tutus*) et qu'on rende des services à l'État (qu'on soit *honestus*), c'est pourtant chose difficile et périlleuse. Que si l'on fait de vains efforts pour réprimer les abus, si l'on n'est pas utile et qu'on n'arrive qu'à amasser des haines, on agit en insensé. Il est encore une autre voie, mais indigne, c'est de se faire l'esclave de quelques ambitieux. » = [5] Participe de *pareo*; d'une part les charges qui s'exercent dans la ville (*patriam*), de l'autre celles qui s'exercent dans les provinces (*parentes*). = [6] On s'est demandé à qui Salluste voulait faire allusion dans ce chapitre. Quelques-uns ont cru qu'il pensait à César; mais il devait trop à ce dernier, il avait pour sa mémoire trop de respect et de reconnaissance (voy. comme il parle toujours de lui dans le *Catilina*, particulièrement ch. 54) pour le considérer comme un usurpateur et un tyran. Le mot *hac tempestate* lève toute incertitude. Quelle est cette époque *actuelle*? C'est le temps même où il écrit, c'est le moment où la mort du dictateur a ramené les guerres civiles et les bouleversements, où le second triumvirat ensanglante l'Italie et répand partout la terreur (*vi regere patriam, quanquam delicta corrigas*). Ne voit-on pas d'ailleurs dans ce langage plein d'amertume percer les regrets et la secrète irritation de l'homme dont la carrière politique a été violemment brisée? César vivant, Salluste, à la force de l'âge, devenait consul et prenait place parmi les premiers personnages de l'État; César mort, l'ambitieux a dû *faire retraite*. On ne saurait donc douter qu'il ne s'agisse des triumvirs Octave, Antoine et Lépide, et des horribles vengeances politiques dont ils s'étaient faits les exécuteurs.

4. — [1] « Quæ diversa sunt a magistratibus et imperiis. » Pour un Romain, le premier, le plus noble exercice de l'intelligence est dans les affaires politiques. = [2] Les uns rattachent *de virtute* à *prætereundum*, pensant que ce verbe, comme tous ceux qui expriment souvenir et connaissance, peut remplacer son accusatif par *de*. D'autres le rapportent à *dixere* et sous-entendent *dicere* après *prætereundum*. Enfin quelques-uns regardent *de* comme employé d'une manière absolue et exprimant la chose dont il s'agit, sans dépendre du verbe qui suit. = [3] Voy. *Cat.* 6, n. 6. = [4] Le candidat qui sollicitait les suffrages sur le Forum saluait les citoyens par leur nom, ce qui était une grande marque de politesse. A cet effet, il était accompagné d'esclaves *nomenclatores*, c'est-à-dire chargés de lui souffler les noms des électeurs qu'il rencontrait. Pour faire réussir leur *pétition*, les candidats s'abaissaient envers les derniers citoyens aux plus humbles démonstrations. Cf. Hor. *Epp.* 1, 6, 50. = [5] Sur les repas donnés au peuple par les riches, voy. Cic. *de Off.* 2, 16; Pline, *H. N.* 10, 10. = [6] A une époque où l'État était dans une situation très-critique et où la brigue des honneurs était entourée de difficultés et de dangers. = [7] « Quam egregii, » par conséquent je les ai surpassés en considération, en crédit et en talent. = [8] Se rapporte, suivant les interprètes, à César qui fit entrer au sénat des vétérans, des gens sans naissance, et même des étrangers. Mais peut-être Salluste songeait plutôt aux triumvirs qui ouvrirent ce corps aux premiers venus, pourvu qu'ils fussent utiles. Voy. Plut. *Ant.* 15. = [9] Ceux qui sont maintenant dans le sénat et au pouvoir. = [10] Ce ne peut être que Fabius Cunctator, l'adversaire d'Annibal. = [11] Est-ce le premier ou le second Africain (car il ne peut s'agir d'autres Scipions)? Il est assez naturel de croire que c'est le second, qui avait encore plus droit de se glorifier de ses ancêtres. = [12] Les *nobles* (voy. *Cat.* 5, n. 1) avaient le droit de placer dans l'atrium de leur maison les portraits de leurs aïeux qui avaient occupé des fonctions curules; c'étaient des bustes en cire coloriée, ornés de guirlandes, et rangés chacun dans une armoire au bas de laquelle se trouvait une inscription. Dans les funérailles, ces images étaient portées devant le corps du défunt, « rangées dans un long ordre chronologique et montées sur des mannequins revêtus d'habits de consuls, de préteurs, de censeurs, parées des insignes de triomphateurs. Les unes étaient portées sur des brancards, les autres s'élevaient sur des chars, avec des faisceaux et d'autres marques de dignité propres aux magistratures qu'elles représentaient. » Dezobry, *Rome*, etc. III, p. 48. = [13] « Scilicet, cum ita dicerent, censebant. » Dietsch. C'est la pensée des grands hommes dont il vient de parler, et non la sienne, que Salluste exprime (ce qui est d'ailleurs indiqué par *sese*); puis brisant tout à coup la phrase, il donne à l'idée une tournure générale, et, au lieu de continuer par *sibi*, il dit *e. viris*. Quelques-uns rapportent *sese* à *ceram* et *figuram*, oubliant que la forme pleine *in se habet* ne s'applique jamais aux choses. = [14] « Qua ad virtutem animi accenderentur. » Cf. *Cat.* 51, n. 19. — *eorum*, à savoir *majorum*. = [15] Ablatif absolu. = [16] « Qui non. » = [17] Voy.

fica sint, ac non perinde habeantur[18], ut eorum, qui ea sustinent, virtus est. Verum ego liberius altiusque[19] processi, dum me civitatis morum piget tædetque; nunc ad inceptum redeo.

5. Bellum scripturus sum, quod populus Romanus cum Jugurtha, rege Numidarum, gessit[1]; primum quia magnum et atrox variaque victoria fuit, dein quia tunc primum superbiæ nobilitatis obviam itum est[2], quæ contentio divina et humana cuncta permiscuit, eoque vecordiæ processit, ut studiis civilibus bellum atque vastitas Italiæ finem faceret[3]. Sed priusquam hujuscemodi rei initium expediam[4], pauca supra repetam, quo ad cognoscendum omnia illustria magis magisque in aperto sint[5]. Bello Punico secundo, quo dux Carthaginiensium Hannibal post magnitudinem nominis Romani Italiæ opes maxume attriverat, Masinissa, rex Numidarum, in amicitiam receptus a P. Scipione, cui postea Africano[6] cognomen ex virtute fuit, multa et præclara rei militaris facinora fecerat, ob quæ, victis Carthaginiensibus et capto Syphace, cujus in Africa magnum[7] atque late imperium valuit, populus Romanus, quascunque urbes et agros manu ceperat, regi dono dedit. Igitur amicitia Masinissæ bona atque honesta nobis permansit; sed imperii vitæque ejus finis idem fuit. Dein Micipsa filius regnum solus obtinuit, Mastanabale et Gulussa fratribus morbo absumptis. Is Adherbalem et Hiempsalem ex sese genuit, Jugurthamque, filium Mastanabalis fratris, quem[8] Masinissa, quod ortus ex concubina erat, privatum dereliquerat, eodem cultu quo liberos suos domi habuit.

6. Qui ubi primum adolevit, pollens viribus, decora facie, sed multo maxume ingenio validus, non se luxui neque inertiæ corrumpendum dedit, sed, uti mos gentis illius est, equitare, jaculari, cursu cum æqualibus certare, et cum omnes gloria anteiret, omnibus tamen carus esse; ad hoc pleraque tempora in venando agere, leonem atque alias feras primus aut in primis ferire; plurimum facere et minumum ipse de se loqui. Quibus rebus Micipsa tametsi initio lætus fuerat, existumans virtutem Jugurthæ regno suo gloriæ fore, tamen, postquam hominem adulescentem[1], exacta sua ætate[2] et parvis liberis, magis magisque crescere intellegit, vehementer eo negotio permotus, multa cum animo suo volvebat. Terrebat eum natura mortalium avida imperii et præceps ad explendam animi cupidinem, præterea opportunitas suæ liberorumque ætatis, quæ etiam mediocres viros spe prædæ transvorsos agit, ad hoc studia Numidarum in Jugurtham accensa, ex quibus, si talem virum dolis interfecisset, ne qua seditio aut bellum oriretur, anxius erat[3].

hommes nouveaux, qui jusqu'ici ne surpassaient la noblesse qu'à force de mérite, tendent aux commandements et aux honneurs par l'intrigue et le brigandage, plutôt que par la vertu, comme si la préture, le consulat et les autres charges de ce genre tiraient d'elles-mêmes leur éclat et leur grandeur, et que la possession n'en fût pas ce qu'est le mérite des gens qui les remplissent. Mais j'ai été trop hardi et me suis trop avancé, dans l'humeur et le dégoût que m'inspirent les mœurs publiques; maintenant je reviens à mon objet.

5. Je vais écrire la guerre que le peuple romain fit contre Jugurtha, roi des Numides; d'abord, parce qu'elle fut considérable, sanglante et marquée par les vicissitudes de la victoire; ensuite, parce que c'est alors pour la première fois qu'on s'éleva contre l'orgueil de la noblesse, lutte qui confondit toutes les lois divines et humaines, et en vint à ce point de fureur, que les dissensions civiles ne finirent qu'avec la guerre et la dévastation de l'Italie. Mais avant d'aborder une pareille matière, je reprendrai quelques faits de plus haut, afin de mieux faire connaître mon sujet en y répandant plus de jour et de clarté. Pendant la seconde guerre punique, où le général carthaginois Annibal avait, depuis la grandeur du nom romain, porté les plus fortes atteintes à la puissance de l'Italie, Masinissa, roi des Numides, admis dans notre alliance par P. Scipion, à qui sa valeur mérita dans la suite le surnom d'Africain, s'était signalé par une foule de faits d'armes éclatants; et, en récompense, après la défaite des Carthaginois et la prise de Syphax, qui avait en Afrique un vaste et puissant empire, Rome fit présent à ce roi de toutes les villes et terres qu'elle avait conquises. Aussi Masinissa ne cessa d'être pour nous un allié fidèle et irréprochable; son règne ne finit qu'avec sa vie. Après lui, son fils Micipsa posséda seul le trône, Mastanabal et Gulussa, ses frères, étant morts de maladie. Celui-ci donna le jour à Adherbal et Hiempsal; quant à Jugurtha, fils de son frère Mastanabal, que Masinissa, parce qu'il était né d'une concubine, avait laissé dans une condition privée, il le traita dans son palais avec les mêmes soins que ses propres enfants.

6. Dès son adolescence, Jugurtha, remarquable par sa vigueur, par sa beauté, mais surtout doué d'une grande intelligence, ne se laissa pas corrompre par le luxe et la mollesse, mais on le vit, suivant l'usage de cette nation, monter à cheval, lancer le javelot, lutter à la course avec ceux de son âge, les surpasser tous en gloire, et cependant en être chéri; de plus, il passait la plus grande partie de son temps à la chasse, était le premier ou des premiers à frapper le lion et les autres bêtes sauvages; il faisait le plus, et de lui-même parlait le moins. Bien que Micipsa en eût d'abord été heureux, dans la pensée que le mérite de Jugurtha honorerait son règne, cependant, lorsqu'il s'aperçut que, à côté de sa vieillesse et de ses enfants en bas âge, le jeune prince grandissait chaque jour en influence, vivement frappé de ce fait, il se mit à faire de nombreuses réflexions. Il se représentait avec effroi la nature humaine, avide du pouvoir et prompte à satisfaire sa passion; de plus, l'occasion qu'offraient son âge et celui de ses enfants, circonstance capable d'égarer, par l'espoir du succès, même un homme ordinaire; enfin,

Cat. 5, n. 1; 23, n. 7. = [18] « Les charges publiques sont possédées (par ceux qui les remplissent) telles que, etc. » Cf. *Cat.* 1, n. 7. = [19] « Quasi in mare altum. » Gerlach. — Comparez cette préface avec celle du *Catilina*, 1-4.

5. — [1] La guerre de Jugurtha comprend un espace de près de sept ans (112-105 av. J.-C.); mais le récit de Salluste embrasse la vie entière du roi numide (158-104 av. J.-C.). = [2] Depuis la chute des Gracques (121 av. J.-C.), le parti aristocratique était tout-puissant et régnait par la terreur; Marius et quelques autres reprirent la guerre contre les *optimates* (voy. *Cat.* 19, n. 3), et relevèrent la faction populaire. = [3] Première guerre civile; elle commence avec la prise de Rome par Sylla, et finit par le triomphe de ce dernier sur les débris du parti de Marius (88-82 av. J.-C.). = [4] Les bons mss. varient entre *expedio* et *expediam*; Kritz a adopté l'indicatif, Gerlach le subjonctif. = [5] Construisez : *q. a. cognoscendum* (on sait que le gérondif n'est autre chose que l'infinitif décliné, c'est-à-dire un vrai substantif) *o. m. i. m. i. a. sint.* = [6] Avec la locution *est mihi nomen*, le nom propre se met au nominatif ou au datif. Le passage de Plaute (*Amph.* Prol. 19) *nomen Mercurii est mihi* est corrompu, et il faut lire *Mercurio*. = [7] Les uns sous-entendent *fuit*; d'autres en font un accusatif à la façon des Grecs, *magnum valuit*, mais dans ce cas les Latins emploient *multum*. Il est plus simple d'y voir l'attribut de *imperium*, comme dans Virg. *Georg.* 3, 28 : *magnumque fluentem Nilum*. = [8] Se rapporte à *Jugurtham*. Il y a de l'obscurité, peut-être de la négligence, dans cette dernière partie du récit; cf. Appien, *Pun.* 106; T.-Live, *Epit.* 50.

6. — [1] Voy. *Cat.* 3, n. 7. = [2] *Ætas*, durée de la vie (de l'homme), de là l'âge dans sa force, *jeunesse* (comme ici), ou dans sa décroissance, *vieillesse*. = [3] Salluste ne dit pas tout. Il suffit de se rappeler la politique des Romains (*divide ut imperes*), pour croire que leurs ordres ne furent pas étrangers à l'éducation royale du jeune Jugurtha; ils créaient un élément de discorde qui pouvait leur profiter un jour. C'est ainsi que, sur l'avis de Scipion Émilien, Masinissa avait dû partager son royaume entre ses trois fils. Il est donc probable que la crainte des Romains influa plus sur la conduite de Micipsa que toute autre considération, et que, plus tard, il céda à leur volonté en faisant de Jugurtha un de ses héritiers, au détriment de ses propres enfants.

7. His difficultatibus circumventus, ubi videt neque per vim neque insidiis opprimi posse hominem tam acceptum popularibus, quod erat Jugurtha manu promptus et appetens gloriæ militaris, statuit eum objectare periculis et eo modo fortunam tentare. Igitur bello Numantino Micipsa, cum populo Romano equitum atque peditum auxilia mitteret, sperans vel ostentando virtutem vel hostium sævitia[1] facile cum occasurum, præfecit Numidis, quos in Hispaniam mittebat. Sed ea res longe aliter, ac ratus erat, evenit. Nam Jugurtha, ut erat impigro atque acri ingenio, ubi naturam P. Scipionis, qui tum Romanis imperator erat, et morem hostium cognovit, multo labore multaque cura, præterea modestissume parendo et sæpe obviam eundo periculis, in tantam claritudinem brevi pervenerat, ut nostris vehementer carus, Numantinis maxumo terrori esset. Ac sane, quod difficillumum in primis[2] est, et prœlio strenuus erat et bonus consilio; quorum alterum ex[3] providentia timorem, alterum ex audacia temeritatem afferre plerumque solet. Igitur imperator omnes fere res asperas per Jugurtham agere, in amicis habere, magis magisque eum in dies amplecti; quippe cujus neque consilium neque inceptum ullum frustra erat. Huc accedebat munificentia animi et ingenii solertia, quibus rebus sibi multos ex Romanis familiari amicitia conjunxerat.

8. Ea tempestate in exercitu nostro fuere complures novi atque nobiles[1], quibus divitiæ bono honestoque potiores erant, factiosi domi, potentes apud socios, clari magis quam honesti; qui Jugurthæ non mediocrem animum pollicitando accendebant, si Micipsa rex occidisset, fore, uti solus imperio Numidiæ potiretur; in ipso maxumam virtutem, Romæ omnia venalia esse[2]. Sed postquam, Numantia deleta, P. Scipio dimittere auxilia et ipse revorti domum decrevit, donatum atque laudatum magnifice pro concione[3] Jugurtham in prætorium[4] adduxit, ibique secreto monuit, ut potius publice quam privatim amicitiam populi Romani coleret, neu quibus[5] largiri insuesceret; periculose a paucis emi, quod multorum esset[6]; si permanere vellet in suis artibus[7], ultro illi[8] et gloriam et regnum venturum; sin properantius pergeret, suamet ipsum pecunia præcipitem casurum.

9. Sic locutus cum litteris eum, quas Micipsæ redderet dimisit. Earum sententia hæc erat: « Jugurthæ tui bello Numantino longe maxuma virtus fuit; quam rem tibi certo scio gaudio esse. Nobis[1] ob merita sua carus est; ut idem senatui et populo Romano sit, summa ope nitemur. Tibi quidem pro nostra amicitia gratulor, en habes virum dignum te atque avo suo Masinissa. » Igitur rex ubi ea, quæ fama acceperat, ex litteris imperatoris ita esse cognovit, cum virtute, tum gratia viri permotus, flexit animum suum[2] et Jugurtham beneficiis vincere[3] aggressus est; statimque[4] eum adoptavit et testamento pariter cum filiis heredem instituit. Sed ipse paucos post annos morbo atque

l'affection des Numides pour Jugurtha, qui lui faisait craindre que, en tuant un tel homme par trahison, il ne soulevât une sédition ou une guerre.

7. Au milieu de telles difficultés, il vit qu'il ne pouvait, ni par force ni par ruse, faire périr un personnage si cher à ses compatriotes; mais comme Jugurtha était homme d'action et passionné pour la gloire militaire, il résolut de l'exposer aux périls et de tenter ainsi la fortune. Aussi, dans la guerre de Numance, quand Micipsa envoya au peuple romain un secours de cavalerie et d'infanterie, comptant qu'il ne manquerait pas de succomber, soit en étalant sa valeur, soit sous les coups des ennemis, il le mit à la tête des Numides qu'il envoyait en Espagne. Mais l'événement fut bien contraire à son attente. En effet, dès que Jugurtha, esprit actif et ardent, eut reconnu le caractère de P. Scipion, qui commandait alors les Romains, et la tactique des ennemis, son activité, sa vigilance, ainsi que sa modestie dans l'obéissance et son intrépidité à aller au devant du danger, lui acquirent en peu de temps une telle réputation, qu'il devint l'idole des nôtres et la terreur des Numantins. Il est vrai que, chose difficile entre toutes, il réunissait la bravoure dans le combat et la sagesse dans le conseil, deux vertus, dont l'une, à force de prudence, amène d'ordinaire la timidité, l'autre, à force d'audace, la témérité. Aussi le général chargeait Jugurtha de presque toutes les opérations difficiles, le traitait en ami, le chérissait chaque jour davantage; car ses plans et ses entreprises réussissaient toujours. A cela, il joignait un cœur généreux et un esprit fin, qualités qui l'unirent d'une étroite amitié avec un grand nombre de Romains.

8. A cette époque, il y avait dans notre armée plusieurs personnages, tant nouveaux que nobles, qui préféraient les richesses à la vertu et à l'honneur, gens factieux à Rome, puissants chez les alliés, plus fameux qu'estimés; ceux-ci enflammaient l'ambition déjà si vive de Jugurtha, en lui annonçant que, après la mort du roi Micipsa, il serait seul maître de la Numidie; rien n'égalait son mérite, à Rome tout était vénal. Mais lorsque, après la destruction de Numance, P. Scipion eut résolu de congédier les auxiliaires et de rentrer lui-même à Rome, ayant comblé publiquement Jugurtha de présents et d'éloges, il le conduisit dans la tente prétorienne, et là, il lui donna en secret le conseil de cultiver l'amitié du peuple romain, en servant l'État plutôt que les particuliers, et de ne pas s'habituer à faire des largesses individuelles : il était dangereux d'acheter à quelques-uns ce qui appartenait à tous; s'il voulait persévérer dans sa conduite, la gloire et le trône viendraient à lui d'eux-mêmes; si, au contraire, il y mettait trop de précipitation, son argent finirait par le perdre.

9. Ayant ainsi parlé, il le congédia avec une lettre qu'il devait remettre à Micipsa. En voici la teneur : « Ton Jugurtha, dans la guerre de Numance, a montré entre tous la plus grande valeur; et je suis sûr que ce sera pour toi un sujet de joie. Ses services nous l'ont rendu cher; nous ferons tous nos efforts pour qu'il le soit aussi au sénat et au peuple romain. Je t'en félicite à titre d'ami, tu as là un homme digne de toi et de son aïeul Masinissa. » Aussi, voyant que la lettre du général confirmait ce que lui avait appris la renommée, le roi, ébranlé tant par le mérite que par le crédit du prince, changea de sentiment et entreprit de vaincre Jugurtha par les bienfaits; il l'a-

7. — [1] *Sævus* se dit toujours de ceux qui s'efforcent de détruire un obstacle avec la dernière violence. — L'expédition eut lieu dans l'hiver de 135-134. = [2] Se rencontre quelquefois avec le superlatif : « Celle, parmi les choses qu'on appelle difficiles, à qui cette notion convient le plus; » tournure qui correspond au grec ἐν τοῖς. = [3] « Propter. » De même pour *ex virtute* (ch. 5).

8. — [1] Voy. *Cat.* 5, n. 1; 23, n. 7. Sur *atque*, ibid. 52, n. 32. = [2] « Il pourrait donc aussi acheter la Numidie. » Nous trouvons ici une preuve frappante de cette habileté des Romains à semer des germes de division dans les royaumes qui ne leur étaient pas encore soumis. Guerres donnant gloire et richesses, provinces à piller : voilà ce que demandaient tous ces nobles ambitieux. C'est pour cela qu'ils excitent Jugurtha, qu'ils lui montrent la royauté en perspective, qu'ils le poussent à détruire la race de Masinissa; et les conseils mêmes de Scipion n'ont en vue que l'intérêt, non l'honnêteté. = [3] Du verbe *concieo*, assemblée convoquée par un magistrat, de là assemblée en général, et aussi discours prononcé devant une assemblée. = [4] Sous-entendu *tentorium*. Voy. *Cat.* 59, n. 11. = [5] C.-à-d. *aliquibus*. = [6] « Id, cujus *deferendi ac tribuendi potestas* penes universum populum esset. » Kritz. = [7] Dont il est parlé au ch. 7. Voy. *Cat.* 2, n. 4. = [8] Voy. 51, n. 9.

9. — [1] Pour *mihi*. Chez les anciens, en parlant de soi, on employait très-fréquemment la tournure par le pluriel comme étant plus modeste. = [2] « Il prit une résolution contraire à celle qu'il avait eue auparavant. » = [3] Micipsa ne pouvait ignorer les sentiments de Jugurtha; c'est donc un *ennemi* qu'il cherche à vaincre, à se soumettre. = [4] Dans le récit, *que* indique en général la continuation ou le résultat d'une action, ou l'exécution d'un projet.

ætate confectus, cum sibi finem vitæ adesse intellegeret, coram amicis et cognatis itemque Adherbale et Hiempsale filiis, dicitur hujuscemodi verba cum Jugurtha habuisse.

dopta aussitôt, et par son testament l'institua son héritier conjointement avec ses fils. Quelques années après, accablé par l'âge et la maladie, sentant que sa fin était proche, en présence de ses amis, de ses parents, ainsi que d'Adherbal et d'Hiempsal, ses fils, il tint, dit-on, ce langage à Jugurtha.

10. «Parvum ego, Jugurtha, te[1], amisso patre, sine spe, sine opibus, in meum regnum accepi[2], existumans non minus me tibi quam liberis, si genuissem[3], ob beneficia carum fore; neque ea res falsum me habuit[4]. Nam ut alia magna et egregia tua omittam, novissume[5] rediens[6] Numantia meque regnumque meum gloria honoravisti, tuaque virtute nobis Romanos ex amicis amicissumos fecisti. In Hispania nomen familiæ renovatum est[7]; postremo, quod difficillumum inter mortales est, gloria invidiam[8] vicisti. Nunc quoniam mihi natura finem vitæ facit, per hanc dexteram[9], per regni fidem[10] moneo obtestorque te, uti hos, qui tibi genere propinqui, beneficio meo[11] fratres sunt, caros habeas, neu malis alienos adjungere quam sanguine conjunctos retinere. Non exercitus neque thesauri præsidia regni sunt, verum amici, quos neque armis cogere, neque auro parare queas; officio et fide pariuntur. Quis autem amicior quam frater fratri? aut quem alienum fidum invenies, si tuis[12] hostis fueris? Equidem[13] ego vobis regnum trado firmum, si boni eritis; sin mali, imbecillum. Nam concordia parvæ res crescunt, discordia maxumæ dilabuntur. Ceterum[14] ante hos te, Jugurtha, qui ætate et sapientia prior es, ne aliter quid eveniat[15], providere decet. Nam in omni certamine, qui opulentior est, etiam si accipit injuriam, tamen quia plus potest, facere videtur. Vos autem, Adherbal et Hiempsal, colite, observate talem hunc virum, imitamini virtutem, et enitimini, ne ego meliores liberos sumpsisse videar quam genuisse[16].»

10. «Tu étais enfant, Jugurtha, tu étais orphelin, sans avenir, sans fortune, quand je t'accueillis près de mon trône, comptant que par mes bienfaits je te deviendrais aussi cher qu'à mes enfants, si je venais à en avoir; je n'ai pas été trompé dans mon attente. Sans parler de toutes les grandes choses qui t'ont illustré, dernièrement, à ton retour de Numance, tu m'as couvert d'éclat, moi et mon royaume, et ta valeur a doublé l'amitié des Romains pour nous. En Espagne, notre famille voit revivre son nom; enfin, chose bien difficile parmi les mortels, ta gloire a triomphé de l'envie. Aujourd'hui que la nature met un terme à mes jours, par cette main, par la loyauté qui convient à un roi, je te le demande, je t'en supplie, chéris mes fils, qui sont tes proches par la naissance, tes frères par mon bienfait, et ne va pas t'attacher des étrangers, au lieu de garder ceux que t'unit le sang. Ce ne sont point les armées ni les trésors qui sont les remparts d'un État, mais les amis, qu'on ne peut ni recruter par la force, ni acheter à prix d'or; on les obtient par les services et le dévouement. Et quelle amitié plus sûre que celle d'un frère pour son frère? Quel étranger te sera fidèle, si pour les tiens tu es un ennemi? Pour moi, je vous laisse un État solide, si vous êtes vertueux, chancelant, si vous ne l'êtes pas. Car la concorde fait croître les petites choses, la discorde détruit les plus grandes. Au reste, Jugurtha, puisque tu surpasses mes fils en âge et en sagesse, c'est à toi d'abord à prévenir tout accident. Dans toute lutte, en effet, le plus fort, lors même qu'il est l'offensé, ne laisse pas, comme plus puissant, de passer pour l'agresseur. Et vous, Adherbal et Hiempsal, honorez, respectez un tel homme, imitez sa vertu, et faites tous vos efforts pour qu'on ne dise pas que l'adoption m'a donné de meilleurs fils que la nature.»

11. Ad ea Jugurtha, tametsi regem ficta locutum intellegebat et ipse longe aliter[1] animo agitabat, tamen pro tempore[2] benigne respondit. Micipsa paucis post diebus moritur. Postquam illi more regio justa magnifice fecerant, reguli[3] in unum convenerunt, ut inter se de cunctis negotiis disceptarent. Sed Hiempsal, qui minumus[4] ex illis erat, natura ferox et jam ante ignobilitatem Jugurthæ, quia materno genere impar erat, despiciens, dextera Adherbalem assedit[5], ne medius ex tribus, quod apud Numidas honori ducitur[6], Jugurtha foret. Dein tamen, ut ætati concederet, fatigatus a fratre, vix in partem alteram transductus est. Ibi cum multa de administrando imperio dissererent, Jugurtha inter alias res jacit, oportere quinquennii consulta et decreta omnia rescindi; nam per ea tempora confectum annis Micipsam parum animo valuisse. Tum idem Hiempsal placere sibi respondit; nam ipsum

11. A cela Jugurtha, bien qu'il sentit que le langage du roi n'était pas sincère, et que lui-même eût des sentiments tout différents, répondit pourtant, à cause de la circonstance, d'une manière amicale. Micipsa mourut quelques jours après. Après lui avoir rendu les derniers devoirs avec une magnificence toute royale, les princes se réunirent pour conférer ensemble sur toutes leurs affaires. Mais Hiempsal, le plus jeune d'entre eux, d'un caractère hautain, et qui avait toujours méprisé la naissance de Jugurtha comme inférieure à la sienne du côté maternel, s'assit à la droite d'Adherbal, afin que Jugurtha ne fût pas au milieu des trois, ce qui est considéré comme un honneur chez les Numides. Puis cependant, sur les instances de son frère qui le priait de céder aux droits de l'âge, il consentit non sans peine à passer de l'autre côté. Là, au milieu de longues discussions sur

10. — [1] Dans quelques mss., ainsi que dans Donat (Tér. *Andr.* 1, 1, 8), on lit *P. e. te, Jugurtha.* = [2] «Je te fis participer à toutes les choses que possèdent seulement ceux qui sont nés sur le trône, c'est-à-dire, je te traitai en fils de roi.» L'auteur pouvait dire simplement *in meam domum;* mais il veut, par une expression plus forte, faire ressortir la grandeur du bienfait. = [3] Quand le roi numide prit chez lui son neveu, il était sans enfants, mais il espérait bien en avoir. Jugurtha aurait donc eu tort de penser qu'il deviendrait l'héritier de son oncle, de voir par conséquent dans la naissance de ses cousins un accident qui lui enlevait la couronne; c'est la compassion et l'amitié, et non le manque d'enfants, qui ont engagé Micipsa à l'accueillir: voilà ce que ce dernier lui donne à entendre. = [4] «Neque ea res effecit, ut falsus essem.» Cf. *Cat.* 23, n. 4; seulement ici le sujet est un nom de chose. Voy. Quint. 9, 3, 12. = [5] On voit par là combien Salluste tient peu compte de la chronologie, car Numance avait été prise en 133, et Micipsa mourut en 118. = [6] Non pas *cum rediisses*, mais *cum redires.* D'après certains grammairiens, le participe présent, particulièrement des verbes signifiant *venire*, peut avoir la valeur d'un passé; Kritz a parfaitement démontré qu'il indique toujours une action qui se prolonge. = [7] Allusion aux exploits de Masinissa en Espagne pendant la seconde guerre punique, alors qu'il était encore du parti des Carthaginois. = [8] L'*envie* en général, et non celle de Micipsa, comme le veut Corte; ce serait un non-sens. = [9] C'est-à-dire que le roi met sa main droite dans celle de Jugurtha, ce qui est un signe d'alliance, d'engagement réciproque. Plaute, *Capt.*, 2, 3, 82: *Hæc per dexteram tuam te dexterâ retinens manu obsecro.* = [10] *Per amicitiæ fidem*, «per eam fidem, quam decet in amicitia observare;» *per regni fidem*, per eam fidem, quæ decet in regno, id est regem.» = [11] L'adoption de Jugurtha. = [12] Le datif dépend du verbe et non de *hostis.* — «*Inimicus* privatas ac verborum, *hostis* publicas et armorum contentiones significat.» Kritz. En employant *hostis*, Micipsa veut dire qu'il ne doit pas faire la guerre à ses frères, ni les dépouiller de la royauté. = [13] Voy. *Cat.*, 51, n. 17. = [14] De l'exhortation commune, il passe à ce que doit faire chacun en particulier. «Soyez unis. Pour que je vous instruise comment cela peut se faire, à toi, Jugurtha, appartient de, etc., et à vous, de, etc.» = [15] «Qu'il n'arrive quelque chose qui trouble la concorde.» *Aliter* quam spero. = [16] «Ne malos liberos genuisse, proptereaque meliores quæsivisse videar.» Dietsch. Cf. ce discours avec celui de Cyrus (Xénophon, *Cyrop.* 8) et de Marc-Aurèle (Hérodien, 1). Spartien (21) rapporte que, près de mourir, Septime-Sévère le lut à ses deux fils, Caracalla et Géta, le traitant d'*oratio divina.*

11. — [1] Remplace un complément direct. = [2] «*Parce que* dans ce moment, en présence de Micipsa et des autres, il trouvait imprudent de trahir ses véritables sentiments.» = [3] L'auteur les appelle ainsi, soit en raison de leur jeunesse, soit à cause du partage de la royauté entre eux trois. = [4] Pour *minumus natu.* = [5] Est rarement uni avec l'accusatif. = [6] Il en était de même chez les Romains et chez d'autres peuples; voy. Cic. *de Rep.* 1, 12; Plut. *Cat. min.* 57 et *Sull.* 5. Salluste le met en relief pour faire sentir à ses lecteurs que

illum his tribus proxumis annis[7] adoptatione[8] in regnum pervenisse. Quod verbum in pectus Jugurthæ altius, quam quisquam ratus erat, descendit. Itaque ex eo tempore ira et metu anxius[9] moliri, parare, atque ea modo cum animo habere, quibus Hiempsal per dolum caperetur. Quæ ubi tardius procedunt neque lenitur animus ferox, statuit quovis modo inceptum perficere.

l'administration du royaume, Jugurtha, entre autres choses, avance qu'il faut casser les décisions et décrets des cinq dernières années, vu que, durant cette époque, Micipsa accablé d'années n'avait plus joui de tout son jugement. Hiempsal répondit qu'il était du même avis, vu que c'était dans ces trois dernières années que l'adoption l'avait fait, lui, arriver au trône. Ce mot pénétra dans l'âme de Jugurtha plus profondément qu'on ne le crut. Aussi, dès ce moment, agité par la colère et la crainte, il ne fait plus que machiner, tramer et méditer les moyens de surprendre Hiempsal par trahison. Mais comme tout cela va trop lentement et que son âme implacable ne se calme pas, il se décide à en finir n'importe comment.

12. Primo conventu, quem ab regulis factum supra memoravi, propter dissensionem[1] placuerat dividi thesauros finesque imperii singulis constitui. Itaque tempus ad utramque rem decernitur[2], sed maturius ad pecuniam distribuendam. Reguli interea in loca propinqua thesauris[3] alius alio concessere. Sed Hiempsal in oppido Thirmida forte ejus domo utebatur, qui proxumus lictor[4] Jugurthæ carus acceptusque ei semper fuerat; quem ille casu ministrum oblatum promissis onerat impellitque, uti tanquam suam visens domum eat, portarum claves adulterinas[5] paret (nam veræ ad Hiempsalem referebantur), ceterum, ubi res postularet, se ipsum cum magna manu venturum. Numida mandata brevi conficit atque, uti doctus erat, noctu Jugurthæ milites introducit. Qui postquam in ædes irrupere, divorsi regem quærere, dormientes alios, alios occursantes interficere, scrutari loca abdita, clausa effringere, strepitu et tumultu omnia miscere; cum interim Hiempsal reperitur occultans se tugurio[6] mulieris ancillæ, quo initio pavidus et ignarus loci perfugerat. Numidæ caput ejus, ut jussi erant, ad Jugurtham referunt.

12. Dans la première conférence qui eut lieu, comme je viens de le dire, entre les princes, faute de s'entendre, on décida de partager les trésors et de déterminer à chacun les limites de son empire. On fixa donc une époque pour ce double partage; le premier devait être celui de l'argent. En attendant, les princes se rendirent, chacun de son côté, dans des lieux voisins des trésors. Il se trouva qu'Hiempsal logeait, dans la ville de Thirmida, chez le premier licteur de Jugurtha, homme qui avait toujours joui de l'affection et de la faveur de son maître. Profitant de l'instrument que lui offrait le hasard, Jugurtha le comble de promesses et l'engage à aller dans sa maison comme s'il la visitait, et à se procurer de fausses clefs (car on remettait les véritables à Hiempsal); lui-même, dès qu'il en serait temps, viendrait avec une troupe nombreuse. Le Numide se hâte de remplir sa mission, et, conformément à ses instructions, introduit pendant la nuit les soldats de Jugurtha. Dès qu'ils ont envahi la maison, ils cherchent le roi de tous les côtés, massacrent les serviteurs, soit endormis, soit accourant sur leur passage, fouillent les réduits secrets, brisent les portes, et répandent partout le bruit et le tumulte; on finit par trouver Hiempsal caché sous la hutte d'une esclave, où, dans sa frayeur et son ignorance des lieux, il s'était d'abord réfugié. Les Numides, selon l'ordre qu'ils avaient reçu, vont porter sa tête à Jugurtha.

13. Ceterum fama tanti facinoris per omnem Africam brevi divulgatur; Adherbalem omnesque, qui sub imperio Micipsæ fuerant, metus invadit[1]; in duas partes discedunt Numidæ; plures Adherbalem sequuntur, sed illum alterum bello meliores. Igitur Jugurtha quam maxumas potest copias armat, urbes partim vi, alias voluntate[2] imperio suo adjungit, omni Numidiæ imperare parat. Adherbal, tametsi Romam legatos miserat, qui senatum docerent de cæde fratris et fortunis suis, tamen fretus multitudine militum parabat armis contendere[3]. Sed ubi res ad certamen venit, victus ex prœlio profugit in provinciam[4] ac deinde Romam contendit. Tum Jugurtha, patratis consiliis, postquam omnis Numidiæ potiebatur, in otio facinus suum cum animo reputans, timere populum Romanum neque advorsus iram ejus usquam nisi in avaritia nobilitatis et pecunia sua spem habere. Itaque paucis diebus cum auro et argento multo Romam legatos mittit, quis præcipit, primum uti veteres amicos muneribus expleant, deinde novos acquirant, postremo quæcunque[5] possint largiundo parare ne cunctentur. Sed ubi Romam legati venere et ex

13. Cependant la nouvelle d'un si grand crime se répand bientôt par toute l'Afrique; Adherbal et tous les anciens sujets de Micipsa tremblent; les Numides se divisent en deux partis; le plus grand nombre s'attache à Adherbal, mais pour l'autre se déclarent les plus aguerris. Jugurtha arme donc le plus de troupes qu'il peut, réunit de gré ou de force les villes à son empire, et se prépare à commander à toute la Numidie. Adherbal, bien qu'il eût envoyé à Rome des députés pour instruire le sénat du meurtre de son frère et de sa propre situation, ne s'en préparait pas moins, comptant sur le nombre de ses soldats, à lutter les armes à la main. Mais dès qu'on en vint à combattre, il fut vaincu, s'enfuit du champ de bataille dans la province, puis se rendit à Rome. Jugurtha, parvenu à ses fins, se voyait maître de toute la Numidie; alors réfléchissant à loisir sur son crime, il a peur du peuple romain, et contre sa colère n'a d'espoir que dans la cupidité de la noblesse et dans ses trésors. Aussi, quelques jours après, il envoie à Rome des députés avec beaucoup d'or et d'argent, et leur enjoint de combler d'abord de

ce n'était pas une coutume romaine introduite chez les Numides. = [7] Remarquez la contradiction chronologique avec ce qui est dit chap. 9. = [8] Beaucoup de mss. ont *adoptione*, mot bien plus usité, car c'était le terme légal. = [9] Ne se rattache à *anxius* qu'indirectement, par *zeugma*, c'est-à-dire en sous-entendant un terme dont l'idée est contenue dans *anxius*. Cf. *Cat.* 61, n. 5.

12. — [1] Ne s'accordant pas assez pour garder indivis l'héritage de Micipsa, ils se le partagent. = [2] Le passage du passé au présent indique qu'il s'est écoulé un certain laps de temps. Du récit de Tite-Live (*Epit.* 62), on peut conclure qu'il y eut un intervalle de trois ans entre la mort d'Hiempsal et celle de Micipsa. = [3] Les villes qui renfermaient les trésors des rois numides étaient Suthul, Thala, Capsa, et d'autres; voy. *Jug.* 37, 75, 92; Strabon, 17. Il est vraisemblable que les jeunes rois se séparèrent par suite d'une convention, pour pouvoir s'observer mutuellement. = [4] Le licteur (voy. *Cat.* 18, n. 5) qui marchait le dernier devant le magistrat, s'appelait *proximus lictor*; c'était un poste de confiance. On a pensé que Masinissa avait transporté l'institution des licteurs dans ses États; mais il est plus simple de croire que Salluste donne un nom romain à une charge qui avait quelque analogie avec celle de *p. lictor*. = [5] Chez les anciens, les portes se fermaient et s'ouvraient à l'aide de barres ou traverses intérieures (*repagula*, *objices*) attachées à une courroie, et qui se maniaient au moyen d'un crochet (*clavis*) qu'on introduisait par une ouverture. Quelquefois aussi le verrou était extérieur (*sera*). On voit que ce système était assez perfectionné pour qu'on connût les fausses clefs. = [6] *Tugurium* a partout le sens de « hutte, cabane, *ædificium rusticæ conditionis*; » il est donc probable que chez les Numides, comme chez d'autres peuples, les esclaves habitaient dans les cours où chacun avait son logement séparé.

13. — [1] Parce que cet attentat les fait juger des sentiments qui animent Jugurtha; et c'est cette peur qui les pousse à prendre parti, les uns pour Adherbal (afin qu'il les défende contre Jugurtha), les autres pour Jugurtha (afin qu'il ne les regarde pas comme des ennemis). = [2] « Ipsis volentibus. » Les deux ablatifs marquent chacun une relation différente et forment opposition. = [3] En envoyant des députés à Rome, Adherbal déférait au sénat et au peuple romain le jugement du crime de Jugurtha; c'était donc à lui d'attendre ce qu'on y déciderait. = [4] La province d'Afrique, c'est-à-dire le territoire de Carthage réduit en province romaine. = [5] Le neutre,

præcepto regis hospitibus aliisque, quorum ea tempestate in senatu auctoritas pollebat, magna munera misere, tanta commutatio incessit, ut ex maxuma invidia in gratiam et favorem nobilitatis Jugurtha veniret; quorum pars spe, alii præmio inducti, singulos ex senatu ambiundo nitebantur, ne gravius in eum consuleretur. Igitur, ubi legati satis confidunt, die constituto, senatus utrisque datur[6]. Tum Adherbalem hoc modo locutum accepimus.

présents ses anciens amis, puis d'en gagner de nouveaux, en un mot, d'acheter sans retard tout ce qu'ils trouveraient à vendre. Dès que les députés furent arrivés à Rome, et que, suivant les instructions du roi, ils eurent envoyé des présents considérables à ses hôtes et à tous ceux qui jouissaient alors d'une grande influence dans le sénat, il se produisit un tel changement, que, d'une violente indignation, on vit les nobles passer à la bienveillance et à la faveur pour Jugurtha; et, entraînés les uns par l'espoir, les autres par l'argent, ils tâchaient, à force de démarches auprès de chaque membre du sénat, de prévenir une mesure trop rigoureuse contre lui. Aussi les députés sont-ils pleins de confiance quand, au jour fixé, le sénat donne audience aux deux parties. Alors Adherbal parla, dit-on, de la sorte.

14. «Patres conscripti, Micipsa pater meus moriens mihi præcepit, uti regnum Numidiæ tantummodo procurationem[1] existumarem meam, ceterum jus et imperium penes vos esse; simul eniterer domi militiæque quam maxumo usui esse populo Romano, vos mihi cognatorum, vos in affinium[2] locum ducerem : si ea fecissem, in vestra amicitia exercitum, divitias, munimenta regni me habiturum. Quæ cum præcepta parentis mei agitarem[3], Jugurtha, homo omnium, quos terra sustinet, sceleratissumus, contempto imperio vestro, Masinissæ me nepotem et jam ab stirpe[4] socium et amicum populi Romani[5] regno fortunisque omnibus expulit. Atque[6] ego, patres conscripti, quoniam eo miseriarum venturus eram, vellem potius ob mea quam ob majorum meorum beneficia posse me[7] a vobis auxilium petere, ac maxume[8] deberi mihi beneficia a populo Romano, quibus non egerem, secundum ea[9], si desideranda erant, uti debitis uterer. Sed quoniam parum tuta per se ipsa probitas est[10], neque mihi in manu fuit, Jugurtha qualis foret, ad vos confugi, patres conscripti, quibus, quod mihi miserrumum est, cogor prius oneri quam usui esse. Ceteri[11] reges aut bello victi in amicitiam a vobis recepti sunt, aut in suis dubiis rebus societatem vestram appetiverunt; familia nostra cum populo Romano bello Carthaginiensi amicitiam instituit, quo tempore magis fides ejus quam fortuna petenda erat[12]. Quorum[13] progeniem vos, patres conscripti, nolite pati me, nepotem Masinissæ, frustra a vobis auxilium petere. Si ad impetrandum nihil causæ haberem præter miserandam fortunam, quod paulo ante rex genere, fama atque copiis potens, nunc deformatus ærumnis, inops, alienas opes expeto, tamen erat majestatis populi Romani prohibere injuriam neque pati cujusquam regnum per scelus crescere. Verum ego[14] his finibus ejectus sum, quos majoribus meis populus Romanus dedit, unde pater et avus meus una vobiscum expulere Syphacem et Carthaginienses. Vestra beneficia mihi erepta sunt, patres conscripti; vos in mea injuria despecti estis. Eheu me miserum! Huccine, Micipsa pater, beneficia tua evasere, ut, quem tu parem cum liberis tuis regnique participem fecisti, is potissumum stirpis tuæ exstinctor sit? Nunquamne ergo familia nostra quieta erit? semperne in sanguine, ferro, fuga versabitur? Dum Carthaginienses incolumes fuere, jure[15] omnia sæva patiebamur; hostes ab latere, vos amici procul, spes omnis in armis erat. Postquam illa pestis ex Africa ejecta est, læti pacem agitabamus, quippe

14. «Pères conscrits, Micipsa, mon père, en mourant, me recommanda de ne considérer le royaume de Numidie que comme une intendance qui m'était confiée; quant à l'autorité et au pouvoir, de les regarder comme étant à vous; en même temps de faire tous mes efforts pour être, en paix et en guerre, de la plus grande utilité au peuple romain, de voir en vous mes parents, en vous ma famille : si j'agissais ainsi, dans votre amitié je trouverais armée, trésors, en un mot, les remparts de mon royaume. Je m'appliquais à suivre les instructions de mon père, quand Jugurtha, l'homme de tous ceux que porte la terre le plus criminel, au mépris de votre souveraineté, m'a attaqué, moi, le petit-fils de Masinissa, et par ma famille l'allié et l'ami du peuple romain, pour me chasser du trône et de tous mes biens. Sans doute, pères conscrits, puisque je devais en venir à ce degré de malheur, je voudrais pouvoir réclamer votre secours plutôt au nom de mes services que de ceux de mes ancêtres, et mieux encore avoir droit aux bienfaits du peuple romain, sans en avoir besoin, ou du moins, s'il fallait les invoquer, ne les recevoir qu'à titre de dette. Mais puisque l'honnêteté n'a en elle-même qu'une faible sauvegarde, et qu'il n'a pas dépendu de moi que Jugurtha fût autre qu'il n'est, je suis accouru vers vous, pères conscrits, contraint, ô comble de misère! de vous être à charge avant de vous être utile. Les autres rois, c'est après une défaite qu'ils ont été reçus dans votre amitié, ou bien c'est au milieu de leurs périls qu'ils ont recherché votre alliance; notre famille s'est unie d'amitié au peuple romain pendant la guerre de Carthage, à une époque où l'on pouvait prétendre moins à sa fortune qu'à sa fidélité. J'en suis le descendant, et vous, pères conscrits, ne souffrez pas que le petit-fils de Masinissa réclame en vain votre secours. Quand, pour l'obtenir, je n'aurais d'autre motif que ma déplorable fortune, moi qui, naguère roi puissant par la naissance, la gloire et les ressources, aujourd'hui flétri par la douleur, dénué de tout, implore l'assistance d'autrui, il serait encore de la majesté du peuple romain d'empêcher l'injustice, et de ne pas souffrir que le royaume de quelqu'un s'agrandisse par le crime. Mais moi, j'ai été expulsé d'un pays que mes ancêtres ont reçu du peuple romain, d'où mon père et mon aïeul ont ensemble avec vous chassé Syphax et les Carthaginois. Ce sont vos bienfaits qu'on m'a arrachés, pères conscrits; dans l'outrage qui m'est fait, c'est vous qui êtes insultés. Malheureux

dans son extension générale, comprend aussi bien les personnes que les choses. = [6] Terme officiel; on disait encore *dare copiam senatus*. — Il ne faut pas croire que *s. u. datur* soit la conclusion de *u. l. s. confidunt*, car *ubi* n'a qu'une valeur temporelle.

14. — [1] Terme consacré en parlant de ceux qui administraient une province en remplacement du fonctionnaire à qui elle avait été donnée par le sénat. Celui donc qui a la *procuratio* d'un royaume, n'a ni *jus* (*liberum arbitrium*, il doit rendre compte de tout au maître du royaume), ni *imperium* (*summa rerum administrandarum potestas*, il agit sous les auspices d'un autre). = [2] *Cognatus*, parent par les liens du sang; *affinis*, par alliance. = [3] «Studebam ut agerem.» Corte. = [4] «Respectu generis.» Kritz. *Ab* marque ici le côté sous lequel l'objet est envisagé. = [5] Le sénat appelait ainsi les rois étrangers, et aucun n'avait droit de porter ce titre, s'il ne lui avait été décerné officiellement. = [6] Voy. *Cat.* 52, n. 32. = [7] Voy. *Cat.* 1, n. 1. *Me* manque dans de bons mss. = [8] «Ac multo magis.» = [9] *Secundum*, à la suite de, immédiatement après; *ea*, «beneficia quibus non egerem.» Adherbal fait deux vœux : 1° de n'avoir pas besoin de l'assistance des Romains; 2° de recevoir du moins leurs services à titre de dette. De ces deux choses qu'il préfère à l'état dans lequel il se trouve, la première lui paraît la plus désirable; et, à défaut de celle-ci, il voudrait que ce pût être au moins l'autre, «hoc *post* illud, sed ei *proximum*.» Priscien (14, 1) : «*Secundum* quoque, quando pro κατὰ et μετὰ accipitur, loco præpositionis est; Sallustius in Jugurthino, etc.» Cf. Cic. *in Vat.* 6; *de Off.* 2, 3; Cés. *B. G.* 1, 33. = [10] «C'est ma loyauté qui m'a fait tomber dans le malheur.» = [11] Il rappelle au sénat ses ancêtres, dont le souvenir doit le plus faire valoir sa prière. = [12] *Fides*, on devait compter qu'il serait fidèle; *fortuna*, on devait craindre que, à cause de sa mauvaise fortune, une pareille alliance ne fût plutôt un malheur qu'un avantage (celui qui s'unit à un peuple florissant, *ejus fortunam petit*, puisqu'il espère que par lui ses affaires prospéreront). Il s'efforce de présenter l'amitié de lui et des siens pour les Romains comme entièrement désintéressée, bien que Masinissa ne se fût lié avec eux qu'après la défaite d'Asdrubal. = [13] Se rapporte par syllepse à *familia*. = [14] «Vous devez empêcher l'injustice, même si elle ne vous regarde pas; mais à plus forte raison devez-vous m'assister, quand c'est vous-mêmes qui êtes frappés.» = [15] «Aliter

quis hostis nullus erat, nisi forte quem vos jussissetis[16]. Ecce autem ex improviso Jugurtha, intoleranda audacia, scelere atque superbia se efferens, fratre meo atque eodem propinquo suo interfecto, primum ejus regnum sceleris sui prædam fecit; post, ubi me iisdem dolis nequit capere, nihil minus quam vim aut bellum exspectantem in imperio vestro[17], sicut videtis, extorrem patria, domo, inopem et coopertum miseriis effecit, ut ubivis tutius quam in meo regno essem[18]. Ego sic existumabam, patres conscripti, ut prædicantem audiveram patrem meum, qui vestram amicitiam diligenter colerent, eos multum laborem suscipere, ceterum ex omnibus maxume tutos esse. Quod in familia nostra fuit, præstitit[19]; uti in omnibus bellis adesset vobis; nos uti per otium tuti simus, in vestra manu est, patres conscripti. Pater nos duos fratres reliquit; tertium, Jugurtham, beneficiis suis ratus est nobis conjunctum fore: alter eorum necatus est, alterius ego ipse manus impias vix effugi[20]. Quid agam aut quo potissumum infelix accedam? Generis præsidia omnia exstincta sunt; pater, uti necesse erat, naturæ concessit; fratri, quem minume decuit[21], propinquus per scelus vitam eripuit; affines, amicos, propinquos ceteros meos alium alia clades oppressit: capti ab Jugurtha, pars in crucem acti, pars bestiis objecti sunt; pauci, quibus relicta est anima, clausi in tenebris, cum mœrore et luctu morte graviorem vitam exigunt. Si omnia, quæ aut amisi aut ex necessariis advorsa facta sunt, incolumia manerent[22], tamen, si quid ex improviso mali accidisset, vos implorarem, patres conscripti, quibus[23] pro magnitudine imperii jus et injurias omnes curæ esse decet. Nunc vero[24] exsul patria, domo, solus atque omnium honestarum rerum egens, quo accedam aut quos appellem[25]? nationesne an reges[26] qui omnes familiæ nostræ ob vestram amicitiam infesti sunt? An quoquam mihi adire licet, ubi non majorum meorum hostilia monumenta plurima sint? aut[27] quisquam nostri misereri potest, qui aliquando vobis hostis fuit? Postremo[28] Masinissa nos ita instituit, patres conscripti, ne quem coleremus, nisi populum Romanum, ne societates, ne fœdera nova acciperemus; abunde magna præsidia nobis in vestra amicitia fore; si huic imperio fortuna mutaretur, una occidendum nobis esse. Virtute ac diis volentibus magni estis et opulenti, omnia secunda et obedientia[29] sunt; quo[30] facilius sociorum injurias curare licet. Tantum[31] illud vereor, ne quos privata[32] amicitia Jugurthæ, parum cognita[33], transvorsos agat; quos ego audio maxuma ope niti, ambire, fatigare vos singulos, ne quid de absente incognita causa statuatis; fingere me verba et fugam simulare, cui licuerit in regno manere. Quod utinam illum, cujus impio facinore in has miserias projectus sum, eadem hæc simulantem videam, et aliquando[34] aut apud vos aut apud deos immortales rerum humanarum cura oriatur! Næ ille, qui nunc sceleribus suis ferox atque præclarus est, omnibus malis excruciatus, impietatis in parentem nostrum, fratris mei necis mearumque miseriarum graves pœnas reddat[35]. Jam jam[36] frater, animo meo carissume, quanquam tibi immaturo et unde minume decuit vita erepta est, tamen lætandum magis quam dolendum puto casum tuum; non enim regnum tuum, sed fugam, exsilium, egestatem et omnis has, quæ me premunt, ærumnas cum anima simul ami-

que je suis ! Voilà donc, Micipsa, mon père, à quoi tes bienfaits ont abouti, à ce que celui que tu as fait l'égal de tes enfants et admis au partage de ton royaume, soit précisément le destructeur de ta race? Notre famille ne trouvera-t-elle donc jamais le repos? vivra-t-elle toujours dans le sang, les combats, l'exil? Tant que Carthage fut debout, nous supportions justement les plus dures épreuves; l'ennemi était à nos côtés; vous, nos amis, vous étiez loin; tout notre espoir reposait dans les armes. Depuis que l'Afrique avait été délivrée de ce fléau, nous jouissions du bonheur et de la paix, n'ayant d'ennemis que ceux que vous aviez pu nous prescrire. Et voici que tout à coup Jugurtha, avec une audace intolérable, transporté de scélératesse et d'orgueil, après avoir tué mon frère, que dis-je? son parent, d'abord a fait du royaume de la victime le prix de son attentat; puis, ne pouvant me prendre dans les mêmes piéges, quand je ne m'attendais sous votre empire à rien moins qu'à la violence et à la guerre, il m'a, comme vous voyez, chassé de ma patrie, de mes foyers, jeté dans la misère et accablé de maux, et m'a réduit à trouver partout plus de sûreté que dans mon royaume. Pour moi, je pensais, pères conscrits, comme je l'avais entendu répéter à mon père, que ceux qui cultivaient avec zèle votre amitié, s'imposaient de grandes peines, mais que de tous les hommes ils étaient les plus en sûreté. Tout ce que notre famille a pu, elle l'a fait, pour vous assister dans toutes les guerres; notre sûreté dans la paix, c'est de vous qu'elle dépend, pères conscrits. Mon père laissa deux fils; il crut par ses bienfaits nous attacher un troisième frère, Jugurtha : de mes deux parents, l'un a été égorgé, je n'ai moi-même échappé qu'avec peine aux mains impies de l'autre. Que faire, ou bien où aller de préférence dans mon malheur? Les appuis de ma famille sont tous anéantis; mon père a payé à la nature le tribut inévitable; à mon frère, celui qui le devait le moins, un parent, lui a indignement arraché la vie; mes proches, mes amis, tous mes parents, ont succombé à divers attentats : prisonniers de Jugurtha, les uns ont été mis en croix, les autres jetés aux bêtes; quelques-uns, à qui on a laissé la vie, au fond de sombres cachots, dans la tristesse et le désespoir, traînent une existence plus cruelle que la mort. Quand me resteraient toutes les ressources que j'ai perdues, tous les alliés qui se sont tournés contre moi, cependant, s'il m'était arrivé un malheur imprévu, c'est vous que j'implorerais, pères conscrits, vous à qui la grandeur de l'empire fait un devoir de prendre à cœur tous les droits et toutes les injustices. Mais aujourd'hui, banni de ma patrie, de mes foyers, seul et privé de tout ce qui convient à mon rang, où aller, ou à qui m'adresser? aux nations ou aux rois, qui tous, à cause de votre amitié, sont ennemis de notre famille? M'est-il possible de porter mes pas quelque part, où mes ancêtres n'aient laissé en foule des monuments d'hostilité? ou puis-je attendre quelque pitié de quiconque a été votre ennemi? En un mot, Masinissa nous a appris, pères conscrits, à ne nous attacher qu'au peuple romain, à ne faire ni alliances ni traités nouveaux; nous devions trouver dans votre amitié d'assez grands soutiens; si la fortune de votre empire venait à changer, nous n'avions qu'à tomber

fieri non poterat, quam ut, etc.» Kritz. = [16] Allusion aux guerres de Masinissa avec les Carthaginois et aux secours envoyés contre Numance. *Nisi forte* est toujours suivi de l'indicatif; le subjonctif dépend donc du relatif, et la construction pleine est : « Nisi forte quem vos nobis hostem esse jussissetis.» Dietsch. = [17] On peut aussi bien expliquer «vobis imperantibus,» que «intra imperii vestri fines.» = [18] « Cum nihil minus quam vim exspectarem, effecit, ut ubivis quam in meo regno tutius essem, eoque me extorrem ad vos confugere coegit.» Dietsch. Corte veut que *exspectantem*, etc., de sujets de la proposition *ut... essem*, soient devenus par attraction compléments du verbe principal : «Effecit ut ego nihil minus expectans, etc., ubivis tutius, etc.» Kritz croit que *ut... essem* est ajouté à ce qui précède par épexégèse (comme explicatif) : «Me nihil exspectantem, etc., extorrem effecit, ita quidem, ut, etc.» = [19] «Elle vous a donné ce qu'elle pouvait donner.» *Esse in aliquo* se dit toujours de ce que quelqu'un possède. = [20] Comme si la phrase précédente était : «A la mort de mon père, j'avais deux parents, l'un, etc., l'autre, etc.» = [21] C'est-à-dire *is quem*, etc.; et *propinquus* est ajouté en guise d'apposition. = [22] Kritz décompose ainsi la phrase : «Si omnia mihi incolumia manerent, neque quidquam rerum mearum (præsidiorum) amisissem, neque Jugurtha aliique mihi ex necessariis inimici facti essent.» Voy. 13, n. 5. Remarquez *quæ* employé à la fois comme accusatif et comme nominatif. = [23] Complément de *curæ esse*, car *decet* gouverne l'accusatif. = [24] Il oppose la réalité à une hypothèse. = [25] Voy. *Cat.* 48, n. 11. = [26] Cf. *Cat.* 6, n. 2. = [27] « Ou, en supposant qu'il y ait un lieu où ne se trouvent pas de tels monuments, quelqu'un peut-il, etc. ? = [28] Cette phrase et la suivante résument tout ce qu'il a dit pour convaincre les Romains qu'ils doivent le secourir. = [29] Le premier se rapporte aux événements; le second, aux peuples. = [30] Voy. *Cat.* 1, n. 5. = [31] Répond à l'idée sous-entendue : «Je ne crains pas qu'oublieux de la vieille amitié qui vous lie à notre famille, vous manquiez à votre devoir.» = [32] Opposée à l'amitié *publique* qui depuis longtemps unissait le peuple romain et les rois de Numidie. Cf. 8. = [33] «Cum qualis ea sit, nondum cognoverint.» Dietsch. Ils ne savent pas que Jugurtha ne cherche que ses intérêts, et qu'il n'y a rien à attendre de lui = [34] Voy. *Cat.* 52, n. 7. = [35] Leçon de tous les mss., changée par Corte en *reddet*. = [36] A ce qui fait l'objet

sisti[37]. At ego infelix, in tanta mala præcipitatus ex patrio regno, rerum humanarum spectaculum præbeo, incertus quid agam, tuasne injurias persequar, ipse auxilii egens, an regno consulam, cujus vitæ necisque potestas ex opibus alienis pendet[38]. Utinam emori fortunis meis[39] honestus exitus esset, neu vivere contemptus viderer, si defessus malis injuriæ concessissem[40]! Nunc neque vivere lubet, neque mori licet sine dedecore. Patres conscripti, per vos, per liberos atque parentes vestros, per majestatem populi Romani, subvenite mihi misero, ite obviam injuriæ, nolite pati regnum Numidiæ, quod vestrum est, per scelus[41] et sanguinem familiæ nostræ[42] tabescere. »

avec lui. Grâce à votre courage et à la bienveillance des dieux, vous êtes grands et puissants; partout prospérité et soumission; il ne vous en est que plus facile de venger les injures faites à vos alliés. Je crains une chose, c'est que plusieurs, sans le bien connaître, ne se laissent égarer par une amitié personnelle pour Jugurtha; et j'entends dire qu'ils font les plus grands efforts, qu'ils sollicitent, qu'ils obsèdent chacun de vous, pour que vous ne prononciez pas sur l'affaire d'un absent sans en avoir pris connaissance; suivant eux, mes paroles sont des mensonges et ma fuite un artifice, quand j'étais libre de rester dans mes États. Ah! puissé-je le voir, celui dont le forfait impie m'a plongé dans ce malheur, réduit aux mêmes artifices, et puissiez-vous une fois, ou vous ou les dieux immortels, prendre souci des affaires humaines! Que cet homme, aujourd'hui fier de ses crimes qui font sa gloire, livré à toutes les tortures, expie sévèrement son impiété envers mon père, le meurtre de mon frère, et mes propres malheurs. Oui, mon frère, toi si cher à mon cœur, bien que la vie t'ait été arrachée avant l'heure et par celui qui le devait le moins, je trouve ton sort plus digne d'envie que de larmes; car ce n'est pas ton royaume, mais la fuite, l'exil, la misère, et tous ces tourments qui m'accablent, que tu as perdus avec l'existence. Pour moi, infortuné, précipité du trône de mes pères dans un abîme de maux, j'offre le spectacle des vicissitudes humaines, ne sachant ce que je dois faire, poursuivre ta vengeance, quand moi-même j'ai besoin de secours, ou m'occuper de ma royauté, quand mon droit de vie et de mort dépend du soutien d'autrui. Plût aux dieux que mourir fût dans ma condition une fin honorable, ou que je ne parusse pas vivre dans l'opprobre, si épuisé par le malheur, j'avais cédé à l'injustice! Maintenant, vivre, je ne le veux plus; mourir, je ne le peux plus sans déshonneur. Pères conscrits, par vous-mêmes, par vos enfants et vos parents, par la majesté du peuple romain, secourez-moi dans ma détresse, élevez-vous contre l'injustice, ne souffrez pas que le royaume de Numidie, qui est à vous, se perde par le crime et dans le sang de notre famille. »

15. Postquam rex finem loquendi fecit, legati Jugurthæ, largitione magis quam causa freti, paucis respondent; Hiempsalem ob sævitiam suam ab Numidis interfectum; Adherbalem ultro bellum inferentem, postquam superatus sit, queri quod injuriam facere nequivisset; Jugurtham ab senatu petere, ne se alium putarent[1] ac Numantiæ cognitus esset, neu verba inimici ante facta sua ponerent. Deinde utrique curia egrediuntur. Senatus statim consulitur[2]; fautores[3] legatorum, præterea [senatus][4] magna pars gratia[5] depravata, Adherbalis dicta contemnere, Jugurthæ virtutem extollere laudibus; gratia, voce, denique omnibus modis pro alieno scelere et flagitio sua quasi pro gloria nitebantur. At contra pauci, quibus bonum et æquum divitiis carius erat, subveniundum Adherbali et Hiempsalis mortem severe vindicandam censebant; sed ex omnibus maxume Æmilius Scaurus, homo nobilis, impiger, factiosus, avidus potentiæ, honoris, divitiarum, ceterum vitia sua callide occultans. Is postquam videt regis largitionem famosam impudentemque, veritus, quod in tali re solet, ne polluta licentia invidiam accenderet[6], animum a consueta lubidine continuit.

15. Lorsque le roi eut fini de parler, les députés de Jugurtha, comptant sur leurs largesses plus que sur la bonté de leur cause, répondent en peu de mots qu'Hiempsal a été tué par les Numides à cause de sa violence; qu'Adherbal a le premier pris les armes, et qu'après avoir été vaincu, il se plaint de n'avoir pu commettre l'injustice; que Jugurtha prie le sénat de ne pas le croire autre qu'on ne l'avait connu à Numance, et de ne pas mettre le langage d'un ennemi au-dessus de ses propres actions. Puis les deux parties sortent de la curie. Le sénat entre aussitôt en délibération; les défenseurs des députés, de plus, beaucoup de membres [du sénat] égarés par la partialité, jettent le mépris sur le discours d'Adherbal, exaltent le mérite de Jugurtha; crédit, parole, ils emploient tout pour soutenir le crime et l'infamie d'un étranger, comme si c'eût été leur propre gloire. Mais quelques-uns, qui mettaient la vertu et la justice au-dessus des richesses, voulaient qu'on secourût Adherbal et qu'on punît sévèrement le meurtre d'Hiempsal; c'était surtout l'avis d'Æmilius Scaurus, personnage noble, actif, intrigant, avide du pouvoir, d'honneurs et d'argent, du reste, dissimulant ses vices avec habileté. Voyant que les largesses du roi se faisaient avec scandale et impudence, il craignit, ce qui arrive en pareil cas, qu'une licence odieuse n'allumât l'indignation, et retint sa passion habituelle.

de ses vœux est opposée sa condition véritable. = [37] *non... sed.* Voy. 33, n. 7. Remarquez le zeugma *amittere fugam*, etc. Cf. *Cat.* 61, n. 5. = [38] Passage obscur qui a fort tourmenté les interprètes. Généralement on traduit, en rapportant *cujus* à *v. necisque* et en donnant à *a. opes* la valeur de *puissance étrangère* : « Ou m'occuperai-je de conserver mon royaume, quand d'autres ont sur moi droit de vie et de mort? » Mais il est clair qu'Adherbal oppose deux idées, le devoir du *frère* et celui du *roi* (*tuasne... an regno*); il faut donc restituer à *a. opes* son vrai sens « secours donnés par autrui, » expliquer *v. n. potestas*, par « pouvoir de vie et de mort sur les autres, » c'est-à-dire « toute-puissance royale, » et voir dans *cujus* le complément de *potestas*. = [39] Ablatif absolu. = [40] Il souhaite ou de mourir, ou de n'avoir pas été forcé de poursuivre l'injustice. Un mss a *vere*, un autre *jure*, ce qu'explique l'écriture *uiuere*. = [41] « Nefarie. » Voy. *Cat.* 6, n. 6. = [42] « Per cædem in familia nostra factam. » Kritz.

15. — [1] Se rapporte à *senatu* par syllepse. = [2] Voy. *Cat.* 50, n. 4. = [3] Ceux qui les appuyaient, parce qu'ils avaient été gagnés. = [4] Manque dans vingt mss. Comme *f. legatorum* étaient également des sénateurs, il est assez vraisemblable que le mot, d'abord glose explicative, aura fini par glisser dans le texte. = [5] « Le crédit dont Jugurtha jouissait auprès d'eux. » = [6] « Ne in gravissimam invidiam incurreret, si polluta licentia ageret, id est supra modum honesti negligens esset. » Kritz. — *Polluere*, souiller (particulièrement une chose sacrée), profaner, en général; de là *pollutus* se dit de tout ce qui est indigne et abominable.

16. Vicit tamen in senatu pars illa, quæ vero pretium aut gratiam anteferebat. Decretum fit, uti decem legati regnum, quod Micipsa obtinuerat, inter Jugurtham et Adherbalem dividerent. Cujus legationis princeps fuit L. Opimius, homo clarus et tum in senatu potens, quia consul[1], C. Graccho et M. Fulvio Flacco interfectis, acerrume victoriam nobilitatis in plebem exercuerat. Eum Jugurtha tametsi Romæ in amicis[2] habuerat, tamen accuratissume recepit; dando et pollicitando multa perfecit, uti famæ, fide[3], postremo omnibus suis rebus commodum regis anteferret. Reliquos legatos eadem via aggressus, plerosque capit; paucis carior fides quam pecunia fuit. In divisione, quæ pars Numidiæ Mauretaniam attingit, agro virisque opulentior, Jugurthæ traditur; illam alteram, specie quam usu potiorem, quæ portuosior et ædificiis magis exornata erat, Adherbal possedit[4].

17. Res postulare videtur Africæ situm paucis exponere[1] et eas gentes, quibuscum nobis bellum aut amicitia fuit, attingere. Sed quæ loca et nationes ob calorem aut asperitatem item solitudines minus frequentata sunt, de his haud facile compertum narraverim; cetera quam paucissumis absolvam. In divisione orbis terræ[2] plerique in parte tertia Africam posuere, pauci tantummodo Asiam et Europam esse, sed Africam in Europa[3]. Ea fines habet ab occidente fretum nostri maris et Oceani[4], ab ortu solis declivem latitudinem, quem locum Catabathmon incolæ appellant. Mare sævum, importuosum; ager frugum fertilis, bonus pecori, arbori infecundus; cœlo terraque penuria aquarum. Genus hominum salubri corpore, velox, patiens laborum; plerosque senectus dissolvit, nisi qui ferro aut bestiis interiere; nam morbus haud sæpe quemquam superat. Ad hoc malefici generis plurima animalia. Sed qui mortales initio Africam habuerint, quique postea accesserint, aut quomodo inter se permixti sint, quanquam ab ea fama, quæ plerosque obtinet, divorsum est, tamen uti ex libris Punicis, qui regis Hiempsalis[5] dicebantur, interpretatum nobis est, utique rem sese habere cultores ejus terræ putant, quam paucissumis dicam. Ceterum fides ejus rei penes auctores erit.

18. Africam initio habuere Gætuli et Libyes, asperi incultique, quis cibus erat caro ferina atque humi pabulum, uti pecoribus. Hi neque moribus[1] neque lege aut imperio cujusquam[2] regebantur; vagi, palantes, quas nox coegerat, sedes habebant. Sed postquam in Hispania Hercules[3], sicuti Afri[4] putant, interiit, exercitus ejus, compositus ex variis gentibus, amisso duce ac passim[5] multis sibi quisque[6] imperium petentibus, brevi dilabitur. Ex eo numero[7] Medi, Persæ et Armenii, navibus in Africam transvecti, proxumos nostro mari locos occupavere. Sed Persæ intra Oceanum magis[8]; hique alveos navium invorsos pro tuguriis habuere, quia neque materia in agris neque ab Hispanis emundi aut mutandi copia erat: mare magnum[9] et ignara lingua commercia prohibebant. Hi paulatim per connubia Gætulos secum miscuere, et quia

16. La victoire pourtant resta, dans le sénat, au parti qui à la justice préférait l'argent ou la faveur. On décréta que dix députés partageraient entre Jugurtha et Adherbal le royaume qu'avait possédé Micipsa. Le chef de cette députation fut L. Opimius, homme illustre et alors influent dans le sénat, pour avoir, étant consul, après le meurtre de C. Gracchus et de M. Fulvius Flaccus, fait peser durement sur le peuple la victoire de la noblesse. Bien que Jugurtha l'eût déjà compté à Rome au nombre de ses amis, il l'accueillit pourtant avec les plus grands égards; à force de dons et de promesses, il l'amena à sacrifier sa réputation, son honneur, en un mot, tous ses intérêts au profit du roi. Les autres députés, attaqués par les mêmes moyens, furent presque tous séduits; bien peu préférèrent l'honneur à l'argent. Dans le partage, la portion de la Numidie qui confine à la Maurétanie, territoire productif et peuplé, est donnée à Jugurtha; l'autre, plus avantageuse en apparence qu'en réalité, ayant plus de ports et de constructions, fut la possession d'Adherbal.

17. Le sujet semble m'inviter à exposer brièvement la situation de l'Afrique, et à dire un mot des peuples avec qui nous avons eu des guerres ou des alliances. Quant aux contrées et aux nations que la chaleur, les montagnes ou les déserts ont rendues moins accessibles, il me serait difficile d'en rien dire de positif; pour le reste, je le traiterai le plus brièvement possible. Dans la division de la terre, on a fait généralement de l'Afrique la troisième partie du monde; quelques-uns n'admettent que deux parties, l'Asie et l'Europe, et placent l'Afrique dans l'Europe. Elle a pour limites, à l'occident, le détroit qui unit notre mer et l'Océan, au levant, un grand plateau incliné, que les habitants nomment Catabathmos. La mer y est orageuse, sans ports; le sol fertile en grains, bon pour le bétail, stérile en arbres; le ciel et la terre manquent d'eau. Les hommes sont bien portants, agiles, durs au travail; presque tous meurent de vieillesse, si ce n'est ceux qui sont victimes du fer ou des bêtes sauvages; car il est rare qu'ils succombent à la maladie. Joignez-y que les animaux nuisibles y sont fort nombreux. Quant aux premiers possesseurs de l'Afrique et à ceux qui vinrent après, ou à la manière dont ils se mêlèrent entre eux, quoique mon récit s'écarte de la tradition commune, je vais en dire brièvement ce qui m'a été traduit de livres puniques qu'on disait venir du roi Hiempsal, et ce que pensent là-dessus les habitants du pays. Mais je laisse à leurs auteurs la responsabilité des faits.

18. L'Afrique fut d'abord habitée par les Gétules et les Libyens, peuples grossiers et barbares, qui se nourrissaient de la chair des bêtes sauvages, ou d'herbes, comme les troupeaux. Ils n'obéissaient ni aux mœurs, ni à la loi ou à l'autorité d'un maître; nomades, vagabonds, ils n'avaient de lieux de repos que ceux que la nuit leur imposait. Mais quand Hercule, suivant l'opinion des Africains, eut péri en Espagne, son armée, composée de diverses nations, sans chef et livrée à une foule de rivaux qui se disputaient à la fois le commandement, ne tarda pas à se disperser. De ce nombre, les Mèdes, les Perses et les Arméniens, ayant passé en Afrique sur des vaisseaux, occupèrent les pays voisins de notre mer. Mais les Perses s'approchèrent plus de l'Océan; ils se firent des cabanes en renversant la coque de leurs vaisseaux, car il n'y avait

16. — [1] Tous les mss., excepté huit, ont *consulibus*; on peut juger par là de l'ignorance des copistes. = [2] Un seul ms. (Comm.) porte *inimicis*, leçon généralement adoptée comme étant plus naturelle. Mais par qui avaient été nommés les membres de la commission? Par une majorité favorable à Jugurtha. A plus forte raison, le chef de la députation devait-il être un de ses partisans. Que veut donc dire Salluste? Qu'il était surprenant que Jugurtha fît une telle réception à un homme que son or avait déjà corrompu, et que, sans doute, en agissant ainsi, il cherchait à en obtenir encore plus que ce qu'il avait voulu primitivement. = [3] Ancien datif pour *fidei*. = [4] Parfait signifiant « possessione potiri. » Le présent devrait être *possido*; il n'y en a pas d'exemple.

17. — [1] Cf. *Cat.* 5, n. 7. = [2] Dans les temps primitifs, on considérait la terre comme un vaste plateau circulaire (*orbis*), surmonté d'une voûte solide que soutenaient les pics des hautes montagnes; au-dessous de cette voûte était la région de l'*aer*, au-dessus, celle de l'*æther* ou demeure des dieux. — *Orbis terrarum* désignait l'*empire romain*; aussi Salluste dit-il *terræ*. = [3] Quelques-uns aussi faisaient de l'Afrique une partie de l'Asie; c'était, semble-t-il, l'opinion d'Hérodote (4, 42). = [4] Le détroit de Gadès; *nostrum mare*, la Méditerranée. En fixant les limites de l'Afrique, Salluste suit la croyance de son temps que l'Égypte rentrait dans l'Asie. = [5] Génitif d'appartenance; Hiempsal (fils de Gulussa et successeur de Jugurtha) les avait rassemblés.

18. — [1] Régime et relations sociales créés par l'usage. = [2] Gouvernement organisé, ayant pour base, soit la *loi* (établie par la volonté des citoyens), soit l'*autorité* (déléguée ou usurpée) d'un seul. = [3] L'Hercule phénicien. = [4] Les Carthaginois. = [5] « Ubi cuique libebat; » est opposé à *ordine*, *ordinatim*. = [6] Le fréquent usage de la tournure *quisque* avec un pluriel nominatif a parfois entraîné les auteurs à construire ce pronom irrégulièrement avec un autre cas. = [7] « Ex eorum numero. » = [8] Signifie qu'ils avaient pour limite, non la Méditerranée, mais l'Océan; qu'ils habitaient l'extrême occident de l'Afrique, à partir du détroit de Gadès. *Intra*, « dans l'intérieur ou l'enceinte de. » = [9] *Oceanus Atlanticum* ou *magnum mare* sont synonymes. *Ignara*, « incognita. »

sæpe tentantes agros[10] alia deinde alia loca petiverant, semet ipsi Numidas appellavere[11]. Ceterum adhuc ædificia Numidarum agrestium, quæ mapalia[12] illi vocant, oblonga, incurvis lateribus tecta, quasi navium carinæ sunt. Medis autem et Armeniis accessere Libyes (nam hi propius mare Africum[13] agitabant; Gætuli sub sole magis, haud procul ab ardoribus[14]); hique mature oppida habuere, nam freto divisi ab Hispania mutare res inter se[15] instituerant. Nomen eorum paulatim Libyes corrupere, barbara lingua Mauros pro Medis appellantes. Sed res Persarum brevi adolevit, ac postea nomine Numidæ, propter multitudinem a parentibus[16] digressi, possedere ea loca, quæ[17] proxume Carthaginem Numidia appellatur. Dein utrique[18] alteris freti finitumos armis aut metu sub imperium suum coegere, nomen gloriamque sibi addidere, magis hi, qui ad nostrum mare processerant, quia Libyes quam Gætuli minus bellicosi. Denique Africæ pars inferior[19] pleraque ab Numidis possessa est; victi omnes in gentem nomenque imperantium concessere.

point de bois dans le pays et ils n'en pouvaient pas tirer de l'Espagne par achat ou par échange : la grande mer et l'ignorance de la langue empêchaient tout commerce. Peu à peu ils se mêlèrent aux Gétules par des mariages, et comme, en essayant divers territoires, ils étaient allés d'un lieu dans un autre, ils s'appelèrent eux-mêmes Numides. Au reste, de nos jours encore, les habitations des paysans numides, qu'ils nomment mapales, de forme oblongue, ayant pour toit les côtés qui se recourbent, sont comme des carènes de vaisseaux. Quant aux Mèdes et aux Arméniens, ils se joignirent aux Libyens (car ceux-ci vivaient près de la mer d'Afrique, tandis que les Gétules étaient plus sous le soleil, non loin de la zone torride); et ils eurent de bonne heure des villes, car n'étant séparés de l'Espagne que par un détroit, ils avaient établi avec ce pays un commerce d'échange. Leur nom fut insensiblement altéré par les Libyens, qui dans leur langue barbare les appelèrent Maures au lieu de Mèdes. Cependant la puissance des Perses s'accrut rapidement, et plus tard, sous le nom de Numides, une partie, quittant ses foyers à cause de l'excès de la population, prit possession du pays voisin de Carthage, qui s'appelle Numidie. Puis les uns et les autres, se prêtant un mutuel appui, subjuguèrent les peuples limitrophes par la force ou la peur, et acquirent gloire et renom, mais surtout ceux qui s'étaient avancés du côté de notre mer, les Libyens étant moins belliqueux que les Gétules. Dès lors presque toute la partie inférieure de l'Afrique appartint aux Numides; les vaincus se confondirent tous avec la nation conquérante et en prirent le nom.

19. Postea Phœnices, alii multitudinis domi minuendæ gratia, pars imperii cupidine, sollicitata plebe et aliis novarum rerum avidis[1], Hipponem, Hadrumetum, Leptim[2] aliasque urbes in ora marituma condidere; eæque brevi multum auctæ, pars originibus suis præsidio, aliæ decori fuere; nam[3] de Carthagine silere melius puto quam parum dicere, quoniam alio properare tempus monet. Igitur ad Catabathmon, qui locus Ægyptum ab Africa dividit, secundo mari[4] prima Cyrene est, colonia Theræon, ac deinceps duæ Syrtes interque eas Leptis, deinde Philænon aræ[5], quem locum Ægyptum vorsus finem imperii habuere Carthaginienses, post aliæ Punicæ urbes. Cetera loca usque ad Mauretaniam Numidæ tenent; proxume Hispaniam Mauri sunt; super[6] Numidiam Gætulos accepimus partim in tuguriis, alios incultius vagos agitare, post eos Æthiopas esse, dehinc loca exusta solis ardoribus. Igitur[7] bello Jugurthino pleraque ex Punicis oppida et fines Carthaginiensium, quos novissume[8] habuerant, populus Romanus per magistratus[9] administrabat; Gætulorum magna pars et Numidæ usque ad flumen Mulucham sub Jugurtha erant; Mauris omnibus rex Bocchus imperitabat, præter nomen cetera ignarus populi Romani, itemque nobis neque bello neque pace antea cognitus. De Africa et ejus incolis ad necessitudinem rei satis dictum.

19. Plus tard, des Phéniciens, les uns pour diminuer la trop grande population de leur pays, un certain nombre par amour du pouvoir, après avoir soulevé le peuple et ceux qui voulaient un changement, fondèrent sur le littoral Hippone, Adrumète, Leptis et d'autres villes: celles-ci grandirent en peu de temps et devinrent les unes, l'appui, les autres, la gloire de leurs métropoles; car, pour Carthage, j'aime mieux n'en rien dire que d'en parler trop peu, parce qu'il est temps d'arriver à un autre sujet. Du côté donc du Catabathmos, endroit qui sépare l'Égypte de l'Afrique, la première ville en suivant la mer est Cyrène, colonie de Théra, ensuite les deux Syrtes et entre elles Leptis, puis les autels des Philènes, endroit qui, du côté de l'Égypte, marquait les bornes de l'empire de Carthage, et enfin d'autres villes puniques. Le reste du pays jusqu'à la Maurétanie est occupé par les Numides; près de l'Espagne sont les Maures; au-dessus de la Numidie les Gétules, dont les uns vivent sous des huttes, et les autres, plus grossiers, sont nomades; après eux se trouvent les Éthiopiens, et plus loin les régions brûlées par les feux du soleil. Lors donc de la guerre de Jugurtha, la plupart des villes puniques et les pays occupés en dernier lieu par les Carthaginois, étaient administrés par des magistrats du peuple romain; une grande partie des Gétules et les Numides jusqu'au fleuve Mulucha obéissaient à Jugurtha; tous les Maures étaient sous la domination du roi Bocchus, qui ne connaissait du peuple romain que le nom, et avec qui nous n'avions encore eu de rapports ni en guerre ni en paix. En voilà assez sur l'Afrique et ses habitants pour l'intelligence de mon récit.

20. Postquam diviso regno legati Africa discessere, et Jugurtha contra timorem animi præmia sceleris adeptum sese videt, certum esse ratus, quod ex amicis apud Numantiam acceperat, omnia Romæ venalia esse, simul et illorum pollicitationibus accensus, quos paulo ante mu-

20. Lorsque, après le partage du royaume, les députés eurent quitté l'Afrique, et que Jugurtha vit que, contrairement à ses craintes, il avait recueilli le fruit de son crime, convaincu, comme ses amis le lui avaient dit à Numance, que tout à Rome était vénal, et, de plus, enflammé par

= [10] « Essayant s'ils étaient propres à être habités ou cultivés. » = [11] Leur nom était *Massyliens* et *Masæsyliens*. Ce sont les Grecs de la Sicile qui les appelèrent *Nomades*, dont les Latins firent *Numides*. = [12] Espèce de baraques qu'on pouvait facilement transporter d'un lieu à un autre; nommées aussi *magalia*. = [13] La Méditerranée. = [14] Les anciens divisaient la terre en cinq zones, deux glaciales, deux tempérées, une torride. = [15] Comme s'il avait dit *Hispani*. = [16] Les parents (père et mère), de la mère-patrie. = [17] Se rapporte par attraction à l'attribut *Numidia*. = [18] Les Numides restés près de l'Océan, et ceux qui s'étaient établis près de Carthage. = [19] L'Afrique du littoral méditerranéen. « Pars *inferior* ea dicitur, quæ mare proxima est; *superior*, quæ ab eo remotior. » Fabri.

19. — [1] « Et sollicitatis aliis. » Corte. D'après Dietsch : « Cum plebs sollicitata esset et alii (*une partie des nobles*) formam civitatis mutatam cuperent. » = [2] Il s'agit de *Hippo Diarrhytus* et de *Leptis minor*. = [3] Répond à l'idée sous-entendue : « J'ai cru ne devoir parler que de ces villes et n'ai pas nommé Carthage, *car*, etc. » = [4] « Si quis secundum mare pergat. » Wasse. Salluste se dirige de l'orient vers l'occident. = [5] Θηραίων, Φιλαίνων, forme de génitif admise dans quelques noms. Il y a de la négligence dans cette description, les *autels des Philènes* étant situés bien avant *Leptis major*. = [6] *Au delà*, au *sud* de la Numidie. = [7] « Pour revenir à mon sujet, et pour conclure et achever ce tableau. » = [8] Avant la troisième guerre punique. = [9] C'est une province pacifiée. Cf. 3, n. 1.

neribus expleverat, in regnum Adherbalis animum intendit. Ipse acer, bellicosus; at is, quem petebat, quietus, imbellis, placido ingenio, opportunus injuriæ [1], metuens magis [2] quam metuendus. Igitur ex improviso fines ejus cum magna manu invadit, multos mortales cum pecore atque alia præda capit, ædificia incendit, pleraque loca hostiliter cum equitatu accedit, deinde cum omni multitudine in regnum suum convortit, existumans Adherbalem dolore permotum injurias suas manu vindicaturum eamque rem belli causam fore. At ille, quod neque se parem armis existumabat et amicitia populi Romani magis quam Numidis fretus erat, legatos ad Jugurtham de injuriis questum misit, qui tametsi contumeliosa dicta retulerant, prius tamen omnia pati decrevit quam bellum sumere, quia tentatum antea secus cesserat [3]. Neque eo magis cupido Jugurthæ minuebatur, quippe qui totum ejus regnum animo jam invaserat. Itaque non, uti antea, cum prædatoria manu, sed magno exercitu comparato bellum gerere cœpit et aperte totius Numidiæ imperium petere. Ceterum qua pergebat urbes, agros vastare, prædas agere, suis animum, hostibus terrorem augere.

les promesses de ceux qu'il venait de combler de présents, il tourna ses vues sur le royaume d'Adherbal. Il était actif, belliqueux; celui qu'il attaquait, au contraire, était un prince paisible, pacifique, d'un caractère inoffensif, qu'on pouvait insulter impunément, et craignant plutôt qu'à craindre. Il envahit donc à l'improviste son territoire avec un corps nombreux, fait une foule de prisonniers, enlève le bétail et d'autre butin, brûle les maisons, maltraite avec sa cavalerie la plus grande partie du pays, puis, avec toute sa troupe, retourne dans son royaume, espérant qu'Adherbal, sous l'empire du ressentiment, voudra venger cette insulte par la force et lui donnera ainsi un prétexte de guerre. Mais celui-ci, sentant que les armes n'étaient pas égales, et comptant plus sur l'amitié du peuple romain que sur les Numides, envoya des députés se plaindre à Jugurtha de cette aggression; et, quoiqu'ils n'eussent rapporté qu'une réponse outrageante, il résolut pourtant de tout souffrir avant de prendre les armes, sa première tentative n'ayant pas été heureuse. L'ambition de Jugurtha n'en faisait que s'accroître, car il s'était déjà emparé en pensée du royaume entier de son frère. Aussi n'est-ce plus, comme la première fois, avec une troupe de pillards, mais après avoir levé une puissante armée, qu'il entre en campagne, et aspire ouvertement à l'empire de toute la Numidie. Partout où il passe, il ravage villes et campagnes, fait un grand butin, augmente la confiance des siens et la terreur de ses ennemis.

21. Adherbal ubi intellegit eo processum, uti regnum aut relinquendum esset aut armis retinendum, necessario [1] copias parat et Jugurthæ obvius procedit. Interim haud longe [2] a mari prope Cirtam oppidum utriusque exercitus consedit, et quia diei extremum erat, prœlium non inceptum. Sed ubi plerumque noctis processit, obscuro etiam tum lumine [3], milites Jugurthini signo dato castra hostium invadunt; semisomnos partim, alios arma sumentes fugant funduntque. Adherbal cum paucis equitibus Cirtam profugit, et ni multitudo togatorum [4] fuisset, quæ Numidas insequentes mœnibus prohibuit, uno die inter duos reges cœptum atque patratum bellum foret. Igitur Jugurtha oppidum circumsedit, vineis turribusque et machinis omnium generum [5] expugnare aggreditur, maxume festinans tempus legatorum antecapere [6], quos ante prœlium factum ab Adherbale Romam missos audiverat. Sed postquam senatus de bello eorum accepit, tres adulescentes in Africam legantur, qui ambos reges adeant, senatus populique Romani verbis [7] nuntient, velle et censere [8] eos ab armis discedere, de controversiis suis jure potius quam bello disceptare; ita [9] seque illisque dignum esse.

21. Adherbal, se voyant réduit ou à quitter son royaume ou à s'y maintenir par les armes, lève forcément des troupes, et marche contre Jugurtha. Cependant les deux armées s'arrêtent non loin de la mer, près de la ville de Cirta, et comme le jour tirait à sa fin, le combat ne fut pas engagé. Mais dès que la plus grande partie de la nuit se fut écoulée, le soleil étant encore caché, les soldats de Jugurtha, à un signal donné, envahissent le camp des ennemis; les uns sont à moitié endormis, les autres saisissent leurs armes : ils sont mis en fuite et dispersés. Adherbal, avec quelques cavaliers, s'enfuit à Cirta, et sans une troupe nombreuse de citoyens romains, qui défendit les remparts contre les Numides qui le poursuivaient, la guerre entre les deux rois eût commencé et fini en un jour. Jugurtha investit donc la place, fait avancer mantelets, tours et machines de toutes sortes pour la prendre d'assaut, tâchant, par sa rapidité, de prévenir le retour des députés qu'il savait qu'avant la bataille Adherbal avait envoyés à Rome. Aussitôt que le sénat est informé de cette guerre, il députe en Afrique trois jeunes gens pour aller trouver les deux rois et leur déclarer de la part du sénat et du peuple romain, que leur volonté est qu'ils déposent les armes et vident leur différend d'après les règles du droit plutôt que par la guerre; ce parti est digne et de Rome et d'eux.

22. Legati in Africam maturantes veniunt eo magis, quod Romæ, dum proficisci parant, de prœlio facto et oppugnatione Cirtæ audiebatur; sed is rumor clemens [1] erat. Quorum Jugurtha accepta oratione respondit, sibi neque majus quidquam neque carius auctoritate senatus esse; ab adulescentia ita se enisum, uti ab optumo quoque probaretur; virtute, non malitia P. Scipioni, summo viro, placuisse; ob easdem artes a Micipsa, non penuria libe-

22. Les députés se hâtent d'arriver en Afrique, d'autant plus qu'à Rome, au moment de leur départ, on parlait du combat qui avait eu lieu et du siége de Cirta; mais ce bruit n'avait rien d'inquiétant. Quand Jugurtha eut entendu leur déclaration, il répondit que rien ne lui était plus précieux, plus cher, que l'autorité du sénat; que, dès sa jeunesse, il s'était appliqué à mériter l'estime de tous les gens de bien; qu'il devait à ses vertus, non à des vices, d'avoir su

20. — [1] « Cui facile et cum impunitatis spe injuriam facere possis. » Dietsch. = [2] A savoir *bellum*. = [3] *Autrement* qu'il n'avait voulu.
21. — [1] « Necessitate coactus. » = [2] Les adverbes de temps et de lieu *procul*, *longe*, *nuper*, etc., ayant une signification relative, on comprend qu'un auteur dise *longe* ou *haud longe* suivant le point de vue où il se met. = [3] « Cum *sol* adhuc tegeretur, neque luce sua regionem illustraret. » Kritz. *Lumen* est « ce qui éclaire. » = [4] *Togatus*, quiconque a le droit de cité romaine, par opposition aux étrangers ou aux soldats, la *toge* (grand manteau d'une seule pièce qu'on mettait par-dessus la tunique) étant le vêtement du citoyen en temps de paix. = [5] Il faut distinguer les *machines de jet* et les *machines de siége*. Les premières étaient *balista* (pour lancer de gros traits), *scorpio* (baliste en petit), *catapulta* (pour lancer des pierres); les secondes comprenaient : *aries* (poutre mobile destinée à battre la muraille en brèche), *testudo* (grande pièce de bois terminée par un crampon en fer, destinée à arracher les pierres et à agrandir la brèche), *turris* (forteresse en charpente qu'on approchait de la muraille pour tenter l'escalade), *tellenon* (poutre pivotant sur un grand mât, au bout de laquelle était accrochée une caisse où montaient des soldats pour escalader la muraille), *agger* (rempart en charpente qu'on élevait devant la muraille), ainsi que les moyens d'approche destinés à protéger la vie du soldat : *vinea* (abri d'osier, en forme de voûte ou de berceau de vigne, long de près de 5 mètres, large de 2 mètres et demi, et haut de 2), *pluteus* (vinea mobile et montée sur roulettes), *musculus* (longue galerie en fortes charpentes qu'on conduisait jusqu'à la muraille même). « Ces trois appareils, y compris les *tours*, ont leurs parois extérieures couvertes de cuirs crus, de chiffons de laine, de cilice, pour les garantir du feu que l'ennemi lance dessus, et pour amortir le choc des pierres et des traits. » Dezobry, *Rome*, etc., IV, p. 168. = [6] « Id tempus, quod legati in illo negotio consumpturi essent, priusquam redirent, in suum usum convertere. » Dietsch. Cf. *Cat.* 13, n. 3. = [7] *Verbis alicujus*, « nomine alicujus. » = [8] *Velle* ou *jubere* se dit de la décision du peuple, *censere* de celle du sénat; mais ici les deux mots doivent s'entendre d'un sénatus-consulte. = [9] « Hoc ita fieri. » — *seque* se rapporte à *S. P. Q. R.*
22. — [1] « Ce qui n'inspire de crainte à personne; » expression insolite que Priscien (18, 26) explique par *non nimius* et compare au grec

rorum, in regnum adoptatum esse[2]; ceterum quod[3] plura bene atque strenue fecisset, eo animum suum injuriam minus tolerare; Adherbalem dolis vitæ suæ insidiatum; quod ubi comperisset, sceleri ejus obviam isse; populum Romanum neque recte neque pro bono[4] facturum, si ab jure gentium sese prohibuerit; postremo de omnibus rebus legatos Romam brevi missurum. Ita utrique digrediuntur. Adherbalis appellandi[5] copia non fuit[6].

23. Jugurtha ubi eos Africa decessisse ratus est, neque propter loci naturam[1] Cirtam armis expugnare potest, vallo atque fossa mœnia circumdat, turris exstruit easque præsidiis firmat; præterea dies noctesque aut per vim aut dolis tentare, defensoribus mœnium præmia modo, modo formidinem[2] ostentare, suos hortando ad virtutem arrigere, prorsus intentus cuncta parare. Adherbal ubi intellegit omnis suas fortunas in extremo sitas, hostem infestum, auxilii spem nullam, penuria rerum necessariarum bellum trahi non posse, ex his, qui una Cirtam profugerant, duos maxume impigros delegit, eos multa pollicendo ac miserando casum suum[3] confirmat, uti per hostium munitiones noctu ad proxumum mare, dein Romam pergerent. Numidæ paucis diebus jussa efficiunt; litteræ Adherbalis in senatu recitatæ, quarum sententia hæc fuit.

24. «Non mea culpa sæpe ad vos oratum mitto, patres conscripti, sed vis Jugurthæ subigit, quem tanta lubido exstinguendi me invasit, ut neque vos neque deos immortales in animo habeat[1], sanguinem meum quam omnia malit. Itaque quintum jam mensem socius et amicus populi Romani armis obsessus teneor, neque[2] mihi Micipsæ patris mei beneficia[3] neque vestra decreta auxiliantur; ferro an fame acrius urgear, incertus sum. Plura de Jugurtha scribere dehortatur me fortuna mea : et jam[4] antea expertus sum, parum fidei miseris esse. Nisi tamen[5] intellego, illum supra quam ego sum petere[6], neque simul amicitiam vestram et regnum meum sperare[7]; utrum gravius existumet, nemini occultum est[8]. Nam[9] initio occidit Hiempsalem fratrem meum, deinde patrio regno me expulit; quæ sane fuerint nostræ injuriæ, nihil ad vos. Verum nunc vestrum regnum armis tenet, me, quem vos imperatorem Numidis posuistis, clausum obsidet; legatorum verba quanti fecerit, pericula mea declarant. Quid est reliquum nisi vis vestra, qua moveri possit? Nam[10] ego quidem vellem et hæc, quæ scribo, et illa, quæ antea in senatu questus sum, vana forent potius quam miseria mea fidem verbis faceret[11]. Sed[12] quoniam eo natus sum, ut Jugurthæ scelerum ostentui essem, non jam mortem neque ærumnas, tantummodo inimici imperium et cruciatus corporis deprecor. Regno Numidiæ, quod vestrum est, uti lubet consulite; me manibus impiis eripite per majestatem imperii, per amicitiæ fidem, si ulla apud vos memoria remanet avi mei Masinissæ.»

plaire à un grand homme comme P. Scipion; que ces mêmes qualités, et non le manque d'enfants, l'avaient fait adopter par Micipsa pour partager le trône; mais que plus il s'était signalé par ses exploits et sa bravoure, moins il se sentait disposé à supporter l'injustice; qu'Adherbal avait menacé sa vie par la trahison; que, dès qu'il l'avait su, il avait prévenu son crime; que le peuple romain manquerait à l'honneur et à la justice, s'il l'empêchait d'user du droit des gens; bref, qu'il enverrait sous peu des députés à Rome pour rendre compte de toute l'affaire. Là-dessus les deux partis se séparent. Quant à Adherbal, on ne put s'adresser à lui.

23. Dès que Jugurtha les crut sortis de l'Afrique, voyant que la nature du lieu ne lui permet pas d'emporter Cirta d'assaut, il entoure les murailles d'un retranchement et d'un fossé, construit des tours et les garnit de soldats; de plus, jour et nuit il l'inquiète par la force ou la ruse; auprès des défenseurs de la place, il essaie tantôt les promesses, tantôt les menaces; ses exhortations enflamment les siens; en un mot, sa vigilance pourvoit à tout. Adherbal sent qu'il est réduit à la dernière extrémité, que l'ennemi est implacable, qu'il n'y a point de secours à espérer, que le manque d'approvisionnements ne lui permet pas de prolonger la guerre; il choisit alors, parmi ceux qui s'étaient sauvés avec lui à Cirta, deux des plus braves, et, à force de promesses et de doléances sur son malheur, les décide à traverser de nuit les ouvrages ennemis pour se rendre à la mer voisine, puis à Rome. Les Numides exécutent en quelques jours leur mission; on lut au sénat la lettre d'Adherbal, dont voici le contenu.

24. «Ce n'est pas ma faute si je vous adresse de fréquentes suppliques, pères conscrits, mais j'y suis contraint par la violence de Jugurtha, qui est tellement acharné à ma perte, qu'il ne songe ni à vous ni aux dieux immortels, qu'il préfère mon sang à tout. Aussi, voilà cinq mois déjà que je suis, moi, l'allié et l'ami du peuple romain, assiégé par ses armes, et ni les bienfaits de Micipsa, mon père, ni vos décrets, ne me servent de rien; est-ce le fer ou la faim qui me presse le plus? je ne sais. Ma position me défend d'en écrire davantage sur Jugurtha : depuis longtemps j'ai éprouvé qu'on ajoute peu foi aux malheureux. Mais je sens bien qu'il vise plus haut que moi, et qu'il n'espère pas à la fois votre amitié et mon royaume; ce qui lui est le plus sacré, il n'est personne qui ne le voie. En effet, il a commencé par tuer Hiempsal, mon frère, puis il m'a chassé du royaume de mes pères; ces outrages, sans doute, ne s'adressent qu'à nous, ils ne vous regardent pas. Mais aujourd'hui c'est votre royaume que ses soldats occupent; c'est moi, le chef que vous avez donné aux Numides, qu'il tient assiégé; quel cas il a fait des paroles de vos députés, mes périls le montrent assez. Que reste-t-il, si ce n'est la force de vos armes, qui puisse l'émouvoir? Ah! je voudrais bien que ces plaintes et celles qu'autrefois j'ai fait entendre dans le sénat, n'eussent aucun fondement, plutôt que de voir ma misère attester la vérité de mes paroles. Mais puisque je suis né pour être une preuve vivante des crimes de Jugurtha, ce n'est plus à la mort ni à l'infortune, c'est seulement au pouvoir de mon ennemi et aux tortures corporelles que je prétends me soustraire. Du royaume de Numidie, qui est à vous, disposez à votre gré; arrachez-moi à ses mains impies, au nom de

τρόφος. = [2] Terme inexact, car lorsque l'*adoption* eut lieu, Micipsa avait des enfants. = [3] Les propositions comparatives procèdent souvent par *eo* (ou *hoc*)... *quod*; ici la construction est renversée. = [4] Le premier est subjectif, le second est objectif. — *p. bono*, «facere ita, sicut bonum est.» = [5] Voy. *Cat.* 48, n. 11. = [6] C'est-à-dire que Jugurtha parvint à les en empêcher. Voy. *Cat.* 8, n. 2.

23. [1] La ville était bâtie sur une presqu'île de rochers très-hauts et très-escarpés, abordable seulement du côté du sud-ouest. = [2] A la valeur active : «quod metum facit.» = [3] «En les attendrissant sur ses malheurs.»

24. — [1] Il ne craint pas de voir ses crimes punis par les arbitres du monde. = [2] Ne répond pas au second *neque*, mais est pour *et non*. = [3] «Scilicet Jugurthæ præstita.» Fabri. = [4] Kritz a eu raison de changer le *etiam* des mss. en *et iam*, car cette phrase est l'explication de la précédente. = [5] Marque une *restriction* qui consiste, après avoir déclaré qu'on ne dira rien d'une chose ou qu'on n'en sait rien, à en parler cependant : «Je ne veux pas en écrire plus sur Jugurtha (car on ne croit pas aux malheureux); j'ajouterai seulement que je suis convaincu, etc.» *Tamen* renforce *nisi*. = [6] «Ulterius tendere,» c'est-à-dire qu'il se prépare aussi à faire la guerre aux Romains. Les adverbes exprimant *supériorité* ou *infériorité*, sont souvent suivis de *quam*. = [7] «Il ne compte pas, s'il devient maître de mon royaume, que vous serez ses amis, par conséquent il sait bien qu'il attente à votre amitié.» = [8] «Chacun voit laquelle des deux choses (outrager votre amitié ou attaquer mon royaume) lui paraît la plus grave, c'est-à-dire qu'il se fait autant scrupule de l'une que de l'autre.» = [9] «La *preuve* de ce que je viens de dire (que Jugurtha veut attaquer les Romains), c'est que.» = [10] «Vous pensez peut-être qu'on n'en est pas encore au point qu'il vous faille employer les armes, que j'exagère mes maux : vous auriez bien tort; *en effet*, ne vaudrait-il pas mieux pour moi, etc.» = [11] «Plutôt que la connaissance de ma misère vous apprît combien j'ai eu raison d'accuser Jugurtha.» = [12] «Mais à quoi bon ces paroles? Je n'espère pas obtenir de vous que Jugurtha soit puni; *mais*, etc.»

la majesté de l'empire, au nom des devoirs de l'amitié, si quelque souvenir vous reste encore de mon aïeul Masinissa.»

25. His litteris recitatis, fuere qui exercitum in Africam mittendum censerent et quam primum Adherbali subveniundum; de Jugurtha interim uti consuleretur[1], quoniam legatis non paruisset. Sed ab iisdem illis regis fautoribus summa ope enisum est, ne tale decretum fieret. Ita bonum publicum, ut in plerisque negotiis solet, privata gratia devictum. Legantur tamen in Africam majores natu, nobiles, amplis honoribus usi, in quis fuit M. Scaurus, de quo supra memoravimus, consularis et tum in senatu princeps[2]. Hi, quod res in invidia[3] erat, simul et ab Numidis obsecrati, triduo navim adscendere; dein brevi Uticam appulsi litteras ad Jugurtham mittunt, quam ocissume ad provinciam[4] accedat, seque ad eum ab senatu missos[5]. Ille ubi accepit homines claros, quorum auctoritatem Romæ pollere audiverat, contra inceptum suum venisse, primo commotus, metu atque lubidine divorsus agitabatur. Timebat iram senatus, ni paruisset legatis; porro animus cupidine cæcus ad inceptum scelus rapiebatur. Vicit tamen in avido ingenio pravum consilium. Igitur, exercitu circumdato, summa vi Cirtam irrumpere nititur, maxume sperans, diducta manu hostium, aut vi aut dolis sese casum victoriæ inventurum. Quod ubi secus procedit, neque quod intenderat efficere potest, ut prius, quam legatos conveniret, Adherbalis potiretur, ne amplius morando Scaurum, quem plurimum metuebat, incenderet, cum paucis equitibus in provinciam venit. Ac tametsi senatus verbis graves minæ nuntiabantur, quod ab oppugnatione non desisteret, multa tamen oratione[6] consumpta, legati frustra[7] discessere.

25. Après la lecture de cette lettre, il y en eut qui furent d'avis qu'on envoyât une armée en Afrique et qu'on secourût au plus vite Adherbal; que pendant ce temps on délibérât sur le sort de Jugurtha, puisqu'il n'avait pas obéi aux députés. Mais les partisans habituels du roi firent tous leurs efforts pour empêcher un pareil décret de passer. Ainsi l'intérêt public, comme il arrive presque toujours, fut sacrifié à la faveur particulière. On députe néanmoins en Afrique des citoyens âgés, nobles, ayant rempli des charges élevées, parmi lesquels se trouva M. Scaurus, dont nous avons parlé plus haut, consulaire et alors prince du sénat. Ceux-ci, vu l'indignation qu'avait soulevée l'affaire, cédant aussi aux instances des Numides, s'embarquèrent au bout de trois jours; puis, ayant bientôt abordé à Utique, ils écrivent à Jugurtha qu'il ait à se rendre sans retard dans la province, qu'ils sont envoyés vers lui par le sénat. Ce prince, en apprenant que des personnages distingués, dont il savait le crédit puissant à Rome, étaient venus pour s'opposer à son entreprise, fut d'abord ébranlé, et se sentit partagé entre la crainte et le désir. Il redoutait la colère du sénat, s'il n'obéissait aux députés; d'autre part, son cœur aveuglé par la passion était entraîné à consommer son crime. Cependant le mauvais parti l'emporta dans cette âme ambitieuse. Il dispose donc son armée autour de Cirta et entreprend de forcer la place par une suprême attaque, dans le ferme espoir qu'en divisant la poignée de ses ennemis, il trouvera, par force ou par ruse, l'occasion de vaincre. Mais il échoue dans cette tentative, et ne peut exécuter son projet de prendre Adherbal avant d'aller trouver les députés; alors, de peur qu'un plus long délai n'irritât Scaurus, qu'il craignait le plus, il vint dans la province avec quelques cavaliers. Là, on lui fit de la part du sénat de sévères menaces, parce qu'il ne levait pas le siége; mais, après avoir perdu beaucoup de paroles, les députés se retirèrent sans être arrivés à rien.

26. Ea postquam Cirtæ audita sunt, Italici[1], quorum virtute mœnia defensabantur, confisi, deditione facta, propter magnitudinem populi Romani inviolatos sese fore, Adherbali suadent, uti seque et oppidum Jugurthæ tradat, tantum ab eo vitam paciscatur, de ceteris senatui curæ fore. At ille tametsi omnia potiora fide Jugurthæ rebatur, tamen quia penes eosdem, si advorsaretur, cogendi potestas erat, ita uti censuerant Italici, deditionem facit. Igitur Jugurtha in primis Adherbalem excruciatum necat[2]; deinde omnes puberes Numidas et negotiatores[3] promiscue[4], uti quisque armatis obvius fuerat, interfecit.

26. Quand ces faits sont connus à Cirta, les Italiens, dont le courage protégeait la place, persuadés que, si l'on capitulait, la grandeur du nom romain serait pour eux une sauvegarde inviolable, conseillent à Adherbal de se rendre à Jugurtha, lui et la ville, en se bornant à stipuler pour sa vie; quant au reste, le sénat y avisera. Pour lui, bien qu'il crût tout préférable à la foi de Jugurtha, cependant comme ses conseillers avaient, en cas de refus, le pouvoir de le contraindre, il cède à l'avis des Italiens et capitule. Jugurtha commence donc par faire périr Adherbal dans les tortures; puis tous, Numides adultes et commerçants italiens indistinctement, suivant que chacun se trouvait sur le passage de ses soldats, sont égorgés.

27. Quod postquam Romæ cognitum est et res in senatu agitari cœpta, iidem illi ministri regis, interpellando ac sæpe gratia, interdum jurgiis[1] trahendo tempus, atrocitatem facti leniebant[2]. Ac ni C. Memmius, tribunus plebis designatus[3], vir acer et infestus potentiæ nobilitatis, populum Romanum edocuisset id agi[4], ut per paucos factiosos Jugurthæ scelus condonaretur, profecto omnis invidia prolatandis consultationibus dilapsa foret: tanta vis gratiæ atque pecuniæ regis erat. Sed ubi senatus delicti conscientia populum timet, lege Sempronia[5] provinciæ futuris consulibus Numidia atque Italia decretæ; consules declarati P. Scipio Nasica, L. Bestia Calpurnius[6]; Calpurnio Numidia, Scipioni Italia obvenit[7]; deinde exercitus, qui in Africam portaretur, scribitur[8], stipendium atque alia, quæ bello usui forent, decernuntur.

27. Quand cet événement fut connu à Rome, et qu'on eut commencé à traiter l'affaire dans le sénat, ces mêmes créatures du roi, par des répliques et tantôt par l'intrigue, tantôt par les querelles, traînent le temps en longueur, et cherchent ainsi à atténuer l'horreur du forfait. Et si C. Memmius, tribun du peuple désigné, homme énergique et ennemi de l'autorité des nobles, n'eût fait voir au peuple romain que le but était, grâce à quelques factieux, d'assurer à Jugurtha l'impunité de son crime, il est probable qu'à force de prolonger les délibérations, toute l'indignation se serait évanouie: tant avaient de puissance le crédit et l'argent du roi. Mais dès que le sénat, se sentant coupable, redoute le peuple, en vertu de la loi Sempronia, on assigne pour provinces aux futurs consuls la Numidie et l'Italie; on déclare consuls P. Scipion Nasica et L. Bestia

25. — [1] Chez les historiens, les verbes *jubere, censere, placere*, etc., sont souvent suivis de la double construction, l'infinitif (ou proposition infinitive) et le subjonctif avec *ut*. = [2] Voy. *Cat.* 50, n. 4. = [3] « Mauvaises dispositions envers quelqu'un, mécontentement public, » opposé à *favor*. = [4] Voy. 13, n. 4. = [5] Le premier membre est gouverné par l'idée d'un verbe d'ordre, le second, par celle d'un verbe déclaratif; voy. *Cat.* 29, n. 3; 34, n. 2. = [6] *Oratio*, langage, de *orare* (*os, oris*), parler. *Consumere*, enlever totalement, de là employer inutilement. = [7] « Ita ut nihil eorum quorum causa venerant, effectum esset.» Kritz. Sur *frustra*, voy. 61, n. 1.
26. — [1] Les mêmes qu'il a déjà appelés *togati* (ch. 21). C'étaient des Italiens ayant droit de cité romaine, à moins que *togati* ne désignât aussi bien les *alliés* italiens que les *citoyens* romains. Cf. *Cat.* 17, n. 4. = [2] *Necare* entraîne l'idée de cruauté; *interficere* est général. = [3] Voy. *Cat.* 40, n. 1. = [4] « Nullo discrimine inter Romanos et Numidas facto.» Gerlach.
27. — [1] Les trois ablatifs dépendent de *l. tempus* (*per quod consuleretur*). = [2] « Lenire studebant, » sens amené par la valeur inchoative de l'imparfait. = [3] Voy. *Cat.* 43, n. 1. = [4] « Eo spectare contentiones, ut, etc.» Kritz. = [5] Portée par Caius Sempronius Gracchus, tribun du peuple (123 av. J.-C.). D'après cette loi, le sénat devait désigner, avant les comices, les deux provinces dont les consuls futurs auraient le gouvernement. Voy. *Cat.* 26, n. 4. = [6] En 112 av. J.-C. Cf. *Cat.* 24, n. 1. Il fallait écrire *L. Calpurnius Bestia*; mais souvent les écrivains intervertissent l'ordre usuel. = [7] Indique que les consuls les tirèrent au sort. = [8] Voy. *Cat.* 32, n. 2.

Calpurnius; à Calpurnius échoit la Numidie, à Scipion l'Italie; puis on lève une armée destinée à passer en Afrique, on vote la solde et tout ce qui était nécessaire à la guerre.

28. At Jugurtha contra spem nuntio accepto, quippe cui Romæ omnia venum[1] ire in animo hæserat, filium et cum eo duos familiares ad senatum legatos mittit, hisque uti illis, quos Hiempsale interfecto miserat, præcipit[2], omnes mortales pecunia aggrediantur. Qui postquam Romam adventabant, senatus a Bestia consultus est[3], placeretne legatos Jugurthæ recipi mœnibus; hique decrevere, nisi regnum ipsumque deditum venissent, uti in diebus proxumis decem Italia decederent. Consul Numidis ex senatus decreto nuntiari jubet; ita infectis rebus illi domum discedunt. Interim Calpurnius, parato exercitu, legat sibi homines nobiles[4], factiosos, quorum auctoritate quæ deliquisset munita fore sperabat; in quis fuit Scaurus, cujus de natura et habitu supra memoravimus. Nam[5] in consule nostro multæ bonæque artes animi et corporis erant, quas omnis avaritia præpediebat: patiens laborum, acri ingenio, satis providens, belli haud ignarus, firmissumus contra pericula et insidias. Sed legiones per Italiam Rhegium atque inde Siciliam, porro ex Sicilia in Africam transvectæ. Igitur initio acriter Calpurnius, paratis commeatibus, Numidiam ingressus est, multosque mortales et urbes aliquot pugnando cepit.

28. Cependant Jugurtha, informé de cette nouvelle si contraire à son attente, vu qu'il avait la conviction qu'à Rome tout était vénal, députe au sénat son fils et avec lui deux de ses amis, et leur recommande, comme à ceux qu'il avait envoyés après le meurtre d'Hiempsal, d'attaquer tout le monde l'argent à la main. Comme ils approchaient de Rome, Bestia demanda au sénat s'il voulait recevoir dans la ville les députés de Jugurtha; et l'on décida que, s'ils n'étaient venus livrer le royaume et le roi lui-même, ils eussent à quitter l'Italie dans les dix jours. Le consul fait notifier aux Numides la décision du sénat; ainsi ils s'en vont chez eux sans avoir rien fait. Cependant Calpurnius, ayant son armée prête, choisit pour lieutenants des nobles influents, sur le crédit desquels il comptait pour couvrir ses méfaits; et parmi eux se trouva Scaurus, dont nous avons dit plus haut le caractère et les mœurs. Notre consul avait une foule de qualités morales et physiques, mais toutes étouffées par la cupidité: dur à la fatigue, d'un esprit vif, ne manquant pas de prévoyance, familiarisé avec la guerre, impassible au milieu des dangers et des surprises. Les légions traversèrent l'Italie jusqu'à Rhégium, de là s'embarquèrent pour la Sicile, et de la Sicile pour l'Afrique. Calpurnius commença donc, après avoir achevé ses approvisionnements, par attaquer vigoureusement la Numidie, fit un grand nombre de prisonniers et emporta de force quelques villes.

29. Sed ubi Jugurtha per legatos pecunia tentare bellique, quod administrabat, asperitatem ostendere[1] cœpit, animus æger avaritia facile conversus est. Ceterum socius et administer omnium consiliorum assumitur Scaurus, qui tametsi a principio[2], plerisque ex factione ejus corruptis, acerrume regem impugnaverat, tamen magnitudine pecuniæ a bono honestoque in pravum abstractus est. Sed Jugurtha primum tantummodo belli moram redimebat[3], existumans sese aliquid interim Romæ pretio aut gratia effecturum; postea vero quam participem negotii Scaurum accepit, in maxumam spem adductus recuperandæ pacis, statuit cum eis de omnibus pactionibus præsens agere. Ceterum interea fidei causa[4] mittitur a consule Sextius quæstor[5] in oppidum Jugurthæ Vagam, cujus rei species erat acceptio frumenti, quod Calpurnius palam[6] legatis imperaverat, quoniam deditionis mora[7] induciæ agitabantur. Igitur rex, uti constituerat, in castra venit, ac pauca præsenti consilio[8] locutus de invidia facti sui atque uti in deditionem acciperetur, reliqua cum Bestia et Scauro secreta transigit; dein postero die, quasi per saturam[9] sententiis exquisitis, in deditionem accipitur. Sed uti pro consilio imperatum erat, elephanti triginta, pecus atque equi multi cum parvo argenti pondere quæstori traduntur. Calpurnius Romam ad magistratus rogandos[10] proficiscitur. In Numidia et exercitu nostro pax agitabatur.

29. Mais une fois que Jugurtha eut, par des émissaires, tenté sur lui la séduction de l'or, et lui eut fait voir les difficultés de la guerre qu'il dirigeait, ce cœur, corrompu par l'avarice, changea sans peine. D'ailleurs, il prit pour complice et pour agent de toutes ses menées Scaurus, qui, bien que du premier jour il eût combattu très-vivement le roi, quand presque tous ceux de son parti s'étaient vendus, pourtant, séduit par la grandeur des sommes, abandonna la voie du bien et de l'honneur pour celle du crime. Jugurtha ne voulait acheter d'abord qu'une suspension des hostilités, pensant que dans l'intervalle son or ou son crédit aurait quelque effet à Rome; mais quand il sut que Scaurus était dans l'affaire, il conçut le plus grand espoir d'obtenir la paix, et résolut de débattre en personne avec eux toutes les conditions. Cependant le consul envoie, comme gage de sûreté, le questeur Sextius dans une ville de Jugurtha, à Vaga; le prétexte de cette mission était d'aller recevoir le blé que Calpurnius avait publiquement exigé des députés, parce qu'en attendant la soumission, il y avait trève. Le roi vient donc au camp, comme il l'avait résolu, et après avoir dit quelques mots en présence du conseil pour justifier sa conduite et faire accepter sa soumission, il règle tout le reste en secret avec Bestia et Scaurus; puis, le lendemain, les avis sont recueillis pour ainsi dire pêle-mêle, et la soumission est acceptée. Suivant l'ordre donné devant le conseil, on livre au questeur trente éléphants, du bétail et beaucoup de

28. — [1] De *venus* (vente), usité seulement aux formes *venui*, *veno*, *venum*. La locution *venum eo* a amené *veneo* (être exposé en vente). = [2] Voy. *Cat.* 29, n. 3. = [3] Voy. *Cat.* 50, n. 4. = [4] Voy. *Cat.* 5, n. 1; 59, n. 11. = [5] «Car, bien qu'il eût des qualités remarquables, cependant la cupidité, etc.» *Nam* explique ce qu'il vient de dire: *quorum... sperabat*. Voy. *Cat.* 2, n. 4.

29. — [1] Est-ce par des menaces, ou en lui faisant courir des dangers? L'expression a quelque chose d'équivoque. = [2] *Depuis* le commencement (jusqu'au moment d'alors). = [3] Cf. 27, n. 2. = [4] «Ut Jugurthæ fides daretur.» = [5] La questure était le premier grade dans les honneurs; l'âge fixé par la loi était vingt-cinq ans. Les questeurs étaient élus dans les comices par tribus (plus tard leur nomination dut être confirmée par les comices curiates; voy. 3, n. 1); ils avaient la chaise curule et deux licteurs. Dans l'origine il n'y en eut que deux; ils étaient chargés du soin de l'*ærarium* (trésor public), de la réception des ambassadeurs et princes étrangers, de la garde des étendards, etc.; quand il y avait guerre, ils faisaient de courts voyages à l'armée, afin d'y surveiller les affaires de finance, c'est-à-dire solder les troupes, prendre soin des approvisionnements et payer les fournisseurs, recevoir les tributs et les verser dans le Trésor. Mais leur nombre augmenta avec les conquêtes de Rome, et il finit par être porté à huit: quatre *quæstores urbani* et quatre *provinciales*. Les premiers restaient à Rome et n'eurent plus à s'occuper des affaires du dehors; les autres accompagnaient le gouverneur de province (*proconsul* ou *propréteur*) et dirigeaient sous ses ordres tout ce qui avait rapport aux finances. = [6] Indique qu'en *particulier* il s'entend avec le roi. = [7] Ablatif de cause: «Quoniam deditionis confectio retardabatur.» Dietsch. = [8] *Consilium* (de *consulo*), ceux qui délibèrent et décident avec quelqu'un; *concilium* (de *concieo*), ceux qui sont convoqués pour écouter quelque chose. Ce *conseil* était composé des légats, des tribuns, et de tous les sénateurs qui se trouvaient dans la province. Cf. 62, n. 8. = [9] *Satura* (sous-entendu *lanx*) était un plat composé de divers genres de mets ou de fruits; de là ce mot a signifié «mélange,» et en littérature a donné lieu à «satire.» La locution *per saturam* veut donc dire «en mêlant sans ordre une foule de choses différentes;» et la phrase doit s'expliquer: «on ne demanda pas l'avis de chacun l'un après l'autre, mais on interrogea sans ordre tantôt l'un, tantôt l'autre, et non sur un seul point, mais sur divers points à la fois.» = [10] L'expression complète était *rogare populum magistratus*, proposer des magistrats au choix du peuple. Scipion était mort dans le cours de l'année (111 av. J.-C.); voilà pourquoi Bestia dut retourner à Rome pour présider l'élection des nouveaux consuls. Cf. *Cat.* 16, n. 5; *Jug.* 32, n. 5.

chevaux, avec une somme d'argent peu considérable. Calpurnius retourne à Rome pour présider l'élection des magistrats. La paix régnait dans la Numidie et dans notre armée.

30. Postquam res in Africa gestas, quoque modo actæ forent, fama divulgavit, Romæ per omnis locos et conventus[1] de facto consulis agitari. Apud plebem gravis invidia; patres solliciti erant; probarentne[2] tantum flagitium an decretum consulis subvorterent, parum constabat. Ac maxume eos potentia Scauri, quod is auctor et socius Bestiæ ferebatur, a vero bonoque impediebat. At C. Memmius, cujus de libertate ingenii et odio potentiæ nobilitatis supra diximus, inter dubitationem et moras senatus, concionibus[3] populum ad vindicandum[4] hortari, monere ne rempublicam, ne libertatem suam desererent, multa superba et crudelia facinora nobilitatis ostendere; prorsus intentus omni modo plebis animum accendebat. Sed quoniam ea tempestate Romæ Memmii facundia clara pollensque fuit, decere existumavi unam ex tam multis orationem ejus perscribere, ac potissumum eam dicam, quam[5] in concione post reditum Bestiæ hujuscemodi verbis disseruit.

30. Quand la renommée eut publié ce qui avait eu lieu en Afrique et comment les choses s'étaient passées, il ne fut question à Rome, dans tous les lieux et dans toutes les réunions, que de la conduite du consul. Chez la plèbe une profonde indignation; les sénateurs étaient inquiets; devaient-ils ratifier une pareille infamie ou casser la convention du consul: ils ne savaient que décider. C'était surtout le crédit de Scaurus, qu'on disait être le conseiller et le complice de Bestia, qui les empêchait d'obéir à la justice et à la vertu. Mais C. Memmius, dont nous avons fait connaître plus haut le caractère indépendant et la haine contre l'autorité des nobles, au milieu des hésitations et des lenteurs du sénat, excite par ses harangues le peuple à la vengeance, l'engage à ne pas déserter la république, la liberté, lui présente des traits nombreux de l'orgueil et de la cruauté des nobles; en un mot, il ne néglige rien pour enflammer l'esprit de la plèbe. Comme à cette époque l'éloquence de Memmius eut à Rome de l'éclat et de l'influence, j'ai cru devoir transcrire un de ses nombreux discours, et je rapporterai de préférence celui que, après le retour de Bestia, il tint devant le peuple en ces termes.

31. «Multa dehortantur me a vobis[1], Quirites, ni studium reipublicæ omnia superet, opes factionis[2], vestra patientia, jus nullum[3], ac maxume[4] quod innocentiæ plus periculi quam honoris est. Nam[5] illa quidem piget dicere, his annis quindecim[6] quam ludibrio fueritis superbiæ paucorum, quam fœde quamque inulti perierint vestri defensores, ut vobis animus ab[7] ignavia atque socordia corruptus sit, qui ne nunc quidem obnoxiis inimicis[8] surgitis atque etiam nunc timetis eos, quibus decet terrori esse. Sed quanquam hæc[9] talia sunt, tamen ire obviam factionis potentiæ animus subigit. Certe[10] ego libertatem, quæ mihi a parente meo tradita est, experiar; verum id frustra an ob rem faciam, in vestra manu situm est, Quirites. Neque ego vos hortor, quod sæpe majores nostri fecere[11], ut contra injurias armati eatis. Nihil vi, nihil secessione opus est; necesse est suomet ipsi more præcipites eant. Occiso Tiberio Graccho, quem regnum parare aiebant[12], in plebem Romanam quæstiones[13] habitæ sunt; post C. Gracchi et M. Fulvii cædem, item vestri ordinis multi mortales in carcere necati sunt[14]: utriusque cladis non lex[15], verum lubido eorum finem fecit. Sed sane fuerit regni paratio plebi sua restituere; quidquid sine sanguine civium ulcisci nequitur, jure factum sit[16].

31. «Bien des raisons m'éloigneraient de vous, Quirites, si tout ne cédait à mon dévouement pour la république: les forces du parti, votre résignation, l'absence du droit, et, par-dessus tout, l'assurance que pour l'intégrité il y a plus de péril que d'honneur. J'ai honte, en effet, d'en parler, de dire combien, pendant ces quinze dernières années, vous avez été le jouet de quelques hommes, combien vous avez laissé périr indignement et sans vengeance vos défenseurs, comme l'inaction et la lâcheté ont fait déchoir vos âmes, vous qui, aujourd'hui même que vos ennemis sont à votre merci, ne vous levez pas, et qui craignez encore ceux dont vous devriez être la terreur. Mais, malgré cette triste situation, mon cœur me commande de lutter contre la puissance du parti. Toujours ferai-je l'essai de la liberté que m'a transmise mon père; mais ma tentative doit-elle échouer ou aboutir: cela dépend de vous, Quirites. Et ce n'est pas que je vous engage à marcher, comme plus d'une fois nos ancêtres l'ont fait, contre l'oppression, les armes à la main. Point de violence, point de scission; leur propre conduite doit nécessairement les mener à leur perte. Après le meurtre de Tibérius Gracchus, qui, disaient-ils, aspirait à la royauté, on exerça des poursuites contre la plèbe romaine; après

30. — [1] Non pas «assemblée officiellement convoquée,» mais «réunion en général.» = [2] Phrase asyndétique; sous-entendu *nam*. — *constabat* patribus. = [3] Voy. 8, n. 3. = [4] «*A la punition* des coupables;» le gérondif n'étant autre chose que l'infinitif décliné, c'est à dire un véritable substantif. = [5] Les mss. varient entre *eam ... quam* et *ea ... quæ*. Salluste ne se propose pas de donner en général une idée du genre d'éloquence de Memmius, il veut rapporter une de ses harangues; il n'a donc pas pu employer *ea*, terme qui se rapporterait au sens et non à la forme du discours. Mais la plupart des critiques ont trouvé qu'on ne saurait dire *orationem disserere;* les exemples *instituta d.* (Sall. *Cat.* 5), *res gestas d.* (T.-Liv. 41, 6), *fabulas d.* (Phèdre, 5, *Prol.* 10) et autres prouvent le contraire.

31. — [1] «Multa me hortantur ne rerum vestrarum curam suscipiam.» Kritz. — *Quirites* (de *Cures*, ville sabine où régnait Tatius), nom des Romains considérés sous le rapport civil. = [2] Les *optimates* (voy. *Cat.* 19, n. 3). = [3] Personne ne peut user de son droit; tout se fait au gré des nobles. = [4] Aux raisons générales, Memmius en ajoute une qui lui est personnelle. — Salluste semble avoir imité Caton le Censeur, dont le discours *de Lusitanis* commençait ainsi: *Multa me dehortata sunt huc prodire, anni, ætas, vox, vires, senectus.* Voy. Auln-Gelle, 13, 24. = [5] La liaison des idées est: «Una causa satis gravis est ad me deterrendum, quod innocentia mea mihi gravissima pericula timenda sunt. *Nam illa quidem* pluribus exponere piget.» Dietsch. *Illa* correspond donc à *opes ... nullum.* = [6] Presque tous les mss. portent XV; dans deux on lit XII; dans un, X. Comme Memmius parle plus bas du meurtre de Tib. Gracchus, et que ce fait remontait à vingt-deux ans (133 av. J.-C.), Corte a été amené à croire qu'il y avait altération et que le vrai chiffre était XX, conjecture ratifiée par Kritz. Mais le point de départ de Memmius est-il bien la mort des Gracques? Rien ne le prouve; car ce qui suit est fort distinct de ce passage. En disant *quinze années*, peut-être n'envisage-t-il que le temps depuis lequel il est entré dans les affaires; peut-être encore se reporte-t-il à la loi du tribun Junius Pennus, qui ordonnait à tous les étrangers de sortir de Rome. Du reste, on sait le peu d'attention que les historiens anciens, Salluste surtout, donnent à la chronologie. = [7] La préposition marque mieux l'*origine* de la corruption, et personnifie en quelque sorte *ignavia* et *socordia*. = [8] Par leur conduite dans les affaires d'Afrique. Cf. *Cat.* 48, n. 8. = [9] Comprend tout ce qu'il a dit, et la situation générale des affaires, et sa position particulière. = [10] Confirme avec restriction: «A la vérité, je n'y arriverai peut-être pas, — ce qui aura lieu, si votre concours me fait défaut, — mais *en tout cas* je ne négligerai rien de ce qui dépend de moi.» Mais quel usage peut-il faire de sa liberté? C'est de présenter au peuple une *rogation* (car chaque citoyen a le droit de *persuader* ou de *dissuader*, c'est-à-dire de soutenir l'adoption ou le rejet d'une proposition) consistant à provoquer une enquête contre ceux qui ont reçu de l'argent de l'ennemi et à faire venir Jugurtha à Rome. Comme toute *rogation* (voy. 32, n. 5) devait être précédée de la *promulgation* (affichage de la rogation pendant trois *nundinæ;* voy. *Cat.* 16, n. 5), il est évident par ce qui suit (*Dicet aliquis*, etc.) que Memmius n'a pu prononcer ce discours que pour préparer les esprits à sa proposition future. = [11] Cf. *Cat.* 33, n. 6. = [12] En voyant qu'une lutte était imminente, Tibérius avait porté sa main vers la tête, pour indiquer que sa vie était en danger; Scipion Nasica courut dire au sénat qu'il demandait la couronne, et entraîna ainsi les patriciens à marcher contre lui. Et dans la suite, c'était toujours l'excuse dont se servait l'aristocratie, pour justifier le meurtre du tribun. = [13] Enquêtes judiciaires, informations criminelles dans les causes capitales. = [14] «Opimius, ayant pris leurs partisans, les jeta en prison et les fit étrangler.» Appien, *Guerre civile*, 1, 25. Ce consul avait agi ainsi en vertu du pouvoir extraordinaire que lui avait remis le sénat. Sur *carcer*, voy. *Cat.* 55, n. 2. = [15] Une *loi* était un *ordre* du peuple, *quod populus jubet* (Gaius, 1, 3). = [16] «Accordons-leur cela, puisque vous l'avez accordé vous-mêmes: je ne vous exciterai pas à venger ces crimes; car si vous vouliez châtier vos ennemis suivant leurs actes, vous devriez les tuer, et par ce fait vous tomberiez dans la même faute qu'eux.» Salluste nous représente Memmius comme un ami de la modération et de la légalité. — Festus (p. 177, éd. Lindemann): *Nequitum et nequitur pro non posse dicebant* (*veteres*). De même que

Superioribus[17] annis taciti indignabamini ærarium expilari, reges et populos liberos paucis nobilibus vectigal pendere[18], penes eosdem et summam gloriam[19] et maxumas divitias esse; tamen hæc talia facinora impune suscepisse parum habuere. Itaque postremo leges, majestas vestra, divina et humana omnia hostibus tradita sunt. Neque eos, qui ea fecere, pudet aut pœnitet, sed incedunt per ora vestra magnifici, sacerdotia et consulatus, pars triumphos suos ostentantes, perinde quasi ea honori, non prædæ habeant[20]. Servi ære parati injusta imperia dominorum non perferunt; vos, Quirites, in imperio nati, æquo animo servitutem toleratis? At qui sunt hi, qui rempublicam occupavere? Homines sceleratissumi, cruentis manibus, immani avaritia, nocentissumi et iidem superbissumi, quibus fides, decus, pietas[21], postremo honesta atque inhonesta omnia[22] quæstui sunt. Pars eorum occidisse tribunos plebis, alii quæstiones injustas, plerique cædem in vos fecisse pro munimento habent. Ita quam quisque pessume fecit, tam maxume tutus est[23]: metum a scelere suo ad ignaviam vestram transtulere[24]; quos omnes eadem cupere, eadem odisse, eadem metuere in unum coegit; sed hæc inter bonos amicitia, inter malos factio[25] est. Quodsi[26] tam vos libertatis curam haberetis, quam illi ad dominationem accensi sunt, profecto neque respublica sicuti nunc vastaretur, et beneficia vestra[27] penes optumos, non audacissumos forent. Majores vestri, parandi juris et majestatis[28] constituendæ gratia, bis per secessionem armati Aventinum occupavere[29]; vos pro libertate, quam ab illis accepistis, nonne summa ope nitemini? atque[30] eo vehementius, quo majus dedecus est parta amittere quam omnino non paravisse. Dicet aliquis: Quid igitur? censes vindicandum in eos, qui hosti prodidere rempublicam? Non manu neque vi, quod[31] magis vos fecisse quam illis accidisse indignum est, verum quæstionibus et indicio ipsius Jugurthæ[32]; qui si deditícius est, profecto jussis nostris obediens erit; sin ea contemnit, scilicet existumabitis, qualis illa pax aut[33] deditio sit, ex qua ad Jugurtham scelerum impunitas, ad paucos potentes maxumæ divitiæ, ad rempublicam damna atque dedecora pervenerint. Nisi forte[34] nondum etiam vos dominationis eorum satietas tenet, et illa quam hæc tempora magis placent[35], cum regna, provinciæ, leges, jura, judicia[36], bella atque paces, postremo divina et humana omnia penes paucos erant, vos autem, hoc est populus Romanus, invicti ab hostibus, imperatores omnium gentium, satis habebatis animam retinere; nam servitutem quidem quis vestrum recusare audebat? Atque ego, tametsi viro flagitiosissumum existumo impune injuriam accepisse, tamen vos hominibus sceleratissumis ignoscere, quoniam cives sunt, æquo animo paterer, ni misericordia in perniciem casura esset. Nam et illis, quantum importunitatis habent, parum est impune male fecisse, nisi[37] deinde faciundi licentia eripitur; et vobis æterna sollicitudo remanebit, cum intellegetis, aut serviundum esse, aut per manus libertatem retinendam. Nam fidei quidem aut concordiæ quæ spes est? Dominari illi volunt, vos liberi esse; facere illi injurias, vos prohibere; postremo sociis nostris veluti hostibus, hostibus pro sociis utuntur.

l'assassinat de C. Gracchus et de M. Fulvius, il y eut de même une foule de gens de votre ordre mis à mort dans la prison : à l'un et l'autre massacre, ce fut, non la loi, mais leur bon plaisir, qui y mit un terme. Mais soit; c'était aspirer à la royauté que de rendre ses droits à la plèbe; tout ce qu'on ne peut venger que dans le sang des citoyens, a été légitime. Ces précédentes années, vous vous indigniez, mais en silence, de voir le Trésor dilapidé, les rois et les peuples libres tributaires de quelques nobles, aux mains de ces mêmes hommes toute gloire et toutes richesses; et pourtant il ne leur a pas suffi d'avoir entrepris impunément ces odieux attentats. Aussi à la fin, lois, majesté de votre nom, choses divines et humaines, ils ont tout vendu aux ennemis. Et ceux qui ont fait cela n'en ont ni honte ni repentir, mais ils viennent se promener fastueusement sous vos yeux, étalant leurs sacerdoces et leurs consulats, quelques-uns leurs triomphes, comme si c'étaient des marques d'honneur, et non les fruits du vol. Des esclaves achetés pour de l'argent ne supportent pas l'autorité injuste d'un maître; et vous, Quirites, nés dans le commandement, sans vous plaindre vous endurez la servitude? Mais qui sont-ils donc, ceux qui se sont emparés de la république? Des scélérats aux mains couvertes de sang, d'une insatiable avidité, les plus coupables et aussi les plus orgueilleux des hommes, pour qui bonne foi, honneur, affections, en un mot, vertus et vices, tout est objet de trafic. Les uns ont mis à mort des tribuns du peuple, d'autres ont fait contre vous d'injustes poursuites, presque tous ont versé votre sang : voilà où ils trouvent leur rempart. Ainsi, plus ils sont coupables, plus ils sont en sûreté : la peur que devaient leur inspirer leurs crimes, ils l'ont fait passer à votre lâcheté; tous ont mêmes désirs, mêmes haines, mêmes craintes, et c'est le principe de leur union; mais ce qui entre gens de bien est amitié, entre méchants n'est que cabale. Que si vous, vous preniez autant d'intérêt à la liberté qu'eux ont d'ardeur pour la tyrannie, certes, la république ne se trouverait pas, comme aujourd'hui, livrée au pillage, et vos bienfaits seraient entre les mains des plus dignes, non des plus audacieux. Nos ancêtres, pour conquérir des droits et fonder leur souveraineté, deux fois ont fait scission et sont allés en armes occuper l'Aventin; vous, pour cette liberté qu'ils vous ont léguée, ne ferez-vous pas les derniers efforts ? et avec d'autant plus d'énergie qu'il y a plus de honte à perdre un bien acquis qu'à ne l'avoir pas acquis du tout. On va me dire : Eh bien donc? es-tu d'avis qu'on sévisse contre ceux qui ont vendu la république à l'ennemi? Oui, mais point d'armes ni de violence, moyens indignes de vous, tout justes qu'ils soient envers eux; qu'on fasse une enquête, qu'on interroge Jugurtha lui-même; s'il a fait sa soumission, sans nul doute il se montrera obéissant à nos ordres; si, au contraire, il les méprise, alors vous pourrez juger du mérite d'une paix, d'une soumission qui aura valu à Jugurtha l'impunité de ses crimes, à quelques hommes puissants d'immenses richesses, à la république préjudice et déshonneur. Mais peut-être n'avez-vous pas encore assez de leur tyrannie et préférez-vous au temps actuel celui où royaumes, provinces, lois, droits, juge-

cœptus sum, cette forme ne s'unissait qu'à un infinitif passif; *ulcisci* a donc le sens passif, ce qui est rare. = 17 Des attentats commis envers la *plèbe*, il passe à ceux commis envers la république, et fait ressortir que tout cela ne s'est accompli que grâce à la faiblesse du peuple; aussi *taciti* a-t-il une grande force. = 18 Voy. *Cat.* 6, n. 2; 20, n. 5; 52, n. 14. = 19 Ils empêchaient les plébéiens d'arriver au consulat. = 20 « Quasi ea ita habeant, ut iis non prædæ fuerint, id est, quasi ea non prædas habeant. » Dietsch. = 21 Concerne tous les devoirs à remplir envers ceux auxquels nous unissent des liens naturels d'affection et de respect. = 22 Cf. *Cat.* 30, n. 6. = 23 *Tam... quam* a rapport au degré; *ita* (ou *sic*)... *ut* indique la manière. Le premier appartient à la vieille langue. = 24 « Metum a se ad vos transtulere; » ils devraient trembler (à cause de leurs crimes), c'est vous qui avez peur (à cause de votre lâcheté). = 25 *Facere cum aliquo*, s'entendre avec quelqu'un et travailler avec lui pour arriver à un même but. *Factio*, action de s'entendre et de tenir ensemble, de la société de gens qui travaillent à un même but; ce mot fut bientôt pris en mauvaise part. *Factiosus*, celui qui est soutenu par un parti, qui est puissant par lui, ou qui cherche à arriver au pouvoir par un parti. = 26 Prépare la transition aux mesures que le peuple doit prendre maintenant. = 27 Les charges publiques, que vous êtes libres d'accorder à qui vous voulez (car *bienfait* implique *liberté* de la part de celui qui donne). Il y a donc une amère ironie dans cette expression. = 28 *Majestas est in imperii atque in nominis populi Romani dignitate*. Cic. *Part. orat.* 2, 30. = 29 Suivant Tite-Live (2, 32) et Denys d'Halicarnasse, la première retraite du peuple eut lieu sur le mont Sacré; selon Pison Frugi, sur l'Aventin; d'après d'autres (Cic. *de Rep.* 2, 20; Sall. *Hist.* 1) sur les deux à la fois. = 30 Sert souvent à rattacher à ce qu'on a dit une pensée plus importante, de là s'emploie aussi dans des réponses pour confirmer ce que l'on demande ou prétend : « Oui vous ferez les plus grands efforts, *et cela*, etc. » = 31 Sur la construction de *quod*, cf. 14, n. 22. = 32 « Vindicandum est in eos quæstionibus, *et quidem* ita habendis, ut ipsius regis indicium verum aperiat. » Kritz. *Indicium* (voy. *Cat.* 48, n. 10) s'unit donc à *vindicandum* d'une autre manière que les termes qui précèdent; et *et* est explicatif. = 33 « Ou, si cette convention ne peut pas s'appeler *paix*, etc. » = 34 « Allez donc, attaquez vos ennemis de cette manière. Qui peut hésiter ou attendre? *A moins que par hasard*, etc. » = 35 Il oppose le *présent* au *passé* (l'époque qui a suivi la défaite des Gracques), comme si le peuple eût déjà reconquis tous ses droits. = 36 *Leges*, pouvoir législatif; *jura*, droits politiques; *judicia*, pouvoir judiciaire. = 37 « L'impunité est pour eux peu de chose,

Potestne in tam diversis mentibus pax aut amicitia esse? Quare moneo hortorque vos, ne tantum scelus impunitum omittatis. Non peculatus ærarii factus est, neque per vim sociis ereptæ pecuniæ; quæ quanquam gravia sunt, tamen consuetudine jam pro nihilo habentur; hosti acerrumo prodita senatus auctoritas, proditum imperium vestrum est; domi militiæque[38] respublica venalis fuit. Quæ nisi quæsita erunt, nisi vindicatum in noxios, quid erit reliquum, nisi ut illis, qui ea fecere, obedientes vivamus? Nam impune quælubet facere, id est regem esse[39]. Neque ego vos, Quirites, hortor ut malitis cives vestros perperam quam recte fecisse, sed ne ignoscendo malis bonos perditum eatis[40]. Ad hoc in republica multo præstat beneficii quam maleficii immemorem esse[41] : bonus tantummodo segnior fit, ubi neglegas; at malus improbior. Ad hoc si injuriæ non sint, haud sæpe auxilii egeas[42]. »

32. Hæc atque alia hujuscemodi sæpe dicendo, Memmius populo persuadet, uti L. Cassius, qui tum prætor erat, ad Jugurtham mitteretur, eumque interposita fide publica[1] Romam duceret, quo facilius indicio regis Scauri et reliquorum, quos pecuniæ captæ[2] accersebant[3], delicta patefierent. Dum hæc Romæ geruntur, qui in Numidia relicti a Bestia exercitui præerant, secuti morem imperatoris sui, plurima et flagitiosissuma facinora fecere. Fuere qui auro corrupti elephantos Jugurthæ traderent; alii perfugas[4] vendere; pars ex pacatis prædas agebant : tanta vis avaritiæ in animos eorum veluti tabes invaserat. At Cassius, perlata rogatione[5] a C. Memmio ac perculsa omni nobilitate, ad Jugurtham proficiscitur, eique timido et ex conscientia diffidenti rebus suis persuadet, quoniam se populo Romano dedisset[6], ne vim quam misericordiam ejus experiri mallet. Privatim præterea fidem suam interponit, quam ille non minoris quam publicam ducebat : talis ea tempestate fama de Cassio erat.

33. Igitur Jugurtha contra decus regium cultu quam maxume miserabili[1] cum Cassio Romam venit; ac tametsi

ments, guerres et traités, en un mot, toutes choses divines et humaines, étaient aux mains de quelques hommes, tandis que vous, c'est-à-dire le peuple romain, vous que n'a vaincus aucun ennemi, vous les maîtres de toutes les nations, vous étiez trop heureux de conserver la vie; car la servitude, qui de vous osait s'y refuser? Pour moi, quoique je regarde comme le dernier opprobre pour un homme de subir l'oppression sans se défendre, encore vous laisserais-je volontiers pardonner à des gens si criminels, parce que ce sont des citoyens, si la clémence ne devait pas aboutir à une catastrophe. En effet, pour eux, tant ils ont d'impudence, c'est peu d'avoir impunément fait le mal, si on ne leur arrache le pouvoir de le faire à l'avenir; et vous, d'éternels regrets vous attendent, quand vous verrez qu'il faut ou être esclaves, ou combattre pour conserver la liberté. En effet, quel espoir est-il de confiance ou d'entente? Ils veulent être maîtres, vous, être libres; ils veulent commettre l'injustice, vous, l'empêcher; en un mot, nos alliés, ils les traitent en ennemis, et nos ennemis en alliés. Peut-il, avec une telle opposition de sentiments, y avoir paix ou amitié? En conséquence, je vous avertis et vous conseille de ne pas laisser un tel attentat impuni. Il n'y a pas eu dilapidation du Trésor, ni argent extorqué par violence à des alliés : ces crimes, quelque grands qu'ils soient, sont comptés pour rien, tant ils sont communs; à l'ennemi le plus acharné a été vendue l'autorité du sénat, a été vendue votre souveraineté; à Rome et dans les camps, on a trafiqué de la république. Si l'on n'informe sur ces faits, si l'on ne sévit contre les coupables, que nous restera-t-il, qu'à nous soumettre à ceux qui les ont commis, pour leur obéir à jamais? Car, faire impunément ce qu'on veut, c'est être roi. Et ce n'est pas que je vous engage, Quirites, à aimer mieux trouver dans des concitoyens le mal que le bien, mais à ne pas pardonner aux méchants, au risque de perdre les honnêtes gens. De plus, dans les affaires publiques, il vaut bien mieux oublier un service qu'un méfait : l'honnête homme ne devient que moins zélé, quand on le néglige; mais le méchant devient plus effronté. De plus, s'il n'y avait point d'injustices, on aurait rarement besoin d'assistance. »

32. A force de tenir de semblables discours, Memmius décide le peuple à faire députer L. Cassius, alors préteur, auprès de Jugurtha, pour l'amener à Rome sous la sauvegarde de la foi publique, afin qu'il fût plus facile, d'après les dépositions du roi, de vérifier les méfaits de Scaurus et des autres qu'on accusait d'avoir reçu de l'argent. Tandis que ces faits se passent à Rome, ceux que Bestia avait laissés en Numidie à la tête de l'armée, imitant l'exemple de leur général, commettent mille infamies. Quelques-uns, corrompus à prix d'or, livrent à Jugurtha les éléphants; d'autres vendent les réfugiés; d'autres pillent les pays soumis : tant l'avidité, pareille à une contagion, avait infecté leurs âmes. Cependant la proposition de C. Memmius avait passé, et toute la noblesse était consternée; Cassius se rend alors auprès de Jugurtha, et voyant qu'il avait peur et par suite de ses remords désespérait de ses affaires, il lui persuade, puisqu'il s'était rendu au peuple romain, de faire l'essai de sa clémence plutôt que de sa colère. Il lui donne de plus personnellement sa parole, qui pour ce prince avait autant de valeur que la foi publique : si grande était à cette époque la réputation de Cassius.

33. En conséquence Jugurtha, dépouillant la dignité royale, dans l'appareil le plus propre à exciter la pitié,

et ils commettront de nouveaux crimes, à moins que, etc. » = [38] *domi*, quand la majorité du sénat avait été gagnée dans l'affaire d'Adherbal; *militiæ*, quand Bestia s'était laissé corrompre et avait fait la paix. = [39] Qu'on se rappelle la haine des Romains pour la royauté. = [40] « Ut illorum, qui cives vestri sunt, nequitia lætemini, quoniam vindicandi vobis copiam fecit, sed ut nullam aliam ob causam quam ob tutandos bonos vindicetis. » Dietsch. = [41] « En politique, il est plus utile de ne pas pardonner aux méchants que de récompenser les bons, *car*, etc. » = [42] « Si l'on réprime l'oppression (*mali cives*), on a moins besoin d'assistance, de protecteurs (*boni cives*), et le relâchement (*si segniores fiant*) des bons ne peut causer de tort. » Pourquoi Memmius conclut-il ainsi? C'est que, parmi les grands, beaucoup avaient bien mérité du pays, de la *plèbe*, et ils pouvaient faire valoir leurs services pour sauver les coupables. — Concision rude, suppression des liaisons, répétition des mêmes termes, donnent spécialement à ce discours une couleur archaïque.

32. — [1] « Un sauf-conduit. » Voy. *Cat.* 47, n. 2. = [2] Terme consacré en parlant de l'argent reçu contrairement aux lois. = [3] En jurisprudence, signifie « appeler en justice, accuser; » et il se construit avec l'accusatif de la personne et le génitif de la chose. Voy. *Cat.* 40, n. 6. = [4] Qui, s'étant rendus chez les Romains volontairement, étaient par conséquent libres. = [5] Une loi proposée s'appelait *rogatio* (demande). Cette demande était soumise au peuple, qui votait avec des tablettes portant les lettres *V. R.* (*uti rogas*, formule d'adoption) ou *A.* (*antiquo*, formule de rejet). La *rogatio* acceptée devenait *lex*. Cf. 31, n. 10. = [6] La conjecture *dedidisset* n'existe dans aucun ms.

33. — [1] « Dans l'appareil d'un accusé. » Les accusés avaient coutume, pour exciter la commisération publique, de se laisser croître la

in ipso magna vis animi erat, confirmatus[2] ab omnibus, quorum potentia aut scelere cuncta ea gesserat, quæ supra diximus, C. Bæbium tribunum plebis magna mercede parat, cujus impudentia contra jus et injurias[3] omnis munitus foret. At C. Memmius, advocata concione, quanquam regi infesta plebes erat, et pars in vincula duci jubebat, pars, nisi socios sceleris sui aperiret, more majorum de hoste supplicium sumi[4], dignitati quam iræ magis consulens, sedare motus et animos eorum mollire, postremo confirmare fidem publicam per sese inviolatam fore. Post, ubi silentium cœpit, producto Jugurtha, verba facit; Romæ Numidiæque[5] facinora ejus memorat; scelera in fratres patremque ostendit; quibus juvantibus quibusque ministris ea egerit quanquam intellegat populus Romanus, tamen velle manifesta magis ex illo habere; si verum aperiat, in fide et clementia populi Romani magnam spem illi sitam; sin reticeat, non saluti sociis fore, sed se suasque spes corrupturum[6].

se rend à Rome avec Cassius; et, bien qu'il eût en lui-même assez d'énergie, sur les encouragements de tous ceux dont le crédit ou la scélératesse lui avait permis d'accomplir les nombreux attentats dont nous avons parlé plus haut, il gagne, au prix de grandes sommes, C. Bæbius, tribun du peuple, dont l'impudence doit le couvrir contre les lois et toutes les violences. Cependant C. Memmius convoque l'assemblée : quoique la plèbe fût hostile au roi, et que les uns voulussent qu'on le mît aux fers, les autres, s'il ne déclarait les complices de son crime, qu'on le punît, comme ennemi public, suivant la coutume des ancêtres, le tribun, consultant la dignité plutôt que la colère, apaise le tumulte, calme les esprits, et finit par protester que pour sa part il ne laissera pas violer la foi publique. Puis, quand on eut fait silence, il fait comparaître Jugurtha et prend la parole; il rappelle ce qu'il a fait à Rome et en Numidie; il expose ses crimes contre ses frères et son père; quant aux soutiens et aux agents qui l'ont secondé dans ses actes, le peuple romain les connaît, mais il veut tenir de lui des preuves certaines; s'il déclare la vérité, il a droit d'espérer beaucoup de la protection et de la clémence du peuple romain; si, au contraire, il s'obstine à se taire, il pourra bien sauver ses complices, mais il se perdra, lui et ses espérances.

34. Deinde, ubi Memmius dicendi finem fecit, et Jugurtha respondere jussus est, C. Bæbius tribunus plebis, quem pecunia corruptum supra diximus, regem tacere jubet[1]; ac tametsi multitudo, quæ in concione aderat, vehementer accensa, terrebat eum clamore, voltu, sæpe impetu atque aliis omnibus, quæ ira fieri amat[2], vicit tamen impudentia. Ita populus ludibrio habitus ex concione discedit; Jugurthæ Bestiæque et ceteris, quos illa quæstio exagitabat, animi augescunt.

34. Ensuite, dès que Memmius eut fini de parler, et que Jugurtha eut reçu l'ordre de répondre, C. Bæbius, tribun du peuple, séduit à prix d'argent, comme je l'ai dit, ordonne au roi de se taire; et, bien que la foule présente à l'assemblée, outrée de fureur, l'intimidât par ses cris, ses regards, souvent même par des gestes menaçants et toutes les démonstrations où se plaît la colère, la victoire pourtant resta à l'impudence. Ainsi le peuple, après avoir été joué, quitte l'assemblée; Jugurtha, Bestia et tous ceux qu'inquiétait cette enquête, reprennent un nouveau courage.

35. Erat ea tempestate Romæ Numida quidam, nomine Massiva, Gulussæ filius, Masinissæ nepos, qui, quia in dissensione regum Jugurthæ adversus fuerat, dedita Cirta et Adherbale interfecto, profugus ex Africa abierat. Huic Sp. Albinus, qui proxumo anno post Bestiam cum Q. Minucio Rufo consulatum gerebat, persuadet, quoniam ex stirpe Masinissæ sit Jugurthamque ob scelera invidia cum metu[1] urgeat, regnum Numidiæ ab senatu petat[2]. Avidus consul belli gerundi, movere quam senescere omnia[3] malebat; ipsi provincia Numidia, Minucio Macedonia evenerat[4]. Quæ postquam Massiva agitare cœpit, neque Jugurthæ in amicis satis præsidii est, quod eorum alium conscientia, alium mala fama[5] et timor impediebat, Bomilcari, proxumo ac maxume fido sibi, imperat, pretio, sicuti multa confecerat, insidiatores Massivæ[6] paret, ac maxume occulte, sin id parum procedat, quovis modo Numidam interficiat[7]. Bomilcar mature regis mandata exsequitur, et per homines, talis negotii artifices, itinera egressusque ejus, postremo loca atque tempora cuncta explorat, deinde, ubi res postulabat, insidias tendit. Igitur unus ex eo numero[8], qui ad cædem parati erant, paulo inconsultius Massivam aggreditur; illum obtruncat, sed ipse deprehensus, multis hortantibus et in primis Albino consule, indicium profitetur[9]. Fit reus magis ex æquo bonoque quam ex jure gentium Bomilcar, comes ejus, qui Romam fide publica venerat. At Jugurtha, manifestus[10] tanti sceleris, non prius omisit contra verum[11] niti quam

35. Il y avait à cette époque à Rome un Numide nommé Massiva, fils de Gulussa et petit-fils de Masinissa, qui, dans la querelle des rois, s'était déclaré contre Jugurtha, et, après la reddition de Cirta et le meurtre d'Adherbal, avait quitté l'Afrique en fugitif. Sp. Albinus qui, l'année après Bestia, exerçait le consulat avec Q. Minucius Rufus, persuade à ce prince, puisqu'il descendait de Masinissa, et que Jugurtha, à cause de ses crimes, était un objet de haine et de terreur, de demander au sénat le royaume de Numidie. Impatient d'avoir une guerre à faire, le consul aimait mieux voir tout agité qu'en repos; c'était à lui qu'était échue comme province la Numidie, à Minucius la Macédoine. Massiva commençait à s'occuper de cette affaire, quand Jugurtha, se voyant moins appuyé par ses amis, que retenait les uns le remords, les autres l'infamie et la crainte, ordonne à Bomilcar, son confident le plus dévoué, de recourir au moyen habituel, l'argent, en apostant contre Massiva des assassins payés, surtout, de tuer le Numide secrètement, et, si cela ne réussit pas, de n'importe quelle manière. Bomilcar exécute sans retard les instructions du roi, et, par des gens exercés à ce métier, il fait épier les allées et les sorties de Massiva, en un mot, tous les lieux et toutes les heures, puis, au moment opportun, il dresse l'embuscade. Là, un des sicaires payés pour ce meurtre, attaque Massiva avec trop peu de précaution; il l'égorge, mais il est arrêté, et, sur les exhortations de plusieurs personnes et surtout du consul Albinus, il fait des

barbe et les cheveux, de se vêtir d'une robe sale et déchirée, et de prendre un air triste et humble. = [2] « *Tametsi*, etc., (*tamen*) Bæbium socium sibi adjungit, hortantibus maxime ac confirmantibus in eo consilio amicis potentibus. » Kritz. = [3] *Jus*, action des lois; *injurias*, violences illégales. = [4] Voy. *Cat.* 52, n. 34. = [5] Pour *in Numidia*; le premier génitif a entraîné le second. = [6] « Sin retices, sociis quidem tuis saluti eris, sed (quod tam grave est, ut illud præ eo pro nihilo habendum sit) tibi accidet ut te tuasque spes corrumpas. » Dietsch. La locution *non... sed* s'emploie quand à une affirmation juste, mais qui ne paraît pas suffisante, on oppose quelque chose de plus important; on l'explique par *non tam... quam*, ou *non tantum... sed etiam*. Sur *corrumpere*, voy, 79, n. 7.

34. — [1] « Tout le pouvoir des tribuns consistait dans le droit d'opposition, droit immense, il est vrai, puisqu'il les mettait à même d'entraver les magistrats dans leurs fonctions, d'annuler les lois, d'empêcher la tenue des comices, d'arrêter la levée des soldats et d'invalider les sénatus-consultes, qui ne devenaient obligatoires qu'autant qu'ils étaient souscrits de la lettre *T*, initiale du nom de tribun. » Dezobry, *Rome*, etc. I, p. 257. Ils formulaient leur opposition par le mot *veto*. Primitivement il fallait la majorité des tribuns pour qu'elle fût valable; mais bientôt le droit de *veto* appartint à chacun d'eux. = [2] *Quæ fieri*, proposition infinitive dépendant de *ira amat* : « Que la colère aime à être faites. » En grec φιλεῖν signifiant « se plaire à » ou « avoir coutume de, » se construit soit avec un sujet, soit impersonnellement; mais *amare*, plus rare en ce sens que chez les Grecs, ne fut employé absolument que dans la décadence.

35. — [1] « Des Romains, » et non « de Jurgurtha. » On craignait sa perfidie et son or. = [2] Ce qui eût évidemment entraîné une déclaration de guerre. = [3] Est à la fois sujet et complément; cf. 14, n. 22. = [4] Cf. 27, n. 7. = [5] Voy. *Cat.* 3, n. 7. = [6] Voy. *Cat.* 32, n. 1. = [7] Construisez : *ac m. o.*, si possit, *N. interficiat, s. i. p. p., q. modo*. = [8] « Ex eorum numero. » Cf. *Cat.* 8, n. 2. = [9] « Omnem rem fatetur atque edocet. » Kritz. Dans ce cas, on accordait l'impunité ou une réduction de peine. = [10] Voy. *Cat.* 41, n. 5. = [11] « In agendo, quod honestum

animadvortit supra gratiam atque pecuniam suam invidiam facti esse. Igitur, quanquam in priore actione[12] ex amicis quinquaginta vades dederat[13], regno magis quam vadibus consulens, clam in Numidiam Bomilcarem dimittit, veritus ne reliquos populares metus invaderet parendi sibi, si de illo sumptum supplicium foret. Et ipse paucis diebus eodem profectus est, jussus a senatu Italia decedere. Sed postquam Roma egressus est, fertur sæpe eo tacitus respiciens postremo dixisse, urbem venalem et mature perituram, si emptorem invenerit.

aveux. La justice et le devoir passent avant le droit des gens, et l'on met en accusation Bomilcar, bien qu'il fût de la suite d'un prince venu à Rome sous la foi publique. Cependant Jugurtha, convaincu d'un tel crime, ne cessa de lutter contre le triomphe de la justice, que lorsqu'il s'aperçut que son crédit et son or ne pouvaient rien contre l'horreur du fait. Aussi, quoique au début de la poursuite il eût offert en caution cinquante de ses amis, se souciant plus de son royaume que de ses répondants, il renvoie secrètement Bomilcar en Numidie, dans la crainte que le reste de ses sujets ne redoutât de lui obéir, si celui-là venait à être livré au supplice. Lui-même aussi partit quelques jours après, le sénat lui ayant ordonné de quitter l'Italie. Mais quand il fut hors de Rome, on rapporte qu'à plusieurs reprises il regarda en arrière sans rien dire, et qu'enfin il s'écria : « Ville à vendre et qui ne doit pas tarder à périr, si elle trouve un acheteur. »

36. Interim Albinus, renovato bello, commeatum, stipendium aliaque, quæ militibus usui forent, maturat in Africam portare, ac statim ipse profectus, uti ante comitia[1], quod[2] tempus haud longe aberat, armis aut deditione aut quovis modo bellum conficeret. At contra Jugurtha trahere omnia et alias deinde alias moræ causas facere, polliceri deditionem ac deinde metum simulare, cedere instanti et paulo post, ne sui diffiderent, instare; ita belli modo, modo pacis mora consulem ludificare. Ac fuere qui tum[3] Albinum haud ignarum consilii regis existumarent, neque ex tanta properantia tam facile tractum bellum socordia magis quam dolo crederent. Sed postquam dilapso tempore comitiorum dies adventabat, Albinus, Aulo fratre in castris pro prætore relicto[4], Romam decessit.

36. Cependant, la guerre rallumée, Albinus se hâte de faire passer en Afrique des vivres, de l'argent, et tout ce qui est nécessaire à une armée; lui-même part aussitôt afin de pouvoir, avant les comices, dont l'époque était peu éloignée, terminer la guerre par les armes, ou par une soumission, ou de toute autre manière. Mais Jugurtha traîne tout en longueur, et trouve sans cesse de nouvelles causes de retard; promet de se soumettre, et puis feint d'avoir peur; recule quand il est menacé, et, bientôt après, de peur de décourager les siens, menace à son tour; ainsi, en remettant tantôt la guerre, tantôt la paix, il se joue du consul. Il y en eut même qui soupçonnèrent Albinus de n'être point alors étranger aux desseins du roi, et qui attribuèrent sa complaisance à traîner la guerre en longueur, après s'être tant pressé, moins à la mollesse qu'à la trahison. Mais, le temps s'étant écoulé, le jour des comices approchait; Albinus laissa au camp son frère Aulus comme général, et revint à Rome.

37. Ea tempestate[1] Romæ seditionibus tribuniciis atrociter respublica agitabatur. P. Lucullus et L. Annius tribuni plebis, resistentibus collegis, continuare magistratum nitebantur[2]; quæ dissensio totius anni comitia impediebat[3]. Ea mora in spem adductus Aulus, quem pro prætore in castris relictum supra diximus, aut conficiundi belli aut terrore exercitus ab rege pecuniæ capiundæ, milites mense Januario[4] ex hibernis in expeditionem evocat[5], magnisque itineribus hieme aspera pervenit ad oppidum Suthul, ubi regis thesauri erant[6]. Quod quanquam et sævitia temporis et opportunitate loci neque capi neque obsideri poterat (nam circum murum, situm in prærupti montis extremo, planities limosa hiemalibus aquis paludem fecerat), tamen, aut simulandi gratia, quo regi formidinem adderet, aut cupidine cæcus ob thesauros oppidi potiundi, vineas[7] agere, aggerem[8] jacere aliaque, quæ incepto usui forent, properare.

37. A cette époque, à Rome, des discordes provoquées par les tribuns tenaient la république dans une violente agitation. P. Lucullus et L. Annius, tribuns du peuple, travaillaient, malgré l'opposition de leurs collègues, à se faire proroger leur magistrature; et cette dissension avait entravé les comices de l'année entière. Ces retards inspirèrent à Aulus, resté au camp, comme nous l'avons dit, en qualité de général, l'espoir ou de terminer la guerre, ou d'arracher de l'argent au roi par la terreur de ses armes; il fait donc, au mois de janvier, sortir les soldats de leurs quartiers d'hiver pour entrer en campagne, et, après des marches forcées, par un froid rigoureux, il arrive devant la ville de Suthul, où le roi avait des trésors. La rigueur de la saison et la position de la place ne lui permettaient ni de s'en emparer ni de l'assiéger (car autour de la muraille, sise sur le bord d'une montagne escarpée, s'étendait une plaine boueuse, dont les pluies de l'hiver avaient fait un marais); néanmoins, soit pour effrayer le roi par une attaque simulée, soit qu'il eût, à cause des trésors, un désir aveugle de prendre la ville, il approche les mantelets, élève un retranchement, et presse tout ce qui est nécessaire à son entreprise.

38. At Jugurtha, cognita vanitate atque imperitia legati, subdole ejus augere amentiam, missitare supplicantes legatos, ipse quasi vitabundus[1] per saltuosa loca et tramites exercitum ductare. Denique Aulum spe pactionis perpulit, uti relicto Suthule in abditas regiones sese veluti cedentem insequeretur; ita delicta occultiora fore[2]. Interea per homines callidos die noctuque exercitum tentabat;

38. Mais Jugurtha, ayant reconnu la présomption et l'incapacité du lieutenant, ajoute par ses ruses à sa folle confiance, lui dépêche des ambassades suppliantes, et, feignant de l'éviter, conduit lui-même son armée à travers un pays coupé de bois et de sentiers. Enfin, par l'espoir d'un arrangement, il détermine Aulus à abandonner Suthul, et à le poursuivre comme un fuyard dans des régions

est, quia id solum probandum, *verum* appellatur. » Dietsch. = [12] Celui qui en accusait un autre demandait au préteur (voy. *Cat.* 19, n. 1) la permission de le poursuivre, *actionem postulare*. Généralement il suffisait d'une seule action ou poursuite pour terminer une affaire; mais quand le procès était compliqué, il y en avait deux (quelquefois trois), c'est-à-dire que l'action était subdivisée : 1° connaissance de la cause, énumération des griefs par l'accusateur, audition des témoins; 2° discours suivi du demandeur pour soutenir l'accusation. = [13] Tout défendeur était tenu, à la demande du plaignant, de fournir des répondants, *vades dare*, qui garantissaient sa comparution au jour fixé pour l'affaire. Obliger quelqu'un à donner des répondants, c'était *vadari aliquem*. Si l'accusé faisait défaut, le préteur donnait gain de cause à la partie présente et le répondant subissait les conséquences de sa caution.

36. — [1] Cf. 29, fin. = [2] *Cujus rei, quorum.* Cf. 35, n. 8. = [3] Est opposé au dessein qu'Albinus avait eu *auparavant* de finir promptement la guerre. = [4] *Pro prætore relinqui* se disait de celui à qui le général déléguait le commandement en son absence. Voy. *Cat.* 59, n. 11.

37. — [1] Dans les derniers mois de 110 av. J.-C. = [2] On ne pouvait pas occuper deux années de suite la même charge. = [3] Cf. *Cat.* 16, n. 5. = [4] De 109 av. J.-C. = [5] Terme habituel en parlant d'un magistrat qui requiert quelqu'un, ou d'un général qui fait sortir ses soldats de leur poste pour se réunir auprès de lui. = [6] Cf. 12, n. 3. = [7] Voy. 21, n. 5. = [8] Retranchement en bois élevé devant les murs, sur une longueur souvent de quelques centaines de mètres, pour y établir les machines de siége qu'on approchait de plus en plus.

38. — [1] Les adjectifs en *bundus* ont la valeur du participe présent, avec plus d'intensité. = [2] Est la raison donnée par Jugurtha. De bons

centuriones ducesque turmarum[3] partim uti transfugerent corrumpere, alii signo dato locum uti desererent. Quæ postquam ex sententia instruit, intempesta nocte[4] de improviso multitudine Numidarum Auli castra circumvenit. Milites Romani, perculsi tumultu insolito, arma capere alii, alii se abdere, pars territos confirmare, trepidare omnibus locis : vis magna hostium, cœlum nocte atque nubibus obscuratum, periculum anceps[5], postremo fugere an manere tutius foret in incerto erat. Sed ex eo numero, quos paulo ante corruptos diximus, cohors una Ligurum cum duabus turmis Thracum et paucis gregariis militibus[6] transiere ad regem; et centurio primi pili[7] tertiæ legionis per munitionem, quam uti defenderet acceperat, locum hostibus introeundi dedit, eaque Numidæ cuncti irrupere. Nostri fœda fuga, plerique abjectis armis, proxumum collem occupaverunt. Nox atque præda castrorum hostes, quominus victoria uterentur, remorata sunt. Deinde Jugurtha postero die cum Aulo in colloquio verba facit, tametsi ipsum cum exercitu fame et ferro clausum tenet, tamen se memorem humanarum rerum; si secum fœdus faceret, incolumes omnis sub jugum missurum[8]; præterea uti diebus decem Numidia discederet. Quæ quanquam gravia et flagitii plena erant, tamen, quia mortis metu mutabantur[9], sicuti regi lubuerat, pax convenit[10].

écartées; de cette manière ses méfaits seraient plus secrets. En même temps il fait travailler jour et nuit notre armée par d'habiles émissaires; il gagne les centurions et les chefs d'escadrons, et les amène les uns à passer dans son camp, les autres à déserter leur poste au premier signal. Quand il a tout disposé à son gré, au milieu de la nuit, il paraît à l'improviste, et, avec une multitude de Numides, cerne le camp d'Aulus. Les soldats romains sont effrayés par ce tumulte inaccoutumé; les uns courent aux armes, les autres se cachent, d'autres rassurent ceux qui ont peur; c'est un désordre général : les ennemis sont innombrables; le ciel est obscurci par la nuit et les nuages; le danger est partout; bref, on ne sait s'il est plus sûr de fuir ou de rester. Mais parmi les troupes gagnées, comme nous venons de le dire, une cohorte de Liguriens, deux escadrons de Thraces, et quelques simples soldats, passent du côté du roi; le centurion du premier pile de la troisième légion laisse pénétrer les ennemis à travers le retranchement qu'il avait été chargé de défendre, et c'est par là que les Numides font tous irruption. Les nôtres prennent honteusement la fuite, jettent la plupart leurs armes, et s'établissent sur une hauteur voisine. La nuit et le pillage du camp empêchent l'ennemi de profiter de la victoire. Le lendemain, Jugurtha a une entrevue avec Aulus; il lui dit que, bien qu'il le tienne pressé, lui et son armée, par le fer et la famine, cependant il n'oublie pas l'instabilité des choses humaines; si l'on traite avec lui, tous auront la vie sauve après avoir passé sous le joug; de plus, il lui laisse dix jours pour sortir de la Numidie. Quelque dures et infamantes que fussent ces conditions, comme elles délivraient de la crainte de mourir, la paix fut conclue au gré du roi.

39. Sed ubi ea Romæ comperta sunt, metus atque mœror civitatem invasere : pars dolere pro gloria imperii, pars insolita rerum bellicarum timere libertati, Aulo omnes infesti, ac maxume qui bello sæpe præclari fuerant, quod armatus dedecore potius quam manu salutem quæsiverat. Ob ea consul Albinus, ex delicto fratris invidiam ac deinde periculum timens, senatum de fœdere consulebat[1], et tamen interim exercitui supplementum scribere[2], ab sociis et nomine Latino[3] auxilia accersere[4], denique omnibus modis festinare. Senatus ita, uti par fuerat[5], decernit, suo atque populi injussu nullum potuisse fœdus fieri. Consul impeditus a tribunis plebis[6], ne quas paraverat copias secum portaret, paucis diebus in Africam proficiscitur[7]; nam omnis exercitus, uti convenerat, Numidia deductus in provincia hiemabat. Postquam eo venit, quanquam persequi Jugurtham et mederi fraternæ invidiæ animo ardebat, cognitis militibus, quos præter fugam, soluto imperio, licentia atque lascivia corruperat, ex copia[8] rerum statuit nihil sibi agitandum.

39. Dès que ces nouvelles furent connues à Rome, la terreur et la désolation se répandirent dans la ville : les uns s'affligent pour la gloire de l'empire; les autres, étrangers aux combats, tremblent pour l'indépendance nationale; tous sont irrités contre Aulus, et surtout ceux qui s'étaient souvent illustrés à la guerre, de ce que, les armes à la main, il eût mieux aimé devoir son salut au déshonneur qu'à la bravoure. Aussi le consul Albinus, craignant que la faute de son frère ne soulève contre lui-même l'indignation, et par suite ne le mette en danger, soumet le traité au sénat; en attendant, il n'en fait pas moins des levées pour compléter l'armée, demande des auxiliaires aux alliés et aux Latins, en un mot, pousse tout avec activité. Le sénat décrète, comme de droit, que sans son ordre et celui du peuple, aucun traité n'a pu se faire. Le consul, empêché par les tribuns du peuple d'emmener avec lui les troupes qu'il avait levées, part pour l'Afrique quelques jours après; car toute l'armée, après avoir, suivant les conventions, évacué la Numidie, hivernait dans la province. A son arrivée, il brûlait de poursuivre Jugurtha et de calmer l'indignation encourue par son frère; mais quand il vit les soldats que, outre la fuite, avaient corrompus, par le relâchement de la discipline, la licence et le désordre, les circonstances le décidèrent à ne rien entreprendre.

mss. ont *fuere*. = [3] Voy. *Cat.* 56, n. 1. = [4] Voy. *Cat.* 27, n. 4. = [5] On était attaqué par devant et par derrière. Cf. *Cat.* 29, n. 1. = [6] Soldats romains, par opposition aux auxiliaires (voy. *Cat.* 60, n. 2). = [7] Avant Marius, la légion n'était que de 4000 hommes; elle était partagée en trois corps : les *hastati* (de *hasta*, espèce de lance), ou grosse infanterie; les *principes* (qui tenaient originairement le premier rang), troupes d'un âge plus robuste; les *triarii* (qui tenaient le troisième rang) ou *pilani* (de *pilum*, javelot garni d'un dard en forme de hameçon), formant la réserve et comprenant les troupes légères. Chacun de ces corps se divisait en dix manipules, ou vingt centuries. Il y avait donc par manipule deux centurions, le *premier* (centurie de droite) et le *second* (centurie de gauche), l'un d'un rang supérieur à l'autre. D'autre part, les dix manipules d'un corps ayant chacun leur numéro d'ordre, les dix *premiers centurions* de chaque corps présentaient, quant au rang, la même succession. En conséquence, le *premier centurion* du premier manipule des *hastati* s'appelait *primus hastatus;* celui du second manipule, *secundus hastatus*, et ainsi de suite, chacun étant d'un rang inférieur à l'autre. De même *primus princeps*, etc., chez les *principes;* et *centurio primi pili* ou simplement *primus pilus*, etc., chez les *triarii* (dont les manipules portaient le nom de *pili*). Le *c. p. pili* était le premier de toute la légion et assistait aux conseils de guerre (voy. 29, n. 8). = [8] Festus (éd. Lindem., p. 244) : *Sub jugum mittebant hostes victos, ereptis omnibus armis telisque, cum, hastis defixis duabus in terra, tertiaque ad summum earum deligata, ipsos eam jubebant subeuntes transire.* = [9] Est pris dans son sens propre « échanger, » comme ch. 83 : *incerta pro certis mutare*. Les mss. présentent dix-huit variantes. = [10] *Res convenit*, on s'accorde sur une chose.

39. — [1] Voy. *Cat.* 50, n. 4. = [2] Voy. *Cat.* 32, n. 2. = [3] Dans cette formule (où quelquefois on retranche *et*), *socii* désigne les Italiens, dont les droits étaient moindres que ceux des Latins. Cf. *Cat.* 12, n. 4; 17, n. 4. — *Nomen*, « dénomination, » de là « famille, » puis « peuple, c'est-à-dire tous ceux qui étaient d'une même nation et jouissaient des mêmes droits. » = [4] Voy. *Cat.* 40, n. 6. = [5] « Uti jam tum, cum fœdus fieret, par fuerat (decuerat), i. e. uti eum decreturum esse illi, cum fœdus facerent, providere debuerant. » Dietsch. Cf. *Cat.* 37, n. 1. Il ne pouvait y avoir de traité sans l'ordre du peuple, et sans l'intervention des *Fetiales*, chargés d'accomplir les formalités religieuses voulues. Si un général traitait, et si le pacte n'était pas ratifié à Rome, on abandonnait à l'ennemi les otages, et parfois même le général, comme aux Fourches Caudines. = [6] Voy. 34, n. 1. = [7] En qualité de proconsul; les comices ayant été empêchés toute l'année précédente (voy. 37), il n'avait résigné le consulat qu'assez tard après l'époque légale (1er janvier). = [8] Cf. *Cat.* 8, n. 2.

40. Interim[1] Romæ C. Mamilius Limetanus tribunus plebis rogationem ad populum promulgat[2], uti quæreretur in eos, quorum consilio Jugurtha senatus decreta neglegisset[3], quique ab eo in legationibus aut imperiis pecunias accepissent, qui elephantos quique perfugas tradidissent, item qui de pace aut bello cum hostibus pactiones fecissent. Huic rogationi partim conscii sibi, alii ex partium invidia pericula metuentes, quoniam aperte resistere non poterant, quin illa et alia talia placere sibi faterentur, occulte per amicos ac maxume per homines nominis Latini et socios Italicos[4] impedimenta parabant. Sed plebes incredibile memoratu est quam intenta fuerit quantaque vi rogationem jusserit, decreverit, voluerit[5], magis odio nobilitatis, cui mala illa[6] parabantur, quam cura reipublicæ: tanta lubido in partibus erat. Igitur ceteris metu perculsis, M. Scaurus, quem legatum Bestiæ fuisse supra docuimus, inter lætitiam plebis et suorum fugam[7], trepida etiam tum civitate, cum ex Mamilii rogatione tres quæsitores[8] rogarentur, effecerat, uti ipse in eo numero crearetur. Sed quæstio exercita aspere violenterque ex rumore et lubidine plebis; ut sæpe nobilitatem, sic ea tempestate plebem ex secundis rebus insolentia ceperat[9].

40. En même temps, à Rome, le tribun C. Mamilius Limétanus propose au peuple d'ordonner une enquête contre ceux dont les conseils avaient poussé Jugurtha à mépriser les décrets du sénat, ou qui, dans des ambassades ou des commandements, avaient reçu de lui de l'argent, qui avaient livré des éléphants, des réfugiés, ou bien qui avaient fait avec l'ennemi des conventions au sujet de la paix ou de la guerre. Les uns se sentaient coupables, les autres craignaient quelque danger de la haine des partis; aussi, ne pouvant combattre ouvertement cette proposition sans avouer par là qu'ils approuvaient ces crimes et ceux du même genre, ils suscitaient en secret des obstacles par l'entremise de leurs amis et surtout des Latins et des alliés italiens. Mais on ne saurait croire combien le peuple eut d'ardeur, et quelle énergie il mit à voter la proposition, à décréter, à ordonner, plus par haine de la noblesse, que devaient frapper ces maux, que par intérêt pour la république: tant les partis avaient de passion. Tandis donc que tous étaient frappés de crainte, M. Scaurus qui, comme nous l'avons raconté plus haut, avait été lieutenant de Bestia, au milieu de la joie du peuple et de la consternation des siens, grâce au désordre qui régnait encore dans la cité, était parvenu à se faire nommer l'un des trois juges qu'on devait élire d'après la proposition de Mamilius. L'enquête ne s'en fit pas moins avec rigueur et violence, sous l'influence des bruits publics et de la passion populaire; ce que plus d'une fois avait été la noblesse, le peuple le fut alors: la prospérité le rendit insolent.

41. Ceterum mos partium popularium et senatus factionum[1], ac deinde omnium malarum artium[2], paucis ante annis[3] Romæ ortus est otio atque abundantia earum rerum, quæ[4] prima mortales ducunt. Nam ante Carthaginem deletam populus et senatus Romanus placide modesteque inter se rempublicam tractabant; neque gloriæ[5] neque dominationis[6] certamen inter cives erat; metus hostilis in bonis artibus civitatem retinebat. Sed ubi illa formido mentibus decessit, scilicet[7] ea, quæ res secundæ amant[8], lascivia atque superbia incessere. Ita quod in advorsis rebus optaverant otium, postquam adepti sunt, asperius acerbiusque fuit[9]. Namque cœpere[10] nobilitas dignitatem[11], populus libertatem in lubidinem vortere; sibi quisque ducere, trahere, rapere. Ita omnia in duas partes abstracta sunt; respublica, quæ media fuerat[12], dilacerata. Ceterum nobilitas factione magis pollebat; plebis vis soluta atque dispersa in multitudine minus poterat. Paucorum arbitrio belli domique agitabatur[13]; penes eosdem ærarium, provinciæ, magistratus, gloriæ[14] triumphique erant; populus militia atque inopia urgebatur; prædas bellicas imperatores cum paucis diripiebant; interea parentes aut parvi liberi militum, uti quisque potentiori confinis erat, sedibus pellebantur[15]. Ita cum potentia avaritia sine modo modestiaque invadere, polluere et vastare omnia, nihil pensi neque sancti habere, quoad semet ipsam præcipitavit. Nam ubi primum ex nobilitate[16] reperti sunt, qui veram gloriam injustæ potentiæ anteponerent, moveri civitas et dissensio civilis[17] quasi permixtio terræ oriri cœpit.

41. Au reste, l'habitude des luttes entre les partis populaires et les factions du sénat, ainsi que tous les vices qui s'ensuivirent, avait pris naissance à Rome depuis quelques années, à la faveur de la paix et de l'abondance de ces biens que les hommes mettent au premier rang. En effet, avant la destruction de Carthage, le peuple et le sénat romain gouvernaient la république avec une douceur et une modération réciproque; les citoyens ne se disputaient ni la gloire ni la domination; la crainte de l'ennemi retenait l'État dans la pratique des vertus. Mais dès que cette terreur eut quitté les esprits, alors accoururent les maux, amis de la prospérité, la licence et l'orgueil. Ainsi ce repos, qu'ils avaient souhaité dans l'adversité, quand ils l'eurent conquis, fut un fardeau douloureux. On vit en effet la noblesse faire de sa dignité, le peuple de sa liberté, un instrument de passion; chacun prenait, volait, pillait. Ainsi tout se sépara violemment en deux partis; la république, qui jusque-là n'était à personne, fut mise en pièces. Cependant la noblesse avait l'avantage par la cabale; la plèbe, dont les forces étaient désunies et éparses dans la multitude, avait moins de puissance. Tout, au dedans et au dehors, se faisait au gré de quelques hommes; entre leurs mains se trouvaient Trésor, provinces, magistratures, gloires et triomphes; sur le peuple pesait le service militaire ainsi que la misère; le butin fait à la guerre était la proie des généraux et de quelques nobles; pendant ce temps, les parents ou les jeunes enfants des soldats, s'ils avaient un grand pour voisin, étaient chassés de leurs demeures. Ainsi, armée de la puissance, la cupidité, sans bornes et sans pudeur, envahit, profana et ravagea tout,

40. — [1] Dans les premiers mois de 109 av. J.-C. = [2] Voy. 31, n. 10. = [3] Forme ancienne pour *neglexisset*. = [4] Beaucoup avaient le droit de suffrage; de plus, un grand nombre habitaient Rome et s'étaient fait inscrire frauduleusement sur le tableau des citoyens. = [5] Ces deux mots sont employés absolument, car jamais on n'a dit *decernere rogationem*: «Plebs decrevit ac voluit, qua ratione quærendum esset, qui quotque judices essent, quibus indiciis uterentur.» Dietsch. Cf. 21, n. 8. La formule usitée dans les *rogations* était: *Velitis, jubeatis, Quirites*. = [6] «Qui devaient résulter de l'enquête, condamnation, exil, perte des droits de cité.» = [7] «Dejectum animum et pavorem.» Kritz. = [8] Juges que le peuple élisait pour une affaire seulement dans les *judicia publica*. Cf. *Cat.* 18, n. 2. Voy. Dezobry, *Rome*, etc. II, p. 211. = [9] On exila C. Galba, C. Caton, petit-fils du censeur, Bestia, Albinus, et Opimius, meurtrier de C. Gracchus. Voy. Cicéron (*Brut.* 34), qui apprécie ces faits au point de vue aristocratique. — Sur *ex*, voy. *Cat.* 4, n. 1; *Jug.* 55, n. 1.

41. — [1] Une ligue formée par la multitude présentant plus ou moins d'unité, on dira *pars*; l'association de quelques-uns pour s'emparer du pouvoir, sera *factio* (cf. 31, n. 25). = [2] Voy. *Cat.* 2, n. 4. = [3] A l'époque des Gracques. = [4] Se rapporte au sens seulement des mots précédents, et non à leur forme grammaticale. = [5] «Aucun parti ne l'enviait à l'autre.» = [6] «Personne ne cherchait à devenir le maître.» Cf. *Cat.* 5, n. 6. = [7] «Il va de soi que,» terme d'amère ironie. = [8] Cf. 34, n. 2. = [9] «Trop dur pour qu'ils en fussent heureux;» à cause des passions et des discordes politiques. = [10] Le pluriel se rapporte à l'idée générale de *Romani*, dont le reste forme l'épexégèse. = [11] Cf. *Cat.* 60, n. 9. = [12] «Qui n'avait été au pouvoir d'aucun des deux partis.» Le plusqueparfait indique qu'elle cessa d'être *media*, du jour où *omnia*, etc. Cf. *Cat.* 37, n. 1. — «*Dilacerata* fuisse dicitur, cum ex ea, quidquid liberet, utrique ad se raperent, nihil ipsa valeret.» Dietsch. = [13] «Omnes res agebantur.» = [14] «Gloire acquise en diverses choses et par divers hommes.» = [15] Par suite des levées (cf. *Cat.* 32, n. 2), l'homme du peuple était arraché à ses champs (doit s'entendre de l'*ager publicus*), qui restaient en souffrance, car il n'avait pas d'esclaves; pauvre, il se voyait contraint d'emprunter de quoi pourvoir à son équipement et à son entretien (chose obligatoire pour tout soldat); le butin eût pu l'indemniser, mais les chefs s'en emparaient; bien plus, en son absence, la cupidité du fénérateur (cf. *Cat.* 33, n. 1), l'injuste procès d'un grand, dépouillait de son domaine sa famille sans protection (cf. Hor. *Od.* 2, 18, 23). = [16] Les Gracques. Sur *nobilis*, voy. *Cat.* 5, n. 1. = [17] C'est-à-dire les luttes qu'elle produisit, et qui bouleversèrent tout.

n'eut pour rien ni égard ni respect, jusqu'à ce qu'elle se perdît elle-même. En effet, du jour où dans la noblesse il se trouva des hommes qui préférèrent la vraie gloire à une injuste puissance, l'État fut troublé, et, semblable à un bouleversement de la terre, parut la discorde civile.

42. Nam postquam Tiberius et C. Gracchus, quorum majores Punico atque aliis bellis multum reipublicæ addiderant[1], vindicare plebem in libertatem et paucorum scelera patefacere cœpere, nobilitas noxia atque eo perculsa, modo per socios ac nomen Latinum[2], interdum per equites Romanos, quos spes societatis[3] a plebe dimoverat, Gracchorum actionibus[4] obviam ierat, et primo Tiberium, dein paucos post annos eadem[5] ingredientem Caium, tribunum alterum, alterum triumvirum coloniis deducendis[6], cum M. Fulvio Flacco ferro necaverat. Et sane Gracchis cupidine victoriæ haud satis moderatus animus fuit. Sed[7] bono[8] vinci satius est quam malo more[9] injuriam vincere. Igitur ea victoria nobilitas ex lubidine sua usa, multos mortalis ferro aut fuga exstinxit, plusque in reliquum sibi timoris[10] quam potentiæ addidit. Quæ res[11] plerumque magnas civitates pessumdedit[12], dum alteri alteros vincere quovis modo et victos acerbius ulcisci volunt. Sed de studiis partium et omnis civitatis moribus si singulatim aut pro magnitudine parem disserere, tempus quam res maturius me deseret[13]. Quamobrem ad inceptum redeo.

42. En effet, quand Tibérius et C. Gracchus, dont les ancêtres, dans la guerre punique et dans d'autres guerres, avaient beaucoup aidé à l'agrandissement de la république, eurent entrepris de rendre le peuple à la liberté et de dévoiler les crimes de quelques citoyens, la noblesse, coupable et par cela même alarmée, s'était servie, pour résister aux actes des Gracques, tantôt des alliés et des Latins, tantôt des chevaliers romains, que l'espoir d'une alliance avait éloignés du peuple, et, sous ses coups, d'abord Tibérius, puis, quelques années après, Caius, qui suivait la même voie, l'un tribun, l'autre triumvir pour l'établissement des colonies, avec M. Fulvius Flaccus, avaient péri assassinés. Sans doute, les Gracques, dans leur ardeur pour la victoire, n'eurent pas assez de modération. Mais pour l'homme de bien il vaut mieux être vaincu que de vaincre l'injustice par des moyens criminels. Aussi la noblesse, ayant arbitrairement usé de cette victoire, se défit d'une foule d'hommes par la mort ou l'exil, et se rendit pour l'avenir plus redoutable que puissante. C'est là ce qui d'ordinaire ruine les grands États, alors que les uns veulent vaincre les autres à tout prix et se venger sans pitié des vaincus. Mais si j'essayais de parler en détail, ou suivant leur importance, des passions des partis et des mœurs de toute la république, le temps me manquerait plus tôt que la matière. J'en reviens donc à mon sujet.

43. Post Auli fœdus exercitusque nostri fœdam fugam, Q. Metellus et M. Silanus, consules designati, provincias inter se partiverant, Metelloque Numidia evenerat[1], acri viro et, quanquam advorso populi partium, fama tamen æquabili et inviolata. Is ubi primum magistratum ingressus est, alia omnia sibi cum collega ratus[2], ad bellum, quod gesturus erat, animum intendit. Igitur diffidens veteri exercitui, milites eligere, scribere[3], præsidia undique accersere, arma, tela, equos et cetera instrumenta militiæ parare, ad hoc commeatum affatim, denique omnia, quæ in bello vario et multarum rerum egenti usui esse solent. Ceterum ad ea patranda senatus auctoritate[4], socii nomenque Latinum[5] et reges ultro auxilia mittendo, postremo omnis civitas summo studio annitebatur. Itaque ex sententia omnibus rebus paratis compositisque, in Numidiam proficiscitur, magna spe civium, cum propter artes bonas[6], tum maxume quod advorsum divitias animum invictum gerebat, et avaritia magistratuum ante id tempus in Numidia nostræ opes contusæ hostiumque auctæ erant.

43. Après le traité d'Aulus et la fuite honteuse de notre armée, Q. Métellus et M. Silanus, consuls désignés, s'étaient partagé les provinces; et la Numidie était échue à Métellus, homme énergique et, malgré son opposition au parti populaire, d'une réputation constante et sans tache. Aussitôt qu'il fut entré en charge, pensant que tout le reste regardait son collègue, il ne songea qu'à la guerre qu'il allait diriger. En conséquence, ne comptant pas sur l'ancienne armée, il choisit, enrôle des soldats, fait venir de tous côtés les garnisons, rassemble des armes, des traits, des chevaux, tout le matériel d'une campagne, de plus, des vivres en abondance, en un mot, toutes les choses nécessaires dans une guerre aux opérations diverses et aux besoins nombreux. Au reste, pour arriver à ce résultat, le sénat le soutenait de son autorité, les alliés, les Latins et les rois lui envoyaient spontanément des secours, enfin toute la ville déployait le plus grand zèle. Aussi, tout ayant été préparé et disposé selon son désir, il part pour la Numidie, laissant ses concitoyens pleins d'espoir, à cause de ses talents, mais surtout parce qu'il était inaccessible aux séductions de l'argent, et que c'était la cupidité des magistrats qui jusque-là avait en Numidie paralysé nos forces et accru celles de l'ennemi.

44. Sed ubi in Africam venit, exercitus ei traditur a Sp. Albino proconsule[1] iners, imbellis, neque periculi neque laboris patiens, lingua quam manu promptior, prædator ex sociis[2] et ipse præda hostium, sine imperio et modestia habitus[3]. Ita imperatori novo plus ex malis

44. Mais, à son arrivée en Afrique, il reçoit du proconsul Sp. Albinus une armée lâche, efféminée, incapable de supporter les dangers et les fatigues, plus brave en paroles qu'en actions, pillant les alliés et pillée par les ennemis, vivant dans l'indiscipline et le dérèglement.

42. — 1 Leur grand-père maternel était le premier Africain; leur père, Tib. Sempronius Gracchus, avait vaincu les Celtibères. = 2 La noblesse s'était concilié les sympathies d'un grand nombre, en leur donnant une part du domaine public; une loi agraire les menaçait donc également. C. Gracchus et le parti populaire s'attira les alliés en revendiquant leur émancipation. = 3 «Cum nobilitate ineundæ, unde commodum sibi venturum putabant.» Kritz. Les *chevaliers* (cf. *Cat.* 37, n. 4) étaient originairement l'élite de la jeunesse romaine, qui formait la cavalerie des armées. Au temps des Gracques, c'était une classe influente par sa position et ses richesses (ils n'avaient aucune puissance légale, et, comme ordre politique, se confondaient dans le peuple); la plupart étaient *publicains* (voy. *Cat.* 40, n. 1). Pour les détacher du sénat, C. Gracchus leur fit attribuer le pouvoir judiciaire, sous le nom de *juges*. = 4 Voy. *Cat.* 43, n. 2. = 5 «Eadem via.» D'autres y voient un acc. pluriel, ce qui dénature le sens. = 6 Après l'adoption de la loi *Sempronia*, trois commissaires furent nommés pour présider au partage des terres et à l'établissement des colonies nouvelles; ce furent Tibérius, Caïus et son beau-père Appius Claudius. Sur l'histoire des Gracques, voy. P. Mérimée, *Guerre sociale*, §§ II-III. = 7 «Mais cela n'excuse pas la cruauté de la noblesse, car, etc.» = 8 Collectif pour *bonis*. Cf. *Cat.* 19, n. 3. = 9 «Vi et armis, et magna cæde civium facta.» Gerlach. = 10 Sens passif. Kritz explique «factum est ut magis timerent,» ce que contredit l'histoire. = 11 L'acharnement impitoyable des partis l'un envers l'autre. = 12 Parfait d'habitude. = 13 Parfois, après un subjonctif conditionnel, on trouve l'indicatif, comme si ce qui dépend de la supposition était déjà accompli.

43. — 1 Cf. 27, n. 5 et n. 7. = 2 «Omnium aliarum rerum curam ad collegam pertinere, hoc sibi soli injunctum.» Gerlach. = 3 Voy. *Cat.* 32, n. 2. C'est à tort que *eligere* (leçon de tous les mss., sauf deux) a été regardé comme une glose; Justin (22, 3) dit de même: *His ita gestis, militem legit exercitumque conscribit.* Peut-être le mot concerne-t-il spécialement les *evocati* (voy. *Cat.* 59, n. 4). = 4 «Volonté du sénat,» de là «arrêt du sénat,» terme technique. D'autres font de *senatus* un génitif, et opposent *s. a. s. n. Latinum* à *u. reges*, «les alliés et les Latins *par arrêt du sénat*, les rois *spontanément*, etc.» = 5 Voy. 39, n. 3 = 6 *C. p.* alias *a. b.*, *tum*, etc.

44. — 1 Voy. *Cat.* 19, n. 1. = 2 «Ex agro sociorum.» L'armée était dans la *province* (voy. 13, n. 4). = 3 «Ita habitus, ut neque imperium

moribus sollicitudinis quam ex copia militum auxilii aut spei bonæ accedebat. Statuit tamen Metellus, quanquam et æstivorum tempus[4] comitiorum mora imminuerat[5], et exspectatione eventus civium animos intentos putabat, non prius bellum attingere quam majorum disciplina milites laborare coegisset. Nam Albinus, Auli fratris exercitusque clade perculsus, postquam decreverat non egredi provincia, quantum temporis æstivorum in imperio fuit, plerumque milites stativis castris[6] habebat, nisi cum odor aut pabuli egestas locum mutare subegerat. Sed neque muniebantur ea, neque more militari vigiliæ deducebantur; uti cuique lubebat, ab signis aberat. Lixæ[7] permixti cum militibus die noctuque vagabantur, et palantes agros vastare[8], villas expugnare, pecoris et mancipiorum prædas certantes agere eaque mutare cum mercatoribus vino advecticio et aliis talibus; præterea frumentum publice datum[9] vendere, panem in dies mercari; postremo, quæcunque dici aut fingi queunt ignaviæ luxuriæque probra, in illo exercitu cuncta fuere, et alia amplius.

Aussi cette dissolution causait au nouveau général plus d'inquiétude que le nombre des soldats ne lui donnait de force ou de confiance. Bien que le retard des comices eût abrégé le temps de la campagne, et qu'il connût l'impatience de ses concitoyens dans l'attente d'un événement, Métellus résolut de ne pas entamer la guerre avant d'avoir forcé les soldats de s'astreindre à la discipline des ancêtres. Car Albinus, abattu par la défaite de son frère Aulus et de l'armée, s'était décidé à ne pas sortir de la province, et avait, pendant toute la partie de l'été où il eut le commandement, tenu presque toujours les soldats dans des camps fixes, à moins que l'infection ou le manque de fourrage n'obligeât à changer de place. Mais le camp n'était pas retranché, et la garde ne se faisait pas selon les règles militaires; chacun, à son gré, s'éloignait des enseignes. Vivandiers et soldats confondus erraient jour et nuit, et, dans leurs courses, ravageaient les champs, prenaient les fermes, enlevaient, à l'envi l'un de l'autre, les troupeaux et les esclaves, qu'ils échangeaient avec des marchands contre du vin étranger et autres denrées de ce genre; de plus, on vendait le blé fourni par l'État, et l'on achetait son pain au jour le jour; en un mot, tout ce qui peut se dire ou s'imaginer de honteux en fait de lâcheté et de corruption, se passa dans cette armée, et bien plus encore.

45. Sed in ea difficultate Metellum non minus quam in rebus hostilibus magnum et sapientem virum fuisse comperior; tanta temperantia inter ambitionem[1] sævitiamque moderatum. Namque edicto primum adjumenta ignaviæ sustulisse[2], ne quisquam in castris panem aut quem alium coctum cibum venderet, ne lixæ exercitum sequerentur, ne miles gregarius in castris neve in agmine servum aut jumentum haberet; ceteris arte modum statuisse[3]. Præterea transvorsis itineribus quotidie castra movere, juxta ac si hostes adessent, vallo atque fossa munire, vigilias crebras ponere et eas ipse cum legatis[4] circumire; item in agmine in primis modo, modo in postremis, sæpe in medio adesse, ne quispiam ordine egrederetur, ut cum signis frequentes incederent, miles cibum et arma portaret[5]. Ita prohibendo a delictis magis quam vindicando exercitum brevi confirmavit.

45. Mais, au milieu de ces difficultés, je trouve que Métellus se montra aussi grand et aussi sage que dans les opérations de guerre; tant il garda une juste mesure entre une faiblesse intéressée et la rigueur. En effet, il supprima d'abord par un édit tout ce qui entretenait la mollesse, en défendant à qui que ce fût de vendre au camp du pain ou tout autre aliment cuit, aux vivandiers de suivre l'armée, aux simples soldats d'avoir, soit au camp, soit dans les marches, des esclaves ou des bêtes de somme; pour tout le reste, il établit des bornes rigoureuses. En outre, chaque jour il levait le camp en prenant des chemins de traverse; comme si l'ennemi était en présence, il se fortifiait d'un retranchement et d'un fossé, posait partout des sentinelles, et faisait lui-même la ronde avec ses lieutenants; de même, dans les marches, il se tenait tantôt à la tête, tantôt à l'arrière, parfois au centre, afin que personne ne sortît des rangs, qu'on s'avançât serré autour des enseignes, que le soldat portât ses vivres et ses armes. C'est ainsi qu'en empêchant les fautes, plutôt qu'en les punissant, il eut bientôt rétabli l'armée.

46. Interea Jugurtha, ubi quæ Metellus agebat, ex nuntiis accepit, simul de innocentia ejus certior Roma[1] factus, diffidere suis rebus, ac tum demum veram deditionem facere conatus est. Igitur legatos ad consulem cum suppliciis[2] mittit, qui tantummodo ipsi liberisque vitam peterent, alia omnia dederent populo Romano. Sed Metello jam antea experimentis[3] cognitum erat, genus Numidarum infidum, ingenio mobili, novarum rerum avidum esse. Itaque legatos alium ab alio divorsos aggreditur,

46. Cependant Jugurtha, instruit par ses émissaires de la conduite de Métellus, en outre, ayant reçu de Rome l'assurance de son intégrité, se prend à désespérer de sa fortune, et essaie enfin de faire une soumission sincère. En conséquence, il envoie au consul des députés avec des prières: il ne demande que la vie pour lui et ses enfants, et abandonne tout le reste au peuple romain. Mais Métellus savait déjà par expérience que les Numides étaient sans foi, d'un caractère mobile, et avides de révolutions. Il entre-

(le général ne commandait plus), neque modestia (les soldats n'obéissaient plus) esset. » Dietsch. = [4] Temps pendant lequel il peut y avoir *æstiva* (camp d'été), temps propre pour les expéditions militaires; il durait souvent jusqu'en décembre. = [5] Voy. 39, n. 7. = [6] Les Romains ne s'arrêtaient nulle part, même pour une seule nuit, sans établir un camp plus ou moins fortifié; on distinguait donc les camps *fixes* des camps *passagers*. Le camp romain figurait un carré parfait, quelquefois un carré long, entouré d'une *fossa* et borné par un *vallum* (fait à l'aide des terres excavées) que surmontait une palissade. Entre le *vallum* et les tentes se trouvait un grand chemin de ceinture de 60 mètres de large. De plus, deux voies de 15 mètres chacune coupaient le camp en long et en large, et aboutissaient aux quatre portes: *porta prætoria* (qui menait au *prætorium*; voy. 8, n. 4) faisant face à l'ennemi, et vis-à-vis *p. decumana* (où étaient campées les *dixièmes* cohortes des légions) ou porte de derrière; *p. principalis dextra* et *p. pr. sinistra* débouchant des deux côtés des *principia* (nom de la place que formait la voie transversale). Une armée campait toujours dans son ordre de marche: avant-garde, général, tribuns (dans l'espace compris entre les *principia* et la *p. prætoria*; au centre était le *prætorium* qu'entourait une vaste esplanade), et derrière l'armée (entre les *principia* et la *p. decumana*). Au milieu des *principia* était le *tribunal* (éminence demi-circulaire en gazon), où le général rendait la justice. Dans les *procestria*, espèce d'avant-camps, situés aux abords extérieurs des quatre portes, logeaient les *lixæ* et les *calones*. C'est à Pyrrhus, qui l'avait inventée (les camps des Grecs étaient circulaires), que les Romains empruntèrent cette disposition. Voy. Dezobry, *Rome*, etc. IV, p. 206. = [7] Une armée était ordinairement suivie de *lixæ*, gens de condition libre, qui, moyennant salaire, préparaient les aliments et apportaient l'eau (*lix*) dans les tentes, et de *calones*, esclaves volontaires, qui cherchaient le bois (*cala*), et aidaient les soldats à transporter leurs bagages. = [8] Se rapporte, ainsi que ce qui suit, aux soldats en général, et non pas seulement aux *lixæ*. = [9] Le blé se distribuait, à jour fixe, pour un mois entier, d'où *menstruum*; la ration était de trois *modius* (mesure valant 8 lit. 671). C'était aux soldats à le moudre et à en faire du pain.

45. — [1] Pour un général, *ambitio* (cf. *Cat.* 18, n. 2) consiste à laisser faire les soldats ce qu'ils veulent. = [2] Dépend de *comperior*. = [3] *Ceteris* (neutre) est opposé à *primum*; et *arte* est l'adverbe de *artus* (ou *arctus*). Kritz prend *arte* pour l'ablatif de *ars* « artificium, prudentia, » répondant à *edicto*. D'autres voient dans *ceteris* un masculin opposé à *m. gregarius*, mais alors la proposition devrait être unie au membre subordonné *ne ... haberet*. = [4] Voy. *Cat.* 59, n. 11. = [5] Outre ses armes, un soldat devait porter des vivres pour plus de quinze jours, un ou plusieurs pieux pour former des retranchements, et divers ustensiles nécessaires à la guerre; ils étaient attachés au bout d'une perche, sur une planchette que soutenaient deux fourches.

46. — [1] Leçon attestée par Nonius, IV, 245. La plupart des mss. portent *Romæ*, ce qui ne s'accorde pas avec la notion de *certior fieri*. Cf. d'ailleurs ch. 82: *Interim*, etc. = [2] Voy. *Cat.* 52, n. 25. On explique aussi « signa supplicum, » que portaient les messagers de paix, et qui consistaient en branches d'olivier ou de laurier. = [3] Doit s'entendre de tout ce qui s'était déjà passé, car *experimentum* est « preuve

ac paulatim tentando[4] postquam opportunos cognovit, multa pollicendo persuadet, uti Jugurtham maxume[5] vivum, sin id parum procedat, necatum sibi traderent; ceterum palam[6], quæ ex voluntate forent[7], regi nuntiari jubet. Deinde ipse paucis diebus intento atque infesto[8] exercitu in Numidiam procedit, ubi contra belli faciem[9] tuguria plena hominum, pecora cultoresque in agris erant; ex oppidis et mapalibus[10] præfecti regis obvii procedebant, parati frumentum dare, commeatum portare, postremo omnia, quæ imperarentur, facere. Neque Metellus idcirco minus, sed pariter ac si hostes adessent, munito[11] agmine incedere, late explorare omnia, illa deditionis signa ostentui credere et insidiis locum tentari[12]. Itaque ipse cum expeditis cohortibus, item funditorum et sagittariorum[13] delecta manu, apud primos erat; in postremo C. Marius legatus cum equitibus curabat; in utrumque latus auxiliarios equites tribunis legionum et præfectis cohortium[14] dispertiverat, ut cum his permixti velites[15], quocunque accederent[16], equitatus hostium propulsarent. Nam in Jugurtha tantus dolus tantaque peritia locorum et militiæ erat, ut absens an præsens, pacem an bellum gerens[17], perniciosior esset, in incerto haberetur.

prend donc chacun des députés en particulier, les sonde insensiblement, et, quand il les voit se prêter à ses desseins, leur persuade, à force de promesses, de lui livrer avant tout Jugurtha vivant, ou mort, s'ils n'y réussissent pas; du reste, officiellement, il les charge de donner au roi une réponse conforme à ses désirs. Puis, quelques jours après, à la tête d'une armée résolue et menaçante, il s'avance en Numidie: rien n'y annonce la guerre; on voyait les cabanes pleines d'habitants, les troupeaux et les laboureurs répandus dans les champs; des villes et des mapales, les intendants du roi accouraient, offrant de fournir du blé, de transporter les approvisionnements, en un mot, d'exécuter tout ce qu'on leur ordonnerait. Néanmoins, Métellus fait avancer son armée en bon ordre, comme si l'ennemi était là; il étend au loin ses reconnaissances; dans ces marques de soumission il ne voit qu'une feinte et croit le pays couvert de piéges. Aussi se tenait-il au premier rang avec des cohortes légères, ainsi que l'élite des frondeurs et des sagittaires; à l'arrière-garde veillait C. Marius, lieutenant, avec la cavalerie; sur chaque flanc étaient les cavaliers auxiliaires, répartis entre les tribuns des légions et les préfets des cohortes, afin que les vélites, mêlés à ce corps, pussent repousser la cavalerie ennemie partout où elle approcherait. Car Jugurtha avait tant de ruse et une si grande connaissance des lieux et de l'art militaire, qu'on ne savait s'il était plus à craindre de loin ou de près, en paix ou en guerre.

47. Erat haud longe ab eo itinere, quo Metellus pergebat, oppidum Numidarum, nomine Vaga, forum[1] rerum venalium totius regni maxume celebratum[2], ubi et incolere et mercari consueverant Italici[3] generis multi mortales. Huc consul, simul tentandi gratia et, si paterentur[4], opportunitate[5] loci præsidium imposuit; præterea imperavit frumentum et alia, quæ bello usui forent, comportare, ratus, id quod res monebat, frequentiam negotiatorum et commeatu[6] juvaturum[7] exercitum et jam paratis rebus[8] munimento fore. Inter hæc negotia Jugurtha impensius modo[9] legatos supplices mittere, pacem orare, præter suam liberorumque vitam omnia Metello dedere. Quos item, uti priores, consul illectos ad proditionem domum dimittebat; regi pacem, quam postulabat, neque abnuere neque polliceri, et inter eas moras promissa[10] legatorum exspectare.

47. Il y avait, non loin de la route que suivait Métellus, une ville numide, nommée Vaga, le marché le plus fréquenté de tout le royaume, et où résidaient et trafiquaient un grand nombre de nationaux italiens. Le consul, tant pour éprouver les habitants, que pour avoir, s'ils cédaient, une position avantageuse, mit garnison dans cette place; de plus, il ordonna d'y transporter du blé et autres choses nécessaires à la guerre, persuadé, et avec raison, que cette affluence de commerçants faciliterait à son armée les approvisionnements, et serait une garantie pour ceux qu'il avait déjà faits. Cependant Jugurtha mettait plus d'instance que jamais à envoyer des députés suppliants, à demander la paix, à tout abandonner à Métellus, excepté sa vie et celle de ses enfants. Le consul les renvoyait chez eux, après les avoir, comme les premiers, entraînés à la trahison; il ne refusait ni ne promettait la paix que demandait le roi, et, au milieu de ces délais, attendait l'effet des promesses des députés.

48. Jugurtha ubi Metelli dicta cum factis composuit ac se suis artibus tentari animadvortit, quippe cui verbis pax nuntiabatur, ceterum re bellum asperrumum erat, urbs maxuma alienata, ager hostibus cognitus, animi popularium tentati[1], coactus rerum necessitudine statuit armis certare. Igitur explorato hostium itinere, in spem victoriæ adductus ex opportunitate loci, quam maxumas potest copias omnium generum parat, ac per tramites occultos exercitum Metelli antevenit. Erat in ea parte Numidiæ, quam Adherbal in divisione possederat[2], flumen oriens a meridie, nomine Muthul; a quo aberat mons ferme millia passuum viginti[3], tractu pari[4], vastus ab[5] natura et humano cultu; sed ex eo medio quasi[6] collis oriebatur, in immensum pertingens[7], vestitus oleastro ac myrtetis aliisque generibus arborum, quæ humi arido

48. Jugurtha, comparant le langage de Métellus avec sa conduite, vit qu'on l'attaquait avec ses propres ruses, puisqu'on lui donnait des paroles de paix, mais qu'en réalité on lui faisait une guerre très-rude: il avait perdu une ville importante, l'ennemi avait reconnu le pays, on avait tenté la fidélité de ses sujets; alors, contraint par la nécessité, il se décide à recourir aux armes. Il observe donc la marche des ennemis, et, l'avantage du terrain lui donnant l'espoir de vaincre, il réunit le plus qu'il peut de troupes de toutes armes, et par des sentiers détournés devance l'armée de Métellus. Il y a, dans la partie de la Numidie qu'à la suite du partage avait possédée Adherbal, un fleuve prenant sa source au midi, et nommé Muthul; à environ vingt mille pas de ce fleuve, dans une direction parallèle, est une montagne qu'ont laissée nue la nature

tirée de la pratique.» = [4] Généralement on le rattache à *persuadet*. = [5] Détermine *traderent*. Cf. 35, n. 7. = [6] Dans le conseil (voy. 29, n. 8). = [7] D'autres le rapportent à Métellus. = [8] «Ita instructo, ut impetum facere posset,» c.-à-d. qu'on s'avance en ordre de bataille. Cf. *Cat.* 60, n. 3. = [9] Voy. *Cat.* 15, n. 4. = [10] Voy. 18, n. 12. = [11] Est expliqué par la phrase suivante. = [12] Conjecture de Gronov, défendue par Kritz. Tous les mss. ont *tentare*, que Gerlach interprète *credebat (hostes) i. l. tentare*. = [13] Voy. *Cat.* 60, n. 2. = [14] Les alliés formant des cohortes réparties dans les légions, et leurs généraux s'appelant *præfecti* (nom qui, chez les Romains, n'était affecté qu'aux chefs de cavalerie; voy. *Cat.* 59, n. 11), Fabri a eu raison d'expliquer *cohortes sociorum*. = [15] Soldats armés à la légère, qui montaient en croupe derrière les cavaliers, et, arrivés près de l'ennemi, sautaient à terre pour combattre. = [16] A pour sujet *equitatus hostium*. — Dietsch ponctue ainsi: *q. a. e. hostium, propulsarent*. = [17] Remarquez le zeugma, assez léger du reste, *pacem ... gerens*.

47. — [1] Nom fréquemment donné aux bourgs où se tenaient des marchés. = [2] *Celebrare*, aller en foule ou souvent quelque part. = [3] Voy. 26, n. 1. = [4] *s.* oppidanos *l. g. e. s. p.* se tentari, «corrumpi et ab Jugurtha alienari.» Kritz. = [5] Conjecture de Gruter (au lieu du *opportunitates* des mss.) généralement adoptée. = [6] Conjecture également; tout ce passage semble fort altéré. La leçon vulgaire *commeatum* est inadmissible, car *et ... et* se répondent, et *f. et commeatum* n'ont aucun rapport. Voy. *Cat.* 58, n. 5. = [7] Pour *juvaturam* (forme de participe qu'on ne rencontre que trois fois). De même Cic. *in Verr.* 5, 65: *Hanc sibi rem præsidio sperant futurum*, et d'autres, cités par Aulu Gelle (1, 7) qui prouve que l'inf. futur actif était souvent employé d'une manière invariable. = [8] «Rebus quas Metellus ad exercitus usum jam conquisivisset.» Dietsch. = [9] «Avec plus d'instance *que la mesure*,» ou «*seulement* avec plus d'instance qu'auparavant.» = [10] De livrer Jugurtha. — La différence entre *polliceri* et *promittere* est que le premier a plus de force que le second.

48. — [1] Il s'agit des députés. = [2] Voy. 16, n. 4. = [3] 29 kilom. 630 m. (le mille valait 1 k. 481 m. 50 c.). Cf. 98, n. 9. = [4] S.-ent. *ac flumen*. = [5] Cf. 14, n. 4. = [6] «Circiter.» Détermine *medio*. = [7] Leçon de tous les mss. La plupart, doutant de la latinité du mot, l'ont à

atque arenoso[8] gignuntur. Media autem planities deserta penuria aquæ, præter flumini propinqua loca; ea consita arbustis[9] pecore atque cultoribus[10] frequentabantur.

49. Igitur in eo colle, quem transvorso[1] itinere porrectum docuimus, Jugurtha, extenuata[2] suorum acie, consedit; elephantis et parti copiarum pedestrium Bomilcarem præfecit eumque edocet, quæ ageret; ipse propior montem cum omni equitatu et peditibus delectis suos[3] collocat. Dein singulas turmas et manipulos[4] circumiens monet atque obtestatur, uti memores pristinæ virtutis et victoriæ sese regnumque suum ab Romanorum avaritia defendant; cum his certamen fore, quos antea victos sub jugum miserint; ducem illis, non animum mutatum; quæ ab imperatore decuerint[5], omnia suis provisa, locum superiorem, ut[6] prudentes cum imperitis[7], ne pauciores cum pluribus aut rudes cum bello melioribus manum consererent; proinde parati intentique essent signo dato Romanos invadere; illum diem aut omnis labores et victorias confirmaturum, aut maxumarum ærumnarum initium fore. Ad hoc viritim, uti quemque ob militare facinus pecunia aut honore extulerat, commonefacere beneficii sui et eum ipsum aliis ostentare; postremo, pro cujusque ingenio, pollicendo, minitando, obtestando, alium alio modo excitare; cum interim Metellus, ignarus hostium, monte digrediens cum exercitu conspicitur[8], primo dubius, quidnam insolita facies ostenderet (nam inter virgulta equi Numidæque consederant, neque plane occultati humilitate arborum, et tamen incerti[9], quidnam esset, cum natura loci, tum dolo ipsi atque signa militaria obscurati); dein, brevi cognitis insidiis, paulisper agmen constituit. Ibi commutatis ordinibus[10], in dextro latere, quod proxumum hostes erat, triplicibus subsidiis[11] aciem instruxit, inter manipulos funditores et sagittarios dispertit[12], equitatum omnem in cornibus locat, ac pauca pro tempore milites hortatus[13], aciem, sicuti instruxerat, transvorsis principiis[14] in planum deducit.

50. Sed ubi Numidas quietos neque colle degredi animadvortit, veritus ex anni tempore et inopia aquæ, ne siti conficeretur exercitus, Rutilium legatum cum expeditis cohortibus et parte equitum præmisit ad flumen, uti locum castris antecaperet[1], existumans hostis crebro impetu et transvorsis prœliis iter suum remoraturos, et quoniam armis diffiderent, lassitudinem et sitim militum tentaturos[2]. Dein ipse pro re atque loco, sicuti monte descenderat, paulatim procedere; Marium post principia[3] habere; ipse cum sinistræ alæ equitibus esse, qui in agmine principes facti erant. At Jugurtha, ubi extremum agmen

et la main de l'homme; mais du milieu environ de cette chaîne sort une colline, d'une immense étendue, couverte d'oliviers, de myrtes et d'autres espèces d'arbres qui viennent dans un sol aride et sablonneux. Quant à la plaine intermédiaire, elle est déserte faute d'eau, excepté la partie voisine du fleuve; celle-là, plantée d'arbres, est peuplée de troupeaux et de laboureurs.

49. C'est donc sur cette colline, qui, comme nous l'avons dit, se dirige dans un sens transversal, que Jugurtha, après avoir étendu ses lignes, prit position; il remet à Bomilcar le commandement des éléphants et d'une partie de l'infanterie, et l'instruit de ce qu'il a à faire; lui-même se place près de la montagne avec toute la cavalerie et des fantassins d'élite. Puis, parcourant un à un les escadrons et les manipules, il leur demande et les conjure de se rappeler leur ancienne valeur et leur victoire, et de le défendre lui et son royaume contre l'avidité des Romains; ils vont se battre avec des gens qu'ils ont déjà vaincus et fait passer sous le joug; l'ennemi a changé de chef, non de cœur; tout ce que doit la prudence d'un général, il l'a assuré aux siens: ils ont l'avantage du terrain; ils sont préparés, l'ennemi ne s'attend à rien; le petit nombre ne sera pas opposé au grand, ni l'inexpérience à l'expérience; qu'ils soient donc prêts et décidés, pour tomber, au premier signal, sur les Romains; ce jour doit ou consacrer toutes leurs fatigues et leurs victoires, ou être le commencement des plus affreux malheurs. Ensuite il s'adresse en particulier à tous ceux que, pour un fait d'armes, il avait honoré d'une récompense ou d'une distinction, leur rappelle cette faveur, et les propose comme modèles aux autres; en un mot, suivant le caractère de chacun, il promet, menace, supplie, et les excite par tous les moyens. En même temps on aperçoit Métellus qui, ignorant les mouvements de l'ennemi, quittait la montagne avec son armée; il ne sait d'abord ce qu'annonce cet étrange spectacle (car les Numides et leurs chevaux se tenaient au milieu des broussailles, et, quoique les arbres fussent trop bas pour les cacher entièrement, on ne pouvait pourtant distinguer ce que c'était, la nature du terrain, aussi bien que la ruse, les dérobant aux regards, eux et leurs enseignes); puis, ayant bientôt reconnu le piége, il fait faire une halte de quelques instants. Là, changeant les rangs, il donne au flanc droit, qui était le plus près de l'ennemi, trois lignes de réserve, distribue les frondeurs et les sagittaires entre les manipules, place toute la cavalerie sur les ailes, et, après avoir, vu le moment, adressé aux soldats une courte exhortation, il fait avancer l'armée, comme il l'avait disposée, les premiers rangs placés en travers, et la conduit dans la plaine.

50. Mais quand il s'aperçoit que les Numides restent immobiles et ne descendent pas de la colline, craignant que, à cause de la saison et du manque d'eau, l'armée n'eût à souffrir de la soif, il envoie en avant vers le fleuve son lieutenant Rutilius avec les cohortes légères et une partie de la cavalerie, afin de s'assurer d'un emplacement pour le camp, dans la pensée que les ennemis, par des attaques réitérées et des combats sur les flancs, retarderaient sa marche, et que, peu confiants dans leurs armes, ils voudraient prendre les soldats par la fatigue et la soif. Puis, vu la circonstance et le terrain, il s'avance lente-

tort changé en *pertinens*. = [8] Neutres employés substantivement. = [9] *Arbustum* (pour *arbosetum*), lieu planté d'arbres auxquels sont attachés des vignes. = [10] Ablatifs d'abondance, car *frequentare* signifie « venir souvent quelque part, peupler. »

49. — [1] *Transversus*, qui coupe une ligne à angle droit (ici, la ligne tracée parallèlement par la montagne et le fleuve). = [2] Ayant été étendue de manière que les rangs présentassent peu de profondeur (afin de n'avoir pas de peine à envelopper Métellus). = [3] Forme une sorte d'apposition à ce qui précède: « Quippe quos, Bomilcaris copiis oppositos, suos haberet. » Kritz. = [4] Expressions tout à fait romaines appliquées à une armée étrangère. = [5] S.-ent. *provideri*. Remarquez *decuerint* pour *decuerit*. = [6] A *provisa* (*esse*) sont unis d'abord un substantif, puis des propositions finales. = [7] « *Prudentes*, qui quid futurum sit sciunt; *imperiti*, qui quod periculum immineat ignorant. » Dietsch. = [8] Leçon unanime des mss., changée par la plupart en *conspicatur*, sur la foi de Donat (Tér. *Eun.* 2, 3, 92). Ceux qui ont admis cette variante, due sans doute à quelques grammairiens amoureux de vieux style (cf. *Cat.* 5, n. 5), lui ont donné le sens actif, oubliant que Donat l'invoque pour prouver qu'un déponent peut avoir la signification passive. = [9] Sens subjectif (sur quoi on n'a aucune certitude). = [10] Métellus, descendant de la montagne vers le fleuve, a Jugurtha à sa droite sur la colline; il range donc son armée de manière qu'en cas d'attaque, les soldats n'eussent qu'à faire volte-face pour être en ordre de bataille, c'est-à-dire que sa marche est parallèle au front de l'armée ennemie, tandis que son ordre de bataille lui est perpendiculaire. = [11] Mot à mot: « Au flanc droit, il pourvut le front de, etc., » en sorte qu'il y eût un quadruple front de bataille; car le corps qui dans la marche était l'aile droite, se tournant vers l'ennemi, devenait le front. = [12] Il les place dans les intervalles qui séparaient les manipules. = [13] Voy. *Cat.* 57, n. 4. = [14] « Ceux qui sont les premiers dans la direction où les soldats ont les yeux tournés. » Or, la ligne qu'ils formaient coupait celle de l'ordre de bataille à angle droit; c'est que Salluste veut dire par *transvorsis*. Le chap. suivant fait bien comprendre ce mouvement.

50. — [1] Cf. *Cat.* 13, n. 3. = [2] « Experturos num lassitudo et sitis militibus excitari posset (pour les écraser ensuite). » Kritz. = [3] Au

Metelli primos suos[4] prætergressum videt, præsidio quasi duum millium peditum montem occupat, qua Metellus descenderat, ne forte cedentibus adversariis receptui ac post munimento foret; dein repente signo dato hostes invadit. Numidæ alii postremos cædere, pars a sinistra ac dextra[5] tentare; infensi adesse atque instare, omnibus locis Romanorum ordines conturbare; quorum etiam qui firmioribus animis obvii hostibus fuerant, ludificati incerto prœlio[6], ipsi modo[7] eminus sauciabantur, neque contra feriendi aut conserendi manum copia erat: ante jam docti ab Jugurtha equites, ubicunque Romanorum turma insequi cœperat, non confertim neque in unum sese recipiebant, sed alius alio quam maxume divorsi. Ita numero priores, si ab persequendo hostes deterrere nequiverant, disjectos ab tergo aut lateribus circumveniebant[8]; sin opportunior fugæ collis quam campi fuerat[9], ea[10] vero consueti Numidarum equi facile inter virgulta evadere; nostros asperitas et insolentia loci retinebat.

51. Ceterum facies[1] totius negotii varia[2], incerta[3], fœda atque miserabilis: dispersi a suis pars cedere, alii insequi; neque signa neque ordines observare; ubi quemque periculum ceperat, ibi resistere ac propulsare; arma, tela[4], equi, viri, hostes atque cives permixti; nihil consilio neque imperio agi; fors omnia regere. Itaque[5] multum diei processerat, cum etiam tum eventus in incerto erat. Denique omnibus[6] labore et æstu languidis, Metellus ubi videt Numidas minus instare, paulatim milites in unum[7] conducit, ordines restituit et cohortes legionarias[8] quatuor advorsum pedites hostium collocat; eorum magna pars superioribus locis fessa consederat. Simul orare et hortari milites, ne deficerent neu paterentur hostis fugientes vincere; neque illis[9] castra esse, neque munimentum ullum, quo cedentes tenderent; in armis omnia sita. Sed nec Jugurtha quidem interea quietus erat: circumire, hortari, renovare prœlium et ipse cum delectis tentare omnia, subvenire suis, hostibus dubiis instare, quos firmos cognoverat, eminus pugnando retinere.

52. Eo modo inter se duo imperatores, summi viri, certabant, ipsi pares, ceterum opibus disparibus. Nam Metello virtus militum erat, locus adversus; Jugurthæ alia omnia præter milites opportuna. Denique Romani, ubi intellegunt, neque sibi perfugium esse, neque ab hoste copiam pugnandi fieri, et jam die[1] vesper erat[2], advorso colle[3], sicuti præceptum fuerat, evadunt. Amisso loco, Numidæ fusi fugatique, pauci interiere; plerosque velocitas et regio hostibus ignara[4] tutata sunt. Interea Bomilcar, quem elephantis et parti copiarum pedestrium præfectum ab Jugurtha supra diximus, ubi cum Rutilius prætergressus est, paulatim suos in æquum locum deducit, ac, dum legatus ad flumen, quo præmissus erat, fes-

ment, comme il était descendu de la montagne; il place Marius derrière les premiers rangs; lui-même se tient avec les cavaliers de l'aile gauche, qui, dans la marche, étaient devenus les premiers. Cependant Jugurtha, voyant que l'arrière-garde de Métellus a dépassé ses premiers soldats, fait occuper par un corps d'environ deux mille fantassins la montagne par où Métellus était descendu, afin que, en cas de retraite, les Romains ne pussent pas s'y réfugier et ensuite s'y retrancher; puis, donnant tout à coup le signal, il fond sur l'ennemi. Une partie des Numides massacrent l'arrière-garde, d'autres attaquent à droite et à gauche; ils s'avancent et chargent avec acharnement; partout ils jettent le désordre dans les rangs des Romains; ceux mêmes d'entre les nôtres, qui avaient résisté plus fermement aux ennemis, déconcertés par ce combat irrégulier, seuls étaient blessés de loin, sans pouvoir frapper à leur tour ni en venir aux mains: instruits à l'avance par Jugurtha, ses cavaliers, dès qu'un escadron romain s'était mis à leur poursuite, au lieu de se replier par masses et en un seul corps, se dissipaient dans les directions les plus opposées. Ainsi, supérieurs en nombre, s'ils n'avaient pu arrêter la poursuite des ennemis, ils les enveloppaient par derrière ou par les flancs, dès qu'ils les voyaient dispersés; se présentait-il une colline, plus favorable à la fuite que la plaine, c'est par là que les chevaux exercés des Numides s'échappaient sans peine à travers les broussailles; les nôtres étaient arrêtés par les difficultés d'un sol dont ils n'avaient pas l'habitude.

51. Cependant l'ensemble de l'action offrait un aspect varié, indécis, affreux et désolant: séparés des leurs, les uns plient, les autres poursuivent; on ne fait attention ni aux enseignes ni aux rangs; chacun, à l'endroit même où le péril l'a surpris, s'arrête et se défend; armes, traits, hommes, chevaux, ennemis et citoyens, tout est confondu; on n'obéit ni à la raison ni au commandement; tout se fait au hasard. Aussi une grande partie de la journée s'était-elle écoulée, que le résultat était encore incertain. Enfin tout le monde étant accablé de fatigue et de chaleur, Métellus, qui voit les Numides se ralentir, rallie peu à peu ses soldats, rétablit ses lignes, et oppose quatre cohortes légionnaires à l'infanterie ennemie; celle-ci, épuisée, avait en grande partie pris position sur les hauteurs. En même temps il supplie ses soldats et les exhorte à ne pas reculer, à ne pas laisser la victoire à un ennemi fugitif; ils n'ont ni camp ni retranchement, où ils puissent diriger leur retraite; leurs armes, voilà leur unique ressource. Mais Jugurtha ne reste pas oisif non plus: il parcourt les rangs, anime les soldats, renouvelle le combat, et lui-même, avec des hommes d'élite, essaie tous les moyens, soutient les siens, presse les ennemis ébranlés, combat de loin ceux qu'il trouve solides et les tient à distance.

52. Ainsi luttaient ensemble deux grands capitaines, avec un mérite égal, mais avec des moyens différents. En effet, Métellus avait pour lui la valeur des soldats, contre lui le terrain: tout, sauf les soldats, était l'avantage de Jugurtha. Enfin les Romains voient qu'ils n'ont point de retraite, et que l'ennemi ne leur donne pas l'occasion de combattre; comme le jour tirait à sa fin, ils s'élancent, suivant l'ordre donné, par la colline qui leur fait face. Après avoir lâché ce poste, les Numides sont dispersés et mis en fuite; il n'en périt qu'un petit nombre; presque tous, ils durent leur salut à leur agilité et au peu de connaissance que l'ennemi avait des lieux. Cependant Bomilcar, que Jugurtha avait, comme nous l'avons dit

centre. = [4] Son aile gauche, dont les soldats sont les premiers par rapport aux Romains allant vers le fleuve. = [5] Les Romains ont fait volte-face. = [6] Les Numides attaquaient et fuyaient (*i. prœlio*), en sorte que les Romains, s'ils les poursuivaient, ne rencontraient personne (*ludificati*). = [7] Par opposition aux ennemis. = [8] Si, grâce au terrain, les Romains continuaient à les poursuivre, ils se réunissaient de nouveau (ce qui les rendait *n. priores*) et les accablaient. = [9] Si, au contraire, le lieu par où ils fuyaient était une colline, plus propre à la fuite que la plaine. = [10] Adverbe s'unissant à *evadere*, et *consueti* est pris absolument. — Sur *vero*, voy. 58, n. 5.

51. — [1] Voy. *Cat.* 15, n. 4. = [2] Ici l'ennemi fuyait, là il serrait de près: partout c'était un spectacle différent. = [3] On ignorait qui était vainqueur. = [4] *Arma*, armes avec lesquelles on combat de près; *tela* (cf. *Cat.* 27, n. 3), avec lesquelles on se bat de loin et en les lançant. En général, *arma* désigne les armes défensives et offensives. = [5] *Et ita*, « inter hæc negotia. » = [6] Romains et Numides. = [7] Cf. *Cat.* 17, n. 2. = [8] Voy. *Cat.* 56, n. 1. = [9] Dans le discours indirect, *ille* désigne celui à qui se rapporte le discours.

52. — [1] Archaïque pour *diei*. = [2] Dépend de *ubi*. = [3] La partie de la colline en face des Romains. — « Ablativo significatur locus

tinans pergit, quietus, uti res postulabat[5], aciem exornat, neque remittit, quid ubique[6] hostis ageret, explorare. Postquam Rutilium consedisse jam et animo vacuum accepit, simulque ex Jugurthæ prœlio clamorem augeri, veritus ne legatus, cognita re, laborantibus suis auxilio foret, aciem, quam diffidens virtuti militum arte statuerat, quo hostium itineri officeret, latius porrigit, eoque modo ad Rutilii castra procedit.

plus haut, placé à la tête des éléphants et d'une partie de l'infanterie, dès que Rutilius l'eut dépassé, fait descendre lentement ses troupes dans la plaine, et, tandis que le lieutenant se dirige en toute hâte vers le fleuve où il avait été envoyé, prend tranquillement, ainsi que l'exigeait la circonstance, son ordre de bataille, sans cesser d'observer les mouvements et la position de l'ennemi. Quand il sut que Rutilius venait d'asseoir son camp sans nulle défiance, et en même temps que les cris augmentaient du côté où se battait Jugurtha, craignant que le lieutenant, informé de l'affaire, n'allât au secours des siens en danger, il étend davantage, afin de s'opposer à la marche de l'ennemi, sa ligne de bataille, que, peu confiant dans le courage de ses soldats, il avait d'abord resserrée, et dans cet ordre s'avance vers le camp de Rutilius.

53. Romani ex improviso pulveris vim magnam animadvortunt, nam prospectum ager arbustis consitus prohibebat. Et primo rati humum aridam vento agitari; post, ubi æquabilem[1] manere et, sicuti acies movebatur, magis magisque appropinquare vident, cognita re, properantes arma capiunt, ac pro castris, sicuti imperabatur, consistunt. Deinde, ubi propius ventum est, utrinque magno clamore concurritur. Numidæ tantum[2] modo remorati, dum in elephantis auxilium putant, postquam eos impeditos ramis arborum atque ita disjectos circumveniri vident, fugam faciunt, ac plerique abjectis armis collis aut noctis, quæ jam aderat, auxilio integri abeunt. Elephanti quatuor capti sunt; reliqui omnes, numero quadraginta, interfecti. At Romani, quanquam itinere atque opere castrorum et prœlio fessi lassique[3] erant, tamen, quod Metellus amplius opinione morabatur, instructi intentique obviam procedunt. Nam[4] dolus Numidarum nihil languidi neque remissi patiebatur. Ac primo, obscura nocte, postquam haud procul inter se erant, strepitu velut hostes adventare[5], alteri apud alteros formidinem simul et tumultum facere; et pœne imprudentia[6] admissum facinus miserabile, ni utrinque præmissi equites rem exploravissent. Igitur pro metu repente gaudium exortum; milites alius alium læti appellant, acta edocent atque audiunt; sua quisque fortia facta ad cœlum fert. Quippe res humanæ ita sese habent: in victoria vel ignavis gloriari licet; advorsæ res etiam bonos detractant[7].

53. Les Romains aperçoivent tout à coup un épais nuage de poussière, car la campagne plantée d'arbres masquait la vue. D'abord ils croient que c'est le vent qui soulève le sable aride; puis, voyant que ce nuage restait toujours le même, et, suivant les mouvements de l'armée, se rapprochait de plus en plus, ils s'expliquent ce que c'est, prennent leurs armes à la hâte, et, sur l'ordre de leur chef, se rangent devant le camp. Ensuite, dès que l'on est en présence, on s'attaque de part et d'autre avec de grands cris. Les Numides tiennent ferme un moment, tant qu'ils comptent sur leurs éléphants; mais voyant que ces animaux, embarrassés dans les branches des arbres, se dispersent et sont enveloppés, ils prennent la fuite, et la plupart, après avoir jeté les armes, s'échappent sans atteinte à la faveur de la colline ou de la nuit qui tombait déjà. Quatre éléphants furent pris; les autres, au nombre de quarante, furent tués. Quoique les Romains fussent fatigués et épuisés par la marche, les travaux du campement et le combat, trouvant que Métellus tardait trop, ils s'avancent au-devant de lui en bon ordre et avec précaution. C'est que la ruse des Numides ne permettait ni négligence, ni relâchement. Et d'abord, dans l'obscurité de la nuit, quand ils se trouvèrent assez près les uns des autres, le bruit faisant croire qu'il arrivait des ennemis, ils se causèrent réciproquement de la terreur et du trouble; et cette méprise allait amener des conséquences déplorables, si des cavaliers, envoyés de part et d'autre à la découverte, n'eussent reconnu la vérité. Aussi la crainte fait soudain place à l'allégresse; les soldats s'abordent avec joie l'un l'autre; on se raconte, on écoute ce qui s'est passé; chacun porte aux nues ses hauts faits. Car ainsi vont les choses humaines : dans la victoire, le lâche même peut se vanter; les revers ôtent tout crédit, même aux braves.

54. Metellus in iisdem castris quatriduo moratus, saucios cum cura reficit, meritos in prœliis[1] more militiæ donat, universos in concione laudat atque agit gratias; hortatur[2] ad cetera, quæ levia sunt, parem animum gerant; pro victoria jam pugnatum satis, reliquos labores pro præda fore. Tamen[3] interim transfugas et alios opportunos, Jugurtha ubi gentium aut quid agitaret, cum paucisne esset an exercitum haberet, ut sese victus gereret, exploratum misit. At ille sese in loca saltuosa et natura munita receperat, ibique cogebat exercitum numero hominum ampliorem, sed hebetem infirmumque, agri ac pecoris magis quam belli cultorem[4]. Id ea gratia[5] eveniebat, quod præter regios equites nemo omnium Numidarum ex fuga[6] regem sequitur; quo cujusque animus fert, eo discedunt; neque id flagitium militiæ ducitur; ita se mores habent. Igitur Metellus ubi videt etiam tum regis animum ferocem esse, bellum renovari, quod nisi ex

54. Métellus reste quatre jours dans le même camp, rétablit avec soin les blessés, récompense suivant les usages militaires ceux qui s'étaient distingués dans les deux batailles, adresse à tous publiquement des louanges et des remercîments; il les exhorte à montrer le même courage dans les légers efforts qui leur restent à faire; ils ont assez combattu pour la victoire, ils n'ont plus à travailler que pour le butin. En même temps il envoie des transfuges et des éclaireurs exercés reconnaître quelle était la position de Jugurtha, ainsi que ses mouvements, s'il n'avait avec lui que peu de monde ou une armée, comment il agissait depuis sa défaite. Ce prince s'était retiré dans des lieux couverts de bois et fortifiés par la nature, et là il réunissait une armée numériquement plus considérable, mais faible et sans vigueur, faite pour la culture des champs et l'élève des troupeaux plutôt que pour la guerre. Cela provenait de ce que, sauf les cavaliers

per quem motus fit.» Dietsch. = [4] Cf. 18, n. 9. = [5] Retombe sur *quietus*. = [6] Cf. *Cat.* 21, n. 1. *Remittit* avec l'infinitif est poétique.
53. — [1] Se rapporte à *p. vim.* et non à *h. aridam.* = [2] A la valeur d'un substantif et exprime une idée de temps. Sur *dum*, confer *Cat.* 36. = [3] Tous les mss., moins six, ont *lætique*. Mais *læti* ne pourrait se rapporter qu'à *prœlio*, et encore faudrait-il plutôt *prœlii exitu*. Sur l'union de deux synonymes, voy. *Cat.* 6, n. 1. Cf. Hor. Od. 2, 6, 7. = [4] Explique la proposition précédente entière. = [5] Passage probablement altéré. Kritz en fait le premier membre de l'apodose (1° *strepitu . . . adventare ;* 2° *alteri . . . facere*); et *s. adventare* est dit comme *clamore invadere* (T.-Live, 5, 45). D'autres veulent que *h. adv.* soit une proposition infinitive dépendant de *velut*, et rattachent *strepitu* à *facere*. = [6] « Ignorance provenant du manque d'examen.» = [7] Archaïque pour *detrectant*, que donnent du reste quelques mss.
54. — [1] Celui de Métellus et celui de Rutilius. = [2] Voy. *Cat.* 29, n. 3. = [3] « Tout en étant occupé de ces divers soins, *pourtant* il ne négligea pas la guerre.» = [4] S'applique à *belli* par zeugma. Cf. 11, n. 9. = [5] « Ejus rei gratia.» Voy. *Cat.* 8, n. 2. = [6] « En fuite;» comme

illius lubidine geri non posset, præterea iniquum certamen sibi cum hostibus, minore detrimento illos vinci quam suos vincere, statuit non prœliis neque in acie, sed alio more bellum gerundum. Itaque in loca Numidiæ opulentissuma pergit, agros vastat, multa castella et oppida temere munita aut sine præsidio capit incenditque, puberes interficit, jubet alia omnia militum prædam esse. Ea formidine[7] multi mortales Romanis dediti obsides; frumentum et alia, quæ usui forent, affatim præbita: ubicunque res postulabat, præsidium impositum. Quæ negotia multo magis quam prœlium male pugnatum ab suis regem terrebant; quippe cui spes omnis in fuga sita, sequi cogebatur, et qui sua loca[8] defendere nequiverat, in alienis bellum gerere. Tamen ex copia quod optumum videbatur consilium capit: exercitum plerumque in iisdem locis opperiri jubet; ipse cum delectis equitibus Metellum sequitur, nocturnis et aviis itineribus[9] ignoratus Romanos palantes repente aggreditur. Eorum plerique inermes cadunt, multi capiuntur, nemo omnium intactus profugit; et Numidæ, priusquam ex castris subveniretur, sicuti jussi erant, in proxumos colles discedunt.

royaux, aucun Numide ne suit le roi dans la déroute; chacun se retire où il lui plaît, sans que ce soit un déshonneur pour le soldat; telles sont leurs mœurs. Voyant donc que l'âme du roi est toujours indomptable, que la guerre va recommencer, sans qu'on puisse la faire autrement qu'au gré de Jugurtha, que d'ailleurs les conditions de la lutte ne sont pas égales, qu'une défaite coûte moins à l'ennemi qu'aux siens une victoire, Métellus se décide à renoncer aux combats et aux batailles rangées, pour faire la guerre d'une autre manière. En conséquence il se dirige vers les contrées les plus riches de la Numidie, ravage les campagnes, prend une foule de forteresses et de villes mal retranchées ou sans garnison, et les brûle, égorge les hommes en âge de porter les armes, et ordonne que tout le reste soit la proie du soldat. L'épouvante fit livrer aux Romains un grand nombre d'ôtages; on leur fournit en quantité du blé et d'autres approvisionnements: partout où c'était nécessaire, fut mise une garnison. Ces dommages effrayaient le roi bien plus qu'une bataille perdue par les siens : lui qui n'espérait que dans la fuite, il se voyait forcé de poursuivre, et, après n'avoir pu défendre ses positions, de faire la guerre sur le terrain de l'ennemi. Cependant il prend, dans la circonstance, le parti qui lui semble le meilleur: il ordonne à la plus grande partie de son armée d'attendre au même endroit; lui-même, avec des cavaliers d'élite, suit Métellus, marche de nuit et par des chemins écartés, de manière à n'être pas vu, et tombe à l'improviste sur les Romains épars. Presque tous, sans armes, sont massacrés; beaucoup sont faits prisonniers; aucun n'échappe sans blessure; et, avant que du camp on soit venu au secours, les Numides se retirent, comme ils en avaient reçu l'ordre, sur les hauteurs voisines.

55. Interim Romæ gaudium ingens ortum cognitis Metelli rebus, ut seque et exercitum more majorum gereret, in advorso loco victor tamen virtute fuisset, hostium agro potiretur, Jugurtham magnificum ex[1] Auli socordiâ spem salutis in solitudine aut fuga coegisset habere. Itaque senatus ob ea feliciter acta dis immortalibus supplicia[2] decernere; civitas, trepida antea et sollicita de belli eventu, læta[3] agere; fama de Metello præclara esse. Igitur eo intentior ad victoriam niti, omnibus modis festinare, cavere tamen necubi[4] hosti opportunus fieret, meminisse post gloriam[5] invidiam sequi. Ita quo clarior, eo magis anxius erat, neque post insidias Jugurthæ effuso exercitu prædari : ubi frumento aut pabulo opus erat, cohortes[6] cum omni equitatu præsidium agitabant; exercitus partem ipse, reliquos Marius ducebat. Sed igni magis quam præda[7] ager vastabatur. Duobus locis haud longe inter se castra faciebant: ubi vi opus erat, cuncti[8] aderant; ceterum, quo fuga atque formido latius cresceret, divorsi agebant. Eo tempore Jugurtha per colles sequi, tempus aut locum pugnæ quærere, qua venturum hostem audierat, pabulum et aquarum fontes, quorum penuria erat, corrumpere[9], modo se Metello, interdum Mario ostendere, postremos in agmine tentare ac statim in colles regredi, rursus aliis, post aliis minitari, neque prœlium facere, neque otium pati, tantummodo hostem ab incepto retinere.

55. Cependant, à Rome, on ressentit une grande joie quand on apprit les succès de Métellus, quand on sut qu'il se conduisait et dirigeait son armée à la façon des ancêtres, que, dans une position désavantageuse, il avait été vainqueur à force de courage, qu'il était maître du territoire ennemi, qu'il avait réduit Jugurtha, tout glorieux grâce à la lâcheté d'Aulus, à n'espérer son salut que des déserts ou de la fuite. En conséquence, le sénat, pour ces heureux résultats, décrète des supplications aux dieux immortels; la ville, alarmée auparavant et inquiète sur l'issue de la guerre, se livre à l'allégresse; le nom de Métellus est couvert d'éloges. Aussi n'en est-il que plus ardent à travailler à la victoire; il emploie tous les moyens les plus rapides, se garde pourtant de donner aucune prise à l'ennemi, et se rappelle qu'après la gloire vient l'envie. Ainsi, plus il était illustre, plus il était circonspect, et depuis la surprise de Jugurtha, il ne laissait plus son armée se débander pour piller : quand on avait besoin de blé ou de fourrage, les cohortes et toute la la cavalerie servaient d'escorte; quant à l'armée, il en commandait une partie lui-même, et Marius le reste. C'était moins par le pillage que par l'incendie qu'ils dévastaient le pays. Ils établissaient leurs camps sur deux emplacements assez voisins l'un de l'autre : fallait-il en venir aux armes, ils se réunissaient; mais d'ordinaire, pour répandre plus au loin la fuite et la terreur, ils agissaient séparément. Cependant Jugurtha les suit par les hauteurs, cherche une occasion ou un endroit pour combattre; partout où il sait que l'ennemi doit passer, il détruit les fourrages et empoisonne les sources, déjà fort rares; il se montre tantôt à Métellus, tantôt à Marius; pendant les marches, il tombe sur l'arrière-garde et regagne aussitôt les hauteurs, revient en menacer toujours d'autres, ne livre point bataille et ne nous laisse aucun repos; il ne songe qu'à arrêter les projets de l'ennemi.

56. Romanus imperator ubi se dolis fatigari videt neque ab hoste copiam pugnandi fieri, urbem magnam et in ea

56. Le général romain, voyant qu'on le fatigue par la ruse, et que l'ennemi ne lui donne aucune occasion de

ex itinere (*Cat.* 34); l'action de *suivre* semble sortir de celle de *fuir*. = [7] « Earum rerum formidine. » = [8] « Ab ipso propter opportunitatem ad pugnandum electa. » Kritz. = [9] Ablatif qu'il faut unir, non à *aggreditur*, mais à *ignoratus*.

55. — [1] Indique la cause, mais une cause dont l'effet n'est pas immédiat. = [2] Voy. *Cat.* 9, n. 1. = [3] Neutre pluriel. Attribut de *civitas* suivant d'autres, *agere* étant pris comme intransitif : « vivre, être. » = [4] Pour *ne alicubi*. = [5] Ne dépend pas de *sequi*, mais équivaut à *gloriâ partâ*. = [6] Voy. 46, n. 14. = [7] « Action de *prædari*. » = [8] Contracté de *conjuncti*, tous réunis ensemble. = [9] Cf. 79, n. 7.

parte, qua[1] sita erat, arcem regni, nomine Zamam, statuit oppugnare, ratus, id[2] quod negotium poscebat, Jugurtham laborantibus suis auxilio venturum, ibique prœlium fore. At ille quæ parabantur a perfugis edoctus, magnis itineribus Metellum antevenit, oppidanos hortatur[3] mœnia defendant, additis auxilio perfugis, quod genus ex copiis regis, quia fallere nequibat[4], firmissumum erat; præterea pollicetur in tempore semet cum exercitu affore. Ita compositis rebus, in loca quam maxume occulta discedit, ac post paulo cognoscit Marium ex itinere[5] frumentatum cum paucis cohortibus Siccam missum, quod oppidum primum omnium post malam pugnam ab rege defecerat. Eo cum delectis equitibus noctu pergit, et jam egredientibus Romanis, in porta pugnam facit. Simul magna voce Siccenses hortatur, uti cohortes ab tergo circumveniant; fortunam illis præclari facinoris casum dare; si id fecerint, postea sese in regno, illos in libertate sine metu ætatem acturos. Ac ni Marius signa inferre atque evadere oppidum properavisset, profecto cuncti aut magna pars Siccensium fidem mutavissent; tanta mobilitate sese Numidæ gerunt. Sed milites Jugurthini, paulisper ab rege sustentati, postquam majore vi hostes urgent, paucis amissis profugi discedunt.

combattre, prend la résolution d'assiéger la ville de Zama, place considérable et le boulevard du royaume dans la partie où elle était située, pensant que, de toute nécessité, Jugurtha viendrait au secours de ses sujets en danger, et qu'alors il y aurait une bataille. Mais celui-ci, informé par des transfuges de ce qu'on préparait, devance Métellus par des marches forcées, exhorte les habitants à défendre leurs murs, et leur donne pour renfort les transfuges qui, ne pouvant trahir, étaient, dans les troupes du roi, ce qu'il y avait de plus solide; de plus, il promet de venir à temps avec une armée. Ces dispositions prises, il se retire dans les endroits les plus cachés, et apprend peu après que Marius avait été, dans sa marche, détaché avec quelques cohortes pour chercher du blé à Sicca, ville qui la première, après l'échec du roi, avait fait défection. Il s'y rend de nuit avec des cavaliers d'élite, et, au moment où les Romains allaient en sortir, engage le combat près de la porte. En même temps il crie aux habitants de Sicca d'envelopper les cohortes par derrière; le hasard leur offre l'occasion d'un beau coup de main; s'ils le font, ils vivront désormais sans crainte, lui, sur son trône, eux, dans l'indépendance. Et si Marius ne s'était hâté de marcher en avant et de s'échapper de la ville, il est certain que tous les habitants, ou du moins une grande partie, auraient trahi leur parole; tant est grande la mobilité des Numides. Quant aux soldats de Jugurtha, ils sont soutenus un instant par le roi; mais vivement pressés par l'ennemi, après de légères pertes, ils sont mis en fuite et se retirent.

57. Marius ad Zamam pervenit. Id oppidum, in campo situm, magis opere quam natura munitum erat, nullius idoneæ rei egens, armis virisque opulentum. Igitur Metellus, pro tempore atque loco paratis rebus, cuncta mœnia exercitu circumvenit; legatis imperat, ubi quisque curaret. Deinde, signo dato, undique simul clamor ingens oritur; neque ea res Numidas terret: infensi intentique sine tumultu manent; prœlium incipitur. Romani pro ingenio quisque, pars eminus glande[1] aut lapidibus pugnare, alii succedere ac murum modo[2] suffodere, modo scalis aggredi, cupere prœlium in manibus[3] facere. Contra ea[4] oppidani in proxumos saxa volvere, sudes[5], pila, præterea pice et sulphure tædam mixtam ardenti mittere[6]. Sed ne illos quidem, qui procul manserant, timor animi satis muniverat; nam plerosque jacula tormentis aut manu emissa vulnerabant, parique periculo, sed fama impari boni atque ignavi erant.

57. Marius arrive à Zama. Cette ville, située en plaine, était plus fortifiée par l'art que par la nature, ne manquait d'aucune chose nécessaire, avait en abondance armes et soldats. Aussi Métellus, après avoir pris les mesures qu'exigeaient les lieux et les circonstances, enveloppe toutes les fortifications avec son armée; il assigne à chacun de ses lieutenants le poste où il doit veiller. Puis, à un signal donné, on pousse de toutes parts à la fois un grand cri; les Numides n'en sont pas effrayés: menaçants et résolus, ils restent en bon ordre; le combat s'engage. Les Romains suivent chacun leur caractère: les uns combattent de loin avec des balles ou des pierres; les autres s'approchent, soit pour miner la muraille, soit pour l'escalader, et brûlent de combattre corps à corps. De leur côté, les habitants roulent des pierres sur les plus rapprochés, lancent des pieux, des dards, ainsi que des torches enduites de poix et de soufre brûlant. Ceux mêmes qui se tenaient à distance, leur lâcheté ne suffisait pas à les protéger; la plupart, en effet, étaient blessés par des traits lancés à l'aide des machines ou de la main; et le péril était égal, mais non la gloire, pour les braves et pour les lâches.

58. Dum apud Zamam sic certatur, Jugurtha ex improviso castra hostium cum magna manu invadit; remissis, qui in præsidio erant, et omnia magis quam prœlium exspectantibus, portam[1] irrumpit. At nostri, repentino metu perculsi, sibi quisque pro moribus consulunt: alii fugere, alii arma capere; magna pars vulnerati aut occisi. Ceterum ex omni multitudine non amplius quadraginta, memores nominis Romani[2], grege facto locum cepere paulo quam alii[3] editiorem, neque inde maxuma vi depelli quiverunt; sed tela eminus missa remittere, pauci in pluribus minus frustrari[4]; sin Numidæ propius accessissent, ibi vero[5] virtutem ostendere et eos maxuma vi cædere, fundere atque fugare. Interim Metellus cum acerrume rem gereret, clamorem hostilem ab tergo accepit; dein, converso equo, animadvortit fugam ad se vorsum fieri, quæ

58. Tandis qu'on se bat ainsi devant Zama, Jugurtha fond à l'improviste sur le camp ennemi avec une troupe nombreuse; comme ceux qui en avaient la garde étaient peu attentifs et ne s'attendaient à rien moins qu'à une bataille, il force une des portes. Les nôtres, effrayés par cette alarme soudaine, songent à leur sûreté, chacun d'après son caractère: les uns fuient, les autres prennent les armes; une grande partie furent blessés ou tués. Cependant, de toute cette troupe, quarante à peine, se souvenant du nom romain, se forment en peloton et s'emparent d'un poste assez élevé, d'où les plus grands efforts ne peuvent les déloger; ils renvoient les traits qu'on leur lance de loin; peu nombreux en face d'une multitude, ils touchent mieux; les Numides approchaient-ils davantage, c'est alors que les nôtres déployaient leur courage, et,

56. — [1] La préposition unie à un démonstratif qui précède, ne s'omet devant le relatif que quand le même verbe est sous-entendu; *qua* est donc adverbe. = [2] Surabondant ajouté au relatif sans dépendre d'aucun verbe, ce qui n'a lieu qu'au cas où le relatif se rattache à toute une proposition. Expliquez: « Id quod in tali negotio necessarium futurum videbatur. » = [3] Cf. 54, n. 2. = [4] A cause des châtiments qui les attendaient. « Métellus, ayant pris des transfuges thraces et liguriens, coupa aux uns les mains, enterra les autres jusqu'au ventre, les tua à coups de flèches, et mit le feu sous ceux qui respiraient encore. » Appien, *Rer. Num.* 3. = [5] Se rapporte à *missum*.
57. — [1] Balles de plomb lancées, ainsi que les pierres, avec la fronde ou d'autres machines de trait. = [2] Equivaut à *partim . . . partim*. = [3] « *In manibus (hostium) p. f.* pro *cominus p. f.* » Dietsch. = [4] « Contra ea, quæ a Romanis parari diximus. » Hand, *Tursellinus*, II, p. 124. = [5] S.-ent. *præustas*: César, *B. G.* 5, 40: *præustæ sudes, magnus muralium pilorum numerus instituitur.* = [6] Passage controversé. Au milieu des incertitudes des mss., nous avons adopté la leçon défendue par Kritz, et qui paraît la plus rationnelle.
58. — [1] Voy. 44, n. 6. = [2] « Gloriæ ac dignitatis Romanæ. » = [3] Sous-entendu *erant*. — *alii*, « d'autres, » et non « les autres, *reliqui*. » = [4] « Se tromper, manquer son but, » sens passif. = [5] Particule affirmative, souvent jointe aux pronoms et adverbes démonstratifs

res indicabat populares esse[6]. Igitur equitatum omnem ad castra propere misit, ac statim C. Marium cum cohortibus sociorum, eumque lacrumans per amicitiam perque rempublicam obsecrat, ne quam contumeliam remanere in exercitu victore, neve hostes inultos abire sinat: ille brevi mandata efficit. At Jugurtha munimento castrorum impeditus, cum alii super vallum præcipitarentur, alii in angustiis ipsi sibi properantes officerent, multis amissis in loca munita sese recepit. Metellus infecto negotio[7], postquam nox aderat, in castra cum exercitu revortitur.

avec une vigueur inouïe, les massacraient, les dispersaient et les mettaient en fuite. En même temps Métellus, au plus fort de l'action, entend derrière lui des cris ennemis; puis, tournant son cheval, il s'aperçoit que les fuyards se dirigeaient de son côté, ce qui indiquait que c'étaient des Romains. Il envoie donc à la hâte toute sa cavalerie vers le camp, puis C. Marius avec les cohortes des alliés, et, les larmes aux yeux, au nom de l'amitié et de la république, il le supplie de ne pas souffrir qu'il reste une tache sur l'armée victorieuse et que les ennemis se retirent impunément: celui-ci exécute promptement ces ordres. Jugurtha, embarrassé dans les retranchements du camp, où les uns se jetaient par-dessus la palissade, les autres se gênaient réciproquement dans les passages par leur précipitation, après avoir perdu beaucoup de monde, se retire dans de fortes positions. A l'approche de la nuit, Métellus, sans avoir réussi, retourne au camp avec son armée.

59. Igitur postero die, priusquam ad oppugnandum egrederetur, equitatum omnem in ea parte, qua regis adventus erat, pro castris agitare jubet; portas et proxuma loca tribunis dispertit; deinde ipse pergit ad oppidum atque, uti superiore die, murum aggreditur. Interim Jugurtha ex occulto repente nostros invadit: qui in proxumo locati fuerant paulisper territi perturbantur, reliqui cito subveniunt. Neque diutius[1] Numidæ resistere quivissent, ni pedites cum equitibus permixti magnam cladem in congressu facerent[2]; quibus illi freti, non, ut equestri prœlio solet, sequi, dein cedere, sed adversis equis concurrere, implicare ac perturbare aciem; ita expeditis peditibus suis[3] hostes pæne victos dare[4].

59. Aussi le lendemain, avant de sortir pour le siége, il donne à toute sa cavalerie l'ordre de se tenir devant le camp, du côté où le roi pouvait venir; il répartit entre les tribuns la garde des portes et des environs; puis, lui-même marche vers la place, et, comme la veille, attaque les remparts. Cependant Jugurtha, sans avoir été aperçu, tombe tout à coup sur les nôtres: ceux qui étaient postés le plus en avant, effrayés un instant, sont ébranlés; les autres viennent aussitôt les soutenir. Et les Numides n'eussent pu résister longtemps, si leurs fantassins, mêlés aux cavaliers, ne nous avaient dans le choc fait éprouver de grandes pertes; secondés par eux, au lieu de charger et de se replier ensuite, comme cela se fait dans les combats de cavalerie, ils lançaient leurs chevaux en avant, enfonçaient et bouleversaient nos rangs; ainsi, grâce à leurs agiles fantassins, ils arrivent presque à vaincre l'ennemi.

60. Eodem tempore apud Zamam magna vi certabatur. Ubi quisque legatus aut tribunus curabat, eo[1] acerrume niti, neque alius in alio magis quam in sese spem habere, pariterque oppidani agere: oppugnare aut parare omnibus locis[2], avidius alteri alteros sauciare quam semet tegere; clamor permixtus hortatione, lætitia, gemitu, item strepitus armorum ad cœlum ferri; tela utrinque volare. Sed illi, qui mœnia defensabant, ubi hostes paulum modo pugnam remiserant, intenti prœlium equestre prospectabant; eos, uti quæque Jugurthæ res erant, lætos modo, modo pavidos animadvorteres, ac, sicuti[3] audiri a suis aut cerni possent, monere alii, alii hortari, aut manu significare, aut niti corporibus, et ea huc et illuc, quasi vitabundi aut jacientes tela, agitare. Quod ubi Mario cognitum est (nam is in ea parte curabat), consulto lenius agere ac diffidentiam rei[4] simulare, pati Numidas sine tumultu[5] regis prœlium visere. Ita illis studio suorum adstrictis, repente magna vi murum aggreditur; et jam scalis egressi[6] milites prope summa ceperant, cum oppidani concurrunt, lapides, ignem, alia præterea tela ingerunt. Nostri primo resistere; deinde, ubi unæ atque alteræ[7] scalæ comminutæ, qui supersteterant, afflicti sunt[8]; ceteri, quoquo modo potuere, pauci integri, magna pars vulneribus confecti abeunt. Denique utrinque prœlium nox diremit.

60. Dans le même moment, on se battait avec beaucoup d'énergie devant Zama. Lieutenants et tribuns font tous les plus grands efforts dans les postes qu'ils commandent; chacun compte moins sur les autres que sur soi; les habitants agissent de même: on attaque ou l'on résiste sur tous les points; des deux côtés on cherche plutôt à blesser qu'à se garantir; des clameurs entremêlées d'exhortations, de cris de joie, de gémissements, ainsi que le fracas des armes, s'élèvent jusqu'au ciel; les traits volent de part et d'autre. Cependant ceux qui défendaient les murailles, pour peu que l'ennemi ralentît son attaque, observaient avec attention le combat de cavalerie; selon que l'affaire tournait pour Jugurtha, on les eût vus tantôt joyeux, tantôt tremblants; et, comme s'ils avaient pu être entendus ou aperçus des leurs, les uns conseillaient, les autres encourageaient, ou faisaient signe de la main, ou agitaient leur corps et prenaient toutes les postures de gens qui évitent ou qui lancent des traits. Dès que Marius le sut (car c'était lui qui commandait de ce côté), il agit à dessein avec moins d'ardeur, et feint de désespérer du succès; il laisse les Numides regarder paisiblement le combat du roi. Pendant qu'ils sont ainsi absorbés par intérêt pour les leurs, il attaque tout à coup la muraille avec une grande vigueur; et déjà les soldats, montés sur les échelles, avaient presque atteint le haut, lorsque les assiégés accourent, et font pleuvoir des pierres, du feu et toutes sortes de projectiles. Les nôtres résistent d'abord; puis, quelques échelles s'étant rompues, ceux qui s'y trouvaient, sont terrassés; les autres se sauvent comme ils peuvent, quelques-uns sans atteinte, la plupart couverts de blessures. Enfin la nuit met de part et d'autre fin au combat.

pour leur donner plus de force. Cela a lieu souvent quand le pronom ou l'adverbe répète pour ainsi dire la phrase précédente, de manière à attirer davantage l'attention du lecteur. = [6] Tournure concise pour *eos, qui fugerent, populares esse*. = [7] De prendre Zama.

59. — [1] *Plus longtemps* qu'ils n'avaient résisté, avant que les autres vinssent à leur aide. = [2] Dietsch rend ainsi compte de l'imparfait: « *N. d. N. r. q.;* sed freti peditibus cum equitibus mixtis, quoniam ii magnam cladem in congressu faciunt, non ut equestri prœlio, etc. » *Quibus* se rapporte à *p. c. e. permixti*, et *illi* à *Numidæ*, presque tous cavaliers. = [3] Ablatif d'instrument. = [4] « Vincere. » Kritz *Dare*, « mettre dans tel ou tel état, rendre, » équivalant à *reddere;* dans cette acception il est archaïque.

60. — [1] *Eo loci* pour *eo loco* est assez fréquent; mais *eo* pour *ibi* est rare. = [2] S'applique à la fois aux assiégeants et aux assiégés. *Oppugnare* a le sens général de *pugnare*, et *parare*, « instituere quæ in rem et usum sint. » Kritz. = [3] « Tanquam. » Fabri. = [4] Le dessein de prendre la ville. = [5] « Nullo impetu perturbatos. » = [6] *Egredi* signifie ici *in superius evadere*. = [7] *Unus atque* (d'ordinaire *et*) *alter* désigne une quantité indéterminée, ni trop grande ni trop petite. Cf. Hor. *A. P.* 15. = [8] « Vulnerati atque læsi lapsu. » Dietsch.

61. Metellus, postquam videt frustra[1] inceptum, neque[2] oppidum capi, neque Jugurtham, nisi ex insidiis aut suo loco[3] pugnam facere, et jam æstatem exactam esse, ab Zama discedit et in his urbibus, quæ ad se defecerant, satisque munitæ loco aut mœnibus erant, præsidia imponit. Ceterum exercitum in provinciam, quæ[4] proxuma est Numidiæ, hiemandi gratia collocat. Neque id tempus ex aliorum more quieti aut luxuriæ concedit, sed quoniam armis bellum parum procedebat, insidias regi per amicos tendere et eorum perfidia pro armis uti parat. Igitur Bomilcarem, qui Romæ cum Jugurtha fuerat et inde, vadibus datis, clam de Massivæ nece judicium fugerat[5], quod ei per maxumam amicitiam maxuma copia fallendi erat, multis pollicitationibus aggreditur: ac primo efficit, uti ad se colloquendi gratia occultus veniat; deinde fide data, si Jugurtham vivum aut necatum sibi tradidisset, fore, ut illi senatus impunitatem et sua omnia concederet, facile Numidæ persuadet, cum ingenio infido, tum metuenti ne, si pax cum Romanis fieret, ipse per conditiones[6] ad supplicium traderetur.

61. Métellus, voyant que son entreprise ne réussit pas, qu'il ne peut pas prendre la ville, que Jugurtha ne se bat que par surprise ou sur un terrain de son choix, et que l'été était déjà passé, s'éloigne de Zama et met garnison dans les villes qui s'étaient déclarées pour lui, et que leur position ou leurs murailles rendaient assez fortes. Le restant de l'armée, il l'établit dans la partie de la province qui avoisine la Numidie, pour y passer l'hiver. Ce temps, il ne le donne pas, comme d'autres, au repos ni au plaisir; mais, puisque les armes faisaient peu avancer la guerre, il travaille à se servir des amis du roi pour lui tendre des piéges, et à remplacer les armes par leur perfidie. Il s'adresse donc à Bomilcar, qui avait été à Rome avec Jugurtha et s'en était enfui secrètement, malgré les cautions fournies, pour se soustraire à l'enquête sur le meurtre de Massiva; comme une très-grande amitié lui donnait la plus grande facilité de trahir, il cherche à le gagner à force de promesses: d'abord il obtient qu'il vienne le trouver en secret pour une entrevue; puis, lui ayant donné l'assurance que, s'il lui livrait Jugurtha mort ou vif, il obtiendrait du sénat l'impunité et le maintien de toutes ses possessions, il parvient sans peine à persuader le Numide, qui, perfide par caractère, craignait encore, si l'on faisait la paix avec les Romains, d'être, en vertu des conditions, livré au supplice.

62. Is, ubi primum opportunum fuit, Jugurtham anxium ac miserantem fortunas suas accedit; monet atque lacrumans obtestatur, uti aliquando[1] sibi liberisque et genti Numidarum, optume meritæ, provideat: omnibus prœliis sese victos, agrum vastatum, multos mortales captos, occisos, regni opes comminutas esse; satis sæpe jam et virtutem militum et fortunam tentatam; caveat ne, illo[2] cunctante, Numidæ sibi consulant[3]. His atque talibus aliis ad deditionem regis animum impellit. Mittuntur ad imperatorem legati, qui Jugurtham imperata facturum[4] dicerent, ac sine ulla pactione sese regnumque suum in illius fidem tradere[5]. Metellus propere cunctos senatorii ordinis ex hibernis accersiri[6] jubet; eorum atque aliorum, quos idoneos ducebat, consilium[7] habet. Ita more majorum[8] ex consilii decreto per legatos Jugurthæ imperat argenti pondo[9] ducenta millia, elephantos omnes, equorum et armorum aliquantum. Quæ postquam sine mora facta sunt, jubet omnis perfugas vinctos adduci. Eorum magna pars, uti jussum erat, adducti; pauci, cum primum deditio cœpit, ad regem Bocchum in Mauretaniam abierant. Igitur[10] Jugurtha, ubi armis virisque et pecunia spoliatus, cum ipse ad imperandum[11] Tisidium vocaretur, rursus cœpit flectere animum suum et ex mala conscientia digna timere. Denique multis diebus per dubitationem consumptis, cum modo tædio rerum advorsarum omnia bello potiora duceret, interdum secum ipse reputaret quam gravis casus in servitium ex regno foret, multis magnisque præsidiis nequidquam perditis, de integro bellum sumit. Et Romæ senatus de provinciis consultus Numidiam Metello decreverat[12].

62. Aussi, dès qu'il en trouve l'occasion, il aborde Jugurtha inquiet et désolé de l'état de ses affaires; il lui conseille et, en pleurant, le conjure de pourvoir enfin à son salut, à celui de ses enfants et du peuple numide, qui s'était si bien montré: dans tous les combats ils ont été vaincus, leur territoire a été ravagé, une foule d'hommes ont été pris, tués, les ressources du royaume sont épuisées; assez souvent déjà on a mis à l'épreuve et le courage des soldats et la fortune; qu'il craigne, s'il hésite, que les Numides n'avisent eux-mêmes à leur sûreté. Par ces propos et d'autres semblables, il décide le roi à se soumettre. On envoie au général des députés pour déclarer que Jugurtha est prêt à obéir, et qu'il se livre à sa foi sans condition, lui et son royaume. Métellus fait venir à la hâte des quartiers d'hiver tous les citoyens de l'ordre du sénat, leur adjoint les officiers dont il connaît la compétence, et les réunit en conseil. En conséquence, selon la coutume des ancêtres, il suit la décision du conseil, et, par les députés, commande à Jugurtha de livrer deux cent mille livres d'argent, tous ses éléphants, une partie de ses chevaux et de ses armes. Ces conditions ayant été remplies sans délai, il ordonne que tous les transfuges lui soient amenés enchaînés. La plupart, selon l'ordre prescrit, furent amenés; quelques-uns, dès le commencement des négociations, s'étaient retirés chez le roi Bocchus en Maurétanie. Aussi Jugurtha, quand dépouillé de ses armes, de ses soldats et de son argent, il est appelé lui-même à Tisidium pour recevoir les ordres du général, se met-il à changer de sentiment, et sa mauvaise conscience lui fait craindre une punition méritée. Enfin, après bien des jours perdus dans l'hésitation, tantôt, par dégoût de l'adversité, trouvant tout autre parti préférable à la guerre, tantôt réfléchissant combien il serait dur de tomber du trône dans la servitude, bien qu'il eût inutilement sacrifié de nombreuses et immenses ressources, il commence de nouveau la guerre. A Rome, le sénat, consulté sur le partage des provinces, avait décerné la Numidie à Métellus.

63. Per idem tempus Uticæ forte C. Mario, per hostias dis supplicanti[1], magna atque mirabilia portendi haruspex dixerat: proinde, quæ animo agitabat, fretus dis ageret,

63. Vers la même époque, à Utique, C. Marius offrant un jour un sacrifice aux dieux, l'aruspice lui avait présagé de grandes et merveilleuses destinées: il n'avait donc

61. — [1] Pour *frustera*, se rattachant à *frausus* (de *fraudo*), par le changement de *au* en *u* (comme *causa*, *accusare*, etc.), signifie « par méprise, faussement, » de là « sans résultat, but, ou motif. » Ici il est attribut, et l'on doit sous-entendre *esse*. = [2] Cf. *Cat.* 58, n. 1. = [3] Cf. 54, n. 8. = [4] « In eam partem provinciæ, quæ, etc. » Voy. 13, n. 4. = [5] Voy. 35. = [6] Par une stipulation formelle.
62. — [1] Voy. *Cat.* 52, n. 7. = [2] Voy. 51, n. 9. = [3] « N'achètent la paix en le livrant ou en le chassant. » Euphémisme. = [4] Formule de *deditio* consacrée. = [5] Est au présent, parce que la reddition ne pouvait avoir lieu qu'au moment même où les députés annonçaient les intentions de Jugurtha. = [6] Archaïque, pour *accersi*. Voy. *Cat.* 40, n. 6. = [7] Voy. 29, n. 8. = [8] Doit s'unir à *ex c. d.*, car c'était l'usage que, dans les affaires importantes, le général ne décidât rien sans avoir réuni le conseil. = [9] Ablatif de *pondus*, s'emploie comme nom indéclinable dans le sens de *livre* (327 grammes). = [10] Se rapporte à l'idée sous-entendue: « En présence de conditions si dures, il vit qu'il n'avait rien à espérer. » = [11] « Ut Metellus illi præsenti quæ opus essent imperaret. » Kritz. Sur la valeur du gérondif, voy. 5, n. 5. = [12] C'est-à-dire lui avait prorogé le gouvernement de la Numidie pour l'année suivante, après son consulat.
63. — [1] « Immolant des victimes et examinant leurs entrailles pour connaître les desseins des dieux à son égard. » Sur l'esprit super-

fortunam quam sæpissume experiretur, cuncta prospere eventura [2]. At illum jam antea consulatus ingens cupido exagitabat, at quem capiundum, præter vetustatem familiæ, alia omnia abunde erant : industria, probitas, militiæ magna scientia, animus belli ingens, domi modicus [3], lubidinis et divitiarum victor, tantummodo gloriæ avidus. Sed is natus et omnem pueritiam Arpini altus, ubi primum ætas militiæ patiens fuit, stipendiis faciundis, non Græca facundia [4] neque urbanis munditiis sese exercuit; ita inter artis bonas integrum [5] ingenium brevi adolevit. Ergo ubi primum tribunatum militarem [6] a populo petit, plerisque faciem ejus ignorantibus, facile [7] notus per omnis tribus declaratur. Deinde ab eo magistratu [8] alium post alium sibi peperit, semperque in potestatibus [9] eo modo agitabat, ut ampliore quam gerebat dignus haberetur. Tamen is ad id locorum [10] talis vir (nam postea ambitione præceps datus est) [consulatum] [11] appetere non audebat. Etiam tum alios magistratus plebs, consulatum nobilitas inter se per manus [12] tradebat. Novus [13] nemo tam clarus neque tam egregius factis erat, quin is indignus illo honore et quasi pollutus [14] haberetur.

qu'à accomplir, avec l'appui des dieux, ce qu'il méditait dans son âme, et à tenter la fortune le plus souvent possible; tout lui réussirait. Or, depuis longtemps il était dévoré du désir d'arriver au consulat, et, pour l'obtenir, sauf l'ancienneté de la famille, il avait tous les titres en suffisance : activité, probité, connaissance profonde de l'art militaire, âme grande dans la guerre, modérée dans la paix, insensible aux plaisirs et aux richesses, passionnée seulement pour la gloire. Né et élevé pendant toute son enfance à Arpinum, dès qu'il fut d'âge à porter les armes, il fit son étude du service militaire, non de l'éloquence grecque ni des délicatesses de la ville; voilà comme, au milieu de nobles occupations, son âme pure se développa rapidement. Aussi, dès qu'il demanda au peuple le tribunat militaire, bien que ses traits fussent inconnus à la plupart, sa réputation le fit nommer sans peine dans toutes les tribus. Puis, à partir de cette charge, il monta de l'une à l'autre, et toujours, dans ses magistratures, il se conduisait de manière à paraître digne d'un emploi plus élevé que celui qu'il remplissait. Cependant cet homme jusque-là si distingué (car dans la suite l'ambition le perdit) n'osait pas aspirer [au consulat]. Alors encore le peuple ne donnait que les autres magistratures; quant au consulat, la noblesse se le transmettait de main en main. Un homme nouveau, quels que fussent son illustration et l'éclat de ses exploits, semblait indigne de cet honneur et était regardé comme un profane.

64. Igitur [1] ubi Marius haruspicis dicta eodem intendere videt, quo cupido animi hortabatur [2], ab Metello petendi [3] gratia missionem rogat. Cui quanquam virtus, gloria atque alia optanda [4] bonis superabant, tamen inerat contemptor animus et superbia, commune nobilitatis malum. Itaque primum [5] commotus insolita [6] re mirari ejus consilium, et quasi per amicitiam monere, ne tam prava [7] inciperet, neu super fortunam animum gereret; non omnia omnibus cupiunda esse; debere illi res suas satis placere; postremo caveret id petere a populo Romano, quod illi jure negaretur. Postquam hæc atque talia dixit, neque animus Marii flectitur, respondit, ubi primum potuisset per negotia publica, facturum sese quæ peteret. Ac postea sæpius eadem postulanti fertur dixisse, ne festinaret abire; satis mature illum cum filio suo consulatum petiturum. Is eo tempore contubernio [8] patris ibidem militabat, annos natus circiter viginti [9]. Quæ res Marium cum pro honore, quem affectabat, tum contra Metellum vehementer accenderat. Ita cupidine atque ira, pessumis consultoribus, grassari [10]; neque facto ullo neque dicto abstinere, quod modo ambitiosum [11] foret; milites, quibus in hibernis præerat, laxiore imperio quam antea habere; apud negotiatores [12], quorum magna multitudo Uticæ erat, criminose simul et magnifice [13] de bello loqui : dimidia pars exercitus si sibi permitteretur, paucis diebus Jugurtham in catenis habiturum; ab imperatore consulto trahi [14], quod homo inanis et regiæ [15] superbiæ imperio nimis gauderet. Quæ omnia illis eo firmiora videbantur, quod diuturnitate belli res familiares corruperant [16], et animo cupienti nihil satis festinatur.

64. Marius, voyant que les paroles de l'aruspice tendaient au même but que le poussait son ambition, demande à Métellus un congé pour se porter comme candidat. Celui-ci, bien qu'il possédât à un haut degré mérite, gloire et tout ce que peut désirer un homme de bien, avait cependant la hauteur et l'orgueil, défaut général de la noblesse. Aussi, tout d'abord, frappé de l'étrangeté du fait, il s'étonne de son dessein, et, sur le ton de l'amitié, lui conseille de renoncer à un projet aussi insensé et de ne pas élever ses désirs au-dessus de sa fortune; il ne convient pas que tous aspirent à tout; son sort doit lui paraître assez beau; enfin, qu'il se garde de demander au peuple romain ce qu'on lui refuserait avec raison. Comme ces observations et d'autres semblables n'ébranlaient pas la volonté de Marius, il ajouta que, dès que les affaires publiques le permettraient, il lui accorderait sa demande. Et, plus tard, ce dernier ne cessant de réitérer ses sollicitations, on raconte qu'il lui dit de ne pas se presser de partir; il serait assez tôt pour lui de briguer le consulat avec son fils. Ce jeune homme servait alors en Afrique dans la suite de son père, et pouvait avoir vingt ans. Cette réponse avait enflammé Marius d'ardeur pour la dignité qu'il convoitait, de haine contre Métellus. Aussi n'écoute-t-il plus que l'ambition et le ressentiment, détestables conseillers; actes ou paroles, il n'épargne rien de ce qui peut lui gagner la faveur; les soldats qu'il commandait dans les quartiers d'hiver, il les soumet à une discipline moins rigide; en présence des commerçants qui étaient fort nombreux à Utique, il parle de la guerre en critique et en fanfaron : qu'on lui confie la moitié de l'armée, et en quelques jours il tiendra Ju-

stitieux de Marius, voy. Plut. *Mar.* 8, 17; Valère-Maxime, 1, 5; Frontin, 1, 11. = [2] Les deux premiers membres dépendent d'un verbe de conseil, le dernier d'un verbe déclaratif. Cf. 25, n. 5. = [3] A la guerre, il ne reculait devant aucune entreprise difficile et glorieuse (cf. 95, n. 11); dans les affaires politiques, il était plein de modération. = [4] Le grec était, à Rome, la base de l'éducation, comme chez nous le latin. = [5] « A qui le vice n'avait rien ôté de sa vigueur naturelle. » = [6] Voy. *Cat.* 59, n. 11. Les tribuns militaires furent d'abord nommés par les généraux; à partir de 362 av. J.-C., le peuple en élut six, plus tard seize, enfin la moitié. Ceux qui étaient créés par le peuple, s'appelaient *comitiati*; ceux qui choisissaient les généraux, *Rufuli* (de Rutilius Rufus, auteur de la loi qui donnait ce droit aux généraux). = [7] Retombe évidemment sur *declaratur*. Mais *notus* tout seul est bien choquant; peut-être s'est-il perdu un ou deux mots; d'où Palmérius, au lieu de *facile*, a conjecturé *factis*.— Les comices par *centuries* et par *tribus* s'étaient déjà confondus à cette époque. = [8] Est improprement dit du tribunat militaire. Cf. 3, n. 1. = [9] Les charges civiles, opposées à *imperia*. = [10] « *Ad id tempus*, quo haruspex, quæ antea narrata sunt, dixit. » = [11] Manque dans les meilleurs mss., sans doute à cause du *consulatum* qui suit. Mais, quoi qu'en dise Gerlach, *appetere* sans complément ne peut se justifier; aussi, sur la foi de six mss., Kritz a-t-il admis *petere*, qui est technique et n'a pas besoin de complément. = [12] Ne se rapporte qu'à *nobilitas*. = [13] Voy. *Cat.* 23, n. 7. = [14] Voy. 15, n. 6.

64. — [1] « Pour reprendre ce que j'avais commencé à raconter » = [2] *quo . . . hortabatur*, irrégularité grammaticale amenée par les lois de la symétrie. = [3] Voy. *Cat.* 16, n. 5. — *Rogare ab*, etc. est rare. = [4] Voy. *Cat.* 10, n. 3. = [5] Retombe sur *mirari*. = [6] Parce que pendant longtemps aucun homme nouveau n'avait osé briguer le consulat. = [7] Cf. *Cat.* 5, n. 2. = [8] *Contubernalis*, qui partage la même tente (il y avait dix hommes et un surveillant par tente); jeune noble qui accompagnait le général à la guerre pour apprendre le service (il faisait partie de la cohorte prétorienne). *Contubernium*, camaraderie de tente; vie commune d'un jeune noble avec le général qu'il accompagne. = [9] L'âge légal pour le consulat était de quarante-trois ans. = [10] Est souvent pris dans le sens de *se conduire*, surtout avec idée de violence. = [11] Cf. 45, n. 1. = [12] Cf. 26, n. 3. = [13] « *Criminose* crimina in Metellum conjecta, *magnifice* jactationem sui indicat. » = [14] Quelques mss. de peu de valeur ajoutent *bellum*. = [15] Cf. 31, n. 39. = [16] Voy. 79, n. 7.

65. Erat præterea in exercitu nostro Numida quidam, nomine Gauda, Mastanabalis filius[1], Masinissæ nepos, quem Micipsa testamento secundum heredem scripserat[2], morbis confectus et ob eam causam mente paulum imminuta. Cui Metellus petenti, more regum ut sellam juxta[3] poneret, item postea custodiæ causa turmam equitum Romanorum, utrumque negaverat: honorem, quod eorum modo foret, quos populus Romanus reges appellavisset[4]; præsidium, quod contumeliosum in eos foret, si equites Romani satellites Numidæ traderentur. Hunc Marius anxium aggreditur atque hortatur, ut contumeliarum imperatori[5] cum suo auxilio pœnas petat; hominem ob morbos animo parum valido secunda[6] oratione extollit: illum regem, ingentem virum, Masinissæ nepotem esse; si Jugurtha captus aut occisus foret, imperium Numidiæ sine mora habiturum; id adeo[7] mature posse evenire, si ipse consul ad id bellum missus foret. Itaque et illum et equites Romanos, milites et negotiatores[8], alios ipse, plerosque pacis spes impellit, uti Romam ad suos necessarios aspere in Metellum de bello scribant, Marium imperatorem poscant. Sic illi a multis mortalibus honestissuma suffragatione[9] consulatus petebatur; simul ea tempestate plebs, nobilitate fusa per legem Mamiliam[10], novos extollebat. Ita Mario cuncta procedere.

66. Interim Jugurtha, postquam omissa deditione bellum incipit, cum magna cura parare omnia, festinare, cogere exercitum; civitates, quæ ab se defecerant, formidine aut ostentando præmia affectare; communire suos locos; arma, tela[1], aliaque, quæ spe pacis amiserat, reficere aut commercari; servitia Romanorum allicere et eos ipsos[2], qui in præsidiis erant, pecunia tentare; prorsus nihil intactum neque quietum pati, cuncta agitare. Igitur Vagenses, quo[3] Metellus initio, Jugurtha pacificante, præsidium imposuerat, fatigati regis suppliciis neque antea voluntate alienati, principes civitatis inter se conjurant; nam volgus, uti plerumque solet, et maxume Numidarum, ingenio mobili, seditiosum atque discordiosum erat, cupidum novarum rerum, quieti et otio advorsum. Dein, compositis inter se rebus, in diem tertium constituunt[4], quod is festus celebratusque per omnem Africam ludum et lasciviam magis quam formidinem ostentabat. Sed ubi tempus fuit, centuriones tribunosque militares et ipsum præfectum oppidi[5], T. Turpilium Silanum, alius alium domos suas invitant; eos omnis, præter Turpilium, inter epulas obtruncant; postea milites palantes, inermos, quippe in tali die ac sine imperio, aggrediuntur. Idem plebes facit, pars edocti ab nobilitate, alii studio talium rerum incitati, quis acta consiliumque ignorantibus[6] tumultus ipse[7] et res novæ satis placebant.

gurtha enchaîné; c'est à dessein que le général traîne en longueur, parce que, dans sa vanité et son orgueil royal, il aime à l'excès le commandement. Ce langage leur paraissait d'autant plus fondé que la longueur de la guerre avait ruiné leur fortune, et que, pour une âme impatiente, rien ne marche assez vite.

65. Il y avait aussi dans notre armée un Numide, nommé Gauda, fils de Mastanabal et petit-fils de Masinissa, que Micipsa avait par testament institué son second héritier; il était épuisé par les maladies, ce qui avait quelque peu altéré son intelligence. Métellus, à qui il demandait de placer, suivant l'usage des rois, son siége à côté de lui, et, plus tard, d'avoir pour sa garde un escadron de chevaliers romains, lui avait refusé l'un et l'autre: la distinction honorifique, parce qu'elle ne revenait qu'à ceux que le peuple romain avait reconnus rois; la garde, parce que c'eût été un affront pour des chevaliers romains d'être donnés pour satellites à un Numide. Marius va trouver le prince irrité, et l'engage à disposer de lui pour venger contre le général les affronts qu'il a subis; il exalte par un langage habile cet esprit affaibli par les maladies: il est roi, grand homme, petit-fils de Masinissa; si Jugurtha était pris ou tué, le trône de Numidie lui reviendrait à l'instant; ce qui assurément ne tarderait pas à avoir lieu, s'il était, lui, le consul chargé de cette guerre. Aussi ce prince et les chevaliers romains, soldats et commerçants, poussés les uns par Marius lui-même, la plupart par l'espoir de la paix, en écrivant à leurs amis de Rome, s'indignent contre Métellus au sujet de la guerre, et demandent Marius pour général. Les recommandations les plus honorables d'un grand nombre de citoyens sollicitaient donc pour lui le consulat; de plus, à cette époque, le peuple, voyant que la loi Mamilia avait abattu la noblesse, élevait les hommes nouveaux. Ainsi tout allait bien pour Marius

66. Cependant Jugurtha, ayant renoncé à se rendre pour recommencer la guerre, prépare tout avec beaucoup de soin, s'agite, réunit une armée; les villes qui s'étaient détachées de lui, il essaie de les entraîner par la terreur ou par l'appât des récompenses; il fortifie ses positions, fabrique ou achète des armes, des traits et tout ce que l'espoir de la paix lui avait fait abandonner; cherche à séduire les esclaves des Romains et à corrompre à prix d'argent les soldats mêmes qui formaient les garnisons; en un mot, il n'est rien qu'il ne tente, qu'il ne remue; tout est mis en œuvre. Aussi à Vaga, où Métellus avait mis garnison, pendant que Jugurtha traitait de la paix, on cède aux obsessions du roi, dont au reste on ne s'était jamais séparé d'intention, et les principaux citoyens de la ville trament ensemble un complot; quant à la foule, comme toujours, et surtout chez les Numides, elle était d'un caractère mobile, factieuse et portée à la discorde, avide de révolutions, ennemie du repos et de la paix. Puis, après s'être concertés ensemble, ils fixent le mouvement au troisième jour, parce que, jour de fête célébré dans toute l'Afrique, il promettait la joie et le plaisir, et non la terreur. Le moment arrivé, les centurions, les tribuns militaires et jusqu'au préfet de la place, T. Turpilius Silanus, sont invités chacun dans une maison différente; tous, excepté Turpilius, sont égorgés au milieu du repas; ensuite on tombe sur les soldats qui, dans un pareil jour et en l'absence de tout commandement, étaient épars et sans armes. Le peuple en fait autant, les uns mis au courant par la noblesse, les autres poussés par leur amour pour ces sortes d'affaires, gens qui, sans connaître

65. — [1] Voy. 5. = [2] Les Romains appelaient *secundus* (ou *substitutus* ou *secundo gradu*) *heres* l'héritier qui remplaçait le *primus heres*, si celui-ci ne voulait ou ne pouvait pas accepter l'héritage. L'auteur veut donc dire que Micipsa avait désigné Gauda comme son héritier, au cas où ses trois fils (Jugurtha ayant été adopté par lui) seraient morts sans successeurs. *Heredem scribere* ou *instituere* était la formule consacrée. = [3] Est adverbe et équivaut à *juxta imperatorem*. Sur cette coutume d'honorer les personnages importants, cf. Tac. *Hist.* 2, 59; Suét. *Ner.* 13. = [4] Être reconnu roi par *S. P. Q. R.* était un honneur qui ne s'accordait qu'aux princes qui avaient bien mérité de Rome. Cf. 14, n. 5; *Cat.* 20, n. 5. = [5] Cf. *Cat.* 32, n. 1. = [6] « Quæ ei adularetur ac blandiretur. » Kritz. = [7] Voy. *Cat.* 37, n. 2. = [8] On peut encore expliquer: « D'une part, *et illum* (*Numidam*); de l'autre, *et Romanos*, qui se divisent en *equites, milites, negotiatores*. » = [9] Se dit de ceux qui, soutenant un candidat, cherchent à entraîner les autres citoyens à lui donner leurs voix. = [10] Voy. 40.

66. — [1] Voy. 51, n. 4. = [2] Les *maîtres* opposés aux *esclaves*. = [3] « Apud quos » Ce libre emploi des adverbes de lieu (se rapportant à l'idée générale du nom qui précède) est fréquent en latin. — Remarquez qu'aucun verbe ne répond au nominatif *Vagenses*; il y a anacoluthe. = [4] Est dit d'une manière absolue. = [5] Il était *præfectus fabrum* (intendant des ouvriers). Plut. *Mar.* 8. = [6] « Quibus ignorantibus quæ quoque consilio acta essent. » Dietsch. = [7] Tout seul, par lui-même, en laissant de côté toutes les autres choses.

le but dans lequel on avait agi, trouvaient assez de charmes au tumulte en lui-même et à la nouveauté.

67. Romani milites, improviso metu incerti ignarique, quid potissumum facerent, trepidare; arcem oppidi, ubi signa et scuta erant, præsidium hostium, portæ ante clausæ fugam prohibebant[1]; ad hoc mulieres puerique pro[2] tectis ædificiorum saxa et alia, quæ locus præbebat, certatim mittere. Ita neque caveri anceps malum[3], neque a fortissumis infirmissumo generi resisti posse; juxta boni malique, strenui et imbelles inulti obtruncari. In ea tanta asperitate, sævissumis Numidis et oppido undique clauso, Turpilius præfectus unus ex omnibus Italicis intactus profugit; id misericordiane hospitis, an pactione, an casu ita evenerit, parum comperimus; nisi[4], quia illi in tanto malo turpis vita integra fama potior fuit, improbus intestabilisque[5] videtur.

67. Les soldats romains, dans cette alarme inattendue, indécis et ne sachant quel parti prendre, courent en désordre : gagner la citadelle où étaient les enseignes et les boucliers, un poste d'ennemis les en empêchait; impossible de fuir, les portes avaient été fermées; de plus, les femmes et les enfants, du haut des toits, lancent à l'envi des pierres et tout ce qui leur tombe sous la main. Ainsi l'on ne peut se soustraire au double péril, et des êtres sans force triomphent aisément des plus braves; courageux et poltrons, forts et faibles, tous sont tués sans vengeance. Dans cette affreuse situation, bien que les Numides fussent acharnés, et la ville fermée de toutes parts, le préfet Turpilius, seul de tous les Italiens, échappa sans atteinte; fut-ce compassion de son hôte, convention ou hasard : nous ne savons trop; en tout cas, l'homme qui, dans un tel désastre, put préférer une vie ignominieuse à une réputation sans tache, est un misérable et un infâme.

68. Metellus, postquam de rebus Vagæ actis comperit, paulisper mœstus e conspectu abit; deinde, ubi ira et ægritudo permixta sunt[1], cum maxuma cura ultum ire injurias festinat. Legionem, cum qua hiemabat, et quam plurimos potest Numidas equites pariter cum[2] occasu solis expeditos educit, et postera die circiter horam tertiam[3] pervenit in quamdam planitiem, locis paulo superioribus circumventam. Ibi milites fessos itineris magnitudine et jam abnuentis omnia docet oppidum Vagam non amplius mille passuum[4] abesse, decere illos reliquum laborem æquo animo pati, dum pro civibus suis, viris fortissumis atque miserrumis, pœnas caperent; præterea prædam benigne ostentat. Sic animis eorum arrectis, equites[5] in primo[6] late, pedites quam artissume ire et signa occultare jubet.

68. Métellus, ayant appris ce qui s'était passé à Vaga, dans son affliction, se dérobe quelque temps à tous les regards; puis, quand à la douleur se fut mêlée la colère, il met tous ses soins pour hâter la vengeance de cet outrage. Il prend la légion avec laquelle il hivernait et le plus qu'il peut de cavaliers numides, part sans bagages au coucher du soleil, et, le lendemain, vers la troisième heure, arrive dans une plaine entourée de légères éminences. Là, comme ses soldats, fatigués par la longueur de la marche, refusaient d'avancer, il leur annonce que la ville de Vaga n'est pas éloignée de plus de mille pas; qu'il est de leur honneur de supporter avec patience ce reste de fatigue, pour venger des concitoyens, de braves et malheureux soldats; en outre, il leur fait espérer un riche butin. Ayant ainsi ranimé leur courage, il ordonne à la cavalerie de se déployer en tête, à l'infanterie de se serrer autant que possible et de cacher les enseignes.

69. Vagenses ubi animum advortere ad se vorsum exercitum pergere, primo, uti erat res, Metellum esse rati, portas clausere; deinde, ubi neque agros vastari, et eos, qui primi aderant, Numidas equites vident, rursum[1] Jugurtham arbitrati, cum magno gaudio obvii procedunt. Equites peditesque, repente signo dato, alii volgum effusum oppido cædere, alii ad portas festinare, pars turris capere; ira atque prædæ spes amplius quam lassitudo posse. Ita Vagenses biduum modo ex[2] perfidia lætati; civitas magna et opulens cuncta pœnæ aut prædæ fuit[3]. Turpilius, quem præfectum oppidi unum ex omnibus profugisse supra ostendimus, jussus a Metello causam dicere, postquam sese parum expurgat, condemnatus verberatusque capite pœnas solvit; nam is civis ex Latio erat[4].

69. Les habitants de Vaga, à l'aspect d'une armée qui marche vers eux, croyant d'abord, comme c'était le fait, à l'arrivée de Métellus, fermèrent les portes; puis, voyant qu'on ne ravage pas les champs et que ceux qui se trouvent en tête sont des cavaliers numides, ils pensent au contraire que c'est Jugurtha, et s'avancent joyeusement à leur rencontre. Cavaliers et fantassins, au signal donné soudain, s'élancent : les uns massacrent la foule répandue hors de la ville, les autres courent aux portes, d'autres prennent les tours; la colère et l'espoir du butin sont plus forts que la fatigue. Ainsi les habitants de Vaga n'eurent, après leur perfidie, que deux jours à se réjouir; cette vaste et puissante cité, tout entière, fut donnée à la vengeance ou au pillage. Turpilius, le préfet de la ville, qui seul entre tous avait échappé, comme nous l'avons exposé plus haut, sommé par Métellus de présenter sa défense, et n'ayant pu se justifier, fut condamné, battu de verges et décapité; car c'était un citoyen du Latium.

70. Per idem tempus Bomilcar, cujus impulsu Jugurtha deditionem, quam metu deseruit, inceperat, suspectus regi et ipse eum suspiciens[1], novas res cupere, ad perniciem ejus dolum quærere, die noctuque fatigare animum[2]; denique omnia tentando[3] socium sibi adjungit Nabdalsam, hominem nobilem, magnis opibus, clarum[4]

70. Dans le même temps, Bomilcar, sous l'inspiration de qui Jugurtha avait commencé la soumission que la peur lui fit ensuite abandonner, devenu suspect au roi et le suspectant de son côté, désire un changement, cherche une ruse pour le perdre, nuit et jour se tourmente l'esprit; puis, en essayant de tout, il finit par s'adjoindre un

67. — [1] Construisez : *p. host. prohibebat arcem, ... portæ proh. fugam.* On lit aussi *ad arcem*, qu'on rattache à *trepidare* ou à *p. hostium.* = [2] Se dit parfois de ceux qui se tiennent sur un lieu élevé, de manière à en avoir la plus grande partie derrière eux. = [3] D'une part *principes et plebs*, de l'autre *mulieres et pueri.* Cf. *Cat.* 29, n. 1. = [4] « Nisi hoc constat eum, quia, etc., improbum intestabilemque videri. » Kritz. = [5] Au propre : « Qui n'a le droit ni de tester, ni de recevoir par testament, ni de témoigner en justice. »

68. — [1] Au chagrin succède la colère, et ces deux sentiments l'agitent en même temps. = [2] Se joint aux termes d'égalité, quand on veut marquer union, communauté, coïncidence. = [3] Les Romains divisaient le jour et la nuit en douze parties égales, qui s'appelaient *horæ*, et dont la longueur variait suivant la saison, puisqu'elles se comptaient à partir du lever et du coucher du soleil. = [4] « *N. a. spatio m. passuum.* » Ou « *n. a.* quam *m. p.* » en voyant dans *mille* un substantif. Cf. 48, n. 3. = [5] Les cavaliers numides, dont il avait fait des auxiliaires. = [6] *Primum*, « prima pars aciei seu agminis. » Est assez fréquent dans Tite-Live.

69. — [1] Contracté de *re-vorsum*, « en revenant sur ses pas, » de là marque : 1° rétrogradation, opposition, réciprocité; 2° renouvellement. = [2] Cf. *Cat.* 4, n. 1. = [3] « Tous les citoyens (*civitas*; voy. *Cat.* 40, n. 2) furent ou mis à mort ou vendus comme esclaves. » = [4] Est destiné à expliquer le *verberatus*; on avait le droit de frapper de verges les alliés et les Latins. Cf. *Cat.* 17, n. 4; 51, n. 21. Suivant Plutarque (*Mar.* 8), il était innocent, et sa perte fut l'œuvre de Marius : par haine pour Métellus, dont Turpilius était le client, il soutint si vivement, dans le conseil, la culpabilité du préfet, qu'il força le général à prononcer une condamnation, que plus tard il lui reprocha comme un acte de cruauté. — L'expression tout-à-fait extraordinaire *civis ex Latio* ne se voit qu'ici. Cf. Niebuhr, *Hist. Rom.* II, p. 75.

70. — [1] Ne se trouve pas ailleurs dans ce sens; mais l'auteur a été entraîné par l'antithèse. = [2] C.-à-d. *se.* Cf. *Cat.* 5, n. 4. = [3] « Eo quod omnia tentabat, etiam ad id consilii ductus est, ut, etc. » Kritz. = [4] Se rapporte par zeugma à *p. suis*, car on dit *clarus apud*

acceptumque popularibus suis, qui plerumque seorsum ab rege exercitum ductare et omnis res exsequi solitus erat, quæ Jugurthæ fesso aut majoribus adstricto superaverant; ex quo illi gloria opesque inventæ. Igitur utriusque consilio dies insidiis statuitur; cetera, uti res posceret, ex tempore parari placuit; Nabdalsa ad exercitum profectus, quem inter hiberna[5] Romanorum jussus habebat, ne ager inultis hostibus vastaretur. Is postquam magnitudine facinoris perculsus ad tempus non venit, metusque rem impediebat, Bomilcar, simul cupidus incepta patrandi et timore socii anxius, ne omisso vetere consilio novum quæreret, litteras ad eum per homines fideles mittit, in quis mollitiem socordiamque viri[6] accusare, testari deos, per quos juravisset, monere ne præmia Metelli in pestem converteret; Jugurthæ exitium adesse; ceterum suane[7] an virtute Metelli periret, id modo agitari; proinde reputaret cum animo suo, præmia an cruciatum mallet.

complice, Nabdalsa, personnage noble, d'une grande fortune, illustre et populaire parmi ses compatriotes, qui ordinairement commandait une armée séparée de celle du roi, et était chargé de toutes les affaires auxquelles Jugurtha, fatigué ou occupé de soins plus importants, ne pouvait suffire; ce qui avait été pour lui une source de gloire et de richesses. Tous deux s'entendent donc et fixent un jour pour la trahison; quant au reste, il fut convenu qu'on se déciderait sur le moment, selon le besoin des circonstances; Nabdalsa se rendit à l'armée, qu'il avait ordre de tenir au milieu des quartiers d'hiver des Romains, pour empêcher les ennemis de ravager impunément le pays. Mais, épouvanté de la grandeur du forfait, il ne vint pas à temps, et ses craintes empêchaient le complot; Bomilcar, impatient d'achever son entreprise, tremblant aussi que la terreur de son complice ne le fît renoncer à leur premier projet pour en tenter un autre, lui envoie, par des hommes sûrs, une lettre dans laquelle il accuse sa mollesse et sa lâcheté; il prend à témoin les dieux par qui il a juré; il l'engage à ne pas faire tourner à leur perte les promesses de Métellus; la ruine de Jugurtha est proche; d'ailleurs, périra-t-il par leur valeur ou par celle de Métellus: voilà toute la question; qu'il réfléchisse donc en lui-même à ce qu'il préfère, des récompenses ou des tortures.

71. Sed cum hæ litteræ allatæ, forte Nabdalsa, exercito corpore fessus, in lecto quiescebat, ubi, cognitis Bomilcaris verbis, primo cura, deinde, uti ægrum[1] animum solet, somnus cepit[2]. Erat ei Numida quidam negotiorum curator, fidus acceptusque et omnium consiliorum, nisi novissumi, particeps. Qui postquam allatas litteras audivit et ex consuetudine ratus opera aut ingenio suo opus esse, in tabernaculum introiit; dormiente illo epistolam, super caput in pulvino temere positam, sumit ac perlegit; dein propere, cognitis insidiis, ad regem pergit. Nabdalsa, post paulo experrectus, ubi neque epistolam reperit et rem omnem, uti acta erat, [ex perfugis][3] cognovit, primo indicem persequi conatus, postquam id frustra fuit, Jugurtham placandi gratia accedit; dicit, quæ ipse paravisset facere, perfidia clientis sui præventa; lacrumans obtestatur per amicitiam perque sua antea fideliter acta, ne super[4] tali scelere suspectum sese haberet.

71. Or, lorsqu'on apporta cette lettre, il se trouva que Nabdalsa, fatigué d'un exercice du corps, reposait sur son lit; dès qu'il eut pris connaissance de la missive de Bomilcar, l'inquiétude d'abord, puis, comme il arrive quand l'esprit est souffrant, le sommeil s'empara de lui. Il avait, pour soigner ses affaires, un Numide, en qui il mettait sa confiance et son amitié, et initié à tous ses projets, à l'exception du dernier. Ayant su qu'on avait apporté une lettre, et pensant que, comme d'habitude, ses services ou ses conseils allaient être nécessaires, il entra dans la tente; voyant son maître endormi, il prend la lettre posée imprudemment au-dessus de sa tête sur le coussin, et la lit; alors, instruit du complot, il s'empresse d'aller auprès du roi. Nabdalsa s'éveille peu après; ne trouvant plus la lettre, et informé [par des transfuges] de tout ce qui s'était passé, il essaie d'abord de se mettre à la poursuite du dénonciateur; puis, n'ayant pu y parvenir, il va trouver Jugurtha pour l'apaiser; il lui dit que la perfidie de son serviteur l'avait prévenu dans ce qu'il avait voulu faire lui-même; il le supplie en pleurant, au nom de l'amitié et des preuves de fidélité qu'il lui a données, de ne pas le soupçonner d'un pareil crime.

72. Ad ea rex, aliter atque animo gerebat, placide respondit. Bomilcare aliisque multis, quos socios insidiarum cognoverat, interfectis, iram oppresserat[1], ne qua ex eo negotio seditio oriretur. Neque post id locorum[2] Jugurthæ dies aut nox ulla quieta fuit: neque loco neque mortali cuiquam aut tempori satis credere, civis hostesque juxta metuere, circumspectare omnia et omni strepitu pavescere, alio atque alio loco, sæpe contra decus regium[3], noctu requiescere, interdum somno excitus arreptis armis tumultum facere[4]; ita[5] formidine quasi vecordia exagitari.

72. Le roi, déguisant ses véritables sentiments, lui répondit avec douceur. Bomilcar et une foule d'autres, dont il avait découvert la complicité, ayant été mis à mort, il avait refoulé sa colère, de crainte que cette affaire ne fît naître quelque sédition. Mais, à partir de ce moment, Jugurtha, jour ou nuit, n'eut plus de repos: il n'est ni lieu, ni homme, ni moment, dont il ne se défie; sujets et ennemis lui inspirent la même crainte; toujours il a l'œil au guet, et le moindre bruit le fait trembler; il repose la nuit tantôt dans un lieu, tantôt dans un autre, souvent sans égard pour la dignité royale; quelquefois, s'éveillant en sursaut, il saisit ses armes et pousse des cris; tant l'agitait une terreur qui tenait du délire.

73. Igitur Metellus, ubi de casu Bomilcaris et indicio patefacto[1] ex perfugis cognovit, rursus tanquam ad integrum bellum[2] cuncta parat festinatque. Marium, fatigantem de profectione, simul et invitum[3] et offensum sibi parum idoneum ratus, domum dimittit. Et Romæ plebes, litteris, quæ de Metello ac Mario missæ erant, cognitis,

73. Aussi Métellus, dès qu'il fut instruit par des transfuges du sort de Bomilcar et de la découverte du complot, se remet en hâte à tout disposer comme si la guerre n'eût rien perdu de sa vigueur. Marius continuait à l'importuner au sujet de son congé; pensant qu'il y avait peu à attendre d'un homme qui agissait à contre-cœur et était irrité

populares suos. Cf. Tac. *An.* 12, 29. = [5] Comprend tous les lieux qui, pendant l'hiver, renfermaient des garnisons ou des munitions de guerre; tandis que *hibernacula* désigne un camp servant de quartier d'hiver. = [6] Les Latins emploient souvent *vir* et *homo* dans le sens du simple pronom démonstratif. = [7] S'applique à Bomilcar et à Nabdalsa.

71. — [1] *ægrum* ex cura. = [2] S.-ent. *eum*. = [3] Leçon de la plupart des mss.; quelques-uns portent *servis* ou *scurris*; un seul n'a rien. Aucune des trois variantes ne peut se soutenir; ce sont des gloses ajoutées par des grammairiens; à moins de croire qu'il y avait quelque terme rare (un mot numide, par exemple) exprimant l'idée de *secrétaire* ou *garde*, et qui s'est corrompu en *perfugis*. = [4] *Super*, pour *de*, est très-rare à l'époque classique, mais il se rencontre assez fréquemment chez les écrivains de la décadence.

72. — [1] Au plus-que-parfait, car la chose était faite quand arriva Nabdalsa. = [2] Voy. 63, n. 10. = [3] Cf. 33, n. 1. = [4] Comme si on venait l'attaquer. = [5] Au propre, indique la manière: *tali modo;* de là marque le degré: *tantopere*.

73. — [1] Au lieu de *re indicio patefacta* ou *indicio facto;* sorte de pléonasme consistant à joindre à un substantif un verbe qui exprime la même idée. Voy. *Cat.* 48, n. 10. = [2] «Comme s'il n'y avait point eu de convention ni rien de pareil.» Cf. 108, n. 4. = [3] Se dit quelque-

volenti animo de ambobus acceperant[4]. Imperatori nobilitas, quæ antea decori fuit, invidiæ esse; at illi alteri generis humilitas favorem addiderat; ceterum in utroque magis studia partium quam bona aut mala sua moderata[5]. Præterea seditiosi magistratus[6] volgum exagitare, Metellum omnibus concionibus capitis arcessere, Marii virtutem in majus[7] celebrare. Denique plebes sic accensa, uti opifices agrestesque omnes, quorum res fidesque in manibus sitæ erant[8], relictis operibus frequentarent Marium, et sua necessaria post illius honorem ducerent. Ita perculsa nobilitate post multas tempestates novo homini[9] consulatus mandatur[10]; et postea populus a tribuno plebis Manlio Mancino[11] rogatus, quem vellet cum Jugurtha bellum gerere, frequens Marium jussit[12]. Sed senatus paulo ante Metello [Numidiam][13] decreverat; ea res frustra fuit[14].

contre lui, il le laisse partir. D'autre part, à Rome, la plèbe, ayant connu les lettres écrites sur le compte de Métellus et de Marius, avait appris avec plaisir ce qu'on disait de chacun d'eux. Pour le général, la noblesse était auparavant un honneur : elle ne sert plus qu'à lui attirer la haine; le second, au contraire, voit son obscure naissance augmenter sa faveur; du reste, à l'égard de l'un et de l'autre, ce fut l'esprit de parti, plutôt que leurs qualités ou leurs défauts, qui servit de règle. De plus, des magistrats factieux agitent la multitude, dirigent dans toutes les assemblées des accusations capitales contre Métellus, vantent en l'exagérant le mérite de Marius. Enfin la plèbe fut tellement enflammée, que tous les artisans et les cultivateurs, dont les ressources et le crédit dépendaient de leurs bras, ayant abandonné leurs travaux, faisaient cortége à Marius, et sacrifiaient à son élévation leurs propres besoins. Ainsi, au milieu de l'épouvante de la noblesse, après bien des années, le consulat est déféré à un homme nouveau; et bientôt après, le peuple, consulté par le tribun Manlius Mancinus pour savoir qui serait chargé de la guerre contre Jugurtha, vota en masse pour Marius. Or, le sénat venait d'assigner [la Numidie] à Métellus; ce décret resta sans effet.

74. Eodem tempore Jugurtha, amissis amicis, quorum plerosque ipse necaverat, ceteri formidine, pars ad Romanos, alii ad regem Bocchum[1] profugerant, cum neque bellum geri sine administris posset, et novorum fidem in tanta perfidia veterum experiri periculosum duceret, varius incertusque agitabat; neque illi res neque consilium aut quisquam hominum satis placebat : itinera præfectosque in dies mutare, modo advorsum hostes, interdum in solitudines pergere, sæpe in fuga ac post paulo in armis spem habere, dubitare virtuti an fidei popularium minus crederet; ita, quocunque intenderat, res advorsæ erant. Sed inter eas moras repente sese Metellus cum exercitu ostendit. Numidæ ab Jugurtha pro tempore parati instructique; dein prœlium incipitur. Qua in parte rex affuit, ibi aliquandiu certatum; ceteri ejus omnes milites primo congressu pulsi fugatique. Romani signorum et armorum aliquanto[2] numero, hostium paucorum[3] potiti : nam ferme Numidas in omnibus prœliis pedes magis quam arma tutata sunt[4].

74. Cependant Jugurtha, privé de ses amis, dont lui-même avait fait mourir la plupart, ou qui, sous le coup de la terreur, s'étaient réfugiés les uns chez les Romains, les autres chez le roi Bocchus, ne pouvant pas faire la guerre sans lieutenants, et trouvant dangereux, après tant de perfidie de la part des anciens, d'essayer la fidélité de nouveaux, flottait dans l'indécision et le doute; point de circonstance, de mesure ou de personne, dont il ne fût mécontent : il change chaque jour de route et d'officiers; s'avance tantôt contre les ennemis, tantôt dans les déserts; met parfois son espoir dans la fuite, et bientôt après dans les armes; ne sait si c'est au courage ou à la fidélité de ses sujets qu'il doit se fier le moins; ainsi, de quelque côté qu'il dirigeât ses pensées, il ne voyait que malheurs. Au milieu de ces incertitudes, tout à coup Métellus paraît avec son armée. Jugurtha dispose et range les Numides à la hâte; puis le combat s'engage. Du côté où se trouvait le roi, on se battit quelque temps; tous ses autres soldats, au premier choc, furent repoussés et mis en fuite. Les Romains prirent une certaine quantité d'enseignes et d'armes, peu d'ennemis : car généralement les Numides, à toutes les batailles, trouvent leur sûreté dans leurs jambes plutôt que dans leurs armes.

75. Ea fuga[1] Jugurtha impensius modo[2] rebus suis diffidens, cum perfugis et parte equitatus in solitudines, dein Thalam pervenit, in oppidum magnum atque opulentum, ubi plerique thesauri filiorumque ejus multus pueritiæ cultus[3] erat. Quæ postquam Metello comperta sunt, quanquam inter Thalam flumenque proxumum, in spatio[4] millium[5] quinquaginta, loca arida atque vasta esse cognoverat, tamen spe patrandi belli, si ejus oppidi potitus foret, omnes asperitates supervadere ac naturam etiam vincere aggreditur. Igitur omnia jumenta sarcinis levari jubet, nisi frumento dierum decem; ceterum utres modo et alia aquæ idonea portari[6]. Præterea conquirit ex agris quam plurimum potest domiti pecoris, eoque[7] imponit vasa cujusque modi, sed pleraque lignea, collecta ex tuguriis Numidarum. Ad hoc finitumis imperat, qui se post regis fugam Metello[8] dederant, quam plurimum quisque aquæ portaret; diem locumque, ubi præsto fuerit, prædicit[9]. Ipse ex flumine, quam[10] proxumam oppido

75. Après cette déroute, Jugurtha, désespérant plus que jamais de sa fortune, avec les transfuges et une partie de sa cavalerie, gagne les déserts, puis Thala, ville considérable et puissante, où se trouvaient la plus grande partie de ses trésors et tout le somptueux attirail des jeunes princes, ses enfants. Instruit de ces circonstances, Métellus, bien qu'il sût qu'entre Thala et le fleuve le plus rapproché, sur une étendue de cinquante milles, il y avait un pays aride et désert, néanmoins, dans l'espoir de terminer la guerre s'il venait à s'emparer de cette ville, entreprend de surmonter tous les obstacles et de vaincre même la nature. En conséquence il fait enlever à toutes les bêtes de somme les bagages, moins le blé nécessaire pour dix jours; au surplus, on ne doit emporter que des outres et autres ustensiles propres à contenir de l'eau. De plus, il met en réquisition dans la campagne tout ce qu'on peut trouver d'animaux domestiques, et les charge de vases de toute sorte, la plupart en bois, ramassés dans les ca-

fois d'une manière absolue. Certains mss. ont *invisum*. = [4] Elle avait appris avec joie l'orgueil de Métellus, parce qu'il était noble, le mérite de Marius, parce qu'il était de basse naissance, et qu'elle voulait l'élever pour abaisser la noblesse. Voy. 84, n. 1. — *plebes . . . acceperant*, syllepse. = [5] *Bona* se rapporte à Marius, *mala* à Métellus. — *moderata (sunt)*, « modum præscripserunt. » = [6] Les tribuns du peuple. Cf. *Cat.* 38. = [7] « Ita, ut major videretur. » = [8] Cf. *Cat.* 37 : *Præterea juventus*, etc. = [9] Voy. *Cat.* 23, n. 7. = [10] En 108 av. J.-C. = [11] Des mss. ajoutent pour prénom *L.* ou *C.* Il est d'ailleurs inconnu. = [12] Voy. 29, n. 10 ; 40, n. 5. = [13] Manque dans les meilleurs mss. = [14] La loi *Sempronia* (cf. 27, n. 5) défendait au sénat de proroger à quelqu'un le gouvernement d'une province ; on conclura donc de ce passage que, sur la proposition de Mancinus, le peuple avait annulé la décision illégale du sénat.

74. — [1] Voy. 19, à la fin. = [2] Cf. *Cat.* 8, n. 1. = [3] *Potiri* gouvernant toujours le génitif de la personne, la variété de la construction n'a rien que de naturel. = [4] Vingt-deux mss. ont *tuta sunt* (prétendu archaïsme pour *tuita sunt*, car c'en serait le seul exemple), leçon soutenue par la plupart des éditeurs. Dans trois on lit *Numidis . . . tuta sunt*.

75. — [1] Les historiens se servent parfois de l'ablatif pour exprimer la succession ou la coïncidence de deux faits. = [2] Cf. 47, n. 9. = [3] « Supellex regia, quæ ad eos regio more habendos necessaria erat. » Dietsch. = [4] *Infra* ou *per spatium*. = [5] Voy. 48, n. 3. = [6] C.-à-d. *ab jumentis*. = [7] Cf. 66, n. 3. Sur *que*, voy. 9, n. 4. = [8] Métellus étant le sujet général, la répétition du nom indique que la proposition relative forme une sorte de parenthèse. = [9] « Imperavit, ut omnes illi in eum locum *pervenerint*, antequam ipse eo acce-

aquam esse supra diximus, jumenta onerat; eo modo instructus ad Thalam proficiscitur. Deinde ubi ad id loci ventum, quo[11] Numidis præceperat, et castra posita munitaque sunt[12], tanta repente cœlo missa vis aquæ dicitur, ut ea modo exercitui satis superque foret. Præterea commeatus spe amplior, quia Numidæ, sicuti plerique in nova deditione, officia intenderant[13]. Ceterum milites religione pluvia magis usi, eaque res[14] multum animis eorum addidit, nam rati sese diis immortalibus curæ esse. Deinde postero die, contra opinionem Jugurthæ, ad Thalam perveniunt. Oppidani, qui se locorum asperitate munitos crediderant, magna atque insolita re perculsi, nihilo segnius bellum parare; idem nostri facere.

banes des Numides. Puis il ordonne aux habitants du voisinage, qui après la déroute du roi s'étaient rendus à Métellus, d'apporter autant d'eau que possible; il leur désigne le jour et le lieu où ils le trouveront. De son côté, il prend de l'eau dans le fleuve, qui, comme nous venons de le dire, était le plus rapproché de la ville, et en charge ses bêtes de somme; ainsi pourvu, il s'avance vers Thala. Quand on fut arrivé à l'endroit qu'il avait désigné aux Numides, et qu'on eut établi et retranché le camp, il tomba tout à coup, dit-on, du ciel une telle quantité d'eau, qu'elle seule fut plus que suffisante aux besoins de l'armée. En outre, on eut plus d'approvisionnements qu'on ne l'espérait, les Numides, comme il arrive d'ordinaire après une récente soumission, ayant mis beaucoup d'ardeur à s'acquitter de leur service. Mais les soldats, par religion, préférèrent l'eau de pluie; et cet événement augmenta beaucoup leur confiance : car ils pensèrent que les dieux immortels veillaient sur eux. Puis le lendemain, contre l'attente de Jugurtha, ils arrivent devant Thala. Les habitants, qui s'étaient crus défendus par la difficulté des lieux, effrayés de la hardiesse inouïe de l'entreprise, n'en mettent pas moins d'énergie à préparer la guerre; les nôtres en font autant.

76. Sed rex, nihil jam infectum[1] Metello credens, quippe qui omnia, arma, tela, locos, tempora, denique naturam ipsam[2], ceteris imperitantem, industria vicerat, cum liberis et magna parte pecuniæ ex oppido noctu profugit; neque postea in ullo loco amplius uno die aut una nocte moratus, simulabat sese negotii gratia properare; ceterum proditionem timebat, quam vitare posse celeritate putabat, nam talia consilia per otium et ex opportunitate capi[3]. At Metellus, ubi oppidanos prœlio intentos, simul oppidum et operibus et loco munitum videt, vallo fossaque mœnia circumvenit[4]. Deinde [jubet] locis ex copia maxume idoneis vineas agere, aggerem jacere[5] et super aggerem impositis turribus opus et administros tutari[6]. Contra hæc[7] oppidani festinare, parare; prorsus ab utrisque nihil reliquum fieri. Denique Romani, multo ante[8] labore prœliisque fatigati, post dies quadraginta, quam eo ventum erat, oppido modo[9] potiti: præda omnis ab perfugis corrupta. Hi postquam murum arietibus feriri[10] resque suas afflictas vident, aurum atque argentum et alia, quæ prima ducuntur, domum regiam comportant: ibi vino et epulis onerati, illaque et domum et semet igni corrumpunt[11], et quas victi ab hostibus pœnas metuerant, eas ipsi volentes pependere.

76. Persuadé que rien n'est plus impossible à Métellus, puisque tout, armes, traits, lieux, temps, enfin la nature même, à qui tous les autres obéissent, a cédé à son activité, le roi, avec ses enfants et une grande partie de son argent, s'enfuit de la ville pendant la nuit; et dès lors il ne s'arrêta nulle part plus d'un jour ou d'une nuit : il feignait d'être obligé de courir pour ses affaires; en réalité, il craignait une trahison, à laquelle il pensait pouvoir échapper par sa célérité, car un complot demande du temps et une occasion. Cependant Métellus, lorsqu'il voit que les habitants sont décidés à combattre, que la ville est fortifiée par des constructions et par la nature, entoure les murailles d'un retranchement et d'un fossé. Puis il [ordonne qu'on] avance des mantelets dans les endroits dont la disposition est la plus avantageuse, fait élever une terrasse, et sur la terrasse dresser des tours pour protéger l'ouvrage et les travailleurs. De leur côté, les habitants se hâtent, se préparent; en un mot, de part et d'autre, on ne néglige rien. Enfin les Romains, harassés d'abord par des travaux et des combats sans nombre, quarante jours après leur arrivée, s'emparèrent de la place seulement : tout le butin avait été détruit par les transfuges. Ceux-ci, voyant le mur battu par les béliers et leur position désespérée, transportent dans la maison du roi l'or, l'argent et tout ce qu'on estime de plus précieux : là, gorgés de vin et d'aliments, ils détruisent par les flammes ces trésors, et la maison, et leurs personnes; et ainsi, le châtiment qu'ils redoutaient des ennemis, après la défaite, ils se l'infligèrent eux-mêmes volontairement.

77. Sed pariter cum[1] capta Thala legati ex oppido Lepti[2] ad Metellum venerant, orantes, uti præsidium præfectumque eo mitteret: Hamilcarem quemdam, hominem nobilem, factiosum, novis rebus studere[3], advorsum quem neque imperia magistratuum neque leges valerent; ni id festinaret, in summo periculo suam salutem, illorum socios fore[4]. Nam Leptitani jam inde a principio belli Jugurthini ad Bestiam consulem et postea Romam miserant, amicitiam societatemque rogatum.

77. Au moment de la prise de Thala, des députés de la ville de Leptis étaient venus prier Métellus de leur envoyer une garnison et un préfet : un certain Amilcar, d'une haute naissance, homme factieux, travaillait à une révolution; ni l'autorité des magistrats, ni les lois ne pouvaient rien contre lui; s'il ne pressait cette affaire, leur sûreté, l'alliance romaine couraient le plus grand danger. En effet, les Leptitains, dès le commencement de la guerre de Jugurtha, avaient envoyé vers le consul Bestia, et en-

dat. » Gerlach. Le parfait ayant ainsi sa valeur propre, il est inutile de recourir à la leçon peu autorisée *p. forent*. = [10] Cf. 18, n. 17. = [11] S.-ent. *venire*. = [12] Voy. 44, n. 6. = [13] A le sens de « exécuter avec la plus grande ardeur. » = [14] Pour *id*.

76. — [1] Le participe passé passif, composé avec *in* négatif, peut prendre la valeur des adjectifs en *bilis*, ce qui ne s'est pas fait étant considéré comme ne pouvant pas se faire. = [2] « La nature humaine. » Ce qui semblait en dépasser les forces, Métellus l'avait accompli. = [3] Proposition dépendant de *putabat*. Sur *per*, cf. *Cat.* 6, n. 6. = [4] Voyant qu'il ne peut s'en emparer par surprise ou par un simple assaut, il prend le parti de l'assiéger. = [5] Voy. 21, n. 5; 37, n. 8. Ce passage est fort bouleversé dans les mss.; la plupart ont *jubet*, dont la position choque les premières lois de l'élégance. Plusieurs contiennent des interpolations manifestes. — *ex copia*. Cf. *Cat.* 8, n. 2. = [6] Il s'agit du travail de la mine et de la sape. *Administri*, « ceux qui exécutent les travaux ordonnés par le général. » = [7] Cf. 57, n. 4 = [8] « Antequam urbe potirentur. » Par la place qu'il occupe, il fait ressortir *multo*. = [9] Oppose *oppido* à *præda*. Remarquez la tmèse *post . . . quam*. = [10] Ils n'ont pu empêcher les Romains de pousser leurs ouvrages jusqu'au pied de la muraille.—*arietibus*. « Représente-toi un grand bâti de charpente, composé de quatre fortes poutres verticales, assemblées entre elles par huit traverses, quatre en haut et quatre en bas. Les vides sont remplis par des cuirs qui forment les parois de cet appareil. Au centre se trouve suspendue horizontalement, à des chaînes de fer, une autre grosse poutre dont l'un des bouts est muni d'une tête de bélier ou d'une forte pointe de fer. Toute la machine est portée sur de petites roues. On l'approche de la ville, et cinquante hommes balançant, à l'aide de cordages, la poutre horizontale, en dirigent le choc contre la muraille pour la battre en brèche. Cette machine est appelée *bélier*, parce qu'à la manière du bélier elle frappe de la tête. Les soldats qui la manœuvrent sont placés dans l'intérieur du support en charpente, de sorte qu'ils se trouvent à l'abri des traits de ceux qu'ils assiégent. » Dezobry, *Rome*, etc. IV, p. 166. = [11] Cf. 79, n. 7.

77. — [1] Voy. 68, n. 2. = [2] *Leptis major*. Cf. 19, n. 5. = [3] La suite indique qu'il était à la tête du parti national. = [4] « In s. p. fore

Deinde, ubi ea impetrata, semper boni fidelesque mansere, et cuncta a Bestia, Albino Metelloque imperata nave[5] fecerant. Itaque ab imperatore facile, quæ petebant, adepti. Emissæ[6] eo cohortes Ligurum quatuor et C. Annius præfectus.

78. Id oppidum ab Sidoniis conditum est, quos accepimus profugos ob discordias civilis navibus in eos locos venisse; ceterum situm inter duas Syrtes, quibus nomen ex re[1] inditum. Nam duo sunt sinus prope in extrema Africa[2], impares magnitudine, pari natura; quorum proxuma terræ præalta sunt; cetera, uti fors tulit, alta[3], alia in tempestate[4] vadosa. Nam ubi mare magnum esse et sævire ventis cœpit, limum arenamque et saxa ingentia fluctus trahunt: ita facies locorum cum ventis simul mutatur. Syrtes ab tractu nominatæ[5]. Ejus civitatis lingua modo conversa connubio Numidarum, legum cultusque pleraque Sidonica; quæ eo facilius retinebant, quod procul ab imperio regis ætatem agebant[6]. Inter illos et frequentem Numidiam multi vastique loci erant.

79. Sed quoniam in has regiones per Leptitanorum negotia venimus, non indignum videtur egregium atque mirabile facinus duorum Carthaginiensium memorare: eam rem[1] nos locus admonuit. Qua tempestate Carthaginienses pleræque Africæ imperitabant, Cyrenenses quoque magni atque opulenti fuere. Ager in medio arenosus, una specie, neque flumen neque mons erat, qui finis eorum discerneret; quæ res eos in magno diuturnoque bello inter se habuit[2]. Postquam utrinque legiones, item classes sæpe fusæ fugatæque, et alteri alteros aliquantum[3] attriverant, veriti ne mox victos victoresque defessos alius aggrederetur, per inducias sponsionem faciunt[4], uti certo die legati domo proficiscerentur; quo in loco inter se obvii fuissent, is communis utriusque populi finis haberetur. Igitur Carthagine duo fratres missi, quibus nomen Philænis erat[5], maturavere iter pergere; Cyrenenses tardius iere. Id socordiane an casu acciderit, parum cognovi. Ceterum solet in illis locis tempestas haud secus atque in mari retinere; nam ubi per loca æqualia et nuda gignentium[6] ventus coortus arenam humo excitavit, ea, magna vi agitata, ora oculosque implere solet; ita prospectu impedito morari iter. Postquam Cyrenenses aliquanto posteriores se vident et ob rem corruptam[7] domi pœnas metuunt, criminari Carthaginienses ante tempus domo digressos[8], conturbare rem[9], denique omnia malle quam victi abire. Sed cum Pœni aliam conditionem, tantummodo æquam, peterent, Græci optionem Carthaginiensium faciunt[10], ut vel illi, quos finis populo suo peterent, ibi[11] vivi obruerentur, vel eadem conditione sese, quem in locum vellent, processuros. Philæni, conditione probata, seque vitamque reipublicæ condonavere: ita vivi obruti. Carthaginienses in eo loco Philænis fratribus aras[12] consecravere, aliique illis domi honores instituti[13]. Nunc ad rem redeo.

suite à Rome, demander amitié et alliance. Puis, l'ayant obtenue, ils étaient toujours restés dévoués et fidèles; et tous les ordres de Bestia, d'Albinus et de Métellus, ils les avaient exécutés avec zèle. Aussi le général leur accorda sans peine ce qu'ils réclamaient. On expédia à Leptis quatre cohortes de Liguriens et C. Annius comme préfet.

78. Cette ville fut fondée par des Sidoniens, qui, dit-on, fugitifs à la suite de discordes civiles, vinrent par mer dans ce pays; elle est placée entre les deux Syrtes, à qui leur état a valu ce nom. En effet, ce sont deux golfes, presqu'à l'extrémité de l'Afrique, d'inégale grandeur, de même nature; près du rivage, la mer est très-profonde; partout ailleurs, au gré du hasard, ce sont tantôt des gouffres, tantôt pour un temps des bas-fonds. Car, lorsque la mer vient à grossir et à se déchaîner au souffle des vents, les flots roulent du limon, du sable et d'énormes rochers: ainsi l'aspect des lieux change avec les vents. C'est ce phénomène qui les a fait nommer Syrtes. La langue seule de cette cité s'altéra par suite de mariages avec les Numides; quant aux lois et aux usages, c'étaient pour la plupart ceux de Sidon; et les habitants les conservaient d'autant plus facilement qu'ils ne connaissaient point l'autorité royale. Entre eux et la partie peuplée de la Numidie s'étendaient d'immenses déserts.

79. Mais puisque les affaires des Leptitains nous ont amené dans ces contrées, il nous paraît assez intéressant de rapporter un fait glorieux et incroyable de deux Carthaginois: le lieu où il s'est passé nous en rappelle le souvenir. Du temps où les Carthaginois commandaient à la plus grande partie de l'Afrique, les Cyrénéens aussi étaient grands et puissants. Les deux peuples étaient séparés par une plaine sablonneuse, d'un aspect uniforme, sans fleuve ni montagne, qui délimitât leurs frontières; ce qui maintint entre eux une guerre longue et violente. Quand, des deux côtés, légions et flottes eurent été bien des fois battues et dispersées, et qu'ils se furent ainsi notablement affaiblis les uns les autres, craignant que bientôt vaincus et vainqueurs épuisés ne soient attaqués par un troisième, ils font une trêve, et conviennent qu'à un jour fixé des députés partiront de chez eux, et que le point où ils se rencontreront sera accepté comme la frontière commune de chaque État. On envoya donc de Carthage deux frères, nommés Philènes, qui mirent dans leur marche la plus grande diligence; les Cyrénéens marchèrent plus lentement. Fut-ce par mollesse ou par accident, je ne sais. Au reste, dans ce pays, le mauvais temps empêche d'avancer tout comme en mer; car, lorsqu'au milieu de plaines unies et dépourvues de végétation, le vent se met à souffler, il soulève de terre le sable, qui, chassé avec une grande force, vient remplir la bouche et les yeux; masquant ainsi la vue, il arrête la marche. Les Cyrénéens, se voyant assez en retard, et craignant d'être punis à leur retour pour avoir compromis leur mission, accusent les Carthaginois d'être partis de chez eux avant le temps, embrouillent la question, bref, aiment mieux se soumettre à tout que de se retirer vaincus. Alors les Carthaginois demandent un autre arrangement, pourvu qu'il soit équitable, et les Grecs leur donnent le choix ou d'être enterrés vifs à l'endroit qu'ils demandaient comme frontière pour leur nation, ou de les laisser, sous la même

s. salutem, nec vero minus commoda, quæ Romanis ex sua societate venirent.» Dietsch. Voy. 51, n. 9. = [5] On écrit indifféremment *nave* ou *gnave*. = [6] *Ex* a ici la même valeur que dans les termes militaires *expeditio*, *educere*, *egredi*.

78. — [1] «De la réalité, de ce qui s'y trouve ou s'y fait.» = [2] La partie qui confine à l'Égypte. Cf. 17, n. 4; 19. = [3] Sur la foi d'un seul ms. (Berne 1), Gerlach écrit *alta alia*, *alia in;* mais le premier *alia* est sous-entendu. Cf. *Cat.* 56: *ceteri*, etc. = [4] «Per aliquod temporis spatium.» Cf. 75, n. 4. = [5] De σύρω, *trahere.* Aujourd'hui on rattache ce mot à l'arabe *sert* (désert). — Kritz a eu raison de rendre à Salluste cette phrase, nécessaire à la conclusion des idées, qui se trouve dans tous les mss. (moins trois de peu d'autorité), et que cite Isidore, 13, 18. = [6] «Ils n'obéissaient pas à des rois, ils formaient une ville libre.» Cf. 4, 3: *procul*, etc. Il n'est nullement question des rois de Numidie, comme l'entend Fabri. La phrase qui suit achève de décrire la position de Leptis.

79. — [1] Équivaut à *id.* = [2] «*Habere* dicitur de iis, qui efficiunt, ut quis in certa quadam conditione sit ac maneat.» Dietsch. = [3] Voy. *Cat.* 8, n. 1. = [4] N'a pas la valeur de «pignore se obstringere,» locution de la sphère judiciaire, mais est pris dans le sens général de «pacto constituere.» = [5] Cf. 5, n. 6. = [6] «Quæ nata suapte vi crescunt et rursus facultatem gignendi habent.» Kritz. Les *corps organiques*, opposés aux *corps inorganiques*. — *n. gignentium*, tournure poétique. = [7] «Puisqu'elle n'avait pas été menée à bonne fin.» *Corrumpere*, briser quelque chose dans toutes ses parties, détruire, ruiner, de là endommager, altérer. = [8] *Criminari* étant presque toujours suivi d'un accusatif de personne ou de chose, il est peu probable qu'il y ait ici proposition infinitive. = [9] «Par leurs réclamations, ils font qu'on ne savait plus ce qui était juste et légitime.» = [10] *Facere aliquid alicujus* est: *concedere tradere alicui aliquid.* — *Græci.* Cyrène était une colonie grecque. = [11] Cf. 66, n. 3. = [12] «*Ara* (vieille forme *asa*), dérivé de αἴρω, élever; originairement toute élévation de bois, pierre, terre, etc.; de là, le plus souvent, élévation pour un usage sacré, autel.» Freund, *Dictionnaire de la langue latine* (traduit par Theil), I, p. 203. = [13] On les honora comme des divinités; ils eurent un culte officiel.

80. Jugurtha postquam, amissa Thala, nihil satis firmum contra Metellum putat, per magnas solitudines cum paucis profectus pervenit ad Gætulos, genus hominum ferum incultumque et eo tempore ignarum nominis Romani. Eorum[1] multitudinem in unum cogit ac paulatim consuefacit ordines habere, signa sequi, imperium observare, item alia militaria facere. Præterea regis Bocchi proxumos magnis muneribus et majoribus promissis ad studium sui perducit; quis adjutoribus regem aggressus impellit, uti advorsum Romanos bellum incipiat. Id ea gratia[2] facilius proniusque fuit, quod Bocchus initio hujusce belli legatos Romam miserat, fœdus et amicitiam[3] petitum, quam rem opportunissumam incepto bello pauci impediverant, cæci avaritia, quis omnia honesta atque inhonesta vendere mos erat[4]. Etiam antea Jugurthæ filia Bocchi nupserat. Verum ea necessitudo apud Numidas Maurosque levis ducitur, quia singuli, pro opibus quisque, quam plurimas uxores, denas alii, alii plures habent, sed reges eo amplius[5]: ita animus multitudine distrahitur; nullam pro socia obtinet[6]; pariter omnes viles sunt[7].

81. Igitur in locum ambobus placitum exercitus conveniunt. Ibi, fide data et accepta[1], Jugurtha Bocchi animum oratione accendit : Romanos injustos, profunda avaritia, communis omnium hostis esse; eamdem illos causam belli cum Boccho[2] habere, quam secum et cum aliis gentibus, lubidinem imperitandi, quis[3] omnia regna advorsa sunt[4]; tum sese, paulo ante Carthaginienses, item regem Persen, post, uti quisque opulentissumus videatur, ita Romanis hostem fore. His atque aliis talibus dictis ad Cirtam oppidum iter constituunt, quod ibi Metellus prædam captivosque et impedimenta locaverat. Ita[5] Jugurtha ratus, aut capta urbe operæ pretium fore, aut, si Romanus[6] auxilio suis venisset, prœlio sese certaturos. Nam callidus id modo festinabat, Bocchi pacem imminuere[7], ne moras agitando aliud quam bellum mallet.

82. Imperator postquam de regum societate cognovit, non temere neque, uti sæpe jam victo Jugurtha consueverat, omnibus locis pugnandi copiam facit, ceterum haud procul ab Cirta castris munitis[1] reges opperitur, melius esse ratus, cognitis Mauris, quoniam is novus hostis accesserat[2], ex commodo[3] pugnam facere. Interim Roma per litteras certior fit, provinciam Numidiam Mario datam; nam consulem factum ante acceperat. Quibus rebus supra bonum aut honestum perculsus, neque lacrumas tenere neque moderari linguam : vir egregius in aliis artibus[4] nimis molliter ægritudinem pati. Quam rem alii in superbiam vortebant, alii bonum ingenium contumelia accensum esse, multi, quod jam parta victoria ex manibus eriperetur; nobis satis cognitum est, illum magis honore Marii quam injuria sua excruciatum, neque tam

condition, s'avancer jusqu'où ils voudraient. Les Philènes acceptent la condition et font à leur patrie le sacrifice de leurs personnes et de leur vie : ils furent donc enterrés vifs. Les Carthaginois consacrèrent en cet endroit des autels aux frères Philènes, et leur décernèrent d'autres honneurs chez eux. Maintenant je reviens à mon sujet.

80. Jugurtha, pensant, après la perte de Thala, que rien ne peut résister à Métellus, s'éloigne avec peu de gens à travers d'immenses déserts, et arrive chez les Gétules, nation belliqueuse et grossière, et qui alors ne connaissait pas le nom romain. Il en tire une troupe nombreuse qu'il habitue peu à peu à garder les rangs, à suivre les enseignes, à observer le commandement, et à faire toutes les manœuvres militaires. En outre, au moyen de grands présents et de plus grandes promesses, il entraîne dans son parti les confidents du roi Bocchus; appuyé par eux, il s'adresse au roi, et le détermine à entreprendre la guerre contre les Romains. Cela fut d'autant plus facile et plus aisé, que Bocchus, au commencement de la présente guerre, avait envoyé à Rome des députés pour demander alliance et amitié, et que cette proposition, si avantageuse pour la guerre entreprise, avait été repoussée, grâce à quelques hommes qu'aveuglait la cupidité, gens accoutumés à vendre en toute occasion le juste comme l'injuste. De plus, Jugurtha avait précédemment épousé une fille de Bocchus. Mais, chez les Numides et les Maures, de telles unions ont peu d'importance, car chacun, selon sa fortune, a autant de femmes que possible, les uns dix, les autres plus, et les rois, par conséquent, encore davantage; ainsi l'affection est divisée par le grand nombre; aucune n'a le caractère de compagne; toutes également sont méprisées.

81. Les armées se réunissent donc dans un endroit convenu entre les deux rois. Là, après de mutuels serments, Jugurtha excite par un discours l'esprit de Bocchus : les Romains sont injustes, d'une insatiable avidité, les ennemis communs de tous les peuples; ils ont, pour faire la guerre à Bocchus, le même motif qu'ils ont eu contre lui-même et contre d'autres peuples, la passion de dominer, qui leur fait détester également tous les empires; lui aujourd'hui, hier les Carthaginois, ainsi que le roi Persée, désormais, quiconque paraîtra puissant, par cela même sera l'ennemi des Romains. Après ces paroles et d'autres semblables, ils font route vers la ville de Cirta, parce que Métellus y avait déposé son butin, ses prisonniers et ses bagages. Ainsi, pensait Jugurtha, ou l'on prendrait la place, ce qui serait un important avantage, ou, si le Romain venait au secours des siens, on se mesurerait dans une bataille. Car le rusé Numide ne poursuivait qu'un but, arracher Bocchus à la paix, dans la crainte qu'à force d'attendre, ce prince ne préférât à la guerre quelque autre parti.

82. Le général, instruit de la coalition des deux rois, renonce à s'aventurer, et, comme il faisait après les nombreux échecs de Jugurtha, à combattre dans tous les lieux; mais il attend les rois dans un camp retranché, non loin de Cirta, pensant qu'il valait mieux faire d'abord connaissance avec les Maures, qui étaient pour lui un ennemi nouveau, afin de livrer bataille avec avantage. Sur ces entrefaites, des lettres de Rome l'informent qu'on avait donné la Numidie pour province à Marius; car il savait déjà qu'il avait été nommé consul. Abattu par ces nouvelles plus qu'il n'était bien ou convenable, il ne peut retenir ses larmes, ni maîtriser sa langue : homme distingué dans tout le reste, il met trop de faiblesse à supporter son chagrin. Les uns l'attribuaient à l'orgueil, d'autres à son noble caractère irrité par un affront, la

80. — 1 A la valeur partitive : *ex iis*. = 2 Voy. 54, n. 5. = 3 Cf. 14, n. 5. = 4 Voy. *Cat.* 30, n. 6. Ils avaient été corrompus par l'or de Jugurtha. = 5 Répond à *p. o. quisque* : «*s. r.*, quo magis ceteros opibus superant, *e. a.* uxores habent.» Kritz. Cf. *Cat.* 1, n. 5. = 6 Sur ce libre emploi de *animus*, cf. *Cat.* 5, n. 4; Hor. *Od.* 4, 9, 34. La leçon *nulla* ne se trouve que dans quatre mss. de second ordre; de plus, il n'y a pas d'exemple de *obtinet* intransitif pour *locum obtinet*. = 7 «Qui est à bas prix ; qui a peu de valeur.»

81. — 1 «*Accipere*, aliquid oblatum manu capere.» La locution est tirée de l'habitude de se donner la main, en signe d'engagement. Cf. *Cat.* 44. = 2 La préposition avec son complément dépend de la notion verbale contenue dans *belli*. = 3 «Quibus,» se rapporte à *illos*. = 4 On lit aussi *sint*. Tous deux sont légitimes, suivant le point de vue où se met l'écrivain. = 5 «Si id ita fieret.» = 6 Certains mss. ajoutent *dux*, qui est une glose évidente. = 7 «Pacem, quam Bocchus agitabat, turbare atque impedire.» Gerlach.

82. — 1 Voy. 44, n. 6. = 2 L'indicatif : l'auteur parle en son propre nom. = 3 «Commoda occasione oblata.» = 4 «Sunt omnes res

anxie laturum fuisse, si adempta provincia alii quam Mario traderetur[5].

plupart au dépit de se voir arracher des mains une victoire assurée; pour nous, nous savons parfaitement que l'élévation de Marius le fit souffrir plus que sa propre injure, et qu'il aurait ressenti moins de peine, si la province qu'on lui enlevait eût été donnée à tout autre qu'à Marius.

83. Igitur eo dolore impeditus, et quia stultitiæ videbatur alienam rem periculo suo curare, legatos ad Bocchum mittit postulatum, ne sine causa hostis populo Romano fieret: habere tum magnam copiam societatis amicitiæque conjungendæ, quæ potior bello esset; quanquam opibus suis confideret, tamen non debere incerta pro[1] certis mutare; omne bellum sumi facile, ceterum ægerrume desinere; non in ejusdem potestate initium ejus et finem esse; incipere cuivis, etiam ignavo licere, deponi, cum victores velint; proinde sibi regnoque suo consuleret, neu florentis res suas cum Jugurthæ perditis misceret. Ad ea rex satis placide[2] verba facit, sese pacem cupere, sed Jugurthæ fortunarum misereri; si eadem[3] illi copia fieret, omnia conventura. Rursus[4] imperator contra[5] postulata Bocchi nuntios mittit; ille probare partim, alia abnuere. Eo modo sæpe ab utroque missis remissisque nuntiis tempus procedere, et ex[6] Metelli voluntate bellum intactum[7] trahi.

83. Aussi, dans sa douleur, incapable d'agir, et trouvant que ce serait folie de soigner à ses risques les affaires d'autrui, il envoie à Bocchus des députés le prier de ne pas se faire sans motif l'ennemi du peuple romain : il a en ce moment toute liberté de contracter alliance et amitié, ce qui vaudrait mieux que la guerre; quelque confiance qu'il ait dans ses forces, il ne doit pas échanger le certain contre l'incertain; une guerre est aisée à entreprendre, mais bien difficile à terminer; il n'est pas au pouvoir du même homme de la commencer et d'y mettre fin; l'entame qui veut, même un lâche, elle ne cesse qu'au gré des vainqueurs; qu'il songe donc à lui et à son royaume, et n'aille pas associer sa situation florissante aux affaires désespérées de Jugurtha. A cela le roi répond d'une manière assez calme : il désire la paix, mais il a pitié de la fortune de Jugurtha; qu'on donne à ce prince la même liberté, et tout s'arrangera. Le général, en réponse aux demandes de Bocchus, envoie de nouveaux messagers; il admet certaines propositions, en rejette d'autres. C'est ainsi qu'à diverses reprises on s'envoie et se renvoie des messagers; le temps se passe, et, comme le voulait Métellus, la guerre délaissée traîne en longueur.

84. At Marius, ut supra diximus, cupientissuma[1] plebe consul factus, postquam ei provinciam Numidiam populus jussit[2], antea jam infestus nobilitati, tum vero[3] multus[4] atque ferox instare, singulos modo, modo universos lædere, dictitare sese consulatum ex victis illis spolia cepisse, alia præterea magnifica pro se[5] et illis dolentia[6]. Interim, quæ bello opus erant, prima habere: postulare legionibus supplementum, auxilia a populis et regibus sociisque accersere[7], præterea ex Latio fortissumum quemque, plerosque militiæ, paucos fama cognitos accire, et ambiundo cogere homines emeritis stipendiis secum proficisci. Neque illi senatus, quanquam adversus erat, de ullo negotio abnuere audebat; ceterum supplementum etiam lætus decreverat, quia neque plebi militia volenti putabatur[8], et Marius aut belli usum[9] aut studia volgi amissurus. Sed ea res frustra sperata; tanta lubido cum Mario eundi plerosque invaserat. Sese quisque præda locupletem fore, victorem domum rediturum, alia hujuscemodi animis trahebant, et eos non paulum oratione sua Marius arrexerat. Nam postquam omnibus, quæ postulaverat, decretis[10], milites scribere[11] volt, hortandi causa, simul et nobilitatem, uti consueverat, exagitandi, concionem populi advocavit. Deinde hoc modo disseruit.

84. Cependant Marius, comme nous l'avons dit plus haut, nommé consul à la grande joie de la plèbe, après avoir obtenu du peuple la Numidie pour province, dès longtemps l'adversaire des grands, alors surtout s'acharne à eux avec opiniâtreté et violence, les attaque tantôt individuellement, tantôt tous à la fois, prétend que son consulat n'est que la dépouille des nobles vaincus, et répète mille autres propos glorieux pour lui, blessants pour eux. En même temps les préparatifs de la guerre font sa principale occupation : il demande des levées supplémentaires pour les légions, réclame des auxiliaires aux peuples et aux rois, ainsi qu'aux alliés, en outre, fait venir les plus braves soldats du Latium, dont la plupart lui étaient connus de l'armée, quelques-uns de réputation, et, par ses obsessions, entraîne des hommes libérés du service à partir avec lui. D'autre part, le sénat, bien qu'il lui fût hostile, n'osait rien lui refuser; il avait même avec plaisir décrété les levées supplémentaires, pensant que le service n'était pas du goût de la plèbe, et que Marius perdrait soit les ressources nécessaires à la guerre, soit la faveur de la foule. Mais cet espoir fut déçu; tant la plupart brûlaient du désir de suivre Marius. Chacun comptait s'enrichir avec le butin, rentrer vainqueur dans sa patrie, nourrissait mille autres espérances de ce genre; et un discours de Marius n'avait pas peu contribué à les enflammer. En effet, lorsque, après avoir vu décréter toutes ses demandes, il voulut enrôler des soldats, tant pour exhorter la foule, que pour s'attaquer, suivant son habitude, à la noblesse, il convoqua une assemblée du peuple. Ensuite il discourut de la sorte.

85. « Scio ego[1], Quirites, plerosque non iisdem artibus imperium[2] a vobis petere et, postquam adepti sunt, gerere: primo industrios, supplices[3], modicos[4] esse; dein per[5] ignaviam et superbiam ætatem agere. Sed mihi contra ea videtur[6] : nam quo pluris est universa respublica quam consulatus aut prætura, eo majore cura illam ad-

85. « Je sais, moi, Quirites, que la plupart suivent, en vous demandant le pouvoir, une autre conduite qu'en l'exerçant, après l'avoir obtenu : d'abord ils sont actifs, rampants, modestes; puis ils s'abandonnent à la mollesse et à l'orgueil. Mais je suis d'un sentiment tout opposé : car autant la république entière a plus de prix que le

quæ bonum virum decent. » Kritz. = [5] Régulièrement il faudrait le plusqueparfait; mais l'auteur emploie l'imparfait pour indiquer que Métellus envisage l'action comme n'étant pas encore achevée. Cf 59, n. 2.

83. — [1] Augmente la force du verbe. = [2] Cf. *Cat.* 39, n. 2. = [3] « Earumdem rerum (societatis amicitiæque). » = [4] Voy. 69, n. 1. = [5] « *N. m.* qui *c. p. B.* verba facerent. » Dietsch. *Contra* indique qu'une action a lieu en face d'une autre, lui correspond ou lui est opposée. = [6] Voy. 55, n. 1. = [7] « De telle sorte qu'on évite même le moindre engagement. »

84. — [1] *Cupientes*, comme *volentes*, se dit de ceux qui font une chose volontiers, ou qui la voient arriver avec plaisir. Sur *plebs* et *populus*, cf. *Jug.* 85, n. 34. = [2] *Jubere* veut le double accusatif; ici il est suivi d'un datif (*ei*), parce qu'il a une valeur spéciale, identique à celle de *decernere*. C'est sans doute quelque locution antique. Voy. 40, n. 5. = [3] Voy. 58, n. 5. = [4] « Fréquemment » Lange. « Sans mesure. » Kritz. « Avec insistance. » Dietsch. = [5] Les adjectifs régissant le datif d'avantage se construisent parfois avec *pro*. = [6] « Quæ illis dolerent, » car *dolet mihi aliquid* veut dire *dolorem mihi affert*. = [7] Voy. *Cat.* 6, n. 2; 17, n. 4; 40, n. 6. Cf. *Jug.* 43: *Igitur*, etc. = [8] *Mihi volenti aliquid est* est un hellénisme; *esse* y a du reste la même valeur que dans *est mihi liber*. = [9] « Ea, quæ bello usui forent, id est supplementum. » Kritz. = [10] « A senatu. » Voy. *Cat.* 50, n. 4. = [11] Voy. *Cat.* 32, n. 2.

85. — [1] Le pronom fait ressortir la personnalité de l'orateur: « Je sais moi, — ce que vous semblez ignorer, — que, etc. » = [2] Voy. 3, n. 1; 63, n. 9. = [3] Cf. 46, n. 2. = [4] « Gardant la mesure en toute chose, ne demandant rien de considérable. » Cf. 63, n. 3. = [5] Cf. *Cat.* 6, n. 6. = [6] « *S. m.* quod *contra ea* (iis contrarium) est *v.* » Cf. 57, n. 4. *Videtur* est pris dans le sens prégnant *rectum videtur*,

ministrari quam hæc peti debere[7]. Neque[8] me fallit, quantum cum maxumo vestro beneficio[9] negotii[10] sustineam. Bellum parare simul et ærario parcere, cogere ad militiam[11] eos, quos nolis offendere, domi forisque[12] omnia curare, et ea agere inter invidos, occursantis, factiosos[13], opinione, Quirites, asperius est. Ad hoc, alii si deliquere, vetus nobilitas, majorum fortia facta, cognatorum et affinium[14] opes, multæ clientelæ[15], omnia hæc præsidio assunt; mihi spes omnes in memet sitæ, quas necesse est[16] virtute et innocentia tutari: nam alia infirma sunt. Et[17] illud intellego, Quirites, omnium ora in me convorsa esse, æquos bonosque[18] favere (quippe mea benefacta reipublicæ procedunt), nobilitatem locum invadendi[19] quærere. Quo[20] mihi acrius annitendum est, uti neque vos capiamini, et illi frustra sint[21]. Ita[22] ad hoc ætatis a pueritia fui, ut omnis labores et pericula consueta habeam[23]. Quæ ante vestra beneficia gratuito faciebam, ea uti accepta mercede deseram, non est consilium, Quirites. Illis difficile est in potestatibus temperare[24], qui per ambitionem sese probos simulavere; mihi, qui omnem ætatem in optumis artibus[25] egi, bene facere jam ex consuetudine in naturam vortit. Bellum[26] me gerere cum Jugurtha jussistis[27], quam rem nobilitas ægerrume tulit. Quæso[28], reputate cum animis vestris, num mutare id melius sit, si[29] quem ex illo globo[30] nobilitatis ad hoc aut aliud tale negotium mittatis, hominem veteris prosapiæ[31] ac multarum imaginum[32] et nullius stipendii: scilicet[33] ut in tanta re, ignarus omnium, trepidet, festinet, sumat aliquem ex populo[34] monitorem officii sui. Ita plerumque evenit, ut quem vos imperare[35] jussistis, is sibi imperatorem alium quærat. Atque[36] ego scio, Quirites, qui, postquam consules facti sunt, et acta majorum et Græcorum militaria præcepta legere cœperint[37], præposteri homines; nam gerere quam fieri tempore posterius, re atque usu prius est[38]. Comparate nunc[39], Quirites, cum illorum superbia me hominem novum[40]. Quæ illi audire et legere solent, eorum partem vidi, alia egomet gessi; quæ illi litteris, ea ego militando didici. Nunc vos[41] existumate[42], facta an dicta pluris sint. Contemnunt novitatem meam, ego illorum ignaviam; mihi fortuna, illis probra objectantur. Quanquam[43] ego naturam unam et communem omnium existumo, sed fortissumum quemque generosissumum. Ac[44] si jam ex patribus Albini aut

consulat ou la préture, autant on doit mettre plus de soin à l'administrer qu'à solliciter ces honneurs. Je n'ignore pas non plus quel devoir m'impose votre insigne bienfait. Préparer la guerre aussi bien que ménager le Trésor, lever pour le service militaire ceux qu'on voudrait ne pas blesser, veiller à tout au-dedans et au-dehors, et tout cela, au milieu des jalousies, des oppositions et des intrigues, c'est, Quirites, une tâche plus rude qu'on ne pense. De plus, un autre vient-il à faillir, son antique noblesse, les hauts faits de ses ancêtres, le crédit de ses parents et de sa famille, ses nombreuses clientèles, tous ces avantages lui servent de défense; à moi, toutes mes espérances sont placées en moi-même, et je ne puis les soutenir que par la vertu et l'intégrité : car les autres appuis sont impuissants. Je vois bien aussi, Quirites, que tous les regards sont tournés vers moi, que les citoyens justes et honnêtes me favorisent (parce que mes exploits sont avantageux à la république), mais que la noblesse ne cherche qu'une occasion de m'attaquer. Je n'en dois faire que plus d'efforts pour que vous ne deveniez point leurs victimes, et qu'eux soient frustrés dans leurs desseins. Depuis mon enfance jusqu'à ce jour j'ai vécu de manière à m'être habitué à toutes les fatigues et à tous les dangers. Ce qu'avant vos bienfaits je faisais gratuitement, y renoncerai-je après en avoir reçu la récompense: ce n'est pas mon intention, Quirites. Il leur est difficile, dans les charges publiques, de se contenir, eux à qui l'ambition a fait prendre le masque de l'honnêteté; chez moi, qui ai passé ma vie entière dans la pratique des vertus, l'habitude de bien faire est devenue une seconde nature. Vous m'avez chargé de la guerre contre Jugurtha : la noblesse en a été vivement irritée. Je vous prie, considérez en vous-mêmes s'il ne vaut pas mieux changer d'avis, en confiant cette mission ou une autre du même genre à quelqu'un de cette troupe, à un personnage de vieille race et de beaucoup d'images, sans aucun état de services : sans doute pour que, dans une telle entreprise, étranger à tout, il s'agite, se précipite, prenne quelqu'un du peuple qui l'instruise de ses devoirs. Voilà comme d'ordinaire il arrive que l'homme à qui vous avez donné le commandement a lui-même besoin d'un autre pour commandant. Oui, j'en connais, Quirites, qui, après avoir été créés consuls, se sont mis à lire les ac-

placet. = [7] *nam ... debere* dépend de *videtur;* mais il y a anacoluthe, le premier membre (*nam*, etc.) annonçant une proposition directe, le second (*eo*, etc.) revenant au style indirect. Régulièrement il faudrait : *videtur, q. p. sit*, etc. — *administrari*. Cf. 100, n. 16. = [8] « Je n'ignore pas avec quel soin il faut remplir une charge publique; et je n'ignore pas non plus combien cela est difficile, surtout pour moi. » = [9] Le consulat. Cf. 31, n. 27. = [10] Les Latins ont coutume de placer l'un à côté de l'autre les termes qui se font opposition : *quantum — maxumo*, *beneficio — negotii*. = [11] Voy. *Cat.* 32, n. 2. = [12] Kritz fait observer que *domi* et *foris* sont opposés de deux manières : 1° *res domesticæ privatæ* et *quæ ad alienos pertinent;* 2° *res urbanæ, Romæ a S. P. Q. R. agendæ*, et *quæ ad regendas provincias pertinent*, auquel sens se rattache celui de « en paix et en guerre. » = [13] Voy. 31, n. 25. = [14] Voy. 14, n. 2. = [15] « Clientela multorum hominum. » Dietsch. *Clientela* n'a pas ici le sens concret de « clients, » mais veut dire « association de clients. » = [16] Se construit avec *ut* et le subjonctif ou avec la proposition infinitive; il n'est suivi de l'infinitif seul que quand le sujet est indéfini; on doit donc ici sous-entendre *me*. = [17] Sert souvent de transition quand l'écrivain passe à un autre objet qui lui vient à l'esprit. = [18] Par une bizarre inadvertance, un ms. (Guelf. 10) écrit *equos et boves*. = [19] Métaphore empruntée à la guerre, de même que *capiamini*, « opprimamini. » = [20] « Plus (*quo*) tout le monde a les yeux fixés sur moi, et ceux qui me sont favorables, et ceux qui me sont hostiles, plus (*eo*), etc. » Cf. *Cat.* 1, n. 5. = [21] *v. capiamini* répond à *æ. bonosque*, et *i. f. sint* à *nobilitatem*. — *capiamini*, en étant dépouillés de vos droits et du butin, et en voyant ainsi déçu l'espoir que vous fondiez sur mon consulat. — *frustra*. Voy. 61, n. 1. = [22] Après avoir exposé l'*importance* et la *difficulté* des fonctions qu'on lui a confiées, il déclare que cette difficulté ne l'effraie pas : le peuple n'a pas à craindre qu'il manque à son devoir. L'ensemble de ces idées forme la première partie du discours. = [23] Cf. 10, n. 4. = [24] « Maîtriser leurs passions de manière à ne pas négliger les devoirs de leur charge. » Quand *temperare* est employé d'une manière absolue, on sous-entend toujours *sibi*. = [25] Voy. *Cat.* 2, n. 4. = [26] Deuxième partie : il passe à ce que les nobles lui envient, et réfute les raisons pour lesquelles ils ont souffert avec douleur de le voir nommé consul et chargé de la guerre de Numidie. = [27] Cf. 40, n. 5. = [28] L'élégance exige qu'il soit placé après un mot; mais, en tête de la phrase, il est plus énergique. = [29] Cette proposition éclaircit les mots *mutare id;* expliquez : « *n. m. i. m. sit*, id est num melius sit, *si quem*, etc. » = [30] Troupe en ordre de bataille très-serré; » ici, métaphoriquement : « parti exclusif et fortement uni. » = [31] Terme suranné. Cic. *de Univ.* 11 : *eorum, ut utamur veteri verbo, prosapiam*. Cf. Quint. 1, 6, 40; 8, 3, 26. = [32] Voy. 4, n. 12. = [33] « Scilicet mittere eum ad tale negotium aperte non potestis, nisi ut, etc. » Dietsch. = [34] *Populus* (cf. *Cat.* 37, n. 4) désignait l'ensemble des citoyens exerçant la souveraineté dans les assemblées (*comitia curiata, comitia centuriata, comitia tributa*), en opposition au *sénat*, représentant le pouvoir délibératif et administratif. Mais comme la *noblesse*, composée des familles (*gentes*, voy. 95, n. 9) patriciennes et plébéiennes, s'était insensiblement arrogé toute la puissance, occupait toutes les fonctions, entrait seule au sénat, il n'y a rien d'étonnant à ce que *populus* soit opposé à *nobilitas*. = [35] « Cum *imperio* esse. » Gerlach. La variante *imperatorem jussistis*, sans doute amenée par la formule politique *imperatorem jubere*, ne se lit que dans cinq manuscrits. = [36] L'orateur confirme et développe la pensée précédente par ce qu'il sait personnellement. = [37] Le second Africain surtout avait donné une vive impulsion à l'étude des arts et des lettres de la Grèce; et, au IIe siècle av. J.-C., la plupart des nobles avaient une assez grande culture intellectuelle (cf. 63, n. 4; 95). On ne sait à qui Marius veut ici faire allusion; il y a sans doute quelque exagération, car il est presque impossible qu'un Romain pût arriver au consulat (à 43 ans) sans avoir jamais fait la guerre. = [38] « Magistratum administrare tempore quidem posterius est quam creari; sed talem te præbere ut magistratui gerendo dignus et idoneus videaris, re et usu prius est. » Kritz. *Gerere*, dans le premier membre, exprime la « gestion » même, dans le second, « la science et la faculté de gérer. » — « *Res*, conditio quæ in natura rerum posita est; *usus*, utendi copia aut necessitas. » Dietsch. = [39] « Dans cet état de choses; » est fréquent chez les orateurs. = [40] Voy. *Cat.* 23, n. 7. Remarquez la *personne* opposée à l'*état* ou la *qualité* de la personne; ce procédé de comparaison est fréquent chez les Grecs et les Latins. = [41] Le pronom, joint à l'impératif, avertit ou exhorte avec plus de force; ici, il oppose en même temps les auditeurs à l'orateur : « Les choses étant ainsi, *moi*, je ne veux pas dire ce que je pense, *vous*, jugez, etc. » = [42] Voy. *Cat.* 2, n. 7. = [43] « Mais on n'a pas même le droit de me reprocher ma naissance, car, etc. » — *Natura*, « id quod cujusque nascendo proprium est; » équivaut à *fortuna*. = [44] Voy. *Cat.* 52, n. 32.

Bestiæ quæri posset, mene an illos ex se gigni[45] maluerint, quid responsuros creditis, nisi sese liberos quam optumos voluisse? Quodsi jure me despiciunt, faciant idem majoribus suis, quibus, uti mihi, ex virtute nobilitas cœpit. Invident honori meo; ergo invideant labori, innocentiæ, periculis etiam meis, quoniam per hæc illum cepi[46]. Verum[47] homines corrupti superbia ita ætatem agunt, quasi vestros honores contemnant; ita hos petunt, quasi honeste vixerint. Næ illi falsi sunt, qui divorsissumas res pariter exspectant, ignaviæ voluptatem et præmia virtutis. Atque etiam, cum apud vos aut in senatu verba faciunt, pleraque oratione majores suos extollunt; eorum fortia facta memorando clariores sese putant. Quod contra est. Nam quanto vita illorum præclarior, tanto horum socordia flagitiosior. Et profecto ita se res habet : majorum[48] gloria posteris quasi lumen[49] est, neque[50] bona neque mala eorum in occulto patitur. Hujusce rei ego inopiam fateor[51], Quirites; verum, id quod[52] multo præclarius est, meamet facta mihi dicere licet. Nunc videte, quam iniqui sint : quod ex aliena virtute sibi arrogant, id mihi ex mea non concedunt; scilicet quia imagines non habeo, et quia mihi nova nobilitas est, quam certe peperisse melius est quam acceptam corrupisse[53]. Equidem[54] ego non ignoro, si jam mihi respondere velint, abunde[55] illis facundam et compositam orationem fore. Sed[56] in maxumo vestro beneficio[57], cum omnibus locis me vosque maledictis lacerent, non placuit reticere, ne quis modestiam in conscientiam[58] duceret. Nam[59] me quidem ex animi mei sententia[60] nulla oratio lædere potest; quippe vera necesse est bene prædicet[61], falsam vita moresque mei superant[62]. Sed quoniam vestra consilia accusantur, qui[63] mihi summum honorem[64] et maxumum negotium imposuistis, etiam atque etiam reputate, num eorum pœnitendum sit. Non possum fidei causa[65] imagines neque triumphos aut consulatus majorum meorum ostentare; at, si res postulet, hastas[66], vexillum[67], phaleras[68], alia militaria dona, præterea cicatrices adverso corpore[69]. Hæ[70] sunt meæ imagines, hæc nobilitas, non hereditate relicta, ut illa illis, sed quæ ego meis plurimis laboribus et periculis quæsivi. Non sunt composita mea verba; parum id facio[71]; ipsa se virtus satis ostendit[72] : illis artificio[73] opus est, ut turpia facta oratione tegant. Neque litteras Græcas didici; parum placebat eas discere, quippe quæ ad virtutem doctoribus nihil profuerant[74]. At illa multo optuma reipublicæ doctus sum[75], hostem ferire, præsidia agitare, nihil metuere nisi turpem famam, hiemem et æstatem juxta pati, humi requiescere, eodem tempore inopiam et laborem tolerare. His ego præceptis milites hortabor, neque illos arte[76] colam, me opulenter, neque gloriam meam, laborem illorum faciam[77]. Hoc est utile, hoc civile[78] imperium. Namque cum tute per mollitiem agas, exercitum supplicio cogere, id est dominum, non imperatorem esse[79]. Hæc[80] atque talia majores vestri faciundo seque remque publicam celebravere[81]. Quis[82] nobilitas freta, ipsa dissimilis moribus,

tions des ancêtres et les traités militaires des Grecs : gens qui font tout à rebours; car si, dans l'ordre des temps, la gestion est postérieure à l'élection, le fait et la nécessité veulent qu'elle la précède. Comparez maintenant, Quirites, avec l'orgueil des nobles, moi, un homme nouveau. Ce qu'eux entendent raconter, ce qu'ils lisent, je l'ai vu ou je l'ai fait moi-même; ce qu'ils ont appris dans les livres, je l'ai appris à la guerre. Maintenant, vous, jugez ce qui vaut le plus des actions ou des paroles. Ils dédaignent ma qualité d'homme nouveau, moi leur incapacité; à moi on reproche ma condition, à eux leurs turpitudes. Cependant, à mes yeux, nous avons tous une même et commune naissance; c'est le plus brave qui est le plus noble. Et si l'on pouvait demander aux pères d'Albinus ou de Bestia qui, d'eux ou de moi, ils auraient préféré avoir pour fils, ne répondraient-ils pas, pensez-vous, qu'ils eussent voulu les enfants les plus vertueux? Que s'ils ont raison de me mépriser, qu'ils en fassent autant pour leurs ancêtres, qui, comme moi, ont fondé leur noblesse sur leur valeur. Ils m'envient ma dignité; qu'ils m'envient donc mes travaux, ma probité, ainsi que mes dangers, car c'est à ce prix que je l'ai obtenue. Mais, corrompus par l'orgueil, ils vivent comme s'ils dédaignaient vos honneurs; ils les demandent, comme s'ils avaient vécu honnêtement. Certes, ils s'abusent grandement, lorsqu'ils prétendent à la fois à deux choses si opposées, le plaisir de la lâcheté et les récompenses de la valeur. Et même, quand ils parlent devant vous ou au sénat, leur discours presque entier roule sur l'éloge de leurs ancêtres; en rappelant leurs exploits, ils se figurent en être eux-mêmes plus illustres. C'est le contraire. Car plus la vie de ceux-là a été glorieuse, plus la lâcheté de ceux-ci est ignominieuse. Et il ne saurait en être autrement : la gloire des ancêtres est pour les descendants comme un flambeau; elle ne laisse dans l'obscurité ni leurs vertus ni leurs vices. En cela je suis pauvre, je l'avoue, Quirites; mais, ce qui est bien plus glorieux, je puis raconter mes propres actions. Maintenant voyez combien ils sont injustes : ce qu'ils s'arrogent au nom du mérite d'autrui, ils ne veulent pas que je le tire du mien; sans doute parce que je n'ai point d'images, et parce que ma noblesse est nouvelle : mais à coup sûr il vaut mieux l'avoir créée soi-même que d'avoir terni celle qu'on a reçue. Certes, je n'ignore pas que, s'ils veulent me répondre, ils auront un langage fort éloquent et plein d'art. Mais, après votre insigne bienfait, comme en tous lieux ils vous déchirent, vous et moi, par leurs invectives, je n'ai pas voulu me taire, afin qu'on ne prît pas ma réserve pour un aveu. Car pour moi, je le jure, aucun discours ne saurait me blesser : vrai, il ne peut que faire mon éloge; faux, ma vie et mon caractère le démentent. Mais puisque ce sont vos décisions qu'on attaque, vous qui m'avez imposé, avec la suprême dignité, la plus importante mission, ne vous lassez pas de réfléchir si vous devez vous en repentir. Je ne puis pas, pour inspirer

= [45] L'infinitif présent est logique si l'on songe que *mene an illos* équivaut à *liberos mihi an illis similes*. Cf. Plut. *Mar*. 9. = [46] *Capere magistratum*, locution technique = [47] « Mais ils sont si loin de m'envier ma *vertu*, que, etc. » = [48] Explique ce qui précède; sous-entendez *nam*. = [49] Voy. 21, n. 3. = [50] *neque ... neque* se répondent. Cf. *Cat*. 58, n. 1. = [51] Leçon d'un seul ms. (Vat. A), bien supérieure à la leçon vulgaire *patior*; elle convient mieux et au caractère de Marius et au sens de la phrase. *Patior* est dû à la recension des anciens grammairiens, qui ont trouvé dans *patitur ... patior* une négligence tout à fait conforme au caractère du style de Salluste. = [52] Voy. 56, n. 2. = [53] « La noblesse ne peut rien avancer contre moi si ce n'est que je suis homme nouveau. » Cette phrase conclut la deuxième partie du discours. — *corrupisse*. Voy. 79, n. 7. = [54] Voy. *Cat*. 51, n. 17. = [55] Retombe sur les adjectifs, et non sur *o. fore*. = [56] « Je n'ignore pas qu'ils pourront me répondre fort éloquemment, que dans l'art de la parole je leur suis inférieur; *mais* malgré cela, etc. » = [57] « Cum *m. b.* mihi contuleritis. » Kritz. = [58] La conscience, le sentiment des choses qu'ils me reprochent. = [59] « C'est à cause des autres, non à cause de moi, que j'ai cru devoir répondre, *nam me*, etc. » = [60] Formule par laquelle on affirme que l'on veut ou pense réellement ce qu'on dit, tandis que *ex sententia* signifie : « ut cupivi, ut volui. » = [61] Bona et præclara omnia prædicet. » Corte. *Prædicare*, dire hautement. Sur *ut* sous-entendu, cf. *Cat*. 29, n. 3. = [62] « Refellunt; » image empruntée à un combat. = [63] Le possessif équivalant au génitif du pronom personnel correspondant, on peut y rapporter le relatif. Cf. *Cat*. 33 : *corpora nostra ... qui*. = [64] S'unit à *imposuistis* par zeugma. = [65] « Quo vobis de me fidem faciam. » Dietsch. Cf. 29, n. 4. = [66] *Romani fortes viros hasta sæpe donarunt*. Paul Diacre (p. 76, éd. Lind.). On les appelait *puræ*, « sine ferro. » = [67] Cf. *Cat*. 59, n. 3. = [68] Collier orné de l'image d'une divinité (plus tard de l'empereur), qu'on portait sur la poitrine. = [69] Ablatif de lieu. = [70] Cf. *Cat*. 20, n. 3 : *ea ... est*. = [71] « Non satis magni id facio. » *Parum*, chez Salluste et ses contemporains, a toujours la valeur de *non satis*; et *facio*, dans la vieille langue, se construit parfois avec l'adverbe, au lieu du génitif de prix (Plaute, *Stich*. 1, 1, 42 : *si aliter nos faciant, quam æquum est*); c'est donc à tort que quelques-uns le traduisent par « curo, » sens dont il n'y a pas d'exemple. = [72] « *Car* ma vertu n'a pas besoin, pour éclater, d'un tel artifice. » = [73] « Scilicet compositorum verborum. » Kritz. = [74] Un ms. (Vat. A) porte *profuerunt*; mais le plus-que-parfait répond mieux à l'imparfait. Cf. Plut. *Mar*. 2. On sait combien Caton le censeur, personnification du vieux Romain, lutta contre l'invasion des mœurs gréco-orientales. Voy. aussi Cic. *de Orat*. 2, 66. = [75] Parfait de *doceor*. = [76] Cf. 45, n. 3; 52, fin. = [77] « Je partagerai leurs dangers et leurs fatigues, aussi bien que leur gloire. » La plupart, supprimant la virgule après *g. meam*, interprètent : « Neque in eo gloriam meam quæram, ut illi laborent. » Mais il s'agit moins du système qu'il suivra à l'égard des soldats, que de la manière dont lui-même se conduira. = [78] « Tel qu'il convient à un citoyen à l'égard de citoyens. » = [79] Id est milites, non ut *cives*, sed ut *servos* tractare. » Dietsch. = [80] Répond, comme plus haut *his*, à la phrase *At ... tolerare*. = [81] « Magnam claramque fecere. »

nos illorum æmulos contemnit, et omnes honores non ex merito[83], sed quasi debitos a vobis repetit. Ceterum homines superbissumi procul errant[84]. Majores eorum omnia, quæ licebat[85], illis reliquere, divitias, imagines, memoriam sui præclaram; virtutem[86] non reliquere, neque poterant: ea sola neque datur dono neque accipitur. Sordidum me et incultis moribus aiunt, quia parum scite convivium exorno, neque[87] histrionem ullum, neque pluris pretii coquum quam villicum habeo[88]. Quæ mihi lubet confiteri, Quirites. Nam ex parente meo et ex aliis sanctis viris ita accepi, munditias mulieribus, viris laborem convenire, omnibusque bonis oportere plus gloriæ quam divitiarum esse; arma[89], non suppellectilem decori esse. Quin ergo quod juvat, quod carum æstumant, id semper faciant: ament, potent[90]; ubi adulescentiam habuere, ibi senectutem agant[91], in conviviis, dediti ventri et turpissumæ parti corporis[92]; sudorem, pulverem, et alia talia relinquant nobis, quibus illa epulis jocundiora[93] sunt. Verum non est ita[94]: nam ubi se flagitiis dedecoravere turpissumi viri[95], bonorum præmia ereptum eunt. Ita injustissume luxuria et ignavia, pessumæ artes, illis, qui coluere eas, nihil officiunt; reipublicæ innoxiæ cladi sunt. Nunc quoniam[96] illis, quantum mores mei, non illorum flagitia poscebant, respondi, pauca de republica loquar. Primum omnium[97] de Numidia bonum habete animum, Quirites. Nam quæ ad hoc tempus Jugurtham tutata sunt, omnia removistis, avaritiam, imperitiam atque superbiam[98]. Deinde[99] exercitus ibi est locorum sciens, sed mehercule magis strenuus quam felix: nam magna pars ejus avaritia aut temeritate ducum attrita est. Quamobrem vos, quibus militaris ætas est[100], annitimini mecum et capessite rempublicam[101], neque quemquam ex calamitate aliorum aut imperatorum superbia metus ceperit. Egomet in agmine, in prœlio consultor idem et socius periculi vobiscum adero, meque vosque in omnibus rebus juxta geram. Et profecto[102] dis juvantibus omnia matura sunt, victoria, præda, laus; quæ si dubia aut procul essent[103], tamen omnis bonos reipublicæ subvenire decebat[104]. Etenim ignavia nemo immortalis factus est, neque quisquam parens liberis, uti æterni forent, optavit, magis uti boni honestique vitam exigerent[105]. Plura dicerem, Quirites, si timidis virtutem verba adderent[106]; nam strenuis abunde dictum puto.»

confiance, étaler les images, ni les triomphes ou les consulats de mes ancêtres; mais, au besoin, des lances, un étendard, des colliers et d'autres dons militaires, de plus, des cicatrices, toutes par devant. Voilà mes images, voilà ma noblesse; elles ne m'ont pas été laissées par héritage, comme à eux, mais c'est moi qui les ai conquises à force de fatigues et de dangers. Il n'y a point d'art dans mon langage; j'en fais peu de cas; la vertu se montre assez par elle-même; à eux, l'artifice est nécessaire pour couvrir leurs turpitudes par leurs paroles. Je n'ai pas non plus étudié les lettres grecques; je trouvais peu d'avantage à une étude qui n'avait pas servi à inspirer la vertu à ceux qui l'enseignaient. Ce que j'ai appris, ce sont des choses bien autrement utiles à la république: frapper un ennemi, garder un poste, ne rien craindre que le déshonneur, supporter également l'hiver et l'été, coucher à terre, endurer à la fois le besoin et la fatigue. Voilà les instructions dont j'animerai les soldats: je ne garderai pas pour eux les privations, pour moi l'opulence; je ne réserverai pas à moi la gloire, à eux la fatigue. C'est là un commandement profitable, une autorité digne d'un citoyen. Car vivre soi-même dans la mollesse et faire marcher son armée par les châtiments, c'est se conduire en maître, non en général. Tels sont les principes que suivaient vos ancêtres, et par là ils ont illustré eux et la république. Fière de ce soutien, la noblesse, qui par ses mœurs leur ressemble si peu, n'a que dédain pour nous, leurs émules, et vous réclame tous les honneurs, non comme une récompense méritée, mais comme une chose qui lui est due. Toutefois ces gens si orgueilleux se trompent bien. Leurs ancêtres leur ont laissé tout ce qu'il était possible, richesses, images, glorieux souvenirs; ils ne leur ont pas laissé la vertu, et ne le pouvaient pas: elle seule n'est pas un présent qu'on puisse donner ou recevoir. Je suis, disent-ils, un homme grossier et sans éducation, parce que je m'entends peu à l'ordonnance d'un repas, que je n'ai ni un seul histrion, ni un cuisinier acheté plus cher qu'un fermier. J'en conviens avec plaisir, Quirites. En effet, mon père et d'autres personnages vénérables m'ont appris que l'élégance convient aux femmes, aux hommes le travail, et que tous les gens de bien doivent posséder plus de gloire que de richesses; que c'est dans les armes, non dans le mobilier, que consiste la parure. Eh bien! ce qu'ils aiment, ce qu'ils trouvent si doux, qu'ils ne cessent de le faire: qu'ils se livrent à l'amour, à la boisson; qu'ils passent leur vieillesse comme ils ont fait leur jeunesse, au milieu des repas, esclaves du ventre et de la partie la plus honteuse du corps; la sueur, la poussière et toutes les fatigues, qu'ils nous les laissent, à nous qu'elles charment plus que les festins. Mais il n'en est pas ainsi: car, après s'être souillés d'infamies, ces hommes indignes viennent ravir les récompenses des gens de bien. Ainsi, par la plus grande injustice, le luxe et la lâcheté, les pires d'entre les vices, ne font aucun tort à ceux qui les ont pratiqués; ils sont le fléau de la république innocente. Maintenant que je leur ai répondu comme l'exigeait mon caractère, non comme le voulaient leurs infamies, je dirai quelques mots des affaires de l'État. Tout d'abord, pour ce qui

Kritz. Cf. 47, n. 2. = [82] Pour *quibus*. = [83] « Non pour leurs services envers la république. » = [84] « Errore suo et perversa opinione procul a veritate abducuntur. » Kritz. = [85] Sous-entendu *relinquere*. Cf. 75, n. 11. = [86] Remarquez les asyndètes: (*sed*) *virtutem*, etc. (*nam*) *ea*, etc. = [87] Explique ce qui précède: « Scilicet parum scite convivium exornabat Marius, cum, etc. » = [88] « Majore pretio paratum coquum possideo. » Kritz. — *Villicus*, esclave chargé de diriger en chef les travaux rustiques et représentant le maître dans la *villa* (voy. *Cat.* 12, n. 3). Sur le luxe de la table chez les Romains, voy. Tite-Live, 39, 6; Horace, *Sat.* 2, 2. = [89] Répète ce qui précède, car les *armes* donnent la *gloire*, les *richesses* le *mobilier*. = [90] Pour *cœnent* (la partie pour le tout), formule fréquente chez les Latins. Voy. *Cat.* 11. = [91] Voy. *Cat.* 4, n. 2. = [92] *Ventri* répond à *potent*, et *t. p. corporis* (cf. *Cat.* 14, n. 2) à *ament* = [93] Forme archaïque pour *jucundiora*. — *Quin* ... *sunt*, conclusion de la troisième partie du discours. La deuxième et la troisième partie roulent sur le même ordre d'idées « que la noblesse est livrée aux plus grands vices, et qu'à cause de cela elle est incapable d'administrer la république, » pour conclure à ceci « que le peuple a bien fait en le chargeant de la guerre de Numidie; » seulement l'une les présente d'une manière négative, l'autre sous une forme affirmative. Ce qui suit (*Verum* ... *cladi sunt*) lui sert de transition à la dernière partie, où il engage le peuple à s'enrôler bravement et avec confiance. = [94] Voy. *Cat.* 51, n. 15. = [95] Est ironique. = [96] N'est pas pour le simple *postquam*, mais équivaut à « cum jam, id quod maxime necessarium erat, illis responderim. » Dietsch. = [97] Ne répond à rien de ce qui suit; peut-être est-ce à dessein que l'auteur a commis cette négligence. = [98] *Avaritia*, allusion à Bestia (28, 29) et à Albinus (36); *imperitia*, à Aulus (38); *superbia*, à Métellus (64). = [99] Annonce la seconde cause; la première l'est par *nam*. = [100] Voy. 32, n. 2. = [101] « Hoc loco *de militia reipublicæ causa subeunda* dictum est, plerumque *de magistratibus ambiundis* dicitur. » Dietsch. Cf. *Cat.* 52. = [102] Répète et confirme ce qu'il a dit plus haut: *P. omnium*, etc. = [103] Est le contraire de *in manibus essent*. = [104] L'imparfait de l'indicatif, à l'apodose d'une proposition conditionnelle, présente ce qui dépend de la condition comme devant arriver avec certitude. = [105] « Une belle mort prématurée est préférable à une vie honteuse; on ne doit pas craindre la mort. » Cf. Platon, *Menex.* 20. = [106] Cf. *Cat.* 58. — Comparez ce discours avec celui de Memmius (ch. 31); tous deux font ressortir le but de l'historien, indiqué au ch. 5.

concerne la Numidie, ayez bon espoir, Quirites. En effet, les appuis qui jusqu'à ce jour ont soutenu Jugurtha, vous les avez tous écartés, la cupidité, l'incapacité, ainsi que l'orgueil. Puis, vous avez là-bas une armée qui connaît les lieux, mais qui, par Hercule, est plus brave qu'heureuse : car la cupidité et l'imprudence des chefs en ont détruit une grande partie. Ainsi donc, vous qui êtes en état de porter les armes, secondez-moi et embrassez les intérêts de l'État; que le désastre des autres ou l'orgueil des généraux n'inspire de crainte à personne. Moi-même, en marche, au combat, je serai près de vous, pour vous conseiller et en même temps pour partager vos périls; entre vous et moi, dans toutes les circonstances, je ne mettrai point de distinction. Et vraiment, avec l'aide des dieux, nous n'avons plus qu'à récolter victoire, butin, honneur; mais tout cela fût-il douteux ou loin de nous, il serait encore du devoir de tous les gens de bien de venir au secours de la république. Car la lâcheté n'a immortalisé personne, et jamais père n'a souhaité pour ses enfants une existence éternelle, mais une vie belle et honorable. J'en dirais davantage, Quirites, si les paroles donnaient la valeur aux poltrons; car, pour les gens de cœur, je crois en avoir dit assez. »

86. Hujuscemodi oratione habita, Marius, postquam plebis animos arrectos videt, propere commeatu, stipendio, armis aliisque utilibus navis onerat[1]; cum his A. Manlium legatum proficisci jubet. Ipse interea milites scribere, non more majorum, neque ex classibus, sed uti cujusque lubido erat, capite censos plerosque[2]. Id factum alii inopia bonorum[3], alii per ambitionem consulis memorabant, quod ab eo genere celebratus auctusque erat[4], et homini potentiam quærenti egentissumus quisque opportunissumus, cui neque sua curæ, quippe quæ nulla sunt, et omnia cum pretio[5] honesta videntur. Igitur Marius cum aliquanto majore numero, quam decretum erat, in Africam profectus, paucis diebus Uticam advehitur[6]. Exercitus ei traditur a P. Rutilio legato : nam Metellus conspectum Marii fugerat, ne videret ea, quæ audita animus tolerare nequiverat.

86. Après avoir tenu ce discours, Marius, voyant les esprits de la plèbe enflammés, s'empresse de charger des vaisseaux de vivres, d'argent, d'armes et d'autres approvisionnements; il les fait partir sous les ordres de A. Manlius, son lieutenant. Lui-même, en attendant, enrôle des soldats, non selon la coutume des ancêtres, ni d'après les classes, mais en prenant tous ceux qui se présentaient, capitecensi pour la plupart. Ce qui se fit, disaient les uns, faute de citoyens propres au service, selon d'autres par l'ambition du consul, parce que c'était à cette espèce d'hommes qu'il devait sa célébrité et son élévation, et que pour un personnage qui aspire au pouvoir, il n'est pas de meilleurs appuis que les gens les plus pauvres, qui ne s'occupent pas de leurs affaires, vu qu'ils n'ont rien, et aux yeux de qui l'argent justifie tout. Marius part donc pour l'Afrique avec un corps d'armée un peu plus considérable qu'il n'avait été décrété, et en peu de jours arrive à Utique. L'armée lui est remise par P. Rutilius, lieutenant: car Métellus avait évité la présence de Marius, pour ne pas voir ce dont son âme n'avait pu supporter la nouvelle.

87. Sed consul, expletis[1] legionibus cohortibusque auxiliariis, in agrum fertilem et præda onustum proficiscitur, omnia ibi capta militibus donat, dein castella et oppida natura et viris[2] parum munita aggreditur; prœlia multa, ceterum levia, alia aliis locis facere. Interim novi milites sine metu pugnæ adesse, videre fugientes capi aut occidi, fortissumum quemque tutissumum; armis libertatem, patriam parentesque et alia omnia tegi, gloriam atque divitias quæri[3]. Sic brevi spatio novi veteresque coaluere, et virtus omnium æqualis facta. At reges[4] ubi de adventu Marii cognoverunt, divorsi in locos difficiles abeunt. Ita Jugurthæ placuerat speranti mox effusos hostis invadi posse, Romanos, sicuti plerosque, remoto metu laxius licentiusque[5] futuros.

87. Le consul, après avoir complété les légions et les cohortes auxiliaires, se dirige vers un pays fertile et riche en butin; toutes les captures, il les abandonne aux soldats; puis il attaque les forts et les villes que ne défendaient assez ni la nature ni leurs garnisons; de côté et d'autre, il livre une foule de combats, mais sans importance. Cependant les nouveaux soldats prennent sans crainte part à la bataille; ils voient que les fuyards sont pris ou tués, que les plus braves ont le moins à craindre, que c'est par les armes qu'on défend liberté, patrie, parents et tous les biens, qu'on acquiert gloire ainsi que richesses. De cette manière, en peu de temps, nouveaux et anciens ne firent plus qu'un, et tous furent égaux en bravoure. Quant aux rois, dès qu'ils ont appris l'arrivée de Marius, ils s'en vont séparément dans des lieux d'un accès difficile. Ainsi l'avait voulu Jugurtha, dans l'espoir que bientôt l'ennemi se débanderait et pourrait être attaqué, que les Romains, comme il arrive presque toujours, débarrassés de la crainte, tomberaient dans l'indiscipline et la licence.

86. — [1] Cf. 36 : *commeatum*, etc. = [2] Marius introduisit une double réforme dans le mode de recrutement. 1° Il dispensa les citoyens, réunis par centuries au champ de Mars, de déclarer leurs noms comme auparavant, et enrôla ceux qui se présentaient volontairement (*u. c. l. erat*). 2° Servius Tullius avait réparti en cinq *classes* les citoyens possédant une certaine fortune et imposés (on croit qu'il fallait avoir au moins 11,500 as); le reste était *infra classem*, et formait une seule centurie partagée en *accensi velati* (ayant plus de 1500 as), *proletarii* (plus de 375 as), *capite censi* (au-dessous de 375 as). Les *accensi velati* furent de tout temps appelés au service militaire (mais ils n'étaient pas obligés d'acheter leurs armes, d'où leur nom de *velati*, c'est-à-dire *sagis velati*); les *proletarii* à partir de 290 avant J.-C. ; les *capite censi* y furent admis la première fois par Marius. Voy. *Cat.* 32, n. 2. = [3] « Idoneorum et utilium ad militiam. » Dietsch. = [4] L'indicatif, la chose étant présentée comme le fait sur lequel s'appuyait l'opinion de ceux qui jugeaient de la sorte. = [5] « Ea conditione ut pretium adjunctum sit. » Vouloir une chose *unie* à une autre, c'est déclarer que la première sans la seconde nous paraît moins désirable. = [6] Dans les premiers mois de 107 av. J.-C.

87. — [1] Voy. *Cat.* 56, n. 2. = [2] D'hommes à la force de l'âge, capables de porter les armes = [3] Cf. *Cat.* 6 : *At.*, etc. Il y a, dans cette complaisance de développement, une leçon indirecte de l'auteur à ses contemporains. — *Quærere*, chercher à trouver (*nancisci studere*); Salluste et d'autres s'en servent dans le sens de *parare*. = [4] Voy. 81. = [5] L'un se rapporte au général, l'autre aux soldats.

88. Metellus interea Romam profectus, contra spem suam lætissumis animis excipitur, plebi patribusque, postquam invidia[1] decesserat, juxta carus. Sed Marius impigre prudenterque suorum et hostium res pariter attendere, cognoscere quid boni utrisque aut contra esset, explorare itinera regum, consilia et insidias eorum antevenire, nihil apud se remissum neque apud illos tutum pati. Itaque et Gætulos et Jugurtham, ex sociis[2] nostris prædam agentes, sæpe aggressus in itinere fuderat, ipsumque regem haud procul ab oppido Cirta armis exuerat[3]. Quæ postquam gloriosa modo neque belli patrandi[4] cognovit, statuit urbes, quæ viris aut loco pro[5] hostibus et advorsum se opportunissumæ erant, singulas circumvenire: ita Jugurtham aut præsidiis nudatum[6], si ea pateretur, aut prœlio certaturum. Nam Bocchus nuntios ad eum sæpe miserat[7], velle populi Romani amicitiam; ne quid ab se hostile timeret. Id simulaveritne, quo improvisus gravior accederet[8], an mobilitate ingenii pacem atque bellum mutare solitus, parum exploratum est.

88. Métellus, cependant, parti pour Rome, contre son attente, y est reçu avec des transports de joie; peuple et sénateurs, une fois la haine dissipée, le chérirent également. Pour Marius, il exerce sur ses troupes, aussi bien que sur les ennemis, une active et prudente surveillance, étudie ce que les uns et les autres ont pour ou contre eux, épie les mouvements des rois, prévient leurs plans et leurs embûches, ne se permet pas la moindre négligence et ne cesse d'inquiéter ses adversaires. Aussi avait-il plus d'une fois attaqué en route et dispersé les Gétules et Jugurtha, qui emmenaient le butin pris sur nos alliés; et le roi en personne, non loin de la ville de Cirta, avait dû jeter ses armes. Mais, ayant reconnu que tout cela n'était que glorieux et ne terminait pas la guerre, il résolut d'investir successivement toutes les villes que leurs garnisons ou leur position rendaient utiles aux ennemis et dangereuses pour lui: ainsi Jugurtha ou bien perdrait ses ressources, s'il laissait faire, ou bien en viendrait à une bataille. Quant à Bocchus, il lui avait envoyé plusieurs fois des messagers pour déclarer qu'il désirait l'amitié du peuple romain, qu'on ne devait craindre de sa part aucune hostilité. Était-ce une feinte pour nous attaquer à l'improviste avec plus de vigueur, ou la mobilité de son caractère le portait-elle tour à tour vers la paix ou la guerre, on ne saurait l'affirmer.

89. Sed consul, uti statuerat, oppida castellaque munita adire, partim vi, alia metu aut præmia ostentando avortere ab hostibus. Ac primo mediocria[1] gerebat, existumans Jugurtham ob suos tutandos in manus venturum. Sed ubi illum procul abesse et aliis negotiis intentum accepit, majora et magis aspera aggredi tempus visum est. Erat inter ingentes solitudines oppidum magnum atque valens, nomine Capsa, cujus conditor Hercules Libys[2] memorabatur[3]. Ejus cives apud Jugurtham immunes, levi imperio et ob ea fidelissumi habebantur[4], muniti advorsum hostis non mœnibus modo et armis atque viris, verum etiam multo magis locorum asperitate. Nam, præter oppido propinqua, alia omnia vasta, inculta, egentia aquæ, infesta serpentibus, quorum[5] vis, sicuti omnium ferarum, inopia cibi acrior; ad hoc natura serpentium, ipsa perniciosa, siti magis quam alia re accenditur[6]. Ejus potiundi Marium maxuma cupido invaserat, cum propter usum belli[7], tum quia res aspera videbatur, et Metellus oppidum Thalam magna gloria ceperat, haud dissimiliter situm munitumque, nisi quod apud Thalam non longe a mœnibus aliquot fontes erant, Capsenses una modo, atque ea intra oppidum, jugi aqua, cetera pluvia[8] utebantur. Id ibique et in omni Africa, quæ procul a mari incultius agebat[9], eo facilius tolerabatur, quia Numidæ plerumque lacte et ferina carne vescebantur, et neque salem neque alia irritamenta gulæ quærebant: cibus illis advorsum famem atque sitim, non lubidini neque luxuriæ erat[10].

89. Le consul, suivant sa résolution, marche sur les villes et les châteaux fortifiés, et emploie, pour les enlever à l'ennemi, tantôt la force, tantôt la terreur ou de séduisantes promesses. D'abord il se bornait à de petites opérations, dans la pensée que Jugurtha, pour défendre les siens, en viendrait aux mains. Mais quand il sut qu'il était loin et que d'autres affaires l'occupaient, il jugea qu'il était temps de passer à des entreprises plus importantes et plus difficiles. Il y avait au milieu d'immenses déserts une ville considérable et puissante, nommée Capsa, dont le fondateur était, disait-on, l'Hercule libyen. Ses habitants, sous Jugurtha, étaient exempts d'impôts, gouvernés avec douceur, et, par conséquent, fort attachés au roi; ils étaient défendus contre l'ennemi non-seulement par des murailles, des armes et des soldats, mais bien plus encore par la difficulté des lieux. Car, excepté les environs de la ville, tout le reste est désert, inculte, sans eau, infesté de serpents, dont la férocité, comme chez toutes les bêtes sauvages, s'accroît par le manque de nourriture; de plus, la nature des serpents, par elle-même fort dangereuse, n'a rien qui l'irrite autant que la soif. Marius avait le plus vif désir de s'emparer de cette place, d'une part, pour les besoins de la guerre, de l'autre, parce que la chose paraissait difficile et que Métellus s'était couvert de gloire en prenant la ville de Thala, située et fortifiée à peu près de même, si ce n'est qu'à Thala, non loin des murailles, se trouvaient quelques sources, au lieu que les habitants de Capsa, sauf un seul courant d'eau vive, et cela dans l'intérieur de la ville, n'avaient pour leur usage que de l'eau pluviale. Cette disette, là comme dans toute la partie de l'Afrique qui vivait grossièrement loin de la mer, était d'autant moins pénible à supporter, que les Numides se nourrissaient généralement de lait et de la chair des bêtes sauvages, et ne demandaient ni sel ni autres excitants de l'appétit: les aliments leur servaient à combattre la faim et la soif, non à satisfaire la recherche et la sensualité.

88. — [1] Voy. 25, n. 3. On lui décerna le triomphe et le surnom de *Numidicus*. = [2] Voy. 44, n. 2. = [3] Vaincre quelqu'un de telle sorte qu'il soit obligé de jeter ses armes pour fuir. = [4] S.-ent. *esse;* les génitifs se rapportent à *quæ* à la façon d'un adjectif: « Quæ postquam cognovit non ejusmodi esse, ut ad patrandum bellum pertinerent. » Kritz. Cf. *Cat.* 6, n. 4. = [5] Voy. 84, n. 5. = [6] A cause du futur qui suit, Corte a sous-entendu *fore* (sans songer que l'infinitif futur passif est *nudatum iri*). Mais ce premier membre marque simplement le fait; la détermination du temps est laissée à l'intelligence du lecteur. = [7] Voy. *Cat.* 34, n. 2. = [8] « De hostili impetu intelligendum est. » Gerlach. Cf. 20 et 46.

89. — [1] C'est-à-dire qu'il prit des places de peu d'importance. = [2] Mannert (*Géogr. des Grecs et des Romains*, X, p. 344) y voit un chef égyptien; Heeren (*Idées*, I, p. 126) croit qu'il s'agit de Phéniciens (cf. 18, n. 3), sans doute à une époque où ils étaient depuis assez longtemps établis sur le littoral. = [3] L'imparfait indique que c'était alors le dire des habitants. = [4] « *Immunes, l. imperio* tractabantur, *f.* erant (cf. *Cat.* 1, n. 7). » = [5] *Serpens* est généralement féminin chez les prosateurs, masculin chez les poètes; aussi beaucoup de mss. ont-ils *quarum*. = [6] Cf. Virg. *Georg.* 3, 432. = [7] « Propter ea, quæ illud oppidum præbebat, bello utilia. » Dietsch. Cf. 84, n. 9. = [8] S.-ent. *aqua*, car *pluvia* est adjectif. Il s'agit de citernes. = [9] Il y a quelque chose de dur dans ce verbe appliqué à un nom de terre. = [10] Trait de satire contre son temps. Cf. *Cat.* 13. — Ces allusions sont assez familières à Salluste, particulièrement dans le *Jugurtha;* l'auteur ne néglige aucune occasion de rappeler ses contemporains à la vie simple de Rome primitive, à ce que l'on nommait les vertus des ancêtres.

90. Igitur consul, omnibus exploratis, credo, dis fretus, — nam contra tantas difficultates consilio satis providere non poterat, quippe etiam frumenti inopia tentabatur, quia Numidæ pabulo pecoris magis quam arvo[1] student, et quodcunque natum fuerat[2], jussu regis in loca munita contulerant, ager autem aridus et frugum vacuus ea tempestate, nam æstatis extremum erat; tamen[3] pro rei copia satis providenter exornat[4] : pecus omne, quod superioribus diebus prædæ fuerat, equitibus auxiliariis agendum attribuit; A. Manlium legatum cum cohortibus expeditis ad oppidum Laris[5], ubi stipendium et commeatum locaverat, ire jubet, dicitque se prædabundum post paucos dies eodem venturum. Sic incepto suo occultato pergit ad flumen Tanam.

91. Ceterum in itinere quotidie pecus exercitui per centurias, item turmas[1] æqualiter distribuerat[2], et ex coriis utres uti fierent, curabat; simul et inopiam frumenti lenire, et ignaris omnibus parare, quæ mox usui forent; denique sexto die, cum[3] ad flumen ventum est, maxuma vis utrium effecta. Ibi castris levi munimento positis, milites cibum capere atque, uti simul cum[4] occasu solis egrederentur, paratos esse jubet, omnibus sarcinis abjectis, aqua modo seque et jumenta onerare. Dein, postquam tempus visum, castris egreditur, noctemque totam itinere facto consedit; idem proxuma facit; dein tertia, multo ante lucis adventum, pervenit in locum tumulosum[5], ab Capsa non amplius duum[6] millium intervallo, ibique, quam occultissume potest, cum omnibus copiis opperitur. Sed ubi dies cœpit et Numidæ, nihil hostile metuentes, multi oppido egressi, repente omnem equitatum et cum his velocissumos pedites cursu tendere ad Capsam et portas obsidere[7] jubet; deinde ipse intentus propere sequi, neque milites prædari sinere. Quæ postquam oppidani cognovere, res trepidæ, metus ingens, malum improvisum, ad hoc pars civium extra mœnia in hostium potestate coegere, uti deditionem facerent. Ceterum oppidum incensum, Numidæ puberes interfecti, alii omnes venumdati[8], præda militibus divisa. Id facinus contra jus belli[9] non avaritia neque scelere[10] consulis admissum; sed quia locus Jugurthæ opportunus, nobis aditu difficilis, genus hominum mobile, infidum ante, neque beneficio neque metu coercitum[11].

92. Postquam tantam rem peregit[1] Marius sine ullo suorum incommodo, magnus et clarus antea, major atque clarior haberi cœpit. Omnia non bene consulta[2] in virtutem trahebantur; milites, modesto[3] imperio habiti simul et locupletes, ad cœlum ferre; Numidæ magis quam mortalem timere; postremo omnes, socii[4] atque hostes, credere illi aut mentem divinam esse, aut deorum nutu cuncta portendi. Sed consul, ubi ea res bene evenit, ad alia oppida pergit, pauca repugnantibus Numidis capit, plura deserta[5] propter Capsensium miserias igni corrumpit; luctu atque cæde omnia complentur. Denique multis

90. En conséquence, le consul, après s'être assuré de tout, s'en remet, je crois, aux dieux; — en effet, contre de pareils obstacles les mesures de la prudence ne suffisaient pas; il avait en outre à souffrir du manque de blé, parce que les Numides s'occupent plus de l'élève des troupeaux que du labourage, et que toute la récolte, par ordre du roi, avait été transportée dans des places fortes; la campagne, d'ailleurs, était aride et sans productions à cette époque, car on était à la fin de l'été; néanmoins, vu l'état des choses, il met dans ses préparatifs assez de prévoyance : il charge la cavalerie auxiliaire de conduire tout le bétail capturé les jours précédents; il donne au lieutenant A. Manlius l'ordre de se porter avec les cohortes légères vers la ville de Lares, où il avait déposé la solde et les munitions, et dit que lui-même, en pillant, y viendrait aussi dans quelques jours. Ayant ainsi caché son dessein, il s'avance vers le fleuve Tana.

91. Cependant, en chemin, il distribuait chaque jour à son armée une quantité de bétail déterminée par centurie et par escadron, et faisait faire des outres avec les peaux; il atténuait ainsi la privation de blé et se procurait en même temps, sans que personne s'en doutât, ce dont il allait bientôt avoir besoin; enfin, quand au bout de six jours on fut arrivé au fleuve, une très-grande quantité d'outres se trouva faite. Y ayant établi un camp faiblement retranché, il ordonne aux soldats de prendre de la nourriture, d'être prêts à se mettre en marche au coucher du soleil, de jeter tous les bagages pour ne se charger que d'eau, eux et les bêtes de somme. Puis, quand il croit le moment venu, il sort du camp, et, après avoir marché toute la nuit, il s'arrête; la nuit suivante il en fait autant; puis, la troisième, longtemps avant le lever du soleil, il arrive dans un endroit montueux, à deux milles au plus de Capsa, et là, se tenant caché le mieux possible, il attend avec toutes ses troupes. Mais quand le jour eut paru, et que les Numides, ne soupçonnant aucun danger, furent sortis en grand nombre de la ville, soudain il ordonne à toute la cavalerie et avec elle aux plus agiles fantassins de courir sur Capsa et de s'emparer des portes; puis lui-même, prêt à tout, les suit à la hâte sans permettre aux soldats de piller. Lorsque les habitants surent ce qui se passait, leur situation critique, l'épouvante, l'imprévu de l'attaque, de plus, la pensée qu'une partie de leurs concitoyens était hors des murs au pouvoir de l'ennemi, tout les força de se rendre. La ville fut livrée aux flammes, les Numides adultes massacrés, tous les autres vendus, et le butin distribué aux soldats. Cet acte contraire au droit de la guerre, le consul ne l'accomplit ni par cupidité ni par scélératesse; mais parce que cette place, avantageuse pour Jugurtha, nous était d'un accès difficile, et que la population, inconstante, toujours perfide, ne pouvait être arrêtée ni par les bienfaits ni par la crainte.

92. Après avoir exécuté une telle entreprise sans aucun préjudice pour les siens, Marius, déjà grand et illustre, devient plus grand et plus illustre encore. Tous ses projets, même les plus hasardés, sont attribués au mérite; les soldats, commandés avec douceur et en même temps enrichis, le portent aux nues; les Numides le redoutent plus qu'un mortel; en un mot, tous, alliés et ennemis, croient ou qu'il a une intelligence divine, ou que la volonté des dieux lui révèle l'avenir. Cependant le consul, après cet heureux succès, s'avance vers d'autres villes : quelques-unes, malgré la résistance des Numides, sont

90. — [1] *Arvus* (de *aro*), labouré, mais non encore ensemencé; de là *arvum* (s.-ent. *solum*), terre labourée. L'exactitude de l'antithèse demanderait *frumento*. = [2] « Fruges jam collectæ et ad usum reconditæ. » Kritz. = [3] Anacoluthe remarquable. L'auteur semblait devoir procéder ainsi : *Igitur... fretus*, *tantam rem aggreditur*; mais voulant expliquer le *dis fretus*, il est entré dans une parenthèse qu'il a étendue outre mesure, et a oublié son premier dessein, en sorte que le membre de phrase *tamen... exornat* a pour sujet *consul*, tandis que par la forme et le sens il se rapporte à la parenthèse. = [4] Est dit d'une manière absolue. = [5] Accusatif pluriel, car on trouve *Laribus* dans l'*Itinéraire* d'Antonin et dans Saint-Augustin (*adv. Donatist.* 6, 28.)

91. — [1] Voy. *Cat.*, 56, n. 1. = [2] Le plus-que-parfait présente la distribution comme étant faite avant toute autre chose. = [3] « Quo die, » et non « ex quo. » = [4] Voy. 68, n. 2. = [5] Ne se trouve qu'ici. = [6] Pour *duorum*. Voy. 48, n. 3. = [7] De *obsido* (cf. *Cat.* 45, n. 2), car il s'agit de couper la retraite aux habitants sortis. = [8] Cf. 28, n. 1. = [9] Qui défendait de tuer ou de réduire en esclavage ceux qui s'étaient rendus volontairement. = [10] « Scelesto animo. » Salluste n'excuse pas le fait; il défend simplement Marius du soupçon d'avoir agi dans un esprit de gain ou de crime. = [11] La négation lui donne la valeur d'un adjectif en *bilis*. Cf. 76, n. 1.

92. — [1] Leçon la plus autorisée. = [2] Quelques mss. intercalent *modo*, *verum etiam casu data*, adopté par Kritz. = [3] « Omni acerbitate carenti. » Dietsch. = [4] *Postremo* résumant ce qui précède, Fabri le prend dans le sens général de « tout ce qui était du côté de Marius, citoyens, soldats, alliés, fédérés. » Kritz croit qu'il désigne seulement les habitants de la province d'Afrique (voy. 13, n. 4). = [5] Sans

locis potitus, ac plerisque exercitu incruento, aliam rem aggreditur, non eadem asperitate qua Capsensium[6], ceterum haud secus difficilem[7]. Namque haud longe a flumine Mulucha, quod Jugurthæ Bocchique regnum disjungebat, erat inter ceteram planitiem[8] mons saxeus, mediocri castello satis patens[9], in immensum editus, uno perangusto aditu relicto ; nam omnis[10] natura velut opere atque consulto præceps. Quem locum Marius, quod ibi regis thesauri erant, summa vi capere intendit. Sed ea res forte quam consilio melius gesta. Nam castello virorum atque armorum satis, magna vis frumenti et fons aquæ ; aggeribus[11] turribusque et aliis machinationibus locus importunus ; iter castellanorum angustum admodum, utrinque præcisum. Vineæ cum ingenti periculo frustra agebantur ; nam cum hæ paulo processerant, igni aut lapidibus corrumpebantur[12] ; milites neque pro opere[13] consistere propter iniquitatem loci, neque inter[14] vineas sine periculo administrare[15] : optumus quisque cadere aut sauciari, ceteris metus augeri.

93. At Marius, multis diebus et laboribus consumptis, anxius trahere cum animo suo, omitteretne inceptum, quoniam frustra erat, an fortunam opperiretur, qua sæpe prospere usus fuerat. Quæ cum multos dies noctesque æstuans[1] agitaret, forte quidam Ligus, ex cohortibus auxiliariis miles gregarius, castris aquatum egressus, haud procul ab latere castelli, quod advorsum[2] prœliantibus erat, animum advortit inter saxa repentes cochleas ; quarum cum unam atque alteram, dein plures peteret, studio legundi paulatim prope ad summum montis egressus est[3]. Ubi postquam solitudinem intellexit[4], more ingenii humani cupido difficilia faciundi animum vortit[5]. Et[6] forte in eo loco grandis ilex coaluerat inter saxa, paulum modo prona, deinde inflexa atque aucta in altitudinem, quo cuncta gignentium[7] natura fert. Cujus ramis modo, modo eminentibus saxis nisus Ligus, in castelli planitiem pervenit[8], quod cuncti Numidæ intenti prœliantibus aderant. Exploratis omnibus, quæ mox usui fore ducebat, eadem regreditur, non temere, uti escenderat, sed tentans omnia et circumspiciens. Itaque Marium propere adit, acta edocet, hortatur ab ea parte, qua ipse escenderat, castellum tentet, pollicetur sese itineris periculique ducem. Marius cum Ligure promissa ejus cognitum ex præsentibus[9] misit ; quorum[10] uti cujusque ingenium erat, ita rem difficilem aut facilem nuntiavere. Consulis animus tamen paulum arrectus est. Itaque ex copia tubicinum et cornicinum[11] numero quinque quam velocissumos delegit, et cum his, præsidio qui forent, quatuor centuriones, omnesque Liguri parere jubet, et ei negotio proxumum diem constituit.

prises ; beaucoup d'autres, abandonnées à cause du malheureux sort des Capsiens, sont détruites par les flammes ; tout est couvert de deuil et de carnage. Enfin, après avoir emporté une foule de places, et la plupart sans effusion de sang, il tente une autre entreprise qui, sans offrir les mêmes périls que l'affaire de Capsa, était d'ailleurs tout aussi difficile. En effet, non loin du fleuve Mulucha, qui séparait les royaumes de Jugurtha et de Bocchus, se trouvait, au milieu d'une vaste plaine, une montagne de rochers, assez étendue pour porter un petit fort, d'une prodigieuse élévation, abordable seulement par un passage très-étroit ; car elle était tout entière naturellement taillée à pic : on eût dit la main et le dessein de l'homme. Comme cette place renfermait un des trésors du roi, Marius concentra tous ses efforts pour s'en emparer. Mais, dans cette affaire, le hasard fit plus que le calcul. En effet, le fort avait des hommes et des armes en suffisance, une grande quantité de blé et une source d'eau ; le sol ne se prêtait pas aux terrassements ni aux tours et autres machines ; le chemin des habitants du fort était extrêmement étroit, et des deux côtés coupé à pic. On n'approchait les mantelets qu'avec de grands dangers et sans résultat ; car à peine avaient-ils un peu avancé, que le feu ou les pierres venaient les détruire ; les soldats ne pouvaient ni prendre pied devant l'ouvrage, à cause de l'inégalité du terrain, ni travailler sans péril sous les mantelets : les plus braves étaient tués ou blessés ; chez les autres, la peur augmentait.

93. Cependant Marius, après avoir perdu beaucoup de temps et de peine, se demandait avec inquiétude s'il renoncerait à son entreprise, puisqu'elle ne réussissait pas, ou s'il attendrait la fortune qui plus d'une fois l'avait heureusement servi. Depuis bien des jours et des nuits ces réflexions le tourmentaient, quand par hasard un Ligurien, simple soldat des cohortes auxiliaires, étant sorti du camp pour chercher de l'eau, aperçut, non loin du côté du fort opposé aux combattants, des escargots qui rampaient au milieu des rochers ; après en avoir pris un ou deux, puis davantage, son ardeur à en ramasser le fait monter peu à peu presqu'au sommet de la montagne. Là, remarquant que tout est désert, le désir, si conforme à la nature humaine, de triompher des difficultés, lui inspira une autre idée. Par hasard, en cet endroit, un grand chêne avait pris racine au milieu des rochers : d'abord légèrement incliné, il se repliait ensuite, et se développait en hauteur, suivant la direction naturelle de tous les végétaux. S'accrochant tantôt à ses branches, tantôt aux saillies du rocher, le Ligurien arrive au plateau de la forteresse : car tous les Numides étaient occupés à faire face aux combattants. Quand il eut examiné tout ce qu'il comptait bientôt mettre à profit, il revient par le même chemin, non plus à l'aventure, comme il était monté, mais en observant tout et en regardant autour de lui. Il se hâte donc d'aller trouver Marius, lui expose ce qu'il a fait, l'engage à attaquer le fort du côté par où il était monté, et s'offre pour être à la tête de la marche et du péril. Marius envoya avec le Ligurien, pour vérifier ses assertions, quelques-uns de ceux qui étaient présents ; ceux-ci, chacun suivant son caractère, déclarèrent la chose difficile ou facile. Le consul pourtant reprit quelque courage. En conséquence, parmi les trompettes et les cors, il en choisit cinq des plus agiles, et leur adjoint, pour les appuyer, quatre centurions ; il leur ordonne à tous d'obéir au Ligurien, et fixe le lendemain pour l'exécution.

doute parce qu'elles n'étaient pas assez solides. = [6] S.-ent. *res*. = [7] « Sed tamen per se non minus difficilem. » Kritz. = [8] Dans des lieux dont le reste formait une plaine. = [9] « Tam late patens ut caperet mediocre castellum. » Corte. = [10] Se rapporte à *mons*. = [11] Voy. 37, n. 8. = [12] Voy. 79, n. 7. = [13] Les travaux d'approche pour attaquer la place. = [14] *Inter* les représente comme resserrés entre les parois des mantelets ; *intra* indiquerait qu'ils en étaient entièrement couverts. = [15] Voy. 76, n. 6.

93. — [1] « Anxius et dubitans. » Kritz. = [2] Presque tous les éditeurs, faute d'examiner la suite du récit, ont adopté *avorsum*, variante de quelques mss. de second ordre (d'ailleurs, il faudrait *avorsum a*). = [3] La Ligurie étant un pays de montagnes, ses habitants étaient fort agiles. = [4] S.-ent. *esse*. = [5] « *C. d. f.* effecit, ut mutata mente novum consilium caperet. » Gerlach. Nous rétablissons la leçon de tous les bons mss. audacieusement rejetée par la plupart des interprètes, parce qu'Aulu-Gelle (9, 12) cite comme étant de Salluste les mots : *more humanæ cupidinis ignara visendi*, et que Nonius (2, 465), par erreur, rapporte au *Jugurtha* une phrase analogue. = [6] Sert de transition pour faire connaître le résultat de l'entreprise. = [7] Voy. 79, n. 6. = [8] Fabri a démontré que la variante *L. c. p. perscribit* ne peut se soutenir. = [9] Le terme indiquant l'idée de partie est sous-entendu. = [10] « Qui, *u. c. i. erat*, *ita*, etc. » Attraction qui n'est pas rare. = [11] *Tuba* (de *tubus*), trompette droite ; *cornu*, trompette recourbée (*Cornua, quod ea, quæ nunc sunt ex ære, tunc fiebant*

94. Sed ubi ex præcepto tempus visum[1], paratis compositisque omnibus, ad locum pergit. Ceterum illi, qui adscensuri erant[2], prædocti ab duce, arma ornatumque[3] mutaverant, capite atque pedibus nudis, uti prospectus nisusque per saxa facilius foret; super terga gladii et scuta, verum ea Numidica ex coriis, ponderis gratia[4] simul et offensa[5] quo levius streperent. Igitur prægrediens Ligus saxa et, si quæ vetustate radices eminebant[6], laqueis vinciebat, quibus allevati facilius escenderent; interdum timidos insolentia itineris levare manu; ubi paulo asperior adscensus erat, singulos præ se inermes mittere, deinde ipse cum illorum armis sequi; quæ dubia nisui videbantur, potissumus[7] tentare, ac sæpius eadem adscendens descendensque, dein statim digrediens[8], ceteris audaciam addere. Igitur diu multumque fatigati, tandem in castellum perveniunt, desertum ab ea parte, quod omnes, sicut aliis diebus, advorsum hostis aderant. Marius, ubi ex nuntiis quæ Ligus egerat cognovit, quanquam toto die intentos prœlio Numidas habuerat[9], tum vero[10] cohortatus milites et ipse extra vineas egressus, testudine acta[11] succedere et simul hostem tormentis sagittariisque et funditoribus[12] eminus terrere. At Numidæ, sæpe antea vineis Romanorum subvorsis, item incensis, non castelli mœnibus[13] sese tutabantur, sed pro muro dies noctesque agitare, maledicere Romanis ac Mario vecordiam objectare, militibus nostris Jugurthæ servitium minari, secundis rebus feroces esse. Interim omnibus, Romanis hostibusque, prœlio intentis, magna utrinque vi pro gloria atque imperio his, illis pro salute certantibus, repente a tergo signa canere[14]; ac primo mulieres et pueri, qui visum processerant, fugere, deinde uti quisque muro proxumus erat, postremo cuncti armati inermesque. Quod ubi accidit, eo acrius Romani instare, fundere ac plerosque tantummodo sauciare[15], dein super occisorum corpora vadere, avidi gloriæ certantes murum petere, neque quemquam omnium præda morari. Sic forte[16] correcta Marii temeritas gloriam ex culpa invenit[17].

95. Ceterum dum ea res geritur, L. Sulla quæstor[1] cum magno equitatu in castra venit, quos[2] uti ex Latio et a sociis[3] cogeret, Romæ relictus erat. Sed quoniam nos tanti viri res admonuit, idoneum visum est[4] de natura cultuque[5] ejus paucis dicere: neque enim alio loco de Sullæ rebus dicturi sumus, et L. Sisenna, optume et diligentissume omnium, qui eas res dixere, persecutus[6], parum mihi libero ore locutus[7] videtur. Igitur[8] Sulla gentis patriciæ nobilis fuit, familia prope jam exstincta majorum ignavia[9], litteris Græcis et Latinis juxta[10] atque

94. Dès que, suivant ses instructions, le moment lui sembla venu, après avoir tout préparé et disposé, il va à son poste. Quant à ceux qui devaient faire l'ascension, prévenus par leur guide, ils avaient changé d'armes et de costume, la tête et les pieds nus, afin d'avoir la vue libre et de gravir plus facilement les rochers; sur le dos ils avaient des épées et des boucliers, mais des boucliers numides en cuir, tant à cause de leur légèreté que pour que le choc en fut moins bruyant. Le Ligurien marche donc en tête : aux rochers et aux vieilles racines qui faisaient saillie, il attache des cordes pour aider les soldats à grimper plus facilement; parfois il tend la main à ceux qu'effraie un chemin si nouveau; quand la montée est un peu plus rude, il les fait un à un passer devant sans armes, puis lui-même les suit avec leurs armes; le passage paraît-il dangereux, il est le premier à s'y hasarder, monte et descend à plusieurs reprises, puis se rangeant aussitôt de côté, il inspire aux autres de l'audace. Ainsi, après de longues et pénibles fatigues, ils arrivent enfin au château, désert de ce côté, parce que tous, ainsi que les jours précédents, faisaient face aux ennemis. Marius, instruit par des messagers de ce qu'a fait le Ligurien, bien qu'il eût retenu toute la journée les Numides au combat, se met aussitôt à encourager ses soldats, franchit lui-même les mantelets, fait former la tortue et marche en avant, pendant que machines, sagittaires et frondeurs inquiètent l'ennemi de loin. Les Numides, qui plusieurs fois déjà avaient renversé et même brûlé les mantelets des Romains, ne s'abritaient plus derrière les remparts du fort, mais se tenaient jour et nuit devant la muraille, insultaient les Romains et traitaient Marius d'insensé, menaçaient nos soldats des fers de Jugurtha, s'abandonnaient à l'enivrement du succès. Tandis que tous, Romains et ennemis, sont absorbés par la bataille et luttent avec acharnement de part et d'autre, ceux-là pour la gloire et l'empire, ceux-ci pour leur salut, tout à coup les trompettes sonnent par derrière; et d'abord on voit fuir les femmes et les enfants, qui étaient sortis pour voir le combat, puis ceux qui étaient les plus près de la muraille, enfin tous, armés ou non. Dans ce moment, les Romains les pressent avec d'autant plus de vigueur, les dispersent et se contentent de les blesser pour la plupart, puis passent sur les cadavres des morts, et, emportés par l'amour de la gloire, courent à l'envi vers la muraille, sans qu'un seul s'arrête pour piller. C'est ainsi que le hasard, réparant la témérité de Marius, lui fit trouver la gloire dans une faute.

95. Pendant que ce fait a lieu, L. Sylla, questeur, arrive au camp avec une nombreuse cavalerie recrutée dans le Latium et chez les alliés; c'était pour la rassembler qu'on l'avait laissé à Rome. Mais puisque le sujet nous a fait mentionner un tel homme, il nous a paru à propos de dire quelques mots de son caractère et de ses mœurs; car nous n'aurons plus lieu de parler de l'histoire de Sylla, et, d'autre part, L. Sisenna, celui de tous ses historiens qui l'a racontée avec le plus de talent et d'exactitude, ne s'est pas exprimé, selon moi, avec assez

bubulo e cornu. Varron, *L. L.* 5). «La première appelle les soldats au combat et sonne la retraite. Le jour, elle marque tous les exercices du camp; la nuit, elle annonce les veilles et les gardes. La seconde sert à rappeler les signifères; elle sonne quand il faut planter ou enlever les enseignes. Pendant les combats, *tubæ* et *cornua* mêlent leur harmonie.» Dezobry, *Rome*, etc., IV, p. 169.

94. — [1] «*U. e. p.*, quod Liguri dederat, *t. v.* est, ut quod ipse agendum susceperat, perficeret.» Dietsch. La phrase a pour sujet *Marius* et non *Ligus*. = [2] Leçon de sept mss. soutenue par Kritz. La leçon vulgaire *qui centuriis præerant*, n'est qu'une altération progressive du texte primitif, dont il est aisé de suivre la trace dans les mss. Il est à remarquer qu'il s'est glissé beaucoup plus d'interpolations dans la dernière partie du *Jugurtha*. = [3] Le sens propre de *ornare* est «équiper, garnir, pourvoir.» = [4] «Parce que le poids en est plus léger.» = [5] Pluriel neutre se rapportant à *scuta*. = [6] Attraction pour *et radices s. q. v. e.* = [7] «Primus» C'est le seul exemple où il ait ce sens. = [8] S'écartant d'un côté ou de l'autre, pour leur faire place. = [9] Voy. 79, n. 2. = [10] Construisez : *ubi... cognovit*, *tum vero* (*quanquam*, etc.)... *succedere*. Sur *vero*, voy. 58, n. 5. = [11] Manœuvre où les soldats élevaient au-dessus de leurs têtes leurs boucliers, qui, se touchant par les bords, formaient comme un toit solide que les traits ne pouvaient traverser. = [12] Voy. 21, n. 5; *Cat.* 60, n. 2. = [13] Désigne l'ensemble des fortifications qui entoure une ville. = [14] Voy. *Cat.* 59, n. 1. = [15] Ils ne les achèvent pas pour ne pas perdre de temps. = [16] Voy. 1, n. 3. = [17] Dietsch, mettant une virgule après *temeritas*, rapporte *invenit* à *Marius*.

95. — [1] Voy. 29, n. 5. = [2] «Qui, eos *uti*, etc., *R. r. erat.*» Cf. 93, n. 10. — *equitatu... quos*, syllepse. = [3] Voy. 39, n. 3. = [4] A la valeur du présent. Cf. *Cat.* 53, n. 6. = [5] «*Cultus* ad ea spectat, quæ vitæ usui ac consuetudini debentur.» Dietsch. = [6] S.-ent. *eas*, renfermé dans le membre qui précède. — *Persequi*, raconter en détail et exactement d'un bout à l'autre. = [7] Soit qu'il eût publié son ouvrage du vivant de Sylla, soit qu'appartenant à la *gens Cornelia*, il fût partisan de l'aristocratie. = [8] Voy. *Cat.* 54, n. 1. = [9] La *gens* comprenait tous ceux qui avaient le même *nomen* (cf. 39, n. 3); elle se divisait en *familiæ* qui se distinguaient par un ou plusieurs *cognomina*. La *gens Cornelia* patricienne (il y eut aussi des Cornélius plébéiens) comptait plusieurs branches, les *Lentuli*, les *Cethegi*, etc. Les *Sullæ* tiraient leur origine de P. Cornélius Rufinus, dictateur en 333 avant J.-C.; le premier qui porta le surnom de *Sulla* (couperosé), fut P. Rufinus, préteur en 212 av. J.-C., après lequel la famille tomba dans l'obscurité et la misère. Sylla était donc de race *nobilis*, et de famille presque *ignobilis*; voy. *Cat.* 5, n. 1. — *Exstincta*, dont l'*éclat* avait été *éteint*, effacé. = [10] Se rapporte à ce qui précède, et

doctissume eruditus, animo ingenti[11], cupidus voluptatum, sed gloriæ cupidior; otio[12] luxurioso esse, tamen ab negotiis nunquam voluptas remorata, nisi quod[13] de uxore[14] potuit honestius consuli; facundus, callidus et amicitia facilis[15]; ad simulanda negotia altitudo ingenii[16] incredibilis; multarum rerum ac maxume pecuniæ largitor. Atque illi felicissumo omnium, ante civilem victoriam, nunquam super industriam fortuna fuit, multique[17] dubitavere, fortior an felicior esset[18]; nam postea quæ fecerit, incertum habeo, pudeat magis an pigeat disserere.

de liberté. Sylla donc était d'une famille patricienne noble, mais d'une branche à peu près oubliée par suite de l'incapacité de ses ancêtres; également versé, et même à fond, dans les lettres grecques et latines; d'une âme grande, passionnée pour les plaisirs, mais plus passionnée pour la gloire; son repos était fastueux, toutefois le plaisir jamais ne le détourna des affaires; seulement, comme mari, il eût pu tenir une conduite plus honorable; éloquent, plein d'adresse et facile en amitié; dans l'art de dissimuler, esprit d'une profondeur incroyable; il prodiguait tout et surtout l'argent. Avec cela, le plus heureux des hommes, avant son triomphe sur ses concitoyens, jamais sa fortune ne fut supérieure à son mérite, et plusieurs se sont demandé s'il eut plus de courage ou plus de bonheur; car, pour ce qu'il fit dans la suite, je ne sais si j'ai plus de honte ou de répugnance à en parler.

96. Igitur[1] Sulla, ut supra dictum est, postquam in Africam atque in castra Marii cum equitatu venit, rudis antea et ignarus belli, sollertissumus omnium in paucis tempestatibus[2] factus est. Ad hoc milites benigne appellare[3], multis rogantibus, aliis per se ipse dare beneficia[4], invitus accipere, sed ea properantius quam æs mutuum reddere, ipse[5] ab nullo repetere, magis id laborare, ut illi[6] quam plurimi deberent, joca atque seria cum humillumis agere, in operibus[7], in agmine atque ad vigilias multus adesse[8], neque interim, quod prava ambitio[9] solet, consulis aut cujusquam boni famam lædere, tantummodo neque consilio neque manu priorem alium pati, plerosque antevenire. Quibus rebus et artibus[10] brevi Mario militibusque carissumus factus.

96. Ainsi donc Sylla, comme il a été dit plus haut, étant arrivé en Afrique et au camp de Marius avec la cavalerie, bien qu'il n'eût encore ni expérience ni connaissance de la guerre, devint en peu de temps le plus habile de tous. En outre, il abordait les soldats avec bonté; il rendait service à tous ceux qui l'en priaient, à d'autres de son propre mouvement; il n'acceptait que malgré lui; mais ce qu'il avait reçu, il mettait plus d'empressement à le rendre qu'à s'acquitter d'une dette, personnellement, ne réclamait jamais rien; il travaillait plutôt à se créer le plus d'obligés possible; il savait être plaisant ou sérieux avec les derniers des soldats; dans les travaux, en marche, ainsi que dans les postes, il était partout, sans que pourtant, comme le fait une coupable ambition, il dépréciât la réputation du consul ni d'aucun homme de mérite; seulement, ni pour le conseil, ni pour l'action, il ne souffrait de supérieur, il était au-dessus de la plupart. Ces qualités et cette conduite lui valurent bientôt l'affection de Marius et des soldats.

97. At Jugurtha, postquam oppidum Capsam aliosque locos munitos et sibi utiles, simul et magnam pecuniam[1] amiserat, ad Bocchum nuntios mittit[2], quam primum in Numidiam copias adduceret; prœlii faciundi tempus adesse. Quem ubi cunctari accepit et dubium belli atque pacis rationes trahere[3], rursus, uti antea[4], proxumos ejus donis corrumpit, ipsique Mauro pollicetur Numidiæ partem tertiam, si aut Romani Africa expulsi, aut integris suis finibus bellum compositum foret. Eo præmio illectus Bocchus cum magna multitudine Jugurtham accedit. Ita amborum exercitu conjuncto, Marium jam in hiberna proficiscentem, vix decima parte diei reliqua[5], invadunt, rati noctem, quæ jam aderat, et victis sibi munimento fore, et, si vicissent, nullo impedimento[6], quia locorum scientes erant, contra Romanis utrumque casum in tenebris difficiliorem fore. Igitur simul consul ex multis de hostium adventu cognovit, et[7] ipsi hostes aderant; et priusquam exercitus aut instrui aut sarcinas colligere[8], denique antequam signum[9] aut imperium ullum accipere quivisset, equites Mauri atque Gætuli, non acie neque ullo more prœlii, sed catervatim, uti quosque fors conglobaverat, in nostros concurrunt; qui omnes trepidi improviso metu, ac tamen virtutis memores, aut arma capiebant aut capientes alios ab hostibus defensabant, pars equos adscendere, obviam ire hostibus; pugna latrocinio[10]

97. Cependant Jugurtha, après avoir perdu la ville de Capsa, ainsi que d'autres places fortifiées et importantes pour lui, et avec cela beaucoup d'argent, fait prier Bocchus d'emmener le plus tôt possible ses troupes en Numidie : le moment de livrer bataille était venu. Ayant su qu'il hésitait et qu'indécis il calculait les avantages de la guerre et de la paix, il s'adresse de nouveau, comme naguère, aux confidents du roi et les gagne par des présents; au Maure lui-même il promet le tiers de la Numidie, si les Romains étaient chassés de l'Afrique, ou si la guerre se terminait sans qu'il perdît rien de son territoire. Séduit par cette offre, Bocchus rejoint Jugurtha avec un corps nombreux. Les armées des deux rois s'étant ainsi réunies, ils tombent sur Marius, au moment où il partait pour ses quartiers d'hiver, quand restait à peine la dixième partie du jour, persuadés que la nuit, qui était déjà venue, vaincus, les protégerait, vainqueurs, ne les embarrasserait pas, grâce à leur connaissance du pays, tandis que pour les Romains, dans l'un et l'autre cas, les ténèbres seraient un grand obstacle. Aussi, à peine le consul avait-il appris de divers côtés l'approche de l'ennemi, que déjà l'ennemi était là; et, avant que l'armée eût trouvé le temps de se former ou de rassembler ses bagages, avant même qu'elle eût pu recevoir un signal ou un commandement, les cavaliers maures et gétules,

ne doit pas être uni à *atque*, qui a ici la valeur de *et quidem* (cf. *Cat.* 52, n. 32). Voy. 85, n. 37. = [11] « Que ne satisfont pas de petites choses, qui désire tout ce qu'il y a de plus grand et de plus élevé. » Cf. 63, n. 3. = [12] Voy. 8, n. 3. = [13] Répond, non aux termes mêmes qui précèdent, mais à l'idée qui en ressort : « Il préféra donc le devoir au plaisir. » De plus, ces mots forment une locution elliptique, dont la valeur est : « *nisi* huic laudi repugnat, *quod*. » = [14] A le sens général de *res uxoria*. Sylla eut cinq femmes; sur sa conduite honteuse comme homme marié, voy. Plut. *Sul.* 6 et 35. = [15] Cf. *Cat.* 54, n. 4. L'ablatif marque ici le rapport (*ad quod aliquid spectat*). = [16] Profondeur impénétrable de l'âme, qui cache ses sentiments ou ses pensées; ce que Cicéron (*ad Att.* 5, 10) appelle βαθύτης. = [17] Cf. 9, n. 4. = [18] *Virum, dicerem fortem, nisi ipse felicem se appellari maluisset.* Valère-Maxime, 6, 9. Sylla, après la guerre civile et son triomphe sur le parti démocratique, prit le surnom de *Felix*.

96. — [1] Voy. 19, n. 7. = [2] « Intra paucas tempestates. » = [3] Voy. 48, n. 11. = [4] Cf. 110 : *multis*, etc. = [5] « *Alii* mox ab eo beneficia reddita accipiebant, *ipse*, etc. » Dietsch. = [6] Parfois les Latins remplacent, dans les propositions secondaires, le pronom réfléchi par le démonstratif; l'auteur oublie qu'il exprime la pensée d'un autre, et parle en son propre nom. = [7] « In munitionibus faciendis, sive cæ castris tutandis, sive hostibus oppugnandis inserviebant. » Kritz. = [8] Est dit de son intimité et de ses rapports continuels avec les soldats. = [9] Cf. *Cat.* 18, n. 2. = [10] Voy. *Cat.* 2, n. 4.

97. — [1] Cf. 92 : *Quem locum*, etc. = [2] Voy. *Cat.* 29, n. 3; 34, n. 2. = [3] Locution tirée de la langue des affaires, où l'on fait le compte (*ratio*) des recettes et des dépenses. = [4] Voy. 80. = [5] Cf. 68, n. 3. = [6] Ou bien est au datif, et alors *nullo* est pour *nulli* (cf. *Cat.* 29, n. 6); ou à l'ablatif, et alors a la valeur d'un adjectif et ne doit pas se construire avec *sibi* qui précède. = [7] *Simul... et*, « eodem tempore c. *cognovit*, et *h. aderant*. » Kritz. = [8] Avant le combat, on déposait tous les bagages dans un même lieu. = [9] Doit s'entendre de *tuba* voy. 93, n. 11) et de *tessera* (mot d'ordre, signe de ralliement). = [10] Est souvent opposé à *prœlium* ou à *bellum*. Tite-Live, 29, 6 : *Latrociniis magis quam justo bello in Bruttiis gerebantur res.* — « *Prœlium*, exercitus congressus; *pugna*, armorum certamen. » Dietsch. =

magis quam prœlio similis fieri; sine signis, sine ordinibus equites peditesque permixti; cædere[11] alios, alios obtruncare; multos, contra advorsos acerrume pugnantes, ab tergo circumvenire; neque virtus neque arma satis tegere, quod hostes numero plures et undique circumfusi erant; denique Romani veteres [novique][12] et ob ea scientes belli, si quos locus aut casus conjunxerat, orbes facere, atque ita ab omnibus partibus simul tecti et instructi hostium vim sustentabant.

non en ordre de bataille, ni d'après aucune règle de tactique, mais par masses, suivant que le hasard les avait attroupés, se précipitent sur les nôtres; tous, troublés par cette alarme imprévue, sans oublier pourtant leur valeur, ou prennent les armes, ou défendent ceux qui les prennent de l'atteinte des ennemis; une partie montent à cheval, vont au devant des ennemis; l'action ressemble à une rencontre de brigands plutôt qu'à une bataille; sans enseignes, sans rangs, cavaliers et fantassins se trouvent confondus; les uns sont renversés, les autres égorgés; beaucoup, en combattant avec ardeur devant eux, sont enveloppés par derrière; ni la bravoure, ni les armes ne suffisent à les protéger, car les ennemis sont supérieurs en nombre et les pressent de toutes parts; enfin, ceux des Romains, anciens [et nouveaux] et par conséquent rompus à la guerre, que le terrain ou le hasard a réunis, se forment en cercle, et ainsi couverts et à la fois en garde de tous les côtés, ils soutiennent l'assaut des ennemis.

98. Neque in eo tam aspero negotio Marius territus aut magis quam antea demisso animo fuit, sed cum turma sua[1], quam ex fortissumis magis quam familiarissumis paraverat[2], vagari passim, ac modo laborantibus suis succurrere, modo hostes, ubi confertissumi obstiterant, invadere; manu[3] consulere militibus, quoniam imperare conturbatis omnibus non poterat. Jamque dies consumptus erat[4], cum tamen barbari nihil remittere[5] atque[6], uti reges præceperant, noctem pro se[7] rati, acrius instare. Tum Marius ex copia rerum consilium trahit atque, uti suis receptui locus esset, colles duos propinquos inter se occupat, quorum in uno, castris parum amplo, fons aquæ magnus erat, alter usui opportunus, quia magna parte editus et præceps pauca munimenta quærebat. Ceterum apud aquam Sullam cum equitibus noctem agitare jubet; ipse paulatim dispersos milites, neque minus hostibus conturbatis, in unum[8] contrahit, dein cunctos pleno gradu[9] in collem subducit. Ita reges, loci difficultate coacti, prœlio deterrentur; neque tamen suos longius abire sinunt, sed, utroque colle multitudine circumdato, effusi consedere. Dein crebris ignibus factis, plerumque noctis barbari suo more lætari, exsultare, strepere vocibus, et ipsi duces feroces, quia non fugere, aut pro victoribus agere[10]. Sed ea cuncta Romanis ex tenebris et editioribus locis facilia visu magnoque hortamento erant.

98. Dans cette affreuse situation, Marius ne s'effraie point, ne perd rien de sa fermeté habituelle, mais, à la tête de son escadron, qu'il avait composé des plus braves, et non de ses favoris, il se porte sur tous les points, et tantôt vole au secours des siens en danger, tantôt fond sur les colonnes les plus épaisses de l'ennemi; c'est en se battant qu'il veille aux intérêts des soldats, car, dans la confusion générale, le commandement n'est plus possible. Déjà le jour était à sa fin, et les barbares ne se relâchaient point, mais suivant les instructions des rois, convaincus que la nuit était à leur avantage, ils pressaient l'attaque plus vivement. Alors Marius prend conseil de la circonstance, et, pour assurer aux siens un lieu de retraite, fait occuper deux collines voisines entre elles, dont l'une, trop étroite pour un camp, avait une source d'eau abondante, et dont l'autre offrait une position avantageuse, parce que, en grande partie élevée et coupée à pic, elle n'exigeait que peu de retranchements. Il ordonne donc à Sylla de passer la nuit avec ses cavaliers auprès de la source; lui-même, ralliant peu à peu ses soldats dispersés, confusion qui régnait aussi chez l'ennemi, les rassemble en un seul corps; puis tous, il les fait monter sur la colline au pas accéléré. Ainsi les rois sont forcés par la difficulté du terrain de renoncer à la bataille; toutefois ils ne permettent pas aux leurs de s'éloigner, mais enveloppant de leurs troupes les deux collines, ils prennent position dans un grand désordre. Puis, ayant allumé un grand nombre de feux, les barbares passent presque toute la nuit à se réjouir à leur manière, à danser, à pousser des cris, et les chefs eux-mêmes étaient fiers, pour n'avoir pas fui, ou même se regardaient comme victorieux. Tout cela, les Romains, du sein des ténèbres et du haut de leur position, pouvaient le voir facilement, et ce spectacle était pour eux un puissant encouragement.

99. Plurimum vero Marius imperitia hostium confirmatus, quam maxumum silentium haberi jubet, ne signa quidem, uti per vigilias solebant[1], canere[2]; deinde, ubi lux adventabat, defessis jam hostibus ac paulo ante somno captis, de improviso vigiles[3], item cohortium[4], turmarum, legionum tubicines simul omnes signa canere, milites clamorem tollere atque portis[5] erumpere jubet. Mauri atque Gætuli, ignoto et horribili sonitu repente exciti, neque fugere, neque arma capere, neque omnino facere aut providere[6] quidquam poterant; ita cunctos

99. Pleinement rassuré par l'inexpérience des ennemis, Marius ordonne de garder le plus profond silence, de ne pas même sonner de la trompette de poste en poste, suivant l'habitude; puis à l'approche du jour, au moment où les ennemis fatigués venaient de se livrer au sommeil, tout à coup les sentinelles, ainsi que les trompettes des cohortes, des escadrons et des légions, reçoivent l'ordre de sonner tous à la fois, les soldats de pousser des cris et de s'élancer par les portes. Les Maures et les Gétules, réveillés en sursaut par ce bruit inusité et épouvantable,

[11] A pour sujet *hostes*. — *Cædere*, faire tomber, jeter à terre; *obtruncare*, tuer d'une manière barbare. = [12] Se lit dans tous les mss., excepté dans un; on explique : «Romani, qui novi cum veteribus permixti et ob ea belli scientes erant,» ce qui n'est guère satisfaisant. Aussi Kritz, s'appuyant sur de fortes raisons, considère ces mots comme une interpolation amenée par le *novi veteresque* du chap. 87, et les rejette de son texte.

98. — [1] C'est-à-dire *turma prætoria*. Cf. *Cat.* 60, n. 6. = [2] Critique contre l'habitude des généraux de tenir compte, dans la formation de leur garde, moins de la valeur, que de la noblesse ou de l'amitié. = [3] En prenant part personnellement au combat. = [4] Commencement d'un hexamètre; cf. 1, n. 1; *Cat.* 19, n. 6. = [5] Remarquez l'infinitif historique dépendant de *cum*. = [6] «Et adeo.» Voy. *Cat.* 52, n. 32. = [7] *Pro me* équivaut à *mihi commodum est*. = [8] Cf. *Cat.* 17, n. 2. = [9] *Militari gradu XX millia passuum horis quinque, duntaxat æstivis, conficiendi sunt. Pleno autem gradu, qui citatior est, totidem horis XXIV millia peragenda sunt.* Végèce, 1, 9. Cf. 48, n. 3. = [10] L'auteur fait ressortir la sottise des deux rois «qui ferocius agebant, quod non fugere coacti sunt, imo, ut rectius dicam (hæc enim particulæ *aut* vis est), pro victoribus se gerebant.» Gerlach. La conjecture de Corte *q. n. fugerent, pro*, etc. est donc inutile.

99. — [1] Doit s'entendre des *sentinelles* se répondant d'un poste à l'autre, afin que le général pût savoir si tout le monde veillait. Cf. Tac. *Hist.* 5, 22. = [2] Voy. *Cat.* 59, n. 1. = [3] Conjecture ingénieuse de Corte à la place du *vectigales* des mss. = [4] A savoir *sociorum*. Voy. 46, n. 14. = [5] Voy. 44, n. 6. = [6] «Cavere;» *quoniam qui malum futurum videt, ad cavendum omnia parat.* Donat (Tér. *Andr.* 1, 3, 3).

strepitu, clamore, nullo subveniente, nostris instantibus, tumultu, terrore formido quasi vecordia ceperat. Denique omnes fusi fugatique, arma et signa militaria pleraque capta, pluresque eo prœlio quam omnibus superioribus interempti : nam somno et metu insolito impedita fuga.

ne pouvaient ni fuir, ni prendre les armes, ni faire ou empêcher absolument rien : tellement le fracas, les clameurs, le manque de secours, l'attaque pressante des nôtres, le tumulte, la terreur, les avaient frappés d'une épouvante pareille au délire. Enfin, tous furent dispersés et mis en fuite; les armes et les enseignes militaires furent prises pour la plupart; et ils eurent plus de tués dans ce combat que dans tous les précédents : c'est que le sommeil et cette alarme imprévue les avaient empêchés de fuir.

100. Dein Marius, uti cœperat, in hiberna it[1], quæ propter commeatum[2] in oppidis maritumis agere decreverat; neque tamen victoria socors aut insolens factus, sed pariter atque in conspectu hostium quadrato agmine[3] incedere. Sulla cum equitatu apud dextumos[4]; in sinistra parte A. Manlius cum funditoribus et sagittariis, præterea cohortes Ligurum curabat[5]; primos et extremos cum expeditis manipulis tribunos locaverat. Perfugæ, minume cari[6] et regionum scientissumi, hostium iter explorabant. Simul consul, quasi nullo imposito[7], omnia providere, apud omnes adesse, laudare et increpare merentes : ipse armatus intentusque, item milites cogebat[8]. Neque secus, atque iter facere, castra munire; excubitum in porta cohortes ex legionibus, pro castris equites auxiliarios mittere, præterea alios super vallum in munimentis locare; vigilias ipse circumire, non tam diffidentia futurum[10], quæ imperavisset, quam uti militibus exæquatus cum imperatore labor volentibus esset[11]. Et sane Marius, illoque aliisque temporibus Jugurthini belli, pudore[12] magis quam malo[13] exercitum coercebat; quod multi per ambitionem[14] fieri aiebant, pars, quod a pueritia consuetam duritiam et alia, quæ ceteri miserias vocant, voluptati habuisset; nisi tamen[15] respublica pariter ac sævissumo imperio bene atque decore gesta[16].

100. Ensuite Marius continue sa route vers ses quartiers d'hiver, que, à cause des approvisionnements, il avait résolu d'établir dans les villes maritimes; la victoire pourtant ne l'avait rendu ni négligent ni présomptueux, mais, tout comme en présence de l'ennemi, il ne s'avançait qu'en bataillon carré. Sylla, avec la cavalerie, commandait à l'extrême droite; à l'aile gauche était A. Manlius avec les frondeurs et les sagittaires, et de plus, les cohortes des Liguriens; en tête et en arrière, il avait placé les tribuns avec les manipules armés à la légère. Les transfuges, fort peu estimés, et qui connaissaient bien le pays, observaient la marche des ennemis. En même temps le consul, comme s'il n'en avait chargé personne, veille à tout, est partout présent, distribue à qui le mérite l'éloge ou le blâme; lui-même est armé et vigilant, il en exige autant des soldats. S'il campe, même conduite que dans la marche; il fait garder les portes par des cohortes légionnaires, envoie devant le camp des cavaliers auxiliaires, en place d'autres dans les fortifications, sur le retranchement; il parcourt en personne les postes, non qu'il doute de l'exécution de ses ordres, mais pour rendre moins pénibles aux soldats des fatigues que partage le général. Et, en effet, Marius, alors comme dans tout le cours de la guerre de Jugurtha, contenait son armée moins par les punitions que par le sentiment de l'honneur : bien des gens disaient qu'il agissait ainsi par politique; quelques-uns, parce que le labeur, auquel il s'était rompu dès l'enfance, et toutes ces choses que les autres appellent des peines, étaient pour lui un plaisir; en tout cas, la république fut aussi bien et aussi dignement servie que par le commandement le plus rigoureux.

101. Igitur quarto denique[1] die, haud longe ab oppido Cirta, undique simul speculatores citi sese ostendunt; qua re hostis[2] adesse intellegitur. Sed quia divorsi redeuntes alius ab alia parte atque omnes idem significabant[3], consul incertus, quonam modo aciem instrueret, nullo ordine commutato, advorsum omnia paratus, ibidem opperitur. Ita Jugurthæ spes frustrata, qui copias in quatuor partes distribuerat, ratus ex omnibus æque aliquos ab tergo hostibus venturos[4]. Interim Sulla, quem primum hostes attigerant, cohortatus suos, turmatim et quam maxume confertis equis ipse aliique[5] Mauros invadunt; ceteri in loco manentes ab jaculis eminus emissis corpora tegere et, si qui in manus venerant, obtruncare. Dum eo modo equites prœliantur, Bocchus cum peditibus, quos Volux filius ejus adduxerat, neque[6] in priore pugna[7], in itinere morati, affuerant, postremam Romanorum aciem invadunt[8]. Tum Marius apud primos agebat, quod ibi Jugurtha cum plurimis erat. Dehinc Numida, cognito Bocchi adventu, clam cum paucis ad pedites[9] convortit; ibi Latine[10] (nam apud Numantiam loqui didicerat) ex-

101. Sur ces entrefaites, au bout du quatrième jour, non loin de la ville de Cirta, on voit de tous les points à la fois accourir les éclaireurs; ce qui indique la présence de l'ennemi. Mais comme, revenant de directions opposées, ils faisaient tous, chacun de son côté, le même rapport, le consul, ne sachant quel ordre de bataille adopter, ne change rien à ses lignes, et, prêt à tout, reste dans sa position. Ainsi fut déçu l'espoir de Jugurtha qui avait divisé ses troupes en quatre colonnes, dans la pensée que, de toute façon, quelques-uns des siens prendraient l'ennemi en queue. En même temps Sylla, que les ennemis avaient atteint le premier, encourage les siens, et, suivi d'une partie de ses cavaliers en escadrons aussi serrés que possible, il fond sur les Maures; les autres, sans quitter leur position, se garantissent contre les traits lancés de loin, et massacrent tous ceux qui en viennent aux mains. Tandis que les cavaliers combattent ainsi, Bocchus, avec l'infanterie qu'avait amenée son fils Volux, et qui, retardée en chemin, n'avait pas assisté à la précédente bataille, se jette sur l'arrière-garde des

100. — [1] Les mots *it quæ* manquent dans la majorité des mss.; quelques-uns ont *proficiscitur quæ*. = [2] « Eo, ut commeatus copiam haberet. » Kritz. = [3] Armée en marche formant un carré, avec le bagage au milieu, pour être aussitôt prête au combat dans le cas d'une rencontre avec l'ennemi. = [4] Superlatif archaïque de *dexter*. = [5] Se rapporte à *Sulla* et à *Manlius*; dans le premier membre il est absolu, dans le second, il est construit avec l'accusatif. Ne joignez pas *cum* avec le verbe, mais expliquez : *S. cui equitatus erat datus, M. cui*, etc. = [6] On n'y tient guère; aussi les charge-t-on de la besogne la plus périlleuse. = [7] « Ut nullos imposuisse videretur, qui singulis rebus præessent. » Dietsch. = [8] Cf. *Cat.* 27 : *ipse*, etc. = [9] « *N. s. a. i.* faciebat, *c.* muniebat. » L'infinitif historique après *non secus atque* n'a rien que de légitime, la première proposition étant *coordonnée* à la seconde. = [10] Pour *fore*; voy. 47, n. 7. La leçon *futuri* provient de l'ignorance des copistes. = [11] Cf. 84, n. 1 et n. 8. = [12] « Par son exemple, qu'ils eussent eu *honte* de ne pas suivre. » = [13] Archaïque pour *pœna*. = [14] Cf. 45, n. 1. = [15] « Je ne veux pas trancher cette question; j'affirme seulement que. » Voy. 24, n. 5. = [16] *Rempublicam gerere* se disait de tous ceux qui remplissaient des fonctions publiques.

101. — [1] « Rem significat, quæ cum per longius tempus nihil incidisset, tum facta sit. » Dietsch. = [2] Accusatif pluriel, *intelligitur* se construisant d'ordinaire avec la proposition infinitive. = [3] « *Q.*, *d. r.*, ex variis locis nuntiabant visa, et quidem omnes eadem. » Kritz. = [4] Jugurtha, ignorant que l'ennemi s'avançait en carré, pensait que, quelle que fût sa direction ou son ordre de bataille, une des quatre colonnes (*aliquos*) parviendrait de toute façon (*æque*) à prendre les Romains par derrière. — *ex omnibus* copiis. = [5] « Une partie, » opposé à *ceteri*, « le reste, *ceteræ turmæ equitum*. » = [6] Dépend de l'idée de *qui* renfermé dans *quos*. = [7] Voy. 97 – 99. = [8] A cause de l'idée de pluralité contenue dans *B. c. peditibus*. = [9] Les mots *c. B. adventu* prouvent qu'il s'agit des fantassins amenés par Volux, et *convertit* a le sens de *in aliam partem vertit*. = [10] Afin d'être compris des Romains. — *nam ... didicerat*. Voy. plus haut,

clamat, nostros frustra pugnare, paulo ante Marium sua manu interfectum; simul gladium sanguine oblitum ostendere, quem in pugna satis impigre occiso pedite nostro cruentaverat. Quod ubi milites accepere; magis atrocitate rei quam fide nuntii[11] terrentur, simulque barbari animos tollere[12] et in perculsos Romanos acrius incedere. Jamque paulum ab fuga aberant, cum Sulla, profligatis iis, quos advorsum ierat, rediens ab latere Mauris incurrit. Bocchus statim avortitur. At Jugurtha, dum sustentare suos et prope jam adeptam victoriam retinere cupit, circumventus ab equitibus, dextra sinistra[13] omnibus occisis, solus inter tela hostium vitabundus erumpit. Atque interim Marius, fugatis equitibus, accurrit auxilio suis, quos pelli jam acceperat. Denique hostes jam undique fusi. Tum spectaculum horribile in campis patentibus: sequi, fugere, occidi, capi; equi atque viri afflicti; ac multi, vulneribus acceptis, neque fugere posse neque quietem pati, niti[14] modo ac statim concidere; postremo omnia, qua visus erat, constrata telis, armis, cadaveribus, et inter ea humus infecta sanguine.

102. Post ea loci[1] consul haud dubie jam victor pervenit in oppidum Cirtam, quo initio profectus intenderat. Eo post diem quintum, quam[2] iterum barbari male pugnaverant, legati a Boccho veniunt, qui regis verbis[3] ab Mario petivere, duos quam fidissumos ad eum mitteret[4]; velle de se et de populi Romani commodo cum iis disserere. Ille statim L. Sullam et A. Manlium ire jubet. Qui[5] quanquam acciti[6] ibant, tamen placuit verba apud regem facere, uti ingenium aut avorsum flecterent, aut cupidum pacis vehementius accenderent. Itaque Sulla, cujus facundiæ, non ætati a Manlio concessum, pauca verba hujuscemodi locutus: «Rex Bocche, magna lætitia nobis est, cum[7] te talem virum di monuere, uti aliquando[8] pacem quam bellum malles, neu te optumum cum pessumo omnium Jugurtha miscendo commaculares, simul nobis demeres acerbam necessitudinem, pariter te errantem atque illum sceleratissumum persequi[9]. At hoc populo Romano jam a principio[10] melius visum amicos quam servos quærere: tutius esse rati[11] volentibus[12] quam coactis imperitare. Tibi[13] vero nulla opportunior nostra amicitia: primum quod procul absumus, in quo offensæ minumum[14], gratia par ac si prope adessemus; dein quod parentes[15] abunde habemus, amicorum neque nobis neque cuiquam omnium satis fuit[16]. Atque[17] hoc utinam a principio tibi placuisset! Profecto ex populo Romano ad hoc tempus multo plura bona accepisses, quam mala perpessus esses. Sed quoniam humanarum rerum fortuna pleraque regit, cui scilicet[18] placuisse[19] et vim et gratiam nostram te experiri, nunc, quando per illam licet, festina atque ut cœpisti perge. Multa atque opportuna habes, quo[20] facilius errata officiis superes. Postremo hoc in pectus tuum demitte, nunquam populum Romanum beneficiis victum

Romains. Marius était alors occupé à l'avant-garde, où Jugurtha se trouvait avec un corps considérable. Puis le Numide, informé de l'arrivée de Bocchus, se dirige en secret avec quelques hommes vers l'infanterie; là, il s'écrie en latin (car il avait appris à le parler à Numance) que c'est en vain que les nôtres se battent, qu'il vient de tuer Marius de sa propre main; en même temps, il montre son épée teinte du sang de nos fantassins qu'il avait assez bravement tués dans la mêlée. En entendant ces mots, nos soldats, moins par créance à la nouvelle que sous l'empire d'une si affreuse idée, s'épouvantent, et aussitôt les barbares reprennent courage et pressent plus vivement les Romains ébranlés. Ils étaient sur le point de céder quand Sylla, après avoir battu ceux contre lesquels il avait marché, en revenant, attaque les Maures en flanc. Bocchus est aussitôt repoussé. Quant à Jugurtha, tandis qu'il veut soutenir les siens et retenir une victoire presque gagnée, enveloppé par la cavalerie, ayant vu tomber tout son monde à droite et à gauche, il échappe seul en se faisant jour à travers les traits ennemis. Cependant Marius, après avoir enfoncé la cavalerie, vole au secours des siens dont on venait de lui annoncer la déroute. Enfin les ennemis sont enfoncés de toutes parts. Ce fut alors un horrible spectacle dans cette immense plaine : on poursuit, on fuit, l'un est tué, l'autre est pris; hommes et chevaux jonchent la terre; un grand nombre, couverts de blessures, ne peuvent ni fuir ni rester en place, se soulèvent un instant et retombent aussitôt; en un mot, partout où le regard peut s'étendre, ce ne sont que monceaux de traits, d'armes, de cadavres, et dans les intervalles, le sol inondé de sang.

102. Ensuite le consul, décidément victorieux, arriva à la ville de Cirta, où dès le principe il s'était proposé de se rendre. Là, cinq jours après la seconde défaite des barbares, des députés viennent de la part de Bocchus, qui, au nom du roi, demandent à Marius de lui envoyer deux hommes investis de toute sa confiance; il voulait s'entretenir avec eux de lui-même et des intérêts du peuple romain. Le général fait partir aussitôt L. Sylla et A. Manlius. Bien qu'ils vinssent sur la demande du roi, ils résolurent pourtant de parler les premiers devant lui, soit pour changer ses sentiments, s'il était mal disposé, soit pour l'enflammer davantage, s'il désirait la paix. En conséquence Sylla, à qui Manlius, par égard pour son éloquence, non pour son âge, avait cédé la parole, s'exprima brièvement en ces termes : «Roi Bocchus, c'est une grande joie pour nous que les dieux aient inspiré à un homme tel que toi de préférer enfin la paix à la guerre, et de ne plus souiller ton honneur par le contact du dernier des méchants, d'un Jugurtha, comme aussi de nous épargner la cruelle nécessité de poursuivre à la fois et ton égarement et sa scélératesse. Mais le peuple romain, de tout temps, a trouvé qu'il valait mieux se chercher des amis que des esclaves : on croyait qu'il était plus sûr de commander par la bienveillance que par la contrainte. Pour toi, nulle amitié n'est plus avantageuse que la nôtre; d'abord, parce que nous sommes éloignés, et dès lors point d'inimitié possible, une affection aussi vive que si nous étions voisins; ensuite, parce que des sujets, nous en avons de reste, que des amis, ni nous ni personne n'en eut jamais assez. Et plût aux dieux que dès l'origine tu eusses été dans ce sentiment! Certes, le peuple romain, jusqu'à ce jour, t'aurait rendu mille fois

ch. 7-9. = [11] Ils ne croient pas à la réalité du fait, mais la chose même leur paraît si horrible, qu'ils en sont bouleversés, sans s'enquérir d'ailleurs de l'auteur de la nouvelle. — *nuntii*, «ejus, qui M. interfectum nuntiabat.» = [12] Non qu'ils aient compris Jugurtha, mais parce qu'ils voient les Romais consternés. = [13] Locution adverbiale, comme *hinc illinc*, et autres. = [14] «Ad surgendum.» Fabri.

102. — [1] Voy. 63, n. 10. = [2] Se met après l'indication précise d'une époque. = [3] Voy. 21, n. 7. = [4] Voy. *Cat.* 29, 3. = [5] «Quibus, *q. a. i., t.* placuit.» Cf. 93, n. 10. = [6] Ils devaient donc attendre que Bocchus leur fît des ouvertures. = [7] Lorsque *cum* a la valeur explicative, les deux termes étant unis par un rapport de temps, et non de cause, il gouverne l'indicatif. = [8] Voy. *Cat.* 52, n. 7. = [9] L'infinitif forme une sorte d'apposition à *necessitudinem*. = [10] La plupart des mss. ajoutent *inopi*, qui n'a aucun sens, et que Selling (*Lect. Sall.* p. 34) croit né de la corruption de quelque glose, telle que *imperii* (abréviativement *impi*). = [11] Pluriel amené par l'idée collective *p. Rom no.* = [12] Voy. 84, n. 1. = [13] Après lui avoir exposé combien les Romains auraient de plaisir à s'allier avec lui, il lui montre pourquoi, lui aussi, il doit tenir à l'amitié des Romains. = [14] «Haud facile causa erit, quæ amicitiam solvat ac disturbet.» Dietsch. = [15] Voy. 3, n. 5. = [16] De particulière la pensée est devenue générale, ce qui a entraîné le parfait d'habitude. = [17] *Atque... p. esses.* Troisième cause, plus forte que les deux autres, comme s'il disait : «Aucun peuple ne rend plus de services à ses amis que le peuple romain.» = [18] Et non *p. es*, toute la pensée étant hypothétique. = [19] *Scilicet* servant à exposer une chose claire par elle-même, il est aisé d'en tirer un verbe de jugement, duquel dépend la proposition infinitive. Cf. 4, n. 13. = [20] «Ut eo.» Il fait entendre

esse; nam[21] bello quid valeat, tute[22] scis.» Ad ea Bocchus placide et benigne; simul pauca pro delicto suo verba facit, se non hostili animo, sed ob regnum tutandum arma cepisse[23]: nam Numidiæ partem, unde vi Jugurtham expulerit[24], jure belli suam factam; eam vastari ab Mario pati nequivisse; præterea missis antea Romam legatis, repulsum ab amicitia[25]; ceterum vetera omittere, ac tum, si per Marium liceret, legatos ad senatum missurum. Dein, copia facta[26], animus barbari ab amicis flexus, quos Jugurtha, cognita legatione Sullæ et Manlii, metuens id quod parabatur, donis corruperat.

plus de services qu'il ne t'aurait fait souffrir de maux. Mais puisque la plupart des affaires humaines obéissent à la fortune, qui, sans doute, a trouvé bon que tu fisses l'expérience et de notre force et de notre affection, aujourd'hui qu'elle le permet, hâte-toi et poursuis ce que tu as commencé. Tu as des facilités sans nombre pour surpasser aisément ton erreur par tes services. Enfin, mets-toi bien dans l'esprit que jamais le peuple romain n'a été vaincu en bienfaits; car, ce qu'il vaut à la guerre, tu le sais.» A ce discours Bocchus répond avec douceur et bonté; il ajoute quelques mots pour se justifier: ce n'était pas par un sentiment hostile, mais pour défendre son royaume, qu'il avait pris les armes: car la partie de la Numidie d'où il avait chassé Jugurtha par la force, lui appartenait par le droit de la guerre; il n'avait pu souffrir qu'elle fût ravagée par Marius; de plus, il avait précédemment envoyé des députés à Rome, mais on avait repoussé sa demande d'amitié; toutefois il oubliait le passé, et, si Marius y consentait, il enverrait des députés au sénat. Puis, quand la permission eut été accordée, la volonté du barbare changea sous l'influence de ses amis, que Jugurtha, instruit de l'ambassade de Sylla et de Manlius, et redoutant ce qui se préparait, avait corrompus par des présents.

103. Marius interea[1], exercitu in hibernaculis[2] composito, cum expeditis cohortibus et parte equitatus proficiscitur in loca sola[3], obsessum turrim[4] regiam, quo[5] Jugurtha perfugas omnes præsidium imposuerat. Tum rursus[6] Bocchus, seu reputando, quæ sibi duobus prœliis venerant, seu admonitus ab aliis amicis, quos incorruptos Jugurtha reliquerat, ex omni copia necessariorum quinque delegit, quorum et fides cognita et ingenia validissuma erant. Eos ad Marium[7] ac deinde, si placeat, Romam legatos ire jubet; agendarum rerum et quocunque modo belli componendi licentiam ipsis permittit. Illi mature ad hiberna Romanorum proficiscuntur; deinde in itinere a Gætulis latronibus circumventi spoliatique, pavidi sine decore ad Sullam profugiunt, quem consul in expeditionem proficiscens pro prætore[8] reliquerat. Eos ille non pro vanis hostibus[9], uti meriti erant[10], sed accurate ac liberaliter habuit; qua re barbari et famam Romanorum avaritiæ falsam, et Sullam ob munificentiam in sese amicum rati. Nam etiam tum largitio[11] multis ignara; munificus nemo putabatur, nisi pariter volens[12]; dona omnia in benignitate[13] habebantur. Igitur quæstori[14] mandata Bocchi patefaciunt; simul ab eo petunt, uti fautor consultorque sibi assit[15]: copias, fidem, magnitudinem regis sui et alia, quæ aut utilia aut benevolentiæ esse credebant[16], oratione extollunt; deinde Sulla omnia pollicito, docti quo modo apud Marium, item apud senatum verba facerent, circiter dies quadraginta ibidem[17] opperiuntur.

103. Pendant ce temps, Marius, après avoir établi l'armée dans les quartiers d'hiver, avec des cohortes légères et une partie de sa cavalerie, va dans les déserts assiéger un château royal où Jugurtha avait mis en garnison tous les transfuges. Alors de nouveau Bocchus, soit qu'il réfléchit aux résultats qu'avaient eus pour lui les deux batailles, soit conseillé par d'autres amis, que Jugurtha n'avait pas tenté de corrompre, dans le nombre de ses confidents en choisit cinq dont il connaissait le dévouement et l'habileté. Il leur ordonne d'aller en ambassade auprès de Marius, et ensuite, s'il le permet, à Rome; il leur remet plein pouvoir pour négocier et terminer la guerre à quelque prix que ce soit. Ils partent sans retard pour les quartiers d'hiver des Romains; puis, en chemin, ils sont enveloppés et pillés par des brigands gétules, et, tout tremblants, se sauvent sans apparat auprès de Sylla, que le consul, en partant pour son expédition, avait laissé comme général. Celui-ci, au lieu de les prendre pour des ennemis qui en imposaient, comme il était naturel, les traita avec égards et générosité; ce qui persuada les barbares que la réputation d'avarice des Romains n'était pas fondée, et que Sylla, vu sa munificence envers eux, était un ami. Car on ne connaissait guère encore les largesses intéressées; on ne croyait pas qu'on pût être généreux envers quelqu'un sans également lui vouloir du bien; tout présent était pris pour une marque d'affection. Ils découvrent donc au questeur les instructions de Bocchus; en même temps ils le prient de les assister de sa protection et de ses conseils; ils vantent les ressources, la considération, la puissance de leur roi, et tout ce qui peut lui faire voir ou un avantage ou de la bienveillance; Sylla promet tout, leur apprend comment ils devront parler devant Marius, ainsi que devant le sénat; et ils restent là près de quarante jours à attendre.

104. Marius postquam, infecto[1] negotio, quo intenderat, Cirtam redit, de adventu legatorum certior factus, illosque et Sullam[2] venire jubet, item L. Bellienum prætorem Utica, præterea omnes undique senatorii ordinis, quibuscum mandata Bocchi cognoscit[3]. Legatis potestas

104. Marius, de retour à Cirta, sans avoir réussi dans son entreprise, informé de l'arrivée des députés, les fait venir eux et Sylla, mande d'Utique L. Belliénus, préteur, de plus, tous les citoyens de l'ordre du sénat; et avec eux il prend connaissance des propositions de Bocchus.

que la condition de la paix est l'extradition de Jugurtha. = [21] «Lie-toi donc avec nous, et ne nous fais plus la guerre, *car*, etc.» Il finit par une menace. = [22] Pour *tu*. = [23] Il n'a pas pris les armes volontairement (qui *hostis* est, *ultro* lacessit); il y a été forcé. = [24] Est un mensonge destiné à colorer sa conduite, ce que marque le subjonctif. = [25] Voy. 80. = [26] Voy. *Cat.* 8, n. 2. Les députés sont revenus à Cirta rendre compte de leur ambassade; le consul a accordé à Bocchus l'autorisation demandée; mais alors, etc.

103. — [1] Pendant que Bocchus changeait ainsi de sentiments. = [2] L'armée a été distribuée dans des camps établis près des villes maritimes (voy. 100), et non dans les villes mêmes. Voy. 70, n. 5. = [3] *Solus*, dans le sens particulier de *ab omnibus desertus*, s'applique aussi par métaphore aux noms de lieux. = [4] Toute construction vaste et élevée; cf. Hor. *Od.* 1, 4, 14. = [5] Voy. 66, n. 3. = [6] Voy. 69, n. 1. = [7] Qu'il croyait à Cirta. = [8] Voy. 36, n. 4. = [9] *Vanus*, «à qui l'on ne peut se fier.» Ils s'annoncent comme envoyés de Bocchus; et tout semble prouver que c'est un mensonge de gens qui cherchent à se tirer d'affaire. = [10] *Mereri* signifie ici «tali conditione esse, cui merito aliquid tanquam consectarium adjunctum sit.» Kritz. = [11] «L'habitude de tout acheter.» Trait de satire contre ses contemporains. = [12] «Qui *munificus* putabatur, idem pariter etiam *volens* (benevolus) putabatur.» Kritz. = [13] «In iis, quæ ad benignitatem pertinent.» = [14] Voy. 95, n. 1. C'était au consul seulement qu'ils devaient en parler; mais ils regardent Sylla comme un ami. = [15] Termes empruntés au langage du forum. = [16] «Quæ Sullæ utilitatem quamdam afferre aut benevolentiæ in eum documenta esse credebant.» Dietsch. *Benevolentiæ* est donc au génitif. = [17] Se dit d'un lieu où l'on reste, ou bien où l'on est avec d'autres.

104. — [1] La variante *confecto* est peu autorisée par les manuscrits. = [2] Qui se trouvait probablement dans un camp. = [3] Cf 62, n.7. =

eundi Romam fit ab consule[4]; interea[5] induciæ postulabantur. Ea[6] Sullæ et plerisque placuere; pauci ferocius decernunt, scilicet ignari humanarum rerum, quæ fluxæ et mobiles semper in advorsa mutantur. Ceterum Mauri, impetratis omnibus, tres Romam profecti cum Cn. Octavio Rufo, qui quæstor stipendium in Africam apportaverat; duo ad regem redeunt. Ex his Bocchus cum cetera, tum maxume benignitatem et studium Sullæ lubens accepit. Romæ legatis ejus, postquam errasse regem et Jugurthæ scelere lapsum deprecati sunt[7], amicitiam et fœdus petentibus hoc modo respondetur : « Senatus et populus Romanus beneficii et injuriæ memor esse solet. Ceterum Boccho, quoniam pœnitet, delicti gratiam facit; fœdus et amicitia dabuntur, cum meruerit[8]. »

Les députés obtiennent du consul la permission d'aller à Rome; pendant ce temps on demandait une trève. Sylla et la plupart y consentirent; quelques-uns émettent un avis plus rigoureux, ignorant sans doute que les choses humaines, éphémères et mobiles, ont de continuels revirements. Enfin les Maures, ayant tout obtenu, partent au nombre de trois pour Rome avec Cn. Octavius Rufus, questeur, qui avait apporté la solde en Afrique; les deux autres retournent auprès du roi. Par eux, Bocchus apprit avec plaisir tous ces événements, ainsi que l'affection et le dévouement de Sylla. A Rome, les députés, ayant dit pour excuse que le roi s'était trompé et avait été entraîné par les criminelles intrigues de Jugurtha, demandèrent amitié et alliance; on leur fit cette réponse : « Le sénat et le peuple romain n'oublient ni bienfait ni injure. Toutefois, puisque Bocchus se repent, ils excusent sa faute; on lui accordera l'alliance et l'amitié, quand il l'aura mérité. »

105. Quis[1] rebus cognitis, Bocchus per litteras a Mario petivit, uti Sullam ad se mitteret, cujus arbitratu de communibus negotiis consuleretur. Is missus cum præsidio equitum atque peditum, item funditorum Balearium[2]; præterea iere[3] sagittarii et cohors Peligna cum velitaribus armis[4], itineris properandi causa, neque[5] his secus atque aliis armis advorsum tela hostium, quod ea levia sunt, muniti. Sed in itinere, quinto denique[6] die, Volux, filius Bocchi, repente in campis patentibus cum mille non amplius equitibus sese ostendit, qui temere et effuse euntes Sullæ aliisque omnibus et numerum[7] ampliorem vero et hostilem metum efficiebant. Igitur sese quisque expedire[8], arma atque tela tentare, intendere; timor aliquantus, sed spes amplior, quippe victoribus et advorsum eos[9], quos sæpe vicerant. Interim equites, exploratum præmissi, rem, uti erat, quietam nuntiant.

105. A cette nouvelle, Bocchus écrivit à Marius pour le prier de lui envoyer Sylla, au gré duquel on réglerait leurs intérêts communs. Celui-ci partit avec une escorte de cavaliers et de fantassins ainsi que de frondeurs baléares; il s'y joignit des sagittaires et une cohorte péligne avec des armes de vélites, destinées à faciliter leur marche, et qui, d'ailleurs, les protégeaient aussi bien que d'autres armes, contre les traits ennemis, qui sont légers. En chemin, le cinquième jour seulement, Volux, fils de Bocchus, se montre tout à coup dans la plaine avec mille cavaliers tout au plus, mais qui, marchant à l'aventure et en désordre, produisaient à Sylla et à tous les siens l'effet d'un nombre plus considérable et leur faisaient redouter une attaque. Aussi chacun se débarrasse, examine, apprête ses armes et ses traits; on n'est pas sans peur, mais l'espoir domine, car ils sont victorieux et en face de gens qu'ils avaient maintes fois vaincus. Cependant des cavaliers, envoyés à la découverte, rapportent, comme c'était le fait, qu'il n'y a rien à craindre.

106. Volux adveniens[1] quæstorem appellat[2] dicitque se a patre Boccho[3] obviam illis simul et præsidio missum. Deinde eum et proxumum diem sine metu conjuncti eunt. Post, ubi castra locata[4] et diei vesper erat, repente Maurus incerto voltu pavens ad Sullam accurrit dicitque sibi ex speculatoribus cognitum, Jugurtham haud procul abesse; simul, uti noctu clam secum profugeret, rogat atque hortatur. Ille animo feroci negat se totiens[5] fusum Numidam pertimescere; virtuti[6] suorum satis credere; etiam si certa pestis adesset, mansurum potius quam proditis, quos ducebat, turpi fuga incertæ ac forsitan post paulo morbo interituræ vitæ parceret[7]. Ceterum ab eodem monitus uti noctu proficiscerentur, consilium approbat, ac statim milites cœnatos[8] esse, in castris ignes quam creberrumos fieri, deinde prima vigilia[9] silentio egredi jubet. Jamque nocturno itinere fessis omnibus, Sulla pariter cum ortu solis castra metabatur, cum equites Mauri nuntiant Jugurtham circiter duum millium[10] intervallo ante eos consedisse. Quod postquam auditum est, tum vero ingens metus nostros invadit : credere se proditos a Voluce et insidiis circumventos. Ac fuere qui dicerent manu vindicandum neque apud illum[11] tantum scelus inultum relinquendum.

106. Volux, en arrivant, aborde le questeur, et dit qu'il est envoyé par son père Bocchus pour les recevoir et leur servir d'escorte. Puis, cette journée et la suivante ils font route ensemble sans aucune alarme. On venait de poser le camp, et le soir était arrivé, quand tout à coup le Maure, la figure bouleversée, plein d'effroi, accourt vers Sylla et lui dit que des éclaireurs l'ont informé que Jugurtha n'est pas loin ; en même temps il l'engage avec instance à s'échapper secrètement avec lui pendant la nuit. Sylla répond fièrement qu'il ne redoute pas le Numide, tant de fois battu; qu'il a pleine confiance dans la bravoure des siens ; que, sa perte fût-elle assurée, il resterait plutôt que de trahir ceux qu'il commandait, pour sauver par une fuite honteuse une vie incertaine et que pouvait, au premier jour, lui ravir la maladie. Toutefois, le prince lui conseillant de se mettre en route pendant la nuit, il approuve ce parti, et aussitôt il ordonne aux soldats de dîner, d'allumer dans le camp le plus de feux possible, puis de partir sans bruit à la première veille. Déjà, tous étant fatigués de cette marche nocturne, Sylla, au lever du soleil, dressait le camp, lorsque des cavaliers maures annoncent que Jugurtha a pris position à environ deux mille pas devant eux. A cette nouvelle, l'épouvante s'empara des nôtres : ils se croient trahis par Volux et tombés dans un piége. Il y en eut même qui dirent qu'on devait se venger par la force et ne pas laisser de sa part un tel forfait impuni.

[4] Ou plutôt proconsul, car on est en 106 av. J.-C. = [5] Pendant que les députés iraient à Rome et en reviendraient. = [6] L'autorisation d'aller à Rome et la conclusion d'une trève. = [7] *Deprecari*, « détourner par des prières. » Ici il est suivi de la cause que donnèrent les députés pour détourner (la colère des Romains), et il équivaut à « dire pour s'excuser. » = [8] Quand il aura livré Jugurtha. Cf. 102. n. 20. On peut juger par là comment les Romains entendaient la bonne foi et les droits de la guerre.

105. — [1] Pour *quibus*. = [2] Ils passaient pour les meilleurs frondeurs. Voy. *Cat.* 60, n. 2. = [3] S.-ent. *cum eo*. = [4] La *parma* (petit bouclier rond propre à la cavalerie), sept javelots, et l'épée espagnole (cf. *Cat.* 56, n. 3). Voy. 46, n. 15. = [5] « Velitaribus armis i. p. c. instructi, neque... muniti. » — *non secus atque*, pas autrement que. = [6] Voy. 101, n. 1. = [7] *n. a. v. efficiebant*, zeugma très-hardi ; car *efficere* signifie *facere ut sit*, et non *facere ut videatur*. = [8] Déposer les bagages et tout ce qui peut gêner dans le combat. = [9] S.-ent. *stantibus* : « Cum *ex adverso iis* starent, quos, etc. »

106. — [1] Cf. 10, n. 6. = [2] Voy. *Cat.* 48, n. 11. = [3] « Se Bocchi filium esse missumque a patre. » Fabri. = [4] Voy. 44, n. 6. = [5] Pour *toties*. = [6] S.-ent. *dicit* dont l'idée est contenue dans *negat*. = [7] Au subjonctif, parce que dans le discours direct on eût dit : *manebo potius, quam parcam* (la chose n'existant pas). = [8] « D'avoir dîné. » *Cœnatus*, *ut pransus*, *ut potus*, *ut lotus*, *id est confectâ cœnâ*. Varron, *de vita pop. Rom.* 3. *C. esse* équivaut à *paratos esse*. = [9] La nuit était partagée en quatre veilles (de trois heures chacune ; cf. 68, n. 3), qu'on mesurait avec une clepsydre. = [10] Voy. 91, n. 6. = [11] « In illo. »

107. At Sulla, quanquam eadem existumabat[1], tamen ab injuria Maurum prohibet; suos hortatur, uti fortem animum gererent: sæpe ante paucis strenuis[2] advorsum multitudinem bene pugnatum; quanto sibi in prœlio minus pepercissent, tanto tutiores fore; nec quemquam decere, qui manus armaverit, ab inermis pedibus auxilium petere, in maxumo metu nudum et cæcum corpus[3] ad hostis vortere[4]. Deinde Volucem, quoniam hostilia faceret, Jovem maxumum obtestatus, ut sceleris atque perfidiæ Bocchi testis adesset, ex castris abire jubet. Ille lacrumans[5] orare, ne ea crederet; nihil dolo factum, ac magis calliditate Jugurthæ, cui videlicet speculanti iter suum cognitum esset; ceterum, quoniam neque ingentem multitudinem haberet, et spes opesque ejus ex patre suo penderent, credere illum nihil palam ausurum, cum ipse filius testis adesset; quare optumum factu videri, per media ejus castra palam transire; sese, vel præmissis, vel ibidem relictis Mauris, solum cum Sulla[6] iturum. Ea res, ut in tali negotio, probata, ac statim profecti, quia de improviso acciderant, dubio atque hæsitante Jugurtha, incolumes transeunt. Deinde paucis diebus, quo ire intenderant, perventum.

107. Mais Sylla, bien qu'il partage ces sentiments, protége le Maure contre toute violence; il exhorte les siens à montrer du courage: plus d'une fois déjà une poignée de braves avait lutté avec succès contre une foule innombrable; moins ils se ménageront dans la bataille, plus ils seront en sûreté; c'est une honte, quand on a les armes à la main, de demander lâchement son salut à ses pieds, et, lorsqu'on a le plus à craindre, de tourner à l'ennemi la partie du corps qui ne peut ni se défendre ni voir. Puis, prenant Jupiter très-grand à témoin du crime et de la trahison de Bocchus, il ordonne à Volux, puisqu'il s'est conduit en ennemi, de sortir du camp. Celui-ci, les larmes aux yeux, le supplie de n'en rien croire; il n'y a point de trahison; c'est plutôt l'habileté de Jugurtha qui, sans doute par des éclaireurs, aura reconnu sa marche; toutefois, comme Jugurtha n'a que peu de troupes, et que ses espérances et ses ressources dépendent de son père, il pense qu'il n'osera rien ouvertement, sous les yeux mêmes du fils de Bocchus; le mieux est donc, à son avis, de passer hardiment au travers de son camp; pour lui, qu'on envoie les Maures en avant, ou qu'on les laisse au même endroit, il ira seul avec Sylla. Ce parti, vu la situation, est adopté: ils se mettent aussitôt en marche, et, leur arrivée inattendue jetant Jugurtha dans le doute et l'hésitation, ils passent sans accident. Quelques jours après, on parvint au terme du voyage.

108. Ibi cum Boccho Numida quidam, Aspar nomine, multum et familiariter agebat[1], præmissus ab Jugurtha, postquam Sullam accitum audierat, orator et subdole speculatum Bocchi consilia[2]; præterea Dabar, Massugradæ filius, ex gente Masinissæ[3], ceterum materno genere impar (nam pater ejus ex concubina ortus erat), Mauro ob ingenii multa bona carus acceptusque. Quem Bocchus fidum esse Romanis multis ante tempestatibus expertus, illico ad Sullam nuntiatum mittit, paratum sese facere, quæ populus Romanus vellet; colloquio diem, locum, tempus ipse delegeret; consulta sese omnia cum illo integra habere[4]; neu Jugurthæ legatum pertimesceret; quo[5] res communis licentius gereretur; nam ab insidiis ejus aliter caveri nequivisse. Sed ego comperior, Bocchum magis Punica fide[6] quam ob ea, quæ prædicabat, simul Romanos et Numidam spe pacis attinuisse[7], multumque cum animo suo volvere solitum, Jugurtham Romanis an illi Sullam traderet; lubidinem advorsum nos, metum pro nobis suasisse.

108. Là se trouvait, dans une intimité parfaite avec Bocchus, un Numide nommé Aspar, que Jugurtha, instruit de l'appel de Sylla, y avait envoyé comme ambassadeur et pour observer adroitement les intentions de Bocchus; il y avait encore Dabar, fils de Massugrada et de la famille de Masinissa, mais sans naissance du côté maternel (car son père était né d'une concubine), à qui les nombreuses qualités de son esprit avaient gagné l'affection et la faveur du Maure. Comme Bocchus avait déjà en maintes occasions reconnu son attachement pour les Romains, il l'envoie sur le champ vers Sylla déclarer qu'il est prêt à faire ce que le peuple romain exigerait; que lui-même désignât le jour, le lieu, l'heure pour une entrevue; tous ses engagements avec lui subsistaient encore; il ne devait pas redouter l'envoyé de Jugurtha; on n'en serait que plus libre pour traiter des intérêts communs; il n'y avait pas eu d'autres moyens de se garantir contre les intrigues de ce prince. Quant à moi, je suis convaincu que c'est par une perfidie punique et non pour les motifs qu'il avançait, que Bocchus amusa tout à la fois les Romains et le Numide par l'espoir de la paix, et que longtemps il balança dans son esprit s'il livrerait Jugurtha aux Romains, ou Sylla à Jugurtha; la passion lui parlait contre nous, la crainte en notre faveur.

109. Igitur Sulla respondit, pauca coram Aspare locuturum, cetera occulte aut nullo aut quam paucissumis præsentibus; simul edocet, quæ sibi responderentur. Postquam sicuti voluerat congressi, dicit se missum a consule venisse quæsitum ab eo, pacem an bellum agitaturus foret. Tum rex, uti præceptum fuerat, post diem decimum redire jubet, ac[1] nihil etiam nunc decrevisse, sed illo die responsurum. Deinde ambo[2] in sua castra digressi. Sed ubi plerumque noctis processit, Sulla a Boccho occulte accersitur; ab utroque tantummodo fidi interpretes adhibentur; præterea Dabar internuntius, sanctus vir et ex sententia ambobus. Ac statim sic rex incipit.

109. Sylla répond qu'il sera bref en présence d'Aspar, que le reste, il le dira en secret, sans témoins, ou devant le plus petit nombre possible; en même temps il dicte ce qu'on devra lui répondre. Puis, s'étant rencontrés comme il l'avait voulu, il dit qu'il venait envoyé par le consul lui demander s'il allait se décider pour la paix ou pour la guerre. Alors le roi, suivant ses instructions, le prie de revenir dans dix jours; il n'a pris encore aucune résolution, mais il lui répondra ce jour-là. Puis chacun d'eux rentre dans son camp. Mais dès que la nuit fut assez avancée, Bocchus mande secrètement Sylla; ils n'emploient l'un et l'autre que des interprètes sûrs; de plus, on prend pour négociateur Dabar, homme loyal et agréé de tous deux. Aussitôt le roi commença ainsi.

107. — [1] Voy. *Cat.* 2, n. 7. = [2] Datif = [3] Le côté du corps qui n'est pas armé et qui ne voit pas le danger, le dos. = [4] « Hostium impetui exponere. » Kritz. = [5] Chez les anciens, les larmes sont l'expression de sentiments qui, chez nous, se traduisent d'une autre manière : aussi les trouve-t-on souvent mentionnées dans leurs écrivains. = [6] « Le *chef*, pour l'*armée* entière. » Fabri.

108. — [1] Cf. 55, n. 3. = [2] « Præmissus ut et ageret cum Boccho et subdole ejus consilia exploraret. » Dietsch. Remarquez la variété de construction : *præ. or. et spec.* — *Orator*, « legatus. » Cf. 25, n. 6. = [3] Son père était fils de Masinissa. La suite semble indiquer qu'il s'était réfugié chez Bocchus, comme Massiva à Rome (ch. 35). = [4] « Quæ antea cum Sulla consuluerit (quæ ei promiserit), ea omnia adhuc integra esse. » = [5] Passage désespéré. Kritz croit qu'après *quo* il s'est perdu un mot comme *remoto;* Gerlach, acceptant le texte vulgaire, interprète : « *n. J. l. p.*, omni enim timore sublato, rem communem licentius geri posse; ceterum Jugurthæ legatum fuisse admittendum, *nam*, etc. = [6] Locution proverbiale. = [7] « Arrêter à un point, de manière qu'on ne puisse aller au delà. » A Sylla, il promettait d'abandonner Jugurtha; à Jugurtha, de faire une paix qui sauverait tous ses intérêts.

109. — [1] Dépend d'un verbe déclaratif contenu dans *jubet;* en ce cas, l'emploi de la copulative est rare. = [2] Bocchus et Sylla (qui campait avec son escorte). La conférence s'était tenue dans un espace intermédiaire.

110. « Nunquam ego ratus sum fore, uti rex maxumus in hac terra et omnium, quos novi, privato homini gratiam deberem. Et mehercule, Sulla, ante te cognitum multis orantibus, aliis ultro egomet opem tuli[1], nullius indigus[2]. Id[3] imminutum, quod ceteri dolere solent, ego lætor : fuerit mihi eguisse aliquando tuæ amicitiæ[4], qua[5] apud animum meum nihil carius habeo. Id adeo[6] experiri licet : arma, viros, pecuniam, postremo quidquid animo lubet, sume, utere, et quoad vives, nunquam tibi redditam gratiam[7] putaveris[8]; semper apud me integra[9] erit; denique nihil, me sciente, frustra[10] voles. Nam, ut ego æstumo, regem armis quam munificentia vinci minus flagitiosum est. Ceterum de republica vestra, cujus curator huc missus es, paucis accipe. Bellum ego populo Romano neque feci, neque factum unquam volui; finis meos advorsum armatos armis tutatus sum. Id[11] omitto, quando vobis ita placet. Gerite, quod voltis, cum Jugurthæ bellum. Ego flumen Mulucham, quod inter me et Micipsam fuit, non egrediar, neque id Jugurtham intrare[12] sinam. Præterea si quid meque vobisque dignum petiveris, haud repulsus abibis. »

110. « Jamais je n'ai pensé que moi, le roi le plus puissant de cette contrée et de tous ceux que je sache, je devrais un jour de la reconnaissance à un simple particulier. Et, par Hercule, Sylla, avant de te connaître, je suis venu en aide à bien des gens qui m'en priaient, à plus d'un spontanément, sans avoir moi-même besoin de personne. Cette déchéance, qui d'ordinaire afflige les autres hommes, moi je m'en réjouis : j'ai pu avoir naguère besoin de ton amitié, le bien le plus précieux à mon cœur. Et c'est ce dont tu peux faire l'expérience : armes, soldats, trésors, en un mot, tout ce qui te convient, est à toi, à ton service; et, tant que tu vivras, ne pense pas que jamais je sois quitte envers toi; ma gratitude sera toujours entière; enfin aucun de tes vœux, à ma connaissance, ne restera sans effet. Car, à mes yeux, il y a moins de honte pour un roi à être vaincu par les armes qu'à l'être en générosité. Quant aux affaires de ton pays dont tu es ici le mandataire, je n'en dirai que quelques mots. Je n'ai ni fait ni jamais voulu faire la guerre au peuple romain; mon territoire a été attaqué à main armée; je l'ai défendu par les armes. J'y renonce, puisque tel est votre bon plaisir. Faites à votre gré la guerre à Jugurtha. Pour moi, je ne dépasserai pas le fleuve Mulucha qui me séparait de Micipsa, ni ne permettrai à Jugurtha de le franchir. De plus, si tu me fais quelque demande digne et de moi et de vous, tu ne partiras pas avec un refus. »

111. Ad ea Sulla pro se[1] breviter et modice[2], de pace et de communibus rebus multis disseruit. Denique regi patefecit, quod polliceatur[3], senatum et populum Romanum, quoniam amplius armis valuissent, non in gratiam habituros[4]; faciundum aliquid, quod illorum magis quam sua retulisse videretur; id adeo in promptu esse, quoniam Jugurthæ copiam[5] haberet : quem si Romanis tradidisset, fore, ut illi plurimum deberetur; amicitiam, fœdus, Numidiæ partem, quam nunc peteret, tunc ultro adventuram[6]. Rex primo negitare : affinitatem, cognationem[7], præterea fœdus intervenisse[8]; ad hoc metuere, ne fluxa fide usus popularium animos averteret, quis et Jugurtha carus et Romani invisi erant[8]. Denique sæpius fatigatus lenitur et ex voluntate Sullæ omnia se facturum promittit. Ceterum ad simulandam pacem[10], cujus Numida, defessus bello, avidissumus, quæ utilia visa, constituunt. Ita composito dolo digrediuntur.

111. A ce discours Sylla répond en peu de mots et avec modestie pour ce qui le concerne; il s'étend longuement sur la paix et sur les intérêts communs. Puis, il déclare au roi que le sénat et le peuple romain, dont les armes avaient triomphé, ne lui seront pas reconnaissants de ses promesses; qu'il fallait faire quelque chose qui parût être à leur avantage plutôt qu'au sien; ce lui est chose facile, puisque Jugurtha est en son pouvoir : s'il le livrait aux Romains, on lui en aurait de grandes obligations; l'amitié, l'alliance, la partie de la Numidie qu'il demandait en ce moment, lui arriveraient alors d'elles-mêmes. Le roi refuse d'abord avec persistance; la parenté, le sang, un traité enfin les unit; de plus, il craint, s'il trahit sa foi, de s'aliéner l'esprit de ses sujets, qui chérissaient Jugurtha et détestaient les Romains. Enfin, instamment pressé, il fléchit et promet de tout faire au gré de Sylla. Ils s'entendent donc sur les moyens de faire croire à la paix, que le Numide, fatigué de la guerre, désirait avec ardeur. La trahison ainsi concertée, ils se séparent.

112. At rex postero die Asparem, Jugurthæ legatum, appellat[1] dicitque sibi per Dabarem ex Sulla cognitum, posse conditionibus[2] bellum poni[3]; quamobrem regis sui sententiam exquireret. Ille lætus in castra Jugurthæ venit. Dein ab illo cuncta edoctus, properato itinere post diem octavum redit ad Bocchum, et ei denuntiat, Jugurtham cupere omnia, quæ imperarentur, facere[4]; sed Mario parum confidere[5]; sæpe antea cum imperatoribus Romanis pacem conventam[6] frustra[7] fuisse; ceterum Bocchus si ambobus consultum et ratam pacem vellet, daret operam, ut una ab omnibus, quasi de pace, in colloquium veniretur, ibique sibi Sullam traderet; cum talem virum in potestatem[8] habuisset, tum fore, uti jussu senatus atque populi Romani fœdus fieret; neque hominem

112. Le lendemain, le roi s'adresse à Aspar, l'envoyé de Jugurtha, et lui dit que, par l'entremise de Dabar, il sait de Sylla qu'un traité pouvait mettre fin à la guerre; qu'il s'informe donc des intentions de son roi. Aspar, tout joyeux, arrive au camp de Jugurtha. Il reçoit de lui des instructions complètes; puis, hâtant sa marche, au bout de huit jours, il revient vers Bocchus, et lui déclare que Jugurtha est disposé à faire tout ce qu'on lui ordonnera; mais qu'il compte peu sur Marius; que souvent déjà la paix, convenue avec les généraux romains, était restée sans effet; si donc Bocchus voulait servir leurs intérêts à tous deux et voir la paix assurée, il devait faire en sorte que tous vinssent à une même entrevue comme pour traiter de la paix, et là lui livrer Sylla; une fois

110. — [1] Cf. 96 : *Ad hoc*, etc. = [2] On lit aussi *indigui*. = [3] « Illam nullius hominis indigentiam. » Dietsch. Cette indépendance, dont il était si fier, a été entamée. = [4] Allusion aux services que Sylla avait rendus à ses députés. — *Est ut*, il arrive, il se trouve que. Quelquefois, comme ici, on remplace *ut* par l'infinitif, particulièrement avec la formule *ne sit mihi;* mais cela est rare en prose. Quant au subjonctif, il a la valeur concessive de l'allemand : *mag ich immerhin*, etc. — *aliquando*. Cf. *Cat.* 52, n. 7. = [5] « J'ai eu besoin de ton amitié; je ne le regrette pas : car rien, etc. » = [6] Voy. *Cat.* 37, n. 2. = [7] Sénèque (*Epp.* 81) blâme la locution *gr. reddere*, au lieu de *gr. referre*. = [8] Subjonctif d'exhortation. = [9] « *Gratia integra* vocatur, præstitis officiis quæ nondum reddita est. » Kritz. Quelques services qu'il lui rende, c'est comme si rien n'était fait. = [10] Voy. 61, n. 1. = [11] C'est-à-dire *fines tutari*. On peut encore expliquer : « Je sortirai de cette partie de la Numidie qui m'appartient, que j'ai prise autrefois par les armes. » Cf. 102 : *nam Numidiæ partem*, etc. = [12] *Egredi* et *intrare* se rapportent à la notion de frontières renfermée dans le terme *flumen*.

111. = [1] Sur ce qui était dans son intérêt personnel. = [2] Cf. 63, n. 3. = [3] Voy. *Cat.* 34, n. 1. = [4] « Habituros id non ita, ut ad gratiam spectet. » = [5] Cf. *Cat.* 8, n. 2. = [6] Il reçut le pays compris entre les fleuves Mulucha et Ampsaga (près de Cirta). = [7] Indique ici la communauté de race. Voy. 14, n. 2. = [8] Voy. 106, n. 6. = [9] L'indicatif, la réflexion étant de l'auteur, et non de Bocchus. = [10] « Ad fidem Jugurthæ faciendam, pacem conventuram esse. » Kritz.

112. — [1] Voy. *Cat.* 48, n. 11. = [2] Le vainqueur n'exige pas que le vaincu se rende sans condition. = [3] Est l'opposé de *b. sumi*. = [4] Voy. 62, n. 4. = [5] « Se *p. c.* per Marium firmam ac ratam pacem conventuram esse. » Dietsch. = [6] « Quæ convenisset. » Un certain nombre de verbes intransitifs sont employés au participe passé passif, sans changer de sens. Pour *convenire*, c'est rare. Voy. 38, n. 10. = [7] Voy. 61, n. 1. = [8] « *I. p.* accipere et in ea *habere*. » L'accusatif marque le *mouvement* pour arriver à l'*état* exprimé par le verbe. =

nobilem, non sua ignavia, sed ob rempublicam[9], in hostium potestate relictum iri.

qu'il aurait en son pouvoir un tel personnage, alors nécessairement un ordre du sénat et du peuple romain ferait conclure un traité; un homme de noble naissance, victime, non d'une lâcheté, mais de son zèle pour la république, ne serait pas laissé au pouvoir des ennemis.

113. Hæc Maurus secum ipse diu volvens tandem promisit. Ceterum dolo an vere cunctatus[1], parum comperimus; sed[2] plerumque regiæ voluntates, ut vehementes, sic mobiles, sæpe ipsæ sibi advorsæ. Postea tempore et loco constituto, in colloquium uti de pace veniretur[3], Bocchus Sullam modo, modo Jugurthæ legatum appellare, benigne habere, idem ambobus polliceri[4]. Illi pariter læti ac spei bonæ pleni esse. Sed nocte ea, quæ proxuma fuit ante diem colloquio decretum, Maurus, adhibitis amicis ac statim immutata voluntate remotis ceteris[5], dicitur secum ipse multum agitavisse, vultu corporis[6] pariter atque animo varius; quæ[7] scilicet, tacente ipso, occulta pectoris patefecisse. Tamen postremo Sullam accersi[8] jubet et ex ejus sententia Numidæ insidias tendit[9]. Deinde, ubi dies advenit et ei nuntiatum est Jugurtham haud procul abesse, cum paucis amicis et quæstore nostro, quasi obvius honoris causa, procedit in tumulum facillumum visu insidiantibus. Eodem Numida cum plerisque necessariis suis inermis, uti dictum erat, accedit, ac statim, signo dato, undique simul ex insidiis invaditur. Ceteri obtruncati; Jugurtha Sullæ vinctus traditur[10], et ab eo ad Marium deductus est.

113. Le Maure médita longtemps et finit par promettre. Du reste, son hésitation fut-elle feinte ou réelle : nous ne savons trop; mais généralement les volontés des rois sont aussi mobiles qu'ardentes, souvent même se contredisent. Ensuite, lorsqu'on eut fixé l'heure et le lieu d'une entrevue où l'on viendrait traiter de la paix, Bocchus s'adresse tantôt à Sylla, tantôt à l'envoyé de Jugurtha, leur témoigne une égale bienveillance, leur fait à tous deux la même promesse. L'un et l'autre sont pleins de joie et de confiance. Mais dans la nuit qui précéda le jour assigné à l'entrevue, le Maure, ayant appelé ses amis, puis, par un brusque revirement, ayant éloigné tout le monde, se livra, dit-on, à de longues réflexions, changeant de physionomie comme de pensée; toutes choses qui, malgré son silence, trahirent le secret de son âme. A la fin pourtant, il fait appeler Sylla, et selon son désir dresse une embuscade contre le Numide. Puis, quand le jour fut arrivé et qu'on lui eut annoncé que Jugurtha n'était pas loin, avec quelques amis et notre questeur, comme s'il allait à sa rencontre par honneur, il se porte sur une éminence facile à voir du lieu de l'embuscade. Là s'avance aussi le Numide avec la plupart de ses amis sans armes, comme il avait été convenu; et aussitôt, à un signal donné, de tous côtés à la fois il est assailli par les soldats embusqués. Tous les autres sont égorgés; Jugurtha enchaîné est livré à Sylla, et par lui conduit vers Marius.

114. Per idem tempus advorsum Gallos[1] ab ducibus nostris Q. Cæpione et M. Manlio[2] male pugnatum[3]; quo[4] metu Italia omnis contremuerat. Illique et inde usque ad nostram memoriam[5] Romani sic habuere[6], alia omnia virtuti suæ prona esse, cum Gallis pro salute, non pro gloria certare. Sed postquam bellum in Numidia confectum et Jugurtham Romam vinctum adduci nuntiatum est, Marius consul absens factus est[7], et ei decreta provincia Gallia[8]; isque Kalendis Januariis[9] magna gloria consul triumphavit. Ex ea tempestate[10] spes atque opes civitatis in illo sitæ.

114. A la même époque, nos généraux Q. Cépion et M. Manlius avaient perdu une bataille contre les Gaulois; et l'Italie entière en avait tremblé d'effroi. Alors les Romains croyaient et jusqu'à nos jours ils ont cru que rien n'était difficile pour leur courage, mais qu'avec les Gaulois, c'était pour le salut, non pour la gloire, qu'ils combattaient. Cependant lorsque vint la nouvelle que la guerre était terminée en Numidie et qu'on menait à Rome Jugurtha enchaîné, Marius, quoique absent, fut nommé consul, et on lui assigna pour province la Gaule; puis, aux Calendes de janvier, il triompha, comme consul, avec un grand éclat. De ce moment reposèrent en lui l'espoir et la puissance de la république.

[9] Proposition subordonnée se confondant avec la principale de telle sorte qu'elle est comme inachevée; décomposez la phrase ainsi : « *n. h. n. i. h. p. r. iri*, quippe qui *n. s. i. s. o. r.* in hostium potestatem incidisset. »

113. — [1] Son hésitation dans toute cette affaire : tantôt il s'engage avec Sylla, tantôt avec Jugurtha. — *dolo*, pour pouvoir s'emparer plus sûrement de Jugurtha. = [2] « Mais il est possible que *vere cunctatus sit*, car les rois, etc. » Il s'agit des rois absolus : en effet, plus on a de pouvoir et de liberté d'action, plus violente est la passion; plus on a à perdre, plus vive est la crainte. Cf. 108 : *lubidinem*, etc. = [3] Voy. **112**. La répétition textuelle rappelle avec plus d'insistance l'esprit du lecteur à ce qui a été dit précédemment. = [4] A Sylla de livrer Jugurtha, à Aspar de livrer Sylla. = [5] C'est-à-dire *omnibus, qui aderant*. N'est pas nécessaire à la pensée, mais forme une opposition élégante au sujet. = [6] *Vultu* désigne ici « les yeux; » *corporis* est ajouté pour marquer l'opposition de l'état extérieur et de l'état intérieur (*animo*). = [7] « *Quas res*, nempe remotionem amicorum repentinam, etc. » Corte. La proposition infinitive dépend de *scilicet*; voy. 102, n. 19. = [8] Voy. 62, n. 6. = [9] « Homines in insidiis collocat; » ce qui ressort des mots *in tumulum*, etc. = [10] Sylla fit graver un anneau qui représentait cette scène. Sur les anneaux servant de cachets, voy. Hor. *Epp.* 1, 13, 2.

114. — [1] Les Cimbres et les Teutons. Cf. *Cat.* 52, n. 20. = [2] Les fastes consulaires, les inscriptions et les médailles le nomment *Cneius*; tous les mss. de Salluste, de Tacite (*Ger.* 37), d'Eutrope (5, 1), l'appellent *Marcus*. Cette contradiction prouve que les anciens déjà étaient en doute à ce sujet. = [3] Bataille d'Orange, où les Romains perdirent 80,000 hommes (oct. 105 av. J.-C.). Le récit de Salluste donne à croire que Jugurtha fut livré la même année, et que les négociations durèrent tout l'espace de 106-105. = [4] « Cujus rei metu. » Cf. 54, n. 7. = [5] Jusqu'à la conquête des Gaules par César. = [6] « In ea fuere sententia, sic senserunt. » Kritz. Appartient au langage familier. = [7] Un absent ne pouvait pas briguer le consulat; de plus, il fallait un intervalle de dix ans avant de pouvoir être réélu. Voy. *Cat.* 16, n. 5. = [8] Voy. *Cat.* 26, n. 4. = [9] C'est-à-dire le jour où il entra en fonctions (104 av. J.-C.). Voy. *Cat.* 18, n. 4 et n. 5. — Après le triomphe, Jugurtha fut jeté dans le *Tullianum* (voy. *Cat.* 55, n. 2). On le dépouilla de ses vêtements; on lui déchira l'oreille en voulant en arracher une boucle d'or; et mis à nu, il s'écria : « Par Hercule! que vos étuves sont froides! » Il mourut de faim, au bout de six jours, à l'âge de cinquante-quatre ans. Quant à la Numidie, une partie fut réduite en province romaine, une autre donnée à Bocchus; le reste fut cédé à Hiempsal, fils de Gulussa (voy. 17, n. 5). = [10] Jusqu'au jour où il en devint le fléau. Des mss. suppriment *ex*. Florus, 3, 4 : *Actum erat, ni Marius illi sæculo contigisset*. Une inscription trouvée à Arrezzo (voy. Orelli, *Insc. Lat.* I, nº 543), atteste en ces termes les exploits de Marius et les honneurs qu'on lui rendit :

C. MARIVS. C. F. COS VII. PR.
TR. PL. Q. AVG. TR. MILITVM. EX-
TRA. SORTEM. BELLVM. CVM. IVGVR-
THA. REGE. NVMIDIAE. COS. GESSIT.
EVM. CEPIT. ET. TRIVMPHANS. IN.
SECVNDO. CONSVLATV. ANTE. CVR-
RVM. SVVM. DVCI. IVSSIT. TERTIVM.

COS. ABSENS. CREATVS. ET. IIII. COS.
TEVTONORVM. EXERCITVM. DELEVIT.
V. COS. CIMBROS. FVDIT. EX. IIS. ET.
TEVTONIS. ITERVM. TRIVMPHAVIT.
REM. PVBLICAM. TVRBATAM. SEDITI-
ONIBVS. TR. TR. PL. ET. PRAETOR. QVI
ARMATI. CAPITOLIVM. OCCVPAVERANT.

VI. COS. VINDICAVIT. POST. LXX. ANNVM.
PATRIA. PER. ARMA. CIVILIA. EXPVLSVS.
ARMIS. RESTITVTVS. VII. COS. FACTVS.
EST. DE. MANVBIIS. CIMBRICIS. ET. TEVTONICIS.
AEDEM. HONORI. ET. VIRTVTI. VICTOR.
FECIT. VESTE. TRIVMPHALI. CALCEIS.
PATRICIIS . . . .

FIN DE LA GUERRE DE JUGURTHA.

www.ingramcontent.com/pod-product-compliance
Ingram Content Group UK Ltd.
Pitfield, Milton Keynes, MK11 3LW, UK
UKHW020240220726
13923UKWH00002B/764